Hatschepsut

Die schwarze Löwin

von

Birgit Fiolka

Impressum:

Bibliografische Information der Deutschen Nationalbibliothek:

Die Deutsche Nationalbibliothek verzeichnet diese Publikation in der Deutschen Nationalbibliografie; detaillierte bibliografische Daten sind im Internet über

http://dnb.d-nb.de abrufbar.

Nr Auflage 01/2012

Autor: Fiolka, Birgit

ISBN-13: 978-1477561454 (CreateSpace-Assigned)

ISBN-10: 1477561455

Herstellung und Verlag: Createspace

Printed in Germany

by Amazon Distribution GmbH, Leipzig

Über die Autorin:
Birgit Fiolka wurde 1974 in Duisburg geboren. Sie hat mehrere historische Romane und Fantasyromane veröffentlicht und ist Mitbegründerin der Künstlergruppe „Art of KaRa“, die sich der Darstellung des Alten Ägypten widmet. Birgit Fiolka arbeitet als freie Autorin und Make-Up-Artist.

Der Pharao ist tot! Seine Tochter, die sechzehnjährige Hatschepsut, sieht unruhigen Zeiten entgegen, denn ihr Brudergemahl und neuer Pharao Ägyptens schickt die ihr ergebene Leibwache des toten Vaters nach Nubien und mit dieser auch Hatschepsuts Geliebten. Hatschepsut bleiben nur wenige Vertraute und Freunde in Theben, wie Hapuseneb, der erste Prophet des Amun, ihre Dienerin Ipu und der Freund ihres verstorbenen Vaters – Senenmut. Als Hatschepsut erfährt, dass die gesamte Leibwache ihres Vaters in Nubien eingeschlossen ist, bittet sie den Pharao, eine Strafexpedition nach Nubien zu führen, um die Aufstände einzudämmen.
Ihr beherztes Unterfangen bringt ihr Sympathien unter der Soldatenschaft ein, schürt jedoch das Misstrauen ihres an Tuberkulose erkrankten Brudergemahls.
Als Thutmosis II. stirbt, erkämpft Hatschepsut sich die Regentschaft für ihren unmündigen Neffen.
Doch unter dem scheinbaren Frieden ihrer Regentschaft wachsen Hass und Neid – denn es gibt viele, denen Hatschepsut im Wege steht - Isis, der Nebenfrau ihres verstorbenen Bruders, seiner Mutter Mutnofret und auch Sary – dem Bruder ihres toten Geliebten Ameni, der mit einem Kriegstrauma kämpft und der Hatschepsut als Schuldige am Tod seines Bruders sieht. Und dann eröffnet der schweigsame Senenmut Hatschepsut ein Geheimnis, das ihr Leben für immer verändern soll.

10 Jahre nach ihrem ersten Ägyptenroman und Bestseller „Bint-Anat. Tochter des Nils“ kehrt Birgit Fiolka mit der faszinierenden Lebensgeschichte der Pharaonin Hatschepsut zu ihren schriftstellerischen Wurzeln zurück.
Dabei lässt sie die Leser tiefer als je zuvor in die Welt und Mythologie des Alten Ägypten eintauchen und eröffnet einen Blick auf das Leben und den Charakter Hatschepsuts, der weit unter die Oberfläche ihrer Herrschaft reicht.

Personenregister

Thutmosis I. (Aakheperkare)

Hatschepsuts Vater

Ahmose

Große königliche Gemahlin Thutmosis I.
Mutter der Hatschepsut, der Neferubity,
des Amunmose und Wadjmose

Mutnofret

zweite Gemahlin Thutmosis I.,
Mutter Thutmosis II.

Thutmosis II. (Aakheperenre)

Halbbruder Hatschepsuts,
ihr Gemahl und Pharao

Hatschepsut (Maatkare)

Erbprinzessin,
große königliche Gemahlin,
Thutmosis II.,
Gottesgemahlin des Amun,
Pharao

Isis

zweite Gemahlin Thutmosis II.,
Mutter von Thutmosis III.

Thutmosis III. (Menkheperre)

Sohn Thutmosis II.,
und seiner zweiten Gemahlin Isis,
Erbprinz

Nofrure

Tochter Hatschepsuts und Thutmosis II.,
Erbprinzessin

Ipu

Hofdame und erste Dienerin Hatschepsuts,
Gemahlin des Ahmose-Pennechbet,
Mutter der Satjah

Ahmose-Pennechbet

Erzieher der Erbprinzessin Nofrure,
Gemahl der Ipu,
Vater der Satjah

Hui

Hofdame Hatschepsuts,
erste Dienerin,
Mutter der Meritre

Hapuseneb

Oberster Prophet des Amun in Karnak

Sary

Kommandant der Leibwache Hatschepsuts,
Bruder des Ameni

Senenmut

Vorsteher der Kornspeicher des Amun,
Nofrures Erzieher,
Haushofmeister Hatschepsuts
Und Nofrures,
Vermögensverwalter des Amun in
Karnak

Ameni

Geliebter Hatschepsuts

„Die Königstochter, Gottesgemahlin, große Königsgemahlin, Herrin der beiden Länder, Hatschepsut sagt: *Oh, meine Mutter Nut, strecke dich aus über mich, damit du mich unter die unvergänglichen Sterne aufnehmen kannst, die in dir sind, auf dass ich nicht sterbe*“

Inschrift auf dem Sarkophagdeckel der Königin

Gewidmet meiner *Senet* im Geiste

Daniela

Weil du immer wieder gesagt hast

„... Schreib ihre Geschichte ...“

und sie ohne dich vielleicht in meinem Kopf aber nicht niedergeschrieben wäre.

Vielen Dank, dass du nicht aufgegeben hast, es mir abzuverlangen!

Der Nachtfahrt 1 Stunde ist jene, welche die Feinde des Re zerschmettert

Theben, im ersten Jahr der Herrschaft des Thutmosis Aakheperrenre

Die Sterne funkelten im Leib des ewigen Himmelsgewölbes, verlockend und klar, ganz so als würden sie nach ihr rufen, damit sie ihren Platz unter ihnen einnahm – dort oben, neben ihrem Vater und dessen Vater und all jenen, die vor ihnen gewesen waren. *Haatsch ... komm zu uns, sieh wie glücklich wir hier sind ... auf ewig werden wir erstrahlen über dem roten und schwarzen Land, über dem Hapi und jedem Papyrusstängel, der sich im Wind biegt.* Hatschepsut streckte die Hände zur mit Sternen bemalten Decke, als könnte sie sich erheben und hinauf steigen in den Nachthimmel, die Sterne der Decke begannen zu tanzen und wirbelnd, zu ihr hinabzusteigen ...

Als sie die Augen aufschlug, gab der Traum sie nur langsam frei. Obwohl sie nicht hatte einschlafen wollen, war sie in einen kurzen Schlummer gefallen. Sehnsüchtig betrachtete Hatschepsut die bemalte Decke ihres Gemachs. Es war nur die Decke eines Raumes, in tiefem Blau getüncht und mit unzähligen Sternen bemalt. Farbe und Lehm und Kalk – nichts weiter. Hatschepsut meinte kaum atmen zu können, und die Stunde ging bereits auf Mitternacht. Die Laken klebten an ihrem Leib, als wäre es bereits Schemu, die Zeit der großen Hitze, dabei zählten die Priester erst den zweiten Mond der Saatzeit. Hatschepsut quälte sich unter dem Laken hervor, das Ipu ihr wie jeden Abend sorgfältig über den Leib gebreitet hatte, bevor sie sich auf ihre Strohmatte in der Ecke des Raumes zum Schlafen legte. Heute Nacht, in dieser unerträglichen Hitze und der Gewissheit eines ebenso heißen Morgens, waren ihr sogar die ruhigen Atemzüge ihrer Dienerin eine Qual. Leise, damit Ipu nicht erwachte, stieg Hatschepsut von ihrem Lager, fort von der Sternendecke, die des Nachts ihren Schlaf bewachen sollte, obwohl sie nur Farbe und Lehm war. Sogar die sonst kühlen Steinfliesen schienen unter ihren nackten Füßen zu glühen. Aber nein! Es waren nicht die Steinfliesen - es war sie selbst, die glühte, ihr Kopf, ihr Ka, ihr Leib, der nicht wusste, was zu tun war in dieser Zeit der schwirrenden Hitze voller Dunkelheit, in der Hatschepsut keinen Weg vor sich sah. Leise ging sie zur Tür ihrer Sonnenterrasse und starrte hinauf in den echten Nachthimmel, in dem Myriaden von Sternen funkelten. War *er* unter ihnen, *er*, der sie so allein und ratlos zurückgelassen hatte? Wenn die Priester ihre Arbeit sorgfältig getan hatten, hätte die Barke ihres Vaters bereits heil die Unterwelt durchfahren und ihren Gefahren getrotzt. Früher hätte sie nicht daran gezweifelt ... doch seit er fort war, gab es zu viele Zweifel in ihrem Herzen.

Hatschepsut wandte sich ab und warf einen Blick auf Ipus Leib, der sich ruhig hob und senkte. Auch sie hätte sich zurück auf ihr Lager legen sollen, die Augen schließen, und versuchen zu schlafen unter dem gemalten Nachthimmel, dem Leib der Himmelsmutter Nut. Diese Nacht war ohnehin zu kurz, und bald kämen die Priester mit ihren Gesängen, Litaneien, ihren kahlen Köpfen und all ihren Gedanken, die sie vor Hatschepsut sowie allen anderen verbargen. Es war dumm, überhaupt daran zu denken, die Räume zu verlassen. Aber Hatschepsut dachte an nichts anderes, seit Ipu an diesem Abend die Fackeln und Feuerbecken gelöscht hatte. Ihre Füße wollten ihrem Verstand nicht länger gehorchen - sie huschte zur Tür, schob sie nur einen Spalt weit auf, mit verschwitzten Händen. Es wäre die letzte Nacht, die allerletzte, und sie hatte gewusst, dass diese irgendwann kommen musste, auch wenn sie nicht geglaubt hatte, dass es so bald geschehen würde. Es war so leicht, das zu verdrängen, was man nicht wissen wollte! Der Wachhabende vor ihrer Tür stellte keine Fragen – das tat er nie. Er ließ den Kopf sinken, fuhr sich über den Schurz und neigte den Speer ein wenig zur Seite, wie um Hatschepsut zu ermuntern, zu gehen. Sie waren verschworen, obwohl keiner von ihnen je einen Schwur geleistet hatte. Hatschepsut trug ein Trägerkleid, und ihr schwarzes Haar hing ihr lose über den Rücken, als wäre sie nicht die, die sie war, sondern irgendein junges Mädchen aus Theben – die mit dem Katzengesicht, wie ihr zu Osiris gegangener Vater sie oft geneckt hatte. Bei dem, zu welchem es Hatschepsut hinzog, konnte sie es sein – in der Verschwiegenheit der Nacht, verborgen in Nuts unendlichem Leib. Die Feuerbecken waren bereits am verglimmen, und die Schatten tanzten an den Wänden, als würden sie aufgeregt das freudige Ereignis des Morgens herbeisehnen, wenn die Angst und das Chaos endlich vom roten und schwarzen Land genommen würden – wenn es endlich wieder einen Pharao auf dem Doppelthron gab. Eine Spur von Weihrauch lag noch in der Luft, da die Priester erst vor wenigen Stunden ihre Räume gesegnet hatten, und von draußen drang der betörende Duft von schwerem Jasmin. Eine Nacht voller Zauber war es, in der Götter und Menschen sich hätten umarmen sollen, da die Dunkelheit und die Angst nun bald ein Ende hätte - es gab Grund zu feiern, zu tanzen und zu jubeln. Aber Hatschepsut tanzte nicht, und sie wollte nicht jubeln. Sie musste Abschied nehmen. Leise ging sie an der Tür ihrer Mutter Ahmose vorbei, obwohl es nicht nötig gewesen wäre zu schleichen wie eine Diebin. Ahmose schlief bereits seit dem frühen Abend, in ihrem Geist und ihrem Körper schwemmte ein Meer aus Mohnsaft, trug sie auf sanften Wellen fort, bis es sie am Morgen zurück an die gnadenlosen Ufer der Wirklichkeit spülte – so war es seit vielen Nilschwemmen, obwohl Hatschepsut sich daran zu erinnern meinte, dass vor langer Zeit auch in den Räumen ihrer Mutter gelacht und gesungen worden war. Aber das war gewesen, bevor Mutnofret gekommen war und das Herz des Mächtigen Stiers mit ihrem falschen Zauber belegt hatte. So erklärte zumindest Ahmose sich, dass eine gewöhnliche Nebenfrau es vermocht hatte, den ewigen Gott so zu betören, dass er seine große königliche Gemahlin vergaß. Mutnofret war die zweite Gemahlin des zu Osiris gegangenen Gottes, und ihr war das gelungen, was Ahmose nicht vermocht hatte, obwohl Mutnofret nie die Hohen Federn der Königsgemahlin getragen hatte. Sie hatte dem Pharao Kinder geboren, die nicht starben, einen neuen Sohn, den der Einzig Eine so sehr ersehnt hatte, nachdem der Falke im Nest so früh aus dem Leben gerissen worden war. Es hatte auch in Ahmoses Gemächern Söhne gegeben, prächtige und gut gewachsene Prinzen, die sie geliebt hatte. Aber Amunmose war in seinem zwölften Jahr bei einer Jagd von einem Streitwagen überrollt worden, als sein Vater nicht auf ihn geachtet hatte und Wadjmose hatte das Fieber dahingerafft noch bevor er sein achtes Jahr vollendet hatte. Seine Schwester Neferubity hatte er mit sich ins Reich Osiris genommen. Danach war nur noch Hatschepsut übrig geblieben - und der Sohn der anderen, Thutmosis, nach seinem Vater benannt, ihr Halbbruder und Gemahl. Die erhabene Ahmose hatte ihrem Gatten nie verziehen, dass er nicht auf Amunmose acht gegeben hatte, auf ihren prächtigen Prinzen, der ihr ganzer Stolz gewesen war, dem Horus im Nest, dessen Flügel sich bald gespannt hätten. Er hätte Hatschepsuts Gemahl sein sollen, der Prinz mit den freundlichen Augen, an den sie sich kaum noch erinnerte, weil sie so klein gewesen war, als er starb. Aber Hatschepsut erinnerte sich daran, dass er ihr oft unter das kleine spitze Kinn gefasst und ihr ins Gesicht gepustet hatte. *Kleine Haatsch – wenn du groß bist, nehme ich dich mit und zeige dir das rote und schwarze Land. Ich fahre mit dir den Hapi hinauf und hinab und lehre dich, die Schönheit der beiden Länder zu lieben.* An diese Worte erinnerte sie sich und an das freundliche Lachen eines sonnengebräunten Gesichts. Er wäre der Richtige gewesen, und obwohl sie kaum vier Sommer alt gewesen war, hatte auch er gewusst, dass sie die Richtige gewesen war. „Amunmose“, seufzte sie leise, überwältigt von der Last einer Wehmut, die nicht auszulöschen war, und zwang sich, in die Wirklichkeit zurückzukehren. Er war fort, hatte die Barke bestiegen und sie allein gelassen mit dem, der nun ihr Gemahl war. Amunmose war nichts als eine Ahnung, wie ihr Leben hätte sein können. Hatschepsut ging schneller, als sie an Mutnofrets Gemächern vorbei kam. Auch hier war es still, obwohl Hatschepsut wusste, dass es dort einen Grund zum Jubeln gab. Er, der Sohn der Mutnofret, geboren aus ihrem gewöhnlichen Schoß, würde bald ein Gott sein. Hatschepsut ließ den prunkvollen Flügel der königlichen Frauen hinter sich und mit ihm die müden Männer der Leibwachen, die den Blick senkten, als sie vorbei ging. Auch mit ihnen war sie verschworen, denn sie war die geliebte Tochter ihres toten Herrn. Sie lief durch den Flügel der Männer, noch prunkvoller und noch viel stiller, als der Frauenflügel es war. Wie hätte dort Leben sein sollen, wo doch das Herz Ägyptens nicht mehr hier war. An der verlassenen Tür, auf der in vergoldeten Zeichen der

Name ihres göttlichen Vaters prangte, ging sie schnell vorbei, ebenso wie an der Tür ihres Brudergemahls. Als sie hinausschlüpfte durch den Seitenflügel, blieb sie stehen und sog die hitzestarre Luft in ihre Lungen. Hier war der Duft des Jasmins noch stärker, aber auch der Gestank vom modrigen Wasser der Badeteiche, die bereits jetzt grünlich verfärbt waren. Kein gutes Omen für den neuen Herrn der beiden Länder, eines unter vielen schlechten Vorzeichen für die Thronbesteigung ihres Bruders! Hatschepsut ging weiter, und ihr Herz schlug schneller, als sie die Mauer am Ende der Gärten sah, das Fackelfeuer, das von der anderen Seite her über die Mauerkrone flackerte und ihr eine letzte Nacht des Trostes verhieß – dort, wo die Leibwache ihres toten Vaters ihre Unterkünfte hatte. Als es nur noch ein paar Schritte bis zur Mauer waren, wurde sie am Arm festgehalten. Die Stimme, mutig und ablehnend zugleich, war ihr wohl bekannt. „Wohin willst du denn, Haatsch? Es ist schon spät, und die Unterwelt ist nicht gnädig mit denen, die gegen die Maat handeln."

Hatschepsut blieb stehen, straffte die Schultern und wandte sich langsam um. Die Augen des Mannes funkelten im Schein des Mondes, und sein schönes Gesicht hätte den Neid eines Gottes hervorzurufen vermocht. Stets war er da, wie eine stumme Mahnung, dass das was sie tat, falsch war. Aber heute begnügte er sich nicht mit vorwurfsvollem Schweigen, und sie musste ihm antworten. „Sary, warum fragst du mich das gerade in dieser Nacht, wenn du es in den vielen Nächten zuvor nicht getan hast?" Hatschepsut wich dem Blick seiner bernsteinfarben funkelnden Augen nicht aus, obwohl es ihr nicht leicht fiel. Auf eine erschreckende Weise konnte man sich diesem Goldblick nicht entziehen. Der junge Mann, ein paar Sommer älter als sie selbst, ließ sie los und verschränkte die Arme vor der nackten Brust, ohne sie aus den Augen zu lassen. Warum schwitzte er nicht in dieser Hitze, wie alle es taten? Vielleicht lächelten die Götter ihm zu, da er sich stets der Einhaltung der Maat verpflichtet fühlte? Sary achtete die Götter und diente der göttlichen Familie des Einzig Einen – wie unendlich schwer es ihm fiel von ihr und Ameni zu wissen, konnte Hatschepsut nur erahnen.

„Es ist eine andere Nacht, Haatsch ... eine gefährliche Nacht, die einem Tag voller schlechter Vorzeichen vorauseilt. Du weißt, dass du nicht hier sein solltest."

„Es ist die letzte jener Nächte", entgegnete sie, ohne Weichheit in ihre Worte zu legen. „Ich muss Abschied von ihm nehmen, und er von mir. Er ist mein Freund."

„Und er ist *mein* Bruder", antwortete Sary ebenso hart und unnachgiebig. Hatschepsut meinte, dass sie sich gegenüberstanden wie Löwen, die um die Beute stritten. Der Goldlöwe und das Mädchen mit dem katzenhaften Gesicht. Sie hätten von einer Art sein sollen, aber das waren sie nicht, und so wenig Hatschepsut mit Sary verband, so stark war das Band zu

Ameni, seinem Bruder. Sie würde sich nicht von ihm aufhalten lassen. „Morgen ist das vorbei, was du so sehr verabscheust, Sary. Aber diese Nacht gehört er noch mir.“

Sary schüttelte den Kopf. „Ich verabscheue nichts, Haatsch, aber ich achte die Maat. Ich fürchte um ihn, um seinen Ka, seinen Ba und seinen Ach. Den Leib Amenis hast du mit eurem Treiben oft genug in Gefahr gebracht, aber nun fürchte ich um meines Bruders Lebenswillen. Er ist dir verfallen. Warum konntest du nicht einen anderen nehmen, einen der stärker ist, als Ameni?“

„Ameni ist stark. Stärker als die meisten“, hielt Hatschepsut ihm entgegen und verlor bereits die Geduld für dieses Gespräch. Die schönen Züge des Mannes vor ihr beflügelten die Träume der Mädchen in ganz Theben, und wieder einmal musste sie feststellen, wie anders sie selbst doch zu sein schien. Sary trat einen Schritt von ihr zurück, wie als ob er sich erinnerte, dass sie ab dem morgigen Tag keine Erbprinzessin mehr wäre, sondern die große königliche Gemahlin des neuen Horus. „Er ist nicht stark – nur sein Körper ist es.“ Sary wollte das letzte Wort haben, doch heute war es ihr Einerlei. Jeder Augenblick war kostbar, jeder Augenblick, den die süße Hathor ihnen noch gewähren mochte. Sie ließ den jungen Mann stehen und verschwand im Schatten der Mauer, bis sie den von Ranken überwucherten Durchlass fand. Sie alle waren verschworen, selbst die Nilschlammziegel der Mauern stellten sich ihr nicht in den Weg. So war es immer gewesen – sie war Hatschepsut ... Tochter des Gottes.

Amenis Leib war angespannt, obwohl er schlief. Die Muskeln seiner Brust zuckten, während er sich auf seiner Pritsche wälzte, die Kieferknochen schienen unaufhörlich zu mahlen, und das kurz geschorene dunkle Haar war verschwitzt. Unter seinen geschlossenen Lidern bewegten sich seine Augen, als suchten sie in der Dunkelheit etwas, das sie nicht finden konnten. Hatschepsut schloss leise die Tür hinter sich und blinzelte in die Dunkelheit der Unterkunft. Klein war dieser Raum, nur eine einfach Pritsche, Amenis Schwert, sein Bogen, in der Ecke ein Schrein, der seinen bevorzugten Gott, Month, den Herrn des Krieges beherbergte, und ein kaltes Feuerbecken in der Ecke. Es war der schmucklose Raum eines einfachen Soldaten, denn wozu brauchte ein Soldat ein gemütliches Heim. Wohin der Wind ihn trug, wohin sein Herr ihn sandte, dort war sein Heim. Dieses hier war nur ein Ort, an dem man schlief oder ein Mädchen aus der Stadt brachte, um sich ein wenig Ablenkung zu verschaffen. Ameni nahm keine Mädchen aus Theben mit in dieses Quartier, sie, die nun zu ihm auf die schmale Liege schlüpfte, war die Tochter des Gottes, gewöhnt an weiche Laken, erlesene Düfte und goldene Gemächer. Aber Hatschepsut wollte nirgendwo anders sein, als in diesem armseligen Quartier. Unter dem Laken war sein vom Drill gestärkter Leib nackt, und es kam ihr beinahe so vor, als würde sie ihn nur bar seines Schurzes und Harnisches kennen. Ihre wenige Zeit zusammen hatten sie so geteilt, ohne Kleidung und ohne Schuldgefühle. Das erste Mal, seit sie ihn kannte, fragte sich Hatschepsut, ob Sary vielleicht recht hatte, mit dem was er behauptete. Hätte sie an jenem schicksalhaften Tag ihren Blick einfach abwenden sollen und diese weichen besorgten Augen vergessen? Es war in der Wüste gewesen, im roten Land des Seth, auf der Jagd nach Löwen, zu der sie ihren Vater so gern begleitet hatte, obwohl Ahmose es stets als unpassend empfunden hatte. An jenem Tag hätte Ahmose beinahe ihren größten Triumph feiern können, eine Bestätigung ihrer Schuldzuweisung, auch das letzte ihrer Kinder durch die Unachtsamkeit ihres Gemahls verloren zu haben. Der Schädel einer verendeten Gazelle hatte im Sand gelegen, und der Streitwagen des Vaters hatte einen Satz gemacht. Hatschepsut, die hinter ihm gestanden hatte und darauf nicht vorbereitet gewesen war, hatte den Halt verloren und war gefallen wie ein Stein, hintenüber, während die Pferde den Wagen weiterzogen ohne zu bemerken, dass ein Teil ihrer Last abhanden gekommen war. Der Sand hatte Hatschepsuts Sturz zwar abgefangen, aber die Streitwagen der Eskorte hätten sie beinahe überrannt, wie einst Amunmose. Dann hatte ein starker beherzter Arm sie hochgehoben - im Vorbeifahren, als wäre sie nicht viel schwerer als die Feder der Maat, hatte sie an sich gedrückt und sie gehalten, wie sie noch nie gehalten worden war. Stark und ängstlich zugleich. Sie hatte ihn angesehen, einen jungen Soldaten, gerade erst in den Dienst der Leibwachen des Einzig Einen berufen, entsprechend ängstlich nun, mit der Tochter des Gottes im Arm, die er weder hätte berühren noch ansehen dürfen. War es nicht göttlicher Wille gewesen, dass es doch geschehen war, und dass er dafür vom Einzig Einen nicht bestraft, sondern mit dem Ehrengold belohnt worden war? Der Name des Soldaten war Ameni gewesen, und sie, die Erbprinzessin Hatschepsut, hatte ihm seine Tat auf ihre Art vergolten.

Hatte sie das wirklich getan? Oder hatte sie ihn bestraft dafür, dass er ihr Leben erhielt, wo sie so wenig daran gehangen hatte - die unglückliche Erbprinzessin, Gattin ihres Brudergemahls Thutmosis, der sie nicht anrührte und sie mied, als besäße sie faules Fleisch.

Als Hatschepsut nun seinen unruhigen Leib umarmte, war sie sich nicht mehr sicher. „Ameni“ flüsterte sie ihm ins Ohr, und seine Augen öffneten sich, sein Körper wurde ruhig, während das Gesicht sich entspannte. „Du bist gekommen, der süßen Hathor sei Dank. Ich fürchtete, dich nicht mehr zu sehen, bevor ...“

Sie legte ihm einen Finger auf den Mund und küsste ihn. Warm und weich schmeckten seine Lippen, träge wie der Nil an einem Tag im Schemu war sein Kuss, aber ebenso nahrhaft wie der braune Schlamm, der die Felder Ägyptens fruchtbar machte. „Es ist unser Abschied, Ameni. Ich hätte die Tiefen der Unterwelt durchquert, dich noch einmal zu sehen."

Er zog sie an sich, und sie drückte sich an seinen starken Leib, dem sie ihr Leben verdankte ... mehr noch als ihr Leben, ihre Freude an freudlosen Tagen. Ameni streifte ihr das Trägerkleid von den Schultern, bis sie nur noch Haut an Haut lagen. Hatschepsut setzte sich auf ihn, nahm sein Min in sich auf, schloss die Augen und lauschte seinem leisen Stöhnen, während er sich in ihr bewegte. *Dein Haar ist aus Lapislazuli, deine Knochen aus Silber, und dein Fleisch ist Gold*, mahnten sie ihre Gedanken, während sie sich dem Genuss hingab, ihren göttlichen Leib mit einem Sterblichen zu vereinen. Dass es Unrecht wäre, ein Frevel an den Göttern, hätte Ahmose geschrien, und Hapuseneb, Amuns Priester, sie mit einem tadelnden Blick gemahnt. Aber Mutnofret hätte nichts dergleichen gesagt ... wie sollte sie auch. Sie, die nicht göttlich war, hatte einen nicht göttlichen Sohn aus den Lenden des Einzig Einen empfangen, und wer wollte mehr als Mutnofret, dass sich das menschliche Fleisch ihres Sohnes mit göttlichem Fleisch vereinte, damit er den Thron der beiden Länder besteigen konnte. Dafür hätte Thutmosis jedoch erst einmal seine Gemahlin besteigen müssen. Es war jedoch ein einfacher Soldat, der das tat, was Thutmosis nicht wollte, Nacht für Nacht, und der Hatschepsut die Freuden des Lagers gezeigt hatte.

Ameni stöhnte gequält auf, als Hatschepsut sich ihm entzog, und sein Samen verspritze sich nutzlos auf seinem vor Schweiß glänzenden Leib. Sie rollte sich neben ihn und litt stumm seine Qualen mit ihm. Wäre sie ein Mädchen aus Theben gewesen, die Tochter eines Viehhirten oder eines Brotbäckers, schon längst hätte sie eine Tochter oder einen Sohn mit ihm gehabt, dessen war sie sich sicher. Als ihrer beider Atem sich beruhigt hatte, erinnerte sie sich der Endgültigkeit des bevorstehenden Abschieds. „Morgen werden mir die Priester die Uräusschlange auf mein Haupt setzen und Thutmosis die rote und weiße Krone der beiden Länder. Dann bin ich die Königin Ägyptens, bewacht von Priestern, umsorgt von einer Schar von Hofdamen. Dies ist unsere letzte Nacht – ein letztes Geschenk der Kuhhörnigen."

Ameni setzte sich auf, sog scharf die Luft ein als würde es ihm das erste Mal wirklich bewusst, nickte jedoch gleich. Er bemühte sich um Stärke, Hatschepsut konnte es sehen, und sah im gleichen Zuge, dass es ihm nicht so gut gelang wie ihr. Auch er war schön, nicht so schön wie Sary, nicht makellos stark – seine Stärke war durchzogen von Schwächen – und Amenis größte Schwäche war die Liebe zu ihr, die sich in seinen unglücklichen Augen widerspiegelte. „Hätte ich dich nicht anrühren sollen, Bruder meines Herzens? Hätte ich damals den Wüstensand aus meinem Haar schütteln sollen, mich abwenden und dir einen goldenen Ring zuwerfen?"

Er ging vor ihr in die Knie und nahm ihre Hände in seine großen vom Soldatendrill rauen Finger. „Das weiß ich nicht, meine Haatsch. Manchmal denke ich, dass es besser gewesen wäre, aber dann wäre ich ein anderer ... einer, der die Liebe nicht kennt. Sary meint, dass es besser gewesen wäre, wir hätten uns niemals gesehen, doch es ist mir einerlei. Möge Ammit dereinst mein Herz vor dem Totengericht verschlingen, wenn ich mich schuldig gemacht habe, eine Göttin berührt zu haben, die nur ein Gott berühren darf. Ich tat es aus Liebe." Er legte ihre Hände in seinen Nacken, schloss die Augen und Hatschepsut knetete seine verspannten Muskeln, wie sie es so oft getan hatte.

„Ich weiß nur eines, Haatsch. Morgen bist du die Große Königliche Gemahlin deines Bruders, und er hat dich noch kein einziges Mal angerührt. Dafür besteigt er Isis, dieses Weib aus seinem Harem, das ihm den Kopf verdreht hat, jede Nacht. Ihr Bauch ist rund, während deiner noch immer flach ist. Du bist jetzt in deinem sechzehnten Sommer, Haatsch. Mutnofret braucht dich nur so lange, bis ihr Sohn fest auf dem Thron Kemets sitzt, die kleinmütige Isis würde dich lieber heute als morgen aus dem Weg wissen, deine Mutter zerfällt in einem ewig währenden Traum aus Mohnsaft, und dein Vater, der mächtige Stier Ägyptens, liegt seit einem Mondumlauf in seinem prächtigen Grab. Dein Gemahl ist schwach, und du bist vollkommen allein. Niemand schützt dich. Es ist ein Frevel an den Göttern, und sie mögen mich strafen, doch ich wünschte, ich hätte dir ein Kind gemacht, das du als den Sohn deines lendenschlaffen Gemahls würdest herzeigen können."

Ein Schreckenslaut entfuhr Hatschepsut, und sie machte das Zeichen gegen den bösen Blick. Sie würde gleich morgen ein Opfer für Amun darbringen, damit dieser Ameni seine lästerlichen Gedanken verzieh. Ehe er weitersprechen konnte, legte sie ihm die Hand auf die Lippen, aber ihr Blick blieb weich. „Das darfst du nicht sagen, Ameni. Du weißt, dass ich nur von ihm oder von meinem Vater ein Kind hätte empfangen dürfen. Ich bin von göttlichem Blut, du nicht."

Ameni schüttelte den Kopf, und sein Blick wurde eindringlich. „Das ist dein Brudergemahl auch nicht. Du bist es, die ihm aus ihrem Leib göttliches Blut schenkt, das ihn berechtigt, den Thron der beiden Länder zu besteigen. Haatsch, ich flehe dich an ..."

Wie er zu ihr sprach, der Kosename, den er ihr nach Amunmoses Tod zurückgegeben hatte, und mit dem sie nun fast alle riefen, die sie ihre Freunde nannte. Haatsch ... selbst Sary, der nie gut geheißen hatte, dass sie das Lager teilten, nannte sie so. Sie waren eine verschworene Gemeinschaft, die Garnison, die Leibwache des Einzig Einen, die Soldaten, die weggesehen hatten, wenn die Erbprinzessin sich wie ein einfaches Mädchen aus ihrem goldenen Palast geschlichen hatte, um bei einem der ihren zu liegen. Sie mochten sie, egal was Sary über sie dachte, das wusste Hatschepsut, sonst hätten sie Ameni und sie längst verraten. „Ich werde den Sohn von ihm bekommen, den er mir schuldet. Auch wenn ich wünschte, es könnte deiner sein, Ameni.“

Er nickte und ergab sich in sein Schicksal, wie er es immer getan hatte. Er litt mehr als sie, das wusste Hatschepsut, und sie hätte ihm gerne eine ihrer Hofdamen gegeben, sogar Ipu, wenn er nur ein Auge für sie gehabt hätte. Es schmerzte sie, ihn zu verlieren, doch sie würde es ertragen, wie sie das Leben im Schweigen der königlichen Familie ertragen hatte. Hatschepsut war es gewohnt. Solange er ihr Freund blieb, würde sie es hinnehmen können. „Wirst du mir im Herzen ein Bruder bleiben?“ fragte sie deshalb sanft, und er sah sie an wie ein Hund, den sein Herr geprügelt hatte. „Das werde ich immer sein, Haatsch. Aber ich werde dich nicht schützen können. Nach der Krönungszeremonie sind wir abberufen, einen Aufstand der Nomadenvölker, zu dem die Fürsten der elenden Kermasöhne in Nubien aufgerufen haben, einzudämmen - die ganze Einheit, die gesamte Leibwache deines zu Osiris gegangenen Vaters.“

Der Schreck fuhr ihr durch den Leib, und Hatschepsut sah ihn an, als glaube sie ihm nicht. „Aber ihr seid die Leibwache! Mein Bruder kann nicht auf seine Leibwache verzichten.“

„Das tut er ja auch nicht. Aber was hast du denn geglaubt, meine Haatsch. Thutmosis beruft eine neue Leibwache ein, eine, der er mehr vertraut als uns.“

„Er ist mein Bruder, Ameni. Er ist schwach, aber nicht schlecht. Ich werde mit ihm reden.“

Wieder nahm er ihre Hand und drückte sie, als müsse er einem Kind etwas begreiflich machen. „Die Schwachen werden von den Starken zu Gutem oder zu Üblem verleitet. Auf deinen Bruder wirken die Kräfte seiner Mutter Mutnofret und seiner Nebenfrau Isis. Beide sind dir nicht wohlgesonnen, und beide wissen, dass die Leibwache deines Vaters dich ebenso bevorzugt, wie der Einzig Eine es getan hat. Diese elenden Nomadenaufstände, die jedes Mal, wenn ein neuer Pharao den Thron besteigt, entbrennen, sind ein Vorwand uns aus Theben fortzuschicken. Von nun an werden allein ihre Verbündeten Theben und den Palast bewachen.“

„Hapuseneb wird mich beschützen. Er ist der oberste Priester des Amun.“

„Ja, Hapuseneb ist dein Freund, und vielleicht auch Senenmut, der Vertraute deines Vaters. Aber derjenige, der die Truppen auf seiner Seite hat, kann Macht ausüben. Haatsch, du musst mir eines versprechen, wenn ich fort bin ... du wirst Thutmosis dazu bringen, das Lager mit dir zu teilen, damit du einen Sohn empfängst. Ich will nicht mit der Angst im Nacken ins Goldland gehen, dass dein Leben in Gefahr ist.“

War sie wirklich so unerfahren, dass sie nicht geahnt hatte, was er schon lange wusste? Ameni war älter als sie, aber nur vier Sommer und ein einfacher Mann, der Sohn eines Nilschiffers, der das Land liebte. Das hatte sie einander verbunden. Er liebte Kemet, das schwarze Fruchtland, und Hatschepsut war Kemet. Wie hätte er sie nicht lieben sollen. Ein wenig war er, wie sie sich Amunmose als erwachsenen Mann und Gemahl vorgestellt hatte. Verliebt in sein Land und verliebt in seine Königin. Ein Sohn von ihm wäre gut für Ägypten gewesen. Aber er gehörte nicht zur königlichen Familie, also würde sie den Sohn aus den schwachen Lenden ihres Bruders erbetteln müssen. „Ameni, ich tue es ja, ich werde Thutmosis einen Sohn abtrotzen, aber du musst auf dich achten, wenn du in Nubien bist und zu mir zurückkehren."

Er lächelte freudlos. „Zumindest muss ich nicht sehen, wie die Frucht deines Bruders in deinem Leib heranwächst. Die Götter, meine Haatsch, sind grausam."

Er stand auf, zog sie auf die Beine und umarmte sie mit der gleichen ängstlichen Kraft, mit der er sie das erste Mal gehalten hatte. Als er sie losließ, spürte sie eine Ahnung der Einsamkeit, die sie fortan begleiten würde. „Mögen deine Füße festen Tritt finden, möge die süße Hathor dich wohlbehalten zurückbringen, Bruder meines Herzens ... gib auf dich Acht."

„Sary wird auf mich achtgeben, meine Haatsch."

Sie sahen sich an, betasteten sich mit den Augen und mochten sich kaum voneinander lösen, wohl wissend, dass sie sich nie wieder so nah sein würden, wie jetzt. Endlich gelang es Hatschepsut sich abzuwenden und die Tränen zu unterdrücken, die sich in ihre Augen stehlen wollten. „Jeden Tag werde ich Amun ein Opfer für dich bringen, damit er dich beschützt", sagte sie leise, dann stieß sie die Tür auf und lief hinaus in die Nacht.

Hapuseneb, der oberste Priester des Amun, kreuzte die Hände vor der Brust, hielt jedoch den Blick auf den Boden gerichtet. Um ihn herum standen seine Hilfspriester, hinter Hatschepsut Ipu, die auf den Wangen rote Flecken vor Aufregung hatte. „Alle Augen ruhen nun auf dir, Haatsch. Die Götter und auch der Hof erwarten, dass ich dir den nötigen Respekt entgegenbringe – zumindest wenn wir nicht alleine sind."

Er hätte es Hatschepsut nicht sagen brauchen, und doch war sie froh über diesen dicken Mann mit der zu dunklen Haut und den runden Augen. Sein Aussehen ließ kaum vermuten, dass Hapuseneb Sprössling einer adeligen Familie war. Tatsächlich hatten Neider immer wieder versucht, Gerüchte über seine einfache Herkunft zu verbreiten, aber die Klugheit und Bildung Hapusenebs straften die bösen Zungen Lügen. Auch jetzt sah er Hatschepsut an, als wolle er sie fragen: *Verstehst du was ich dir sagen will, Haatsch?* Sie verstand es, spätestens seit der letzten Nacht, in der Ameni ihr die Augen geöffnet hatte. Jeder konnte ihr nun Übles wollen, diejenigen, die sich freundlich gezeigt hatten, könnten ihr jetzt Böses nachsagen. Bereits als sie ihm hinaus aus ihren Räumen folgte, wusste Hatschepsut, dass es angefangen hatte. Der Wachhabende, der steif vor ihrer Tür stand, war ihr fremd. Eine neue Leibwache war bereits auf ihrem Posten. Sie vernahm Ipus Schritte hinter sich, die gleich einer Affenmutter darauf achtete, dass ihre Schminke nicht verwischte, der Modius auf ihrem Kopf für die Hohen Federn nicht verrutschte und Hatschepsut nicht über ihr gefälteltes Gewand stolperte. Auch als Ipu sie in eine überdachte Sänfte schob, achtete sie darauf, dass das hauchdünne Gewand aus Königsleinen nicht zerknitterte.

Der Weg durch die überfüllten Straßen Thebens war kurz und auch lang. Auf den Straßen jubelten die Menschen, Kinder, Frauen, Greise, junge und alte Männer, und es wurden Blüten geworfen und Segenswünsche gerufen; ganz Theben war ein Jubelschrei, denn endlich war die beängstigende Zeit des Chaos, in der die Maat nicht gewährleistet war, vorbei. Endlich würde ein neuer Horus den Thron der beiden Länder besteigen. Hinter ihnen folgte eine Eskorte der dunklen nubischen Medjai-Krieger, die für Ordnung sorgen würde, sollte die jubelnde Masse außer Rand und Band geraten, und vor ihnen ging singend eine lange Reihe kahlköpfiger Priester, die eine Wolke aus Weihrauch hinterließen. Wann wenn nicht am heutigen Tag, dem neunundzwanzigsten des Mechir zur Zeit der Saat, wäre ein Grund zum Toben und Tollen für das verängstigte Volk gewesen, das seit dem Tod seines Horussohnes in Angst gelebt hatte. Doch die Menschen waren trotzdem vorsichtig. Dieser Tag war nicht Glück verheißend, und das Buch der Manifestationsfeste riet, das Haus nicht zu verlassen, da der Tag Anstiftungen zum Kampf und zum Aufruhr vorhersagte. Doch wer sollte Aufruhr gegen ihren Brudergemahl im Sinn haben? Es gab keinen anderen Thronfolger, der seine Ansprüche auf die Doppelkrone hätte geltend machen können.

„Die Hohen Federn muss er dir geben, Haatsch“, mahnte Ipu altklug, während sie gemeinsam mit Hatschepsut beunruhigt durch die Leinenvorhänge der Sänfte auf die wogenden Körper sah. Ihre Dienerin war ein hübsches Ding mit einer kurzen geraden Nase und mandelförmigen Augen. Sie stammte aus einer guten Familie alten Thebaner Adels und war mit Hatschepsut aufgewachsen. Dementsprechend freimütig pflegte Ipu Umgang mit der Frau, die nun bald die Königin beider Länder sein würde.

„Die Hohen Federn für die Mutter des Thronfolgers“, gab Hatschepsut matt zu bedenken, die noch immer der Verlust Amenis plagte.

„Willst du sie Isis überlassen? Haatsch ...“, gab sie flehend zu verstehen. „Heute Abend gehst du zu ihm und forderst dein Recht. Tu es, bevor Mutnofret und Isis ihn ein für alle Mal gegen dich aufgebracht haben.“

Hatschepsut nickte müde. Sie hatte es Ameni versprochen, also konnte sie es auch Ipu versprechen. Hatte Ipu nicht auch darüber hinweggesehen, dass Hatschepsut bei Ameni gelegen hatte? Jetzt musste sie endlich zu ihrem Bruder gehen und einfordern, was er nicht einfordern wollte.

Hapuseneb hob die Vorhänge der Sänfte und lächelte ihr aufmunternd zu, wiewohl er wusste, dass sie nicht glücklich war an diesem Tag, an dem alle um sie herum sich froh und sorglos gaben. „Wir sind in Karnak, im Hof vor Amuns Tempel angelangt. Dein Bruder wartet auf dich.“

Hatschepsut stieg hinaus in die flirrende Hitze und fühlte sich schwach, obwohl sie es nicht zeigte. Die Säulen im Tempelhof spendeten wenig Schatten vor den Strahlen des Re, trotzdem wartete Thutmosis im länglich gezogenen Schatten einer Säule auf sie. Er war bereits angetan mit dem halblangen Schurz, an dessen Rückseite der Schwanz eines Stieres baumelte und den weißen Antilopenledersandalen, auf deren Sohlen Abbilder seiner Feinde eingeritzt waren, sodass er sie mit jedem Schritt in den Staub treten konnte. Er trug das Leopardenfell des obersten Priesters und aufwendigen Halsschmuck sowie einen Prunkgürtel. Die Einkleidung des Pharao war bereits vor Amun vollzogen worden, nun brauchte Thutmosis seine Königin, um die wirklichen Insignien der Macht über Kemet - Krummstab und Geißel sowie die Doppelkrone von Amun zu erhalten. Sein kurz geschorenes Haar, das er nie wieder so freimütig zeigen würde, glänzte in der Sonne. Daran, dass Thutmosis ihr die Hohen Federn geben würde, glaubte Hatschepsut nicht. Trotzdem zwang sie sich zu einem müden Lächeln, welches ihr Bruder erwiderte und trat zu ihm in den mageren Schatten. Wie wenig Schutz es doch gab, wo immer sie ihn auch suchen mochte. Thutmosis neigte den Kopf und betrachtete sie lange. Groß war er nicht, kaum größer als sie, obwohl er drei Jahre älter war. Sein Wuchs war schmächtig, fast noch der eines Knaben und sein Gesicht zu weich. Nur eine hervorspringende Nase verlieh ihm etwas Männlichkeit. Trotzdem war ihr Bruder hübsch, so hübsch wie eine Puppe, die ausstaffiert worden war. „Schwester“, sagte Thutmosis mit der ihm eigenen etwas zu hohen Stimme und küsste sie fahrig auf die Stirn. Seine Hände griffen nach ihrem Arm, nicht so stark und fordernd, wie Amenis es stets getan hatten, sondern eher zurückhaltend. Er zog Hatschepsut mit sich, als fürchte er, Amun könnte sich anders entscheiden, und ihm die Doppelkrone doch noch verweigern. Während sie an seiner Seite in den Tempel ging, kam es Hatschepsut vor, als stütze er sich mit seinem ganzen Gewicht auf sie. „Hast du diese Nacht gut schlafen können?“, wollte er wissen, und sie nickte, obwohl es nicht stimmte.

„Das ist gut, ich habe kaum ein Auge zugetan. Isis gab mir Mohnsaft, aber es half nicht.“

Hatschepsut überhörte den Namen der Nebenfrau und stützte ihren Bruder, als dieser zu straucheln schien. Isis hatte ihm augenscheinlich zu viel Mohnsaft verabreicht. Immerhin – im Tempel Amuns herrschte noch eine angenehme Kühle, denn die Hitze währte erst seit wenigen Tagen. Die Wände aus Stein waren noch nicht aufgebacken, wie die Nilschlammziegel des Palastes. Hatschepsut war froh, als Hapuseneb sie und Thutmosis aufforderte, sich auf die beiden blockartigen Throne zu setzen, auch wenn diese nicht bequem waren. Gemeinsam ließen sie die Litaneien der Priester, das Weihrauchschwenken und das Opfer eines Stiers über sich ergehen. Thutmosis stöhnte gequält und wischte sich über die Stirn. Es war zu heiß für ein Blutopfer, aber es musste getan werden. Zwei Priester führten den Stier in den Tempel, ein makelloses Tier, beinahe so rein wie der Apisstier, der im Serapeum als Verkörperung des Gottes Ptah verehrt wurde. Auch sein schwarzer Leib glänzte vom Schweiß und der Hitze. Sie banden ihn zwischen zwei Säulen, während Puemre, der zweite Prophet Amuns, mit einem reich verzierten Opferdolch an ihn herantrat. Der Stier verströmte einen scharfen Geruch, und Hatschepsut meinte, seine Lebensader an seinem Hals pulsieren zu sehen. Dann, mit geübter Handbewegung, durchtrennte Puemre die Luftröhre des Tieres, sodass es lautlos zusammensackte. Nur seine Glieder zuckten noch, während der schwere Leib auf dem Steinboden verendete. Metallischer Blutgeruch breitete sich in der Tempelhalle aus, als die Priester den Bauch des Stieres aufschlitzten und die Eingeweide herausquellen ließen, um die Zukunft des jungen Horus zu lesen. Thutmosis hielt sich unvermittelt die Hand vor den Mund. „Mir ist schlecht“, flüsterte er Hatschepsut zu, und sie legte die Hand auf die Seine, obwohl auch ihr übel vom Anblick des Blutes und der Eingeweide wurde. Es dauerte lange, bis Puemre zufrieden nickte. Zwei Priester mit den hölzernen Masken des glutäugigen Seth und des falkenköpfigen Horus traten schließlich zu Thutmosis und nahmen ihn in die Mitte. Hatschepsut beobachtete steif und unbeweglich von ihrem Thron aus, wie ihr Bruder unsicher durch die Pfützen des Stierblutes lief, wobei er seinen Ekel nur schwer zu verbergen mochte. Erst als Puemre den Weihraucharm vor Thutmosis schwenkte, schien ihr Bruder etwas gelöster. Doch noch immer hielt er sich die Hand vor den Mund, um nicht speien zu müssen. Dann trat endlich Hapuseneb mit der Doppelkrone des Pharao zu Thutmosis und setzte ihm beide Kronen aufs Haupt – die rote und die weiße ... das obere Ägypten und das untere. Thutmosis Hände zitterten, als der Insignienverwahrer ihm Heka-Krummstab und Nechecha-Geißel reichte, aber seinen Mund umspielte das Lächeln eines glücklichen Kindes. Mit unsicheren Schritten, als ob er fürchtete, die Kronen würden von seinem Kopf fallen, ging er zurück zu seinem Thronwürfel, die Hände mit Geißel und Krummstab über der schmalen Brust gekreuzt. Ihr Bruder war der neue Horus – die Götter hatten ihren Willen kundgetan. Hatschepsut überkam eine unbestimmte Furcht bei seinem Anblick, und sie fragte sich, ob Thutmosis wusste, dass die Insignien in seinen Händen göttlichen Zauber besaßen, der seinem Träger eine schwere Bürde auflastete. Aber dann traten zwei Priesterinnen mit den Masken der Schlangengöttin Uto und der Geiergöttin Nechbet zu Hatschepsut und führten sie wie Thutmosis durch die bereits gerinnende Lache des Stierblutes. Sie war froh darüber, dass es ihr besser gelang als Thutmosis, ihren Ekel zu verbergen. Puemre schwenkte einmal mehr den Weihraucharm, und schließlich trat Hapuseneb ihr mit einem versteckten Lächeln entgegen. Hatschepsut fühlte, wie ihr Herz zu schlagen aussetzte. Der Insignienverwahrer trug die Hohen Federn der großen königlichen Gemahlin vor sich her. Es war nur ein kurzer Augenblick, bis der Oberste Prophet die Hohen Federn auf den Modius setzte, aber er bedeutete Hatschepsut mehr als sie zu hoffen gewagt hatte. *Alles wird gut*, schienen Hapusenebs Augen zu sagen, und Hatschepsut unterdrückte Tränen der Erleichterung. Thutmosis hatte ihr die Hohen Federn der Großen Königlichen Gemahlin gegeben und damit ihren Platz in der königlichen Familie gesichert. Hatschepsut würde die erste Frau Ägyptens sein, die Große Königliche Gemahlin. Isis blieb eine Nebenfrau, obwohl sie bereits ein Kind des Pharao trug.

Als sie gemeinsam mit Thutmosis ins Allerheiligste geführt wurde, um den Gott Amun zu salben und vor ihm niederzuknien, empfand Hatschepsut das erste Mal Zuneigung für ihren schwachen Bruder, der über sich und sein ängstliches Gemüt hinausgewachsen war, indem er ihr die Hohen Federn zugesprochen hatte. Sicherlich hatten weder Mutnofret noch Isis ihm dazu geraten, und es wäre ihm nicht unmöglich gewesen, seiner Schwester den von den Göttern zugedachten Platz an seiner Seite zu verweigern. In der langen Geschichte der beiden Länder war es nicht selten vorgekommen, dass der Ehrgeiz der Nebenfrauen den Pharao von der Maat abweichen ließ. Der Palast und auch die Priester blickten mit Besorgnis auf den jungen Falken, der so wenig von der Stärke des Vaters besaß, doch Hatschepsut beschloss, dass sie Hoffnung in ihn setzen würde. Tatsächlich war auch in ihr nur eine kleine Flamme für Thutmosis entzündet worden, doch vielleicht konnte sie größer werden, genährt werden und wachsen ... wenn nur die Zeit ihnen gewogen war.

Als sie gemeinsam aus dem Tempel traten, wo das Volk wartete um ihnen zuzujubeln, wagte Hatschepsut es, die Hand ihres Bruders zu nehmen, was ihn überrumpelte. Er zuckte zusammen, als hätte eine Schlange ihn gebissen. „Ich danke dir, Bruder", flüsterte sie ihm zu.

Thutmosis runzelte die Stirn und schien dann zu begreifen. „Haatsch, du bist meine Schwester. Was hast du denn geglaubt, wer die Hohen Federn tragen würde?“

Hatschepsut schüttelte den Kopf und lächelte müde. Vielleicht hatte Ameni sich geirrt und Thutmosis war nicht so schwach, wie er befürchtet hatte. Sie hatte Ameni aufgeben müssen, und auch wenn es sie schmerzte, so war es doch vorherbestimmt gewesen. Es würde nur diesen einen Gatten für sie geben können, und er war ihr von den Göttern bestimmt worden. Und vielleicht konnte Thutmosis, wenn sie ihm nur ein wenig Stütze war, doch noch der Starke Stier werden, den Ägypten brauchte.

Isis war nicht zur Feier im großen Empfangssaal erschienen. Sie sandte ihre erste Dienerin, Thutmosis und Hatschepsut ihre Segenswünsche zu übermitteln und ließ sich damit entschuldigen, dass der oberste Priesterarzt ihr und dem Kind in ihrem Leib Ruhe verordnet hatte. Hatschepsut wusste, dass es nur eine stumme Mahnung der Nebenfrau an sie war, dass Hatschepsut zwar die Hohen Federn trug, sie aber den Sohn des Königs. Mutnofret ließ sich nicht abhalten selbst vor dem Thronpodest eine gekonnte Verbeugung zu vollziehen, ebenso wenig wie Senenmut, der vielleicht mehr wegen Hatschepsut als wegen Thutmosis erschienen war. Es verwunderte Hatschepsut, da sie bisher nur wenige Worte gewechselt hatten, die mehr aus Höflichkeit, denn aus wirklichem Interesse für den anderen gefallen waren. Senenmut, der alte Vertraute ihres Vaters, der unverwechselbar zwei mürrische Falten von den Mundwinkeln abwärts besaß, verbeugte sich ein wenig ungelenk vor ihrem Thron, was Hatschepsut innerlich amüsierte. Steif war er schon immer gewesen und ernst, und ebenso wie man dem adeligen Hapuseneb sein thebanisches Blut nicht hätte zutrauen mögen, konnte man beim hochgewachsenen Senenmut nicht annehmen, dass er überaus bescheidenen Verhältnissen entsprang und sich seinen Aufstieg bei Hof hart erarbeitet hatte. War es Zufall, dass er seine Verbeugung unmerklich in ihre Richtung geneigt vollführte, oder war es gewollt. Wer wusste das schon? Selbst ihr Vater hatte niemals ganz den unergründlichen Ka seines Vertrauten durchschauen können. „Möget ihr ewig leben“, sprach Senenmut mit klarer Stimme und versuchte ein Lächeln, ließ es dann aber bleiben, da er selbst wusste, wie wenig er im Lächeln geübt war. „Hatschepsut“, hatte ihr Vater ihr einmal gesagt. „Wenn ich meinen Platz am Himmelsgewölbe eingenommen habe und du nicht weißt, wem du trauen kannst – vertraue Senenmut. Er ist dein Freund.“ Hier, an diesem Tag des Jubels und der Klage stand er nun vor ihr, hager, alterslos und undurchschaubar in seinem gestärkten makellosen Gewand. Hatschepsut nickte ihm zu, und er wandte sich ab, ohne ihr einen weiteren Blick zu schenken. War er unverschämt oder nur gedankenlos? Sie war es kaum gewohnt, dass man ihr so gleichgültig gegenübertrat. Hatschepsut wusste, dass sie gehasst oder geliebt wurde. Die Kühle Senenmuts verunsicherte sie. Vielleicht würde sie niemals erfahren, ob die Worte ihres Vaters über diesen seltsamen Senenmut wahr gewesen waren. Hatschepsut wollte darüber nachdenken, doch dann erschien Ahmose, wie immer betäubt vom Mohnsaft, wankte gestützt von einer Dienerin vor das Königspaar und schenkte Hatschepsut ein seltenes Lächeln, wohingegen sie den neuen Herrn der beiden Länder nicht einmal ansah. Ein verhaltenes Kichern ging durch die Reihen der Gäste, welches Hatschepsut ärgerte. Was immer Ahmose nun war – einst war sie die erste Frau Kemets gewesen. Wie schnell vergaßen die Menschen die Maat, und Thutmosis, nun mit den Kronen des Horus auf dem Haupt, fühlte sich nicht bemüßigt, die Höflinge daran zu erinnern, dass es die Mutter seiner großen königlichen Gemahlin war, die sie verlachten. Die Schritte ihrer Mutter zeugten tatsächlich wenig von ihrer Göttlichkeit, als sie stolpernd die Stufen hinaufkam, um dann ihre Lippen an das Ohr Hatschepsuts zu legen. „Heute Nacht, Tochter ... du musst einen Sohn empfangen“, säuselte Ahmose ihr mit belegter Stimme zu. Ihr Atem war schwer von süßem Oasenwein, und die Schminke in ihrem Gesicht wie so oft ein wenig nachlässig aufgetragen. Hatschepsut nickte, jedoch mehr, um ihre Mutter zufriedenzustellen. Die Nachlässigkeit hing an Ahmose wie ein zerschlissenes Gewand, seit ihr goldener Prinz Amunmose, der Horus im Nest, gestorben war. Sie hatte sich nie viel aus der verbliebenen Tochter gemacht, doch irgendetwas hatte sie bewogen, heute zu erscheinen – vielleicht eine Erinnerung, die sich durch die wogenden Tiefen des Mohnmeeres in ihr Herz gestohlen hatte? Hatschepsut wusste, noch ehe sie den Gedanken zu Ende gedacht hatte, dass es nicht so war. *Amun, mein Vater, der du meinen Vater im Fleisch von meiner Seite genommen hast ... warum hast du nicht sie gerufen, anstatt ihn, da es ihr doch einerlei gewesen wäre?* Hatschepsut sah der Mutter von ihrem Thronpodest aus nach, wie sie sich durch die feiernden Leiber der Hofgesellschaft von ihrer Dienerin führen ließ, hinaus aus dem Festrausch, da sie doch nur gekommen war, um ihre Tochter an ihre Pflichten zu erinnern, an jene Pflichten, die sie selbst versäumt, und damit Mutnofret den Weg geebnet hatte. Mutnofret kannte keine Nachlässigkeit. Sie war eine Frau aus niederem Adelsstand, die sich durch die Trägheit der großen königlichen Gemahlin ihren Platz an der Seite des zu Osiris gegangenen Pharao gesichert hatte. Eine Frau wie sie wusste, dass sie sich keinerlei Nachlässigkeit erlauben durfte, auch wenn sie Siege errang. Ihre Stimme war präzise und die Wahl ihrer Worte überlegt. Mutnofret hatte höfische Sitten und Gebräuche erst mühevoll erlernen müssen und fürchtete stets in einem unüberlegten Augenblick, in die einfache Zunge des Volkes zurückzufallen. Ihre Verbeugung war tadellos, jedoch aufgesetzt und entsprang keiner natürlichen Anmut. Doch ihre zierliche Größe und

Feingliedrigkeit täuschten so manches Auge, denn sie ließen den ungeübten Blick vermuten, sie wäre am Hof in Theben geboren. Die Königswitwe wusste um ihre Stärken und ihre Schwächen so genau, wie Ahmose in ihrer ahnungslosen Nachlässigkeit dahintrieb. „Gesundheit, Leben und Wohlergehen meinem Sohn, dem Einzig Einen, Thutmosis Aakheperenre und seiner großen königlichen Gemahlin, die ich nun ebenso meine Tochter nenne." *Deine Tochter bin ich nicht, denn mein Blut ist von göttlichen Eltern*, dachte Hatschepsut mit Abneigung im Herzen, während sie scheinbar huldvoll die Demutsgeste entgegen nahm. Mutnofret verließ so erhaben das Thronpodest, wie es Ahmose gemäß gewesen wäre, blieb ihrem Sohn aber nah genug, um alles um ihn herum zu beobachten. Hatschepsut sah mit innerlichem Groll auf ihre Sandalen aus Gazellenleder, um ihre Gedanken vor der aufmerksamen Königswitwe zu verbergen. Genau so hatte Ahmose einst das Herz ihres Gemahls verloren. Sie war gegangen und hatte sich in ihre Gemächer und Träume aus Mohnsaft zurückgezogen, während die andere einfach an der Seite des Einzig Einen geblieben war und ihn wie eine Kobra umschmeichelt hatte.

Thutmosis lächelte matt, denn ihn ermüdete das Fest sichtlich. Am Abend war es einmal mehr Hatschepsut, die ihn stützte und ihm aufmunternde Worte schenkte. Den gesamten Nachmittag musste sie auf Thutmosis einreden, das Krönungsfest durchzustehen, während die Gäste tranken, sangen, feierten und ihnen Segenswünsche zuriefen. Sie alle hatten Grund zu feiern, vor allem Thutmosis, der gebangt hatte, sein Vater würde ihn nicht zum Nachfolger bestimmen, wie er es einst angedroht hatte. Er blickte beinahe den gesamten Tag bis in den frühen Abend, als würden die Qualen der Unterwelt in ihm toben. Hatschepsut, am Morgen noch von einer Hoffnung erfüllt, die ihr den Tag als gut verheißen hatte, meinte weinen zu müssen. Trotzdem lächelte sie und gab sich froh und zufrieden.

„Ich bin furchtbar müde." Thutmosis ließ sich auf sein Ruhelager fallen, schloss die Augen und stöhnte leise, während Hatschepsut seiner Leibdienerin einen Wink gab, sie allein zu lassen. Das Mädchen verbeugte sich und verschwand dann auf leisen Füßen. Wie sehr hatte sie auf ihn einreden müssen, die Nacht nicht bei Isis zu verbringen, zu der es ihn hinzog, wie einen Nachtfalter in ein brennendes Feuerbecken. Ihr Bruder hatte nur widerwillig nachgegeben, da er die missbilligenden Blicke der Priester und Höflinge noch immer fürchtete. An seine Allmacht Forderungen abzulehnen oder zu gewähren, musste Thutmosis sich erst noch gewöhnen, und Hatschepsut dankte Amun und allen Göttern dafür.

Da lag er nun, ihr Brudergemahl, auf dem blütenweißen Laken, auf dem einst der Mächtige Stier, der vollkommene Gott, gelegen hatte, und sie wusste nicht, wie sie seine Lust entfachen könnte. Ein neuer Gott, ein schwacher Gott, lag dort, ausgebreitet wie ein ungestärktes Leinenkleid, hilflos wie ein Kind. Hatschepsut durchfuhr Schmerz, denn diese Gemächer waren jene, in denen sie an so vielen Abenden mit ihrem Vater gesessen und Senet gespielt hatte. Jetzt, da ihr Bruder sie bewohnte, waren sie ihr unvertraut, und wo es ein letztes Stück Geborgenheit gegeben hatte, lag nun der Bruder, der ihr stets fremd geblieben war. Doch zuletzt war jeder für sich gewesen in der Familie des Einzig einen – sogar sie. Aber um alte Wunden zu nähren, war Hatschepsut nicht hier. Leise ging sie hinüber zu dem flach atmenden Körper, der so verloren wie ein Gazellenkitz auf dem goldenen Ruhebett aussah. „Bruder, du weißt, wir brauchen einen Erben."

Er öffnete die Augen, als hätte sie etwas Erschreckendes gesagt, setzte sich auf und schlang die Arme um seine magere Brust. „Ich weiß es, Haatsch."

Langsam ließ sie sich neben ihm auf dem Lager nieder und versuchte zu verstehen, was ihn so daran erschreckte, sie zu berühren. Sie war nicht hässlich, vielleicht sogar schön, doch Thutmosis benahm sich, als wäre sie abstoßend von Gestalt oder hätte eine ansteckende Krankheit. „Warum hast du mich nie rufen lassen, Bruder? Seit vier Sommern bin ich deine Gemahlin, aber du hast nicht einmal nach mir verlangt."

Wie um sich einer Antwort zu verweigern, knetete er das Laken seines Lagers, zerknitterte und zerstörte, was gerade noch vollkommen gewesen war und starrte betroffen die Wände an, die noch immer die Kartuschen mit dem Namen des übermächtigen Vaters trugen, obgleich die Bildhauer an einigen Stellen schon begonnen hatten die Wände zu glätten. „Ich ... ich weiß es nicht, Haatsch."

Sie nahm seine Hand, die sich in der ihren versteifte. Sie war kalt und klamm. „Ich habe nie etwas von dir verlangt, keine Beschwerden zu dir getragen, obwohl der Bauch der zweiten Gemahlin sich schon rundet. Warum verweigerst du mir, deiner Schwester, ein Kind?"

Er sah sie an aus seinem weichen Gesicht, die Augen rund wie zwei Perlen aus dem Großen Grün, und tatsächlich schien sich so etwas wie Sanftmut in ihm zu regen. Endlich atmete Thutmosis durch und antwortete ihr. „Ich fürchte mich vor dir."

„Mit mir das Lager zu teilen?" Hatschepsut versuchte ihn zu verstehen. War sie denn so erschreckend? Aber ja, auch Ameni war anfangs vor ihr zurückgeschreckt, doch Ameni war kein Gott. Thutmosis sollte es besser wissen.

„Nein, das ist es nicht, Schwester. Es ist die Furcht davor, was geschieht, wenn dein Bauch sich rundet - wenn du einen Sohn trägst."

„Er wird dein Erbprinz sein – dein Blut und das meine, wie es den Göttern gefällt." Sie wusste nicht, warum er so verstockt gegen die göttlichen Gebote war. Ihr Haar duftete nach

Blüten, ihr Körper nach feiner Salbe, und ihre Haut war von dunklem Gold wie karamellisierter Honig. Warum mochte er dieses Fleisch, das dem gleichen Vater entsprang, nicht kosten?

„Haatsch, sie sagen, wenn du erst einmal einen Sohn hast, wirst du ihn auf den Thron Kemets setzen und in seinem Namen die Geschicke der beiden Länder lenken. Das ist es, was unser Vater wollte, und davor fürchte ich mich."

Hatschepsut fühlte, wie Kälte in ihr hochstieg. Ameni hatte recht gehabt, es fing bereits an. Mutnofret und Isis hetzten ihren Bruder gegen sie auf. „Unser Vater hat mich dir gegeben, damit ich deine große königliche Gemahlin bin, nicht mehr und nicht weniger verlangte er von uns."

Jetzt sprang er vom Lager auf, ging unruhig auf und ab, schien zu überlegen, wem er trauen konnte und wem nicht. *Mein armer gequälter Bruder, der nicht weiß, was er tun soll – wie willst du bestehen zwischen all jenen, die dich auf falsche Pfade zerren wollen?* Hatschepsut wusste, dass sie ihn nicht drängen konnte, also blieb sie sitzen und wartete. Thutmosis kam zu ihr zurück und nahm ihre Hand. „Schwester, schwörst du mir bei Amun, dass du nicht gegen mich handeln wirst, und dass du dich bescheidest mit den Hohen Federn, die ich dir heute gegeben habe?"

Hatschepsut nickte schnell und drückte seine Hand. Nichts anderes wollte sie, und nie hatte sie anderes erwartet. Thutmosis entspannte sich. Dann gab er ihr einen scheuen Kuss auf die Stirn, feuchte Lippen hinterließen ein Mal auf ihrer Haut, einem Versprechen gleich, und schließlich drückte Thutmosis sie auf das Lager, nicht kraftvoll, wie Ameni es getan hatte, aber auch nicht sanft, wie es Ameni ebenso vermocht hatte. Hektisch und getrieben schien er und machte sich nicht die Mühe, sie zu entkleiden, sondern schob ihr das Leinenkleid über die Hüften, während er sich den Schurz vom Leib zerrte. Hatschepsut meinte, ein Fremder würde bei ihr liegen, und ahnte, dass es ihm ebenso ging. Mit Wehmut erinnerte sie sich an die vertraute Nähe, die sie und Ameni geteilt hatten. *Wie kann mir Fleisch vom gleichen Vater so unvertraut sein?* Die Augen ihres Bruders wichen ihrem Blick aus, als er in sie drang, und sein Min war kleiner als das von Ameni. Es schmerzte nicht, als Thutmosis sich unbeholfen in ihr bewegte, noch erregte es ihre Lust, aber sie schloss die Augen und dankte Amun dafür, dass der Leib ihres Bruders endlich auf dem ihren lag. Das Keuchen ihres Bruders drang in ihre Ohren, als quälte ihn die Vereinigung mit ihr. Hatschepsut ließ ihn alles tun, was er wollte, auch wenn das nicht viel mehr war, als möglichst schnell seinen Samen in ihr zu verspritzen. In ihrem Herz vernahm sie Amenis Stimme, die ihr versprach, dass alles gut würde, und wartete darauf, dass die für sie beide freudlose Vereinigung vorüber war.

„Du bist nicht mehr unberührt“, stellte Thutmosis fest, als er neben ihr lag, sein Leib erschlafft, sein Min lustlos auf seinem schmalen Schenkel geschrumpft und an die mit dem Himmelzelt bemalte Decke seiner Gemächer starrend.

„Du hast mich nicht gewollt, Bruder.“

Er nickte und wandte beinahe schläfrig den Kopf zu ihr. „Es ist mir nicht wichtig, Haatsch. Ich gebe dir meinen Samen, und du gibst mir einen Sohn ohne Makel. Du schenkst ihm dein göttliches Blut, auf dass er meinem Blut Geltung verschafft, wie es die Götter befohlen haben. Er wird das geringe Blut meiner Mutter tilgen, das durch meinen Leib fließt.“ Selten hatte er so entschlossen geklungen, so ehrlich zu sich selbst oder zu ihr gesprochen, trotz aller Müdigkeit, die auf ihm lastete. Thutmosis Augen ruhten auf ihr und erwarteten ebensolche Ehrlichkeit. „Du begehrst nicht mich, du begehrst nur meinen Samen.“

Hatschepsut konnte es nicht leugnen und nickte. Was gab es zu leugnen, an diesem Ort der Wahrheit, wo alles begonnen hatte, was zwischen ihnen stand. „Auch ich fürchte mich, und ich bin allein. Es gibt niemanden der mich beschützt, nur ein Sohn kann mich vor denen bewahren, die mich gerne tot wüssten. Sie werden es nicht wagen Hand an mich zu legen, wenn ich die Mutter des Falken im Nest bin.“ Sie musste die Namen derjenigen nicht aussprechen, von denen sie sprach. Thutmosis wusste, wen sie fürchtete. Seine Augen waren nun keine Perlen mehr, vielmehr schienen sie wie moderige Sumpflöcher zu sein, die sie abschätzen. „Du bist meine Schwester, wie könnte ich dir dein Vorrecht verweigern. So fürchten wir uns also beide und können uns nicht trauen. Also schließen wir einen Handel, denn wir erhoffen uns etwas vom anderen. Auch ich begehre dich nicht, weil du die bist, die du nun einmal bist, Haatsch - die Angst, die mir im Nacken sitzt - und doch brauche ich dich.“

Sie sahen sich an, und so etwas wie Bedauern über die Erkenntnis ihrer Gefühle legte sich in ihrer beider Gesichter. Hatschepsut streckte die Hand aus, und Thutmosis ergriff sie dieses Mal ohne Zögern. „Wenn wir nicht die wären, die wir sind, vielleicht hätten wir uns Zuneigung und Wärme schenken können, Bruder.“

„Vielleicht, Schwester“, stimmte er zu, dann schloss er die Augen und schlief ein, ohne sie noch einmal anzusehen. Hatschepsut lag neben ihm wach, hörte auf das Zirpen der Grillen, die ihren abendlichen Gesang anstimmten, und spürte, wie der Samen des Bruders zwischen ihren Schenkeln erkaltete. Während sie seinen ruhigen Atemzügen lauschte, fragte sie sich, ob es nicht anders hätte sein müssen. Hätte der Herr allen Lebens nicht ihren Leib wärmen müssen, die Stärke des Mächtigen Stiers nicht ihren Bauch erhitzen, anstatt kalt und kraftlos aus ihr hinaus zu fließen? Konnte Amun in diesem schwachen Pharao Gestalt annehmen, um ein göttliches Kind mit ihr zu zeugen? Hätte Amenis Samen ihren Leib zum Glühen gebracht?

Du wirst es nie erfahren, denn dieser Bruder ist der Einzige, dem es erlaubt ist, mit dir ein Kind zu zeugen. Ihre Gedanken flogen weit fort, zurück in die Vergangenheit, in der das Übel, das zwischen ihr und Thutmosis lag, seinen Anfang genommen hatte.

Es war ein kühler Tag in der Jahreszeit Achet gewesen, in der die Göttin Isis reichlich ihre Tränen vergossen hatte und die Fellachen auf den Feldern ob des Überflusses gesungen und getanzt hatten. Der mächtige Stier hatte sie mitgenommen, als er den Hapi, den lebensspendenden Nil, gesegnet hatte, und Hatschepsut war stolz darauf gewesen, eine kleine Prinzessin, die eigentlich nichts gelten durfte, der jedoch der Vater wo immer er sie mitnahm, Geltung verschaffte. Auch, dass sie nach dem aufregenden Tag mit ihm in seinen Räumen saß, kaltes Gänsefleisch knabberte und mit dem lebenden Gott Senet spielte, war von großer Bedeutung. Groß war er, mächtig und stark, nicht nur an Gestalt, auch in seinen Worten und Taten. Hatschepsut hatte ihm zugesehen, wie er das Wasser aus dem geweihten Gefäß in die grünlich schlammigen Fluten des Hapi hatte fließen lassen, und seine Worte waren mächtig gewesen. „Gott Hapi, Amuns Sohn sendet dir Dank für die gute Flut in diesem Jahreskreis." Die Menschen hatten ihm zugejubelt, und nun saß Hatschepsut in seinen Gemächern, neben dem Gott, der ihr Vater war, und er lächelte, als wäre er nicht der Herr allen Lebens, sondern nur ein einfacher Vater, der mit seiner Tochter den Abend verbrachte. Hatschepsut hatte die Wurfstäbe in der Hand gehalten, ein Mädchen mit tiefschwarzer Kinderlocke und dem Gesicht eines Kätzchens, wie der Einzig Eine sie gerne neckte, als Thutmosis auf einmal in der Tür gestanden hatte. Seine Knie waren aufgeschlagen gewesen, die Nase blutig und das kurze Haar staubig. Erst vor einigen Monden hatte Mutnofret ihm seine Jugendlocke abgeschnitten und ihm erklärt, dass er nun ein Mann sei. Aber ihr Bruder war kein Mann, wie er da vor Hatschepsut und seinem übermächtigen Vater stand. Er hatte seine Schwester angesehen, betrübt und verletzt zugleich, da der Vater sie hier bei sich hatte und mit ihr Senet spielte. Aus seinen Augen hatte Eifersucht gesprochen. Thutmosis war fortgelaufen vom Übungsplatz der königlichen Leibwache, wo man den allzu zarten und verwöhnten Prinzen Demut und Kraft durch Schleifen und Drill lehren sollte, denn mit vierzehn Nilschwemmen, so meinte der Einzig Eine, war er alt genug dazu. „Ich will nicht mehr zu den Soldaten, sie sind grob und behandeln mich wie einen der ihren, nicht wie den Sohn des Pharao."

Die breiten Muskeln unter den Armreifen des Einzig Einen hatten sich angespannt, das vorspringende Kinn sich verhärtet. *Sei ruhig Bruder und verschließe deine Gedanken*, hatte Hatschepsut innerlich gefleht, denn so gut sie ihren Vater kannte, so wenig verstand der Bruder das Herz seines Vaters. Schwäche verabscheute er, und der überhebliche Prinz, der sich für besser hielt als die Soldaten, die ihn Bescheidenheit lehren sollten, verärgerte ihn.

Amunmose, der zu Osiris gegangen war - er war gerne mit ihnen gelaufen, hatte mit den Männern gerungen und sie Freunde genannt. Aber Thutmosis jammerte und beschwerte sich, und der Pharao wurde immer unerbittlicher gegen den widerspenstigen Sohn. „Du bist der Falke im Nest, du wirst zurück zu ihnen gehen."

Als Thutmosis trotzig den Kopf hob, hatte ihr Vater auf Hatschepsut gewiesen, ihre Hände ergriffen und sie Thutmosis entgegen gehalten. Die Stäbe des Senetspiels waren ihr aus den Händen gefallen und über den Boden gerollt, wo sie vor Thutmosis Füßen liegen blieben. „Deine Schwester ist jünger als du, doch sie liebt und ehrt Kemet. Wenn du das nicht kannst, werde ich sie zum Falken im Nest machen. Eine starke Frau auf dem Thron beider Länder ist mir lieber als ein schwacher Mann."

„Sie sind zu hart zu mir, ich bin dein Sohn", hatte Thutmosis sich mit zitternder Stimme verteidigt und die blutige Nase gerieben. Die Worte seines Vaters verletzten seinen Stolz, und er musterte die Schwester mit grimmigem Blick. „Schick doch sie, damit sie ihr die Nase brechen." Er hatte auf Hatschepsut gewiesen, und sein Blick wurde gehässig, da er doch wusste, dass sein Vater leere Drohungen aussprach. Eine Frau konnte nicht der Mächtige Stier Ägyptens sein, die Maat erlaubte es nicht.

Hatschepsut hatte mit übler Vorahnung gesehen, wie das Gesicht des mächtigen Stiers versteinert war. Dann hatte er Thutmosis einfach den Rücken zugewandt. Da hatte Thutmosis seine Schwester erneut angestarrt, dieses Mal jedoch voller Angst und Unglauben, als hätte sie ihn betrogen.

„Wer will es mir verbieten, ich bin der lebende Gott auf Erden, und ich kann ebenso eine Frau mit reinem Blut auf den Thron heben, wie einen dummen Jungen, der aus dem Schoß einer Nebenfrau gekrochen ist."

Danach war es ruhig gewesen in den Gemächern des Einzig Einen, da Worte gesprochen worden waren, die niemals hätten fallen dürfen. Thutmosis war ohne noch einmal aufzubegehren zurück zu den Soldaten gegangen. Niemand von ihnen hatte je wieder über diesen Tag ein Wort verloren.

Hatschepsut rollte sich auf die Seite und betrachtete die im Schlaf noch verschwommeneren Züge ihres Bruders. *Hättest du doch geschwiegen, Vater, und nicht ausgesprochen, was nur im Zorn gesprochen war. Aber so bist du gewesen, mein Vater. Deine Worte konnten Liebe schenken, oder im Herzen ein blutiges Schlachtfeld hinterlassen. Warum bist du von denen, die du Familie nanntest, gegangen, ohne Liebe zu hinterlassen? Wir sind allein, jeder für sich, und jeder von uns trägt ein Schlachtfeld im Herzen.*

Der Nachtfahrt 2 Stunde ist jene, welche klug ihren Herrn beschützt

Nubien, im zweiten Jahr der Herrschaft des Thutmosis Aakheperenre

Sary riss seinen Bruder auf die Beine und zog ihn mit sich. Der glühend heiße Sand des elenden Goldlandes verbrannte ihnen die Füße, doch er wusste, dass sie laufen mussten, egal wie viele Schwielen und Brandblasen sie auch am Abend vom Schlaf abhielten. Gnadenlos brannten Res Strahlen auf ihre geschundenen Körper, unerbittlich folgten ihnen die Krieger der aufständischen Stammesfürsten. „Steh auf, Ameni, sie haben uns fast eingeholt!"

Ameni stieß einen Fluch aus und trat den Stein zur Seite, über den er gestolpert war. Dann liefen sie weiter über den heißen Sand, im Rücken die Rufe und Schreie der nubischen Krieger, die sie mit ihren Speeren, Bogen und der wilden Bemalung in ihren dunklen Gesichtern verfolgten. Wie lange liefen sie schon vor ihnen davon durch dieses unwirtliche Land? Einen Jahresumlauf oder sogar länger? Sary hatte aufgehört zu zählen, denn dafür blieb keine Zeit, wenn einem der Tod im Nacken saß. Und diesen wollte er hier nicht finden, in der rotsandigen Steinwüste, eingekeilt zwischen den Felsen, die ebenso rot glühten wie der Sand, ganz so als würde Re selbst sie in diesem öden Land verlachen. Der blaue Himmel, der über den Felsen prangte, verhöhnte sie auf seine Art. *Wasser*, dachte Sary voller Verzweiflung. *Süße Hathor, die du dich die Göttin dieses Landes nennst, schicke uns Wasser.* Die nubischen Krieger holten auf, denn sie waren die Gluthitze und die Kargheit ihres Landes gewohnt – sie wurden nicht von ihm verschlungen wie die ägyptischen Soldaten, die um ihr Überleben kämpften. Sarys Leib und der seines Bruders sollten jedoch nicht im Wüstensand verfaulen und von wilden Tieren angefressen werden. Sary wollte leben, damit er friedlich in Ägypten sterben konnte. Nach seinem Tod wollte er mit Binden umwickelt werden, sein Körper erhalten und in duftende Harze getränkt, sodass er friedlich in einem ewigen Haus würde ruhen können. Mehr noch als vor dem Tod fürchtete Sary sich davor, ohne Augen, Arme oder andere wichtige Gliedmaßen im Schönen Westen fortleben zu müssen. Und das würde er, wenn die Tiere ihn fraßen und die Götter ihn überhaupt fanden, um ihn vor das Jenseitsgericht zu bringen. Ein Mann, der in der Fremde ohne seinen Namen starb, wäre ausgelöscht bis in alle Ewigkeit. Wenn sie hier starben, würde es kein Weiterleben nach dem Tod für sie geben. „Lauf, Bruder ... wir haben es gleich geschafft."

Ameni nahm seine letzten Kräfte zusammen. Hinter ihnen spien die nubischen Krieger ihnen Schmährufe in ihrer harten ungelenken Zunge hinterher und schlugen ihre Speere auf die mit Leder bespannten Schilde. Ein Ägypter schrie neben ihnen auf, von einem der Speere getroffen. Er fiel auf die Knie, spuckte einen Schwall Blut und blieb im Sand liegen. In

Todesangst rief er die süße Hathor und dann Sary um Hilfe an. Sary schrie dem Himmel einen Fluch entgegen und kümmerte sich nicht weiter um den Sterbenden. Sie mussten ihn zurücklassen, einen der ihren, weil er verloren war. Niemand wollte hier leben, doch sterben schon gar nicht. *Lass uns leben, damit wir in Kemet sterben können, Amun*, schrie Sarys gepeinigter Verstand, und dann erreichten sie endlich den kümmerlichen Wall aus Steinen, den sie in aller Hast errichtet hatten, um sich wie Hasen dahinter zu verstecken. Ihr Atem ging keuchend, als sie sich hinter die Schutzmauer fallen ließen. Ihr Kommandant, eigentlich der zweite Befehlshaber, aber im Rang aufgestiegen, seit die Nubier den Ersten in die Hände bekommen und bei lebendigem Leib gehäutet hatten, schrie den aufgebrachten Männern Befehle zu, sie sollten die Bogen bereithalten und genau zielen. Doch ehe die Männer auch nur einen Pfeil von der Sehne lassen konnten, war es still. Die dunklen Krieger kamen nie bis an den Rand der Mauer. Stets zogen sie sich vorher zurück. Sie griffen nur an, wenn die Ägypter versuchten zu fliehen. Wild waren sie, gnadenlos und barbarisch – aber sie waren nicht dumm. Sie opferten keine Krieger, da es doch nur eine Frage der Zeit war, bis die durstigen Ägypter aufgaben und sich wie eine Herde Schlachtvieh in ihre Speere warfen. Außerdem waren sie hervorragende Bogenschützen und konnten ihre Beute auch von Weitem niederstrecken, wenn sie unvorsichtig wurde. Sary ballte die Hände zu Fäusten und spuckte Sand, der ihm auf der gehetzten Flucht in den Mund geraten war.

„Wir hätten in Buhen bleiben sollen, Bruder. Der Kommandant der Festung hat uns gewarnt, aber wir waren überheblich diesem Land und seinen Menschen gegenüber." Ameni kam langsam wieder zu Atem und rieb sich den schmerzenden Fuß. Sary warf einen Blick auf den Knöchel des Bruders – nichts war gebrochen, den Göttern sei Dank. Einen fußlahmen Bruder hätte er nicht schützen können. Er konnte ja nicht einmal sich selbst beschützen. Trotzdem fühlte er sich zu einer bissigen Antwort gezwungen. „Wir hatten den Befehl, die Aufstände niederzuschlagen, und dieser Befehl kam vom Einzig Einen in Theben." Sary wusste, dass er dumm daher sprach, und es machte ihn zornig. Hatte der Einzig Eine Erkundigungen eingeholt, bevor er die abberufene Leibwache, eine Einheit von dreihundert gut ausgebildeten Soldaten, ins Goldland geschickt hatte, um die Aufstände einzudämmen? Hätte er nicht wissen müssen, dass es dieses Mal anders war und die Gegenwehr viel gewaltiger, als das immer wiederkehrende Aufbegehren der Fürsten, die es leid waren, Ägypten ihr Gold in die geöffneten Hände zu schaufeln? Sie waren klüger geworden - die Stammesfürsten kämpfen nicht wie sonst jeder für sich und gegeneinander, sondern hatten erkannt, dass sie stärker waren, wenn sie sich zusammentaten, um die ungeliebten Eindringlinge aus ihrem Land zu vertreiben. Thutmosis Aakheperenre war der Sohn Amuns, ein lebender Gott auf Erden – warum hatte er nicht gewusst, dass seine Soldaten wie Schlachtvieh in ihr Verderben liefen, als sie Buhen, die nördlichste Grenzfestung des Goldlandes, verlassen hatten? Es stimmte, was Ameni sagte. Der Kommandant von Buhen hatte sie gewarnt weiterzugehen, hatte gesagt, dass er schon vor längerer Zeit einen Boten nach Theben entsandt hatte mit einem Hilferuf und der flehenden Bitte um Unterstützung gegen die aufständischen Stämme des Goldlandes. Der Pharao hatte sie gewährt – dreihundert Soldaten der Leibwache seines toten Vaters hatte er ihnen geschickt – dreihundert Männer, die seinem Vater treu gedient hatten, denen er jedoch nicht traute. Sie waren zu wenige, um die Aufstände einzudämmen, und der Kommandant von Buhen hatte sich geweigert mit seinen Soldaten die schützende Festung zu verlassen, solange die Krieger wie entfesselt durch das Goldland tobten und alles niedermetzelten, was ihnen über den Weg lief. Sary und seine Einheit hatten ihn einen feigen Hund genannt und waren alleine weitergezogen, um den Befehl des neuen Pharao auszuführen. Sary presste die Lippen aufeinander. Dieser Kommandant war nicht feige, sondern klug gewesen. Und sie waren nicht mutig, sondern dumm. Nur Ameni hatte Bedenken geäußert, alleine weiterzugehen. Aber Ameni äußerte ständig Bedenken. Vielleicht, so gestanden sie sich mittlerweile jedoch alle ein, hatte Ameni doch recht mit seinem festen Glauben daran, dass Thutmosis sie opfern wollte, weil er sie fürchtete – die treu ergebene Leibwache des verstorbenen Gottkönigs.

„Bruder, wir werden hier sterben.“ Ameni hatte sich aufgesetzt, fuhr sich durch das staubig verschwitzte Haar und riss Sary aus seinen düsteren Gedanken. Amenis Blick war nicht verängstigt, sondern schicksalsergeben. Dies war der Augenblick, vor dem Sary sich stets gefürchtet hatte - vor dem Tag, an dem sein Bruder seinen Lebenswillen verlieren würde. Er war schmaler geworden, wie sie alle, die Haut tiefbraun, gegerbt von Sonne und Hitze, die Wangen ausgezehrt vom Hunger. Sary sah den kläglichen Rest der einst stolzen Leibwache des Einzig Einen, wie sie hinter dieser Mauer aus Felsgestein hockte und nicht wusste, was zu tun war. Dreihundert waren sie gewesen, gut die Hälfte war noch übrig. Der Pharao hatte sie vergessen und wollte sich ihrer auch nicht erinnern – sie waren vollkommen allein. Den Göttern hatten sie gedient, dem Lebenden Gott auf Erden, und jetzt hatte der neue Herr der beiden Länder sie wie Fliegen in den Staub getreten. Trotzdem verbot Sary es sich aufzugeben. Viel zu zornig war er über sein vergeudetes Leben, als dass er es einfach fortwerfen würde. „Wir werden nicht sterben, Ameni. Heute Nacht versuchen wir im Schutz der Dunkelheit zu fliehen und uns zurück nach Buhen durchzuschlagen.“

Ameni lehnte sich gegen die Mauer, betrachtete die trostlosen Gesichter der Kameraden, und Sary tat es ihm gleich. Kaum noch Wasser hatten sie, die Pferde nacheinander erschlagen und gegessen und überall lagen Knochen und verrottendes Fleisch. Fliegen tummelten sich um die fauligen Überreste. Es stank zum Himmel in ihrem erbärmlichen Lager. Ein paar wenige abgeschlagene Hände der Nubier lagen auf einem Haufen, wie ein Mahnmal nicht aufzugeben, und stattdessen weitere klägliche Trophäen zu sammeln für einen Gott, dem sie soviel bedeuteten, wie das Geschmeiß, gegen das er sie ausgesandt hatte. Sie soffen das Blut der geschlachteten Pferde, tranken ihre eigene Pisse und legten rohes Pferdefleisch auf eiternde und entzündete Wunden in der Hoffnung, der Brand würde gelindert. Wie lange würden sie noch durchhalten können? Jeden Tag starb mindestens einer von ihnen an seinen Verletzungen. Ameni sprach die gnadenlose Wahrheit - sie würden hier elendig verrecken, aber Sary war noch nicht verzweifelt genug, sich das einzugestehen. „Wir brechen aus der Umklammerung aus, Ameni! Heute Nacht – entweder wir schaffen es, oder nicht. Month möge uns beistehen. Wir müssen zurückkehren nach Ägypten, damit Gott Amun sieht, was der Pharao in seiner Selbstgefälligkeit tut. Wir müssen leben, damit wir es erzählen können – jedem, der zuhören will! Was uns geschehen ist, kann nicht Maat sein!“

Ameni betrachtete seine wund gescheuerten Hände. „Es interessiert die Götter einen Dreck, ob wir verrecken, Sary.“ Dann schien er sich zu besinnen und fuhr sich über die aufgesprungenen Lippen. „Einer muss sich opfern, damit die anderen fliehen können. Einer lenkt sie ab, die anderen laufen um ihr Leben.“

Sary trat einen Stein mit dem Fuß von sich fort. Er traf einen der Kameraden am Arm, der ihm einen kraftlosen Fluch entgegen schleuderte, aber zu erschöpft war, einen Streit zu beginnen.. „Keiner wird sich freiwillig opfern.“

„Doch – ich werde es tun.“

Amenis Worte trafen Sary wie einen Schlag mit der Kriegskeule im Nacken. Sein Kopf fuhr herum, um seinen Bruder einen Narren zu nennen. Doch Amenis Gesichtszüge wirkten entschlossen. „Ich muss am wenigsten von uns zurück nach Ägypten, Bruder. Ich habe keine Kinder und keine Frau, die auf mich wartet – keine, auf die ich hoffen darf.“

Sary schloss die Augen. *Sie* hatte es letztendlich doch noch geschafft. Haatsch, die Gottestochter mit dem dreieckigen Katzengesicht, den schräg stehenden Augen und dem tiefschwarzen Haar, die nun die Große Königliche Gemahlin eines Pharaos war, dem sein Volk wenig bedeutete. Es war gekommen, wie Sary es seit der ersten Nacht, als Haatsch sich zu Ameni schlich, gefürchtet hatte. Hätte sie doch lieber ihn angesehen anstelle Amenis. Er hätte ihr sein Min zwischen die Schenkel gestoßen und sie maunzen lassen, wie es eine Buhlin der Katzenköpfigen brauchte. Er wäre ihr nicht verfallen wie sein rührseliger Bruder! „Sie ist es nicht wert, Ameni!“

Sein Bruder lächelte freudlos. „Ich wusste, dass du das sagen würdest, doch glaub mir, dass sie es wert ist. Wenn niemand euch anhören wird, Haatsch wird es tun. Du musst nach Theben gehen, Sary, du bist der Stärkste von uns. Wenn der Pharao dich fortschickt, dann geh zu ihr. Haatsch wird dir helfen, denn sie liebt Ägypten und ihr Volk. Sie wird einen Weg finden."

Die Sonne brannte gnadenlos auf sie hinab, die verdammte rote Erde glühte, und sein Bruder redete von seinem eigenen Tod. Gerne hätte Sary Haatsch genommen und mit dem Gesicht durch den Dreck gezerrt, ihren göttlichen Arsch in den roten Staub getreten und ihr mit der Nilpferdpeitsche die Selbstgefälligkeit ausgetrieben. Er konnte doch nicht seinen Bruder opfern, um sein eigenes Leben zu retten. Alles in Sarys Herz wehrte sich gegen diesen Gedanken, doch die Dämonen der Unterwelt fraßen sich in sein Herz, und die Angst vor einem ewigen Tod ließ ihn schweigen. *Bei allen Göttern Ägyptens und der zornigen Sachmet – ich will leben!* Sary wusste, dass er sich ewig dafür hassen würde, seinen Bruder an seine eigene Lebensgier und an ein Weib verloren zu haben, das nun die hohen Federn der Königin trug.

„Dann sei es eben so", spie er sich selbst verachtend aus, und Ameni klopfte ihm beschwichtigend auf die Schulter. „Zürne mir nicht, Bruder. Wärest du an meiner Stelle – du hättest ebenso gewählt."

Niemals!, dachte Sary voller Verachtung für sich selbst, für seinen Bruder und für Hatschepsut. „Mein Herz ist keines Weibes Sklave!" Dann schwiegen sie beide, denn es gab nichts mehr zu sagen.

Am Abend sah Sary mit Bitterkeit auf der Zunge, wie Ameni sich in seinem zerrissenen Schurz in die Dunkelheit davon schlich. Zuerst gab er sich noch Mühe, nicht zu schnell entdeckt zu werden, denn er wollte die nubischen Krieger möglichst weit von der Lagerstätte seiner Kameraden fort wissen. Dann trat er jedoch mit voller Absicht gegen Steine, um die Aufmerksamkeit der Feinde auf sich zu ziehen. Sary kauerte mit den anderen hinter der Mauer, und in seinem Magen schien eine Doloritkugel zu liegen, die sich langsam durch seine zu enge Luftröhre bis zu seinem Herzen zu quälen begann. Plötzlich erklangen Schreie von jenseits des Schutzwalls, die Rufe von Kriegern in fremder Zunge und dann ein Aufschrei seines Bruders, so elend und schmerzvoll, dass Sary sich die Hände auf die Ohren legen wollte. Doch er tat es nicht, denn er wusste, dass er es Ameni schuldig war, von seinen Todesschreien bis an das Ende seines erbärmlichen Lebens verfolgt zu werden. Vielleicht würde der zornige Ach seines Bruders ihn heimsuchen und quälen – es war nur gerecht! Ein letzter Schrei ertönte, und dann rief Ameni den Gott Amun an, ihn nicht zu vergessen. Die plötzliche Stille ließ Sary den Schlag seines gequälten Herzens umso lauter vernehmen. Aus seinem Entsetzen erwachte er erst, als der zweite Kommandierende ihn an der Schulter rüttelte und ihm ins Ohr zischte: „Jetzt, Soldat ... lauf, lauf so schnell du kannst, und lass ganz Theben wissen, welches Unrecht der Einzig Eine an uns verübt hat!“

Sary sprang auf die Beine und fühlte kurz seine Kraft schwinden. Doch schon brüllte sein lebenshungriges Herz, er solle seinen lahmen Arsch in Bewegung setzen. Vielleicht war es auch der zweite Kommandant, der schrie, aber Sary wusste es nicht. Er sprang hinter der Mauer hervor und lief um sein Leben, immer den Namen seines Bruders im Gedanken vor sich hersagend *Ameni!* Er sah nicht, wohin er lief, denn die Nacht des Goldlandes war tief und unfassbar – wie der ewige Tod, der ihn erwartete, sollte es ihm nicht gelingen zu fliehen. Ameni hatte auf ihn vertraut und sich geopfert, die Männer hinter dem Wall vertrauten ihm. Sary wusste, er durfte nicht versagen. Aus dem Augenwinkel sah er eine grinsende Zahnreihe aufblitzen, dann traf ihn etwas am Auge und ein heißer Schmerz fuhr durch seinen Leib. Sary strauchelte, fiel aber nicht hin, obwohl er auf dem getroffenen Auge nichts mehr sah und warmes Blut ihm über das Gesicht lief. Der Schmerz, der seinen gesamten Kopf erfasste, ließ ihn kurz an eine gnädige Ohnmacht denken; doch Sary bezwang ihn und stolperte weiter. Sie benutzten Wurfschleudern, und er wusste noch während er lief, dass sein linkes Auge verloren war. Er hätte schreien wollen und durfte es doch nicht, um sich und die anderen nicht zu verraten! Stattdessen lief er weiter, da er wusste, dass sie ihn entdeckt hatten und ihm nachstellten. Aber es war dunkel unter Nuts nächtlichem Leib, und als ein Krieger im kurzen Schurz sich mit einer Keule von der Seite auf ihn stürzen wollte, schlug ihn Sary mit einem einzigen Schlag seiner vor Schmerz und Wut gehärteten Faust nieder. Stöhnend fiel der Schwarze vor ihm auf die Knie und hob die Hände als Zeichen dafür, dass er sich ergab. *Du hast meinen Bruder abgeschlachtet ... du und deinesgleichen!* Sary griff nach einem Stein am Boden und zertrümmerte ohne darüber nachzudenken dem Nubier den Schädel. Er ließ erst von dem anderen ab, als dessen Kopf nur noch eine breiige Masse war, die an seinen Händen klebte. *Ameni!*, hämmerte es wieder in seinem Herzen. *Wenn sie uns nicht hilft, und dein Opfer umsonst war, werde ich das Gleiche mit ihr tun ... das schwöre ich bei Month und Sachmets rasendem Zorn!*

Theben, im zweiten Jahr der Herrschaft Thutmosis Aakheperenres

Hatschepsuts Bauch war rund, noch nicht kugelig, aber sichtlich rund, und Ipu verwöhnte sie, schob ihr ständig Leckereien zu und sang fröhliche Lieder. Es hatte lange gedauert bis ihre Mondblutungen ausblieben, und Hatschepsut hatte bereits befürchtet, dass der Samen ihres kraftlosen Bruders zu schwach für ihren starken Leib sei. Sie hatte Amun angefleht, in Karnak im Allerheiligsten vor seinem Standbild gelegen, und als das nichts half, hatte Ipu sogar einen Wabu kommen lassen, damit er herausfände, was an Hatschepsuts Leib nicht stimmte und warum sie nicht schwanger wurde. Der Wabu hatte Hatschepsut genau betrachtet, sich gewichtig gegeben und über die seltsame Farbe ihrer Augen gesprochen. „Es scheinen mir zu viele Sprenkel die Klarheit der Pupille zu trüben. Das könnte ein Zeichen dafür sein, dass die Durchgänge der Großen Königlichen Gemahlin verstopft sind.“ Sodann hatte der Wabu die Zehe eines Knoblauchs in Hatschepsuts Unterleib geschoben, und sie angewiesen, diese eine ganze Nacht lang dort zu belassen. Am nächsten Tag war er gekommen und hatte ihren Atem gerochen, wonach er entschuldigend den Kopf geschüttelt hatte. „Die Durchgänge der Gottesgemahlin sind tatsächlich verstopft, denn es dringt kein Knoblauchgeruch aus ihrem Mund. Sie wird kein Kind des Einzig Einen empfangen können, solange das so ist. Bete nur weiter zu Amun und bringe Thoeris Opfer, damit sie deinen Wunsch nach einem Sohn erhört.“

Hatschepsut war untröstlich gewesen in Anbetracht der niederschmetternden Worte. Daraufhin hatte Ipu den Wabu fortgejagt und ihn einen dummen Schwätzer genannt. Verärgert und mit hoch erhobenem Haupt war der Priesterarzt verschwunden, nicht ohne noch einmal auf seine Stellung und Befähigung hinzuweisen. „Ich, Unesch, behandele seit vielen Nilschwemmen die königliche Familie. Der Einzig Eine vertraut mir – nur die Große Königliche Gemahlin zweifelt an meinen Fähigkeiten!“

Doch Ipu bestand trotzdem darauf, dass er ein Stümper war, daran änderte auch der Umstand nichts, dass Thutmosis ihm vertraute.

Schließlich hatte Hatschepsut in ihrer Ratlosigkeit nach dem obersten Priesterarzt in Karnak schicken lassen. Dieser hatte ihr durch seinen Schüler ein Amulett der Göttin Thoeris überbringen lassen, das Hatschepsut tragen und nicht mehr ablegen sollte – und bald darauf hatte ihr Bauch sich endlich gerundet. Zum Dank für seine Hilfe hatte der Arzt einen Schmuckdolch mit Edelsteinen von ihr erhalten, und den Titel „Leibarzt der Großen Königlichen Gemahlin“. Seit Hatschepsut ein Kind trug, hatte Thutmosis sie nicht mehr rufen lassen, und Hatschepsut hatte ihn ebenfalls nicht darum gebeten, ihr Lager zu teilen. Sie wussten beide, dass sie einander nicht begehrten – sie wollten nur das Kind, das sie zusammen gezeugt hatten, wenn auch aus unterschiedlichen Gründen.

„Noch vier Monde, Haatsch, dann hast du einen eigenen Sohn, und das Balg der Nebenfrau wird vergessen werden.“

Hatschepsut hätte es gerne vergessen, das Kind der Isis, doch sie konnte nicht leugnen, dass es ein kräftiger Knabe war, der bald sein erstes Jahr vollendet hätte, der gesund war und wuchs, und dem sein Vater den Namen Thutmosis gegeben hatte, als wäre er der Falke im Nest. Ein jeder wartete nun angespannt, was die Gottesgemahlin zustande brachte und ob auch sie einen kräftigen Knaben gebären konnte. Das Kind, das sich erst vor Kurzem in ihr zu regen begonnen hatte, schien ihr nicht kräftig, vielmehr waren seine Tritte zögerlich und sanft, wie das Treteln eines neugeborenen Kätzchens. Ipu half Hatschepsut auf und zog sie so aus ihren ängstlichen Gedanken. Natürlich würde sie einen Sohn haben, der das Kind der Isis übertraf! Sie war Hatschepsut. Wie hätte ihr Kind schlechter geraten können, als das von Isis.

„Sie warten bereits alle im Empfangssaal – du willst dieser Schlammfliege, die am Min deines Bruders hängt, doch nicht deinen Platz überlassen, oder? Also beeil dich, so rund bist du noch nicht, dass du trödeln darfst."

Ipu war unverschämt, aber sie war ihre Vertraute. Sie war ehrlich und einer der wenigen Menschen, die nicht zahllose Litaneien zu Hatschepsuts Begrüßung herunterleierten, bevor sie mit ihr sprachen. Begleitet von einer Schar Priester und Hofdamen eilten sie durch die Gänge, bis zur Empfangstür des großen Thronsaals, in dem Thutmosis seine Gesandten empfing oder sich mit seinen Beratern besprach ... *mit Mutnofrets und Isis Beratern*, verbesserte sie sich selbst.

„Die große königliche Gemahlin, Gottesgemahlin, geliebt von Amun, geliebt vom Herrn beider Länder, Hatschepsut", leierte der Zeremonienmeister ihre Titulatur herunter, als sie den von Menschen überfüllten Saal betrat. Die Höflinge wichen vor ihr zurück, kreuzten die Arme vor der Brust und taten ihre Verbeugungen - doch Hatschepsut wusste, dass sie es nicht um ihretwillen taten, sondern weil sie die große königliche Gemahlin des Pharao war und einen runden Bauch hatte, in dem vielleicht ein neuer Falke heranwuchs. Wie unsicher ihre Stellung war, nachdem Isis einen Sohn geboren hatte, sah man an der Zurückhaltung der Höflinge, die ihr nicht mehr Aufmerksamkeit schenken mochten als der dreisten Nebenfrau.

An ihr vorüber zogen zwei Wachen einen Mann, der zerlumpt aussah. Er war mager und müde und hing schlaff in den Armen der Wachen. Doch als sie an ihm vorüberging, hob er kurz seinen Kopf, und starrte Hatschepsut durchdringend aus einem einzigen bernsteinfarbenen Auge an. *Goldlöwe!* Hatschepsut zuckte zusammen, als die Erinnerung sie überkam wie ein längst vergessener Traum aus vergangenen Tagen. Dieses Bündel aus Knochen und Haut hatte kaum noch Ähnlichkeit mit dem schönen Mann, dem die Mädchen in Theben nachgestarrt hatten. Warum war er hier? Warum führten sie ihn aus dem Thronsaal wie einen Verbrecher? Sie überlegte ihn anzusprechen, doch ein ungutes Gefühl ließ sie schweigen. Sie musste wissen, was geschehen war und wessen Sary sich schuldig gemacht hatte, bevor sie den Unwillen aller auf sich zog. Obwohl es ihr schwerfiel, beachtete sie den Bruder ihres einstigen Geliebten nicht weiter, und ließ es zu, dass die Wachen ihn aus dem Thronsaal schleiften. Auf dem Thronpodest wichen im gleichen Augenblick, als Hatschepsut die Stufen hinaufkam, Mutnofret und Isis vom Ohr ihres Brudergemahls und krochen wie Schlangen zurück in die Schatten hinter dem Thron, aus denen sie ihr Gift in Thutmosis Ohren träufelten – langsam und stetig. Sie mussten ihr weichen, noch mussten sie es, denn sie wussten nicht, ob es ein Sohn war, der in Hatschepsut heranwuchs. Wäre es eine Tochter, würden sie bald nicht mehr vor ihr zurückweichen. Hatschepsut ließ sich neben Thutmosis auf dem Thronstuhl der Königin nieder, darauf bedacht, ihren runden Leib nicht zu verbergen.

„Schwester“, murmelte Thutmosis gequält und beinahe taub auf den vergifteten Ohren, ohne sie anzusehen. „Da ist einer aus dem Goldland zurückgekehrt und fordert, dass ich Truppen entsende, um die Aufstände einzudämmen. Denk dir nur – er *fordert* es – von mir, dem lebenden Gott! Weiterhin behauptet er, die Fürsten der Söhne von Kerma hätten sich gegen den Horusthron verschworen. Aber Mutnofret und Isis glauben, dass er einfach feige geflohen ist und seine Kameraden allein gelassen hat. Isis rät mir, keine Zeit mit ihm zu verschwenden und ihn unverzüglich hinzurichten.“ Seine Augen glänzten wie im Fieber, ein Zeichen dafür, wie verunsichert Thutmosis war. „Was soll ich tun? Er hat mich beschimpft und mich einen Heuchler und Menschenschlächter genannt. Das bin ich doch nicht, Haatsch! Ich habe die Leibwache unseres Vaters ausgesandt, um die Aufstände in Nubien einzudämmen, aber er behauptet, ich hätte sie mit voller Gewissheit in den Tod geschickt. Warum geschieht das gerade mir? Tue ich Recht daran, wenn ich ihn hinrichten lasse oder nicht? Laufen lassen kann ich ihn nicht, denn er wird in Theben gegen mich hetzen.“ Er jammerte beinahe wie ein Kind, und Hatschepsut sah sich genötigt, seine Hand zu nehmen, obwohl sie ihn lieber an den Schultern gerüttelt hätte. Thutmosis war wie ein junger Hund und forderte ihre Hilfe ein, ohne ihr die Seine zu gewähren. „Haatsch, was soll ich denn nur tun ... er will, dass ich Truppen nach Nubien entsende, aber gestehe ich nicht Schwäche ein, wenn ich mich von ihm beleidigen lasse?“

Du hast bereits Schwäche gezeigt, als du auf Mutnofrets Geheiß die Leibwache deines Vaters aus Theben fortgeschickt hast, als wären sie Dreck unter deinen göttlichen Füßen. Sie hätten dich geliebt und beschützt, wie sie unseren Vater schützten, doch nun werden sie nichts mehr tun, auch wenn du sie befreist. Jetzt wirst du nichts als Dreck unter ihren einfachen Soldatenfüßen sein. Aber das sagte Hatschepsut ihrem verängstigten Bruder nicht. Statt dessen begann ihr Verstand zu arbeiten. Ihr Vater hatte die mächtige Stadt Kerma, die über das Goldland herrschte, besiegt, doch der Stolz der Bewohner und derjenigen, die sich für die rechtmäßigen Erben hielten, war ungebrochen. Bisher hatten sie sich gegenseitig bekämpft, da jeder Anspruch auf den Herrschertitel erhob. Nun schienen sie erkannt zu haben, dass ohnehin niemand von ihnen herrschen würde, wenn sie den Horussohn nicht aus ihrem Land vertrieben. Ihren Vater hatten sie gefürchtet – Thutmosis kannten sie nicht. Ihr Bruder hätte es wissen müssen und anstatt einer Leibwache von dreihundert Mann ein Heer ins Goldland schicken sollen ... mit ihm selbst an der Spitze, damit sie wussten, dass Ägypten stark war und ein Aufstand sich nicht lohnte.

Gleich einer Schlange schob sich Isis von ihrem Platz hinter dem Thron an Thutmosis Ohr. „Lass diesen Mann hinrichten und vergiss sein Gerede. Du bist der Herr allen Lebens. Das Goldland wird sich beruhigen. Das hat es immer getan."

Thutmosis nickte, während in Hatschepsut die Erinnerung an Amenis Gesicht aufflammte. Schon längst war er ein Teil ihrer Vergangenheit geworden – das hatte sie zumindest geglaubt. Doch Sarys Auftauchen ließ die gestohlenen Nächte und die verbotenen Umarmungen in ihrem Herzen aufleben, als wären sie nie getrennt worden. Und die Männer, die nun im Goldland dem Tode geweiht waren ... ihre Verschworenen. Sie alle hatten geschwiegen und hatten sie und Ameni beschützt. Hatschepsut wusste im gleichen Augenblick, dass sie es nicht zulassen konnte, dass sie dort starben - schon wegen Ameni und um das zu erhalten, was ihr Vater für Kemet erkämpft hatte. „Du bist ihr Pharao – sie vertrauen dir ... noch. Wenn du nichts tust, werden sie sich fragen, ob die Worte dieses Mannes wahr sind. Du musst seine Behauptungen überprüfen lassen – und bevor nicht geklärt ist, ob er die Wahrheit gesagt hat, darfst du ihn nicht hinrichten lassen", zischte Hatschepsut ihrem Bruder zu, während die Höflinge unruhig wurden, da sie das Getuschel auf dem Thronpodest sahen, aber nicht die Worte verstehen konnten, die gesprochen wurden.

„Haatsch – ich brauche die Truppen im Norden. Syrien, die Hethiter, von dort droht größere Gefahr."

Hatschepsut verschloss sich gegen die feigen Reden des Bruders und selbst das Kind in ihrem Bauch schien aufzubegehren und trat kräftiger als sonst gegen ihre Bauchdecke. Sie waren sein Volk, wie konnte er nur so gleichgültig sein. „Ein paar Hundert Männer würden ausreichen – zusammen mit den Soldaten der Grenzfestung Buhen. Du musst gerecht bleiben, damit sie dich achten, und du musst Truppen ins Goldland schicken, sonst verlierst du die nubischen Minen."

Das schien Thutmosis endlich zu beunruhigen, denn er suchte den Blick von Isis, die jedoch abwehrend den Kopf schüttelte. Hatschepsut fasste einen Entschluss, kaum dass sie länger über ihren Gedanken nachgedacht hatte. „Entsende mich ins Goldland in deinem Namen. Lass uns eingreifen, bevor es zu spät dafür ist. Wir müssen ihnen zeigen, dass auf Ägyptens Thron ein starker Herrscher sitzt, der die Maat achtet."

Seine weichen Züge unter dem Nemestuch mit dem Uräus zeigten sich überrascht, und es fiel ihm schwer, sein Misstrauen nicht zu verbergen. „Haatsch, du trägst meinen Sohn. Sein Leben ist wichtiger als das der Soldaten."

Hatschepsut legte sich ihre Worte sorgfältig zurecht, bevor sie antwortete. „Du weißt, dass er nicht nur dir wichtig ist. Ich schwöre bei allen Göttern, dass ich ihn schützen werde, den Falken im Nest." Sie sagte es laut und deutlich und meinte zu spüren, wie Mutnofret und Isis auf ihren Plätzen hinter dem Thron des Königspaares zusammenzuckten.

„Lass sie doch gehen, wenn sie es unbedingt will", schnippte Isis Stimme gerade zur rechten Zeit in ihrem Rücken auf. Hatschepsut verbot sich ein zufriedenes Lächeln, da Isis so schnell den Köder gepackt hatte.

„Kann ich dir vertrauen, Schwester?", fragte Thutmosis unter zusammengekniffenen Augen, und winkte dann bereits seinen Schreiber heran. Hatschepsut nickte mit klopfendem Herzen und wich seinem Blick nicht aus. Plötzlich schnellte Mutnofrets Kopf hinter dem Thron hervor wie der einer Königskobra. „Sie will die Truppen auf ihre Seite ziehen, mein Sohn, siehst du das denn nicht!"

Hatschepsut hätte Mutnofret gerne befohlen zu schweigen, wagte es jedoch nicht, da sie fürchtete, Thutmosis würde sie vor allen Augen in ihre Schranken weisen und damit den versammelten Höflingen ein deutliches Zeichen ihres geringen Einflusses geben. Thutmosis gab dem Schreiber einen Wink zu warten, denn wieder war er verunsichert. Scheinbar unendlich lange hielten die Höflinge die Luft an, und im Thronsaal war es so leise, dass Hatschepsut kaum zu atmen wagte. Endlich wandte sich Thutmosis ihr wieder zu. „Ich werde dir vertrauen, Schwester! Aber ich gebe dir nur fünfhundert Soldaten. Wie du die Aufstände eindämmst, ist dir überlassen. Wenn es dir nicht gelingt, das Goldland zu befrieden und sich die Geschichte des Soldaten als Lüge herausstellt, wirst du den Schaden haben – nicht ich."

Hatschepsuts Mut sank so schnell, wie er aufgeflammt war. Fünfhundert Soldaten! Das war wenig, viel zu wenig, aber mehr würde Thutmosis ihr nicht zugestehen, aus Angst, seiner Schwester ein Heer in die Hände zu spielen, das sich hinter sie stellen würde. Hatschepsut lächelte nicht noch dankte sie Thutmosis für sein Misstrauen – sie wusste, dass Mutnofret und Isis die Zeit ihrer Abwesenheit zu nutzen wüssten. „Den Einäugigen nehme ich mit, damit er uns führen kann."

Ihr Bruder verweigerte ihr auch das nicht, froh darüber, nicht selbst entscheiden zu müssen, was mit ihm geschehen sollte. Er trug Hatschepsut jedoch auf, den Soldaten, egal ob er die Wahrheit gesprochen hatte oder nicht, entweder in Nubien hinrichten zu lassen oder auf einem Außenposten zurückzulassen. „Ich traue ihm nicht", war seine Begründung für seine Entscheidung. Hatschepsut hatte seine Worte kaum noch gehört. Sie wusste mit einem Mal, wen sie jetzt brauchte. *Wenn du nicht mehr weißt, wem du trauen kannst – ihm kannst du vertrauen.*

Senenmut blickte hinaus durch den Eingang seiner Empfangshalle, wo er gerne seine Nachmittage verbrachte und die friedliche Stimmung genoss. Seine Räume im Palast bewohnte er nur noch selten, seit der Einzig Eine in seiner Barke über den Himmel fuhr. Er war ihm schon immer zu laut, zu verlogen und zu unübersichtlich gewesen, dieser Palast mit seinen Höflingen und Intrigen. Nur um seinem Herrn besser dienen zu können, hatte er seiner Bitte entsprochen, dort zu leben. Doch nun war es nicht mehr nötig. Senenmut war ein Mann der Klarheit und geraden Wege. Wie sein Vater Ramose ihn gelehrt hatte, sich nicht von vergänglichen Dingen täuschen zu lassen, hatte er als junger Mann seinen stetigen Aufstieg begonnen und war aus den bescheidenen Verhältnissen seines Elternhauses zum Freund und Berater des Lebenden Gottes aufgestiegen. Nach der Priesterweihe hatten die Götter es ihm bestimmt, im Heer des Pharaos zu dienen, wo er sich durch Klugheit und Tapferkeit verdient gemacht hatte. Als Dank für seine Treue war Senenmut nach seiner Zeit in Pharaos Heer schließlich zum Vorsteher der Kornspeicher des Amun ernannt worden, was nicht weniger bedeutete, als dass er die zugedachten Erträge des überaus reichen Karnaktempels verwaltete. Senenmut tat dies klug und bescheiden, was ihm den Oberpriester des Amun zum Freund gemacht hatte. Nun war er selbst ein wohlhabender Mann mittleren Alters und konnte die Früchte ernten, die er über viele Nilschwemmen gesät hatte. Sogar die Heirat mit einer Thebanerin adeligen Blutes würde ihm nicht mehr verwehrt sein, denn niemand fragte noch nach seiner geringen Herkunft – Senenmut hatte den Makel seiner einfachen Geburt mit Ehre, Ansehen und Wohlstand überdeckt; und mit seinem Herrn waren auch seine Pflichten dem Horus gegenüber gestorben, die ihm lange nicht die Zeit für eine eigene Familie gelassen hatten – Senenmut war endlich frei für ein eigenes Leben - oder doch nicht?

Vor ihm saß Hatschepsut, die Lieblingstochter seines toten Herrn, in einem schlichten Leinenkleid, das schwarze Haar fiel ihr glatt über die Schultern, und nur der Uräus, der sich über ihrer Stirn erhob, ließ erkennen, wer sie war. Sie war feingliedrig und voller jugendlicher Ungeduld, wie sie auf dem zierlichen Ebenholzstuhl herumrutschte und den Becher mit Wein nicht anrührte, den sein Diener Anen ihr gebracht hatte. Die aus der Familie des Horus lernten bereits früh, ohne Vorkoster keine Speise anzurühren, die ihnen gebracht wurde. Hatschepsuts Bauch begann sich zu runden – sie hatte es vollbracht, ihrem Brudergemahl ein Kind abzutrotzen, obwohl die Höflinge Wetten darauf abgeschlossen hatte, dass Thutmosis seine Schwester nicht anrühren würde. Ipu, ihre hübsche aber etwas überhebliche Dienerin, stand hinter ihr und sah sich verstohlen in seinem Haus um. Es war kein ansprechendes Haus für das Auge einer verwöhnten Palastfrau, denn es enthielt zu wenig Tand und Zierrat, um den Augen einer Frau zu schmeicheln. Aber Senenmut liebte es, denn es war sein Heim – seine Flucht vor der Welt des Palastes. Doch heute war der Palast ohne Vorankündigung in sein sicheres Nest eingedrungen. Senenmut wusste nicht, ob er zornig war oder einfach überrumpelt. Hatschepsut war eine Gottestochter, und diese machten sich wenig Gedanken darum, ob sie erwünscht waren oder nicht. Sie redeten viel und hörten wenig auf die Worte von anderen.

„Senenmut, kann ich dir vertrauen, und bist du mein Freund?“, fragte Hatschepsut mit ihrer weichen Mädchenstimme bereits das zweite Mal und zwang ihn, in die Wirklichkeit zurückzukehren. Senenmut tat sich schwer mit einer Antwort, denn er wusste, sie musste von Ehrlichkeit zeugen und würde ihn einmal mehr dem Göttlichen verpflichten. Wollte er der Freund dieser jungen königlichen Gemahlin sein und ihr dienen? Senenmut wusste, dass er ihrem Bruder auf keinen Fall dienen wollte, aber in Hatschepsut schien etwas von ihrem göttlichen Vater aufzuflackern. Wie sie ihn mit ihren schräg stehenden Augen ansah und ihn aufforderte, endlich zu antworten erkannte er den großen Willen, der auch ihrem zu Osiris gegangenen Vater zu eigen gewesen war. Ihrem Vater hatte er einst ein Versprechen gegeben, von dem Senenmut inbrünstig gehofft hatte, dass es nicht nötig wäre, es einzulösen. Aber die Götter achteten nicht auf die Wünsche der Sterblichen. Es war ein schöner Traum gewesen – eine eigene Familie, Söhne, die dereinst Opfer für ihn bringen würden, eine freundliche Gemahlin an seiner Seite ... *Dies ist nicht, was Amun von mir erwartet!*

„Du bist die große königliche Gemahlin, und dein Vater hat die Wahrheit gesprochen, als er sagte, dass du dich vertrauensvoll an mich wenden kannst. Ich werde dich ins Goldland begleiten und die Truppen führen.“ *Ich wünschte jedoch, dass es nicht nötig wäre, denn ich kenne die Menschen des Goldlandes.* Mit ihrem Vater hatte er einst den Herrscher von Kerma niedergezwungen und die Mauern seiner Stadt geschliffen, aber die Menschen würden immer wieder aufbegehren, so oft Kemet auch Truppen entsandte. Doch wie konnte er diese ahnungslose junge Königin allein gehen lassen, wo er ihrem Vater einen Schwur geleistet hatte? Senenmut sah in ihr dreieckiges Gesicht, das weder lieblich noch hart war, aber auf eine seltsame Art und Weise anziehend. Wusste dieses Mädchen denn überhaupt, was es da tat oder basierte der Entschluss ihres Handelns auf unüberlegten Gedankengängen, wie es bei ihrem Bruder der Fall war? „Du weißt, dass sich viel verändern kann, wenn du lange aus Theben fort bist. Die, die gegen dich sind, werden die Zeit nutzen. Bist du dir sicher, dass du nur wegen ein paar Soldaten diese Reise auf dich nehmen möchtest? Du trägst ein Kind – dies scheint mir die klügste Art für eine Königin, ihr Leben und ihren Rang zu sichern."

Hatschepsuts Brauen hoben und senkten sich wieder, als überlege sie ob Senenmut sie hatte beleidigen wollen. „Senenmut, hältst du mich für dumm oder willst du herausfinden, ob ich klüger bin, als du es mir zutraust? Wenn ich nach Nubien gehe und das Goldland befriede, das Leben der Soldaten dort rette, wem werden sie es danken? Mir oder meinem Bruder?"

Er zwang sich, das aufkommende Lächeln zu unterdrücken und ernst zu bleiben. „Und wenn es dir nicht gelingt, wem werden sie es anlasten?"

Das Mädchen vor ihm ließ sich nicht aus der Ruhe bringen, auch wenn er spürte, dass es ihr schwerfiel. Sie hatte Angst, dachte jedoch nicht daran, dies vor ihm einzugestehen. Aber Senenmut musste genau wissen, mit wem er es zu tun hatte, bevor er sich entschloss, seinen Frieden aufzugeben und sich wieder in die Schlangengrube des Palastgeschehens zu begeben. „Willst du deinen Bruder stürzen, meine Königin?"

Er hatte damit gerechnet, dass diese Frage sie endgültig aus der Fassung brachte. Sie hätte aufspringen und ihn beschimpfen sollen, mit hoch erhobenem Kopf sein Haus verlassen, doch Hatschepsut tat nichts dergleichen. „Ich will nur Schutz für mich und mein Kind. Ich will leben, ohne mich ständig umsehen zu müssen, ob ein gedungener Mörder mit dem Dolch auf mich wartet oder Gift in mein Mahl gibt. Wenn Kemets Truppen mir wohlgesonnen sind, kann ich das tun ... und ich will das Beste für mein Land und das bewahren, was mein Vater so trefflich für Kemet errungen hat." Hatschepsut ließ ihn nicht aus den Augen. „Also, Senenmut, den der Einzig Eine seinen Freund nannte. Willst du auch der Freund der großen königlichen Gemahlin Hatschepsut sein?"

Endlich gestattete er sich eines seiner schief geratenen Lächeln, nickte und deutete eine Verbeugung im Sitzen an. Hatschepsut sprang von ihrem Stuhl auf und gab ihrer Dienerin einen Wink ihr zu folgen. Anscheinend hatten seine Worte ihr doch zugesetzt, denn sie wandte sich zum Gehen. Dann überlegte sie es sich anders und sah ihn noch einmal an. „Nun denn, Senenmut, einzig wahrer Freund der großen königlichen Gemahlin. Du hast eine für Kemet heilsame und durchaus ehrbare Wahl getroffen, wenn auch eine gefährliche. Viele Freunde besitze ich wahrlich nicht." Ihre Augen schienen zu funkeln und gleichzeitig zu lächeln, als sie weitersprach. Senenmut wunderte sich wie gut sie ihre Gefühle beherrschte, obwohl sie noch so jung war.

„Und meine Freunde nennen mich Haatsch, wenn sie mit mir allein sind. Hapuseneb wird es dir bestätigen.“ Ohne eine Antwort abzuwarten, schwebte Hatschepsut aus seinem Haus und hinterließ einen Hauch von Weihrauch, mit dem die Priester sie an jedem Morgen reinigten.

Senenmut sah ihr nach und bewunderte ihren Gang, der trotz der Schwangerschaft leichtfüßig und gerade war. Ihre Dienerin spannte einen Sonnenschatten aus Stoff über ihr auf sobald sie sein Haus verließen, doch Hatschepsut schob ihn beiseite, als fühle sie sich gestört. Senenmut erhob sich von seinem Stuhl und rief nach seinem Diener, dem alten Anen, der seit mehr als zwanzig Nilschwemmen in seinen Diensten stand. Sein Rücken war krumm, sein Kopf fast kahl, und flink war er auch nicht mehr ... aber seine Ohren waren wie die eines Knaben. Sie hörten, was sie hören wollten, und waren taub für alles, was sie nicht interessierte. Als der Alte vor ihm stand, das Gewand des obersten Dieners des Hauses schlotterte an seinem eingefallenen Leib, sprach Senenmut ihn ohne Umschweife an. „Hast du gelauscht, Anen?“

Der Alte verbeugte sich, obwohl es ihm schwerfiel. „Wie immer, Herr.“

Senenmut nickte – das Alter Anens und der lange Dienst in seinem Haus gewährten ihm große Freiheit im Umgang mit seinem Herrn. „Und was hältst du von ihr?“

Die Stimme des Alten klang brüchig, aber seine Worte waren scharf wie Dolche. „Sie ist fast noch ein Kind, dem man ein Land in die Wiege gelegt hat. Sie weiß kaum, wie gefährlich das Spiel ist, das sie sich ausgedacht hat.“

Senenmut nickte und wollte Anen fortschicken, doch dieser hielt seinen Herrn am Arm fest und blinzelte ihn aus seinen wässrig trüben Augen an. „Aber ein Kind wird erwachsen, und Kemets neuer Gottkönig ist nicht so stark, wie der, welchem du gedient hast. Das Land kann eine starke und kluge Königin gut brauchen, wenn es nicht wie damals im Chaos enden will, als die Hyksos über uns herfielen. Außerdem liebt sie ihr Land ebenso, wie ein Fellache seine Scholle.“ Der Alte lächelte herausfordernd und zeigte dabei die letzten bräunlichen Zahnstümpfe, die er noch in seinem Mund hatte.

Senenmut wusste, weshalb er den Alten nicht fortschickte. Das Alter konnte eine Weisheit und Hellsichtigkeit mit sich bringen, welche kaum durch Schulung zu erlangen war. „Du bist sehr klug, Anen – ich habe es niemals bereut, dich in meinem Haus zu haben.“

Anen verbeugte sich erneut unter Mühen vor seinem Herrn, dem ernsten Mann mit den scheinbar mürrischen Falten in den Mundwinkeln, und entgegnete: „Und ich habe es niemals bereut, dir gedient zu haben, Herr.“ Senenmut legte dem Alten eine Hand auf die Schulter und schicke ihn fort. Dann ließ er seinen Schreiber kommen und wies ihn an, ein Sendschreiben an Hapuseneb aufzusetzen. *Mein Freund, ich fürchte, die Götter haben nicht vergessen, was wir ihnen schuldig sind. Halte dich bereit, denn Amun ist erwacht ...*

Die königliche Barke im zweiten Jahr der Herrschaft des Thutmosis Aakheperenre

Hatschepsut saß angetan mit den großen Federn der Gottesgemahlin auf ihrem Thronstuhl unter dem Sonnensegel ihrer Barke, den Blick auf den gemächlich dahinfließenden Hapi gerichtet. Der Nil hatte seinen Tiefstand erreicht, denn es war Payni, der zweite Mond der Erntezeit. An den Ufern des Nil gingen die Fellachen mit Sicheln und Körben umher und schnitten den Emmer, um die Kornkammern Ägyptens zu füllen. Der letzte Jahresumlauf hatte nur eine geringe Nilschwemme gebracht, sodass die Ernten nicht allzu reichlich ausfallen würden. Hatschepsut fragte sich immer öfter, ob die Götter unzufrieden mit ihrem neuen Horussohn waren, und die Nilschwemme deshalb so gering ausgefallen war. Noch waren die Kornkammern gefüllt, doch eine weitere schlechte Nilschwemme würde zu Hunger im Volk führen. Ihr schmerzte der Kopf von ihren stetig kreisenden Gedanken und Sorgen, und Hatschepsut konnte kaum erwarten, ihrem Leben im Palast zu entfliehen. Sobald sie Theben verlassen hätte, würde sie die Zeremoniengewänder ablegen, Ipu das Kohol von ihren Augen wischen lassen und in ein einfaches Leinenkleid schlüpfen. Die Perücke mit den langen Zöpfchen würde sie nicht mehr tragen, bis sie Buhen erreichten. Hatschepsut sehnte sich nach der Gelöstheit einer Reise, die sie von den Sorgen ablenken würden, die sie quälten. Warum quälten diese Sorgen allein sie, und warum konnte Thutmosis so einfach darüber hinwegsehen und Feste für seine Nebenfrau Isis ausrichten? Was Isis auch verlangte, Thutmosis gewährte es ihr! Zwei Leopardenjunge hatte er ihr geschenkt, ein zwergenwüchsiges Dienerpaar, das ebenso beliebt wie selten war, und das Isis auf ihren Festen tanzen und Narrheiten vorführen ließ. Thutmosis verließ nur selten den Palast, und Hatschepsut fragte sich, ob er die Schönheit Kemets je wirklich gesehen hatte. Er war der Herr des schwarzen und roten Landes, aber seine Ohren waren taub für dessen Herzschlag. Sie zwang sich zur Ruhe. Jetzt und hier, wo die Thebaner ihr vom Ufer aus zujubelten, Blüten und kostbaren Lotus ins Wasser warfen, sodass es aussah, als würde ihre Barke in einem Blumenmeer dümpeln, wollte sie reglos auf ihrem Stuhl ausharren, damit die Menschen ihrer Gottesgemahlin huldigen konnten und Kraft für ihre Sorgen aus ihrer Gottesgemahlin schöpfen durften. Hatschepsut war es beinahe zuwider, dass sie ihr zujubelten, da sie doch so wenig für sie tun konnte. Sie konnte sie weder vor Hunger noch vor Krankheiten oder ihrem Pharao schützen, dem es egal war, ob sie jubelten oder weinten.

„Du bist die Tochter deines Vaters, die Gemahlin des Pharao, und die Gottesgemahlin des Amun“, hatte Ipu nur kopfschüttelnd auf diese für sie vollkommen unsinnigen Einwände ihrer

Herrin geantwortet, als Hatschepsut bemerkt hatte, wie unangenehm ihr die Huldigungen der Menschen waren. Wie immer zeichneten sich dabei hektische Flecken auf dem Gesicht der Dienerin ab, da sie so aufgeregt war. Hiernach hatte Hatschepsut der Dienerin nichts mehr von ihren Ängsten und Nöten erzählt. Sie war ihre Vertraute, aber doch eben eine Palastfrau aus altem Adel, deren Familie es nicht für gut hieß, dass eine Frau zu viel über die unschönen Dinge des Lebens nachdachte. Ipu war auch gegen die Reise ins Goldland gewesen, obwohl sie jetzt, da der Zeitpunkt des Aufbruchs gekommen war, es kaum noch erwarten konnte, dass die Barken ablegten. Oftmals verglich Hatschepsut das Gemüt ihrer Dienerin mit dem einer Katze, das träge und selbstgefällig war. Aber Katzen, so wusste Hatschepsut, waren auch neugierig, und deshalb gab sie nicht viel auf die halbherzig vorgetragenen Einwände Ipus. „Du wirst dein Kind wie eine Fellachin auf Ziegeln gebären, umringt von Soldaten. Was hast du dir nur dabei gedacht, Haatsch?“

Hatschepsut war ihr eine Antwort schuldig geblieben. Die Wahrheit war, dass sie selbst nicht wusste, wie sie bewältigen sollte, was sie sich aufgebürdet hatte. Amun würde sie führen müssen. Immerhin besaß sie den Willen, Kemet zu beschützen und die Menschen, die sie liebte.

Endlich legten die Barken ab, und Hatschepsuts Prunkbarke mit dem goldenen Lotos im Bug glitt in die Strömung. Als der Weihrauch, den die Priester zur Segnung ihrer Reise verbrannt hatten, verflog, blieb nichts zurück als der ursprüngliche Geruch fruchtbarer Erde. Hatschepsut sog ihn tief in ihre Nase und genoss das neue Gefühl von Freiheit und der Sonne, die auf sie hinunter brannte. Zur Zeit der Ernte floss der Hapi angenehm träge, aber dafür war es heiß, und im Goldland würde Re noch entfesselter brennen. Ipu wies beflissen zwei Dienerinnen an, ihrer Königin mit Straußenwedelfächern Luft zuzufächeln. Vor Hatschepsuts Barke fuhr die von Senenmut, mit erfahrenen Soldaten an Bord, die eingreifen und das Leben der Königin von Ägypten schützen konnten, sollte jemand ihr danach trachten. Doch bis Buhen, so hatte Senenmut ihr erklärt, wären sie sicher. Hinter ihrer eigenen Nilbarke folgte ein langer Tross von Barken mit zweihundert Männern zu ihrem Schutz. Die restlichen dreihundert Mann, die Thutmosis für ihr abenteuerliches Unterfangen bereitgestellt hatte, gingen über Land. Sie würden erst in Buhen mit ihnen zusammentreffen. Sary fuhr auf der Barke direkt hinter der ihren. Hatschepsut wollte ihn in ihrer Nähe wissen und gleichzeitig weit genug fort. Er hatte ihr nicht für seine Befreiung gedankt, und seine Verbeugungen und Ehrenbezeugungen wirkten gezwungen. Vor allem seit er ihr von Amenis furchtbarem Ende erzählt hatte, wusste Hatschepsut nicht, was sie von dem nunmehr einäugigen Goldlöwen zu erwarten hatte. Hatschepsut hatte heimlich in der Nacht um Ameni geweint, obwohl sie seinen

Verlust überwunden geglaubt hatte. Doch die Vorstellung, dass es ihn einfach nicht mehr gab, hatte ihre Gefühle für ihn zurückkehren lassen – zu spät, wie sie nun wusste. Hätte sie doch nach dieser letzten Nacht, die so lange her zu sein schien, dafür gekämpft, dass die einstige Leibwache ihres Vaters nicht ins Goldland geschickt worden wäre. Hatschepsut fühlte sich mit schuldig an Amenis Tod und dem Schicksal der Verschworenen, die sie und Ameni beschützt hatten. Sie waren ohne zu Murren fortgegangen, und Hatschepsut hatte Ameni nach und nach vergessen, nicht sofort, aber stetig – ihm war das nicht gelungen, und sie wusste nicht, was sie im Goldland erwarten würde ... die kalte Ablehnung der Soldaten oder ihre Freude darüber, dass sie nicht vergessen worden waren.

Hatschepsut sah die Ufer an sich vorüberziehen, die Papyrusstängel, die sich im lauen Wind wiegten, die Dumpalmen und die Nilgänse, die ihre Flugbahnen über ihnen zogen. Auf der einen Seite die steinige Wüste auf der anderen das schwarze fruchtbare Land auf denen braun gebrannte Fellachen ihre Sicheln schwangen und kurz in ihrer Arbeit innehielten, als die Barken an ihnen vorüberzogen. Hatschepsut fand ihr Land schön wie nie zuvor. Endlich würde sie es in all seiner Schönheit und auch Kargheit sehen können. *Kleine Haatsch, wenn du groß bist, fahre ich mit dir den Hapi hinauf und hinab und lehre dich die Schönheit Ägyptens zu lieben*, fielen ihr die Worte Amunmoses wieder ein. Sie war jetzt groß, aber es war niemand an ihrer Seite, mit dem sie die Schönheit ihres Landes hätte bewundern können. „Einsam bin ich, Amun, mein Vater“, flüsterte sie und legte ihre Hände auf den Bauch. „Aber immerhin werde ich ein Kind haben, und es soll niemals so einsam sein, wie ich es bin.“

Hatschepsut erhob sich von ihrem goldenen Thronstuhl und wies Ipu an, ihr die Hohen Federn und die Perücke abzunehmen, sobald sie aus der Sicht der jubelnden Menschen verschwunden waren. Ipu nahm die Kronen von ihrem Haupt und übergab sie dem Insignienverwahrer, dessen Aufgabe auf dieser Reise in nichts anderem bestand, als die Kronen und heiligen Gewänder der Großen Königlichen Gemahlin zu bewachen. Hatschepsut war es einerlei – sie war froh darüber, die machtvollen jedoch auch niederdrückenden Zauber ablegen zu können und trat in den Bug ihrer Barke. Die stetigen Züge der Ruderer beruhigten sie ein wenig, und ihr Blick wanderte zu Senenmuts Barke. Dort stand er und erteilte Anweisungen an den Kapitän, groß und hager und ernst, wie immer. Sein dunkles kurz geschnittenes Haar, das er zum Schutz vor der Hitze unter einem Afnet-Tuch verborgen hatte, ergraute bereits an den Schläfen, und noch immer hatte Senenmut keine eigene Familie, die nach seinem Tod Opfer an seinem Grab darbringen würden. Warum war er mit ihr gekommen und ließ sich noch einmal auf das Spiel der Mächtigen ein? Er hatte genug Wohlstand und Ansehen errungen, um ein angenehmes Leben zu führen. Natürlich war ihr nicht entgangen, dass er sie geprüft hatte, als sie in sein Haus gekommen war und scheinbar hatte sie die Prüfung bestanden. Ipu kam zu ihr und folgte ihrem Blick. Die Dienerin schüttelte den Kopf, als errege allein der Anblick Senenmuts ihr Missfallen. „Er ist ein seltsamer Mann, dieser Senenmut. Was treibt ihn an, in seinem Alter noch einmal ein solches Wagnis einzugehen?"

„Er hat nichts zu verlieren, denn er ist allein", entgegnete Hatschepsut, einem inneren Gefühl folgend.

„Haatsch, er hat sogar sehr viel zu verlieren. Thutmosis wird ihm nicht mehr trauen, nachdem er sich an deine Seite gestellt hat, Mutnofret und die zweite Gemahlin ebenso wenig, und Ahmose ... du weißt, wie sie gezetert und geflucht hat."

Hatschepsut schwieg – Ahmose war tatsächlich aus ihrem Mohnschlaf erwacht, in ihre Gemächer gestürmt und hatte sie mit funkelnden Augen angesehen. „Was denkst du dir nur dabei, Tochter? Du trägst endlich ein Kind in deinem Leib, und jetzt verlässt du Theben und bereitest den Weg für die Ränke Mutnofrets und der Hure deines Bruders. Das ist einer Gottesgemahlin nicht gemäß. Du bist keine Fellachin, die tun und lassen kann, was sie will. Dein göttliches Blut sollte dir Erhabenheit geben. Dein Platz ist hier im Palast, an der Seite des Pharao." Das hatte Ahmose ihr immer wieder vorgehalten. Sie, die von reinstem königlichen Blut abstammte, das sie an ihre Tochter vererbt hatte, ließ sich nicht gern mit denen ein, deren Herkunft geringer war als ihre eigene. Doch Hatschepsut hatte sich entschieden. Erhabenheit hatte Ahmose ihr Leben geraubt und die Liebe ihres Gemahls. Für ihr Volk war sie stets eine unerreichbare Göttin geblieben. Ahmose war zu erhaben gewesen, um die Zuneigung ihres Gemahls zu kämpfen, als Mutnofret ihn ihr genommen hatte, zu stolz und zu göttlich, um wie eine Mutter um ihre Söhne zu trauern. Mutnofret war sich für nichts zu erhaben und zu stolz gewesen – sie hatte gekämpft und schließlich gewonnen. Hatschepsut war fest entschlossen, nicht die Fehler Ahmoses zu ihren eigenen zu machen.

Ihre Blicke ruhten noch immer auf Senenmut. Auch er war sich für nichts zu erhaben und zu schade, obwohl er es nach all den Nilschwemmen hätte sein können. Ein Lächeln huschte über ihr Gesicht – gerne hätte sie ihn kennengelernt, diesen seltsamen Mann, den niemand wirklich kannte – sie wäre sich nicht zu schade dafür gewesen.

Senenmut ließ die Barken am Abend am Ufer anlegen. Die Gefahr, auf eine der Sandbänke aufzulaufen, war zu groß. Die Hitze des Tages war einer lauwarmen Nacht gewichen, die ohne die Enge einer großen Stadt, wie Theben es war, gut zu ertragen war. Dumpalmen säumten das Ufer, und einige der Männer spielten auf Flöten, zu denen ihre Kameraden anzügliche Lieder über die Liebe sangen. Die Soldaten hatten am Ufer Feuerstellen errichtet oder schliefen bereits auf dem Deck der Barken. Das Lagerleben, welches er früher so oft mit den Soldaten geteilt hatte, als er noch ein junger Mann gewesen war, weckte wehmütige Erinnerungen von Freiheit und Sorglosigkeit in ihm. Senenmut konnte nicht schlafen, da ihn zu viele Sorgen belasteten. Die große Aufgabe, die sich die junge Gottesgemahlin aufgebürdet hatte, lastete ebenso auf seinen Schultern. Was würde sie erwarten, wenn sie nach Theben zurückkehrte? Sie war ganz und gar nicht sicher auf ihrem Thron, und es war eigentlich viel zu früh für sie, das Wagnis einzugehen, ihren Platz an der Seite des Horussohnes zu verlassen. Senenmut verließ seine Barke über die Planke und grüßte ein paar der Soldaten an ihren Feuerstellen. Sie luden ihn ein bei ihm zu sitzen, doch er lehnte freundlich ab. Als junger Mann hätte er sich zu ihnen gesellt, doch er war nie in seinem Herzen ein geselliger Mann gewesen, und bevorzugte die Einsamkeit. Das hohe Ufergras war feucht von abendlichem Tau, und Senenmut ließ die Augen bei jedem Schritt über den Boden wandern, um nicht auf eine Schlange zu treten, die sich in der Dunkelheit auf Futtersuche begeben hatte. Schritt für Schritt tat er vorsichtig, so wie er es stets im Leben gehalten hatte, bei allem, was er tat. Die Stimmen der Männer wurden schwächer, je weiter Senenmut sich von den Lagerstellen entfernte. Bald waren nur noch die Grillen und Zikaden zu hören sowie ab und an ein Fisch im Hapi, der einen Sprung in die Höhe wagte, um einem Räuber der Nacht zu entgehen. Angenehme Müdigkeit legte sich beim Anblick des nächtlichen Friedens über Senenmuts Geist. Beinahe hätte er einen erschrockenen Aufschrei getan, als er um die nächste Flussbiegung ging und überrascht bemerkte, dass er nicht der Einzige war, der die Einsamkeit der Nacht suchte. *Sie* stand am Ufer, das Haar gelöst und bar jeglichen Zierrats in einem leichten Trägerkleid. Den Kopf hatte sie in den Nacken gelegt und sah hinauf in den tiefblauen Nachthimmel, auf dem unzählige Sterne funkelten. Das silbrige Mondlicht ließ ihre Haut wie cremige Milch leuchten. Hatschepsut schien weit fort von der diesseitigen Welt, und sie schien Dinge zu sehen, von denen Senenmut niemals hoffen durfte, sie je zu erblicken. Ein seltsam flaues Gefühl breitete sich in seinem Bauch aus, das er nicht zu deuten wusste. *Könnten all jene, die sie schmähen sie doch in diesem Augenblick sehen*, dachte Senenmut mit ihm unheimlicher Ergriffenheit. Die Schlichtheit dieser Stunde zierte sie weitaus mehr als jeglicher Schmuck oder die Hohen Federn. Er wollte sich leise abwenden, um den magischen Moment nicht zu zerstören, doch sie sprach, ohne ihn anzusehen. „Weitab von Theben scheint Nuts Leib noch unendlicher und die Zahl der Sterne, die meine Vorfahren sind, noch größer, als würden sie bis zum Anfang der Zeit zurückreichen.“

Ihre Stimme war fast ein Flüstern, und Senenmut wusste nicht recht, was er tun sollte – antworten oder einfach gehen. Aber sie wandte den Blick vom Himmelszelt und sah ihn an.

„Ich suche ihn dort oben. Meinen Vater, der einfach gegangen ist, ohne mir zu sagen, was ich tun soll und was er von mir erwartet."

Senenmut räusperte sich und fragte sich gleichzeitig, warum sie ihn so verunsicherte. Er hatte mit ihrem Vater offen sprechen können und ihn seinen Freund nennen dürfen. Doch Hatschepsut, seine Tochter, hinterließ ihn ratlos. Zweifellos vermisste sie den Vater, der zu den Göttern heimgekehrt war, mehr als er angenommen hatte. „Senenmut, die Götter sind nicht immer gerecht", hatte sein Freund und Pharao zu ihm gesagt, als sie an einem Abend Wein in seinen Räumen getrunken hatten, fernab der Ohren unzähliger Höflinge und Diener. „Ich bin der lebende Gott auf Erden und muss dies wenigstens dir sagen. Hätte doch Amunmose nicht vor seiner Zeit die Himmelsbarke bestiegen oder wäre sie ein Knabe geworden – alles wäre mir recht. Aber so habe ich sie Thutmosis gegeben, und wenn ich zu den Göttern gehe, ist sie verschwendet an diese kleinmütige königliche Familie. Ich habe Amuns Weisungen nicht befolgt ... Tempel habe ich gebaut, und Kriege geführt ... hier war ich groß. Doch das, was Amun mir offenbarte, erschien mir zu gewaltig." Der Einzig Eine war müde gewesen und seine Zunge schwer vom Wein. Senenmut hatte an diesem Abend erkannt, dass nicht nur sein Körper müde war, sondern auch sein Ka und sein Ba. Es hatte ihn erschreckt, als es ihm bewusst wurde. Jung war der lebende Gott nicht mehr gewesen, aber er hatte Ältere gesehen, die jünger ausgesehen hatten. „Senenmut", hatte der Herr allen Lebens weitergesprochen. „Wenn sie je zu dir kommen sollte und deiner Hilfe bedarf, verweigere sie ihr nicht. Versprich es mir, mein Freund, denn sie wird allein sein und deine Hilfe brauchen."

Senenmut hatte genickt und dem Pharao sein Versprechen gegeben, ohne zu wissen, wie bald er es würde einlösen müssen. Kaum einen Mondumlauf nach diesem Gespräch war der Herr allen Lebens zu seinen göttlichen Eltern heimgekehrt, leise und ohne ein Zeichen, das die Priester hätte warnen können. Sein Herz hatte einfach aufgehört zu schlagen in der Nacht, und er war kalt und steif gewesen, als sein Leibdiener ihn am nächsten Morgen hatte wecken wollen.

Senenmut straffte die Schultern und blickte in das fragende Gesicht der Gottesgemahlin. „Dein Vater, meine Königin, hat nicht mehr von dir erwartet, als dass du dein Bestes gibst."

Sie seufzte und wandte ihren Blick wieder zu den hell leuchtenden Sternen. „Das versuche ich. Aber wird es mir gelingen?"

„Haatsch", es fiel ihm unendlich schwer, sie mit diesem vertrauten Namen anzusprechen, doch er spürte, dass es ein wenig persönliche Ansprache war, die sie brauchte – Freunde, die ihr halfen, die Last auf den jungen und unerfahrenen Schultern zu tragen. Sie sah ihn erneut an, dieses Mal ein wenig gelöster. „Denke nicht zu viel nach, sieh nach vorn und setze deine Schritte. Nichts anderes hat dein Vater getan, und nichts anderes erwartet man von dir."

Sie schien zu überlegen und legte dann die Hände auf ihren runden Bauch. „Zu viele Sorgen für mein ungeborenes Kind. Ich sollte schlafen gehen." Ohne ein weiteres Wort wandte sie sich von ihm ab und verschwand im Dunkel der Nacht zwischen den hohen Ufergräsern. Ihre Schritte raschelten leise, und dann war sie fort. Senenmut blieb zurück und sah ihr hinterher, ihrem geraden Rücken mit den schmalen Schultern, die sich abmühten, die Last zu tragen, die sie sich selbst aufgebürdet hatten. „Wäre doch dein Bruder so wie du", bekannte er leise, dann ging auch er zurück – die Nacht war kurz, und sie mussten früh aufbrechen.

Elephantine, im zweiten Jahr der Herrschaft des Thutmosis Aakheperenre

Hatschepsut fiel es schwer nicht schneller zu laufen und den neugierigen Fragen des Priesters zu entkommen, der sie die Prozessionsstraße hinunterführte, welche die Tempelstadt im Westen von den Wohnhäusern im Osten trennte. Die Tage und Wochen auf der Barke hatten sie gestärkt und zur Ruhe kommen lassen, ihr Bauch schwoll weiter an, und sie fühlte sich kraftvoller als je zuvor. Etwa die Hälfte der Wegstrecke hatten sie zurückgelegt, und Hatschepsut hatte sich entschlossen, Elephantine und den Tempeln der dort ansässigen Götter einen Besuch abzustatten, und den Gottheiten Satis und Chnum ein Opfer darzubringen, damit die nächste Nilschwemme üppiger ausfallen würde.

„Es ist die allerhöchste Ehre, die uns widerfährt, die Gottesgemahlin zu empfangen, und wir hätten Vorbereitungen getroffen, wenn wir vorab von solch hohem Besuch unterrichtet worden wären." Der kahlköpfige Priester im gestärkten weißen Gewand überschlug sich fast vor Ehrenbezeugungen, als er Hatschepsut über die im gleißenden Sonnenlicht liegende Allee zum Tempelbezirk führte. „Die Nilschwemme des letzten Jahres war nicht gut. Doch wie lange hat Elephantine keine segensreichen Spenden aus der Hand des Einzig Einen mehr erhalten? Gebete, meine Königin, sind wohl angebracht, aber vielleicht bedarf es mehr als bloßer Gebete." Beflissen fuhr sich der Priester über seinen kostbaren Halskragen aus Jaspis und Karneolen, während Hatschepsut meinte, die Allee vor ihr würde immer länger anstatt kürzer werden. Hinter sich spürte sie Sarys Bernsteinauge in ihrem Rücken brennen, und Ipu schimpfte eine Dienerin, das Sonnensegel über dem Kopf der Königin sorgfältiger zu halten. Senenmut ging voraus, schweigsam wie immer. Hatschepsut kniff die Augen zusammen, um die Säulen der Tempel am Ende der Allee besser erkennen zu können. Bedürfnisse,

Forderungen ... beinahe wünschte sich Hatschepsut zurück auf die Ruhe ihrer Barke. Doch die mussten unbemannt über den ersten Katarakt gezogen werden, da es zu gefährlich wäre, die Barken bemannt durch die Strömung zu ziehen. Hatschepsut hatte beschlossen, diesen Umstand zu nutzen und die Tempel Elephantines zu besuchen. Satis, die Herrin des Katarakts, hatte hier ihre Heimstatt, ebenso wie ihr Gemahl, der Schöpfergott Chnum und ihre gemeinsame Tochter Anukis. Doch heute war es vor allem Satis, zu welcher Hatschepsut beten wollte. Ein Opfer und stilles Gebet für eine gute Überschwemmung waren bitter nötig. Noch viel mehr war nötig, wie der Priester ihr immer wieder versicherte, als sie endlich die Allee verließen und zwischen die Gebäude der Tempelstadt eintauchten, wo es ein wenig Schatten gab. Er wies auf die Statuen der Gottheiten neben dem Tempel, beklagte sich über die Brüchigkeit des verwendeten Steins für die Kornspeicher und deutete seufzend auf die gesprungenen Bodenplatten des Tempelvorhofs. Bevor der Priester zu weiteren Betteltiraden anheben konnte, hob Hatschepsut die Hand, und er verstummte endlich.

„Im Namen des Einzig Einen, des Herrn in Theben, verspreche ich dir, dass er den Tempel der Satis schmücken und reich beschenken wird. Aber nun ist es wichtig, ins Goldland zu reisen und die nubischen Minen zurück in den Schoß Kemets zu bringen. Von dort sollen die Segnungen für Elephantine fließen. Bis dahin erhofft sich der Herr allen Lebens die Gnade und Hilfe der Göttin."

Der Kahlkopf des Priesters verbeugte sich schweigend, und Hatschepsut hoffte, dass sie deutlich genug gewesen war. Geradezu froh war sie, als sie endlich ohne Begleitung durch die Säulenhalle des Tempels trat und mit der Göttin im Allerheiligsten alleine war. Zugegebenermaßen war der Tempel nicht besonders groß und prunkvoll. Zierlose Steinquader und ein gestampfter Lehmboden waren das Heim der Göttin. Hatschepsut versprach sich selbst, Thutmosis darum zu bitten, der Göttin eine angemessenere Wohnstätte zu errichten, wenn sie nach Theben zurückkehrte. Satis schien sie trotzdem Willkommen zu heißen. Über der weißen Krone Oberägyptens und dem Antilopengehörn fiel mattes Licht in die Stille des Heiligtums durch Öffnungen im Dach und verlieh dem Allerheiligsten ein warmes und wohlwollendes Licht. Hatschepsut fiel auf die Knie und versuchte sich vor der Göttin auszustrecken, doch ihr Bauch war mittlerweile zu dick. Seufzend trat sie dem lächelnden Gesicht der Göttin entgegen und besprengte sie mit dem gesegneten Nilwasser, das der Priester ihr in einer Tonschale gegeben hatte. Dann sprach sie ihr Gebet. „Siehe Satis, ich stehe vor dir und bitte dich um Hilfe. Ich bin alleine. Der Pharao ist nicht an meiner Seite, so wie der Gott Chnum an der deinen ist, und mein Sohn ist noch nicht geboren. Sende meinem Land die segensspendenden Fluten des Hapi, damit ich für die Menschen sorgen kann. Meine

Hände sind leer, doch sollten sie jemals gefüllt sein, will ich dir versprechen, dir deinen Teil zu geben und dein Heiligtum zu schmücken.“

Keine Wolke schob sich vor das matte Sonnenlicht, kein Laut war zu hören, nichts was Hatschepsut als Zeichen der Zustimmung oder Ablehnung Satis hätte deuten können. Aber sie hatte es versucht, ganz so, wie Senenmut es ihr geraten hatte. *Setze einen Fuß vor den anderen, gib dein Bestes.* Hatschepsut wusste, dass es wenig war, aber es war alles, was sie besaß. Mit einem letzten Blick auf das milde Gesicht der Göttin verließ sie das Allerheiligste.

Als sie aus dem Tempel trat, wartete ihre kleine Gefolgschaft an der Seite des Priesters bereits mit erwartungsvollen Blicken in der Hitze des Nachmittags. „Hat sie zu dir gesprochen, und wird sie den Hapi steigen lassen?“, wollte Ipu, vorlaut wie immer, sofort von ihr wissen und drängte sich an ihre Seite. Hatschepsut biss sich auf die Lippe und hasste sich selber für ihre Worte. „Satis ist Kemet gewogen“ antwortete sie, als wäre es selbstverständlich. Das Bernsteinauge Sarys schien zu glühen, und sein Gesicht, einstmals schön, jetzt entstellt von der leeren Augenhöhle und der Narbe, die sich um das Auge zog, schien sie spöttisch zu mustern. *Er glaubt mir nicht, und er hat allen Grund dazu, mir nicht zu vertrauen.* Hatschepsut sandte den Priester aus, den Wächter des Nilometers an einem Seil in den Schacht hinabzulassen und den Pegelstand an der aufragenden Säule in der Mitte des Schachtes abzulesen. Als sie den Mann wieder hinaufzogen, schüttelte er entschuldigend den Kopf. „Es sieht nicht gut aus, erhabenste Majestät. Ein paar Monde bleiben noch, wir können nur beten, dass die Göttin dich gehört hat.“

„Gebt den Pegelstand nicht bekannt, bevor ihr nicht die Anweisung aus Theben erhaltet“, wies Hatschepsut den Oberpriester an, der es ihr versprach. Die Hitze des Erntemonats Epiphi brannte auf sie hinunter, der Sand glühte durch die Sohlen ihrer Sandalen, und es wurde heißer, je länger sie südwärts ins Land vordrangen. „Senenmut, sorge dafür, dass wir bald weiter reisen können“, bat sie ihn und er verbeugte sich anstandslos und pflichtschuldig, als hätten sie nicht in jener Nacht am Ufer des Hapi gestanden und geredet, als wären sie vertraut.

Buhen, im zweiten Jahr der Herrschaft des Thutmosis Aakheperenre

Die hohen und unüberwindlichen Mauern Buhens lagen in einer fruchtbaren Ebene, und bildeten die nördlichste der Grenzfestungen, welche das Goldland durchzogen. Wie ein Bollwerk erhob sich die nördlichste Grenzfestung aus dem ansonsten kargen Umland. Hatschepsut sah hinauf zu den hohen Wehrmauern, die in der grellen Sonne buken, während sie von der Barke auf den Landungssteg trat, und fühlte sich verloren angesichts der

Gewaltigkeit und der im Wind flatternden blauweißen Wimpel, welche die Oberherrschaft des Pharao über die Festung kundtaten. Diese riesigen Mauern waren nicht einzunehmen, egal wie viele Krieger des Goldlandes auch gegen sie anrannten. Verloren fühlte Hatschepsut sich auch, als ihr der Kommandierende der Festung mit einer Ehrengarde von zwanzig seiner Soldaten entgegentrat und sich vor ihr verneigte. Die Männer wirkten müde und lustlos, was mitunter an der sengenden Hitze liegen konnte, die auch Hatschepsut den Atem zu rauben schien. Sie buk die Mauern der Festung auf, in der sich Wohnhäuser, Tempel und auch die Garnisonen nah beieinander drängten. Innerhalb Buhens, so stellte Hatschepsut überrascht fest, erstreckte sich eine Stadt mit Tempeln, Marktständen, Bier- und Weinschenken und jedem Handwerk, das man in einer Stadt zu finden hoffte. Trotzdem waren die Händlerstände auffällig spärlich bestückt, und es wurde wenig gelacht oder geschwatzt, wie es sonst in den Straßen einer Stadt üblich war. Hatschepsut empfand Buhen als viel zu leise für einen Ort, an dem so viele Menschen lebten. Wie lange niemand mehr die schützenden Mauern Buhens verlassen hatte, wollte Hatschepsut nicht wissen. Die resignierende Trägheit in den Blicken der Männer verriet ihr, dass sie bereits seit Monden wie die Fliegen auf einem Haufen saßen und auf Unterstützung aus Theben warteten. Der Jubel, der an den Straßen versammelten Menschen fiel dementsprechend verhalten aus, und nur wenige Blüten wurden auf die sandigen Straßen geworfen, um das Eintreffen der Großen Königlichen Gemahlin zu feiern. Der Kommandierende lächelte gequält, während er Hatschepsut in den Schatten seines eigenen Hauses führte, wo seine träge Gemahlin vor ihr auf die Knie ging und den Begrüßungssegen sprach. Setep war ein untersetzter Mann mit dunkler Hautfarbe, wie sie die Menschen aus dem Süden besaßen. „Gesundheit, Leben und Wohlergehen der ewigen Majestät, Gottesgemahlin des Einzig Einen, der in Theben weilt."

Diener geleiteten Hatschepsut und Ipu zu bequemen Stühlen und wiesen anschließend Senenmut und Sary Plätze in der Empfangshalle zu. Mäßig gekühlter mit Wasser verdünnter Wein wurde gereicht, und Hatschepsut fragte sich einmal mehr, wie lange keine Handelsbarken mehr nach Buhen gekommen waren.

„Ein Sendschreiben ist deiner Ankunft vorausgeeilt, in dem der Herr allen Lebens, er lebe, sei heil und gesund, mitteilen ließ, dass du mit fünfhundert Soldaten auf dem Weg hierher bist, um die Aufstände einzudämmen." Setep wartete nicht darauf, dass Hatschepsut ihm erlaubte zu sprechen. Obwohl er seine Gedanken zu verbergen versuchte, spürte Hatschepsut, dass er innerlich aufgebracht war. Seine Gemahlin erteilte derweil in einem Nebenraum hektische Anweisungen an ihre Dienerschaft, und Hatschepsut konnte aus Wortfetzen vernehmen, dass wohl vergessen worden war, ein Haus für die Große Königliche Gemahlin herzurichten. Seteps Stimme näselte derweil unangenehm, doch er fühlte sich beflissen, Hatschepsut weiter zu bedrängen. „Der Herr allen Lebens, er lebe, sei heil und gesund, schätzt in seiner unendlichen Güte die Lage im Goldland falsch ein. Fünfhundert Soldaten werden niemals genügen, und auch meine Soldaten sind mutlos und ohne Kraft. Ich hatte gehofft, dass der Einzig Eine, er lebe, sei heil und gesund, sich dieser Sache annehmen würde, und dass er mit Truppen erscheinen und meinen Soldaten Mut zusprechen würde, obgleich ich natürlich unsagbare Freude über die Ankunft der Großen Gottesgemahlin empfinde."

Hatschepsuts Kopf schmerzte, und in ihren Schläfen hämmerte es. *Forderungen, Entschuldigungen, ausweichende Reden und unzufriedenes Murren.* Wann würde sie jemals etwas anderes zu hören bekommen? Hatschepsut sah auf ihre Füße, die ebenso geschwollen waren wie ihre Beine. Die Hitze des Tages war atemberaubend, aber vielleicht war es auch ihr mittlerweile kugelrunder Bauch, der ihr den Atem nahm. „Was ist mit der Leibwache meines zu Osiris gegangenen Vaters? Ist sie hier in Buhen?"

Die Augen des Kommandanten wichen ihr aus, und er kratzte sich verlegen unter seinem staubigen Harnisch. Anscheinend war er gerade erst vom Truppenübungsplatz gekommen, als Hatschepsuts Barken eintrafen. Niemand hier bemaß ihrem Erscheinen das geringste Gewicht!

„Das, was von ihnen übrig ist, Majestät. Nur wenige haben es geschafft, dreiundsechzig Männer, um es beim Namen zu nennen und die Hälfte von ihnen verletzt und nicht fähig zu kämpfen. Nun ja, du kannst zu ihnen sprechen, doch vielleicht solltest du erst ruhen."

Es kostete Hatschepsut Mühe sich gerade zu halten und diesem Setep nicht zu zeigen, wie müde sie tatsächlich war. Ohnehin nahm er ihr Vorhaben kaum ernst, und seine unverschämten Blicke auf ihren Leib bezeugten das deutlich. „Ich werde sie zuerst anhören", sagte sie fest und winkte den einäugigen Goldlöwen zu sich heran. Sein Bernsteinauge schien sie mit Verachtung zu strafen. „Sary soll mich begleiten." Sie wusste nicht, weshalb sie dies wollte; wahrscheinlich war sie es ihm schuldig, an seiner Seite in die Schlangengrube zu treten."

Der Kommandant musterte Sary und kratzte sich dann das Kinn. „Dein Name ist Sary? Bist du der, der sich nach Theben durchgeschlagen hat?" Seine Augen zeigten endlich so etwas wie Bewunderung, als Sary stumm nickte.

„Dann solltest du schnell zu deinem Bruder gehen, denn er fragt ständig nach dir."

Hatschepsut und Sary zuckten beinahe gleichzeitig zusammen. „Er lebt? Ameni lebt noch?", stieß Sary hervor, und Setep hob die Hände, als wolle er ein Raubtier davon abhalten, sich auf ihn zu stürzen. „Wenn man es Leben nennen möchte, dann ja."

Sary hörte ihn nicht mehr. Er wandte sich um, begann zu laufen und achtete nicht darauf, dass er Hatschepsut zurückließ. Gerne wäre Hatschepsut einfach aufgesprungen und hinter Sary hergelaufen, doch sie erinnerte sich daran, dass sie das weder konnte noch durfte. Einem inneren Bedürfnis folgend griff sie nach Senenmuts Arm. „Begleite du mich, Senenmut. Ich muss ihn sehen."

Senenmut erhob sich und stützte sie so gut er es vermochte. Setep bot ihr an, einen Tragstuhl holen zu lassen, doch Hatschepsut lehnte dankend ab. Was würden diese zornigen Männer denken, wenn sie wie eine goldene Statue vor sie getragen wurde, nachdem ihnen so viel Übel widerfahren war. Was würde Ameni von ihr denken! Als sie die engen Straßen Buhens durchschritten, musste Senenmut sie oft zügeln, da Hatschepsut ihre Eile kaum verbergen konnte. Er lebte! Hatschepsut schmolz bei diesen Worten beinahe der Rest ihres von der nubischen Sonne gequälten Verstandes. Sie fühlte sich langsam und gebrechlich wie eine alte Frau, als Senenmut sie an den Wohnhäusern der Soldaten vorbei führte, die sie unverhohlen und spöttisch musterten. Trotzdem ging sie weiter die sandige Straße entlang, widerstand dem Drang, einem Wasserträger die Schöpfkelle aus der Hand zu reißen und zu trinken. Dann endlich erreichten sie die Unterkünfte der Kranken. Hatschepsut musste verschnaufen, als sie in einen Hof traten, auf dem diejenigen der einst stolzen Leibwache ihres Vaters in den Ecken hockten, die keine schweren Verletzung besaßen. Hier warteten sie also und ließen die Tage teilnahmslos an sich vorüberziehen. Einige trugen noch ihre zerrissenen Schurze, wie zum Zeichen des Trotzes und um zu zeigen wer sie waren und welches Unrecht ihnen widerfahren war. Andere hatten sich von den Priestern einfache Gewänder geben lassen. Doch alle trugen die blauen Farben der königlichen Leibwache am Körper, ein Fetzen von ihrem Standartenwimpel, der sie als treue Gefolgsleute des Einzig Einen auswies. Hatschepsut war versucht den Blick zu senken, verbot es sich jedoch. Statt dessen atmete sie tief durch und ging auf die weit offen stehende Tür, die in das Haus der Kranken führte zu, aus dem ihr der unverkennbare Geruch von Blut, Schweiß und Fäulnis entgegen schlug. Wie ein todbringendes Maul klaffte sie ihr entgegen, und Hatschepsut bemerkte, wie Senenmut unvermittelt die Luft anhielt. Etwas stürzte ihr aus dem Innern des Lehmziegelhauses entgegen, nicht etwas – jemand. Sary. Sein verbliebenes Auge starrte wild vor Trauer und Schmerz, als würde er weder sie noch Senenmut sehen. Er prallte auf ihren geschwollenen Leib und schien von Sinnen, doch dann erkannte Sary sie schließlich.

„Ameni?", brachte Hatschepsut krächzend hervor. Sary hob die Hände, als wolle er sie um ihren Hals legen. Dann besann er sich und krallte sie in seinen Schurz. „Er ist tot. Du bist wieder einmal zu spät gekommen, Gottestochter. Das Letzte, was er ohne seine Zunge lallte, war dein Name!“

Hatschepsut wich vor ihm zurück und wäre gefallen, wenn nicht Senenmuts drahtiger Leib direkt hinter ihr gewesen wäre. Ein leichter Schwindel schien über sie zu kommen, doch er verschwand so schnell, wie er gekommen war. Was redete Sary da? Und warum war Ameni gestorben, wenn er es bis hierhin geschafft hatte? Hatschepsut trat an Sary vorbei auf das klaffende Maul des Hauses zu. Senenmut hielt sie am Arm fest. Seine Stimme war leise, und seine Augen zeugten von Mitleid. „Nicht ... er ist tot, geh nicht da hinein.“

Sary trat erneut neben sie, wie um sie aufzufordern, es doch zu tun. „Geh nur hinein, Haatsch. Sieh selbst, was du ihm angetan hast. Du bist es ihm schuldig.“

Kurz sah Hatschepsut von einem zum anderen, starrte in Senenmuts nun wieder verschlossenes Gesicht und das hasserfüllte Auge von Sary. Sie hätte Senenmut vielleicht eine Erklärung geben sollen, weshalb Sary ihr so viel Schuld an Amenis Tod zusprach, doch sie vermochte es nicht. Senenmut schien für die Gefühle des Herzens wenig Verständnis aufzubringen – er war eher ein Mann der klugen Gedanken. Hatschepsut setzte sich in Bewegung und ließ beide Männer einfach stehen. Mutig tat sie einen Schritt vor den anderen, bis der Gestank von Fäulnis und Tod sie einhüllte.

Dunkelheit umfasste sie, doch nur so lange, bis sich ihre Augen an das Dämmerlicht gewöhnt hatten. Husten und Stöhnen drangen von allen Pritschen und Liegen, auf denen die Verwundeten sich wälzten. Der Anblick des Elends zerriss ihr das Herz - ein vom Wundbrand verseuchtes Bein hier, ein zertrümmertes Leben dort, und ein überforderter Sunu sowie zwei Hilfspriester, die zwischen den Lagern umherliefen, Wasserschalen an aufgesprungene Lippen setzten und eitrige Verbände wechselten. In Hatschepsuts Herz trommelte und pochte es, doch sie ging weiter und bewegte sich wie im Traum durch das Leid und die Schmerzen der einst so stolzen Leibwache ihres Vaters. In einer Ecke, vor der einfallenden Sonne geschützt, entdeckte sie endlich Ameni, ausgestreckt auf einer Liege, und sie erkannte ihn an seinem Körper, der mager und ausgezehrt war, aber doch unverkennbar der Körper ihres Geliebten blieb. Doch so, wie sie ihn in der Erinnerung ihres Herzens bewahrt hatte, war er nicht mehr. *Wo ist sein Gesicht? Wo sind die vollen Lippen, die mich geküsst haben und die weichen Augen, die mich angesehen haben? Wo sind sie?* Hatschepsut starrte auf das tote Stück Fleisch, das dort lag, und suchte in ihm Ameni zu erkennen. Es gelang ihr nicht. Seine Zunge hatten sie ihm herausgeschnitten und seine Lippen abgetrennt, sodass eine bloße Reihe Zähne ihr verzerrt entgegengrinste. Die Nase war fort, an ihrer Stelle eine schwarz verfärbte schorfige Wunde, und die Augenhöhlen waren leer, von Fliegen umschwärmt. Hatschepsut hielt sich die Hand vor den Mund und presste die andere auf ihren Leib. Dann barst etwas in ihr, ein heißer Schwall Flüssigkeit schwappte auf den Boden zwischen ihre Beine, und ihr Becken wurde von einem Steinschlag erschüttert. Sie fiel auf die Knie und fuhr hoch, als ein Speerstoß ihren Rücken durchfuhr, nur um kurz darauf wieder nach vorn zu fallen. *Das ist also mein Ende*, dachte sie traurig. *Der Goldlöwe ist mir nachgeschlichen und hat mich mit einem Speer durchbohrt – und er tut Recht daran!* Es wurde dunkel um sie herum, und die Sterne tanzten am Himmelszelt, obwohl es gerade noch helllichter Tag gewesen war. „Vater", flüsterte Hatschepsut. „Warte auf mich, gleich bin ich bei dir."

Ihr Leib war ein einziger Schmerz, zerrissen von tausend Qualen, die sie in die Unterwelt hinabzuziehen versuchten. *Warum tut es weh? Sollte nicht der Schmerz vergangen sein und ich neben meinem Vater in der Himmelsbarke fahren?* Hatschepsut riss die Augen auf und sah in das dunkelhäutige und schweißüberströmte Gesicht einer nubischen Frau, das zwischen ihren gespreizten Schenkeln auftauchte. Die fleischigen Backen blähten sich vor Anstrengung, während sie mit wenig sanften Bewegungen Hatschepsuts Leib knetete, und die winzigen Augen, die in dem massigen Gesicht zu verschwinden schienen, musterten sie ohne jede Ehrerbietung. „Sie ist wach geworden, den Göttern sei Dank. Mach schon, du Tochter eines Gottes – hilf der alten Masali etwas! Ein Kind findet nicht alleine den Weg ins Leben!"

Hinter der Nubierin tauchte ein anderes, Hatschepsut vertrautes Gesicht auf. Ipu, auf ihren Wangen hektische Flecken, die Augen vor Zorn und Überraschung blinzelnd. „Wie redest du mit der Gottesgemahlin, du elende alte Vettel? Sie ist deine Königin!"

Die Alte gab sich unbeeindruckt, während sie Ipu mit einer einzigen unwirschen Handbewegung zur Seite schob. „Meine Königin ist sie nicht und wird sie niemals sein – und deine auch nicht mehr, wenn sie nicht endlich anfängt zu pressen."

„Du verlierst deinen Kopf für deine unverschämten Worte, du Tochter eines Mastschweins!" Ipu war außer sich vor Zorn und drängte sich an der Alten vorbei.

Geschrei, Gezänk und dieser alles zerreißende Schmerz! Noch niemals war Hatschepsut sich so bewusst gewesen, dass sie lebte. Ihr Kind wollte geboren werden und das mit einer Gewalt, dass es nur ein Knabe sein konnte – der Falke im Nest! Sie fuhr hoch, als ihr das bewusst wurde, und helfende Arme ergriffen sie sogleich unter den Achseln. Sie zogen Hatschepsut vom Lager, auf dem sie gelegen hatte, hinunter auf den Boden und zwangen sie, sich breitbeinig über ein Tuch zu hocken. Zwei nubische Mädchen, die der Alten halfen, hielten sie in dieser demütigenden Haltung gefangen, als wären ihre Hände aus hartem Granitstein und straften damit ihr dürres Äußeres Lügen. Weitere Hände, von denen

Hatschepsut nicht hätte sagen können, woher sie kamen, zogen ihr das mittlerweile blutbefleckte Leinenkleid über den Kopf, und dann zog der nächste Schmerz durch ihren Rücken hinein in den Unterleib. War das ihre Stimme, die da schrie und fluchte wie eine Fellachin? Ahmose wäre vor Schreck in Ohnmacht gefallen. Erneut tauchte Ipus Gesicht vor dem ihren auf, ängstlich und doch froh und wurde mit zornigem Grunzen von der Dunkelhäutigen beiseitegeschoben, die grinsend Hatschepsuts Wangen zwischen ihre dicken nach Zwiebeln und irgendetwas anderem riechenden Finger nahm. Hatschepsut wurde übel vor Schmerz und dem Gestank.

„Jetzt, mein schlaffes Goldentchen. Na los, hilf deinem Kind etwas!"

Sie dachte nicht weiter über die Worte der Nubierin nach, wollte nur, dass der Schmerz endlich aufhörte. Hatschepsut spannte die Muskeln an und presste sich die Eingeweide aus dem Leib, bis das Kind endlich den Weg aus ihrem Leib gefunden hatte. Ipu schrie, die Nubierin stöhnte erleichtert auf, und Hatschepsut fiel zusammen wie ein Sack Getreide, als die erbarmungslosen Hände sie endlich losließen.

„Der Horus im Nest ist geboren", vernahm sie Ipus aufgeregte Stimme immer wieder, und dann die der Dunkelhäutigen. „Ein Mädchen, zu früh geboren und schwach. Ob sie lebt oder stirbt, mögen die Götter entscheiden!"

Sie wurde wieder aufgehoben, grob zurück auf das harte Lager gelegt und ihre Blöße mit einem Leinentuch zugedeckt. Hatschepsuts Kopf schien zu zerspringen und ihr Unterleib ein Schlachtfeld zu sein, aber dann besann sie sich und streckte die Arme aus. „Gib sie mir!", wies sie die Schwarze an, die den wimmernden Säugling in ihre Arme legte. Hatschepsut betrachtete erstaunt das winzige Geschöpf, das ihre Tochter war. Augen, Nase, Mund, zehn Finger und zwei Füßchen – alles war vorhanden, und schwarzer Haarflaum klebte auch auf dem noch blutverschmierten Köpfchen. Hatschepsut hob den Kopf und herrschte die Dunkelhäutige an. „Sie ist die Erbprinzessin von Kemet, und sie wird leben, meine Tochter Nofrure."

Die Schwarze hob die Brauen und schüttelte den Kopf über soviel Sturheit. Dann hob sie die Hände in einer abwehrenden Geste. „Meinetwegen", gab sie wenig beeindruckt zu und verließ dann grußlos den Raum, um zu beweisen, wie wenig diese Königin ihr Angst zu machen vermochte. Ipu kam zu Hatschepsut und setzte sich neben sie auf das Lager. Ihre hektischen Flecken wichen langsam, aber ihre Augen waren betrübt. „So klein ist sie und zu früh geboren, fast einen ganzen Mondumlauf ... und dann noch ein Mädchen. Ach, Haatsch, es tut mir so leid."

Mir tut es nicht leid, dachte Hatschepsut, während sie das kraftlose Kind vorsichtig im Arm hielt und an ihre Brust legte, wo es sofort zu trinken begann. Nur einmal würde Hatschepsut ihre Tochter selbst stillen, denn die *mu besa* – die erste Milch des Schutzes nach der Geburt, war wichtig für das Überleben eines Kindes. Nur wenige Säuglinge, welche die Milch nicht erhalten hatten, überlebten länger als ein paar Tage. Sie gab Nofrure nach dem ersten Stillen nur ungern an eine nubische Amme weiter, während Ipu die zwei dunkelhäutigen Mädchen anwies, die Nabelschnur zu durchtrennen und eine Binde über den Bauch der Mutter zu legen. Sie bestand wie ein Kommandant darauf, den Leib der Gottesgemahlin selbst zu säubern, da diese bereits genug schmutzige Hände an ihrem göttlichen Leib hatte erdulden müssen. Hatschepsut war ihr dankbar, doch innerlich war es ihr fast einerlei. Amun hatte ihr eine wunderschöne Tochter geschenkt, an etwas anderes konnte sie kaum denken. Ipu zwang Hatschepsut, ein Gebräu aus Sellerie zu trinken, damit es die Schmerzen im Bauch vertrieb, und duldete auch keinen Widerspruch, als Hatschepsut sich beschwerte, dass es schmecken würde wie Katzenurin. Trotzdem ließ Hatschepsut all dies über sich ergehen, ohne Nofrure aus den Augen zu lassen, die mittlerweile im Arm der Amme eingeschlafen war. Als endlich die Priester erschienen waren, ihren Raum mit Weihrauch gesäubert und Schutz bringende Amulette um den Hals von Mutter und Tochter gelegt hatten, ließ sie sich Nofrure in den Arm legen. Hatschepsut wusste, dass schon bald ein Bote nach Theben aufbrechen würde, um Thutmosis die Nachricht zu überbringen, dass seine Große Königliche Gemahlin nicht den erhofften Thronfolger geboren hatte. „Hol mir Senenmut“, wies sie Ipu an und streichelte den Kopf ihrer Tochter.

Senenmut lehnte an der Wand seines bescheidenen Raumes, den er von Setep zugewiesen bekommen hatte, und spürte sein Herz hart gegen seine Rippen schlagen. Was hatte ihm der zu Osiris gegangene Einzig Eine da nur zugemutet, indem er ihn so rückhaltlos an Hatschepsut gebunden hatte. Er hatte den Göttern einen Schwur geleistet, jedoch nicht geahnt, welche Ausmaße dieser Schwur auf sein Leben und sein eigentlich zufriedenes Gemüt haben würde. Hätte Senenmut gewusst, weshalb die Gottesgemahlin ihn heute zu sich gerufen hatte, wäre er nicht zu ihr gegangen. Er hätte sich geweigert und sich unter den Soldaten versteckt, bis sie von ihrem unsinnigen Vorhaben Abstand nahm und zur Besinnung kam. Sie war verwirrt, und wahrscheinlich hatte der überforderte Sunu der Grenzfestung, welcher derart hohen Besuch ansonsten wohl kaum behandeln durfte, ihr einen Trank aus Bilsenkraut oder Mohnsaft gegeben, der ihr die Sinne verdrehte – mit all diesen Ausreden versuchte Senenmut, sich ihr Verhalten zu erklären. Dann seufzte er und erlaubte sich ein bitteres Lächeln. Er kannte die Wahrheit – Hatschepsut war nicht betäubt vom Mohnsaft, wie ihre Mutter Ahmose und auch nicht verwirrt und gedankenlos wie ihr Bruder ... Hatschepsut war klug!

„Senenmut ... „ hatte sie gesagt, während sie ihre schlafende Tochter im Arm gehalten hatte und ihn mit ihrem Katzengesicht angesehen. „Warum hast du keine Familie?“

Ihre Frage hatte ihn verwirrt, und gleichzeitig war sie ihm unangenehm. Senenmut sprach nur mit wenigen Menschen über persönliche Dinge, und er hätte sich gerne einer Antwort verweigert. Sein Vater war vor einigen Nilschwemmen gestorben, seine Mutter Hatnofret lebte noch in Armant, ebenso wie seine Brüder und Schwestern. Er liebte sie alle, doch je näher er dem Thron gekommen war, desto fremder waren sie ihm geworden. Sie hatten niemals darum gebeten, dass er ihnen höhere Bildung oder Ämter im Palast verschaffte. Zweimal im Jahresumlauf besuchte Senenmut sie, und es waren freundliche, jedoch belanglose Besuche, bei denen niemand so recht etwas mit dem zu Ehren gekommenen Sohn und Bruder anzufangen wusste. In jedem Jahr, wenn das Schöne Fest des Tals gefeiert wurde, ging er mit ihnen zum Grab des Vaters und vollzog die Opfer, wie es sich für einen guten Sohn gehörte. Danach gingen sie wieder getrennte Wege. Senenmuts Leben hatte dem Einzig Einen gehört, und er war zufrieden damit gewesen und hatte nichts vermisst - zumindest nicht oft, und das hatte er Hatschepsut wahrheitsgemäß geantwortet.

Da hatte sie ihn einfach überrumpelt, ihr Kind in seinen Arm gelegt und gesagt: „Meine Tochter braucht einen Erzieher, der ihr beisteht. Ich möchte, dass du das sein wirst, und verleihe dir den Titel Erzieher der Erbprinzessin Nofrure.“

Senenmut hatte unmissverständlich ablehnen wollen und sich mit freundlichen jedoch klugen Worten aus der Verantwortung ziehen - ebenso klug, wie sie ihn in diese Verantwortung zu drängen gedachte. Wie eine Katzenmutter hatte sie ihm ihr Junges zu Füßen gelegt, weil sie nicht wusste, wohin sie es sonst hätte tragen sollen oder wo sie es sicher hätte verstecken können - und ebenso klug wie eine Katzenmutter hatte sie es geplant. Senenmut schüttelte den Kopf über so viel Hintertriebenheit. Dies würde ihn ein für alle Mal zu ihrem Verbündeten machen und ihn an den Palast fesseln. Das letzte Vertrauen ihres Brudergemahls, der ihm ohnehin nie wirklich getraut hatte, wäre zerstört, wenn er sich von Hatschepsut mit einem derart hohen Amt beschenken ließ. Schlimm genug, dass Senenmut der Freund seines Vaters gewesen war, doch wenn er nun seiner Schwestergemahlin Hatschepsut und der Erbprinzessin nahe stand, wäre Thutmosis Misstrauen größer denn je. Und Hatschepsut dachte noch weiter - Senenmut müsste sie und ihre Tochter schützen, da ihr Untergang auch den seinen bedeuten würde. Ach, er hätte zornig sein sollen, und er war es auch gewesen. Nun musste er den Traum von einer eigenen Familie und dem Rückzug vom

Hof endgültig hinter sich lassen. Doch als er das schwache und schutzlose Kind in seinem Arm gehalten hatte, ein Stück Familie, das er nie besessen hatte, war sein Zorn verraucht und er hatte der Versuchung nicht widerstehen können. Wie hätte er sich diesem kleinen Geschöpf entziehen können, das in so unsichere Zeiten geboren worden war und dessen Vater zu schwach war, ihm Schutz zu bieten. Hatschepsut hatte erfreut gelächelt, denn sie war klug genug, seine Gefühle zu erkennen, als er das Kind in den Armen gehalten hatte. Senenmut hatte der kleinen Erbprinzessin einfach nicht widerstehen können, ebenso wenig wie er ihrer Mutter widerstehen konnte. Senenmut trat an die Fensteröffnung der Unterkunft und starrte hinaus in die flirrende Hitze. Er spürte augenblicklich, wie sein Magen sich zusammenzog, da er den Gedanken, den er nicht zulassen wollte, nun endlich zu Ende gedacht hatte. Ihm wurde mit einem Male klar, was ihn so sehr Abstand halten ließ von dieser jungen Gottesgemahlin, deren Vater er so freimütig hatte begegnen können. Er, der kühle und kluge Denker, Senenmut, der Besonnene, fühlte sich von der Gottesgemahlin angezogen in einer Art, wie es nicht sein durfte. Und das in seinem Alter, wo er hätte klug sein sollen und über derartige Überschwänglichkeiten der Jugend erhaben. Er war es nicht! Die Erkenntnis traf ihn wie ein Schlag in den Magen. Er war wie von Sinnen, wenn er sie ansah, und in seinem Herz erklang, ohne dass er es wollte, ein Liebeslied, welches er in seiner Jugend für die Tochter eines Schankwirtes gesungen hatte, bevor er sie verlassen hatte und in den Dienst des Einzig Einen getreten war.

Sie ist süß wie die Liebe
Süß ist die Liebe des Königs zu ihr
Süß ist die Liebe der Männer zu ihr,
Sie ist die Herrscherin der Liebe, erste aller Frauen
Eine Königstochter, süß wie die Liebe
Die schönste aller Frauen ...

Ein Mädchen wie man es nie sah
Schwarz war ihr Haar, dunkler als die Nacht ...

Senenmut sah hinaus in den Himmel, in dem Re sich bereit machte von Nut verschlungen zu werden und seine Nachtfahrt zu beginnen. Vögel zogen vorbei, erhoben sich über die Mauer der Festung von Buhen und flogen davon mit freiem Herzen und ohne Reue zu empfinden. Die Priester begannen ihre Stundengesänge, und es hätte ein Tag wie jeder andere sein sollen. Doch das war er nicht. Im Goldland tobte ein Aufstand der Fürsten, während in seinem Bauch Schmetterlinge umherwirbelten, die ihn keinen klaren Gedanken fassen ließen, solange er in ihrer Nähe war. „Anen, mein alter Anen! Wenn du mich jetzt sehen würdest, wie sehr würdest du mich auslachen. Du bist alt, aber ich bin ein alter Narr!“

Hatschepsut fühlte sich steif und ungelenk wie eine alte Katze, als sie von Ipu gestützt den Raum verließ, in dem sie ihre Tochter geboren hatte. Ein Lager voller Schmerzen und Glück hatte sie hier gefunden, doch das war eine Woche her, und die Sorgen zerrten sie unbarmherzig auf die Beine. Natürlich war Ipu anderer Ansicht, aber wie hätte Hatschepsut sich den verlockenden Einwänden ihrer Dienerin hingeben können. Die Männer warteten ausgehungert in diesem elenden kleinen Hof, auf dass sie einen Schuldigen fanden, an dem sie ihren zornigen Hunger stillen konnten. Hatschepsuts Bauch war leer, ihre Tochter zwar schwach, doch die Milch der nubischen Amme nahrhaft genug - Nofrure wurde von Tag zu Tag kräftiger. „Eine nubische Amme, Haatsch!“, hatte Ipu mit aufgerissenen Augen geschrien, doch dann zugeben müssen, dass die Milch dieser dunklen Frauen des Goldlandes Nofrure nährte, als wäre sie von Hathor selbst gesäugt worden. Hatschepsuts übervolle Brüste hingegen schmerzten, und ihre eigene Milch stockte und versiegte. Aber das würde vergehen. Wenn sie ihre Tochter ansah, wusste sie, dass Nofrure allen Schmerz dieser seltsamen Geburt wert war.

„Sie ist bezaubernd, Haatsch ... aber nur eine Tochter. Ein Bote ist bereits mit einem Sendschreiben nach Theben aufgebrochen, um es dem Palast zu verkünden. Was glaubst du, werden Mutnofret und Isis tun? Sie werden ein Fest feiern, und ich fürchte um dich, wenn du nach Theben zurückkehrst. Sie werden alles daran setzen, dass es dort keinen Platz mehr für dich gibt!“ So redete Ipu jeden Tag und drängte sich in ihre glücklichen Gedanken, bis nichts mehr von ihnen übrig zu sein schien - Hatschepsut war des maßlosen Leidens ihrer Dienerin überdrüssig. Und doch hatte Ipu recht! Nun, da sie ihr Lager, die letzte Zuflucht vor der Wahrheit verlassen hatte, wusste Hatschepsut, dass sie weiter gehen musste – Schritt für Schritt, wie Senenmut gesagt hätte, wenn er nicht ihre Nähe gemieden hätte wie ein Schakal die Menschen. Was hatte sie nur an sich, dass die Männer sie mieden, als trüge sie Pusteln und Beulen im Gesicht. Zürnte Senenmut ihr, da sie ihm ihr goldenes Kind in die Arme gelegt hatte? Du armer einsamer Mann. *Wie hat der Anblick Nofrures dein so gut gehütetes und verschlossenes Herz erschüttert.* In ihrem Herzen lächelte sie jedoch über diesen scheinbar lebenserfahrenen Mann, dessen geordnete Welt nun über ihm einzustürzen schien, als wäre das Firmament über seinem Kopf geborsten.

Hatschepsut traf die Hitze auf den Straßen der Festung, als hätte Amun selbst ihr ins Gesicht geschlagen. Geh endlich deinen Weg – ein Schritt vor den anderen, schien er sie zu tadeln, und Hatschepsut krallte sich an Ipus Arm, um nicht gleich wieder umzukehren. Es ging auf die Zeit der Überschwemmung zu, aber hier, am Ende der Welt, gab es nur Sand und Staub und Wüste. Dabei war Buhen nach Aussagen Seteps der letzte Posten ägyptischer Ordnung. Hier gab es Tempel, in denen Opfer dargebracht wurden und sogar ein paar Gärten, die gewässert und gepflegt wurden. Was Hatschepsut erwarten würde, wenn sie tiefer in das Goldland vordrang, mochte sie sich kaum vorstellen. Schon begann sie die schwarze Erde Kemets zu vermissen, die Papyrusstauden am Ufer des Hapi, die trägen Nachmittage auf ihrer Sonnenterrasse, und das bunte Treiben in Thebens Straßen. Amun mochte ihr Kraft verleihen, denn sie musste weiter und diesen einmal eingeschlagenen Pfad bis zum Ende gehen, wenn sie darauf hoffen wollte, in ihre Heimat zurückzukehren! Sie fühlte sich tatsächlich wie eine müde Katze ... *Hatschepsut, mein Kätzchen* ... fielen ihr die Worte ihres Vaters ein, der versäumt hatte ihr zu sagen, dass auch Kätzchen steifbeinig und ungelenk werden konnten. Ihr Unterleib, noch immer wund von der Geburt, wollte nicht, dass sie hier draußen auf den sandigen Straßen herumlief, aber Hatschepsut biss die Zähne zusammen und ließ sich von Ipu zu den behelfsmäßigen Unterkünften der ehemaligen Leibwache ihres Vaters führen. Diejenigen, die auf dem Weg der Besserung waren – ihre Herzen musste Hatschepsut gewinnen. Ihre Blicke schweiften zweifelnd hinüber zum Haus des Setep, in dem Senenmut Räume bezogen hatte. Sie könnte ihn rufen lassen und fordern, dass er ihr beistand. Mit einem inneren Seufzen entschied sie sich dagegen – wie sollte eine Gottestochter jemals die Achtung derer gewinnen, die von einem Gott enttäuscht worden waren, wenn sie es nicht einmal schaffte, ihnen alleine entgegenzutreten?

„Nicht so schnell, Haatsch. Du benimmst dich, als wären die nubischen Krieger hinter dir her." Ipus Blicke waren missbilligend, und obwohl Hatschepsut kaum erhoffte jemals etwas zustande zu bringen was Ipus Billigung erfahren würde, beschloss sie, langsamer zu gehen. *Sie sind ja auch hinter mir her*, beschwerte Hatschepsuts Herz sich voller Unruhe. *Sie und Isis und Mutnofret und vielleicht auch mein schwacher Bruder, der jetzt, wo ich weit fort bin, ihrem vernichtenden* Gift ausgeliefert *ist.* Viel Zeit würde ihr nicht bleiben.

Der Hof, von dem sie bewusstlos unter den Augen der Soldaten heruntergetragen worden war, als die Wehen eingesetzt hatten, schien ihr unfreundlicher denn je. Ameni, der für sie gesprochen und ihr Verständnis geschenkt hätte, war nicht mehr hier. Sein Leib lag in einer Kiste mit Natron und fuhr auf einer Barke gen Theben, um dort im Schönen Haus für sein Weiberleben vorbereitet zu werden. Sie selbst hatte es sofort nach der Geburt Nofrures veranlasst und ihre Reiseschatulle geöffnet. Großzügig hatte sie Gold in Sarys Hände fließen lassen, um Ameni eine gute Bestattung zu ermöglichen. Hatschepsut wusste, dass es eine erbärmliche Bestechung für ein verschwendetes Leben war und für Sary kein Trost. Sie hätte Sary in Gold aufwiegen lassen können – er hätte ihr nicht verziehen. Aber Sary hatte die Lippen zusammengepresst und ihr Gold angenommen. Es hatte Hatschepsut nicht geholfen, sich besser zu fühlen, denn zu welcher Zeit wären Schuld und Leid jemals mit Gold zu begleichen gewesen? Sie wusste es, Sary wusste es, und die anderen, die einstigen Verschworenen, wussten es ebenfalls. Hatschepsuts Herz pochte und hämmerte, als sie in die teils vernarbten teils elenden Gesichter derjenigen sah, die mutlos und kraftlos in diesem Hof saßen. Sie schmolzen – alles an ihnen schmolz dahin und versickerte im Sand – ihre Herzen, ihr Mut und ihr Lebenswillen, sie zerklumpten zu schwarzem Brennharz, härter als Granitstein. War es bereits zu spät? In ihren Augen konnte Hatschepsut nichts erkennen, was vielleicht einmal menschlich gewesen wäre. Trotzdem wusste sie, dass sie zu ihnen sprechen musste, denn sie erwarteten es. „Ich bin gekommen, um das Unrecht zu sühnen, das an euch begangen wurde und um Kemet das zurückzugeben, was mein zu Osiris gegangener Vater erkämpft hat."

Jetzt lachten sie, aber es klang trocken wie die Wüste. Einige von ihnen legten sich nieder wo sie waren, als hätten sie nur auf Hatschepsuts Worte gewartet, um endlich sterben zu können. Der Schweiß brach ihr aus den Poren und ihr Leib schmerzte immer stärker, obwohl sie glaubte, dass kein Schmerz dem derjenigen gleichkam, die vertraut hatten und betrogen worden waren. *Vertraut mir, bei Amun!* „Ich weiß, dass ihr glaubt, es ist nichts wieder gut zu machen, aber ich bin gekommen, um es trotzdem zu tun. Ich bin zu euch gekommen! Nicht war ich mir zu schade, mein Kind in einer Soldatenfestung zu gebären, noch bin ich zu stolz, den Weg mit euch zu gehen, der nun einmal beschritten werden muss. Wollt ihr denn, die ihr für meinen zu Osiris gegangenen Vater gestorben wäret, dass das Opfer derjenigen, die starben, vertrocknet, wie Wasser in der Wüste?"

Keiner von ihnen sah auf oder schien ihr zuzuhören. Stattdessen verachteten und verhöhnten sie Hatschepsut mit ihrem Schweigen. Verzweiflung drohte die Hoffnung in ihr niederzuringen. *Amun, mein göttlicher Vater. Lege mir Gold auf die Zunge, auf dass ich die Wahrheit spreche, die ihre Herzen öffnet!*

Ipu zog gleich einer Löwenmutter an ihrem Arm. Eine Gottesgemahlin musste sich das nicht zumuten. „Lass uns gehen, Haatsch! Sie werden nicht auf dich hören."

Noch einmal suchte Hatschepsut ihre Blicke und versuchte durch die undurchdringlichen Mauern zu spähen, hinter denen all jenes lag, was sie zu lebenden Menschen und zu Söhnen des schwarzen Landes gemacht hatte. Als noch immer keiner von ihnen aufblickte, gab sie schließlich Ipus Drängen nach. Ipu zog und zerrte an ihrem Arm, fort ... fort von hier, du bist

Amuns Tochter, schien sie ihr klarmachen zu wollen, doch dann bahnte sich etwas anderes in Hatschepsut seinen Weg, ein Gefühl so glühend und übermächtig, dass sie stehen blieb und ihren Arm von Ipu losriss. *Hört endlich auf, an mir herumzuzerren!* Was hatte sie eigentlich getan, dass diese Männer sie derart verachteten? Einen von ihnen geliebt, mit dem Herzen und dem Leib und einem Gemahl ein Kind geboren, den man ihr ausgewählt hatte. Nicht nur sie trugen Wunden vom Schlachtfeld davon, auch ihr Leib war eine einzige Wunde, von dem gleichen Mann geschlagen, den sie verachteten – auch sie war nicht gefragt worden, ob sie ihr Schicksal erfüllen wollte! Hatschepsut wandte sich erneut zu ihnen um, und ihre Stimme war nun ihrerseits voller Zorn und Verachtung. „Seht euch an! Ihr seid verletzt von dem Unrecht, das euch widerfahren ist, da der Horussohn euch schändlich behandelt! Und ihr lastet es mir an ... aber ich bin zu euch gekommen, obwohl in Theben viele sind, die mich ebenso vertreiben wollen wie euch. Was mich erwartet, wenn ich zurückkehre, lege ich in Amuns, meines göttlichen Vaters Hände. Aber ich werde nicht hadern um meinetwillen, und ich befehle euch im Namen des großen Gottes auf Erden, der mein Vater war, dass ihr euren Teil beitragt, die Maat im Goldland wieder herzustellen."

Einige von ihnen sahen endlich auf, nicht überzeugt und auch nicht bestärkt, aber doch überrascht, da die Wut und Gewalt der Worte etwas war, das sie kannten – etwas, das ihnen vertraut war und sie daran erinnerte, dass jemand sie mit starker Hand geführt hatte. Hatschepsut war verwirrt, da sie auf einmal in aufmerksame Gesichter blickte. War es das, was sie brauchten? Soldatensprache und Befehle? Aber ja, denn das Schweigen eines kraftlosen Mannes hatte sie erkranken lassen. Hatschepsut, die endlich die Zunge der Soldaten zu verstehen begann, ließ ihnen keine Zeit wieder zu erschlaffen. „Ich bin die ungeliebte Gemahlin meines Bruders, die nicht weniger zu fürchten hat, als ihr! Aber ich gebe mein Bestes!" *Nicht betteln, gib ihnen Klarheit, wo sie sich verloren haben.* Nun, so beschloss Hatschepsut, sollten sie Grübeln, ihren Weg aus der Dunkelheit allein finden, und dann wäre sie zur Stelle, um sie zu führen. Hatschepsut ging, ohne sie noch einmal anzusehen, und selbst Ipu wagte nicht, ihr Missfallen zu äußern. Was nutzte es, auf eine Herde von Ochsen einzureden, wenn sie nur die Sprache des Pfluges verstanden. Eine Stimme wurde hinter ihr laut, krächzend und rostig, als wäre sie lange nicht gebraucht worden - und spöttisch, aber nicht ohne Kraft. „Und was willst du tun, Gottesgemahlin? Dich auf einen Streitwagen stellen und mit uns gegen die Fürsten des Goldlandes ziehen?" Müdes Lachen folgte den Worten, in das immer mehr Stimmen einfielen, auch sie rostig und ungelenk. Ein letztes Mal wandte Hatschepsut sich um und sah sie alle an, wie sie dort saßen, so selbstgefällig wie Greise. „Ja, das will ich tun!"

Sie griff nach Ipus Arm, ebenso fordernd und drängend, wie die Dienerin es sonst bei ihr zu tun pflegte, sodass dieser ein überraschter Aufschrei entfuhr. Und dieses Mal führte Hatschepsut ihre Dienerin fort, als wäre es niemals anders gewesen.

Sary presste das verbliebene Auge zu und lehnte den Kopf an die Wand. Es stank im Haus der Kranken, es stank nach Tod, nach Fäulnis und Verwesung. Obwohl der Leib seines Bruders schon längst auf einer Barke Richtung Theben fuhr, konnte er noch immer den Gestank des Todes riechen. Diejenigen, die hier lagen, zu denen sie nicht gesprochen hatte, sie verfaulten bei lebendigem Leib. Der eine am Stumpf seines Beines, dem anderen krochen Fliegen aus den rot und schwarz verfärbten Ohren ... es war eine Fäulnis so allumfassend, wie die ihrer Worte. Sary hatte sie gehört, verborgen im Schatten des Hauses, und er hätte ihr die Nase abschneiden mögen wie einer gewöhnlichen Ehebrecherin – dieser überheblichen Gottestochter, die ihren Schmerz mit dem seinen zu vergleichen wagte. Was hatte sie verloren - nicht ihr Auge, nicht ihren Bruder, nichts was von vergleichbarer Bedeutung war! Ihr Leib würde dereinst unversehrt zu den Göttern gehen, während Ameni blind, stumm und taub vor ihnen erscheinen musste. Als stünde sie vor ihm, krachte Sarys Faust gegen die Lehmziegelwand, das der Kalk absplitterte. Der überforderte Sunu sah ihn vorwurfsvoll an, wagte aber nicht, ihn zu tadeln. Nur ein Funke von einem Tadel, nur ein Wort hätte in diesem Augenblick ausgereicht, und Sary hätte seinem schwelenden Hass erlaubt sich zu entfesseln wie Sachmet, die zornige Löwin. Er hatte Ameni gesehen oder das, was von ihm noch übrig gewesen war, und seitdem wünschte Sary sich noch inbrünstiger, diese Frau mit seinen eigenen Händen zu töten und ihr Herz den Krokodilen vorzuwerfen. Schon vernahm er die Stimmen der Männer vom Hof, die zu zweifeln begannen und sich zu fragen, ob es denn nicht erbärmlich wäre hier im Staub zu hocken, wenn sogar eine Frau den Mut aufbrachte, sich auf einen Streitwagen zu stellen. Immerhin würde ihre Verweigerung auf der Waage des Totengerichts schwer wiegen, wenn sie vor Osiris traten. Sary hätte zu ihnen gehen wollen und sie anschreien. *Seht ihr denn nicht ihr dummen Fellachen, dass es schon wieder geschieht? Jeden von euch wird sie in den Tod treiben, wie sie es mit Ameni getan hat!* Aber Sary ging nicht zu ihnen, und er schrie sie nicht an – Sary schwieg, denn das süße Gift der Gottestochter tat bereits seine Wirkung. Er würde die armen Verblendeten nicht umstimmen können, dafür kannte er Haatsch zu gut – was sie wollte, bekam sie! Also musste er sich besinnen und damit beginnen Sinn zu suchen, wo er keinen zu finden glaubte. Mit Gewalt bezwang er seinen Zorn und fasste einen Entschluss. Wenn sie den Tod im Goldland suchten, würde er mit ihnen gehen. Was bedeutete ihm sein Leben, da er ebenso Schuld trug an

Amenis Tod wie Haatsch. Vielleicht wollte Amun es so und Month und sogar die rasende Sachmet. Vielleicht forderten alle Götter Ägyptens sein Leben, weil er das seines Bruders geopfert hatte, um feige den eigenen Leib zu retten. Im Goldland, so wusste Sary, gab es viele Gefahren, die den Tod verhießen ... für ihn und auch für eine goldene Hure, die von einem lebenden Gott gezeugt worden war. Sary atmete tief durch und straffte die Schultern. Oh ja, es gab viele Gelegenheiten zu sterben, und der Tod würde Hatschepsut begleiten und sie aus Sarys verbliebenem Auge beobachten. Er würde eine Gelegenheit finden, sie zu töten! Danach – wenn alles getan war und wenn Sachmets Blutdurst gestillt wäre – würde er sein feiges Leben mit eigener Hand beenden und sein Herz bereitwillig von Ammit verschlingen lassen.

Die 4 Stunde der Nachtfahrt ist jene, die groß ist in ihrer Macht

Nubien, im zweiten Jahr der Herrschaft des Thutmosis Aakheperenre

Hatschepsuts Streitwagen war der eines einfachen Soldaten, sie trug einen Männerschurz, ein Hemd sowie ein schlichtes Afnet-Tuch. Ein Köcher mit Pfeilen hing an der Seite ihres Streitwagens, und den Bogen trug sie über der Schulter. Genauso musste es sein, denn die Männer führen würde nur sie, Hatschepsut, nicht die königliche Gemahlin, Gottestochter oder Gottesgemahlin des Amun. Dieser würden sie nicht folgen, nachdem der Horussohn sie verraten hatte, vielleicht jedoch einem beherzten Soldaten, der kämpfen wollte. Lange hatte Hatschepsut überlegt, wie sie das Vertrauen der Männer gewinnen konnte und war, während sie Senenmut beim Drill der Soldaten beobachtete, zu dem Entschluss gekommen, dass auch sie zum Mann werden musste auf diesem Feldzug - zu ihrem Verbündeten und ihrem Befehlshaber gleichermaßen. Die Soldaten mussten vergessen, wer sie war! Hatschepsut meinte, dass sie seltsam anmuten musste, wie sie auf dem Streitwagen in Männerkleidung stand, so schlank wie ein junger Krieger, wo sie doch vor gut einem Mondumlauf mit einem prallen Bauch vor ihnen gestanden hatte. Doch Hatschepsut war jung, und ihr Leib hatte sich schnell von der Schwangerschaft erholt. Das Herz eines Soldaten war schlicht – es vergaß schnell, wenn es nur in Bewegung gehalten wurde. Hatschepsut war bereit zum Aufbruch, und die Männer hatten eingewilligt ihr zu folgen - zumindest diejenigen von der Leibwache ihres Vaters, die es konnten, ihre fünfhundert Soldaten aus Theben, und auch Setep hatte ihr Männer aus Buhen unterstellt. Hatschepsut wollte weitere Männer aus den Festungen rekrutieren, wenn sie ins Landesinnere vordrang. Zu viele Männer aus einer einzelnen Festung abzuziehen wagte sie nicht, da sie fürchtete, die Fürsten des Goldlandes würden nur darauf warten, die Grenzfestungen einzunehmen. Wie sehr hatte ihr Vater darum gekämpft, das Goldland zu befrieden und in den Schoß Kemets einzugliedern, als dass sie es nun wieder verlieren durfte. Es hatte tatsächlich den Schlag eines Steines gebraucht, die versteinerten Herzen der Soldaten aufzubrechen. Hatschepsut war für sie zum Stein geworden, für Kemet und für ihren Bruder, der zu brüchig war, um zu Stein zu werden. Ein Tross von achthundert Soldaten folgte Hatschepsut bereitwillig, und Setep hatte ihr seinen Leibdiener überlassen, einen dunkelhäutigen jungen Mann, der ihm vor Nilschwemmen als Knabe bei einem Scharmützel in die Hände gefallen war. Zwar trug der Mann ägyptische Kleidung und hörte auf den ägyptischen Namen Dadat – das Geschenk – den der kinderlose Setep ihm gegeben hatte, als ihm der nubische Knabe in die Hände fiel. Aber er war nie ein Sohn Kemets geworden, und Hatschepsut war nicht sicher, ob Dadat ihr helfen oder bei der nächsten

Gelegenheit einen Dolch in den Rücken stoßen würde. Die wahren Gedanken des jungen Mannes lagen ebenso verborgen, wie der Grund eines tiefen Sees. Dadat sprach jedoch die kehligen Zungen des Goldlandes fließend, und Hatschepsut hatte schließlich zugestimmt, ihn mitzunehmen.

Ipu, verunsichert vom erwachten Willen ihrer Gottesgemahlin, hatte Hatschepsut beschworen, nicht mit den Truppen zu ziehen. „Haatsch, du kannst doch nicht wie ein Mann herumziehen und ein Heer anführen. Du bist die Gottesgemahlin des Amun, die Mutter Ägyptens ... und die Mutter von Nofrure."

„Deshalb wirst du in Buhen bleiben und auf meine Tochter achtgeben." Hatschepsuts Augen hatten keinen Zweifel an der Endgültigkeit ihrer Entscheidung gelassen. Sie bemühte sich jedoch, der beflissenen Ipu einen Grund zur Rechtfertigung bereitzulegen, wenn sie allabendlich ihre Gebete an ihre Schutzgöttin Isis sprach. „Ich kann sie, wie du so vorausschauend gesagt hast, nicht der Obhut einer nubischen Amme überlassen."

Ipus Mund hatte sich geöffnet und nach Luft geschnappt, da ihr keine kluge Erwiderung einfiel. Hatschepsut hatte sehen können, wie ihre Dienerin ihr Gewissen befragte und überlegte, ob Isis diese Ausrede gelten lassen würde, ob sie dereinst vor dem Totengericht Bestand hätte und ob Thutmosis das Todesurteil über sie vollstrecken würde, sollte Hatschepsut auf diesem Feldzug etwas zustoßen. Das phlegmatische Gemüt der verwöhnten Palastfrau hatte sich jedoch schnell vor die Verbundenheit zu ihrer Herrin gedrängt. Ipu hatte sich gefügt, nicht ohne noch einmal pflichtschuldig laut die Götter anzurufen, damit sie der Königin von Ägypten Verstand eingaben. „Eine Frau alleine mit so vielen Männern – Amun wird mich ganz sicher dafür strafen, da es doch meine Pflicht ist, an deiner Seite zu bleiben." Doch Ipu war nun einmal Ipu, und so schreckte sie doch insgeheim vor dem Gedanken zurück, selbst mit auf diesen Feldzug gehen zu müssen. Hatschepsut, die sich insgeheim Verbundenheit ersehnte, die über die eigenen Vorteile hinausging, sah es ihrer Dienerin nach. Die Einsamkeit des Herzens war stets ihr Begleiter gewesen und schreckte sie nicht mehr. Hatschepsut selbst fürchtete nicht, unter so vielen Männern zu sein. Sie wollte alles daran setzen, dass sie die Frau in ihrer Mitte vergaßen und nur noch den Feldzug sahen. Außerdem gab es noch Senenmut, der sie begleitete. Er war ihr verbunden, ob nun freiwillig oder nicht. Aber es gab durchaus einen, den sie fürchtete, und sein goldenes Bernsteinauge brannte in ihrem Rücken und würde sie verfolgen, wohin sie auch ging. Er würde nicht vergessen, wer sie war, das wusste Hatschepsut so, wie sie wusste, dass die unzähligen Sterne ihrer Vorfahren am Himmel sie beobachteten. Sie hätte Sary zurücklassen können, und hatte es doch nicht getan. Warum? Das fragte sie sich selbst und fand keine Antwort darauf.

Die Trommeln der Festung Buhen erklagen über der flimmernden Hitze, als Hatschepsut den Arm zum Zeichen des Aufbruchs hob. Dann verließen sie die schützenden Mauern Buhens, voran einhundert Streitwagen, denen ein Tross von Fußsoldaten in ledernen Harnischen, mit Speer, Schild, Keulen und Kurzschwertern bewaffnet, folgte. *Nach Süden, immer nach Süden hielt Hatschepsut sich an.* Als sie die Mauern von Buhen hinter sich ließen, empfand sie einmal mehr ein Gefühl von Freiheit. Sie sog die heiße aber reine Luft durch ihre Nasenflügel und war dankbar dafür, das furchtbare Schicksal Amenis und die schmerzhafte Geburt ihrer Tochter hinter sich zu lassen. *Ich werde dein Kemet erhalten, meine Tochter*, entschuldigte Hatschepsut sich innerlich dafür, sich so kurz nach der Geburt von Nofrure zu trennen. Vor ihnen erstreckte sich die Wüste weit und ohne dass Hatschepsut hätte sagen können, wo sie endete. Nun verstand sie, weshalb Setep ihr Dadat unterstellt hatte. Der junge Mann schien beinahe jeden Stein und jeden Felsen zu kennen und sah dort einen Pfad, wo für Hatschepsut alles gleich aussah. Die Stimmung der Männer besserte sich, je weiter sie gingen. Obwohl die Hitze ihnen allen zu schaffen machte, schienen sie froh, ihrer Untätigkeit und des Ausharrens zu entkommen. Der Tag zog an Hatschepsut vorüber wie die Wolken, nur begleitet vom Singen und den gleichförmigen Schritten ihrer Soldaten. Hatschepsut ließ ihre Blicke über das Umland schweifen, und bald schien ihr die Andersartigkeit dieses Landes nicht mehr eintönig, sondern reizvoll. Zwar war es karg und steinig, nachdem sie die fruchtbare Ebene von Buhen verlassen hatten, doch Hatschepsut war gefangen vom schroffen Zauber des Goldlandes. Dieses Land, so stellte sie überrascht fest, besaß eine außergewöhnliche Schönheit, und wenn Kemet dazu einlud, in seinen grünen Oasen und Flussauen zu rasten, trieb das Goldland seine Besucher immerfort weiter und stachelte ihre Neugierde an herauszufinden, was hinter dem Horizont der Nubischen Wüste auf sie warten würde. Die zerklüfteten Felsen glühten in feurigem Rot, und der strahlend blaue Himmel lang über ihnen wie ein weiches Tuch. Dieses Land leuchtete in Farben, wie sie nur einem Traum entsprungen sein konnten. Sary, dessen Streitwagen hinter dem ihren fuhr, fluchte über das Land, je weiter sie nach Süden kamen. Hatschepsut konnte es ihm nicht verübeln. Er hatte bisher nur die Schrecken des Landes gesehen, Durst, Angst, Hunger und Tod – wo der Zauber eines Landes so ursprünglich schön war, musste es auch eine tiefe und ursprüngliche Gewalt besitzen, die im Verborgenen schlummerte. Hatschepsut vermochte trotz all dieser Erkenntnisse nur die Schönheit zu bewundern. Die Füße der Soldaten wirbelten roten Staub auf, der sich auf ihrer aller Kleidung, die vielen Afnet-Tücher und in das Haar einzelner legte – *als wolle dieses Land mit uns verschmelzen und eins werden*, trugen ihre Gedanken sie fort. *Ja, mein Vater, der bei Osiris weilt ... dieses Land will eins mit*

Kemet sein, und wo du es bereitet hast, werde ich es erhalten. Eine neue Bedeutung offenbarte sich im Namen des Goldlandes für Hatschepsut. Nicht die reichen Goldminen gaben ihm seinen Namen, sondern der rötlich goldene Sand und seine glühenden Felsen – dieses Land war pures Gold. Sie sagte es Dadat, der an ihrer Seite auf dem Streitwagen stand, als sie am ersten Abend die Grenzstele des zweiten Kataraktes erreichten. Erstmals rang er sich zu einem Lächeln durch. „So sehen es die Menschen meines Volkes. Jeder Stein ist Gold, jeder Felsen und jeder Sonnenstrahl. Aber die Menschen von Kemet sehen nur das Gold der Minen."

Sary fuhr ungebeten neben ihnen auf und spie in den Sand. Er hatte sein Gespann durch die Wüste gehetzt, und Hatschepsut wusste, dass er so seinen Zorn zu beherrschen versuchte. „Ich nenne es Blutland!" Er sagte es verächtlich und mit erwartungsvollem Blick, doch als Hatschepsut sich nicht auf einen Streit mit ihm einließ, gab er seinem Gespann die Peitsche und verschwand zwischen den Reihen der anderen Wagen. Dadat schüttelte den Kopf beim Anblick solcher Rohheit und Wut, denn von dem was zwischen ihm und Hatschepsut lag, wusste er nichts. *Sarys Herz ist Stein, und nur Amun vermag ihm zu helfen.* Hatschepsut sah ihm nach und fühlte sich unwohl in ihrer Haut.

Sie schlugen ihr Lager in der Nähe des Hapi auf, kurz hinter dem zweiten Katarakt, wo er sich brüllend und reißend durch die Felsen grub. Das tosende Rauschen des Wassers war noch im Lager ohrenbetäubend, aber Hatschepsut empfand es als tröstlich. Er war die Lebensader, die sie mit ihrer Heimat verband, und solange der Nil an ihrer Seite war, wäre ein Stück Heimat an ihrer Seite. Die Männer errichteten ihr Zelt, und erst danach nahmen sie sich die Zeit für ihre eigenen Schlaflager. Hatschepsut ließ sich gleich einem Heerführer auf einem Stuhl vor ihrem Zelt nieder und beobachtete das Treiben der Soldaten, die sich an Kochfeuern zu schaffen machten und sich in den bloßen Sand setzten und die Beine ausstreckten, nachdem alles getan war. Sie hätte sich zu gerne einfach zu ihnen gesetzt, doch so weit zu gehen wagte sie nicht. Trotzdem ließ sie es sich nicht nehmen sie anzusehen, um den Herzschlag ihres Lebens und Denkens zu verstehen. Sie wollte lernen, was diese Söhne Kemets, von denen das Überleben der beiden Länder abhing, brauchten, um glücklich zu sein. *Freiheit und die Gerechtigkeit der Maat brauchen sie, nicht mehr. Es ist ein bescheidener Wunsch, der doch zu erfüllen sein sollte.* Sie wusste, dass sie keine weitere Enttäuschung verzeihen würden, und Hatschepsut wünschte sich innig, ihrem Brudergemahl dies begreiflich zu machen. Dadat kam zu ihr mit einer Platte verkohlten Fleisches und Brot von einem der Kochfeuer. Hatschepsut bedankte sich bei ihm, obwohl es nicht nötig gewesen wäre. Dadat war ihr nicht nur als Übersetzer und Wegführer, sondern auch als Leibdiener auf diesem

Feldzug unterstellt worden. Aber all das, was in Theben und im Palast selbstverständlich war, wollte sie hier beiseiteschieben. Nur so würde sie hoffen können, ihr Herz mit diesen rauen Männern in Einklang zu bringen. Überraschenderweise fühlten sich die Männer für sie verantwortlich und warteten nicht, bis sie ihrer Hilfe bedurfte. Hatschepsut hatte weder darum bitten müssen ihr Zelt zu errichten, noch um Wasser oder etwas anders nachfragen. Sie taten es von selbst und reichten ihr den Wasserschlauch wie einem der ihren – Hatschepsut gefiel es, denn niemand zerrte hier an ihr herum.

Als Dadat keine Anstalten machte zu gehen, bat Hatschepsut ihn schließlich zu bleiben und gemeinsam mit ihr zu speisen. Sie sehnte sich nach etwas Gesellschaft, einer offenen und einfachen Gesellschaft, wie sie diese Männer an den Kochfeuern teilten. Als ob der Nubier nur auf die Einladung gewartet hatte, folgte er Hatschepsut bereitwillig in ihr Zelt und ließ sich dort auf einem Stuhl ihr gegenüber nieder. Er verbarg kaum seine Neugierde, die ihn getrieben hatte, und sah sich ausgiebig im Zelt um, als suche er nach Schätzen und wäre überrascht, diese hier nicht zu finden. Im Zelt glühte ein Kohlebecken, und ihr Bogen stand neben dem Köcher mit Pfeilen in der Ecke. Ihre Liege war kaum besser als die der Soldaten – auch darauf hatte Hatschepsut bestanden. Es war ein Soldatenzelt, nicht das einer Königin. „Du willst Fragen stellen“, bekundete Hatschepsut freimütig, da ihr der Sinn nach einer Unterhaltung stand.

Dadat, unergründlich wie immer, antwortete ebenso frei heraus. „Ja! Setep hat mir von den beiden Ländern erzählt, seit ich ein Knabe war und von der Stadt Theben, in der ein lebender Gott auf dem Horusthron sitzt. Er erzählte auch vom Hapi, der ruhig und friedlich in Kemet fließt – nicht zornig brausend wie im Goldland. Setep erzählte mir auch immer wieder von goldenen Göttern, die bei Festen in Sänften durch eure Straßen ziehen.“ Er sah sie herausfordernd an. „Ich will wissen, wo deine Dienerinnen sind, deine goldene Sänfte, die Wedelträgerinnen ... warum reist die Gemahlin des Horussohnes wie ein Mensch ohne Gefolge inmitten von Soldaten in Männerkleidung? Wenn du die Tochter eines Gottes bist, wie es behauptet wird, warum bleibst du nicht in deinem goldenen Palast in Theben und schmückst dich, wie es alle Göttinnen tun?“

Amüsiert sah Hatschepsut hinunter auf ihre einfache Kleidung. Selbst jetzt trug sie ihren Männerschurz mit Hemd. Noch nicht einmal ihren Stirnreif mit dem Uräus hatte sie aus Buhen mitgenommen. Aber Dadat forderte sie heraus, und Hatschepsut wusste, dass sie klug antworten musste. „Alles, wovon du sprichst, ist auf meiner Barke in Buhen zurückgeblieben. Ich brauche es hier nicht, denn diese Dinge sind nur für diejenigen gedacht, die nicht erkennen können, dass ich die bin, die ich nun einmal bin.“

Dadat nickte und schien eine Weile über ihre Worte nachzudenken. Dann erhob er sich, ohne vorher um Erlaubnis gefragt zu haben. Hatschepsut tadelte ihn nicht, obgleich er es vielleicht erwartet und sogar herausgefordert hatte. Bevor Dadat ging, wandte er sich noch einmal zu ihr um. „Ich mag dein Land nicht, denn es blutet das meine aus, und ich mag den Horus in seinem Palast nicht, der wie ein goldener Gott in Theben herrscht und nichts vom Goldland weiß, außer dass es seine Schatzkammern füllt. Aber dich mag ich, Gottesgemahlin, obwohl ich es nicht sollte. Du wirst meinem Land nicht die Freiheit schenken, nicht wahr?"

Hatschepsut sah ihn an und wusste, dass er eine ehrliche Antwort erwartete: „Nein, das werde ich nicht. Das Goldland gehört zu Kemet, und ich bin eine Tochter meines göttlichen Vaters Amun und des schwarzen und roten Landes."

„Ja", sagte er enttäuscht und bewundernd zugleich. „Wahrlich, das bist du!"

In den nächsten Tagen zogen sie weiter nach Süden, und während Hatschepsut Dadat immer wieder fragte, wann sie auf die Krieger des Goldlandes treffen würden, winkte dieser unbekümmert ab und antwortete: „Sie werden sich zeigen, wenn sie es wollen. Du bist im Goldland, Gottestochter ... es hat seine eigenen Regeln, ebenso wie seine Menschen." Hatschepsut verzichtete auf eine bissige Bemerkung, obwohl sie ihr auf der Zunge lag. Das Goldland gehörte zu Kemet, und trotz seiner Fremdartigkeit ließ sie sich von diesem Entschluss nicht abbringen. Sie wünschte sich jedoch bald, sie hätte nicht so ungeduldig auf einen Kampf mit den nubischen Kriegern gedrängt, denn schon nach drei Tagen wurden sie angegriffen. Hatschepsut stand neben ihrem Wagenlenker auf dem Streitwagen, als sie in der flimmernden Hitze die dunklen Gestalten aus den Augenwinkeln entdeckte, die sich von der Seite anschlichen. Als Hatschepsut sie entdeckte, war es beinahe zu spät, denn sie schienen mit dem Land zu verschmelzen und hinter jedem Felsbrocken unsichtbar zu werden. „Dort drüben", gelang es ihr noch zu rufen, doch sobald die dunklen Krieger wussten, dass sie entdeckt worden waren, tauchten unzählige von ihnen hinter den Felsen auf. Sie wuchsen empor gleich sprießenden Bäumen und ließen einen Schrei wie aus einem Mund erklingen. Ehe Hatschepsut wusste, wie ihr geschah, wurden sie von allen Seiten bestürmt. „Wir sind auf freier Ebene", rief sie ihrem verunsicherten Wagenlenker zu und sah sich schnell um. Der Überraschungsmoment der Schwarzen war geglückt. Wahrscheinlich hatten sie den Heerestross bereits seit Tagen verfolgt und nur darauf gewartet, dass dieser eine ungeschützte Ebene erreichte. Hier gab es nichts, noch nicht einmal einen großen Felsen, hinter dem sie hätten Schutz suchen können, um sich zu sammeln. Hatschepsut sah sie immer näher kommen und starrte gebannt auf ihre glänzenden nackten Oberkörper, die langen sehnigen Glieder und die aufgerissenen Münder, aus denen Reihen weißer Zähne aufblitzen. *Die Streitwagen müssen eine Reihe bilden, um sie zu überrennen! Mein Vater Amun möge meine Hand führen*, ging ihr Stoßgebet gen Himmel, denn die dunklen Krieger waren bereit bis zum Tod zu kämpfen, und in ihren Augen glühte die nötige Bereitschaft, ihr goldenes Land zurückzuerobern. Nun würde sich zeigen, ob Senenmut beim Drill der Soldaten gute Arbeit geleistet hatte. Einen Fluch ausstoßend zerrte Hatschepsuts Wagenlenker an den Zügeln der Pferde, um zu wenden und seine Königin in die Mitte der Soldaten zu bringen, damit sie einen Kreis um sie bilden konnten. „Ich bringe dich fort, Gottesgemahlin des Amun", vernahm sie die Stimme ihres Wagenlenkers.

Hatschepsut erwachte wie aus einer Starre und griff nach ihrem Bogen. Sie schrie den erschrockenen Soldaten an. „Nein, mein Bogen ist ebenso gut, wie der eines jeden Mannes, der für Kemet kämpft!"

„Meine Königin ...", versuchte der Soldat sie umzustimmen, doch sie stieß ihn in die Seite, und ihm blieb nichts anderes übrig, als sie in die vorderste Reihe der Wagen zu bringen. Die Männer hatten den Überraschungsmoment überwunden und wurden von Senenmut mit aufgebrachter Stimme angewiesen, Reihen zu bilden. Hatschepsut dankte Amun dafür, ihn auf diesen Feldzug mitgenommen zu haben. Erfahren, wie er war, hatte er bereits umgesetzt, was sie gerade eben erst zu Ende gedacht hatte. Sie atmete tief durch. Zwischen ihnen und den Schwarzen flimmerte die Sonne über dem heißen Sand, doch sie waren bereits nah genug herangekommen, um ihre Speere auf sie zu schleudern. „Gebt acht auf ihre Bogenschützen hinter den Felsen. Sie sind die Besten, die es gibt", vernahm sie Senenmuts Stimme letzte Anweisungen erteilen, und Hatschepsut zwang sich, ihre Aufregung zu verbergen. Hier und jetzt konnte sie zeigen, ob sie die Herzen ihrer Soldaten verstand oder ob alles ein großer Irrtum gewesen war. Neben ihr fuhr Senenmut mit seinem eigenen Wagenlenker auf, Sary und Dadat blieben ebenfalls nahe bei ihr. Senenmut sandte ihr einen besorgten Blick, doch Hatschepsut beachtete ihn nicht und rief stattdessen Dadat an, der seinen Kopf zu ihr umwandte. „Du musst nicht gegen sie kämpfen, sie sind von deinem Blut."

Dadat schien kurz nachzudenken und schüttelte dann den Kopf. „Verraten habe ich sie schon, als ich Setep als Knabe in die Hände fiel. Die Götter haben mein Schicksal bestimmt."

Ein letzter Ruf von Senenmut, und dann gab es nur noch lautes Gebrüll, Räder und Hufe, die Staub aufwirbelten, Sary, der neben ihr wie besessen auf schwarze Leiber mit einer Kriegskeule einschlug und Hatschepsuts Finger, die einen Pfeil nach dem anderen von der Sehne ließen, Pfeile, Äxte, Schwerter, die in schwarzes Fleisch schlugen, und Speere, die in ägyptische Leiber und durch lederne Harnische drangen. Hatschepsut verfiel in einen traumähnlichen Rausch – einen Pfeil aus dem Köcher ziehen, ihn auf die Sehne legen und zielen ... sie erinnerte sich an die Stunden mit ihrem Vater auf dem Übungsplatz der Truppen. Vor ihm auf dem Streitwagen hatte sie gestanden, ein Mädchen von zwölf Sommern, das gerade seinem Bruder zur Gemahlin gegeben worden war. Die Worte ihres Vaters hatten gegen den Wind gerufen, während er das Gespann in gestrecktem Galopp immer im Kreis um den Übungsplatz lenkte, und ihr Haar hatte im Wind geflattert wie das Nemestuch ihres Vaters. „Du darfst nie Angst haben, Hatschepsut ...“, hatte er sie ermahnt, „... und wenn sie dich doch überkommen will, musst du sie besiegen. Angst ist der erste Schritt in die Niederlage, meine Tochter. Merke dir das gut!“

Hatschepsut hatte seinen Worten gelauscht, während sie Pfeil um Pfeil zielsicher auf die Strohpuppen in den nubischen, libyschen und hethitischen Harnischen von der Sehne gelassen hatte, und ihr Vater hatte gelacht und sie für ihre Treffsicherheit gelobt, während die Strohsoldaten stumm geblieben waren.

Doch heute gab es Schreie, Blut, Zorn und Verzweiflung! Die nubischen Krieger hier waren echt, und sie liefen, fielen und starben vor ihren Augen, ebenso wie ihre eigenen Soldaten. Hatschepsut erwachte aus ihren Erinnerungen und wurde zurück in die Wirklichkeit geschleudert, als einer ihrer Soldaten neben ihrem Streitwagen in den mittlerweile blutroten Sand fiel. Aus seiner Brust ragte ein Speer, der den Harnisch durchschlagen hatte. Hatschepsut wandte ihren Blick zum Himmel. „Mein Vater!“, rief sie mit der Inbrunst einer Angst und eines Mutes, die sie bislang nicht gekannt hatte. „Siehe, ich erhalte, was du so trefflich geschaffen hast, auf dass du Stolz empfindest. Ich schlage ab die Köpfe und Hände der Feinde in Nubien, wie du es mich gelehrt hast! Mögest du mich empfangen wie einen Sohn, und möge ich leuchten unter den unzähligen Sternen, wenn der Tod zu mir kommt!“

Neben ihr tobte Sary in einem zornigen Blutrausch, doch er vernahm ihre Worte, und als sein Gesicht sich ihr zuwandte, war es blutverschmiert. Der Goldlöwe starrte sie an wie ein Dämon der Unterwelt, und Hatschepsut griff von einem inneren Gefühl getrieben nach ihrem Köcher. Er war leer! Ihre Pfeile ragten aus den gefallenen Leibern der nubischen Krieger! *Ein trefflicher Ort für deine Rache, Sary*, dachte sie, als sie ihn so nah bei sich sah, und wollte ihrem Wagenlenker das Zeichen zur Umkehr geben. Hatschepsut fasste ins Leere und sah den Wagenlenker über der Seitenwand ihres Streitwagens hängen. Ein Pfeil steckte in seinem Hals. Mit zitternden Händen schob sie den schweren Körper zur Seite und versuchte nach den Zügeln des Gespannes zu greifen. Doch die Pferde waren außer sich und tänzelten angsterfüllt im Kreis. Und Sary kam – er sprang hinunter von seinem Streitwagen und hielt auf sie zu, das Schwert in der Hand. *So wird also mein Ende sein*, dachte Hatschepsut überrascht. Er hatte auf diesen Augenblick gewartet, und nun war er gekommen. Ein dunkles Gesicht schob sich zwischen sie und Sary, weiße gebleckte Zähne, die Augen aufgerissen im Rausch von Blut und Kampf. Ehe Hatschepsut begriff, was geschah, sprang er sie an wie ein Raubtier, klammerte sich an ihrem Streitwagen fest und versuchte sie am Hals zu packen. Mit der anderen Hand schwang er seine Streitkeule, an der Blut und Knochensplitter klebten. Der Nubier holte aus, um ihr den Schädel einzuschlagen, und Hatschepsut sah es mit Unglauben, bevor sie begriff, dass er sie tatsächlich nicht schonen würde. Es war zu spät zu fliehen und zu spät für ein Gebet an Amun. Ein wilder Zorn überkam Hatschepsut, da sie so hilflos würde sterben müssen, ohne einen einzigen Funken der Hoffnung sich wehren zu können. Hatschepsut tat, was ihr gerade einfiel – sie wich nicht vor ihm zurück und warf sich dem Schwarzen entgegen. Seinen Arm mit der Keule hielt sie mit ihren beiden Händen fest umklammert. Dies verunsicherte den Krieger für einen Augenblick. Seine Hand mit der Streitkeule zitterte ebenso wie ihre, und sie starrten sich in die Augen, als hätten allein ihre Blicke ausgereicht, den anderen zum Aufgeben zu bewegen. Hatschepsut wollte nicht aufgeben. *Ich bin die Tochter von Amun und meinem zu Osiris gewordenen Vater.* Erst jetzt schien der Krieger zu erkennen, dass es eine Frau in Männerkleidung war, die seinen Arm mit all der wenigen Kraft umklammert hielt, die Frauenarme besaßen. Ein Grinsen legte sich auf sein Gesicht und seine kehlige Zunge, die sie nicht verstand, spie ihr Schmähungen entgegen.

„Hatschepsut“, rief sie ihm dafür zu, und tatsächlich gab er sich überrascht, jedoch nur für den Flügelschlag eines Vogels lang, denn als ihm klar wurde, wen er vor sich hatte, drängte er noch entschlossener, mit der Streitkeule ihren Kopf einzuschlagen. Sicherlich, so ahnte Hatschepsut, würde er sowohl den Lohn seiner Götter als auch den der Menschen dafür ernten, die Gemahlin des Horus niedergestreckt zu haben. Hatschepsut wusste, dass sie gegen diesen Mann nicht bestehen konnte, auch wenn sie kämpfte. Ihre Arme begannen nachzugeben, und ihre Hände waren vom Schweiß des Gegners schlüpfrig. Sie hatte alles versucht, jetzt blieb nur noch, den Tod mit Würde hinzunehmen. *So sei es denn, wie es die Götter bestimmen.* Ergeben schloss Hatschepsut die Augen, um auf den grellen Schmerz zu warten, der sie in die Unterwelt hinabziehen würde. Sie bereitete sich auf das Geräusch ihrer brechenden Schädelknochen und auf die Stille vor, die sie danach umfangen würde. *Warum nicht hier sterben? Ist es nicht ein guter Tod, inmitten der Menschen für die ich kämpfen wollte?* Das Brechen der Schädelknochen klang, als hätte jemand eine Melone mit einem Stein zertrümmert, und dann spritze ihr das Fruchtfleisch heiß und warm ins Gesicht. Hatschepsut riss die Augen auf ... und lebte noch. Vor ihr fiel der nubische Soldat wie eine reife Frucht vom Streitwagen, mit zertrümmertem Hinterkopf, und das, was ihr ins Gesicht spritzte, war die graue Masse seines zertrümmerten Schädels. Hatschepsut taumelte zurück gegen die Wand des Streitwagens, während Sary seine Keule aus dem Kopf des toten Nubiers zog. Sein Bernsteinauge funkelte sie an. *Goldlöwe ... warum?*, fragte Hatschepsuts Herz, das nicht wahrhaben wollte, dass es noch schlug. Sie war kurz versucht, sich mit zitternden Fingern die ekelerregende Masse aus dem Gesicht zu wischen und zu schreien, doch der Blick in das lodernde Bernsteinauge ließ sie stillstehen. Stumm sahen sie einander an, maßen Wut, Zorn und das Elend ihrer Schuld aneinander. Dann wandte Sary sich um und stürzte zurück in die Masse aus Blut, Leibern und berstenden Knochen.

Sie hatten nicht verloren und doch keinen Sieg errungen. Verluste gab es auf beiden Seiten, Tote wie Verwundete. Die Lieder des vormals gut gelaunten Heerestross hatten einen neuen Klang angenommen und erzählten nur noch von Schmerz, Qualen und Gebeten an die Götter. Die nubischen Krieger waren schließlich geflohen, als sie erkannten, dass sie die Ägypter hier und jetzt nicht würden auslöschen können. An einem einzigen Tag würde ihr goldenes Reich nicht zurückzuerobern sein. Hatschepsut wusste jedoch, dass sie es erneut versuchen würden. Einige der Krieger hatte Hatschepsut zusammentreiben lassen, bevor sie fliehen konnten, und nun trotteten sie hinkend und mit hängenden Köpfen vor ihnen her. Es war ein Tag des Grauens gewesen – Hatschepsut hatte sich nicht vorstellen können, was Krieg bedeuten konnte. Trotzdem hatte sie den Soldaten erlaubt, alles an Beute zu nehmen, was die toten Krieger des Goldlandes mit sich führen. Auch als die Männer begannen, Hände und Geschlechtsteile der gefallenen Gegner abzutrennen, war Hatschepsut mit ihnen über das Schlachtfeld gegangen, obwohl sie nichts dorthin zurückzog. Senenmut hatte ihr jedoch geraten, sich wie ein Feldherr zu verhalten, und so war Hatschepsut schließlich durch die Reihen der Toten gegangen und hatte hier und da ein Schmuckstück an sich genommen. Als Sary jedoch den überlebenden Gefangenen ebenfalls die Hände als Siegestrophäen abschlagen wollte, hatte Hatschepsut es verbieten lassen. Sie hoffte, dass die Gefangen sie zu ihren Fürsten führen würden, obwohl ein Blick in die düsteren Gesichter keinen Zweifel daran ließ, dass sie lieber sterben würden, als ihre Fürsten zu verraten. Der Bogenarm Hatschepsuts schmerzte vom Spannen der Sehne, und ihre Beine zitterten. Sie war es nicht gewohnt, Tag für Tag auf einem Streitwagen zu stehen, aber sie war jung genug, um es vor den Männern zu verbergen. Kurz war Senenmut erschienen um sich zu versichern, dass sie nicht verletzt war, und schnell wieder verschwunden, als er sich davon überzeugt hatte. Hatschepsut überlegte, wohin sie sich nun wenden sollten. Diese Angriffe aus dem Hinterhalt würden ihre Soldaten auf Dauer nur zermürben und schwächen, jedoch nicht zum Sieg und zum Ende der Aufstände führen. Hatschepsut war sich darüber im Klaren, dass sie die Fürsten finden musste. Dadat hatte vorgeschlagen, vorerst den Weg zu einer kleinen Oase einzuschlagen, in der das Haus eines ägyptischen Generals stand. Es war ein Zufluchtsort für ihn und seine Familie, sollte er bei Aufständen der Fürsten des Goldlandes fliehen müssen. Er hatte es mitten in die Wüste bauen lassen, weil er glaubte, dass es den nubischen Kriegern nicht wert wäre, sich bis zu seiner kleinen Oase durchzuschlagen. Hatschepsut war müde und noch immer von Blut und den Schädelresten des Kriegers beschmutzt. Sie willigte ein. Ein Ort, wo sie alle ihre Wunden würden lecken können und die Verwundeten versorgen, war genau das, was sie nun brauchten. Hatschepsut wollte nicht länger warten und sprach gemeinsam mit einem mitgereisten Priester die Gebete über die Gefallenen ihres Heereszuges, damit sie auch ohne eine ordentliche Bestattung ihrer Leiber von den Göttern gefunden werden konnten. Dann gab sie das Zeichen zum Aufbruch.

Sie erreichten die Oase am frühen Abend. Dort gab es einen Brunnen sowie einen schmalen Streifen Fruchtland, und Hatschepsut hoffte, im Haus des Generals einen Garten mit einem Wasserbecken zu finden. Sie fanden das Haus jedoch verlassen vor, die Möbel waren zertrümmert worden, umgeworfen, und die Dienerschaft geflohen. Nachdem Senenmut die Gesindehäuser, die sich am Haupthaus anschlossen, durchsucht hatte, kam er kopfschüttelnd zurück. „Anscheinend war die Zuflucht für den General und seine Familie doch nicht so sicher, wie er glaubte."

Hatschepsuts Hoffnung auf ein ordentliches Mahl und Gastfreundschaft schwand dahin. Immerhin schien der Brunnen nicht zerstört worden zu sein, doch Hatschepsut ließ vorsorglich einen Mann an einem Seil hinabsteigen, damit er überprüfte, ob man Leichen in den Brunnen geworfen hatte – vielleicht sogar die Leichen der Familie. Verdorbenes Wasser sollte ihren bescheidenen Sieg nicht zu einer Niederlage machen. Doch das Wasser war sauber und kühl wie von Hapi gesegnet und roch nicht faulig.

Hatschepsut überließ die Männer sich selbst, denn sie begannen bereits die Zelte aufzubauen und die Kochfeuer zu entzünden. Da das Haus unbewohnt war, könnte sie es auch nach nützlichen Dingen durchsuchen. Nach dem heutigen Tag würden die Männer ihr sicherlich die weibliche Eitelkeit nach dem Verlangen eines Badehauses nachsehen. An ihr klebte noch immer die Schädelmasse des nubischen Kriegers.

Es war ein durchaus großes Anwesen, einem adeligen Mann angemessen. In den oberen Räumen der Hausherrin fand Hatschepsut ein paar in Truhen vergessene Kleider. Sauber und ordentlich gestapelt erzählten sie von einer friedlichen Vergangenheit, und im Badehaus lag ein umgestoßener Tiegel, in dem noch etwas Natron war. Das erste Mal seit ihrem Aufbruch aus Buhen vermisste sie Ipu, denn eine Massage hätte Hatschepsut nun gut brauchen können. Widerwillig dachte sie jedoch sogleich an die schreckgeweiteten Augen ihrer Dienerin und konnte sich ihre Worte lebhaft vorstellen. „Haatsch, die blauen Flecken, die Schrammen, der Schmutz. Das ist einer Gottesgemahlin nicht würdig!“ Wieder einmal hätte sie Missbilligung auf sich gezogen. Doch Hatschepsut konnte kaum einen der Männer bitten, ihren nackten Leib zu massieren und mit dem Natron zu säubern. Sie seufzte. Vielleicht gab es zumindest einen Badeteich im Garten des Anwesens.

Zurück in der verwüsteten Empfangshalle des Hausherrn durchquerte Hatschepsut den Säuleneingang und sah sich im Garten um. Ein Wasserbecken gab es nicht, dafür war der General einer anderen Leidenschaft erlegen. In nunmehr offen stehenden Gehegen und Käfigen hatte er unterschiedliche Tiere gehalten. Auch die waren fort, wie alle, die jemals zu diesem Haus gehört haben mochten. Hatte der Hausherr selbst ihnen die Freiheit geschenkt, bevor er die Seine verloren hatte, oder waren es die Menschen des Goldlandes gewesen, die vor Nilschwemmen selbst ihre Freiheit an die beiden Länder verloren hatten und Mitleid mit den Tieren gehabt hatten? Da Hatschepsut dieses Rätsel nie würde lösen können, zuckte sie mit den Schultern und trat durch das Tor des Gartens. Also würde es kein Bad für sie geben und keinen Empfang des Hausherrn. Diese Oase, so hübsch und einladend sie auch war, lag inmitten der Wüste. Morgen würden sie weiterziehen und alles hinter sich lassen, was sie hier vorgefunden hatten ... das Leben eines Soldaten, weiterziehen, vergessen, das Vergangene hinter sich lassen. Hatschepsut war bereits wieder mit den Gedanken beim Feldzug. Sie musste die Fürsten finden. Diejenigen, die verborgen aus dem Schatten die Aufstände anführten, die Menschen des Goldlandes anstachelten - allein ihnen musste Hatschepsut Einhalt gebieten. Eine Nacht ruhen, dann weiter gehen – Schritt für Schritt! Ihre Augen suchten nach Senenmut, denn sie wollte sich mit ihm beraten, wo die Fürsten zu finden wären. Zumindest in dieser Angelegenheit konnte er nicht von ihr fortlaufen und sie meiden, als trüge sie eine Seuche am Leib. Einige Feuer flackerten bereits einladend vor den aufgebauten Zelten, die Verwundeten wurden versorgt und der Wüstenhimmel hatte sich glühend rot verfärbt. Es war ein unwirklich schöner Abend in einer friedlichen Stille, doch bald würde es kalt werden, so kalt, wie eine Wüstennacht nun einmal war. Der Anblick des Heerlagers, in dem die Männer beieinandersaßen, verursachte Wehmut in ihr. *Hierher musste ich also kommen, um Menschen zu sehen, die einander helfen und nahe stehen ... wie eine große Familie.* Unglaublich kalt erschien ihr jetzt, so weit fort von Theben, der Palast mit seinen steifen Floskeln, falschen Zuneigungsbekundungen und der königlichen Familie, in der jeder sein eigenes Leben zu leben schien. Senenmut stand an einem der Zelte, in ein Gespräch mit Dadat vertieft, und auf seinen sonst schmalen Lippen lag ein Schmunzeln. Hatschepsut beobachtete sie eine Weile und wunderte sich darüber, dass Senenmut kaum Müdigkeit zeigte. Mit seinen vierzig Nilschwemmen hätte der heutige Tag ihn mehr ermüden müssen als sie. Und wie brachte Dadat es fertig, diesem ernsten Mann ein Lächeln zu entlocken? *Und warum gelingt es mir nicht?* Unsinnigerweise fühlte sie sich gekränkt von dem vertrauten Gespräch der Männer. Wie um die Vertrautheit der beiden zu stören, rief sie Senenmuts Namen. Er wandte sich zu ihr um, zuerst unwillig, doch als er sie erblickte, starrte er zu ihr herüber, als hätte er neben Hatschepsut die Erscheinung einer Göttin ausgemacht. Warum kam er nicht zu ihr, und weshalb benahm er sich so seltsam seit diesem Tag in Buhen, an dem er Nofrure im Arm gehalten hatte? Obwohl sie es sich kaum eingestehen mochte, begann sein Verhalten sie zu verunsichern. Hatschepsut hatte genug von seinem verstockten Gehabe, und was immer Senenmut plagte – sie würde es jetzt und hier aus dem Weg räumen. Als sie Anstalten machte zu ihm zu kommen, ließ er sich endlich dazu herab, sie anzusprechen. Seine Worte waren leise und beinahe flüsterte er, sodass Hatschepsut genau hinhören musste: „Bei der löwenköpfigen Sachmet! Beweg dich nicht! Bleib ruhig stehen, und sag nichts.“

Neben sich vernahm Hatschepsut ein Rascheln, gefolgt von einem tiefen Grollen. Auf einmal standen auch die anderen Männer wie erstarrt und sahen zu ihr herüber. Ein Hauch warmen Atems an ihrer nackten Wade ließ Hatschepsut langsam den Kopf zur Seite neigen. Dann entdeckte sie die große Katze, die neben ihr kauerte, halb verborgen in einem Busch voller Hibiskusblüten ... und es war keine Mau, wie sie in den Tempeln von Theben zu finden war, freundlich und schmeichelnd die Besucher umgarnend, in der Hoffnung einen Leckerbissen zugesteckt zu bekommen. Dies hier war etwas weitaus Größeres und Bedrohlicheres, das sich mit einem Leckerbissen nicht zufriedengeben würde! Was sich langsam und angespannt unter dem Busch hervor schlich und an ihrem Bein schnupperte, war ein schwarzer Leopard. Er hatte die Ohren drohend an den Kopf gelegt, und er musterte Hatschepsut aus seinen gelben Augen, in denen sich Hunger spiegelte. Seine Schnurrhaare begannen zu zittern und die Nase zu zucken - der Duft des zerschmetterten Schädels an ihrem Körper schien ihm verlockend. *Heilige Bastet, die du die Katzenartigen liebst – habe ich jemals an dir gefrevelt, dass du mir dieses Geschöpf schickst?* Hatschepsut spürte einen Schweißfilm im Nacken. Das Tier war hungrig und verängstigt durch die Menschen, die es bereits einmal in einen Käfig gesperrt hatten. Als der Leopard fauchte, sah Hatschepsut aus den Augenwinkeln, dass einer der Männer sich in ein Zelt schlich, um einen Bogen und Pfeile zu holen. Doch sie ahnte, dass es zu spät wäre, bis er schussbereit war - sie musste versuchen, sich selbst zu retten.

„Große Katze, große Göttin", flüsterte sie deshalb zu dem unruhigen Tier, ohne ihm in die Augen zu sehen. „Du bist frei, und wir werden morgen gehen und nicht mehr zurückkehren. Wir sind müde und hungrig wie du. Haben wir nicht beide genug gekämpft dieser Tage?"

Tatsächlich schien das Tier sich ein wenig zu entspannen bei ihren Worten, und Hatschepsut wagte sich zu rühren. *Ein Schritt nach dem anderen*, dachte sie und bemühte sich, den schwarzen Leoparden nicht zu erschrecken. Ihre Füße zitterten, als sie einen Schritt nach vorn tat, dann noch einen und einen Dritten. Sie wagte nicht, sich noch einmal umzusehen ... ein Schritt, ein weiterer, langsam und bedächtig, obgleich sie sich zwingen musste, nicht einfach loszulaufen. Mit zitternden Knien stand sie kurze Zeit später vor den Männern und atmete tief durch. Leise geflüsterte Worte dankten Amun für ihre Rettung, und sogar Senenmut zeigte so etwas wie Erschütterung, als Hatschepsut unversehrt vor ihm stand. Hatschepsut hingegen wurde schwindelig, als ihr klar wurde, dass sie heute bereits zum zweiten Mal dem sicheren Tod entgangen war. Dies, so wusste sie, konnte nur ein Zeichen der Götter sein. Als einige der Männer ihre Bogen spannten und auf den Leoparden anlegten, der gemächlich davon getrottet war und nun ruhig im Säuleneingang des Hauses stand, hob sie die Hand. „Nein! Er ist von den Göttern gesandt worden! Ein so erhabenes Geschöpf dürft ihr nicht anrühren."

Entgeistert und ängstlich ließen die Schützen die Bogen sinken und sahen der Katze nach, die ein letztes Mal gähnte und schließlich im Haus verschwand.

„Beim großen Amun, warum hat sie dich nicht angefallen?", wollte Senenmut wissen.

Hatschepsut tat, als kümmere sie seine Frage nicht. Es hatte also einem göttlichen Zeichen bedurft, dass dieser Mann sie freiwillig ansprach. Sie wollte sich bereits eine kluge Antwort überlegen, als neben den Zelten die nubischen Gefangenen aufgebracht durcheinander zu reden begannen. Wie von Angst getrieben wiesen sie mit ihren gefesselten Händen auf Hatschepsut und kurz darauf in Richtung des Hauses, in dem der Leopard verschwunden war.

Hatschepsut wollte von Dadat wissen, warum sie so verängstigt waren. Er fuhr sich nachdenklich durch das kurze schwarze Haar, betrachtete sie schamlos und ausgiebig, wie es seine Art war, und ließ sich erst dann zu einer Antwort herab. „Schwarze Löwin rufen sie."

Hatschepsut blickte ihn verständnislos an. Waren das die grausamen Krieger vom Nachmittag, die keine Angst gezeigt hatten? Sie riefen und flehten, zerrten an ihren Fesseln, steckten den Kopf in den Sand und hoben die gefesselten Hände zum Himmel, als flehten sie um Gnade. Hatschepsut meinte, sogar Tränen über ihre von Staub bedeckten Gesichter laufen zu sehen. „Haben sie noch nie einen schwarzen Leoparden gesehen, oder ist dieses Tier ihnen heilig?"

„Sie reden nicht von dem Leoparden, sondern von dir, Gottestochter. Dies ist der Name, den sie dir gegeben haben. Sie glauben jetzt, dass du eine große Zauberin bist, die den Tieren befiehlt."

Hatschepsut betrachtete die Gefangenen, die vollkommen außer sich waren. Sie spien in den Sand, rollten sich wie Kleinkinder zusammen und jammerten. Hatschepsut war ratlos, was sie mit ihnen tun sollte. Sary wartete bereits mit gezogener Nilpferdpeitsche, um sie angemessen zu züchtigen. Das alles konnte doch nur ein Scherz der Götter sein! Dann musste sie lachen, laut und klar und aus den Tiefen ihres Herzens, was die Gefangenen nur noch mehr verängstigte. Sie begannen erneut zu schreien und wälzten sich im Sand herum. Hatschepsut straffte ihre Schultern und schenkte den Kriegern einen, wie sie hoffte, Furcht einflößenden Blick. Eine große Zauberin war sie, wie sie hier in ihrem besudelten Schurz stand, mit zitternden Knien und dem getrockneten Angstschweiß im Nacken? Aber sie würde dieses Zeichen der Götter nicht missachten. „Nun denn, Dadat! Lass sie laufen, damit sie ihren Fürsten von der schwarzen Löwin erzählen können, die ins Goldland gekommen ist und über die Tiere des Goldlandes gebietet wie über seine Menschen."

Selbst Dadat konnte sich bei ihren Worten ein schmales Lächeln nicht verkneifen und nickte dann einigen Männern zu, damit sie ihm halfen, die nubischen Krieger zu befreien.

Sobald ihre Fesseln durchtrennt waren, liefen sie wie die Hasen und verschwanden im Dunkel der Nacht, hysterische Rufe und Schreie ausstoßend.

„Hältst du das wirklich für klug?" Senenmut betrachtete die freigelassenen Nubier mit gemischten Gefühlen, doch Hatschepsut genoss es zu sehen, wie ihre dunklen Leiber von der nächtlichen Wüste verschlungen wurden. Jetzt würde sie es sein, die ihm eine Antwort schuldig blieb, nachdem er so lange nicht hatte mit ihr sprechen wollen. Mit neuer Zuversicht hob sie ihren Kopf in den Nacken und sah hinauf zu Nut, in deren Leib sich die Sterne ihrer Vorfahren betteten, wie ein erhabenes Versprechen. *Ich danke euch*, sandte sie ein stummes Gebet zu ihnen und meinte, dass niemals zuvor die Sterne so hell und klar geleuchtet hatten, wie in dieser Nacht, in der die Götter ihr einen schwarzen Leoparden zur Hilfe gesandt hatten.

Das ehemalige Königreich Kerma im zweiten Jahr der Herrschaft des Thutmosis Aakheperenre

Zweimal wurden sie noch angegriffen, doch es waren keine schweren Überfälle. Beinahe glaubte Hatschepsut, dass die Gerüchte über ihre Zauberkraft sich schon unter den Stämmen herumgesprochen hatten. Die Überfälle der Schwarzen kamen weniger entschlossen, und Senenmut meinte sogar zu erkennen, dass die Männer mit Unwillen angriffen. Hatschepsuts Soldaten schlugen die Angriffe der schwarzen Krieger zurück, ehe es zu einem wirklichen Kampf hätte kommen können. Obwohl die Nubier einem schwerfälligen Heerestross auf dem unwegsamen Gebiet im Vorteil hätten sein müssen, richteten sie kaum Schaden an. Sie waren wie Kinder, so meinte Senenmut zu Hatschepsut, ratlos, wie sie ihr Land wieder zurückerobern sollten. Hatschepsut dankte den Göttern dafür und sah es als bestätigendes Zeichen, dass das Goldland untrennbar zu Kemet gehörte. Nach ein paar Tagen weiter Richtung Süden erreichten sie die Grenzfestung Sechem-Chakaure-maacheru, und Hatschepsut zog weitere Truppen zusammen. Nun, als sie sahen, dass die Gottesgemahlin entschlossen war, folgten die Männer ihr bereitwillig. Das zermürbende Ausharren in den Festungen nagte am Gemüt der Männer – die Tore sollten wieder für Händler und Reisende offen stehen und der Hapi Barken von Norden nach Süden aus den beiden Ländern an ihre Landungsstege bringen. Hatschepsut und ihr Heerestrupp wurden mit offenen Armen empfangen. Sie erhielten zudem den Rat, weiter nach Süden zu gehen, zum dritten Katarakt, wo die Ruinen der ehemaligen Stadt Kerma lagen. Dort, so versicherten ihr zwei nubische Medjai-Krieger, versteckten sich die selbst ernannten Fürsten des Landes und planten ihre Angriffe auf Goldminen und Reisende. Dadat warnte Hatschepsut und sagte, dass sie tiefer in Gebiete vorstoßen würden, in denen die selbst ernannten Fürsten noch immer einen großen Einfluss ausübten und in denen Amun und der Horussohn bloße Namen waren, denen niemand Gewicht gab. Hatschepsut war jedoch umso entschlossener, diesen Umstand zu ändern und dem Rat der Medjai zu folgen.

Die Festung von Kerma kannte Hatschepsut aus unzähligen Kindheitsgeschichten ihres Vaters. „Hatschepsut“, hatte er ihr oft erzählt, wenn sie ihn gebeten hatte, von seinen abenteuerlichen Feldzügen zu erzählen. „Als ich jung war, und Amun die Doppelkrone gerade auf mein Haupt gesetzt hatte, gab es weit unten im Süden ein Königreich, das von einem Fürsten regiert wurde, der Amun nicht verehrte und seinen Göttern Menschen opferte. Bei seinem Tod verlangte er von der gesamten Fürstenfamilie, dass sie ihn in sein ewiges Haus begleitete und dort starb, ohne dass ihre Leiber für die Ewigkeit bereitet wurden. Die Götter Kemets wandten voller Abscheu ihre Häupter von diesem verfluchten Königreich ab. Der Palast des Fürsten von Kerma war ein riesiges rundes Haus, und niemand dort kannte auch nur den Namen Amuns. Als ich mit meinem Heer nach Süden zum dritten Katarakt kam, sprach mein Vater Amun zu mir und befahl mir, seinen Namen dorthin zu tragen, wohin Res Strahlen nicht fielen, und die Götter Ägyptens nicht verehrt wurden. Also fiel ich mit meinen

Truppen in die Stadt ein, ließ die Mauern von Kerma schleifen, ihre Priester hinrichten und gab den Menschen Freiheit und die Liebe Amuns. Den Kopf des grausamen Fürsten ließ ich an den Bug meiner Barke binden, auf dass er ein Mahnmal für alle wäre, die versuchten, ihm auf den verfluchten Thron Kermas nachzufolgen. Ich brachte Amun in das verfluchte Land, und seitdem lachen sie dort, wo der elende Thron von Kerma einst stand und preisen Amun, da sein Sohn sie von ihrem Joch befreit hat."

Tatsächlich war es ihr Vater gewesen, der das Goldland bis hinunter zum vierten Katarakt unter die Herrschaft des schwarzen und roten Landes gebracht hatte, und Hatschepsut, so schwor sie sich, würde dafür Sorge tragen, dass dies so blieb. Menschenopfer, ganze Familien, die dem Fürsten in einen ewigen Tod folgen mussten – all diese Dinge waren schwer vorstellbar für Hatschepsut. Ob die Menschen von Kerma jedoch, wie ihr Vater so überzeugt behauptet hatte, jubeln und feiern würden, wenn die Tochter jenes Gottes, der ihnen den Segen Amuns gebracht hatte, zurückkehrte, wagte sie zu bezweifeln. Ihr zu Osiris gegangener Vater hatte einem Kind glanzvolle Geschichten erzählt, in denen nur eine halbe Wahrheit gelegen hatte.

Obgleich Hatschepsut es längst wusste, ermahnte Dadat sie daran zu denken, dass die Fürsten und die kriegerischen Menschen von Kerma sich selber nicht als Teil Kemets betrachteten – wie früher brachten sie Menschenopfer dar, hielten an ihren eigenen Bräuchen fest und bäumten sich gegen den Herrn der beiden Länder auf, wann immer sich eine Gelegenheit bot. „Selbst Amuns Macht ist nicht so stark, dass sie bis in das tiefe Herz meines Landes vorgedrungen wäre." Doch Hatschepsut war entschlossen. Nur wenn sie die Fürsten besiegen konnte, wären die Aufstände eingedämmt.

Bald war jeglicher Zauber der Geschichten ihres Vaters verloschen, denn je weiter sie nach Süden vordrang, desto weniger Stelen ihres zu Osiris gegangenen Vaters fand Hatschepsut. Die meisten waren bereits von den Menschen Kermas zerstört worden, kurz nachdem ihr Vater sie hatte errichten lassen. Schreine oder Heiligtümer, in denen Priester Weihrauch für Amun oder Hathor, die Beschützerin des Goldlandes darbrachten, fehlten gänzlich. Kein Priester hätte hier freiwillig leben wollen, außerhalb einer Schutz verheißenden Festung.

An einem Morgen fanden sie einen aus einfachen Steinen gefertigten Opferaltar, auf dem eine bereits verwesende Hand lag. Hatschepsut hielt sich die Nase zu und betrachtete die aufgedunsene stinkende Masse. An einem Finger steckte ein goldener Ring, dessen Machtart ihr fremd war. Hatschepsut atmete auf. Es war also kein Ägypter, der nun ohne seine Hand durch sein ewiges Leben wandeln musste. Dadat trat zu ihr und wies auf das verwesende Stück Fleisch. „Er war als Opfer ausersehen seit seiner Geburt. Das besagt der Ring.“

Hatschepsut wandte sich angeekelt ab.

Während sie immer weiter zwischen den zerklüfteten Felsen nach Süden zogen, kehrte in ihrem Heerzug Stille ein. Die Stimmen ihrer Soldaten wurden leiser, die Gesänge verstummten und Gespräche wurden nur noch im Flüsterton geführt. Jeder erwartete einen schweren Angriff der noch immer mächtigen Fürsten, da sie sich so weit ins Landesinnere vorwagten. Doch nichts geschah.

Kerma wurde für Hatschepsut zur großen Überraschung. Sie war fest davon überzeugt gewesen eine Ruinenstadt vorzufinden, die einen Abglanz alter und barbarischer Herrschaft spiegelte. Doch die Mauern Kermas waren wieder aufgebaut worden, fest und uneinnehmbar aus dunklem roten Stein, obwohl Senenmut ihr bestätigte, dass der zu Osiris gegangene Einzig Eine Kermas Mauern vor Nilschwemmen gründlich geschliffen hatte. Doch den Glanz eines alten Barbarenreiches konnte Hatschepsut nicht finden. Die Mauern Kermas waren grob aus den Bruchsteinen der alten Stadt zusammengetragen worden, und Hatschepsut vermochte nicht abzuschätzen, wie viele Krieger dahinter warteten, sie anzugreifen.

„Können wir die Festung stürmen?“ Hier gab es nichts zu tun, wessen sie sich hätte rühmen dürfen – und doch musste es getan werden. Außerdem, so überlegte Hatschepsut, wäre es nicht klug zu warten, bis die Fürsten sich auf einen Angriff vorbereitet hätten. Über Senenmuts Antwort war sie deshalb nicht glücklich. „Ihre Bogenschützen suchen ihresgleichen. Wir würden zu viele Verluste zu verzeichnen haben.“

Hatschepsut gab schließlich die Einwilligung, das Heerlager hinter einer Reihe schützender Felsen zu errichten. Ihre Truppführer brachten Vorschläge an, am Abend einen Scheinangriff zu wagen, in der Hoffnung, die Fürsten würden ihre Tore öffnen und sich zum Kampf stellen. Es gab ein aufgebrachtes Durcheinander, da Senenmut sich dagegen aussprach. „Sie sind nicht so dumm, wie ihr vielleicht glauben mögt. Sie wissen, dass wir sie nicht ewig belagern können, und warten nur darauf, dass wir entweder aufgeben oder einen Fehler begehen.“

Selbst Sary stimmte Senenmut mürrisch zu – er selbst hatte erlebt, wie die Leibwache des zu Osiris gegangenen Einzig Einen einfach ausgehungert worden war. Trotzdem warteten alle auf Hatschepsuts Entscheidung. „Einen Scheinangriff sollten wir trotzdem wagen“, entschied sie schließlich, da die Götter ihnen bisher gewogen gewesen waren.

Als Re von Nut verschlungen worden war, stießen etwa hundert Männer zu Kermas Mauern vor und versuchten, die Fürsten mit Flüchen und Beleidigungen zu reizen. Die

Antwort kam schnell und tödlich als treffsicherer Pfeilhagel und kostete Hatschepsut etwa dreißig Soldaten.

Hiernach verbrachte Hatschepsut grübelnd einen langen Abend allein in ihrem Zelt. Sie wusste, dass sie irgendetwas tun musste, denn das Vertrauen ihrer Soldaten in sie war nicht derart gefestigt, wie sie es sich gewünscht hätte. Irgendwann würden sie anfangen zu murren. Wiederum war es schließlich Senenmut, der den einzig sinnvollen Vorschlag unterbreitete. „Sie wollen uns zermürben, doch wir müssen ihre eigene List gegen sie richten. Die Fürsten sitzen hinter dicken Mauern, aber verfügen über kein stehendes Heer. Ich glaube nicht, dass sie viele Krieger dort haben, und sie werden sich bald uneins werden und aufgeben. Es sind Nomadenvölker, die es nicht ertragen können, lange hinter Mauern zu leben.“

Auf Senenmuts Rat hin ließ Hatschepsut von da an jeden Tag das Heer in sicherem Abstand zu den nubischen Bogenschützen aufmarschieren, damit die Fürsten sahen, dass Amuns Tochter ebenso wenig wie einst ihr Vater aufgeben würde. „Wie lange werden wir diese Belagerung durchhalten können?“, fragte sie nach ein paar Tagen Senenmut, während ihre Augen bereits die Wasserkrüge zählten, die im Lager aufbewahrt wurden.

„Nicht länger als einen Mondumlauf. In der Stadt gibt es Brunnen, aber dafür müssen wir erst einmal in die Stadt hinein.“

Er war ihr Hilfe wie auch eine Plage, dieser Senenmut, mit seiner Erfahrung und seinem kühl denkenden Herzen. Hatschepsut hätte sich ein Lächeln von ihm gewünscht, ein wenig Anerkennung oder ein zufriedenes Kopfnicken. Doch Senenmut sprach kaum mit ihr, außer wenn sie eine Frage an ihn richtete. Hatschepsut ärgerte sich darüber, dass ihr Ka und ihr Ba gerade nach der Anerkennung dieses Mannes gierten, als wäre er Gott Amun selbst. Wollte sie von ihm eine persönliche Meinung hören, wich er aus, so als wolle er nicht zur Verantwortung für ihre Entscheidungen gezogen werden. Hatschepsut blieb wie so oft alleine mit ihren Sorgen und Ängsten. *Amun möge mir beistehen und unseren tollkühnen Plan gelingen lassen*, betete Hatschepsut inbrünstig, wenn sie abends alleine in ihrem Zelt war und der eintönigen Stille lauschte. Ohne Wasser würden sie vielleicht den Weg bis zur nächsten Festung nicht mehr schaffen. Am nächsten Tag wies sie Senenmut an, die Rationen der Soldaten einzuteilen, was die Stimmung des zur Untätigkeit gezwungenen Heeres weiter bedrückte. Trotzdem ließ sie weiterhin jeden Tag aufs Neue das Heer vor den Mauern Kermas aufmarschieren, was wie erwartet zu keinerlei Angriff oder Gegenschlag seitens Kermas Fürsten führte.

Der Wind, der durch die Landschaft fegte, Schakale, die nachts von den Berghängen heulten, und jeden Tag aufs Neue der unsinnige Aufmarsch vor den roten Mauern der einstigen Stadt, zermürbten weiterhin das Gemüt ihrer Soldaten. Die Männer begannen, sich um ihre Wasserzuteilungen zu prügeln und murrten ob des täglichen Schaulaufens – die Stimmung im Lager schlug um in Missmut und Übellaunigkeit, sodass Senenmut Bestrafungen durchführen lassen musste, um das unzufriedene Heer im Zaum zu halten. Es gab rot gestriemte Rücken, und ein Soldat, der einen anderen wegen einer zusätzlichen Essens- und Wasserration ermordet hatte, wurde bis zum Hals in Sand eingegraben und in der Wüste zurückgelassen. Nach ein paar Tagen war von ihm nichts mehr übrig als Knochen. Die Schakale hatten zuerst seinen Kopf gefressen und danach den Toten aus dem Sand gescharrt, um an das restliche Fleisch zu gelangen. Hatschepsut war entsetzt über die harten Strafen, die Senenmut verhängen ließ. „Wir sind nicht besser als die Söhne Kermas mit ihren barbarischen Bräuchen und ihrer sinnlosen Grausamkeit!"

Doch er schüttelte nur den Kopf und wies auf die unwilligen hungrigen Männer. „Auch sie sind nichts anderes als Schakale. Wenn wir nicht hart durchgreifen, fressen sie uns, die wir ihnen Befehle erteilen."

„Dadat", wies Hatschepsut schließlich den jungen Nubier an, als sie selbst die Untätigkeit nicht mehr auszuhalten meinte. „Spann die Pferde an und bringe mich vor Kermas Mauern, nah genug, dass sie mich sehen können und weit genug entfernt, dass ihre Bogenschützen mich nicht erreichen."

Es war ein windiger Tag, und ihr Haar flatterte unter dem Afnet-Tuch ebenso, wie die Mähnen der Pferde im Wind. Nichts wies darauf hin, dass hinter den roten Mauern überhaupt Menschen lebten. Dadat ließ den Streitwagen dreimal um die Mauern der Festung fahren, während Hatschepsut nach einer Lücke oder irgendeiner Schwäche Ausschau hielt, die ihr Heer vielleicht durchbrechen konnte. *Amun, hilf mir! Du hast mich bis hierher geführt. Soll ich denn nun scheitern?* Als Hatschepsut keinerlei Schwächen in den dicken Mauern fand, noch nicht einmal einen Riss, erfasste sie verzweifelter Zorn. Sie hob den unbeugsamen Mauern die Faust entgegen. „Ihr elenden Söhne der Besiegten von Kerma", rief sie dem heulenden Wüstenwind entgegen. „Mein Vater, der ein Gott ist, hat diese Stadt besiegt, und so oft ihr sie auch aufbauen mögt, so oft wird sie wieder geschliffen werden! Ich bin Hatschepsut, Gottestochter und Gemahlin den Horussohnes in Theben! Neigt eure Köpfe vor Kemet oder ich werde sie euch von den Schultern trennen!" Sie zog einen Pfeil aus ihrem Köcher, legte ihn auf die Sehne ihres Bogens und ließ ihn von der Sehne, obwohl sie wusste, dass sie viel zu weit entfernt war, als dass er die Mauern erreichen würde. *Flieg wie ein Vogel, und sei mein Arm, auf dass du die erreichst, die hinter den Mauern sind.*

Dann ließ Hatschepsut Dadat den Streitwagen kehrt machen und zurück ins Lager lenken. Vor Wut und Enttäuschung zitterten ihre Hände, doch sie sah ihrem Pfeil nach, wie er flog, von einer Windböe erfasst wurde, und wie durch ein Wunder über die Mauern getragen wurde. *Ein einziger Pfeil wird sie nicht unterwerfen! Ich habe mich lächerlich gemacht. Die Fürsten werden mich auslachen, und ich kann mir vorstellen, wie sie dort sitzen und es tun!* Warum war sie in ihrer Einfältigkeit gekommen und hatte ihren Zorn hinausgeschrien? Jetzt wussten Kermas Fürsten mit Sicherheit, wie zermürbt sie war. Hatschepsut wandte sich endgültig ab – alles, was sie hier tat, war vergeblich. Es schmerzte sie, dass es ihr nicht gelingen sollte zu bewahren, was ihr Vater errungen hatte. *Ich habe mein Bestes gegeben*, versuchte sie sich zu beruhigen, obwohl es ihr kaum gelingen wollte. Hatschepsut wusste in diesem Augenblick, dass sie am nächsten Morgen die Belagerung beenden und aufgeben würde.

Die Nacht brachte Träume, die sie forttrugen aus dem Heerlager, von Händen, die sie hochnahmen und in sie emporhoben, hinauf in die samtige Schwärze des Himmels. Nun, da sie dem Leib Nuts so nah war, erkannte Hatschepsut, dass die unzähligen Sterne im Leib der Göttin silberne Barken waren, in denen die Gottkönige vergangener Zeiten fuhren, und ein jeder von ihnen besaß seine eigene Silberbarke. Auch sie fuhr auf einer Barke ... wie war er weit, der Leib der Himmelsgöttin, wie unendlich und voller Schönheit! „Hatschepsut", sprach auf einmal die Stimme ihres Vaters, und sie wusste, dass es seine Barke war, die sie über Nuts herrlichen Leib trug. „Hatschepsut, dein Herz ist stark genug für die beiden Länder. Du musst zurückkehren, weil Kemet dich braucht."

„Ach, lieber würde ich bleiben und an deiner Seite den Himmel befahren", gab sie unwillig zu, und dann wurde sie von einem Sog erfasst und über den Rand der Barke gestoßen. Hatschepsut überschlug sich und versuchte sich festzuhalten. Da endlich sah sie das strenge Gesicht ihres Vaters über dem ihren. Etwas in ihr wusste, dass sie loslassen musste, dass sie nicht bleiben durfte, so sehr sie es sich auch wünschte. Ihre Hände gaben nach, und sie fiel in einen endlosen Abgrund, ihre Augen wehmütig auf die Silberbarken gerichtet. Immer kleiner wurden sie, und bald waren die silbernen Barken nur noch Sterne, die hoch oben am Himmel leuchteten. „Dein Weg ist noch lange nicht beendet", hallten die Worte ihres Vaters nach, und dann fiel sie immer tiefer und schneller. Das Firmament erschütterte und brach über ihr zusammen, die Sterne begannen zu taumeln und zu wirbeln, und Hatschepsut fiel und fiel ...

Jemand rüttelte an ihrem Arm, als wären alle Dämonen der Unterwelt hinter ihr her. Hatschepsut schlug die Augen auf und sah das Gesicht Senenmuts dicht vor ihrem. Sie hatte Mühe, die beeindruckenden Bilder des Traumes abzuschütteln. „Senenmut ich bin gefallen ... ich war in Nuts Leib, und die Sterne sind gar keine Sterne, sondern silbrig schimmernde Barken. Alle Horussöhne, die jemals in Kemet geherrscht haben, sind dort!"

Beschwichtigend legte Senenmut den Finger auf seine Lippen. „Du musst kommen, die Fürsten sind hier!"

Hatschepsuts vom Schlaf vernebelte Gedanken begannen sich langsam zu ordnen. Senenmut war in ihrem Zelt und sprach mit ihr! Sein Gesicht war nicht mürrisch wie sonst, war es nicht sogar etwas weicher im Schein des Feuerbeckens, das ihr Zelt erhellte ... lächelte er vielleicht? ... Und was hatte er da gesagt? Sie setzte sich auf ihrer Liege auf, während Senenmut sich bereits in ihrem Zelt umsah, gründlich und pflichtbewusst. Als er den Schurz entdeckte, den sie am Vortag getragen hatte, gab er ihn ihr. „Schnell, zieh dich an, ich warte vor dem Zelt. Süße Hathor, was hast du heute Nachmittag vor der Festung getan, dass sie jetzt zu dir kommen?"

Was sollte sie ihm antworten? Was hatte sie denn getan, was das Erscheinen der Fürsten rechtfertigte? Hatschepsut starrte auf den Schurz in ihrer Hand. Er war verschmutzt und staubig, aber die Art wie Senenmut sie drängte gemahnte sie, dass wenig Zeit blieb. „Schick mir Dadat", wies sie Senenmut an, und er ließ sie allein, damit sie sich ankleiden konnte.

Ihr war etwas wohler, als Dadat das Zelt betrat, und ohne dass sie ihn dazu hätte auffordern müssen, beantwortete er ihre Fragen, die ihr ins Gesicht geschrieben standen. „Es sind vier von sechs Fürsten, und sie wollen mit der schwarzen Löwin sprechen."

Hatschepsut erstarrte bei seinen Worten. Ein staubiger Männerschurz, das zerknitterte Leinenhemd und wirres schwarzes Haar, das ihr strähnig ins Gesicht hing. Nie meinte sie sich unsicherer gefühlt zu haben, als in diesem Augenblick. „Jetzt, Dadat, könnte ich die goldene Sänfte, die Straußenwedel und den Prunk meiner Barke gut brauchen."

Er schüttelte den Kopf und maß sie mit ernsten Blicken. „Du verstehst mein Volk nicht, Gottesgemahlin. Sie wollen die schwarze Löwin sehen!"

Ohne seine Worte zu begreifen, folgte sie Dadat hinaus aus dem Zelt. Fackeln waren entzündet worden, und Hatschepsut erblickte die vier dunklen Gestalten in ihrem Schein. Kronen aus Federschmuck prangten auf ihren Köpfen, und ihre Arme, Ohren und auch die Hälse zierten Reifen und Schmuckstücke aus Gold, das im Schein des Feuers glänzte. Die Gesichter der Fürsten waren ausdruckslos, und sie taten keine Verbeugung und kannten keinen Gruß. Hatschepsut, die grobschlächtige Männer mit barbarischem Benehmen erwartet hatte, verstand, dass diese Menschen alles andere als barbarisch waren und es niemals Freundschaft zwischen ihnen und Kemet geben konnte, egal was in dieser Nacht vereinbart oder gesprochen werden würde. *Kann ich es ihnen verübeln, Amun? Ich weiß, ich sollte sie bemitleiden, weil sie ohne deinen Segen leben, aber nun, da ich sie sehe, bemitleide ich sie, da ihr Königreich vergangen ist, jedoch nicht ihr Stolz und ihre Erhabenheit.* Diese Fürsten waren ein Anblick verblichenem Ruhmes und hoffnungsloser Wehmut, und alles an ihnen strahlte den Glanz einer vergangenen Zeit aus. *Aber Kemet wird nie vergehen*, dachte Hatschepsut unsinnigerweise, während Senenmut eilig Stühle bringen ließ. Die Fürsten zogen es jedoch vor zu stehen, steif und hart wie alter Fels, also setzte auch Hatschepsut sich nicht. Was würde sie tun, wenn Ägypten ... *Das wird niemals geschehen! Die Götter lächeln und weinen zugleich über die Schönheit Kemets, und sie würden es niemals zulassen.* Einer der Fürsten, der älteste, wie Hatschepsut meinte, begann schließlich in seiner kehligen Zunge zu sprechen. Dadat übersetzte seine Worte für Hatschepsut.

„Wir hörten von der schwarzen Löwin, die in unser Land kam, um für den Herrscher in Theben zu kämpfen. Wir sind gekommen, um diese Löwin selbst zu sehen, der sich sogar die Tiere des Goldlandes beugen."

Hatschepsut erinnerte sich an ihre Begegnung mit dem Leoparden. War es nicht schamlos, diese Menschen zu belügen und sie glauben zu machen, sie wäre eine Bezwingerin der Geschöpfe? Tatsächlich hätte sie sich in diesem Augenblick weitaus sicherer gefühlt, wenn sie Prunkgewänder getragen hätte, denn in der Aufmachung einer Gottesgemahlin wäre es ihr leichter gefallen zu lügen. Aber alles, was geschehen war, dass der schwarze Leopard ihr Leben verschont hatte, war doch auch durch den Willen Amuns geschehen. Er hatte sie bis hierhin geführt, bis zu diesem Zusammentreffen mit den Fürsten des Goldlandes! Hatschepsut horchte auf den Schlag ihres Herzens und begann zu sprechen. „Ich bin gekommen, um für den Horussohn in Theben zu nehmen, was ihm gehört. Das Goldland wurde von meinem göttlichen Vater besiegt, ebenso wie die Stadt Kerma. Doch ihr lebt in der Vergangenheit. Der Gott Amun selbst hat mich ausgesandt, damit ich den Söhnen der Fürsten die Macht Amuns zeige. Wenn sie die Stadthalter weiter verjagen und die Überfälle auf die Minen nicht einstellen, wird sein Zorn unerbittlich über das Goldland kommen."

Die Fürsten starrten sie an und schienen über ihre Worte nachzudenken. Hatschepsut glaubte, sie müssten sie auslachen. Waren sie nicht gekommen, um eine schwarze Löwin zu sehen, die über die wilden Tiere gebot? Nun fanden sie eine junge Königin vor, die Drohungen und kühne Worte sprach. Sie kannten nicht Amun, nicht die Gottestochter, nicht Kemet. Was konnten ihre Worte diesen Fürsten des Goldlandes schon bedeuten?

Schließlich begann der Ältere wieder zu sprechen. „Du kommst in unser Land mit einem Heer und spannst den Bogen inmitten seiner Reihen. Eine Frau, deren Arm wie der eines Mannes gebietet und deren Worte sind, wie die eines Herrschers. Dem Gerede davon haben wir nicht glauben wollen, bis dein Pfeil über unsere Mauern kam und deine Stimme uns verfluchte! Ich sehe eine Frau so stark wie ein Mann, keine Löwin! Doch was für einen Grund könnte der Herrscher in Theben haben, dass er nicht selbst kommt und an seiner Stelle eine Frau schickt. So muss es wohl wahr sein, was man über dich sagt – deine Macht und dein Zauber sind groß!“

Hatschepsut meinte nicht glauben zu können, was hier geschah. Doch dann erkannte sie, dass diese Fürsten ebenso müde waren wie sie selbst – vielleicht noch erschöpfter, denn sie waren nicht mehr jung.

„Unsere Frauen weinen, weil sie sich fürchten, unsere Krieger sind sich nicht mehr einig, was zu tun ist und wollen hinaus aus Kerma und frei umherstreifen.“ Jetzt hingen seine Schultern, und die Augen bekamen etwas Gebrochenes. „Sag dem Horussohn in Theben, dass wir seine Macht gesehen haben, dass wir ihm unser Gold geben und seine Gesandten nicht mehr überfallen.“ Und ohne Vorwarnung tat er etwas, womit Hatschepsut nicht gerechnet hätte – er ging in die Knie. „Siehe, Gottestochter des großen Amun, wir haben deine Kraft gesehen, und wir werden dir die Tore von Kerma öffnen und dir unsere ältesten Söhne geben, wie es für Besiegte Brauch ist, damit sie in deinem Land aufwachsen und begreifen, was wir nicht verstehen können. Wir erkennen dich an als Herrscherin und Göttin ... sag das dem Herrscher in Theben, wenn du zurückkehrst in dein Land.“

Hatschepsut fühlte sich befangen und erleichtert zugleich. Sie hatte es geschafft. Sie konnte heimkehren nach Theben, in ihre Heimat, und Thutmosis würde erkennen, dass sie Gutes vollbracht hatte. Aber was dieser Fürst sie gebeten hatte ihm auszurichten, *Das ...*, so dachte sich Hatschepsut, *... werde ich ihm besser nicht sagen.*

Die fünfte Nachtfahrt ist jene Geleitende, welche in ihrer Barke ist

Buhen, 2 Jahr der Herrschaft des Thutmosis Aakheperenre

Die Fürsten öffneten Kermas Tore und ließen sie in die Stadt. Sechs verängstigte Knaben brachten sie Hatschepsut, von denen sie zwei zurückließ, da sie zu alt waren, um ihre Herzen in Kemet zu verwurzeln. Die anderen vier würden das Kap in Memphis besuchen und später als Statthalter ins Goldland zurückkehren. Sie würden Söhne der beiden Länder sein, wenn sie ihre Vätern wiedersahen. Senenmut ließ die Wasserkrüge füllen und die Soldaten dann die Mauern Kermas erneut schleifen, bis kein Stein mehr auf dem anderen stand. Den Palast der Fürsten, ein großes rundes Lehmziegelhaus, dessen Dach mit Stroh bedeckt war, empfanden sowohl Hatschepsut als auch Senenmut als seltsam. Nach einigem Abwägen befahl Hatschepsut ihn nicht zu zerstören, ebenso wenig wie die Heiligtümer der fremden Götter. Amun war ein großmütiger Gott, der andere Götter nicht fürchten musste. So erklärte es Senenmut den Fürsten, Hatschepsut ahnte jedoch, dass die Wahrheit weitaus einfacher war. Den Fürsten auch noch ihre Götter zu nehmen, würde schon bald zu neuen Aufständen führen. Teilnahmslos sahen die Menschen von Kerma zu, wie ihre Mauern fielen. In ihren Augen las Hatschepsut keinen Widerstand und auch keinerlei Kraft, die weitere Aufstände verheißen hätten. Unvermittelt musste Hatschepsut daran denken, wie einst die Hyksos in die beiden Länder eingefallen waren. Wie Fliegenschwärme waren sie gekommen, mit Pferden und Wagen und hatten sich im Delta eingenistet, um ihre Hauptstadt Auaris zu gründen. Es waren Hatschepsuts Vorfahren gewesen, welche die Fremdländer und den elenden Herrn von Auaris nach langen und harten Kämpfen endlich vertrieben hatten. Wie gelähmt und verzweifelt war Kemet gewesen, als es in die Hände der Eroberer gefallen war. Fühlten diese Menschen mit den dunklen traurigen Augen nun ebenso? Empfanden sie Kemet nicht zu sehr als Plage, als dass sie ihren Widerstand aufgeben konnten? In Hatschepsuts Magen lag eine Last, hart und schwer wie Granit. Ägypten war nicht sicher, wie hatte sie das nur glauben können! Nun, wie sie die kläglichen Überreste der Mauern Kermas sah, wusste sie, dass es nicht unmöglich war, die Mauern einer Stadt in kürzester Zeit niederzureißen, und dass sie solange noch ein Atemzug in ihr war, dafür Sorge tragen würde, dass Kemets Menschen niemals mehr würden zusehen müssen, wie ihre Städte von Fremden belagert wurden. Der Abschied von den Fürsten fiel Hatschepsut nicht schwer, und Hatschepsut spürte, dass auch die dunklen Krieger den Tag herbeisehnten, an dem die ägyptischen Truppen abzogen. Nach nicht einmal einem Mond lagen Kermas Mauern in Schutt. Senenmut hatte die Männer angewiesen, sogar die einzelnen Steine zu zerschlagen, sodass die Mauern der Stadt nicht mehr aufgebaut werden konnten.

Der Weg zurück nach Buhen war beschwerlich, denn sie gingen am Ostufer des Hapi entlang und durchquerten erneut die Wüste. Jetzt, da die Männer ihre Arbeit getan hatten, fühlten sie sich müde. Hatschepsut selbst konnte es kaum erwarten, zurück nach Buhen zu kommen. Senenmut ließ nach all den Entbehrungen doppelte Zuteilungen bei den Mahlzeiten ausgeben und trieb das Heer zur Eile. Sie alle wollten endlich zurück nach Theben, die grünen Ufer des Hapi sehen, die Wildenten, die in den Papyrusdickichten nisteten, und Hatschepsut sehnte sich danach ihrer Tochter Nofrure die Schönheit der beiden Länder zu zeigen, obwohl sie noch viel zu klein war, um etwas um sie herum zu begreifen. Sogar Ipus Missbilligung fehlte ihr schmerzhaft, so erkannte Hatschepsut, als sie nach dem langen Wüstenmarsch endlich die Mauern Buhens vor sich sahen.

Endlich gab es Jubel und Wohlwollen für die Heimkehrer, wo noch vor kurzem Schweigen und Zweifel geherrscht hatten. Buhen begrüßte Hatschepsut wie einen siegreichen Herrscher und Feldherrn, jubelte den tapferen Soldaten zu und ließ Blüten regnen, die Setep sicherlich mit einigem Aufwand zu diesem Anlass aus den Oasen hatte beschaffen lassen. *Wie anders ist doch der Empfang jetzt, da ich getan habe, was sie nicht für möglich hielten. Jetzt sehen sie mich an, wo sie früher nur weggeschaut haben.* Hatschepsut meinte, Buhen und die Menschen nicht wiederzuerkennen. Von den Wehrgängen herunter jubelten die Soldaten, und während Hatschepsut die Straßen entlang ging, baten schwangere Frauen um den Segen der Gottestochter, damit sich die Kraft Hatschepsuts auf ihre ungeborenen Kinder übertrug. Der Oberpriester empfing Hatschepsut mit einem Weihraucharm und drängte sie, dem Horustempel einen Besuch abzustatten und dem Gott ein Opfer zu bringen, obwohl es eigentlich die Aufgabe des Horussohnes in Theben gewesen wäre. Hatschepsut versprach es dem beflissenen Priester und segnete unzählige schwangere Bäuche. Dann beschleunigte sie ihre Schritte, um dem Gerangel, das um sie herum entstand, schnell zu entkommen. Als sie das erste Mal in Buhen erschienen war, hatte kaum jemand sich die Mühe gemacht, überhaupt sein Haus zu verlassen, doch nun waren die Straßen mit Blumen übersät, und ein jeder versuchte den Zipfel ihres staubigen Schurzes zu berühren, um an der Größe dieses Augenblicks teilzuhaben und etwas Glück in das eigene Heim tragen zu können. Als sich endlich die Tür des für sie bereitgestellten Hauses hinter ihr schloss, atmete sie erleichtert auf. *Ein Bad, Nofrure, und dann zwei Tage lang schlafen!* Die Hoffnung auf etwas Ruhe zerschlug sich, ehe Hatschepsut ihre Gedanken zu Ende hätte denken können.

Mit vor Aufregung rot gefleckten Wangen empfing Ipu sie in ihren Räumen, missbilligte die dunkel gebräunte Haut ihrer Herrin, scheuchte Dienerinnen herum, Wasser ins Badehaus zu bringen und schnalzte dann mit der Zunge, als sie Hatschepsuts raue Hände und Füße betrachtete. „Haatsch, du siehst aus wie ein Soldat, nicht wie die große königliche Gemahlin. Ich werde bis an den Rand der Erschöpfung schuften müssen, um dich auf dem Weg nach Theben wieder ansehnlich zu machen."

Wie sehr habe ich dich vermisst, dachte Hatschepsut nachsichtig, während Ipu begann, ihren verschmutzen Schurz und das Hemd mit spitzen Fingern von ihrer Haut zu schälen. Auch wenn die Freundschaft der Dienerin die Treue einer Katze besaß, die zuerst an ihre eigene Bequemlichkeit dachte, war sie eine Vertraute. Hatschepsut genoss das sorglose Geplappere der Dienerin nach dem verstockten Schweigen Senenmuts und den lodernden Blicken Sarys mehr, als sie es für möglich gehalten hatte. Als sie Kerma verließen und Hatschepsut Senenmut zufrieden mitgeteilt hatte, dass nun endlich Ruhe im Goldland einkehren würde, hatte er sie ohne ein Lächeln angesehen. „Es werden andere kommen, und es wird wieder Unruhen geben. So war es immer, und so wird es immer sein."

Nicht einen einzigen Augenblick der Freude schien er sich oder ihr zu gönnen, und dieser Umstand betrübte Hatschepsut einmal mehr. Die Nacht am Ufer des Hapi, wo er versucht hatte, ihr Stärke und Hoffnung zu geben, schien hinter den Nebeln einer unwirklichen Vergangenheit zu liegen.

„Haatsch, deine Arme sind hart wie die einer Fellachenfrau und deine Beine eckig wie die eines Soldaten. Auf dem Weg nach Theben wirst du nur eines tun – sitzen, essen und dich bedienen lassen."

Gedankenverloren sah Hatschepsut an ihrem Körper hinunter – tatsächlich war er nicht mehr so rund und weich wie früher. Doch es gefiel ihr insgeheim zu sehen, dass ihre Muskeln sich anzuspannen vermochten, wie die einer geschmeidigen Katze. Als Ipu ihr ein leichtes Trägerkleid über den Kopf streifte und Hatschepsut die ersten Schritte tat, fühlte sie sich unbeholfen, da sie es sich im Schurz der Männer angewöhnt hatte weit auszuschreiten. „Haatsch, bei der süßen Isis, du stampfst wie ein Nilpferd. Was soll ich nur mit dir tun?"

Die Augen der Dienerin zeugten von einer gespielten Furcht, die nichts mit der echten Angst zu tun hatte, welche Hatschepsut oder die Männer auf dem Feldzug oft empfunden hatten. Hatschepsut ließ Ipu am Rand der Verzweiflung allein, denn sie wollte Nofrure sehen, die noch immer von der nubischen Amme gestillt wurde. Die ersten Monde ihres Lebens hatte Nofrure ohne ihre Mutter sein müssen, doch nun wollte Hatschepsut alles nachholen, was sie vielleicht versäumt hatte. Es war ein schöner Traum, denn Setep kam ihr auf halbem Wege zu

Nofrures Räumen entgegen und überreichte Hatschepsut einen versiegelten Papyrus. Sein Auftreten war respektvoller und ehrerbietiger als je zuvor. „Ein Bote aus Theben brachte ihn vor wenigen Tagen", erklärte der Kommandant beinahe feierlich, da er das Siegel des Palastes erkannte, und verabschiedete sich erst äußerst unwillig, als Hatschepsut keine Anstalten machte, den Papyrus in seinem Beisein zu entrollen. Obwohl alles sie danach drängte, ihre Tochter zu sehen, überkam Hatschepsut ein ungutes Gefühl. Sie ging zurück in ihre Räume, um das Sendschreiben zu lesen. Ipu machte sich zu ihrer Erleichterung im Badehaus zu schaffen, sodass sie eine Weile ungestört würde sein können. Wie Hatschepsut vermutet hatte, war es ein Schreiben von ihrem Bruder, von dessen Schreiber niedergeschrieben, und an sie persönlich gerichtet.

Gesundheit, Leben und Wohlergehen Erbprinzessin, groß an Gunst und Lieblichkeit, Herrin der beiden Länder, Gottesgemahlin, Große Königliche Gemahlin, Geliebte des Herrn der beiden Länder, Hatschepsut, die ewig lebe.

Wie ich hörte, hast du die Aufstände im Goldland niederschlagen können und wirst nun bald in Buhen eintreffen. Das Gelingen deines Tuns eilt dir voraus, und sie erzählen in Theben, dass man dich im Goldland bereits die schwarze Löwin heißt, dass man dir huldigt wie dem Horussohn höchstselbst. Ich gönne dir diese Gesten, da du doch meine Schwester bist, das mögest du mir glauben.

Die letzte Nilschwemme war üppig wie lange nicht mehr, und sie sagen es wäre dein Verdienst gewesen, da du auf Elephantine der Herrin des Kataraktes geopfert hättest, und sie loben dich als Mutter der beiden Länder.

Haatsch, ich will dich empfangen und willkommen heißen in Theben, doch vergiss nicht, bevor du zurückkehrst, meinen Willen zu erfüllen und den Einäugigen zurück zu lassen oder finde etwas, um ihn in Buhen hinrichten zu lassen. Die in der Leibwache deines Vaters gedient haben – gib ihnen Land im Süden, auf dass sie dort ansässig werden, und bringe sie nicht zurück nach Theben. Die fünfhundert Soldaten, die ich dir gegeben habe, verteile auf die südlichen Grenzfestungen, damit sie fortan im Goldland ihren Dienst versehen.

Kehre schnell zurück nach Theben, damit ich unsere Tochter, die Erbprinzessin, sehen kann, von der ich hörte, dass du sie geboren hast und dass sie wohlauf ist. Ich vertraue dir Schwester, dass alles so getan wird, wie es Amun und mir gefällt.

Im zweiten Jahr des Thutmosis Aakheperenre, im Choiak, Zeit der Nilschwemme

Herrscher von Ober- und Unterägypten, Groß an Gestalt, der zu Re gehört, Reich an Kraft, mit göttlichem Königtum, in mächtiger Erscheinung

Hatschepsut ließ den Papyrus zusammenrollen und tat schwer daran, ihn nicht sofort in einem Feuerbecken zu verbrennen. *Oh, mein Bruder ... ich hatte gehofft, das Vertrauen zwischen uns könnte wachsen, doch das schwelende Misstrauen spaltet uns nach wie vor.* Thutmosis hatte eine sehr persönliche Ansprache gewählt, jedoch sowohl ihre als auch seine Titel ausführlich genannt, um Hatschepsut daran zu erinnern, dass sie zwar seine große königliche Gemahlin war, er jedoch der unbestrittene Horus auf dem Thron der beiden Länder. Hatschepsut hatte geglaubt, dass ihre Erfolge im Goldland ihn erfreuen würden, doch sie hatten ihn nur noch misstrauischer und ängstlicher werden lassen. Wie gut konnte sie sich vorstellen, dass Isis und Mutnofret hinter Thutmosis saßen und seine armen entzündeten Ohren mit ihrem giftigen Geflüster reizten. „Sieh nur, mein Sohn – jetzt nennen sie Hatschepsut bereits eine Löwin und huldigen ihr, weil sie es vermocht hat, den Hapi steigen zu lassen ... aber mein Sohn, dies vermag nur der Horus selbst zu vollbringen. Und diese Soldaten - sie ist mit ihnen gezogen und hat sich unter ihnen bewegt, nur damit sie ihren Namen nicht vergessen ... wie lange wird es brauchen, bis sie den deinen vergessen haben und nur noch ihren Namen rufen?"

Und Isis würde ihr zugestimmt haben. „Mein Gemahl, einen Sohn hat sie begehrt, doch Amun hat ihr in seiner Weisheit nur eine Tochter gegeben. Jetzt, da sie nicht im Namen ihres Sohnes den Thron besteigen kann, wendet sie sich den Soldaten zu, um sie vergessen zu lassen, dass sie eine Frau ist. Hat nicht schon euer Vater sie behandelt, als wäre sie ein Mann ... hat er sie nicht mit zur Jagd genommen, sie einen Streitwagen führen lassen und ermuntert, sich mit dem Bogen zu üben? Ich sage dir – sie will selbst über Kemet herrschen!"

Hatschepsut konnte sich sehr genau die verschlagenen und bösartigen Gesichter jener beiden Frauen vorstellen, die am Ohr ihres Bruders nagten wie die Ratten in den Armenvierteln von Theben am Unrat. Hatschepsut hätte tun können, was Thutmosis von ihr verlangte, und es wäre einer großen königlichen Gemahlin gemäß gewesen. Doch war sie nicht vor die Männer getreten und hatte versprochen, das Unrecht wieder gut zu machen? Diese Männer, mit denen sie gezogen war, die sie in ihre Mitte aufgenommen und ihr Vertrauen geschenkt hatten – Thutmosis verlangte, dass sie ihnen befahl, im Goldland zu bleiben, da sie Hatschepsut vertraut hatten. Sie dachte auch an Sary, der aus einem ihr unverständlichen Grund ihr Leben verteidigt hatte, obwohl er wohl vorgehabt hatte, sie zu töten. Ihm sollte sie einfach den Kopf von den Schultern trennen lassen, im Namen des Einzig Einen, der in Theben in seinem Palast saß und nichts wusste von Vertrauen und Zusammenhalt.

Ihre Knie zitterten als besäßen sie keinerlei Kraft, als Hatschepsut sich erhob. Sie würde sie nicht zurücklassen, keinen Einzigen von ihnen, die ihr und damit auch Thutmosis treu gedient hatten. In ihrem Kopf wuchs ein tollkühner Plan und setzte sich gegen alle Zweifel durch, die sie befielen, wenn sie an die Ungeheuerlichkeit ihres Ansinnens dachte. *Nie hatte ich dich betrügen wollen, Bruder, obgleich du genau das von mir glaubst. Doch nun werde ich es tun, weil du selbst mich auf diesen Pfad geführt hast.* Sie hätte Senenmut nach seiner Meinung fragen können, doch wann hatte er jemals wirklich einen Standpunkt bezogen und ihr verbindlich geraten. Nein, Hatschepsut wusste, dass es nicht Senenmut war, zu dem sie gehen und den sie in ihre betrügerischen Pläne einweihen würde. Aber es gab einen, dem sie sich offenbaren wollte und dessen Tatkraft sie brauchen würde – die Kraft eines Löwen war nun von Nöten.

Sarys Verstand begehrte auf, sein Herz wollte rebellieren, und wenn er nicht nur noch ein Auge gehabt hätte, Sary hätte sich das andere selbst ausgeschlagen, da es ihn verriet und Dinge sehen wollte, die nicht sein durften. Er war zum Nachdenken gekommen, und nun saß er hier, am Ufer des Hapi, lauschte seinen tosenden Fluten, und meinte höhnisches Lachen zwischen all dem Rauschen und Gurgeln des Wassers zu vernehmen. Re brannte auf ihn herab, als wolle er den Rest seines Verstandes versengen und ihn für seinen Frevel strafen. Wie hatte es nur dazu kommen können? Wann hatte sie ihm das Herz vergiftet? Während der Hapi in seine Ohren zu brüllen schien, fiel es Sary ein. Es war an dem Tag gewesen, als dieser wilde zu allem entschlossene Krieger ihren Schädel mit seiner Streitkeule hatte einschlagen wollen. Sary hatte Amun gedankt und einen Triumphschrei ausstoßen wollen, als der Leib des Schwarzen sich zwischen ihn und Haatsch geschoben hatte. Die Maat hatte sich von selbst erfüllt - denn auch Sary war fest entschlossen gewesen, die Gottestochter auf ihrem Streitwagen zu töten. Es wäre so einfach gewesen im Getümmel der Schlacht, und es hatte keinen besseren Zeitpunkt danach mehr gegeben. Aber Sary hatte etwas anders getan, ohne zu wissen, weshalb. Sein Arm hatte sich bewegt, ohne auf sein Herz zu hören, und seine Streitkeule war auf den Kopf des Nubiers niedergefahren, hatte ihm den Schädel zerschmettert und immer wieder zugeschlagen - einmal, zweimal und noch ein drittes Mal. Die Gottestochter blieb am Leben und starrte ihn an, ebenso ungläubig über seine Tat wie er selbst. Sary wusste nicht, weshalb er es getan hatte und warum er ihr elendes Leben gerettet hatte, anstatt es zu beenden. Er fühlte sich schuldig, und er schien immer mehr Schuld auf sich zu laden. *Vergib mir, Ameni*, dachte Sary, während er innerlich verbrannte und zu Asche wurde. Wie lange würde es dauern, bis nichts mehr von ihm da war? Ein paar Nilschwemmen oder ein ganzes Leben?

Sary trat einen Stein mit dem Fuß beiseite, grub seine Hände in den Sand des Ufers und biss die Zähne zusammen, um den heilsamen Schmerz der Hitze zu spüren. Tatsächlich fühlte er sich, als würde er innerlich brennen, und es war der Zorn auf sich selbst, der ihn so fühlen ließ!

Hatschepsut war zu ihm gekommen, erst wenige Stunden war das her. Sie hatte Sary in seinem Soldatenquartier aufgesucht, wo er auf seiner Liege Erholung gesucht hatte in einem heilsamen Schlaf, der seine Schuld, sein Brennen und seine Verzweiflung dämmte. Mit geradem Rücken hatte sie in seiner Tür gestanden, unschlüssig, ob sie es wagen sollte einzutreten, das leichte Trägerkleid über ihre braun gebrannten Schultern fallend und einen gerollten Papyrus in der Hand. Sary hatte mit seinem verbliebenen Auge blinzeln müssen, da er glaubte zu träumen, doch dann voller Verzweiflung festgestellt, dass er wach war. Und das Brennen in seinen Eingeweiden wurde durch ihren Anblick unerträglich. Vom runden Körper einer Schwangeren war nichts mehr übrig. Hatschepsut stand vor ihm wie eine Statue, denn das Goldland hatte sie geschliffen, gekräftigt und neu geformt.

„Sary“, hatte sie ihn angesprochen, während er sich von der Pritsche erhoben hatte, und einen Becher Wasser getrunken. „Sary, ich weiß, dass du mein Leben geschont hast, auch wenn ich nicht weiß weshalb. Ich weiß, dass es dir schwergefallen sein muss, und was ich jetzt von dir fordern werde, wird das Schwierigste sein, was das diesseitige Leben dir abverlangen kann.“

Dann war Hatschepsut einen Schritt vorgetreten, vorsichtig und achtsam, dann noch einen, und schließlich hatte sie in seinem Raum gestanden, in der Höhle des einäugigen Tieres, das sie hasste und in dessen Gegenwart sie sich nicht sicher fühlen durfte. Sary hatte sich vorgestellt, wie er ihren Hals packte, sie auf die Liege zwang und dann beide Hände benutzen würde, um der Gottestochter die Luft abzudrücken, wie ihre Haut sich blau verfärben würde, die Augen weit aufgerissen aus dem Schädel zu quellen begannen und der Mund in einer verzerrten Fratze versuchte Luft zu holen, während er den letzten Rest göttlichen Atems aus ihren Lungen presste.

Aber wieder hatte er ihr Leben nicht beendet. Stattdessen hatte er den Papyrus auf ihre Bitte hin genommen und ihn gelesen, soweit er es vermochte. Es war Sary schwergefallen zuzugeben, dass er kaum Lesen konnte, doch Hatschepsut hatte weder gelacht, noch die Brauen gehoben. Ohne zu Zögern hatte sie den Papyrus wieder an sich genommen und ihn laut vorgelesen. Danach hatten sie beide geschwiegen, und die Gottestochter hatte ihm Zeit gelassen, die Worte des Einzig Einen in sein verbittertes Herz rinnen zu lassen.

„Also werde ich in Buhen sterben“, hatte Sary gesagt und überlegt, ob es nicht das Beste wäre, denn dann würde das Brennen des Hasses endlich versiegen. Stille und ewige Ruhe, keine Qualen des Herzens mehr! Wenn es schnell geschah, warum sollte er jammern, da er die Sehnsucht nach dem Tod doch bereits viel zu lange mit sich herumschleppte. Aber Hatschepsut hatte Verblüffendes geantwortet und seine Träume von der Dunkelheit des Todes zunichtegemacht. „Keinen von euch werde ich im Goldland zurücklassen, denn ich habe um euer Vertrauen gebeten, und ihr habt es mir erwiesen. Ich will eine Leibwache aus euch machen, die Leibwache der großen königlichen Gemahlin, und du, Sary, sollst der Kommandierende sein.“

Sary hatte gelacht und erst aufgehört, als sein Bauch schmerzte. *Es brennt, bei Amun, ich ertrage die Schmerzen nicht länger*, war ihm immer wieder der Gedanke gekommen, während sein freudloses Lachen den Raum durchdrang und sie einfach da stand und wartete.

„Das ...“, so hatte Hatschepsut schließlich gesagt, „ ... ist die schwerste Prüfung, die das Leben dir auferlegen kann, Sary. Fortan das Leben derjenigen zu schützen, die es dich drängt, zu töten!“

Er hielt sie für verrückt und glaubte, dass sie an der heiligen Krankheit litt. Das hatte er ihr ohne Umschweife gesagt, aber Haatsch hatte sich nicht abweisen lassen. Es war vollkommen unsinnig, was sie vorhatte, denn fünfhundert Mann waren sie noch allesamt, die restlichen Männer der Leibwache ihres Vaters und die verbliebenen Soldaten, die nicht auf dem Feldzug den Tod gefunden hatten.

„Wann hätte eine große königliche Gemahlin jemals eine Leibwache von fünfhundert Männern zu ihrer eigenen Verfügung besessen?“, versuchte Sary ihr die Torheit auszutreiben. Hatschepsut ließ sich nicht beirren und antwortete, ohne zu überlegen. „Und wann hätte eine große königliche Gemahlin jemals eine Leibwache von fünfhundert Mann nötiger gehabt als jetzt?“

Es war dumm, der Einzig Eine, dieser feige Hund, würde ihr nicht erlauben auch nur einen Fuß auf thebanischen Boden zu setzen, geschweige in den Palast, aber sie hatte nur den Kopf geschüttelt. „Dies lass meine Sorge sein, ich will nur wissen, ob du mir dein Wort gibst, mein Leben zu schützen und ob du mir vertraust.“

Der Hapi rauschte und brach sich mit Gewalt seinen Weg durch das Flussbett, die Sonne brannte heiß auf Sary hinunter, und in seinem Leib verzehrte ein Feuer seine Eingeweide. Viel würde wohl nicht mehr übrig bleiben, wenn sie ihn dereinst im Schönen Haus aufschnitten, um seine Organe zu entnehmen. Sary sah auf seine Hände, die rauen Hände eines Soldaten, die es gelernt hatten, zu töten und zu vernichten. Jetzt würden sie also den Rest ihres Lebens damit verbringen, das Leben derjenigen zu schützen, nach der es ihn verlangte, sie zu töten. Er hatte eingewilligt, obwohl sein Herz ihn angeschrien und immer wieder gefragt hatte, *Warum? Warum nur?* Sein gesamtes erbärmliches Leben würde er an ihrer Seite verbringen müssen, die Schuld immer wieder vor Augen, seinen Bruder verraten und ihm nicht angemessen in den Tod gefolgt zu sein. Seine eigene Schuld war in ihr Antlitz gemeißelt, das ihn jeden Tag aufs Neue daran erinnern würde. Warum hatte er den Nubier nicht seine Streitkeule in ihren Schädel schlagen lassen, als es so einfach gewesen war?

Und dann, zwischen dem Tosen des Hapi, dem brennenden Sand und seinem verkohlten Herzen wurde es ihm klar. *Steh auf, Soldat! Heb deinen nutzlosen Arsch! In deinem elenden Leben werden es nur deine Kameraden sein, auf die du dich verlassen kannst. Niemals darfst du einen von ihnen verrecken lassen, wenn du ihn retten kannst.* Die Worte seines einstigen Truppenführers, der ihn in Memphis gedrillt und ausgebildet hatte, Worte, die er ihm immer wieder eingehämmert hatte, mit jedem Stockschlag, jeder Strafe, der sich Sary in seiner Ausbildung hatte unterziehen müssen, fraßen sich in seine Erinnerung und wollten nicht mehr verstummen. Die Gottestochter konnte er verachten, Haatsch konnte er hassen, und das würde er zeitlebens tun. Aber einen Kameraden auf dem Schlachtfeld zurücklassen – das konnte er nicht! Er hatte Ameni zurückgelassen, und diese Schuld lastete auf seinem Ka wie ein ganzer Steinbruch. Dort draußen auf dem Schlachtfeld war Hatschepsut eine von ihnen gewesen und bereit mit ihnen zu sterben. Und auch jetzt war sie gekommen, um ihr Wort zu halten und bemühte sich, der Maat Folge zu leisten. Dem Einzig Einen waren sie egal, die Männer, die für ihn kämpften und starben. Dem lebenden Horus war Ameni egal gewesen und Sarys Leben kümmerte ihn ebenso wenig. Seine Soldaten waren wie Spielstäbe, die er hin und herschob, ohne weiter darüber nachzudenken. Aber sie war bei ihnen gewesen und hatte an ihrer Seite gestanden ... ob er es nun wollte oder nicht, sie war ein Kamerad, den er nicht auf dem Schlachtfeld zurücklassen durfte. Sary stemmte sich hoch und schlug den Sand aus seinem Schurz.

„Steh auf Soldat, beweg deinen Arsch“, sprach er zu sich selbst und ging zurück in seine Unterkunft, um seine wenigen Dinge zu packen, die er mit nach Theben nehmen würde.

Die königliche Barke, im zweiten Jahr der Herrschaft des Thutmosis Aakheperenre

Die Barken trieben in die Mitte des Flusses, schlingerten eine Weile und wurden von den Ruderern in die Strömung gebracht. Den Weg zurück nach Theben würden sie zügig zurücklegen, denn der Hapi führte genug Wasser und sie reisten mit der Strömung. Hinter Hatschepsut fuhren Barken mit zweihundert Soldaten, vor ihr Senenmut mit seinem Kapitän, und dreihundert Männer gingen über Land. Hatschepsut hatte alles wie auf der Reise nach Buhen gehalten, mit einem kleinen Unterschied. Eine Tagesreise vor Theben sollten die Fußsoldaten Rast machen und auf das Eintreffen der Barken warten. Sary führte sie an, und sie hoffte, dass sie ihm vertrauen konnte. Angespannt ruhte Hatschepsuts Blick auf Senenmut in der vorderen Barke. Mit knappen Gesten erteilte er Anweisungen an den Kapitän. Der Blick zurück auf die hohen Mauern Buhens stimmte Hatschepsut teils wehmütig teils freudig. Einerseits sehnte sie sich zurück nach ihrem schwarzen Land, andererseits jedoch nicht nach der Enge des höfischen Lebens oder den verschlagenen Blicken von Isis und Mutnofret. Einer, den Hatschepsut gern mit nach Theben genommen hätte, war zurückgeblieben. Dadat hatte trotz ihrer Bitte darum gebeten, in Buhen bleiben zu dürfen. „Sieh, Gottestochter, ich bin zwar verstoßen von meinem Volk, aber das Land ist doch auch meines. Wenn ich nun mit dir gehe in deinen goldenen Palast, verkümmern die letzten Wurzeln meiner Herkunft. Das Goldland ist mein Herz, wie das deine Kemet ist. Reiße es mir nicht aus dem Leib, das ist meine Bitte an dich.“ Hatschepsut hatte Dadat sein Herz nicht aus dem Leib gerissen und ihn nicht gegen seinen Willen in ihren Dienst genommen. Gedankenverloren wandte sie den Blick ab und sah nach vorn. Ihr Weg durch das Goldland war beendet. Es gab keinen Grund zu trauern, und wenn sie ehrlich zu sich selbst war, sehnte sie sich zu sehr nach ihrem vertrauten Kemet, um das Goldland lange zu vermissen. Der erste Katarakt würde sie noch einmal aufhalten, da die Barken an Seilen durch die Strömungen gezogen werden mussten, aber dann kämen sie schnell voran.

Wieder wanderte Hatschepsuts Blick hinüber zu Senenmut. Er wusste nichts von ihren Plänen, der gute beflissene Senenmut, und auch die anderen Soldaten ahnten nichts. Sie glaubten, sie würden als gefeierte Leibwache der Gottesgemahlin in Theben einziehen und gebührend begrüßt werden. Ipu wusste ebenfalls nichts von Thutmosis Sendschreiben, denn es hätte sie vor Angst um den Verstand gebracht.

Hatschepsut saß unter ihrem Sonnensegel, als wäre sie die folgsame Gemahlin, die man in Theben erwartete. Die schlafende Nofrure hielt sie im Arm. Ihre Tochter war in den Mondumläufen, in denen Hatschepsut ihr Heer durch das Goldland geführt hatte, gewachsen und ein rundlicher Säugling geworden. Das Haar war noch fein, aber tiefschwarz wie das ihrer Mutter, und ihre Augen verfolgten aufmerksam alles, was sie erblickten. Das Lächeln

Nofrures, das sie Hatschepsut schenkte, wenn diese sie an der Nase kitzelte oder am Bauch, ließ vor allem Ipu immer wieder vor Rührung aufseufzen. „Ach, Haatsch, sie ist entzückend. Die wunderschönste Erbprinzessin, die jemals geboren wurde."

Hatschepsut stimmte ihr zu, obwohl sie sich bisher nicht sonderlich für die Gesichter der vielen Kinder interessiert hatte, welche die Nebenfrauen ihres Vaters geboren hatten. Nur den Sohn der Isis hatte sie genauer betrachtet, aber dafür mit wenig Entzücken. Ein reisender Beamter aus dem Palast, der in Buhen Rast machte, hatte Ipu mitgeteilt, dass der Einzig Eine sich eine neue Nebenfrau genommen, die ihm bereits einen weiteren Sohn geboren hatte. „Der ist nicht wichtig", hatte Ipu auf ihre unbekümmerte und etwas überhebliche Art zu Hatschepsut gesagt. „Diese neue Frau ist eine aus dem Harem, geringer noch als Isis. So viele Söhne die auch wirft, keiner von denen wird mit goldenem Fleisch oder Knochen aus Silber geboren."

Gähnend legte sich Hatschepsut auf die Kissen zurück, während Ipu mit ihrer täglichen Arbeit begann, ihr die Hände und Füße zu schmirgeln und danach mit Ölen und Salben zu behandeln. Solange sie auf dem Weg nach Theben waren, würde sie sich der Lüge hingeben, sie wäre die Tochter irgendeines adeligen Fürsten, deren einzige Sorge es war, die Tage bequem zu verbringen und ihrer Tochter beim Wachsen zuzuschauen. In Theben würde ihr Gemahl sie erwarten und sie in die Arme schließen, da er sie vermisst hatte und glücklich sein, dass sie wieder vereint wären. Und sie würde lachen und sich an seine Brust lehnen, die stark und Schutz bringend war, und dann würden sie in ihr Haus in die Faijum-Oase reisen und eine unbeschwerte Zeit miteinander verbringen ... Ein greller Schmerz holte Hatschepsut aus ihren Tagträumen, und Ipu hob entschuldigend die Brauen. „Vergib mir, Haatsch, aber wenn ich diese Plattfüße wieder in Lotuskelche verwandeln soll, muss ich etwas grober vorgehen, als ich es für gewöhnlich tue."

Hatschepsut sah hinunter zu ihren Füßen, wo einige Tropfen Blut zwischen ihren Zehen hervorquollen, die Ipu bereits vorsichtig mit einem Leinentuch abzuwischen begann. *Es war ohnehin ein dummer Traum*, wies Hatschepsut sich zurecht und ließ Ipu weiter schmirgeln und schaben, bis ihr die Füße schmerzten, als wäre sie einen ganzen Mondumlauf ohne Sandalen durch die Wüste gelaufen.

Senenmut hielt dem Boten die Hand entgegen, als der sich daran machte, aus dem kleinen Binsenboot hinauf auf die Barke zu klettern. Er war müde und schien den gesamten Weg schnell gelaufen zu sein, da sein Anliegen wichtig war. Als er mit staubigem Schurz und vor Anstrengung zitternden Knien auf der Barke stand, beugte er sich nach vorn und atmete schwer. „Gesundheit, Leben und Wohlergehen, edler Senenmut, Verwalter der Kornspeicher des Amun.“ Noch einmal holte er tief Luft, dann straffte er die Schultern und stand wieder gerade. „Vergib mir mein Benehmen, aber ich bin fast die ganze Nacht gelaufen, um rechtzeitig hier sein zu können.“

Senenmut nickte ihm zu und bot dem erschöpften Mann einen Stuhl unter seinem Sonnenschatten an. Dann ließ er einen Krug körniges Starkbier öffnen. Der erschöpfte Bote würde nicht schneller sprechen, wenn er ihn drängte. Senenmut war alt genug, um das zu verstehen.

Tatsächlich sprach der Mann freimütig und konzentriert, als er erst einmal geräuschvoll durch den Strohhalm einen tiefen Zug kühlen Bieres gezogen hatte. „Edler Senenmut, in Theben ist etwas im Gange. Barken mit dem Wimpel des Einzig Einen blockieren die Zugänge zu allen Landungsstegen, und auch in der Stadt lässt der Einzig Eine die Medjai Patrouille laufen. Mir scheint, dass dies sehr zurückhaltend geschieht, damit die Thebaner nicht in Aufruhr geraten, doch die Augen der Soldaten sind wachsam und schauen sich jedes Gesicht sehr genau an. Ich bin nur ein einfacher Mann, der keine Vermutungen anstellen oder seine Meinung äußern darf, edler Senenmut ... doch wenn es mir erlaubt wäre, würde ich vermuten, dass der Einzig Eine die große königliche Gemahlin unter Arrest setzen lassen will, sobald sie in Theben eintrifft.“

Die Worte des Boten trafen Senenmut wie ein Schlag ins Gesicht und verursachten Bitterkeit auf seiner Zunge. Warum tat der Herr allen Lebens das? Seine Schwestergemahlin hatte die Aufstände im Goldland niedergeschlagen und die Minen und Festungen für den Horusthron gesichert – was mochte ihn so verärgert haben, dass er sich nun gegen sie wandte? War es seiner Mutter und der Nebenfrau Isis tatsächlich gelungen das Herz Thutmosis derart gegen seine Schwester aufzubringen, während sie im Goldland für Kemet gestritten hatte? Was hatten ihre giftigen Zungen dem Einzig Einen zugeflüstert, dass er dazu bereit war, seine Schwestergemahlin festnehmen zu lassen? Es fiel Senenmut schwer, sein Entsetzen vor dem Mann zu verbergen, der seinen Becher mit Bier nun bis nur Neige geleert hatte und zufrieden seufzte. Doch seine düsteren Gedanken waren nicht für das schlichte Gemüt eines einfachen Soldaten bestimmt. Beschwichtigend klopfte er ihm deshalb auf die Schulter und erhob sich betont langsam. „Es ist gut, dass deine Augen scharf wie die eines Falken sind, obwohl ich nicht glaube, dass die große königliche Gemahlin Hatschepsut in Gefahr ist. Trotzdem bitte ich dich aufzubrechen, wenn du dich ausgeruht hast. Unterrichte die Leibwache der Gottesgemahlin, die über Land geht, dass sie in Karnak auf uns warten soll.“

Der Mann erlaubte sich keine weitere Muße und erhob sich, als wäre er nicht eine ganze Nacht lang gelaufen. „Ich mache mich sofort auf den Weg."

Senenmut bat ihn noch ein wenig zu rasten, doch der Bote ließ sich nicht abhalten und stieg in sein Binsenboot.

Wie sehr hat diese junge Gottestochter doch die Herzen für sich gewinnen können, dachte Senenmut, als er dem Boot nachsah, das zurück zum Ufer fuhr.

Dann wanderte sein Blick hinüber zur Barke Hatschepsuts, und er sah, dass sie ihn und den Boten schon eine Weile beobachtet haben musste. Wie eine Statue stand sie da, Nofrure fest an sich gepresst. Als ihre Augen sich trafen, wusste Senenmut, dass sie ihm etwas verschwiegen hatte.

„Lass das Binsenboot zurück holen, ich muss auf die Barke der Gottesgemahlin", wies er einen der Soldaten an, und kurze Zeit später war er es, der die Hand eines Mannes ergriff, um sich auf Hatschepsuts Barke hochziehen zu lassen.

Sie erwartete ihn bereits und stand mit ihrer Tochter im Arm im Bug. Ihr Gesicht war so ernst, dass Senenmuts Sorge wuchs. Hatte er noch Zweifel daran gehabt, dass Hatschepsut etwas vor ihm verborgen gehalten hatte, so waren sie spätestens jetzt zerstreut. Noch immer stand sie da in ihrem Trägerkleid, mit gelösten Haaren, in denen sich der Wind fing. Die schräg stehenden Augen musterten ihn in einer Mischung aus Angst und Trotz, als erwarte sie, wie ein Kind von ihm gerügt zu werden. Der Anblick von dieser jungen Mutter mit ihrem Kind drohte alles in Senenmut dahinschmelzen zu lassen – seinen Zorn, seine Sorgen und sein Pflichtbewusstsein. *Wärst du doch ein Mädchen aus Theben, eine Händlertochter oder eine Sklavin. In Gold würde ich dich deinem Vater oder Herrn aufwiegen, und das Kind in deinen Armen wäre auch meines.* Mit Gewalt zwang Senenmut sich, seine geheimen Wünsche zu verbergen und sein lästerliches Verlangen zurückzudrängen. Sie war nicht die Tochter eines Händlers – sie war Hatschepsut, große königliche Gemahlin des Horus in Theben, und sie war ganz und gar nicht so harmlos und unschuldig, wie sie ihm weismachen wollte. „Sollte ich etwas wissen?", fragte er deshalb strenger als er es beabsichtigt hatte.

Hatschepsut sah sich um und vergewisserte sich, dass ihre Dienerin im Heck der Barke einen Soldaten schimpfte, der nicht schnell genug Platz gemacht hatte, als sie an ihm vorbeiging. Als sie sich sicher fühlte, ging Hatschepsut zu ihrem Sonnenschatten, um unter Nofrures Decken etwas hervorzuziehen und es Senenmut zu bringen. Es war ein Schreiben ihres Brudergemahls. Als Senenmut es gelesen hatte, gab er es ihr zurück, und sie ließ es schnell wieder unter Nofrures Tüchern verschwinden.

„Wer weiß von diesem Schreiben?"

„Nur Sary ... und jetzt auch du“, gab Hatschepsut ohne Umschweife Antwort und drückte Nofrure an sich, als wolle man sie ihr nehmen.

„Du spielst mit ihrer aller Leben, bist du dir dessen bewusst?“

Ihre Brauen hoben sich, als überrasche sie seine Antwort, dann schüttelte Hatschepsut den Kopf. „Ich setze auch mein Leben aufs Spiel.“

Senenmut trat einen Schritt näher an sie heran, damit er leiser sprechen konnte, hielt jedoch genügend Abstand, um nicht von ihrer Nähe verwirrt zu werden. „Dir wird dein Brudergemahl das Leben nicht nehmen, denn du bist die Tochter eines Gottes. Aber diese einfachen Soldaten wird er kaum verschonen, und selbst mein Leben kann er fordern. Hast du das bedacht?“

Sofort verschloss sich ihr Gesicht zu ärgerlichem Trotz. „Hätte ich sie denn zurücklassen sollen, Senenmut? Wäre das nicht viel grausamer gewesen?“

Trotz ihrer Angst war sie entschlossen ihr Tat zu verteidigen, und Senenmut bewunderte sie dafür, ebenso wie er einmal mehr an ihr verzweifelte. „Was willst du jetzt tun? Du kannst nicht nach Theben gehen, denn die Truppen deines Bruders warten dort bereits auf dich. Seine Späher werden ihm berichtet haben, dass du gegen seinen Befehl gehandelt hast und mit einem Heer Richtung Theben reist. Er muss glauben, dass du die Regentschaft über Kemet für dich einforderst. Mit deiner Weigerung zu gehorchen hast du sein Misstrauen nur bestärkt.“

Hatschepsut fing an umherzuwandern, aufgebracht und nach einer klugen Lösung suchend, dann blieb sie stehen und ihr Blick wurde entschlossen. „Wir gehen nach Karnak – Hapuseneb wird mir beistehen. Ich bin die Gottesgemahlin des Amun! Wenn ich erst einmal mit meinem Bruder gesprochen habe, wird er es verstehen.“

„Bist du dir sicher, dass die Freundschaft des obersten Priesters des Amun zu dir so weit geht, dass er sich gegen seinen Pharao stellt und dir Zuflucht gewährt?“

Hatschepsut sah ihn herausfordernd an. „Ich weiß es nicht, Senenmut. Sage du es mir, denn Hapuseneb ist auch dein Freund, und du bist der Vorsteher der Kornspeicher des Tempels.“

Obwohl sie eine Antwort erwartete, blieb Senenmuts Gesichts ausdruckslos, und er wandte sich von ihr ab. „Wir werden sehen.“ Als er sich anschickte ihre Barke zu verlassen und zurück in das Binsenboot zu steigen, rief sie ihm hinterher. „Warum weichst du mir ständig aus?“

Klang da so etwas wie gekränkte Eitelkeit im Nachhall ihrer Worte? Beinahe hätte Senenmut lächeln müssen, doch er verbot es sich. „Das tue ich nicht!“

„Doch“, beharrte Hatschepsut störrisch. „Auf der gesamten Reise und auch im Goldland habe ich nicht ein einziges Mal meinen Namen aus deinem Mund vernommen, wenn du mit mir geredet hast.“

Senenmut presste die Lippen zusammen und verweigerte ihr eine Antwort. Wie hätte er ihren Namen aussprechen können. Namen besaßen einen zu großen Zauber, und er war doch ohnehin schon gefangen von ihr. Er konnte ihr doch nicht sagen, wie gerne er sie in den Arm genommen, sie berührt und wie ein Mann sein Weib gehalten hätte. Und er hatte es geschworen, hatte einen Schwur bei seinem ewigen Leben leisten müssen, dass er für sie da wäre, immer nah und gleichzeitig fern. Senenmut krampfte die Finger um das Seil und gab den Soldaten ein Zeichen, ihn hinunter in das wartende Boot zu lassen. Wie hätte sie es verstehen sollen? *Haatsch, ich bin ein Narr, dass ich mein Herz an eine Göttin verschwende. Aber es ist alles so, wie es sein muss – dein Herz ist groß für dein Volk, und für die Menschen Kemets würdest du sogar jene opfern, die dich lieben und nicht darauf hoffen dürfen, diese Liebe erwidert zu finden.* Senenmut sah sich nicht um, während das Binsenboot zurück zu seiner Barke gestakt wurde. Es war alles so, wie es sein sollte – wie es Amun selbst gewollt hatte.

Karnak, im zweiten Jahr der Herrschaft des Thutmosis Aakheperenre

Dieser sture Mann mit dem Betragen eines Esels!, dachte Hatschepsut aufgebracht, während sie seinem Rücken nachstarrte. Wieder einmal hatte er sich jeglicher Meinung enthalten ... sollte sie nun versuchen in Karnak Unterschlupf zu finden oder sich ihrem Bruder ausliefern, damit er nicht noch mehr Misstrauen gegen sie hegte? Noch würde Thutmosis ihr vielleicht verzeihen, wenn sie nach Theben zurückkehrte und sich von seiner Leibwache in Gewahrsam nehmen ließ. Was müsste Hatschepsut jedoch befürchten, wenn sie sich ins Heiligtum des Amun flüchtete und Hapuseneb, den obersten Propheten, um Zuflucht bat? Thutmosis würde sicherlich glauben, auch die mächtige Amunpriesterschaft wäre gegen ihn und hätte sich gemeinsam mit Hatschepsut gegen ihn verschworen. Und Senenmut – er tadelte sie, doch hatte er einen guten Ratschlag für sie bereit? Nein, er warf ihr Brocken hin, bedeutete ihr immer wieder, was geschehen könnte, wenn sie dies tat oder anderes unterließ. Nicht ein einziges Mal hatte er ihr geraten, was das Beste wäre, was sie tun konnte.

Hatschepsut wandte sich ab, als Senenmuts Binsenboot seine Barke erreichte und sah auf die schlafende Nofrure in ihrem Arm. „Dir soll es nicht ergehen wie mir“, flüsterte sie ihr zu, doch das Kind schlief ruhig und friedlich weiter. Entschlossen straffte Hatschepsut die

Schultern und winkte die nubische Amme heran, damit sie Nofrure in die große Mittelschiffskabine brachte und dort mit ihr blieb, bis sie Karnak erreichten. Ein weitaus Schlimmeres Unterfangen stand ihr noch bevor. Ipu kam zu ihr geschlendert, sichtlich selbstzufrieden, da es ihr gelungen war, Hatschepsuts Hände und Füße wieder anschaulich zu formen, bevor sie Theben erreichten. Sie lächelte wie ein Kind, dem man den Honigtopf fortgenommen hatte, und das nun darauf hoffen konnte, ihn wieder zurück zu erhalten. Theben und der Palast, das wusste Hatschepsut, war Ipus bevorzugter Honigtopf.

„Haatsch", die Art wie sie den Namen aussprach erinnerte beinahe an ein sehnsuchtsvolles Lied. „Endlich ist es vorbei mit diesen ganzen Scheußlichkeiten, dem Staub und der Unbequemlichkeit. Bald sind wir im Palast mit seinen Badehäusern, erlesenen Speisen und Dienern, sodass wir nur in die Hände klatschen müssen, wenn wir etwas brauchen." Ipus Wangen zeigten die altbekannte Rötung, dieses Mal jedoch verhieß sie Vorfreude.

Hatschepsut wappnete sich zu einer erneuten Schlacht, denn Ipu würde die üble Nachricht sicherlich nicht so ruhig hinnehmen, wie Senenmut es getan hatte. „Ipu, du musst noch eine Weile warten, bis du zu deinen Badehäusern und Bequemlichkeiten zurückkehren kannst."

Kaum hatte Hatschepsut ihrer Dienerin erzählt, dass die Soldaten ihres Brudergemahls in Theben bereits auf Hatschepsut warteten, erfolgte der gefürchtete Ausbruch angemessenen Leidens. „Haatsch, was hast du getan? Wie konntest du dich gegen die Weisungen deines Brudergemahls auflehnen? Weißt du nicht, dass das ein Frevel an Amun selbst ist? Dein Bruder ist der lebende Gott auf Erden, der Sohn des Amun, der Horus auf dem Thron."

Das ist er nicht!, dachte Hatschepsut zornig. *Ich bin diejenige, die vom Gott gezeugt wurde, er sitzt nur auf dem Thron der beiden Länder, weil ich seine Gemahlin bin.* Sie lief rot an, als sie der Ungeheuerlichkeit ihrer Gedanken gewahr wurde. Welcher böse Zauber hatte sich da in ihr Herz geschlichen? Innerlich bat sie Amun schnell, ihr diese Gedanken zu vergeben. Es musste die verwirrende Reise sein und die Angst, die sie so denken ließen. Thutmosis war der Herr allen Lebens, ihr Bruder und Gemahl – und sie die Trägerin des göttliches Blutes, das ihn dazu berechtigte der zu sein, der er war. So war es immer gewesen in Kemet, und es wäre niemandem auch nur eingefallen, dies anzuzweifeln.

„Er wird uns alle hinrichten lassen, Haatsch ... und ich will nicht sterben! Ich will doch nichts weiter als endlich nach Hause." Ipus Klagen rissen Hatschepsut aus ihren Gedanken und sie stellte erschrocken fest, dass ihre Dienerin etwas tat, was sie vorher noch nie getan hatte – sie weinte bitterlich. Ipu fürchtete sich zu Tode. Hatschepsut legte einen Arm um sie und versuchte sie zu trösten, doch das brachte ihre Dienerin nur noch weiter in Aufruhr. Schließlich, als Hatschepsut nicht mehr wusste, was sie tun sollte, schickte sie Ipu zu Nofrure und der nubischen Amme ins Kabinenhaus und befahl ihr dort zu bleiben, bis sie Karnak erreichen. Schluchzend gehorchte Ipu, und Hatschepsut fragte sich nicht zum ersten Mal, ob das was sie tat vor den Göttern und später vor dem Jenseitsgericht Bestand hätte. Hatte sie wirklich das Recht, so viele ins Unglück zu stürzen um einer Gerechtigkeit willen, die scheinbar nur sie empfand? Aber hatte Thutmosis das Recht dazu? *Schweig endlich*, befahl sie sich einmal mehr, und wies den Kapitän an, auf direktem Wege den Landungssteg von Karnak anzulaufen.

Sie erreichten die Tempelanlage von Karnak am frühen Abend, als Re sich aufmachte, in Nuts Mund zu wandern, und Hatschepsut ließ ihren Blick zärtlich über die hohen Mauern streifen. Es war ein friedlicher Anblick, den großen Tempelbezirk in der rötlichen Abendsonne zu erblicken, und Hatschepsut ahnte, dass bei allem was über Kemet oder sie selbst hereinbrach, Karnak immer Bestand haben würde. Gute und segensreiche Erinnerungen verbanden sie mit dem Tempelbezirk, denn bereits als Kind war sie hier ein und ausgegangen. Die großen Tempelanlagen von Karnak waren ihr Spielzimmer wie Lehrräume gewesen, immer begleitet von den freundlichen Augen Hapusenebs, des obersten Propheten des Amun und der kahlköpfigen Priesterschar, die den verschiedenen Göttern diente, deren Heiligtümer sich in Karnak befanden. Hatschepsut war die Gottesgemahlin des Amun, Trägerin des göttlichen Blutes, und bereits als Kind war ihr dieser Ehrentitel übertragen worden, da sie nach dem Tod Neferubitys, der älteren Schwester, die einzige gewesen war, in der das göttliche Blut des Gottes war – sie und ihre Mutter Ahmose, die von Amun selbst gezeugt worden waren. Hatschepsut erlaubte sich trotz der Sorgen ein Lächeln. Karnak war ewig – egal was auch geschah! Res Strahlen fielen golden und sanft auf das Heiligtum Amuns, nicht glühend und zornig wie im Goldland. In Karnak vereinigte sich der Schöpfergott Re mit dem großen Amun, und die Namen beider Götter wurden schon längst in einem einzigen Zuge genannt – hier war aus dem Gott Amun der größte aller Götter geworden, Amun-Re, und für diese Vereinigung beschenkte der Gott die Menschen Kemets mit diesen unvergleichlichen Sonnenuntergängen, die allein in Karnak einen gewaltigen Zauber besaßen. *Einen Obelisken mit glänzender Spitze würde ich dir errichten, auf dass die Schönheit deines Antlitzes sich in ihm wiederfindet*, sinnierte Hatschepsut von der Einzigartigkeit des Augenblicks ergriffen, während die Planke am Landungssteg ausgelegt wurde und sie mit Schwindel den Fuß auf den heiligen Grund des Gottes setzte. Der Pylon zum Tempelbezirk war unbewacht, und niemand war zu ihrem Empfang erschienen. Nirgendwo entdeckte Hatschepsut ein weißes Priestergewand, und nicht einmal Hapuseneb war erschienen, obwohl der Tempelbezirk von Karnak immer wusste, wenn ein hochrangiger Besucher auf dem Weg zum Tempel war. Die

Spitzel der Priester wurden gut entlohnt und erhielten wichtige Nachrichten meist früher als der Palast. Hatschepsut fragte sich, ob es dieses Mal anders war und Hapuseneb bereits die Weisung vom Palast erhalten hatte, die Große Königliche Gemahlin fortzuschicken, falls sie Zuflucht in den Armen Amuns suchen würde. Unsicher blieb Hatschepsut auf dem schmalen Landungssteg stehen und war sich mit einem Mal nicht mehr sicher, ob sie tatsächlich die richtige Entscheidung getroffen hatte. War dieser Abend vielleicht doch zu still, als dass der Frieden hätte wahrhaftig sein können? Die Dumpalmen raschelten im milden Wind, und ein paar Gänse im Innenhof hinter dem ersten Pylon begannen laut zu schnattern, da sie darauf abgerichtet worden waren Besucher, erbetene sowie ungebetene, anzukündigen. Niemand erschien!

Senenmut stand so plötzlich neben ihr, dass Hatschepsut zusammenzuckte. Seine Barke hatte vor ihrer angelegt, während die anderen zu den Anlegestellen der Händler weitergefahren waren. „Es scheint mir, als würde man deinen Besuch nicht erwarten oder vielleicht ist er nicht erwünscht. Der Empfang fällt sehr unpersönlich aus."

Hatschepsut wäre Senenmut gerne auf den Fuß getreten oder hätte ihm einen Schlag in die Seite gegeben, wie im Goldland ihrem Wagenlenker, doch sie tat es nicht. Wenn Senenmut seine Gedanken vor ihr verschloss, würde sie es auch so halten. „Wir werden sehen", gab sie ihm seine Spitze vom Vormittag zurück, und dann betraten sie gemeinsam den ersten Tempelhof. Wie eine Mahnung erschienen Hatschepsut nun die blauweißen Wimpel am Torbogen, als wollten sie ihr zurufen: Hier, wie auch überall in den beiden Ländern, herrscht der Einzig Eine, der Horussohn, Thutmosis Aakheperenre! Gold leuchtete an den Säulenkapitellen im Tempelhof hinter dem zweiten Pylon, und in den Rundgängen huschten die Schatten einiger junger Priesterschüler an ihnen vorüber und trugen Salbtiegel, Stoffbahnen und Räucherwerk vor sich her. Kurz wunderte es Hatschepsut, dass niemand sie aufhielt, denn normalen Menschen war es nicht gestattet, weiter als bis in den ersten Hof in Amuns Heiligtum vorzudringen. Wussten die vorbeieilenden Priester, wer sie war? Aber dann hätten sie sich vor ihr verbeugen müssen, und Senenmut wäre trotz allem vom Hof verwiesen worden. Doch es war die Zeit vor der Nachtfahrt des Re, und Hapuseneb sowie die anderen Priester würden das Salben und Einkleiden des Gottes in seinem Schrein überwachen, erinnerte Hatschepsut sich ein wenig beruhigter. Nur ein einziger Fehler, und Re würde nicht unbeschadet durch die zwölf Nachtstunden gelangen, was wiederum ganz Kemet ins Chaos stürzen würde – was bedeuteten da schon zwei Fremde im zweiten Tempelhof? Keiner der Priester schenkte ihnen Beachtung, und sie fragte sich, ob es klüger gewesen wäre auf ihren Rang als Gottesgemahlin des Amun hinzuweisen und mit Prunkgewändern und einer Eskorte von Wedelträgern in Karnak zu erscheinen. Eine Gottesgemahlin abzuweisen, war selbst für den Obersten Propheten des Amun eine schwerwiegende Entscheidung. Hatschepsut war es jedoch klüger erschienen, bescheiden und unauffällig zu bleiben, und das Gespräch mit Hapuseneb zu suchen, ohne ihn durch eine offensichtliche Forderung zu verärgern. *Bist du sicher, dass die Freundschaft des obersten Propheten Amuns so weit reicht?* Hatschepsut zwang sich, ihre Furcht vor Senenmut zu verbergen. Nun war es ohnehin zu spät für Überlegungen dieser Art.

Hinter dem zweiten Hof lag ein kleinerer, in dessen Rundgang unter Schatten spendenden Palmen die Amtsräume Hapusenebs lagen. Wie Hatschepsut vermutet hatte, war Hapuseneb nicht hier, und nur ein junger Priesterschüler saß gähnend vor der Tür und mühte sich ab, ungelenkte Schriftzeichen mit einem Binsenstängel in eine feuchte Lehmtafel zu ritzen. Als er Hatschepsut und Senenmut sah, erhob er sich träge und erklärte auf Nachfrage, dass der Oberpriester im Schrein des Amun die Waschung des Gottes beaufsichtigte. „Ihr könnt hier warten, denn er wird bald zurückkommen. Und wenn ich bis dahin nicht diese Tafel mit Schriftzeichen gefüllt habe, setzt es eine Trachtprügel auf meinem Rücken." Damit machte der Junge den beiden Besuchern unmissverständlich klar, dass er nicht vorhatte, sich von ihnen stören zu lassen oder sie mit Erfrischungen zu bedienen, während sie auf den obersten Propheten warteten.

Hatschepsut hätte den Knaben am Ohr ziehen können und ihm erklären, wer sie war. Doch es war ihr Einerlei. Müde und angespannt zugleich ließ sie sich auf die bequemen Besucherstühle vor der Tür fallen und forderte Senenmut auf, sich ebenfalls zu setzen. Der schüttelte den Kopf, mürrisch und unnahbar. „Diesen Pfad musst du alleine beschreiten. Ich kehre zurück zu den Barken und warte dort auf deine Nachricht."

Hatschepsut schnappte nach Luft und wollte aufspringen, doch war schließlich zu stolz es zu tun. Steif hob sie die Hand zum Zeichen ihres Einverständnisses. Hatte sie es nicht auch bis hierhin geschafft? Sollte er doch gehen, dieser störrische Esel. Senenmut war ihr ohnehin keine Hilfe.

Die Zeit schien nicht vergehen zu wollen. Hatschepsut schloss die Augen und lauschte dem stetigen Kratzen und leisen Flüchen des Knaben, den murmelnden Stimmen der Priester, die ihre abendlichen Hymnen begannen, sobald Re in Nuts Mund verschwunden war. Die Zeit der Nachtfahrt war gefährlich und musste stündlich mit Zaubersprüchen und Gesängen begangen werden. Bald begannen die Grillen und Zikaden zu zirpen, und Hatschepsut fand ihre Lieder beinahe ohrenbetäubend nach den gedämpften Geräuschen des frühen Abends. Nach und nach begann sie sich jedoch zu beruhigen. *Karnak ist ewig*, flüsterte ihr Herz froh, und Hatschepsut dachte an den ersten Tag, an dem ihr Vater sie hierher gebracht hatte, als sie noch ein Kind gewesen war, und die Größe Karnaks und der Oberste Prophet des Amun ihr furchtbare Angst eingeflößt hatten. Damals war sie tatsächlich mit einem großen Gefolge erschienen, begleitet von Trommeln und Flötenklängen. Gemeinsam mit ihrem Vater hatte Hatschepsut auf einem Tragstuhl gesessen, umgeben von Wedelträgern, Standarten und hübschen Dienerinnen mit goldgepuderten Festtagsperücken.

„Die Erbprinzessin Hatschepsut, älteste Tochter meiner Majestät, Sonne und Zierde meines Lebens ... und die zukünftige Gottesgemahlin des Amun."

Die Stimme ihres Vaters hatte den Stolz nicht verbergen können, den er empfand, und er hatte sie schließlich zu Hapuseneb hingeschoben, der ernst auf seinem Stuhl saß und sie erwartete, einen Fliegenwedel in der Hand. Hapusenebs Blicke waren Hatschepsut viel strenger als die ihres Vater, des lebenden Gottes, erschienen. Ohne von ihrer hohen Geburt beeindruckt zu sein, hatte der oberste Prophet Hatschepsut angesprochen. „Du bist also die, in der sich der Gott verewigt hat und die dem Horussohn, der nach deinem erhabenen Vater kommt, die Stütze sein wird, auf der er sein Reich errichtet."

Die Stütze, auf welcher der neue Herrscher Kemets sein Reich errichtet – das hatte Hapuseneb mit strengen Worten zu ihr gesagt, und nicht – die große königliche Gemahlin, die sich gegen die Weisungen ihres göttlichen Gemahls und die Maat auflehnt. Hatschepsut hatte damals die Worte nicht verstanden. Sie war zu jung gewesen. Deshalb hatte sie einfach nur zustimmend genickt, eingeschüchtert von der strengen Stimme des obersten Propheten. Doch heute verstand sie alles. Sie hatte alle göttlichen Weisungen gebrochen und zudem gegen Gesetze verstoßen, die seit Jahrtausenden die beiden Länder am Leben erhielten. Hatschepsut wurde bewusst, wie wenig Hoffnung sie haben konnte, Verständnis für ihr Verhalten vor dem Antlitz Amuns zu finden.

„Hatschepsut", ertönte die strenge Stimme des obersten Priesters. Sie öffnete die Augen und fand Hapuseneb direkt vor sich stehend, die Arme vor der Brust verschränkt und den kugeligen Bauch herausstreckend. Seine ohnehin dunkle Haut schien im Schatten der einbrechenden Nacht noch brauner, und seine sonst runden und freundlichen Augen musterten sie, als wäre er ein Falke, der auf eine Maus hinabzustoßen gedachte. Hatschepsut spürte, wie ihre Nackenhaare sich aufrichteten. Jetzt war Hapuseneb wieder der Furcht einflößende Oberpriester ihrer Kindheit.

Hapuseneb wandte sich an den Knaben, der beim Klang ihres Namens ungläubig die Augen aufgerissen und zu zittern begonnen hatte. „Any, was starrst du wie ein Kalb des Apis?

Bring deine Schreibtafel zu Puemre, dem zweiten Propheten, und hol dir deine täglichen Schläge mit dem Stock. Was ich da auf deiner Schreibtafel sehe, verdient sie ganz gewiss.“

Any, den die Ankündigung seiner Trachtprügel weniger zu beeindrucken schien als die Tatsache, dass er eine ganze Weile ohne es zu wissen, der Gottesgemahlin des Amun gegenüber gesessen hatte, erhob sich nur unwillig und trottete dann davon. Hatschepsut sah ihm nach und hätte liebend gern eine Trachtprügel gegen das getauscht, was sie erwartete.

Hapuseneb schüttelte nur den Kopf, und seine Augen wurden unvermittelt weich und bekamen einen besorgten Ausdruck. Hatschepsut fühlte sich mit einem Mal schuldig, die Hilfe des Obersten Propheten in Anspruch nehmen zu wollen. Waren dort ein paar Falten um seine Mundwinkel hinzugekommen, die bei ihrer Abreise ins Goldland noch nicht da gewesen waren? Hatschepsut meinte sicher zu sein, sagte es jedoch nicht. Stattdessen sprang sie ungeschickt von ihrer Bank auf und blieb dann ruhig stehen, um Hapuseneb nicht wie ein gewöhnliches Fellachenmädchen um den Hals zu fallen. „Haatsch“, sprach er sie sanft an. „Du hast dich in große Schwierigkeiten gebracht, denn auch einer großen königlichen Gemahlin ist es nicht erlaubt, sich den Beschlüssen des lebenden Gottes zu widersetzen.“

Entmutigt sah sie ihn an. „Du weißt bereits davon?“

Hapuseneb nickte und seufzte zugleich. „Ich habe die Weisung des großen Hauses erhalten, dich sofort in den Palast zu schicken, wenn du hier eintriffst. Thutmosis wollte Soldaten in Karnak unterbringen lassen, damit sie dich aufgreifen und zu ihm bringen. Aber ich habe es nicht erlaubt, denn Karnak ist Amuns Heiligtum. Selbst der lebende Gott hat nicht das Recht, in Amuns Befugnisse einzugreifen. Deshalb gab es keinen Empfang und kein Aufhebens um deine Ankunft. Thutmosis Spitzel sind überall.“ Er legte Hatschepsut einen Finger unter das Kinn, wie er es oft getan hatte, als sie noch ein Kind gewesen war. „Aber nun bist du erst einmal sicher – hinter dem ersten Hof hat nur Amun Macht. Die Reise ins Goldland hat dich gekräftigt, Haatsch. Deine Arme sind stärker und dein Wille größer. Wie ich hörte, hast du die Erbprinzessin in Buhen geboren.“

Hatschepsut nickte und zwang sich ein Lächeln ab, obwohl ihr danach kaum zumute war. „Ich konnte sie doch nicht dort lassen, diese Männer, die Kemet verteidigt haben. Was Thutmosis verlangt, ist Unrecht! Selbst Amun muss dass erkennen.“

„Kann ein lebender Gott freveln?“, wandte Hapuseneb dagegen, legte jedoch keinerlei Tadel in seine Stimme.

„Hapuseneb, was rätst du mir zu tun?“ Vielleicht würde wenigstens der Prophet des Amun ihr einen Ratschlag erteilen können, wenn schon Senenmut es nicht tat. Aber Hapuseneb hob die Hände in einer entschuldigenden Geste. „Haatsch, das musst du entscheiden. Du hast dich gegen deinen Bruder aufgelehnt, also richte es wieder. Nur soviel kann ihr dir gewähren ... den Schutz Amuns, solange du in Karnak bleibst, denn du bist seine Tochter. Selbst Thutmosis kann nicht nach Karnak kommen und dich fortschleppen lassen." Er seufzte schicksalsergeben. „Aber dich seinen Weisungen fügen, das musst du irgendwann, Haatsch."

Hatschepsut nickte bekümmert. Also mochte auch Hapuseneb ihr nicht helfen – hatten sich denn alle gegen sie verschworen, dass sie so alleine gelassen wurde? Hatschepsut wusste, dass nur ein Weg bleiben würde – sie müsste mit Thutmosis sprechen, ohne die giftigen Zungen Mutnofrets und Isis' an seinem Ohr. Ihr Brudergemahl musste allein nach Karnak kommen; und sie hatte die unüberwindbare Aufgabe einen Weg zu finden, damit er seinen Palast in Theben verließ.

Hatschepsut verfasste ein Sendschreiben an ihren Brudergemahl, in dem sie ihn darum bat, sie in Karnak aufzusuchen und in dem sie ihm klarzumachen versuchte, dass sein Misstrauen ihr gegenüber ungerechtfertigt war. Es dauerte keinen Tag, bis Thutmosis ihr seinerseits ein Sendschreiben überbringen ließ, in dem er sie aufforderte, Karnak zu verlassen und nach Theben zu kommen, denn wenn sein Misstrauen wirklich ungerechtfertigt wäre, hätte sie ja ebenfalls nichts zu befürchten. *Um mich fürchte ich nicht, jedoch um die, die mich begleiten, denn solange deine Mutter und deine Nebenfrau an deiner Seite sind, kann ich dir nicht trauen*, war Hatschepsut überzeugt und dachte an ihre Leibwache, die einstweilen in den Gesindehäusern des Tempels untergebracht worden war. Senenmut war erschienen und hatte ihr Nofrure sowie die nubische Amme und eine vollkommen verstörte Ipu gebracht, was ihr das Denken erschwerte, da Ipu ständig Amun, Isis und alle Götter anflehte, ihrer verstockten Herrin Demut vor ihrem Gemahl zu schenken. Wieder sandte Hatschepsut Ipu fort und bat Hapuseneb, sie im Tempel der Mut bei deren Priesterinnen unterzubringen, damit sie ihre Ruhe hätte.

Senenmut war auch weiterhin keine große Hilfe. Er kam täglich zu ihr und erkundigte sich, ob Hatschepsut neue Weisungen für ihn hätte. Wenn sie verneinte, konnte er nicht schnell genug zu den Soldaten zurückkehren. Hatschepsut grübelte derweil im Haus des ersten Propheten über Worte nach, die Thutmosis dazu bewegen könnten, ihn nach Karnak zu bringen. Tagsüber lief Hatschepsut durch die Tempelanlage, und abends übernahm sie das Salben des Gottes Amun in seinem Schrein, legte ihm seine Gewänder an und besprengte ihn mit Milch, während die Priester ihre Lobeshymnen anstimmten. Eine Nacht blieb sie sogar im Schrein, in der Hoffnung in der Zwiesprache mit dem Gott Antwort zu erhalten. Doch als die

Priester am nächsten Morgen den Schrein öffneten und die Morgengesänge anstimmten, war Hatschepsut nicht klüger als zuvor.

Amun, schenke mir Weisheit oder wenigstens die Einsicht, dass das was ich tue falsch ist, denn ich kann weder das eine noch das andere in mir finden, dachte sie betrübt, als sie in Hapusenebs Empfangshalle saß und sich von dessen Leibdienerin ein leichtes Mittagsmahl auftragen ließ.

„Amun lächelt dir zu“, versuchte die ältere Frau, die bereits seit vielen Nilschwemmen im Haus des Obersten Propheten ihren Dienst versah, sie aufzumuntern, wenn sie Hatschepsut so ratlos vorfand. Zuerst tat sie dies zurückhaltend und scheu, da sie aus keinem adeligen Haus stammte und von geringer Geburt war. Als die Dienerin jedoch sah, dass Hatschepsut sie weder rügte noch fortjagte, wurde sie offener und mutiger. „Amun lächelt dir zu“, bemerkte sie auch am heutigen Tag wieder und wagte dann, der Gottesgemahlin offen ins Gesicht zu lächeln. „Die Götter lieben dich, denn du hast die Nilschwemme wieder steigen lassen und das Goldland zurück in Kemets Schoß geführt. Der Gott ist an deiner Seite, und ich wünschte, die Menschen würden es sehen und erkennen.“

Als die Dienerin fort war, wusste Hatschepsut endlich, wie sie ihren Bruder dazu bewegen konnte, einzulenken. Sie ließ unverzüglich den Schreiber des Obersten Propheten kommen und diktierte einen neuen Brief an Thutmosis.

Gesundheit, Leben und Wohlergehen, mein Bruder und Gemahl, der du der Herr allen Lebens bist.

Siehe, ich werde deinem Wunsch entsprechen und zu dir kommen, und ich werde meine Leibwache in Karnak zurücklassen, damit du siehst, dass ich nichts fürchte oder vor dir verberge. Erwarte mich in drei Tagen, zur Stunde des Mittags, und ich werde kommen, als die, die ich bin – Gottesgemahlin des Amun, und der Gott wird mich begleiten. Er wird seinen Schrein verlassen und sich den Menschen zeigen, damit sie sagen können: Der Gott ist an ihrer Seite, und er lächelt ihr zu ... seht, was sie vollbracht hat, denn der Hapi ist gestiegen, weil Amun es wollte, und das Goldland ist in den Schoß Kemets zurückgekehrt, weil es Amun gefiel; wie sehr gefällt Amun diese seine Gottesgemahlin, dass er sie dies alles hat vollbringen lassen. Lasst uns jubeln und immer daran denken, dass Amun selbst es war, der sie all dies tun ließ, weil er es für gut befindet und sie liebt!
Hatschepsut, Gottesgemahlin des Amun

Wenn den Schreiber entsetzte, was Hatschepsut ihn so fest entschlossen auftrug niederzuschreiben, so zeigte er es nicht. Mit sicherer Hand streute er Sand über die Tinte, damit sie trocknete und überreichte Hatschepsut das Schreiben mit einer Verbeugung, damit sie es noch einmal lesen konnte. Danach verstaute er Tintenstein und Binsenstängel in seinem Holzkasten, schulterte ihn am Tragriemen und ging, um das Schreiben einem Boten zu übergeben.

Hatschepsut hatte auf ihre anderen Titel verzichtet und hoffte, dass Thutmosis verstand, was sie beabsichtigte. Es war Frevel, und es war ein erneutes Aufbegehren gegen das, was die Götter und die Maat ihr geboten, aber sie konnte nicht anders handeln, denn es war Recht und die Pflicht an den Söhnen Kemets!

Dieses Mal verheimlichte Hatschepsut ihre Pläne nicht vor Senenmut und auch nicht vor dem Obersten Propheten. Wieder erhielt sie keinerlei Tadel, jedoch auch kein Lob.

„Du verlangst viel von Amun", war das Einzige, was Hapuseneb ihr mit hochgezogenen Brauen an Antwort zugestand, und Hatschepsut wagte nicht zu fragen, ob er seine Zustimmung für die Prozession erteilen würde, sollte Thutmosis nicht erscheinen.

Doch Thutmosis erschien, und es brauchte keine drei Tage, bis er kam, da er bereits am nächsten Morgen mit allem einem Herrscher zustehenden Aufwand auf einem Tragstuhl durch das große Tempeltor getragen wurde. Sechs Wedelträger flankierten ihn, jedoch nur vier Soldaten seiner Leibwache, angetan in glänzenden Harnischen aus Bronze, drei Standartenträger, vier für das Sonnendach über seinem erhabenen Haupt und noch einmal zwei Männer, die seine blauweißen Wimpel trugen. Dem Tragstuhl voran schritten zudem noch hübsche junge Dienerinnen, die Blüten verstreuten. Thutmosis hatte allen Aufwand betrieben, der möglich gewesen war, nur um Hatschepsut zu beweisen, dass Amun ihm ebenso zulächelte, wie ihr. Fast tat er ihr leid, als der Tragstuhl abgesetzt wurde und seine blasse und schmächtige Gestalt sich auf sie zu bewegte. Hatschepsut saß derweil in ihrem einfachen Trägerkleid, eine schnurrende Tempelkatze auf dem Schoß, vor dem Haus Hapusenebs, als wäre sie nicht viel mehr als eine Dienerin, die eine Rast von der täglichen Arbeit machte.

„Haatsch", begann ihr Bruder zu sprechen, weder laut noch gewaltig, wie es ihr Vater getan hatte, sondern ängstlich und beleidigt. Als er mit hängenden Schultern vor ihr stand, erschrak Hatschepsut bei seinem Anblick. Er wirkte beinahe so mager und eingefallen wie ein Fellache, der sein ganzes Leben auf dem Feld verbracht hatte. Wie lange war sie fort gewesen, und was konnte eine einzige Nilschwemme ihm angetan haben?

„Du siehst krank aus, mein Bruder", sagte sie leise, damit niemand der Umstehenden aus seinem Gefolge es vernahm.

Thutmosis reichte ihr seine Hand, und Hatschepsut erfasste sie zögerlich. Es war eine verschwitzte und blasse Hand, die sich trotz allem kalt und klamm in der ihren anfühlte. Sie gingen in Hapusenebs Empfangshalle und verschlossen die Tür. Dann schickte Hatschepsut die Diener fort. Das was gesprochen werden würde, betraf nur sie beide.

„Was ist mit dir geschehen, Bruder?“, wollte Hatschepsut erneut wissen, denn die Pusteln, die sich um seinen Mund und auf seiner Stirn gebildet hatten, sahen dick geschwollen und entzündet aus. Auch der Rücken ihres Bruders war von eiternden Schwären bedeckt, und seine Haut wirkte farblos und durchscheinend. Thutmosis zog das Nemestuch von seinem Kopf und versuchte ein gequältes Lächeln. In seinem Mund fehlten Zähne, einer in der unteren Reihe und zwei in der oberen, so dass er beinahe wie Anen aussah, der Greis, der in Senenmuts Haus seinen Dienst versah. Sein einst dunkles und kurz geschorenes Haar hatte er scheren lassen, sodass er ohne das Nemestuch tatsächlich einem Greis ähnlicher sah, als einem jungen Mann. „Thutmosis ...“, es war Hatschepsut unangenehm ihr Entsetzen nicht verbergen zu können.

Ihr Brudergemahl sah sie müde an, und seine Antwort klang gequält. „Mein Wabu Unesch sagt, es wäre nur ein vorübergehendes Fieber, aber, wenn ich ihn frage, wann es vorübergeht, weicht er mir aus. Jeden Tag in den Nachmittagsstunden muss ich liegen, weil das Fieber mich schüttelt, und manchmal vergesse ich, wer ich bin. Dann werde ich zornig oder traurig und fürchte mich vor mir selbst.“ Er hustete und hielt sich ein Tuch vor den Mund, das er bereits in der Hand gehalten hatte, als er mit ihr das Haus betreten hatte. Hatschepsut sah, bevor Thutmosis es vor ihr verbarg, dass einige Tropfen Blut darin waren.

„Bruder, ich habe nicht gewusst, dass es dir so schlecht geht.“ Wie grausam musste ihm, der Zeit seines Lebens seine körperliche Schwäche durch die Doppelkrone hatte vergessen machen wollen, ihr Anblick erscheinen ... jung und voller Leben, und ihre Tatkräftigkeit eilte ihr voraus.

Ohne darüber nachzudenken, drückte Hatschepsut seine Hand und sah ihn an. „Thutmosis, ich bitte dich inständig, meine Leibwache anzuerkennen und die Männer, die für dich im Goldland gekämpft haben, nach Theben gehen zu lassen, damit sie dort ihren Dienst wieder aufnehmen und ihre Familien sehen können. Nur das verlange ich ... ich will nicht herrschen, noch will ich Ruhm. Nur das eine, Thutmosis!“

Er sah sie an und schien eine Weile zu überlegen, doch dann trat ein seltsamer Ausdruck in die Augen ihres Bruders, der gehetzt wirkte. Thutmosis ließ ihre Hand los und trat einen Schritt zurück. Dann wies er mit spitzem Finger auf sie. „Genau das hat Isis gesagt, würdest du zu mir sagen! Sie hat es vorausgesagt, und sie hat auch gesagt, dass du verlangen und nehmen und wieder verlangen würdest ... bis du alles an dich gerissen hättest. Sogar meinen Sohn, da du nur eine Tochter geboren hast ... nur eine nutzlose Tochter!“

Wie er dort stand, und über Nofrure sprach, als beträfe sie ihn gar nicht, fühlte Hatschepsut Kälte in sich aufsteigen. Was war nur mit ihm? Thutmosis war stets schwach gewesen, jedoch niemals gemein und grausam. „Bruder, Nofrure ist nicht nur meine Tochter, sondern auch deine – die Erbprinzessin und nächste Gottesgemahlin des Amun."

Seine Blicke schienen nach dem Sinn in Hatschepsuts Worten zu suchen, und schließlich wurden sie weich. „Ach ja, Nofrure heißt sie, das hatte ich vergessen. Kann ich sie sehen?"

„Natürlich, du bist ihr Vater und der Herr allen Lebens", versuchte Hatschepsut ihn zu erreichen, obwohl er so weit fort schien. „Thutmosis, gewährst du mir meine Leibwache?"

Er ließ seine Blicke durch den Raum schweifen, als würde er überlegen und sah Hatschepsut dann an, als erblicke er sie zum ersten Mal seit ihrem Aufbruch vor über einer Nilschwemme. Seine Stimme klang dünn und hilflos. „Ich fürchte mich, Hatschepsut, ich fürchte mich so sehr! Amun selbst erscheint nachts in meinen Träumen und sagt, dass ich diese Welt bald verlassen muss. Sag mir Hatschepsut, was soll ich tun? Wird Nut mich in ihren Leib betten, da ich doch so wenig vollbracht haben werde, wenn ich diese Welt verlasse?"

Als er dort vor ihr stand, so zerstört, verängstigt und doch viel zu jung, um zu sterben, erfasste Hatschepsut Mitleid. Sie ging zu ihm und nahm ihren Bruder in den Arm. Es war das erste Mal in ihrer beider Leben, dass sie sich eine solche Geste erlaubten, und überraschenderweise ließ Thutmosis sie geschehen, als wären sie stets innig verbunden gewesen. Hatschepsut hielt den klammen Leib ihres Bruders in den Armen und flüsterte: „Sorge dich nicht, Thutmosis, denn du bist der Herr allen Lebens, der Einzig Eine, der die beiden Länder mit seiner Kraft hochleben lässt. Und ich, Bruder, werde dafür sorgen, dass du mit allen Ehren deinen Platz am Himmelszelt einnehmen kannst."

Senenmut sah Hatschepsut nach, als sie an der Seite Thutmosis durch das große Tor des Tempelbezirks getragen wurde. Wie ein funkelnder Stern sah sie aus, angetan in ihre Prunkgewänder. Geierhaube und die hohen Federn ließen sie neben ihrem gebrechlichen Brudergemahl noch heller strahlen. „Welch ein seltsamer Anblick das ist ... eine starke Gottesgemahlin neben diesem kraftlosen Mann." Senenmut fiel es schwer, sie an der Seite ihres Brudergemahls davonziehen zu sehen. Fast eine gesamte Nilschwemme hatte er sich jeden Tag ungezwungen in ihrer Nähe bewegen können, und nun, zwischen den Wedelträgern, den Standarten und auf der Tragesänfte in all dem Prunk, schien sie unerreichbarer für ihn als je zuvor. Sein Herz zog sich zusammen, als wäre etwas aus seinem Leben gerissen worden, das er brauchte, um die Kraft zum Atmen aufzubringen. Diese Reise hatte sein Herz verändert. Was sollte er nun tun? Er war immer ein besonnener und kluger Mann gewesen und hatte auch weiterhin alles versucht, Abstand zur Gottesgemahlin zu halten ... und doch schien gerade jetzt alles Leben aus ihm zu entweichen, je weiter sie sich von ihm entfernte.

Hapuseneb klopfte ihm auf die Schulter, während sie im Tempelhof standen und den letzten der Standartenträger hinter dem großen Torbogen verschwinden sahen. „Der Einzig Eine leidet an der Krankheit, die ihn innerlich ersticken lässt. Wenn sie nach seiner Rückkehr zu Osiris im Schönen Haus den Körper des jungen Gottes öffnen und seine Lunge entnehmen, wird sie mit Knoten bedeckt sein." In den Worten des ersten Propheten lag gleichfalls Bedauern wie Erleichterung. Senenmut verstand, dass der Pharao für Hapuseneb bereits die Welt der Lebenden verlassen hatte. „Es tut mir leid für diesen jungen Mann, dem so wenig Zeit vergönnt ist." Einen kurzen Augenblick hielt er inne, so als überlege Hapuseneb, ob er es wagen durfte, weiterzusprechen, dann entschied er sich dafür. „Aber vielleicht ist es Maat. Ich glaube nicht, dass dieser kraftlose Herrscher gut für Kemet ist, selbst wenn diese Krankheit geheilt werden könnte."

Senenmut verschränkte die Arme vor der Brust, so als wolle er sich vor seinen eigenen frevlerischen Gedanken schützen. „Wie lange wird er noch leben?"

Hapuseneb zuckte mit den runden Schultern. „Das vermögen nur die Götter zu sagen, vielleicht eine Nilschwemme, vielleicht zwei ... vielleicht auch nur einen Mondumlauf. Die Krankheit verwirrt seine Gedanken und macht ihn unberechenbar. Es wird nicht leicht werden für die Gottesgemahlin."

Senenmut dachte daran, dass er Hatschepsut schützen wollte und vor ihrem Bruder bewahren, der sie zurück in den Palast brachte, wo sie in einer Schlangengrube saß. „Vielleicht hätte sie sich hier verbergen sollen, bis Thutmosis vor das Jenseitsgericht gerufen wird." Er wusste, dass sein Ansinnen unsinnig war, und die Antwort des obersten Propheten bestätigte es. „Sie hat ihre Leibwache, fünfhundert verlässliche Männer, die ihr im Goldland gefolgt sind und deren Herzen sie gewonnen hat. Hatschepsut hat das Herz einer Löwin, und sie wird diese Zeit überstehen. Eine große königliche Gemahlin gehört an die Seite des Pharao – und Hatschepsut ist, wer sie nun einmal ist. Es ist weder an dir noch an mir, diese Dinge zu ändern."

Senenmut nickte zerknirscht und wandte sich ab, damit Hapuseneb nicht seiner verräterischen Gedanken gewahr wurde. *Sie ist stark, ihr wird nichts geschehen*, versuchte er sich selbst zu beruhigen. Als ob Hapuseneb in sein Herz sehen konnte, verzog er seine Lippen zu einem amüsierten Lächeln. „Du solltest dir eine Gemahlin nehmen, ein paar Kinder zeugen und zufrieden leben, Senenmut. Besuche mich und meine Gemahlin Amenhotep in unserem Haus im Faijum, wenn die Zeit der Hitze beginnt.“

„Ja ...“, gab Senenmut zu bedenken, „... das sollte ich wohl tun.“ Aber er wusste, dass er es nicht tun würde, wie klug der Rat des obersten Propheten auch war. Er würde in Theben bleiben und darauf warten, dass sie ihn in den Palast rufen ließ, denn immerhin war er der Erzieher ihrer Tochter. Und doch würde er alles, was er für sie empfand vor ihr verschließen und der unnahbare kühle Berater sein, der sie in die Verzweiflung trieb.

„Senenmut, wir kennen uns schon lange und nennen uns Freunde.“ Die Stimme Hapusenebs bekam einen ernsten Klang. „Du bist der Vorsteher der Kornkammern des Amun und ich sein oberster Prophet. Nie hatte einer Grund, über den anderen zu klagen, denn du lässt Amun seinen Teil, und Amun hält seine schützende Hand über dich.“ Unvermittelt packte er Senenmut am Arm und wurde eindringlicher. „Du und ich, wir haben stets die Maat geachtet, und ich bitte dich, dies auch weiter zu tun. Wir haben einen Schwur bei Amun geleistet ... vergiss es nicht!“

„Wie kommst du darauf, dass ich die Maat nicht mehr achten würde?“ Senenmut fühlte sich abgetastet und durchschaut. Vor dem Oberpriester des Gottes konnte man nichts verbergen.

„Ich sehe deine Augen, mein Freund, höre deine Wehmut, und ich weiß, wie die Krankheit heißt, unter der du leidest. Es überrascht mich, dass gerade du an diesem Gebrechen leidest, wo du alt genug bist, es besser wissen zu müssen. Du hast dein Herz tun lassen, was es will – das war leichtsinnig.“

„Du redest Unsinn.“ Senenmuts Stimme klang schroffer, als er es beabsichtigt hatte.

Hapuseneb hob beschwichtigend die Hände. „Nun, wenn dem so ist, dann verzeih mir. Aber ich gebe dir trotzdem einen guten Rat. Solltest du einmal an jener Krankheit leiden, die nur törichte Männer befällt, dann suche dir eine Frau, zeuge Kinder und genieße das Leben. Richte dein Begehren auf Menschen, nicht auf jene, die von den Göttern abstammen. Glaub mir, die Göttlichen bringen nur Sehnsucht, aber keine Erfüllung ... und erinnere dich an deinen Schwur, mein Freund.“

Senenmut nickte und schluckte die bittere Galle hinunter, die kurz darauf seine Eingeweide zu verbrennen schien. Wie hätte er den Schwur vergessen können, der ihn band und ihn quälte - der ihn verfolgte, seit Hatschepsut in seinem Haus erschienen war? *Die Göttlichen bedienen sich unserer, die wir sterblich sind, wie es ihnen beliebt.* Hapuseneb, in seiner unendlichen Weisheit, hatte recht. Er musste endlich aufhören, an sie zu denken, und er musste seinem Pfad bis zum Ende folgen. Er hatte sein Schicksal und sie das ihre. Amun selbst hatte es beschlossen, und wer war er, die Weisung eines Gottes zu missachten!

Ein kühles Bier, eine Nacht erholsamer Schlaf, und es würde ihm besser gehen. Mit kraftlosen Schritten schloss Senenmut sich Hapuseneb an, der ihn einlud, einen Becher Wein bei einem Senetspiel mit ihm zu trinken.

Der Abend war lau, und die Nacht versprach angenehm kühl zu werden. In den Ästen der Sykomoren sangen die Vögel ihr Lied, und die Tempelkatzen huschten gleich Schatten durch die Dämmerung, um ihre Streifzüge durch die Nacht zu beginnen. Es war einer jener Abende, der Reisende zum Rasten einlud, um ihre Geschichten zu erzählen, und genau das würden er und sein Freund tun. Oasenwein trinken und reden, wie es früher gewesen war. Senenmut würde Hapuseneb vom Goldland erzählen, und der Oberste Prophet würde sich genüsslich auf seinem Stuhl zurücklehnen und zuhören. Senenmut hoffte, dass nur Zeit von Nöten war, um sein Herz von dieser Fessel zu befreien, die eine junge Gottesgemahlin ihm angelegt hatte.

Die 6 Stunde der Nachtfahrt ist jene, deren Ankunft den rechten Weg aufzeigt

Theben, im zweiten Jahr der Herrschaft des Thutmosis Aakheperenre

Schweigt doch, schweigt!, rief Hatschepsut in Gedanken den Menschen zu, die an den Straßen Thebens standen und ihr zujubelten. In einem Wirbel aus Blüten und Weihrauch verschwammen ihre Gesichter, lösten sich auf und schienen vor Glück zu taumeln, während Thutmosis verkrampft und gequält neben ihr saß. Auf seiner mit Pusteln bedeckten Stirn stand kalter Schweiß. Die wogende Masse aus menschlichen Leibern sah es nicht, noch erkannten sie die Qualen des Einzig Einen. Unzählige Augen leuchteten wie die Sterne selbst, während sich Hatschepsut Hände entgegenstreckten und sie zu berühren versuchten, obwohl die Medjai und die Leibwache des Einzig Einen sie mit wüsten Rufen zurückdrängte. Hatschepsut hielt ihren Blick starr nach vorn gerichtet, während Thutmosis seine fiebrigen Augen schloss und sich weit forttreiben ließ, an einen Ort, an dem er der junge Starke Horus sein konnte, der er in den Augen dieser Menschen nicht war. Einige Wenige jubelten seinen Namen, doch die spärlichen Rufe Einzelner wurden schnell von den gierig geöffneten Mündern verschlungen, in denen Hatschepsuts Name erklang, als wollten sie die müde Gestalt neben ihrer Gottesgemahlin mit ihren Rufen endgültig vertilgen. Sie nannten sie die Mutter der beiden Länder und das Bugtau Ägyptens, und Hatschepsut konnte die Angst dieses armen schwachen Bruders spüren, der fürchtete, sein Name würde von den Menschen und den Göttern gleichermaßen vergessen werden. *Seid doch ruhig, bringt dieses zerrissene Herz nicht noch weiter in Aufruhr, seid ihm nicht die Nahrung für die Zweifel, die es hegt.* Sie riefen weiter nach ihr wie ein Rudel ausgehungerter Hunde! Zwischen die Hochrufe auf Hatschepsut mischten sich vereinzelte Spottverse für Thutmosis. Anstatt dem Ehrenruf „Der mit mächtigem Streitarm“, nannte ihn einige aus den hinteren Reihen „Der mit schmächtigem Streitarm.“ Hatschepsut tat so, als höre sie die Worte gar nicht, obwohl sie spürte, wie ihre Wangen heiß vor Scham und Wut wurden.

„Wie sehr sie dich lieben“, gab Thutmosis müde und mit geschlossenen Augen zu, dann schien er endgültig in sich selbst zu verschwinden und vor denen zu fliehen, die ihn nicht liebten. Hatschepsut nahm seine klamme Hand und betete zu Amun, dass er einschlief und erst wieder aufwachte, wenn sie den Palast erreichten. Obwohl sie sich nicht umzuschauen wagte, wusste sie Sary sowie fünfzig Männer ihrer neuen Leibwache hinter der Tragesänfte und meinte, das Bernsteinauge des Goldlöwen in ihrem Rücken zu spüren. Es hätte sie noch immer ängstigen sollen, doch es war ein beruhigendes Gefühl. Dieses verbliebene Auge würde mehr sehen als zwei, denn es war an sie gefesselt mit Pflichtgefühl. Das wusste Hatschepsut, doch trotz der Mordlust im Herzen des Soldaten, hatte sie noch etwas anderes erkannt. Dieser einäugige Mann war ebenso an seine Pflichten und Überzeugungen gebunden, wie sie es war. Wie unterschiedlich sie auch sein mochten, und wie unerbittlich Sary sie auch bis zu seinem Tod hassen würde – in ihrem Pflichtgefühl waren sie ebenbürtig. Als Hatschepsut sich dessen klar geworden war, hatte sie gewusst, dass sie keinen besseren Kommandierenden für ihre Leibwache hätte finden können. Sary würde ihr Leben mit seinem eigenen verteidigen, wenn es nötig wäre ... den Wünschen seines Herzens zum Trotz, und vor ihren Räumen im Palast würde stets eine von Sary sorgfältig ausgesuchte Leibwache ihren Dienst versehen.

Beinahe war Hatschepsut froh, als sie den Palastbezirk endlich erreichten. Sie passierten die großen Torbögen und bogen in den Innenhof des Palastes ein. *Die Fesseln meines Lebens werden mir erneut die Luft aus den Lungen pressen*, stellte sie bedrückt fest. Es kam ihr vor, als wäre sie viel länger als eine Nilschwemme fort gewesen. Obwohl sie jedes Gebäude und beinahe jedes Gesicht kannte, fühlte sie sich fremd in diesem Palast, in dem sie ihre Kindheit verbracht hatte. Die große Tragesänfte wurde von den müden Trägern abgestellt, und es gab einen Ruck, wofür sie von Thutmosis Leibdiener gerügt wurden. Thutmosis erwachte aus seinem todesähnlichem Schlaf und sah sich um, wobei er zu überlegen schien, wo er war. Die Augen ihres Brudergemahls schienen verwirrt, und sein Wabu Unesch kam eilig mit einem Becher für den Einzig Einen herbeigelaufen. Hatschepsut rümpfte die Nase beim Anblick des Mannes, denn sie erinnerte sich nur allzu gut an jenen Unesch, der ihr einst unter Zuhilfenahme einer Knoblauchzehe erklärt hatte, dass sie keine Kinder würde empfangen können. Unauffällig versuchte sie in den Becher zu spähen, den Unesch ihrem Bruder reichte. Es schien ein altbekanntes Heilmittel zu sein - eine zähflüssige Masse aus Datteln, Feigen und Honig, die den Husten des Horus lindern sollte. Unesch übersah Hatschepsut geflissentlich. „Dein Trunk, oh Horus“, näselte er scheinbar demütig, und Thutmosis nahm den Becher ohne zu Murren entgegen und trank das zähflüssige Gebräu so selbstverständlich, als wäre es ein Becher süßer Oasenwein. Ihr Brudergemahl war krank, das wusste Hatschepsut ... doch erst jetzt wurde ihr voller Entsetzen klar, dass bereits der gesamte Palast auf seinen Tod zu warten schien. Diener kamen herbeigeeilt und halfen Thutmosis von der Sänfte, Unesch prüfte seine Augen und seinen Atem, ohne dass ihr Bruder Anstalten machte, sich gegen die Behandlung zu wehren. „Heute Abend erneut die Milch einer Frau, die in der letzten Nilschwemme einen Knaben geboren hat in die göttlichen Augen träufeln, und noch einmal die Medizin gegen den Husten verabreichen“, wies er seinen jungen Gehilfen mit gewichtiger Stimme an, bevor er sich schließlich unter Verbeugungen zurückzog. Es war ein trauriges Schauspiel, das sich vor Hatschepsuts Augen abspielte. Als ob dies alles nicht genug gewesen wäre, kamen schon jene beiden Frauen herbeigeeilt, die Hatschepsut am wenigsten gehofft hatte, zu sehen.

Mutnofret, fest und ungebeugt wie immer, ein Felsen aus Granit, umarmte ihren Sohn und tupfte ihm eigenhändig mit einem Tuch Schweiß von der Stirn, während Isis ihren kleinen Sohn an der Hand führte, der auf seinen stämmigen Beinchen kaum mit ihr Schritt halten konnte.

Hatschepsut beobachtete alles aus den Augenwinkeln, während ein Diener auch ihr endlich vom Tragstuhl half. Man schien sie im Aufruhr um den Einzig Einen einfach vergessen zu haben. „Dies ist der jüngere Thutmosis? Er ist gewachsen, seit ich fortgegangen bin."

Beflissen nickte der Diener, ohne ihr jedoch in die Augen zu sehen. Anscheinend war es dieser Tage nicht von Vorteil, Umgang mit der Großen Königlichen Gemahlin zu pflegen. Dieser Umstand erinnerte Hatschepsut einmal mehr daran, dass sie tatsächlich wieder im Palast mit seinen Verboten und Einschränkungen angelangt war.

Die Stimme des Dieners klang so leise, dass Hatschepsut Mühe hatte, seine Worte zu verstehen. „Das ist Thutmosis, der Jüngere, der Sohn des Einzig Einen, den er zum Erbprinzen bestimmt hat."

Hatschepsut beobachtete Isis mit dem Knaben und versuchte die Tatsache zu überhören, dass ihr Bruder tatsächlich das Kind dieser Frau zu seinem Nachfolger ernannt hatte, während sie in der brütenden Hitze des Goldlandes ihre Tochter geboren hatte. Zweifelnd wanderte ihr Blick über den kraftlos ausgemergelten Körper des Brudergemahls. Würde er noch einen Sohn zeugen können, bevor er zu Osiris ging? Hatschepsut wusste, wie herzlos ihre Gedanken im Angesicht seines Sterbens auch waren - sie musste ihn dazu bringen, mit ihr wieder das Lager zu teilen. Ein lebender Gott lebte nicht für sich und seine Freuden, ebenso wenig wie eine große königliche Gemahlin für die ihren. Die Pflicht des Horusfalken war es, Nachkommen mit seiner großen königlichen Gemahlin zu zeugen, die göttlichem Blut entstammten. Diese beiden Frauen dort, so wusste Hatschepsut, würden alles dafür tun, den Thron der beiden Länder mit unreinem Blut zu besudeln. Gleich einem lästigen Schwarm schwarzer Fliegen umkreisten Mutnofret und Isis den kranken Thutmosis, während Isis ihren kleinen Sohn drängte, seinem Vater die Arme entgegenzustrecken. Als das Kind zu weinen begann, nahm Isis den Knaben hoch und hielt ihn Thutmosis nah vor sein Gesicht. Ein Lächeln breitete sich auf den gequälten Zügen ihres Brudergemahls aus, als er den Knaben schließlich erkannte. Er drückte ihm seine blutleeren Lippen auf die Stirn, was den Zweijährigen vor Unwillen kreischen und heulen ließ.

„Der Knabe ist seine ganze Freude“, bekundete der Diener leise, bevor er sich vor Hatschepsut verbeugte und sie mit einer Geste seiner Hand aufforderte, ihr zu folgen. Hatschepsut verstand, dass er von Mutnofret und Isis angewiesen worden war, sie unverzüglich nach ihrem Eintreffen in ihre Gemächer zu bringen – weitab vom Geschehen, das sich um Thutmosis herum zutrug. *Sie haben bereits die Herrschaft am Hof übernommen und sind nicht bereit, sich diese wieder aus* ihren *gierigen Händen nehmen zu lassen.* Hatschepsut spürte die schwärende Glut der Feindschaft im Handeln dieser Frauen, die ihren Bruder in ihre Mitte nahmen und wie ein hilfloses Kind fortführten, ohne sich noch einmal nach ihr umzusehen.

„Große königliche Gemahlin ...“, noch immer wartete der Diener. Hatschepsut gab Sary ein Zeichen, ihr zu folgen. Am heutigen Abend würde sie nichts mehr ausrichten können. Ipu wartete bereits mit Nofrure in ihren Räumen, und Hatschepsut beschloss, gleich am nächsten Tag ihren Bruder aufzusuchen, um ihn daran zu erinnern, dass es eine Tochter gab, die er noch nicht ein einziges Mal angesehen hatte.

Thutmosis empfing sie am frühen Morgen schwer atmend auf seinem Ruhelager, während Unesch ihm die tägliche Medizin einflößte. „Ein Aufguss der Meerzwiebel ...“, erklärte er wie nebenbei Hatschepsut, die an der Seite Ipus erschienen war, Nofrure auf dem Arm. „Sie hilft dem Herrn allen Lebens Luft zu schöpfen, wenn ihm der Atem stockt. Das geschieht manchmal, wenn er sich zu sehr anstrengt.“

Hatschepsut nickte und hätte den überheblichen Priesterarzt nur zu gern sein eigenes Gebräu kosten lassen. Nach einer ihr endlos erscheinenden Zeit packte er endlich Tiegel und Phiolen in seinen Arzneikasten und verschwand, ohne einen Gruß an sie zu richten. Als Unesch fort war, erschienen die Priester, sangen das Morgenlied und schwenkten ihre Weihraucharme so lange über dem Lager des lebenden Gottes, bis Thutmosis Atem schwerer ging als zuvor und ihn erneut ein trockener Husten schüttelte. Hatschepsut bemühte sich zu schweigen und zu warten, bis die zwanzigköpfige Priesterdelegation endlich unter Singen und Räuchern die Räume des Pharao verließ. Wenn diese Krankheit ihn nicht umbrachte – die Priester würden es sicherlich tun. Doch Hatschepsut wusste, dass es besser war, sich nicht in die Belange eines lebenden Gottes einzumischen, der alle Ratschläge als Versuch deuten würde, ihn zu hintergehen.

„Thutmosis ...“, begann sie deshalb ohne Umschweife. „Die Erbprinzessin Nofrure, die Tochter aus deinen Lenden, Trägerin des göttlichen Blutes und nächste Gottesgemahlin des Amun.“

Endlich schien ihr Bruder sie wahrzunehmen, denn sein von schwärenden Pusteln umgebener Mund zeigte ein mattes Lächeln. Er ließ sich Nofrure bringen, die friedlich in Ipus Arm weiter schlief, während die Dienerin ihm seine Tochter vor die fiebrigen Augen hielt. Thutmosis betrachtete den Säugling eine Weile, dann bat er Hatschepsut näher zu kommen und umklammerte ihre Hand, als würde sie ihn davor retten können, in die Unterwelt hinabsteigen zu müssen. „Sie soll die nächste Gottesgemahlin und die Erbprinzessin sein, ganz wie du es sagst, Haatsch ... und sie soll meinem Sohn und Thronfolger zur Gemahlin gegeben werden, wenn es an der Zeit ist.“

Hatschepsut entzog ihm ihre Hand, als wolle er sie mit sich in die Dunkelheit des Unterweltflusses ziehen. „Bruder! Du darfst den Sohn der Isis nicht zu deinem Nachfolger bestimmen. Ich bin jung und kann dir Söhne gebären. Einem Sohn aus deinem und meinem Blut soll Nofrure zur Gemahlin gegeben werden, auf dass unsere Kinder dereinst gemeinsam über die beiden Länder herrschen. Das ist es, was Amun wünscht.“

„Amun hat entschieden, dass mein Sohn mir auf den Thron nachfolgen soll“, antwortete Thutmosis kraftlos.

Der drückende Duft des Weihrauchs legte sich auch auf ihre Lungen, als Hatschepsut ihre schlafende Tochter ansah, die nicht wusste, dass gerade über ihr Schicksal bestimmt werden sollte. Mit Ipu tauschte Hatschepsut einen beunruhigten Blick, dann wandte sie sich wieder an Thutmosis, dieses Mal eindringlicher und um sein Verständnis bemüht. „Dieser Sohn der Isis ist nicht von Amun gezeugt worden und somit auch nicht dazu bestimmt, den Thron der beiden Länder zu besteigen.“

Thutmosis, so krank und müde er auch war, ließ sich nicht erweichen. „Nofrure bringt genügend reines Blut mit sich, um meinen Sohn zu den Göttern zu erheben. Ebenso wie du mich dazu berechtigt hast, Krummstab und Geißel zu nehmen. Ich habe es bereits niederschreiben und von den Priestern bezeugen lassen. Wenn ich meine Barke besteige, wird mein Sohn der Herr allen Lebens sein und Nofrure seine große königliche Gemahlin.“

Schwindel und Übelkeit überfielen Hatschepsut, als seine Worte ihr Herz erreichten. Es durfte nicht sein! Alle Götter Kemets mochten ihr beistehen. Isis als die Mutter des zukünftigen Thronfolgers, die sich herausputzen und hinter ihn stellen würde, ihre schmutzigen unwürdigen Hände um Krummstab und Geißel gelegt, um für ihren unmündigen Sohn nach den beiden Ländern zu greifen. Es durfte nicht geschehen! Hatschepsut wusste, dass sie handeln musste. „Zeuge mit mir einen Sohn, Bruder! Ich werde dir einen würdigen Nachfolger schenken."

Die Augen ihres Bruders schlossen sich, als ertrüge er ihre Forderung nicht. Dann entblößte er seine unvollständigen Zahnreihen zu einem nachsichtigen Lachen. „Ich vermag es nicht, Schwester. Seit über zwei Mondumläufen ist mein Min nutzlos. Eine Weile war es anders, und ich fühlte mich so kräftig, dass ich mir noch eine Nebenfrau nahm. Aber mein Min scheint der erste Teil meines Leibes zu sein, der diese Welt verlassen hat."

Hatschepsut hätte aufschreien mögen, doch stattdessen blieb sie ruhig. Wie konnte sie ihrem Bruder, der von seinem nahenden Tod wusste, noch Vorwürfe machen, dass er nicht fähig war, einen Sohn mit ihr zu zeugen. Sie war einfach zu lange im Goldland gewesen, und seine letzte Lebenskraft hatte Thutmosis in einem Mädchen seines Harems verspritzt. Hatschepsut wusste, dass sowohl Klagen und auch Flehen nichts auszurichten vermochte. Den Kampf gegen Isis und Mutnofret müsste sie allein und ohne einen eigenen Sohn für sich entscheiden. Und sie musste es klug anfangen, um ihn nicht misstrauisch werden zu lassen. Obwohl es ihr heuchlerisch vorkam, setzte sie sich an sein Lager, als wären sie sich in tiefer Zuneigung zugetan. „Nofrure braucht einen Erzieher, und ich habe einen zuverlässigen Mann für dieses hohe Amt ausgewählt." Wenn Hatschepsut keinen eigenen Sohn haben könnte, würde es ab jetzt noch wichtiger sein diejenigen um sich zu scharen, die ihr ergeben waren.

Wieder schüttelte Thutmosis den Kopf. „Ich habe auch schon einen Erzieher für die Erbprinzessin ausgewählt. Einen Offizier der Truppen, dem ich vertraue und der bereits unter dem Vater unseres Vaters gedient hat. Sein Name ist Ahmose-Pennechbet."

Wieder musste Hatschepsut sich zwingen, ruhig zu bleiben und nicht aufzubegehren, denn dies hätte Thutmosis noch misstrauischer gegen Senenmut werden lassen, als er es ohnehin schon sein mochte. Im gleichen Augenblick regte sich jedoch etwas in ihrem Gemüt, dass sie zornig gegen Thutmosis werden ließ. Wie konnte er Senenmut das antun, wo er Nofrure mit so viel aufrichtiger Liebe im Blick angesehen hatte? Und warum durfte ihr Brudergemahl ihr jegliche Entscheidung aus den Händen zerren, die sie getroffen hatte? *Natürlich darf er es, und du musst dich fügen*, bezwang Hatschepsut ihre eigenen unwilligen Gefühle. *Er ist der Herr allen Lebens und ich seine große königliche Gemahlin.* Thutmosis würde seine Tochter nicht von dem Mann prägen lassen, der seiner Schwestergemahlin treu ergeben war und der sie ins Goldland begleitet hatte. Hatschepsut blickte in das schlaffe Gesicht ihres Bruders, der langsam einzuschlafen schien. Wie eine Doloritkugel lag ihr dieser Bruder im Magen, dem sich ihr Herz nicht zu beugen vermochte. Ipu zupfte sie am Ärmel ihres Kleides, und sie zogen sich leise und ohne ein Wort aus Thutmosis Räumen zurück.

Erst als sie zurück in Hatschepsuts Gemächern waren, begannen Ipus Wangen sich wie gewöhnlich rotfleckig zu verfärben. Ihre Dienerin war zornig wie selten und ging hoch erhobenen Hauptes vor ihrer Herrin auf und ab. Hatschepsut meinte zu erkennen, dass es dem Stolz der eitlen Ipu widersprach, dass tatsächlich der Sohn einer Nebenfrau der nächste Horus sein sollte. Sie benahm sich, als würde die Entscheidung des Einzig Einen ihr eigenes adeliges Blut beflecken. „Das ist eine Beleidigung Amuns! Dieses Balg der Isis zum Nachfolger zu bestimmen und Nofrures Erziehung einem Fremden zu überlassen, den du nicht einmal kennst. Du musst dich wehren, Haatsch! Hast du nicht gesehen, wie Isis und Mutnofret bereits alles an sich reißen? Tu etwas, bei der süßen Hathor!“ Ipu ging weiterhin aufgebracht auf und ab, als wäre sie die Truppenführerin des gesamten königlichen Heeres. Hatschepsut musste sich zusammenreißen, sie nicht anzuschreien, da sie selbst innerlich aufgebracht war. Doch als Ipu sich endlich beruhigt und Nofrure der nubischen Amme übergeben hatte, war auch Hatschepsuts Herz ruhiger und abgeklärter. „Ich kann Thutmosis Entscheidung nicht verhindern. So viel wage selbst ich nicht.“

„Aber etwas muss doch getan werden!“, stellte Ipu bestimmt fest, dann ließ sie sich neben Hatschepsut auf einen Stuhl fallen und brütete vor sich hin.

Hatschepsut tat etwas. Da sie Senenmut nicht zum Erzieher ihrer Tochter bestimmen konnte, ernannte sie ihn stattdessen zu ihrem Haushofmeister und Vermögensverwalter und ließ ihn zu sich rufen. Senenmut erschien umgehend, ernst nahm er auf dem angebotenen Stuhl in ihren Empfangsräumen Platz und hörte ihr zu. „Ich kann nichts an der Entscheidung meines Brudergemahls ändern, auch wenn ich mit ihr nicht einverstanden bin. Er will diesen Ahmose-Pennechbet zu Nofrures Erzieher ernennen.“ Beinahe ängstlich erwartete sie Senenmuts Antwort und ärgerte sich darüber, wie sehr sie seine Enttäuschung fürchtete; und doch wäre ein Zug der Enttäuschung in seinem Gesicht zumindest ein winziges Körnchen Zuneigung gewesen, an dem Hatschepsut meinte, dass sie sich hätte wärmen können. Doch wie immer wurde sie enttäuscht, denn Senenmut räusperte sich nicht einmal. Seine Antwort blieb orakelnd und nichtssagend, wie sie es von ihm kannte. „Die Götter bestimmen das Schicksal, nicht die Menschen.“

Hatschepsut hätte auf ihn einschlagen wollen und verbarg nur mühsam ihre Verzweiflung.

Dann tat Senenmut etwas Seltsames, denn er fragte, ob er die Erlaubnis hätte, die Zeit der Hitze in der Faijum-Oase zu verbringen. Hatschepsut, enttäuscht und wütend über seine Gefühllosigkeit, sah ihre Zeit für eine kleine Rache gekommen. „Ich brauche dich hier in

Theben in meiner Nähe. Vielleicht erfülle ich deinen Wunsch in der nächsten Nilschwemme, Senenmut."

Sein ergebenes Nicken ärgerte Hatschepsut noch mehr, und sie entließ ihn innerlich aufgebracht. *Lass ihm doch seine Geheimnisse!* Was kümmerten sie die Gedanken dieses verstockten Mannes überhaupt. Hatschepsut ermahnte sich selbst zur Mäßigung ihrer Gefühle und beschloss Sary zu sich rufen, nachdem Senenmut gegangen war.

Der Einäugige erschien in seinem neuen Harnisch angetan mit den Armreifen, die ihn als Kommandierenden ihrer Leibwache auswiesen. Seine Verbeugung fiel knapp aus, aber nicht zurückhaltend. Ein Blick in sein Bernsteigauge genügte, um Hatschepsut wissen zu lassen, dass freundliches Geplänkel nicht angebracht war. Also trug sie ihr Anliegen offen und direkt vor. „Sary ... der Einzig Eine - die Wabus des Palastes sagen, dass er bald heimkehren wird zu Osiris. Zu seinem Nachfolger hat er den Sohn der Isis bestimmt, und meine Tochter zu seiner großen königlichen Gemahlin. Ich beuge mich seinem Entschluss. Aber ich werde nicht zulassen, dass Isis Krummstab und Geißel für ihren Sohn ergreift und auch nicht Mutnofret, da sie beide von geringer Geburt sind." Hatschepsut maß sich mit dem eindringlichen Blick des Bernsteinauges und versuchte in ihm zu lesen, doch Sary antwortete ihr überraschend schnell und ebenso direkt. „Die Maat muss gewahrt bleiben, und das wäre sie nicht, wenn eine Haremsfrau sich zur Mutter Ägyptens erhebt. Du selbst willst für den unmündigen Knaben das Geschick der beiden Länder lenken, wenn der Einzig Eine zu Osiris geht? Solange der Knabe Thutmosis es nicht kann, ist es klug, es so zu halten."

Hatschepsut atmete auf, verbot sich jedoch ein zufriedenes Lächeln. Sary war nicht ihr Freund, wenn auch ein Verbündeter. Doch es kam einem Wunder gleich, dass dieser verbitterte Mann und sie ohne Streit zu einer Übereinkunft kamen. Hatschepsut ließ ihn nicht aus den Augen, denn sie musste wissen, wie weit sie sich auf ihn verlassen konnte. „Ich werde dein Schwert und deinen Speer vielleicht brauchen, wenn mein Brudergemahl seine Barke besteigt, ebenso wie die Speere meiner Leibwache. Kann ich mich auf dich verlassen?"

Wieder eine knappe Verbeugung, dann legte Sary die Faust auf seine Brust – dorthin, wo sein Herz schlug. „Es ist Maat, und der werde ich Folge leisten."

Ja ..., dachte Hatschepsut, *... du liebst mich zwar nicht, noch empfindest du Freundschaft zu mir, aber dein steinernes Herz kennt Gerechtigkeit. Ich habe eine kluge Wahl getroffen, als ich dir mein Leben anvertraute.* Sie entließ Sary zurück auf seinen Posten, mit der Gewissheit, einen Löwen an ihrer Seite zu haben, der für sie kämpfen würde. Wer konnte dieses schon von sich behaupten ... nicht einmal der Einzig Eine auf seinem Krankenlager.

Das Letzte, was Hatschepsut an diesem Tag tat, hätte sie gerne vermieden. Aber wollte sie nicht den gleichen Fehler begehen wie einst Ahmose, blieb ihr keine andere Wahl. Sie ließ Nofrure in der Obhut Ipus und der nubischen Amme und suchte ihren Weg über die Palastflure zu den Gemächern von Isis. Als sie die Räume der Nebenfrau betrat, erklärte ihr ein verschrecktes Mädchen, das gerade Gewänder und Schmuck in Truhen verteilte, dass die königliche Nebenfrau den Nachmittag im Garten an ihrem Badeteich verbrachte. Ihr Zwergenpaar lag auf Kissen in der Ecke des Raumes und ließ Hatschepsut nicht aus den Augen. Isis hatte ihnen goldene Ketten um die krummen Beine gelegt, als wären sie zahme Löwen. Als sie Hatschepsut sahen, begannen sie zu tuscheln und unfreundliche Zischlaute von sich zu geben. Hatschepsut beachtete sie nicht weiter. *Eine dumme und faule Regentin würdest du abgeben*, dachte sie jedoch trotzig, bevor sie ihrem Vorrecht gemäß Isis Gemächer durchquerte und über die Sonnenterrasse hinaus in den Garten trat. Es war kaum so heiß, dass Isis Trägheit die Muße dieses Tages gerechtfertigt hätte. Ein lauer Wind ließ die Blätter der Dumpalmen und Sykomoren rascheln, und selbst die Enten auf den Teichen schnatterten aufgeregt.

Die Nebenfrau war nicht zu übersehen, und um sie herum herrschte geschäftiges Treiben von Dienern, die ihrer Arbeit nachgingen, Hofdamen, die untergehakt durch die Gärten spazierten, während Isis wie eine Tempelkatze unter einem Sonnenschatten lag, ihren Sohn neben sich, und ihm mit goldberingten Fingern aus einer Schale Honig in den geöffneten Mund tropfen ließ. Neben Isis stand ihre Leibdienerin, die ihr und dem Knaben mit einem Straußenwedel Luft zufächelte, und zwei Musikantinnen spielten Lieder auf der Doppelflöte. Isis gelocktes braunes Haar fiel ihr offen über den Rücken, ein Träger ihres Kleides war verrutscht und entblößte eine braune Schulter. Sie sang zum Spiel der Musikantinnen ein Lied für Hathor.

O Goldene ... Deine Lieder sind schön wie das Lied des Falken, des Pharaos Stimme führt den Chor ... ein Knabe ist er, der das Sistrum schüttelt

Sieh doch Gebieterin, wie er tanzt ... Königin sieh, wie er jubelt ...

Genüsslich neigte sich Isis über ihren Sohn und tunkte ihren Finger erneut in die Schale. Der kleine Thutmosis lachte entzückt und fing den glänzend klebrigen Honig gleich einem nach Luft schnappenden Fisch mit dem Mund auf. „Mein Sohn, der du die beiden Länder beherrschen wirst. Süß wie dieser Honig soll dein Leben sein, golden und leuchtend wie Hathor selbst. Öffne dein Mündchen, damit du die Süße deiner Zukunft auf der Zunge schmecken kannst.“

Der Knabe leckte sich mit der Zunge über das Kinn, wo ein paar Tropfen der süßen Speise klebten und krähte fordernd nach mehr.

Hatschepsut schüttelte ungläubig den Kopf. Während der Einzig Eine seinen Tod erwartete, frohlockte seine Nebenfrau und pries ihren goldenen Knaben. *Nachlässig, wie Ahmose*, dachte Hatschepsut verärgert und beobachtete das groteske Spiel eine Weile, ohne dass Isis sie bemerkte. Das Kind war gerade einmal zwei Sommer alt, und es war zu kräftig - doch das konnte gut daran liegen, dass Isis es fütterte wie eine Gans, die gestopft wurde, obwohl es noch an der Brust seiner Amme lag.

Als sie genug gesehen zu haben meinte, trat Hatschepsut entschlossen näher. Ihr Schatten fiel auf Isis und das Kind, und die Nebenfrau hob irritiert den Kopf. Ihr etwas zu rund geratenes Gesicht erschrak, dann schien sie sich ihres Sohnes zu entsinnen, der ihre Zukunft sichern würde. „Was willst du?“, fragte sie ohne Begrüßung. Hatschepsut verstand, dass diese Frau nicht annähernd so klug war, wie Mutnofret, die es zumindest äußerlich immer verstanden hatte, ihre Absichten zu verbergen und sich ihrer geringen Geburt stets erinnerte. „Ich bin die große königliche Gemahlin, Tochter des Gottes Amun – ich brauche keine Rechenschaft vor einer Nebenfrau abzulegen, Isis. Das solltest du verstanden haben, da du lange genug im Bett meines Bruders gelegen hast.“

„Mein Sohn ist der nächste Horus, und unser Gemahl wird bald seine Barke besteigen und zu Osiris gehen. Dann bin ich die Mutter des Einzig Einen und du nur die Witwe eines toten Horus sowie Mutter einer Prinzessin. Das macht uns gleichwertig.“

Hatschepsut gelang es nur schwer, ihren Zorn zu verbergen. Wusste diese dumme Gans nicht, dass sie Isis für eine solche Beleidigung unter Arrest setzen lassen konnte? Sie spürte jedoch, dass solche Reden Isis nicht beeindrucken würden, also beschloss Hatschepsut Worte zu wählen, die sie verstand. „Merke dir eines gut, Isis! Niemals wird deinesgleichen mir ebenbürtig sein. Dein Sohn wird herrschen, weil meine Tochter ihm das Recht dazu verleiht. Der Lebende Gott hat entschieden, und ich werde seinen Wunsch achten. Aber dein Blut ist unrein, und du wirst nicht für deinen Sohn Krummstab und Geißel halten. Amun duldet es nicht.“

Isis wurde schnippisch, und ihr Mund verzog sich zu einem spöttischen Lächeln. „Das werden wir ja sehen.“

Hatschepsut lächelte nicht einmal. Ihr Blick ruhte weiter auf dem jungen Thutmosis, der bereits vollkommen außer sich war und zu kreischen begann, da er nach Honig und Süße verlangte. „Das werden wir, Isis“, antwortete sie knapp und ohne Freundlichkeit. Dann wandte Hatschepsut sich um und ließ die Nebenfrau mit ihren verschreckten Dienerinnen zurück. *Ihre Dienerinnen besitzen mehr Klugheit als diese Frau dachte sie verärgert.* Hatschepsut ging zurück durch die Räume der Nebenfrau, beachtete die ihr hinterher kichernden Zwerge nicht, und hinterließ, wie sie meinte, flammende Male mit ihren Sandalen auf dem Boden.

„Haatsch, wie gut, dass du zurückkehrst.“ Ipus Wangen waren vor Aufregung rot gefleckt, als der Mann an ihrer Seite sich mit Nofrure auf dem Arm tief verbeugte. Hatschepsuts Räume waren erfüllt vom Duft seines Salböls – Jasmin und blauer Lotus. Kostbar und unverschämt nahmen seine Ausdünstungen ihre Gemächer in Besitz und hüllten alles mit seiner Anwesenheit ein, damit niemand ihn zu übersehen vermochte. Ipu schien er bereits mit seinem Zauber gefangen zu haben, wie Hatschepsut mit einem unangenehm schalen Gefühl im Magen feststellte.

„Dies ist Ahmose-Pennechbet. Er ist gekommen, um Nofrure zu sehen, da er das Amt des Erziehers vom Einzig Einen übertragen bekommen hat.“

Hatschepsut betrachtete den stattlichen Mann in der Tracht des Offiziers, dessen Schläfen bereits ergraut waren. Obwohl er an die fünfzig Jahresumläufe zählen mochte, besaß er das fordernde Auftreten eines jungen und übermütigen Mannes. Als Ahmose-Pennechbet sich aufrichtete, überragte er Ipu beinahe um drei Köpfe. Er besaß breite Schultern und einen Brustkorb, der dem Angriff eines Wüstenlöwen hätte trotzen können. Ahmose-Pennechbet bedachte Hatschepsut mit dem gewinnendsten Lächeln, das ihr je zuteilgeworden war, und seine Stimme klang tief und volltönend wie ein Lied, das rollige Katzen zum nächtlichen Gesang ermuntert hätte. „Verzeih mein Eindringen, große königliche Gemahlin. Deine Dienerin war so freundlich, mich in deinen Gemächern warten zu lassen, bis du zurückkehrst.“

„Offensichtlich“, gab Hatschepsut kühl zu verstehen und schenkte Ipu einen zornigen Blick. Ipu errötete und nahm Ahmose-Pennechbet Nofrure aus dem Arm, der sich augenscheinlich zierte, sie fortzugeben. Ebenso unwillig verschwand Ipu kurz darauf mit Nofrure in einem anderen Raum, denn sie konnte kaum ihren Blick von dem ansehnlichen Mann abwenden, dem Hatschepsut unwillig einen Stuhl und Wein anbot.

„Ich hoffe, mein Erscheinen kommt nicht ungelegen“, fuhr Ahmose-Pennechbet ungerührt ob ihrer Kühle fort. „Ich konnte es kaum erwarten, die Prinzessin zu sehen.“ Sein Mund wollte nicht aufhören, sie anzulächeln und ihr zu schmeicheln.

Oh, natürlich konntest du es nicht erwarten. Wie unvorhersehbar glücklich muss dieser Umstand für dich sein, da du doch Gelegenheit bekommst, dich unter meinem Brudergemahl zu verdingen und dir die Freundschaft des nächsten Horus zu sichern. So dachte Hatschepsut, während über ihr Gesicht nur ein Lächeln huschte. „Ich bin es gewohnt, dass Besucher mir angekündigt werden, Ahmose-Pennechbet."

„Gewiss ...", gab er unverschämterweise zu verstehen, ohne auch nur nach einer Entschuldigung zu suchen, „ ... doch als der Einzig Eine mir ein Sendschreiben schickte, konnte ich es nicht erwarten, die Prinzessin zu sehen, zumal ich selbst keine Kinder habe. Meine Gemahlin starb früh, und seitdem mochte ich mein Herz nicht mehr verschenken."

Hatschepsut meinte, dass sie in der Süße und Klebrigkeit dieses Mannes ausgleiten müsste. Seine Finger würden bestimmt am Weinbecher kleben bleiben, wenn er ihn zurück auf den Tisch vor sich stellte, und ganz gewiss würde er Nofrure behandeln wie ein kostbares Pfand, denn genau dies war sie für ihn ... Senenmut, das hatte Hatschepsut in seinen Augen gesehen, liebte ihre Tochter, ohne darüber nachzudenken, wer sie war, doch Ahmose-Pennechbet liebte nur, was sie ihm verhieß. Mit einem Male fühlte Hatschepsut sich so unwohl in seiner Nähe, als säße sie einem Schakal gegenüber. „So werden wir uns wohl oft begegnen, da uns das Wohlergehen der Prinzessin am Herzen liegt", versuchte Hatschepsut das Gespräch mit diesem vereinnahmenden Mann zu beenden, und Ahmose-Pennechbet erhob sich zu ihrer Erleichterung, während er weiterhin gierig zu der Tür starrte, hinter der Ipu mit Nofrure verschwunden war. „Das werden wir – und du kannst ganz beruhigt sein, da die Erbprinzessin in meinen Armen so sicher gebettet liegt, wie im Urwasser Nun."

Hatschepsut nickte und beobachtete aus den Augenwinkeln heraus, ob der Weinbecher tatsächlich an den Händen des Offiziers kleben blieb, obwohl ihr klar war, dass dies nicht geschehen würde. „Gesundheit, Leben und Wohlergehen, Ahmose-Pennechbet", gab sie ihm zu verstehen, und er verbeugte sich und hinterließ eine Duftwolke seines süßlichen Salböls in ihren Räumen, das mindestens zwei Tage lang zu riechen sein würde.

Ipu stürmte aus den Nebenraum, sobald Ahmose-Pennechbet fort war, und ließ einen tiefen Seufzer hören. „Welch ein gut aussehender Mann."

„Noch gestern hast du mir geraten, etwas gegen ihn zu unternehmen."

Ipu zuckte die Schultern und richtete ihre Blicke sehnsuchtsvoll auf den Tisch, an dem Ahmose-Pennechbet gesessen hatte. Ihre Erinnerungen an alles, was sie jemals gesagt und gedacht hatte, schienen zu schmelzen wie die Salbkegel der Hofdamen in schwülen Nächten geselliger Festlichkeit. Mit noch immer glühenden Wangen und Augen, in denen der Nachthimmel hätte versinken mögen, blickte sie Hatschepsut an. „Ich habe mich geirrt bei Ahmose-Pennechbet, als ich ihn dir als Nofrures Erzieher auszureden gedachte. Hast du nicht gesehen, wie liebevoll er mit ihr umgeht? Sicherlich kannst du dir keinen besseren Beschützer für deine Tochter wünschen, Haatsch." Ipus Finger begannen unruhig durch ihr Haar zu wandern und es mit tausend Kämmen richten zu wollen, was Hatschepsut als Zeichen höchster Unruhe im Gemüt ihrer Dienerin erkannte. „Haatsch, ich glaube, Ahmose-Pennechbet hat auch mich wohlwollend betrachtet." Der Klang ihrer Stimme wurde sehnsuchtsvoll wie ein Liebeslied. „Wenn er jemals darum bitten würde, dass du mich aus deinen Diensten entlässt, weil er mich als Gemahlin wünscht ... du würdest es ihm doch nicht verweigern, oder?"

Ein kalter Windhauch schien Hatschepsuts Nacken zu umstreifen, ihre Wirbelsäule hinunter zu fahren und dann mit kalten Fingern durch ihre Haut hindurch ihr Herz zu berühren. „Ich halte ihn nicht für eine gute Wahl, Ipu." Nach diesen Worten meinte Hatschepsut ein Staubkorn fallen zu hören, so ungewohnt still war es mit einem Male um sie beide herum.

In Ipus Augen traten Tränen, groß und klar und voller Enttäuschung, sodass Hatschepsut mit schlechtem Gewissen einlenkte. „Aber ich würde es nicht verweigern, wenn es auch dein Wunsch ist." Die Tränen versiegten augenblicklich, und Ipus Gesicht entspannte sich. „Haatsch, ich danke dir. Ich meine, natürlich würde ich dich vermissen, und es würde mich schmerzen, nicht mehr jeden Tag an deiner Seite sein zu können. Aber wenn die Götter mir einen Gatten und eine Familie bestimmt haben, wie könnte ich mich meinem Schicksal verweigern! Ich war dir immer eine treue Gefährtin, nicht wahr, Haatsch? Bin ich nicht auch an deiner Seite geblieben, als ich um mein Leben fürchten musste?"

Hatschepsut mühte sich, ihre Bitterkeit und den Kummer ihres Herzens zu verbergen. Doch obwohl sie es nicht wollte, begann ihr Mund von alleine zu sprechen. „Ja ... du bist geblieben. Und ich beschwere mich auch nicht, da ich doch weiß, dass du die Treue einer Katze besitzt, die nicht anders vermag, als zuerst an sich selbst zu denken. Und wenn ich dich nicht freigebe, wirst du es mir stets verübeln."

Ipus Mund klappte auf und dann wieder zu. Ihr Gesicht wurde blass mit einem Ausdruck verletzten Stolzes. Hatschepsut tat es augenblicklich leid, ihre Gedanken laut ausgesprochen zu haben. Was konnte Ipu dafür, dass sie die war, die sie nun einmal war? „Verzeih, Ipu ... es war töricht von mir so zu sprechen. Der Kummer darüber, dich zu verlieren, hat mir die Zunge eines Krokodils verliehen."

Ipu schluckte und nickte schließlich. Wenn sie noch immer beleidigt war, so verbarg sie es vor Hatschepsut. „Ich würde ja nicht aus deinem Leben verschwinden, Haatsch. Außerdem ist Ahmose-Pennechbet der Erzieher deiner Tochter."

Genau aus diesem Grund werden sich unsere Wege trennen müssen, dachte Hatschepsut traurig. Ipu hatte diesem Mann vom ersten Augenblick an vertraut, wie Hatschepsut ihn vom ersten Augenblick an misstraute. Doch das sagte sie Ipu nicht, weil ohnehin schon zu viel gesagt worden war. Ipu gab sich den Abend gelöst und verwöhnte Hatschepsut im Badehaus mit einer ausgiebigen Massage. Sie scheuchte die Dienerinnen herum und trällerte ein Liebeslied, während Hatschepsut still in ihrem Herzen von ihrer Vertrauten Abschied nahm.

Der Nachtfahrt siebte Stunde ist jene, die den Hiu abwehrt

Karnak, im dritten Jahr der Herrschaft des Thutmosis Aakheperenre

Senenmut stand neben Hapuseneb auf dem Gang der Umfassungsmauer des Karnaktempels und blickte hinunter auf die Prozession, die sich schlängelnd durch den Torbogen zog. Ein feiner Duft von Weihrauch stieg zu Senenmut auf, obwohl er so hoch über dem Geschehen stand. Doch er war froh hier zu sein, weit ab der Prozession und deren Mittelpunkt.

Jeden Morgen nahm Hapuseneb die vielen Stufen auf sich, um die Geburt Res durch die Himmelsgöttin Nut mit zur Sonne gestreckten Armen zu begrüßen. Obwohl er es dem beleibten ersten Propheten kaum zugetraut hatte, war es letztendlich Senenmut gewesen, der keuchend und mit zitternden Beinen die letzte Stufe erklommen hatte. Hapuseneb hatte gelacht und scherzend mit dem Finger gedroht. „Du hast mich unterschätzt, mein Freund. Ich mag älter sein als du und fülliger, doch diese Stufen steige ich seit Nilschwemmen jeden Morgen hinauf."

Dann war Senenmut für seine Mühen entschädigt worden. Zuerst war Re aus dem Schoß der Nut geboren worden, rot und leuchtend hatte er weiche Schlieren und göttliche Farben in Nuts Leib gemalt. Die wenigen Wolken am Himmel hatte der Gott schnell mit der Kraft seiner goldenen Strahlen durchbrochen und schließlich Hatschepsut auf ihrem Tragstuhl in sein Licht gehüllt, während sie den Torbogen passierte. Nun blickte Senenmut auf sie hinab, sah die hohen Federn auf ihrer Geierhaube, das plissierte Gewand und meinte sogar ihre Füße, die Ipu auf der Reise nach Theben unter Flüchen und Klagen wieder in die weichen Pfoten eines Kätzchens verwandelt hatte, erkennen zu können.

Hapuseneb neben ihm kniff die Augen zusammen, um besser sehen zu können. „Die große königliche Gemahlin ist dieser Tage sehr darum bemüht, ihren Dienst im Schrein des Gottes zu versehen."

„Ja", bekannte Senenmut und sah zu, wie ein Diener ihr vom Tragstuhl half und zwei Priester herbeieilten, um sie mit Weihrauch zu reinigen, bevor sie die Stufen zum Tempel Amun-Res betreten durfte. Jeder Schritt schien wohl gesetzt und jede Geste geübt und sicher – sogar wie sie ihre Hände ausstreckte, damit zwei weitere Priester ihr Wasser des heiligen Sees darüber fließen lassen konnten.

„Man hört so einiges aus dem Palast. Der Einzig Eine ist unberechenbar, an einem Tag freundlich und milde, am anderen Tag sieht er Verrat und Betrug in jeder Geste von ihr." Hapuseneb sprach leise, als ob sie hier oben jemand hören könnte.

„Das habe ich auch aus dem Mund einiger Höflinge vernommen“, antworte Senenmut, während er sie weiter beobachtete.

Hatschepsut ging die Stufen hinauf, begleitet von Priestern, die Salböl, Gewänder, Milch und Wein für den Gott in seinem Schrein hinter ihr hertrugen. Ihr Rücken war gerade und ihre Augen auf die goldene Tür des Schreins gerichtet.

„Auch hat sie mit dem Bau ihres Grabes begonnen sowie den Einzig Einen dafür begeistern können, einige Tempelerweiterungen in Karnak vorzunehmen. Die Baupläne hat sie mit Ineni, dem königlichen Baumeister, selbst entworfen, und ich empfinde sie als sehr gelungen.“ Hapuseneb legte sich in einer zufriedenen Geste die Hände auf den kugelrunden Bauch.

„Sie sind einzigartig“, gab Senenmut zu, da er seinen Blick nicht von ihr abwenden mochte.

Jetzt war sie auf der letzten Stufe des Tempels angekommen, und Res Licht fing sich auf der glänzenden Tür des Schreins, warf die warmen Strahlen auf Hatschepsut zurück und tauchte die Gottesgemahlin in ein goldenes Licht.

„Mir scheint, sie möchte ihren Vater Amun bei allem, was kommen möge, an ihrer Seite wissen. Sie ist klug, findest du nicht auch?“ Hapuseneb sah ihn halb fragend, halb schmunzelnd an.

„Das ist sie zweifellos“, gab Senenmut zu, und dann wandte Hatschepsut sich endlich um und erhob ihre Hände, um Re zu begrüßen, der in diesem Augenblick seinen vollen Glanz entfaltete, ganz so als hätte er darauf gewartet, dass die Gottestochter ihm ihr Antlitz zuwandte. Senenmut stand wie versteinert, denn dieses Bild war voll Schönheit und Anmut, und es entrückte sie und offenbarte das Göttliche in ihrem Blut vollkommen.

Hapuseneb legte seine Hand auf die Schulter des Freundes und fragte voller Wärme. „Und, mein Freund ... hast du dich dieser Krankheit entledigen können, von der wir gesprochen haben, als du aus dem Goldland zurückgekehrt bist?“

„Ja“, log Senenmut, und zwang sich, seinen Blick von ihr abzuwenden. Scheinbar gelassen fügte er hinzu: „Es ist wie du sagtest, weisester unter den Propheten ... nur Narren verlieren sich im Glanz der Göttlichen.“

„Gut“, antwortete der Oberste Prophet des Amun und nickte beipflichtend. „Du bist ein kluger Mann, Senenmut ... und nur der Kluge vermag Frieden zu finden.“

So mag der Frieden mich meiden, wie es die Klugheit hält, dachte Senenmut, da er spürte, wie der Schmerz einer unerfüllbaren Sehnsucht an seinen Eingeweiden nagte und sie zerfraß. Dies erschien ihm als ein gerechtes Urteil für einen überheblichen Menschen, dessen Herz die

Nähe zu einer Göttin suchte. Amun selbst hatte ihn bestraft. In dem Schwur, den er dem Gott geleistet hatte, war niemals die Rede von Liebe gewesen.

Theben, im dritten Jahr der Herrschaft des Thutmosis Aakheperenre

Es war nicht einfach für Hatschepsut, seit sie aus dem Goldland zurückgekehrt war. Bei Amun – das war es wirklich nicht! Eine halbe Nilschwemme war es her, aber bisher hatte sie überlebt und sich trotz Mutnofrets und Isis hinterhältigen Bemühungen, ihren Brudergemahl gegen sie aufzubringen, bewähren können. Ihr Leben glich dem Tanz auf einer Laufplanke, während im brodelnden Wasser unter ihr hungrige Krokodile ihre Zähne bewehrten Mäuler aufrissen, um sie zu verschlingen. Es gab Tage, an denen ihr Bruder nicht verwirrt und kraftlos auf seinem goldenen Lager ruhte. An solchen Tagen schöpfte Thutmosis Hoffnung, dass er sein Leiden besiegt hatte. Dies waren gute Tage für Hatschepsut, an denen Thutmosis sich mit Tatkraft bemühte, seinen Verpflichtungen nachzukommen, sich Sendschreiben vorlesen ließ und Bauvorhaben bewilligte oder ablehnte. Seit Hatschepsut nach Theben zurückgekehrt war, fand ihr Brudergemahl vor allem eine geradezu leidenschaftliche Befriedigung im Fortgang der Arbeiten an seinem Grab, dessen Vollendung er gleich einem ungeduldigen Kind kaum erwarten konnte. Ineni, der oberste Baumeister und ein lebenserfahrener Mann, der bereits unter dem Vater ihres Vaters gedient hatte, bemühte sich verzweifelt, den unwilligen Horussohn zu besänftigen.

„Warum sind die Kammern noch nicht aus dem Stein geschlagen, Ineni? Lass mehr Fellachen von den Feldern kommen, damit der Bau vorangeht."

„Einzig Einer, es ist Erntezeit. Wir können die Bauern nicht von den Feldern holen, sonst verdorrt die Ernte und die Kornkammern bleiben leer", beschwichtigte Ineni ihn immer wieder und fuhr sich dabei nervös über seinen Halskragen aus Karneolen, als wäre ihm dieser zu eng.

Meist war es Hatschepsut, bei der Ineni immer wieder Rat suchte oder die er bat, auf ihren Brudergemahl einzuwirken. Obwohl gerade Hatschepsut sein Misstrauen fürchten musste, bemühte sie sich, Thutmosis zu besänftigen so gut sie es vermochte.

An einem solcher guten Tage, an dem der Einzig Eine sich von seinem Krankenlager erhoben hatte, trat der oberste Baumeister an ihn heran und wies auf die Notwendigkeit der noch ausstehenden Siegesstele im Goldland hin, eben für jenen Feldzug, den Hatschepsut angeführt hatte. Thutmosis sah seinen Baumeister erschüttert an, dann bekamen seine Augen einen kläglichen Ausdruck. Alles an ihm schien zusammenzufallen wie matschiges Obst und die Kraft aus ihm hinauszufließen. Hatschepsut hätte es in diesem Augenblick vorgezogen, nicht anwesend zu sein.

„Ich kann doch nicht meinen Namen auf diese Stele setzen. Die Götter würden mich der Lüge bezichtigen, wenn ich vor das Jenseitsgericht trete.“ Mutlos und verbittert ließ Thutmosis sich auf seinen Stuhl fallen, und Hatschepsut meinte, dass sein Verstand wieder in die unerreichbaren Tiefen der Verwirrung entgleiten müsste, wenn sie nichts unternahm. „Lass niederschreiben, dass du Truppen ins Goldland entsandt hast, welche die Aufstände niedergeschlagen haben. Dies ist keine Lüge, Thutmosis, denn so ist es doch gewesen.“

Mit wässrigen Augen und eingefallenen Wangen sah er sie an und schien zu überlegen, ob das was Hatschepsut sagte, tatsächlich so gehandhabt werden könnte. Seine unschlüssigen Blicke suchten die Zustimmung Inenis, der schnell nickte und hinzufügte: „Das wäre eine hervorragende Lösung für das Problem, Einzig Einer.“

Thutmosis Gesicht erhellte sich schließlich, nachdem er über jeden erdenklichen Hinterhalt nachgesonnen hatte, in den seine Schwestergemahlin ihn vielleicht zu führen hoffte. „Ja, so werde ich es halten, und so kann ich es vor den Göttern bezeugen.“

Thutmosis wies seinen Baumeister an, ihm die Baupläne zu zeigen und setzte sein königliches Siegel darunter. Zugleich wünschte er jedoch noch einige Verbesserungen in der Steleninschrift und wies Ineni an, ihm die Pläne noch einmal vorzulegen, sobald er die gewünschten Änderungen eingefügt hätte. Ineni, der den Herrn allen Lebens am nächsten Tag krank und schlafend vorfand, machte sich schließlich auf zu Hatschepsuts Räumen und ließ die Änderungen von ihr bestätigen, so wie er es auch mit Thutmosis Bauvorhaben für den Tempelbezirk von Karnak hielt, für den sich der Pharao kaum zu interessieren schien, sodass er Hatschepsut diese Pflicht übertragen hatte.

Nach zwei Tagen erschienen Palastwachen in Hatschepsuts Räumen und forderten sie auf, mit ihnen zu kommen. Hatschepsut tauschte einen Unheil verheißenden Blick mit Ipu und folgte den Männern über die Palastflure bis zu den Räumen ihres Bruder. Es war einer jener Tage, an denen es Thutmosis schlechter ging, und so empfing er sie mit schweißnasser Stirn und rasselndem Atem auf seinem Lager. Seine Augen funkelten wie die eines verletzten Tieres, als er sie erblickte. Neben ihm, als hätte Hatschepsut es geahnt, standen Mutnofret und Isis, und das Gift der Worte, die sie dem verwirrten Horus in sein Ohr geträufelt hatten, schien noch von ihren Lippen zu tropfen. „Frag sie selbst, ob wir lügen, mein Herr und Gemahl“, ereiferte sich Isis schnippisch in Hatschepsuts Richtung, während die Wachen sie an sein Lager treten ließen.

Thutmosis blinzelte kurz und schüttelte sich in einem Anfall von Fieber. Dann hob er schwach seine Hand. „Du hast eine Siegesstele für deinen Feldzug im Goldland anfertigen lassen und mich hintergangen. Isis hat gesehen, wie Ineni mit den Bauplänen unter dem Arm aus deinen Räumen kam."

Hatschepsut bemühte sich ruhig zu bleiben und weder Isis noch Mutnofret anzusehen. Ganz nah beugte sie sich zu Thutmosis pusteligem Gesicht herunter und ignorierte den fauligen Geruch, der aus seinem Mund drang. Sie sprach langsam und betete zu Amun, dass ihre Worte ihn erreichten. „Bruder, erinnerst du dich nicht? Du selbst hast Ineni diesen Auftrag erteilt und ihn mit deinem Siegel versehen. Nicht ein einziges Mal wird mein Name auf der Stele erwähnt, und ich habe nur mein Siegel unter die von dir befohlenen Änderungen gesetzt."

„Du lügst, wie du es immer getan hast", fuhr er sie an, und Hatschepsut zuckte zurück, als er zu husten begann und ein paar Tropfen Blut auf das verschwitzte Laken seines Lagers spuckte. Es war Mutnofret, die ihrem Sohn das Kinn säuberte. Isis wich angewidert einen Schritt zurück, was sie jedoch nicht davon abhielt, erneut zu keifen. „Ja, sie lügt, mein Herr und Gemahl. Sie untergräbt deine Weisungen, und sie trachtet meinem Sohn nach dem Leben."

„Schweig, Isis", war das Einzige, was Hatschepsut in Anbetracht der Niederträchtigkeit hervorzupressen vermochte. Dann wandte sie sich wieder Thutmosis zu, der sich langsam von seinem Hustenanfall erholte. „Lass Ineni kommen und dir die Baupläne für die Stele vorlegen, Bruder. Du wirst dein Siegel darunter finden."

Thutmosis ließ sich davon überzeugen Ineni zu rufen, und betrachtete kurz darauf mit gerunzelter Stirn den Abdruck seines Siegels. Angestrengt versuchte er sich zu erinnern und seinen verwirrten Verstand aus der Dunkelheit zu befreien, doch es gelang ihm nicht. Erst als Ineni ihm alles was Hatschepsut gesagt hatte bestätigte und Thutmosis mit eigenen Augen sah, dass der Name seiner Schwestergemahlin in der Steleninschrift kein einziges Mal erwähnt wurde, nickte er erleichtert und tat etwas, das Hatschepsut überraschte. Er wandte sich an Isis und Mutnofret und fuhr sie an. „Warum quält ihr mich und sät Ängste und Misstrauen in mein Herz? Muss ich nicht bereits genug leiden?" Mit einem Wink gab er beiden Frauen zu verstehen, dass sie gehen sollten. Isis dachte nicht daran, sich einfach fortschicken zu lassen, und beschwerte sich lautstark über die Ungerechtigkeit, mit der sie, die Mutter des Falken im Nest, behandelt wurde. Es war Mutnofret, die den Arm der empörten Isis packte und sie hinauszog.

Als Thutmosis und Hatschepsut allein waren, liefen Tränen aus seinen Augen. Obwohl es Hatschepsut Überwindung kostete, nahm sie ein Tuch und tupfte sie fort ... behutsam und vorsichtig, während Thutmosis so verzweifelt wie ein Kind schluchzte. „Haatsch ... bald werde ich nichts mehr wissen und mich an nichts mehr erinnern können. Wie soll ich vor dem Jenseitsgericht Rechenschaft ablegen, wenn ich vergesse, wer ich bin und was ich im Leben getan habe. Was soll ich tun, wenn Osiris mich nach meinen Taten und meinen Namen fragt und ich ihm nicht antworten kann, weil ich mich nicht erinnere?"

„Bruder ...", Hatschepsut legte ihre Hand auf seine heiße Stirn, obwohl sie wusste, dass es keine Linderung für seine Furcht und für seinen Schmerz gab. „Ich werde es niederschreiben lassen und dir mit in dein Grab geben. So wirst du immer deinen Weg finden, und unversehrt deine Reise durch die Unterwelt überstehen."

„Das ist gut", befand Thutmosis schließlich, und Hatschepsut blieb an seinem Lager sitzen, bis er eingeschlafen war, obwohl es sie fortzog, da sie nie wissen konnte, was Thutmosis ihr anlastete, wenn er erwachte und sie so nah an seiner Seite fand.

Als ob Amun ihr einen Weg voller spitzer Steine bereitete, verließ Ipu sie zwei Mondumläufe, nachdem Ahmose-Pennechbet zum ersten Mal in ihr Leben getreten war. Mit rot glühenden Wangen folgte sie ihrem klebrig süßen Gemahl, ausgestattet mit einer reichhaltigen Mitgift ihrer Familie. Auch Hatschepsut schenkte Ipu einen kostbaren Halskragen aus Türkisen und Mondsteinen sowie ein Landgut in der Nähe von Memphis. Hatschepsut kam nicht umhin den so offenherzig von Ahmose-Pennechbet gezeigten Stolz auf seine Braut in deren Abstammung und Nähe zum Palast zu sehen, anstatt in aufrichtiger Zuneigung zu ihr. *Ebenso wie Nofrure für ihn ein Pfand ist, bist du es Ipu, und ich hoffe, dass es dir niemals gewahr werden wird, mein sorgloses Kätzchen. Möge sein klebriges Netz stark genug sein, dass es dich stets umfängt und die Lüge seiner Liebe die Wahrheit vor dir verbirgt.*

„Gesundheit, Leben und Wohlergehen, Ipu", waren jedoch die einzigen Worte, die Hatschepsut über die Lippen kamen. „Mögest du viele Söhne und Töchter haben, und dein Haus voller Freude sein."

Tränenreich nahm Ipu von Hatschepsut Abschied, und es war die Zeit Peret, in der die Fellachen die Saat auf ihre Felder brachten. Um Hatschepsut herum blühte und gedieh alles prächtig. Nur sie selbst meinte, von diesem Wachsen und Werden ausgeschlossen zu sein, denn sie war umgeben von Krankheit und Furcht und fühlte sich verlassen, nachdem sie mit der nubischen Amme und Nofrure allein blieb.

Und dann stieß Anubis, der Schakal, die Pforte zur jenseitigen Welt auf, und anstelle der Loblieder für Amun-Re erfüllte lautes Klagen den Palast. Hatschepsut stand auf der Plattform ihres Streitwagens, als es geschah und ein gellender Aufschrei wie aus einem riesigen Mund sich von den Gesindehöfen hinter den Ställen erhob, emporstieg, und sich im klaren Blau des Himmels verlor, sodass ihre Pferde zu scheuen begannen und unruhig in den Geschirren tänzelten. Es waren prächtige Pferde, jung und von blassbrauner Farbe, doch fehlte es ihnen noch an Mut und Selbstvertrauen, um dem Schrei des Todes ohne Furcht zu begegnen. „Ihr müsst ruhig bleiben, meine Schönen ...", sprach Hatschepsut beruhigend auf sie ein, während ihr eigener Magen vor Ungewissheit flau wurde. „Eure Augen werden auf dem Schlachtfeld oft in die Unterwelt blicken, und nur Mut wird eure Herzen davor bewahren, sich denen, die zu Osiris gehen anzuschließen." Sie spitzten die Ohren, schnaubten und ließen sich von den geflüsterten Worten besänftigen. Hatschepsut straffte die Zügel und warf einen Blick hinüber zu Sary und der Leibwache. Aus den Augenwinkeln erkannte sie, wie einer der Männer auf Sarys Befehl in Richtung der Gesindehöfe lief, um in Erfahrung zu bringen, was vor sich ging.

Mut ... dachte Hatschepsut, als sie dem Soldaten hinterher sah, und bemühte sich ihr Herz auf die Nachricht vorzubereiten, mit der er zurückkehren würde. *Es ist soweit ... mein Brudergemahl ist zu Osiris gegangen, und die Skorpione werden ihre Stachel offenbaren, um mir den tödlichen Stich zu versetzen.* Sie würde kämpfen, das wusste sie, und sie war ebenfalls dazu bereit mutig zu sein wie nie zuvor. Die nagende Bedrohung, die ihr Gemüt seit ihrer Rückkehr aus dem Goldland geplagt hatte, wäre endlich vorüber. Es bestand kein Grund mehr für ihre Feinde, sie im Verborgenen zu hassen. Bald würde sich jedes wohlgenährte Gefühl des Hasses in seiner Schärfe und Endgültigkeit gegen sie richten.

Hatschepsut entsann sich des Namens, den sie im Goldland von den Fürsten erhalten hatte – Schwarze Löwin – das erste Mal fühlte sie sich dieses Namens würdig. Etwas in ihr spannte sich, begann sich zu dehnen und aus der beengenden Hülle ihres Fleisches ausbrechen zu wollen. Mit einem Schrei ließ Hatschepsut die Peitsche in ihrer Rechten durch die Luft fahren und trieb ihr Gespann erneut an.

„Mut!", rief sie den beiden Blassbraunen zu, und die Hufe der Pferde pflügten den Sand des Truppenübungsplatzes, als sie mit einem Satz nach vorn losstürmten. Hatschepsut nahm eine breitbeinige Haltung an und drückte die Muskeln ihrer Waden und Schenkel durch. Ihr Gewicht nach hinten verlagernd, sodass die Zügel des Gespannes straff in ihren Händen lagen, spürte sie die Kraft der Pferde ihren eigenen Körper durchdringen. *Schwarze Löwin ...* Jede Bewegung des Gespanns abfedernd ließ sie die Pferde ihren eigenen Herzschlag finden, während der Wind Hatschepsut durch das Haar wehte. Schließlich legte sie den Kopf in den Nacken, um die rückhaltlose Freiheit zu spüren, welche das vorwärtsdrängende Gespann auf sie übertrug. Über Hatschepsut erstrahlte der unendliche Himmel in sattem Türkisblau, und Re prangte mit seiner gleißenden Kraft in dem gewaltigen Firmament. *Sieh, Amun – ich lebe und atme noch, ich habe den Hass und das Misstrauen überlebt*, schleuderte sie ihre Gedanken dem Himmel entgegen, während heißer Sand an ihre Waden schlug und gleich spitzen Nadeln in ihre Haut stach. Eine Weile genoss sie die entfesselte Kraft ihrer Gefühle, dann zog Hatschepsut an den Zügeln und brachte die Pferde zum Stehen.

Mit leichter Hand ließ sie das Gespann wenden und trabte zurück, nun ruhig und ohne Aufregung. Hatschepsut war zufrieden. *Mut* ..., dachte sie erneut, *du hast es mich gelehrt mein Vater bei Osiris.* Dann zog sie die Zügel an und ließ die Pferde vor Sary und den Soldaten austraben. Das Bernsteinauge des Goldlöwen musterte sie, gefangen zwischen der Sehnsucht ihr Blut zu vergießen und seiner Pflicht ihren Leib zu schützen.

„Mein Kommandant ...", sprach Hatschepsut Sary mit seinem Titel an, ohne sich von seinen Gefühlen des Hasses beeindrucken zu lassen. Sie sprang vom Streitwagen und übergab einem Mann ihrer Leibwache die Zügel. „Deinen Speer und dein Schwert ... erinnere dich deines Schwures." Sary nickte und wandte sein Auge von ihr ab, während sie auf die Rückkehr des Soldaten von den Gesindehöfen warteten.

Kurze Zeit später kehrte der Mann zurück, und das Entsetzen um die Gewissheit von etwas Schlimmen stand ihm in sein wettergegerbtes Gesicht geschrieben. Ein Stein brachte ihn noch im Laufen zum Stolpern, doch er fing sich und warf sich vor ihr in den Sand – sein Atem ging schnell, und seine Hände zitterten. *Es ist soweit*, dachte Hatschepsut erleichtert, während der Soldat zum Zeichen der Trauer Sand auf sein Haupt schaufelte. „Große königliche Gemahlin ... deine Mutter ist soeben zu Osiris gegangen."

Gleich einem welken Blatt zerfiel Hatschepsut in ihrem Innern und schrumpfte zurück in die Enge ihres Leibes. Trotzdem nickte sie dem Soldaten mit scheinbarer Gelassenheit zu. Irrsinnige Stimmen hallten in ihrem Herzen und wollten keine Ruhe geben. *Nun waren die Götter dir gnädig, meine Mutter, haben dich auf den Wogen des Mohnmeeres hinfort getragen und nicht wieder ans Ufer gespült! Ich weiß, dass du das herbeigesehnt hast, und ich wünschte du hättest den Einzig Einen mit dir genommen, auf dass sein und mein Leiden ein Ende findet!* Hatschepsut legte den Kopf in den Nacken, bis Res Licht ihr Tränen in die Augen trieb. Ohne Gruß wandte sie sich von Sary und den Anderen ab und ging in Richtung des Palastgebäudes. Dabei schritt sie ebenso weit aus wie ein Soldat, ohne nur einmal darüber nachzudenken, dass der Saum ihres Kleides zerreißen könnte.

Als würden seine Hände kostbaren Schmuck berühren, schlug Senenmut ein Tuch über Anens Gesicht und hüllte danach den ausgemergelten Leib des Dieners sorgfältig in das Leinen ein. Wie zerbrechlich ein Mensch doch wurde, wenn er so alt wie Anen war, beinahe feingliedrig wie ein Vogel. Senenmut versuchte sich daran zu erinnern, wie Anen als junger Mann gewesen sein mochte, doch es gelang ihm nicht. So oft er diese Bilder auch heraufbeschwor, stets schoben sich Falten und Runzeln und braune Zahnstümpfe in seine Erinnerung. Einen letzten Blick auf sein fahles Gesicht, die durchscheinende mürbe Haut und die fast blinden Augen erlaubte Senenmut sich, dann hob er den Alten hoch, der beinahe so leicht wie die Feder der Maat zu sein schien, und trug ihn aus seiner Kammer. Die Diener waren verschwunden, verängstigt vom Tod, der sich über Nacht in das Haus ihres Herrn geschlichen hatte. Sie hatten sich geweigert, Anens Körper in ein Tuch zu hüllen und ihn auf den Ochsenkarren zu legen, der vor Senenmuts Haus bereitstand. „Ich hoffe, es wird mir vergolten, wenn ich einst vor Osiris stehe“, flüsterte Senenmut dem Leichnam des Alten liebevoll zu, während er ihn behutsam auf die Ladefläche des Karrens legte. *Für niemand anderen würde ich das tun ... außer für eine Göttin mit schwarzem Haar und den Augen einer Katze*, dachte er betäubt, während er selbst den Zügel des Ochsen nahm und mit der Zunge schnalzte. Das träge Tier, das beinahe so alt wie Anen zu sein schien, setze sich in Bewegung. Anen war nur ein alter Diener gewesen, der in seinen letzten Sommern zu nichts anderem getaugt hatte, als sein Ohr an die Tür seines Herrn zu legen, doch Senenmut hatte ihn geliebt wie seinen Vater. Er war ihm zur Familie geworden, seit Senenmut seine eigene Familie fremd geworden war. Diese letzte Geste der Zuneigung und Liebe würde Senenmut dem Alten gewähren, und noch nicht einmal seine Furcht vor den Unberührbaren konnte ihn davon abhalten.

Früh am Morgen, noch bevor Re geboren worden war, hatte der junge Leibdiener Anen gefunden, wie er auf seiner Liege am gestrigen Abend eingeschlafen war – aber der Körper des Alten war bereits steif und kalt gewesen. Der junge Diener war aufgebracht zu Senenmut gelaufen und hatte vor Furcht gestottert, da er dem Anblick des Todes so unvorbereitet ausgesetzt worden war. Ohne Zeit zu verlieren, hatte Senenmut einen anderen seiner Diener zum „Schönen Haus“ auf der Westseite des Nils gesandt. Er war entschlossen, Anen ein Begräbnis auszurichten, das eines hohen Beamten würdig gewesen wäre. Doch der Diener, der sich erst nach gutem Zureden und mit ein paar Kupferringen dazu bereit erklärt hatte, zu den Unberührbaren zu gehen, war unverrichteter Dinge zurückgekehrt. „Anubis ist in der letzten Nacht auch im Palast gewandelt, und wir können niemanden entbehren“, hatte einer der Balsamierer ihm erklärt. Erst als Senenmuts Diener ihm versicherte, dass sein Herr eine kostspielige Bestattung und Salbung des Leichnams wünsche, war er freundlicher geworden. „Geh zurück zum Haus deines Herrn und bringe den Leichnam selbst hierher. Für einen reichen Herrn, der gut für seine Angehörigen und deren Weiterleben bezahlt, werden wir trotz all dem Aufruhr noch Zeit finden."

Der Diener hatte Senenmut die Nachricht des Balsamierers überbracht, sich jedoch mit gesenktem Kopf geweigert, mit Anens Körper noch einmal zum Schönen Haus zurückzukehren. Auch die Aussicht auf weitere Kupferringe hatte seine Meinung nicht ändern können. In seinen Augen hatten sich Furcht und Ekel gespiegelt. „Die Unberührbaren verströmen den Hauch des Todes aus ihrer Haut, und selbst in ihrem Atem liegt er. Ich gehe dorthin nicht mehr zurück, Herr – auch nicht, wenn du mir die Peitsche gibst. Ich werde singen und lachen, wenn du mich schlägst, aber ich gehe nicht mehr zurück zum Schönen Haus."

Der verängstigte junge Diener war von Senenmut nicht bestraft worden, denn auch ihm selbst war nicht wohl bei dem Gedanken, Anens Leib zu den Unberührbaren zu bringen. Doch irgendeinem Fremden wollte Senenmut den Körper seines Dieners auch nicht überlassen. Viel zu groß war die Furcht vor den Unberührbaren, als dass sie nicht Senenmuts Kupfer genommen und Anens Körper irgendwo in den Hapi geworfen hätten. Wer sich mit ihnen einließ, konnte schnell selbst zu einem Unberührbaren werden. Aber für Anen musste er es tun, denn die Hitze würde seinen Leib schnell verfaulen lassen. *Nein, Anen ... für niemanden würde ich dies tun – nur für dich und für eine Göttin mit schwarzem Haar.*

Er wurde nicht selten angestarrt auf seinem Weg durch Thebens Straßen, da ein reicher Mann wie er sich mit dem Leib eines Toten abgab. Die Menschen wichen Senenmut aus, als hätte die Seuche der Unberührbarkeit bereits seinen Ka vergiftet – die Frauen seiner Nachbarn und sogar die einfachen Handwerker, die seinen Weg kreuzten, schlugen das Zeichen gegen das Böse und senkten den Blick. Dem Fellachen, der die Fähre über den Nil stakte, musste Senenmut viermal so viel Kupferringe zahlen wie üblich, damit dieser Anens Körper ans Westufer brachte. „Die Unberührbaren haben ihre eigenen Fähren", gab der vom Leben auf den Feldern sehnige Mann unwillig zu verstehen, obwohl er begehrlich auf das Kupfer in Senenmuts Handfläche starrte. Er ließ sich erst überzeugen, als Senenmut ihm erklärte, dass es einen Todesfall im Palast gegeben hätte und ihm deshalb nichts anderes übrig blieb, als den Toten selbst zum Schönen Haus zu bringen.

„Ja, es scheint, dass im Palast einer aus der Familie des Horus zu Osiris gegangen ist. Ein paar der Beamten trugen blaue Trauergewänder, also wird's wohl die Wahrheit sein", gab der

Mann missgelaunt zu. Trotzdem bestand der Fellache auf die vierfache Bezahlung in Kupfer, da niemand der Thebaner mit dem Leib eines Toten den Hapi überqueren mochte.

„Sieh dich vor, dass sie dich nicht berühren“, riet ihm der Fährmann besorgt, als ob er nicht einen reichen Herrn vor sich gehabt hätte, sondern einen alten Freund, mit dem er schon viele Male Bier getrunken hatte. „Man sagt, wenn sie dich nur einmal mit der Hand berühren, wirst du den Geruch des Totenreichs für immer an deinem Körper tragen und bist verflucht.“

Mit einem kurzen Nicken verabschiedete Senenmut sich und setzte seinen einsamen Weg durch die glühende Wüstenhitze des Westufers fort.

Das Schöne Haus lag im Schatten einer Felswand, doch Senenmut konnte es bereits von Weitem riechen. Der Gestank des Todes, vermischt mit Harzen und süßen Salbdüften, wies ihm den Weg zu dem einfachen Lehmziegelbau, vor dem die Balsamierer geschäftig umherliefen. Ein junger Mann, dem die rechte Hand fehlte, riss umständlich alte Tücher in Streifen, die so zu Leinenbinden wurden. Familien, so wusste Senenmut, die nicht wohlhabend oder reich waren, gaben den Unberührbaren ihre abgelegte Kleidung mit, um nicht auch noch die Leinenbinden bezahlen zu müssen. Einige der Unberührbaren trugen Krüge, die mit einem weiß-körnigen Sand gefüllt waren, und verschwanden im Eingang der Balsamiererwerkstätte. Natron ... Senenmut ließ den Ochsenkarren zurück und legte sich Anens Körper auf seine Schulter. Obwohl er nicht schwer war, spürte er die Last schmerzlich auf seinem Rückgrat, während er überlegte, ob er wirklich weitergehen konnte. Das Grauen kroch Senenmut in den Nacken bei dem Gedanken, dass sein Leib auch irgendwann hierher gebracht werden würde. Obwohl jeder wusste, wie die Körper der Verstorbenen behandelt wurden und bereits früh im Leben begannen Kupfer zurückzulegen, damit nach dem Tod für ihre sorgfältige Balsamierung gesorgt werden würde, wäre doch kein Lebender freiwillig hierher gekommen. Nur er war hier und stand wie erstarrt in der sengenden Hitze der westlichen Wüste. Senenmut lebte noch, und er hätte nicht hier sein sollen! Ein Blick auf die vielen fehlenden Hände oder von Peitschenhieben vernarbten Rücken reichte ihm aus, um zu wissen, dass diejenigen, die hier ihrer Arbeit nachgingen, Verbrecher oder die Kinder und Kindeskinder von Balsamierern waren, denen durch die Arbeit ihrer Väter kein anderer Weg offen stand, um ihren Lebensunterhalt zu verdienen. Einen stumpf dreinschauenden Mann mit breiten Schultern und nacktem Oberkörper wagte Senenmut schließlich anzusprechen. Mit einem Stock rührte der Balsamierer träge in einer qualmenden Flüssigkeit, die auf einem offenen Feuer brodelte, während er Senenmut von oben bis unten musterte. Der Oberkörper des Mannes glänzte vom Schweiß, während der beißende Rauch aus dem großen Kessel Senenmut in den Augen brannte. Als er hustete, verzog der derbe Balsamierer seinen breiten

Mund zu einem Grinsen. „Harz für die Versiegelung der Körper ... bringst du einen, der dir wichtig ist?“ Mit beiläufigem Nicken bedachte der Mann Anens Leib. Das Brennen in Senenmuts Augen wurde unerträglich. *Nur für dich tue ich das, Anen*, erinnerte er sich einmal mehr und nickte dem groben Mann zu, weil ihm die Zunge plötzlich in der Mundhöhle festzukleben schien.

„Bring ihn rein und sprich mit dem Vorsteher der Werkstätten. Ihm musst du sagen, welche Behandlung du wünscht.“

Mit zusammengepressten Lippen bedankte sich Senenmut und ging bis vor die Eingangstür der Werkstätten – unvermittelt hielt er die Luft an. Moder, Fäulnis, die Süße von Ölen und allerlei Dinge, die er nicht benennen konnte, jedoch als ekelerregend empfand, schlugen ihm aus dem Innern des Hauses entgegen. Seine Füße wollten keinen Schritt mehr tun. *Ich lebe doch noch*, wies sein Herz ihn aufgebracht zurecht und setzte für einen Moment aus. Dieses Haus konnte er nicht betreten, es war unmöglich! Verzweifelt sah Senenmut sich um, in der Hoffnung einen zu finden, der ihm diese Last abnahm ... einen, dem es egal sein konnte, da er ohnehin wusste, dass Ammit irgendwann sein schuldbelastetes Herz verschlingen würde. Es gab so viele von ihnen hier, und einer musste diesen Gang für ihn übernehmen.

„Nur rein und einfach den Gang hinuntergehen, da findest du den Vorsteher.“ Die Stimme des Harzkochers in seinem Rücken ließ keinen Zweifel daran, dass niemand von seiner Arbeit ablassen würde, um Anens Leib in den Balsamierungsraum zu bringen.

Senenmut schloss die Augen und meinte in die Unterwelt hinabzusteigen, als er seinen Fuß über die Schwelle des Schönen Hauses setze. Seine Knie begannen zu zittern, wie sie es nie auf dem Schlachtfeld getan hatten, bis er sich darauf besann, was Hapuseneb ihm gesagt hatte. *Du bist ein kluger und besonnener Mann.* Senenmut zwang sich weiterzugehen. Schwüle umfing ihn, Dämmerlicht, nur von rußigen Fackeln an der Wand durchbrochen und der vereinnahmende Geruch von Schweiß, Öl und fauligem Fleisch. Die Wände des Ganges waren mit Bildern des Balsamierungsvorgangs bemalt, die dank der rußenden Fackeln bereits so geschwärzt waren, dass viele Darstellungen nicht mehr zu erkennen waren. Auf einer Wand erkannte Senenmut noch die schwarze Schnauze des Schakalgottes, der sich über den Leib des Verstorbenen beugte, auf einer anderen Wand meinte er die Wiegung des Herzens zu erkennen, während im Hintergrund Ammit, die Seelenverschlingerin mit dem Kopf eines Krokodils, dem Oberkörper einer Löwin und dem Hinterteil eines Nilpferdes darauf wartete, das Herz zu verschlingen, wenn der Verstorbene schuldbelastet war. *Dies ist die Pforte zur Unterwelt, Anen ... und nur für dich durchquere ich sie*, hackte sein Wille das Aufbegehren des Herzens entzwei. Senenmut nahm Schritt für Schritt, immer dem Ort am Ende des Ganges entgegen, der ihm so weit entfernt von der Tür schien, wie einem Durstenden der Hapi in der Wüste. Er war der längste Pfad, dem Senenmut je meinte gefolgt zu sein. Dann erreichte er endlich den Balsamierungsraum und blieb im Türsturz stehen. Er glaubte die Besinnung verlieren zu müssen. Der Gestank hier war atemberaubend und schien ihn zu packen und umherzuwirbeln, sodass Senenmut ohne es zu wollen würgen musste. Wenn er ohnmächtig wurde, würden sie ihn berühren ... und er müsste den Gestank für den Rest seines irdischen Lebens am eigenen Leib tragen. Senenmuts Herz schien vor Angst aussetzen zu wollen.

Wie aus dem Nichts tauchte ein Kahlköpfiger in einem groben Leinenschurz neben ihm auf, mit mürben Gesichtszügen und einem Schreiber an seiner Seite. „Nun, nun, bleib bei Sinnen, Fremder. Es ist das Harz und die Öle. Wenn man es nicht gewohnt ist, verursacht es Schwindel und unbehagliche Enge im Herzen."

Es ist dieser Ort, wollte Senenmut entgegnen, brachte aber nur ein Nicken zustande und spürte, wie sein Kopf klarer wurde.

„Ich bin der Vorsteher dieser Werkstätten, und du siehst, dass wir kaum Zeit aufbringen können, da es einen Todesfall im Palast gab, der Vorrang hat. Aber da du selbst nicht davor zurück gescheut bist den Weg bis hierher zu kommen, werden wir uns um deinen Toten kümmern." Der Vorsteher berührte ihn nicht, denn auch er war einer von den Unberührbaren – jeder der hier seinen Dienst versah, war unberührbar. „Wie sollen wir ihn behandeln?"

Fragend sah Senenmut den Vorsteher an, der Nachsichtigkeit mit diesem armen Fremden zeigte, der sich hierhin verirrt zu haben schien und nicht wusste, wie ihm geschah. Mit seinem von Harz verklebten Finger wies er auf Anen. „Eine einfache Balsamierung oder eine kostspielige? Wenn wir Leber, Lunge und die Masse seines Kopfes nicht entfernen, kommt es dich günstig, doch sein Leib wird irgendwann anfangen zu faulen. Wir können den Körper auch mit Holzspänen füllen, getränkte Leinentücher werden dich zusätzliches Kupfer kosten."

„Eine Behandlung, wie sie auch der Tote des Königshauses erhält", brachte Senenmut endlich hervor, da er glaubte keine Kraft mehr für eine Unterhaltung aufbringen zu können.

Einen Augenblick überlegte der Vorsteher der Werkstätten, dann nickte er Senenmut zu und bedeutete ihm, mitzukommen. Schweiß lief Senenmut von der Stirn, als der Vorsteher ihn zu einem Sockel aus Alabaster führte, auf dem er Anen endlich ablegen konnte.

„*Die* Tote des Königshauses ...", gab der Vorsteher ihm zu verstehen, während sein Schreiber bereits zu verzeichnen begann, welche Behandlung Anen erhalten sollte. „Wir haben hohen Besuch in unseren Hallen, doch irgendwann müssen sie ja alle zu uns kommen, egal ob sie von Amun gezeugt worden sind oder nicht."

„Was?“, stammelte Senenmut entgeistert. *Von Amun gezeugt ...* hämmerten die Worte in seinem Kopf, derweil der Vorsteher mit dem Kinn auf einen Sockel aus Alabaster wies, auf dem der nackte Leib einer Frau lag. Ihre schlaffen Brüste hingen über den Rand des Sockels wie lang gezogene Schläuche, und in ihrer Seite klaffte ein leuchtend roter Schnitt, als wäre sie auf dem Schlachtfeld durch einen Schwerthieb gestorben. Das fahle Gesicht war aufgedunsen und die Lippen blau verfärbt. Zwei Balsamierer wühlten mit ihren bloßen Händen in der geöffneten Bauchhöhle und zogen ohne große Vorsicht Leber, Nieren und allerlei Gedärm hervor. Der Inhalt des Magens stank erbärmlich, sodass Senenmut erneut würgen musste. Als wäre es ihr Einerlei, starrte die Tote aus milchig verschleierten Augen ins Leere. *Wie eine erlegte Gazelle wird sie ausgeweidet, wie Geier, die sich in der Wüste am Aas laben zerren sie an ihren Eingeweiden*, dachte Senenmut voller Entsetzen, während einer der Unberührbaren sich mit einem langen Haken in der Nase der Toten zu schaffen machte und ihn zu drehen begann. Ohne große Behutsamkeit zog er den Kopf der Toten zur Seite, sodass die Nackenwirbel knirschten. Ein grauer Brei trat aus den Nasenlöchern aus, den der Balsamierer in einer Schale auffing.

„Sie ist die Witwe des zu Osiris gegangenen Gottes – Ahmose - gezeugt von Amun selbst, und in ihren Adern fließt göttliches Blut. Aber ich frage dich, Fremder. Ist ihre Haut aus Gold oder ihr Haar aus Lapislazuli? Hat sie silberne Knochen?“ Der Vorsteher, der Senenmuts Entsetzen nicht zu bemerken schien, schüttelte den Kopf. „Weder sie noch der zu Osiris gegangene Einzig Eine waren anders als die vielen Toten, die ich hier jeden Tag zu sehen bekomme. Ihre Mägen stinken, und ihre After sind voller Kot, wenn sie zu uns kommen. Ich zweifle daran, dass sie von Göttern abstammen. Wenn du so lange wie ich hier wärest, würdest du das auch tun.“

Senenmut trat einen Schritt zurück und wandte seinen Blick von der toten Ahmose ab. Das flackernde Fackellicht schien ihn zu verhöhnen ... ebenso wie der Vorsteher der Werkstätten. Es war Frevel, dass er hier war, und Frevel war auch, was der Vorsteher ihn Glauben machen wollte. „Du lästerst den Göttern.“

Der Vorsteher sah ihn nicht einmal an und zuckte mit den Achseln. Aus einer Angewohnheit heraus wollte er Senenmut auf die Schulter klopfen. Er besann sich erst, als Senenmut zusammenzuckte und zurückwich. Sein Gesicht zeigte Enttäuschung. „Wenn du es sagst, Fremder. Ich habe ehrlich zu dir gesprochen, weil ich glaubte, dass du auf der Suche nach Wahrheit bist. Warum sonst solltest du dich hierher wagen? Aber geh nur in dein schönes Haus am Ostufer, trinke Wein und liebe deine Frau, feiere Feste und bring Amun ein Opfer. Vergiss einfach, was du hier gesehen hast, und wir werden deinen Toten so sorgfältig herrichten, wie wir es mit der toten Königswitwe halten.“ Sein Blick bekam ein herausforderndes Funkeln. „Wir könnten sogar die Leichname vertauschen, und niemand würde es bemerken. Amun selbst würde wohl kaum aus seinem Schrein heraustreten, um uns zu bestrafen.“

Senenmut sah den Vorsteher an und wollte etwas erwidern, doch vermochte es nicht. Hatte der Einzig Eine, der bei Osiris weilte, gewusst, was hier unten geschah? Er, der so göttlich und stark gewesen war, dass Amun selbst zu ihm gesprochen hatte? Senenmut hätte den Vorsteher der Werkstätten nur allzu gerne gepackt und angeschrien, doch natürlich tat er es nicht. Wahrscheinlich wartete der Mann nur darauf, dass Senenmut sich vergaß und ihn berührte. Senenmut wandte sich stattdessen grußlos von ihm ab und sah nicht nach rechts oder links, als er den Balsamierungsraum verließ. Eilig floh er durch den düsteren Gang hinaus, immer dem Licht des Tages entgegen, bis er endlich wieder die Welt der Lebenden erreichte. In seinem Herzen empfand er Zorn auf den Vorsteher des Schönen Hauses, und er hätte ihn für seine lästerlichen Reden verhaften und zum Tode verurteilen lassen können. Hätte dieser Mann gewusst, wer Senenmut war, sicherlich hätte er nicht so freimütig gesprochen. Aber Senenmut wurde klar, dass er den Mann nicht verhaften lassen würde, denn dazu hätte er offenbaren müssen, dass er selbst die Balsamierungsstätte betreten hatte. *Ich werde es vergessen ... ich werde seine frevlerischen Worte einfach vergessen, denn was kann einer wie er schon von den Göttern verstehen, von ihren Weisungen und ihren Geheimnissen.* Senenmut hatte die Macht des Gottes selbst erlebt und einen Schwur geleistet, an dem er nicht zweifelte. Amun hatte sich offenbart und wandelte unter ihnen ... Senenmut hatte sie gesehen ... die Kraft, und die unvergleichliche Stärke des Gottes.

Er ließ die Diener seines Hauses unzählige Krüge von Wasser über seinen Kopf gießen, das Natron seine Haut wundscheuern und beruhigte sich schließlich. Er war in einem Traum gefangen gewesen, und die Harze und Öle hatten ihm die Sinne betäubt. Aber so sehr er es auch versuchte – es gelang Senenmut nicht, das Bild der toten Ahmose aus seinem Herzen zu drängen, wie sie dort gelegen hatte, entblößt, allem Göttlichen beraubt, als wäre sie nichts weiter als Fleisch und Knochen und Haut.

Die 8 Stunde der Nachtfahrt ist jene der Herrin der tiefen Nacht

Die westliche Wüste bei Theben, im dritten Jahr der Herrschaft des Thutmosis Aakheperenre

Der Wind bauschte die blauen Trauergewänder an unzähligen Leibern und riss wütend an den Wimpeln der Prozession, die sich schwerfällig wie eine Greisin durch die westliche Wüste schleppte. Als wolle er sie verschlingen, sandte Seth Donner und Blitz vom schwefeligen Himmel, hüllte die Lebenden in seinen feurigen Atem und ließ seinen Zorn auf sie hinabfahren, da sie an diesem Unheil verheißenden Tag in sein Reich gekommen waren. *Fordere niemals jene Götter heraus, welche für ihren Zorn und ihre Launen wohlbekannt sind, noch versäume ihnen großzügig Opfer darzubringen, erweise ihnen Achtung, wie jenen, deren Gemüter freundlich sind – ehre den roten Seth und die rasende Sachmet, wie du Amun ehrst, damit sie sich nicht gegen dich wenden ...* So hatte ihr Vater Hatschepsut immer wieder ermahnt, und sie hatte sich seiner Worte erinnert und ihnen Milch und Wein in ihren Schrein gebracht. Doch obgleich Hatschepsut am gestrigen Abend einen weißen Ochsen hatte opfern lassen, war Seth nun entfesselt und zornig. Die Priester hatten lange die Sterne beobachtet, um einen geeigneten Tag für die Grablegung der Königswitwe zu finden, doch Hatschepsut fragte sich, ob ihnen dabei ein Fehler unterlaufen war. Es war der achtzehnte Tag des Payni in den Monaten der Hitze, und jeder wusste, dass man an diesem Tag das Haus nicht verließ, kein Fleisch eines Löwen aß und sich auch von den Toten fernhielt. Vor allem diejenigen, die Ausschlag im Gesicht hatten, würden niemals von ihrem Leiden befreit werden, sollten sie an diesem Tag den Zorn der Götter auf sich ziehen. Hätten die Priester dies nicht berücksichtigen müssen, da der Einzig Eine doch an einem pusteligen Ausschlag litt? Wie die anderen hatte Hatschepsut ein Tuch vor den Mund gebunden, um den feinkörnigen Sand davon abzuhalten, ihr Gesicht zu schleifen oder in ihren Mund einzudringen. Trotzdem meinte sie, dass ihre Lunge voller Sand sein müsse und ihr Gesicht rohes und blutendes Fleisch. Die Stimmen der Klageweiber erhoben sich schmerzvoller und inbrünstiger denn je, während sie neben dem Sarkophagschlitten herliefen. Selbst sie waren außer sich vor Angst, an diesem Vormittag in der Wüste des Westufers sein zu müssen und den Zorn des furchtbaren Gottes auf sich zu ziehen. Als ob diese Omen nicht bedrohlich genug gewesen wären, hatte auch der Weltenschöpfer Re sich vor dem Zorn Seths beugen müssen, denn seine heilsamen Strahlen wurden vom aufwirbelnden Sand verschlungen, und der Himmel blieb grau und düster. Hatschepsuts Besorgnis stieg. Sie fragte sich einmal mehr, weshalb die Priester diesen Tag für die Grablegung ihrer Mutter als günstig erklärt hatten. Allen voran drängten Amuns Priester durch den aufstrebenden Sand und versuchten beruhigende Worte für die verängstigten Trauernden zu finden. Sie trieben dreihundert Höflinge sowie zwei rote Ochsen, die den Schlitten mit Ahmoses Sarkophag zogen, immer tiefer in die Wüste hinein.

Neben Hatschepsut stolperte eine in blaue Tücher gehüllte Gestalt und drohte zu stürzen. Hatschepsuts Hand schnellte vor und packte den Arm der Fallenden. Die Fähigkeit zur Vorausschau und schnellem Handeln, die Hatschepsut im Goldland erworben hatte, verhinderte den Sturz, und die vermummte Gestalt wandte ihr das Gesicht zu. Hatschepsut konnte jedoch nur die zum Schutz eng zusammengekniffenen Augen erkennen.

„Ich danke dir, große königliche Gemahlin“, drang eine weibliche Stimme gegen das Heulen des Windes unter dem Tuch hervor, die jung klang.

„Wie ist dein Name?“, fragte Hatschepsut um sich von ihrer eigenen Furcht abzulenken, während sie sich weiter voranquälten, Schritt für Schritt. Die Tatsache, dass die Frau neben ihr herging, so nahe hinter dem Sarkophag ihrer Mutter, konnte nur bedeuten, dass sie mit Ahmose und damit auch mit ihr selbst eine Blutlinie teilte.

„Ich bin Hui, große königliche Gemahlin – die Tochter einer Schwester deiner zu Osiris gegangenen Mutter. Meine Mutter wurde einem königlichen Beamten unter deinem zu Osiris gegangenen Vater in die Ehe gegeben. Doch meine Eltern sind vor Nilschwemmen gestorben. Sie haben in Memphis gelebt, ebenso wie ich mit meinem Gatten, der ebenfalls zu Osiris gegangen ist.“

Noch nie hatte Hatschepsut etwas von dieser Hui gehört, doch das verwunderte sie nicht, da Ahmose seit Nilschwemmen ihre Zeit im Mohnrausch verbracht hatte. Dort, in ihrem wogenden Meer, hatte sie vergessen, wen sie einmal gekannt haben mochte ... nur ihren goldenen Prinzen Amunmose, ihn hatte sie nicht vergessen können. Er hatte den Platz all jener ausgefüllt, welche Ahmose nacheinander zwischen den Wellen der dahintreibenden Erinnerungen abhandengekommen waren.

Hinter sich vernahm Hatschepsut ein trockenes Husten. Sie erinnerte sich des ausgemergelten Leibes ihres Brudergemahls, der verzweifelt bemüht war, mit ihr Schritt zu halten. Sand und Wind zehrten an seinen fast aufgebrauchten Kräften und trockneten ihn aus wie den Leib Ahmoses in ihrem vergoldeten Sarkophag. Er, so wusste Hatschepsut, wäre ein willkommenes Opfer für Seth, eines, das leicht zu verschlingen war. Es war ein denkbar schlechter Tag für Ahmoses Grablegung! Scheinbar zufällig verlangsamte Hatschepsut ihren Schritt, bis sie zurückfiel und neben Thutmosis lief, der seine Arme um den Leib geschlungen hatte und vornüber gebeugt ging. Im Grabzug ihrer Mutter wurde selbst der Einzig Eine nicht auf einer Sänfte getragen. Ebenso wie die anderen Trauernden trug er blaues Leinen und hatte seit Ahmoses Tod weder Körperhaar noch seinen spärlichen Bartwuchs im Gesicht scheren lassen. Mitleid regte sich wie so oft in Hatschepsut und ließ sie ihre Angst vor der zunehmenden Verwirrung ihres Bruders vergessen. Thutmosis selbst hatte darauf bestanden, Ahmose die letzte Ehre zu erweisen und die Mundöffnungszeremonie an ihr zu vollziehen. Unesch hatte voller Entsetzen aufbegehrt. „Der Sand des roten Landes wird in deine Lungen eindringen und deine Gesundheit noch mehr schwächen, Einzig Einer. Du darfst den Palast nicht verlassen."

Thutmosis hatte ihn mit der Unwilligkeit eines Kindes fortgeschickt, und nun schleppte er sich voran ... ein Bündel aus Schmerz und Wille, das nicht aufgeben mochte.

Mit Genugtuung dachte Hatschepsut an Mutnofret und Isis, die am Ende des Trauerzuges gehen mussten. Sie, die nicht göttlich waren, dafür aber hinterhältig und giftig wie Kobras, fraßen den Staub, den die vielen Füße vor ihren aufwirbelten. *Möge Seth euch die Haut von den Knochen schälen*, dachte Hatschepsut und griff beherzt nach dem Arm ihres Bruders um ihn zu stützen. Sie tat es so unauffällig, wie möglich. Kraftlos und müde mochte er zwar sein, doch sein eingefallener Leib, den Hatschepsut nun mit ihrem eigenen gegen den Wind mitzerren musste, lastete schwerer auf ihr, als sie es vermutet hätte. „Nur noch wenige Schritte, Bruder. Ich sehe bereits den Eingang und die Treppenstufen, die hinab führen."

Thutmosis fiebrige Augen blinzelten. Er sah kurz zu ihr hoch und ließ sich dann willig von ihr ziehen.

„Beim nächsten Trauerzug wirst du mich nicht stützen müssen, Haatsch ... dann wirst du meinem Sargschlitten folgen und ohne mich in den Palast zurückkehren."

Hatschepsut hätte es gerne verleugnet und Thutmosis Hoffnung auf Heilung versprochen. Doch sie vermochte nicht, ihn zu belügen. Eine erneute Woge des Mitleids ließ ihr Tränen in die Augen steigen, doch vielleicht war es auch nur der Wind, der seine Klauen durch ihr Gesicht zog ... ja, es musste der Wind sein, der an ihrer aller Gemüt nagte und sich tief in ihre Herzen fraß.

„Haatsch ...", begann Thutmosis erneut mit schwacher Stimme, die gegen das Heulen des Windes ankämpfen musste. „Du wirst mich doch mit allen Ehren bestatten lassen, nicht wahr?"

„Bruder ... Ahmose stand mir nicht nah, obwohl sie meine Mutter war ... und auch dir stand sie nicht nah, doch du gehst heute hinter ihrem Sarkophag. Ich werde hinter deinem gehen, und obwohl auch wir uns nicht lieben konnten, werden die Tränen um meinen Bruder echt sein."

Wieder wurde Thutmosis vom Husten geschüttelt, so heftig, dass er sich krümmte und sie fast gemeinsam in den Sand fielen. Dann zwang Thutmosis sich endlich, seinen Körper ein wenig weiter aufzurichten. „Ich stehe zu nah an der Jenseitspforte, um zu lügen, Schwester. Der Grund, weshalb ich darauf bestanden habe, den Trauerzug Ahmoses zu begleiten, ist ein anderer.“ Noch schwerer stützte er sich auf sie und krallte seine kalten Finger in ihren Arm, als wolle er sich versichern, dass sie nicht fortlief. „Haatsch, ich will mein Grab sehen ... es ist vielleicht die letzte Gelegenheit, solange ich noch unter den Lebenden weile. Ich muss Gewissheit darüber haben, dass die Götter mich finden werden, und dass mein Leib wohlversorgt ist. Ineni habe ich befohlen, eine Eskorte von Streitwagen bereitzuhalten, sobald die Begräbniszeremonie abgeschlossen ist.“

Was redete er da für einen Unsinn? Hatschepsut maß seinen Worten wenig Bedeutung bei. Seth ließ ihn dies sagen, um ihn mit List zu ermorden, genauso, wie er es einst mit seinem Bruder Osiris getan hatte. „Das ist nicht klug, Bruder. Du solltest schnell wieder in den Palast zurückkehren. Dieser Tag eignet sich nicht für einen Besuch des Westufers ... mir scheint er verflucht.“

Thutmosis ging nicht auf ihre Bedenken ein und sprach weiter, dieses Mal eindringlich und ohne den klammernden Griff um ihren Arm zu lockern. „Begleite mich, Schwester. Ich kann den Streitwagen nicht mehr alleine führen. Es ist nicht weit, aber ich muss es sehen, damit ich beruhigt sterben kann ... damit ich weiß, dass mein Leib in einem ordentlichen Haus ruhen wird, wenn ich meine Barke besteige.“

Hatschepsut war froh, dass sie im gleichen Augenblick den Eingang des Grabes erreichten, wo sie dem pfeifenden Wind sowie dem Drängen ihres Brudergemahls entkam. Thutmosis, der noch immer wie eine Doloritkugel an ihrem Arm hing, schien sein unsinniges Vorhaben zu vergessen beim Anblick der fein gehauenen und glatten Wände. Als wäre er selbst der Baumeister des Grabes, lobte er die Ausarbeitung des Brunnenschachtes sowie die genaue Ausrichtung der Grabkammer nach Norden hin. Beinahe ehrfurchtsvoll strichen seine klammen Finger in der Sargkammer über die Namenskartuschen der Königswitwe, und die blau getünchte und mit Sternen bemalte Decke betrachtete er sehnsüchtig. Es war für Hatschepsut ein trauriger Anblick Thutmosis zu sehen, der für die jenseitige Welt so viel Begeisterung aufbrachte, wie ein gesunder junger Mann für das diesseitige Leben und seine Freuden. Erst als Hapuseneb zu ihm trat, schien ihr Bruder in die Wirklichkeit zurückzufinden und sich daran zu erinnern, dass sein kranker Leib noch an das diesseitige Leben gebunden war. Die Hoffnung und Nähe auf die jenseitige Welt, der er hier so nahe war, schien ihm unvermutete Kraft zu verleihen. Mit sicheren Gesten vollzog er die Mundöffnung an den in

Binden gehüllten Leichnam Ahmoses, den man aufrecht in seinem Sarkophag an die Wand lehnte und legte das Fischschwanzmesser zur Wiederbelebung an Lippen, Augen, Ohren und Nase der Verstorbenen. Hier konnte er all das sein, was ihr Bruder im Leben so gerne gewesen wäre – ein Pharao, voller Kraft, der Leben spendete und von seinem Volk geliebt und bewundert wurde. Hingebungsvoll sprach Thutmosis die magischen Wiederbelegungsworte, ganz so, als hätte er sie in unzähligen einsamen Nächten immer wieder vor sich hingesagt. „Ich öffne deinen Mund, damit du sprechen kannst, ich öffne deine Augen, damit du sehen kannst, ich öffne deine Nase, damit sie von Wohlgerüchen erfüllt sei, ich öffne deine Ohren, damit du hören kannst."

Gelassen beobachtete Thutmosis, wie der Holzsarg Ahmoses in den steinernen Sarkophag hinabgesenkt wurde und die schwere Granitplatte darauf gewuchtet, auf dass der Leib der Königswitwe sicher und geschützt wäre. Ein versonnenes Lächeln lag um seinen von Schwären gezeichneten Mund.

Hatschepsut zwang sich, ihren Blick abzuwenden und die düstere Sehnsucht nach einem lebenswürdigen Dasein ihres Brudergemahls nicht zu ihrem eigenen Schmerz werden zu lassen. Sie übergab den Priestern hastig die Schminkdose, die sie als letztes Geschenk für ihre Mutter hatte anfertigen lassen. *Eine bescheidene Gabe für die Bescheidenheit unserer Gefühle füreinander, meine Mutter Ahmose* ... Hapuseneb selbst nahm das kleine mit Einlegearbeiten von Edelsteinen bestückte Geschenk entgegen und besprengte es mit Wasser des heiligen Sees. Dann legte er es zu den unzähligen Dingen, die Ahmose in ihr Grab gegeben worden waren – Truhen mit feinstem Leinen, das aufwendige Bett, über dessen Lehne die Hörner Hathors aufragten, Körbe mit Brot und Krüge voller Oasenwein, Schmuck und Halskragen, die ihr zu Osiris gegangener Gemahl ihr geschenkt hatte. Ahmoses diesseitiges Leben ruhte nun in ihrem ewigen Haus, und Hatschepsut fragte sich, was Thutmosis wohl befohlen hatte, in sein jenseitiges Heim bringen zu lassen.

Dann wurde die Luft immer stickiger, denn die Priester begannen unter Gesängen, die Grabkammer auszuräuchern – für die Lebenden war es das Zeichen, zurückzukehren in die diesseitige Welt und sich auf den Weg zurück zum Palast zu machen. Dort würde wegen des Sandsturms das Totenmahl für Ahmose abgehalten werden. Hatschepsut war es recht, denn die Enge der vielen Menschen in der Grabkammer bereitete ihr Unbehagen. Es drängte sie, zu den Lebenden zurückzukehren, Wein zu trinken und dem Wüstengott zu entkommen, der jetzt, da Hatschepsut sich wieder dem Eingang des Grabes näherte, ihr erneut Donnergrollen entgegensandte, um sie daran zu erinnern, dass sie nicht hier sein sollte. Sie musste zurückkehren zu den Lebenden, zu denen sie gehörte.

„Haatsch ... wirst du mich begleiten?“ Mit mahlender Eindringlichkeit fraß sich die Stimme ihres Bruders in Hatschepsuts Gedanken und klammerte sich an ihr Herz.

„Du solltest an einem anderen Tag dein Grab besuchen, Bruder. Seth will uns nicht hier haben!“ Ihre Stimme musste gegen den Sturm schreien, denn der zornige Seth tobte mittlerweile noch wütender als bei ihrer Ankunft über seinem Land.

„Nein ... es wird keinen anderen Tag geben ... nicht für mich!“ Thutmosis Augen glänzten fiebrig und verzweifelt. Hatschepsut seufzte. Wie hätte sie es ihm verweigern können! Alles in ihr sie mahnte sie zwar, es zu tun, doch ihr Herz riet ihr davon ab. *Ja, weigere dich nur, Gottestochter ... zeige ihm, dass du tatsächlich den Wunsch hast, sich seinen Weisungen zu widersetzen, auf dass er sich bestätigt fühlt in seinem Misstrauen.* Er war der lebende Gott, und sie hatte bereits einmal gegen seine Weisungen gehandelt, indem sie Sary und die Männer aus dem Goldland zurück nach Theben brachte – er hatte schließlich nachgegeben. Warum musste im Gegenzug ständig ihr Wille gegen Thutmosis aufbegehren? Was war dies für eine unsinnige Kraft, die nicht zu einer großen königlichen Gemahlin passte? Sie war schlecht, diese Kraft, unangepasst und eitel! Schließlich nickte Hatschepsut und bestieg hinter ihrem Bruder einen der bereitstehenden Streitwagen. Die Trauergemeinde warf ihnen fragende und zugleich entsetzte Blicke zu. Als Schemen erkannte Hatschepsut Isis, welche die Hände an die Lippen legte und Hapuseneb etwas zuzurufen schien. Ihre Worte wurden vom Heulen des Sturmes verschluckt. Hatschepsut achtete nicht auf die Menschen, nachdem sie sich dazu durchgerungen hatte, Thutmosis bei seinem unsinnigen Vorhaben zu helfen. Der Sand war bereits so dicht, dass das Atmen trotz der Tücher schwerfiel. Doch wer hätte den Einzig Einen davon abhalten dürfen, zu gehen, wohin er wollte, denn er war doch der lebende Gott. Hapuseneb hätte es vielleicht getan, aber der Oberste Prophet hatte Isis warnende Rufe nicht gehört. Hatschepsut tauschte noch einen beunruhigten Blick mit Ineni, der sich ebenso unwohl in seiner Haut zu fühlen schien wie sie selbst, dann presste sie ihren Leib fest an den ihres Bruders und zog die Zügel des Gespannes straff.

„Bringt mich zu meiner ewigen Wohnstätte“, drangen Thutmosis Worte matt gegen den tobenden Sturm, und Hatschepsut ließ die unwilligen Pferde antraben.

Der Sturm peitschte, als brülle Seth seinen Zorn auf die ungebetenen Gäste herab, die sich so uneinsichtig weigerten, sein Land zu verlassen. Die Pferde wieherten außer sich vor Angst, zerrten an ihren Geschirren, und weigerten sich weiterzugehen. Störrisch stemmten sie ihre Hufe in den Wüstensand und starrten zum Himmel hinauf, als erblickten sie dort den roten Gott, der Blitze und Sand auf sie hinabschleuderte. Hatschepsut gestand sich voller

Verzweiflung ein, dass sie die Orientierung in dem Chaos verloren hatte und nicht mehr wusste, wo sie war. Wo lag das ewige Haus ihres Bruders ... Richtung Süden oder Westen ... und wo lagen überhaupt die Himmelsrichtungen in diesem alles verzehrenden Chaos? *So muss es gewesen sein, bevor Nun die Welt* erschuf, dachte Hatschepsut voller Angst.

„Es ist nicht mehr weit ... dort vorne!“, erklang aus dem Nichts die Stimme Inenis neben ihr, der ebenso wie sie Mühe hatte, sein Gespann zu beruhigen. Der Körper ihres Brudergemahls lehnte noch immer schwer an Hatschepsuts Brust. Thutmosis verbarg seinen Kopf wie eine Wüstenmaus unter ihrem Arm. Hatschepsut wusste nicht, ob er überhaupt bemerkte, was um ihn herum geschah oder ob ihm klar war, dass Seth das Firmament über ihnen erzittern ließ. *Der Gott ist entfesselt ... das Chaos verschlingt Kemet! Amun möge uns beistehen*, betete Hatschepsut, während sie den Leib ihres Brudergemahls weiter mit dem eigenen Körper zu schützen versuchte. Eine Hand schob sich plötzlich durch die Wand aus Sand und Wind, griff in das Kopfgeschirr ihres Gespannes und zog es weiter. Ineni! Er hatte sein eigenes Gespann zurückgelassen und führte nun das ihre, verzweifelt fluchend und den roten Gott schmähend. „Seth ist entfesselt! Wir müssen den Einzig Einen schützen“, klang seine Stimme schwach durch den tosenden Sturm, während er zog und zerrte und die Orientierung noch nicht verloren zu haben schien. Zwischen dem aufpeitschenden Sand erkannte Hatschepsut endlich die dunkle aus dem Stein gehauene Öffnung ... den Eingang zum ewigen Haus ihres Bruders. Hatschepsut klammerte sich an die Seitenwände des Streitwagens und schloss die Augen. Sie bat den roten Seth um Verzeihung, dass sie seine Aufforderung, das Westufer zu verlassen, missachtet hatten. *Ich werde dir zwei Stiere opfern und Gold aus den Schatzkammern des Palastes, wenn mein Bruder überlebt!* Wie um sie auszulachen, zerrte der Sturm an ihrem Haar und riss an ihren Kleidern. Der Sand schmirgelte Hände und Füße, als nagten Ratten daran. Hatschepsut schloss die Augen und ergab sich dem Zorn des Gottes. Dies war sein Reich, und selbst Amun würde sie nicht vor Seth beschützen können ... dann wurde es still und schwarz, und die Stiche der Sandkörner, die sich in ihre Haut fraßen, ließen nach.

Hatschepsut wusste im gleichen Augenblick, wo sie waren ... in der Unterwelt! Ineni führte die Pferde geradewegs in den Eingang des Grabes hinein.

„Hinunter vom Streitwagen, Majestät“, rief Ineni ihr zu, seine Stimme krächzend und rau, als hätte der Sand auch sie aufgerieben. „Wir lassen das Gespann hier und gehen tiefer ins Grab hinein. Die Arbeiter haben Feuersteine hier gelassen, ich werde eine der Wandfackeln entzünden.“

In der Dunkelheit hörte sie ihn tastend über den Boden schaben, dann fand er die Steine und schlug sie aneinander. Funken glimmten auf, einmal, zweimal und noch ein drittes Mal und fraßen sich in die ölgetränkten Fackeln, bis Flammen daran hinaufleckten. Hatschepsut musste blinzeln, da die Helligkeit ihre Augen so unvorbereitet traf. Die Pferde standen jetzt ruhig und mit vor Erschöpfung hängenden Köpfen im engen Korridor. Ihre mit Sand überzogenen Kruppen leuchtenden im Schein der Fackeln. Das Gespann mit dem Streitwagen nahm beinahe die gesamte Breite des Korridors ein, sodass Ineni sich vorsichtig mit der Fackel an der Wand entlang tasten musste, um die verängstigten Tiere nicht erneut mit dem Feuer in Aufruhr zu versetzen. Als der oberste Baumeister endlich vor ihr stand, erkannte Hatschepsut, wie nah sie dem Tod wirklich gewesen waren. Ineni sah aus wie eine Statue, sein gesamter Körper und sein Gesicht waren von einer feinen Sandschicht überzogen. Im Fackelschein stand er wie versteinert, sich ebenso bewusst wie Hatschepsut, wie knapp sie dem Tod entkommen waren. Inenis Augen waren gerötet und geschwollen, und der Sand hatte seine Hände und die freiliegende Haut um seine Augen wie scharfe Messer zerschnitten. Erst als Hatschepsut ihr eigenes Gesicht berührte und einen brennenden Schmerz spürte, wurde ihr klar, dass sie ebenso aussehen musste.

„Wie geht es dem Einzig Einen?" Langsam gewann die Stimme des Baumeisters wieder an Kraft.

Hatschepsut legte ihre Hand vorsichtig vor den Mund ihres Bruders, der noch immer schlaff in ihren Armen hing, und atmete erleichtert auf, als sie den warmen Luftzug seines Atems an ihrer Hand spürte. „Er lebt, ist aber bewusstlos."

Vor Anstrengung ächzend hob Ineni den Körper Thutmosis vom Streitwagen und gab Hatschepsut die Fackel, während sie sich mit dem bewusstlosen Thutmosis an den Pferden vorbeischoben.

„Am Ende des Ganges gibt es eine Treppe, und dahinter liegt die Vorkammer des Grabes. Dort können wir warten, bis der Sturm sich legt." Thutmosis Leib wurde gleich einem Getreidesack auf Inenis Schultern durchgeschüttelt, während sie sich den Korridor entlang tasteten. Hatschepsut fragte sich, ob die Götter sie wohl sahen und Mitleid mit dem todkranken Falken hatten. „Was ist mit der Eskorte, die mit uns geritten ist?" Sie musste sich ablenken von den üblen Gedanken, die sich immer wieder in ihr Herz zu drängen versuchten.

„Ich weiß es nicht, Majestät. Ich habe die Männer im Sturm verloren und kann nur hoffen, dass sie ebenso wie wir in einem Grab Schutz gesucht haben."

Während Hatschepsut hinter dem obersten Baumeister herlief, konnte sie erkennen, dass die Grundarbeiten am Grab erst kurz zuvor beendet worden waren. Die Wände waren weder glatt gehauen noch verputzt worden – das ewige Haus ihres Bruders glich mehr einer Felsenhöhle, als einer Wohnung für die Ewigkeit ... es bot keinen Vergleich zum gut ausgestatteten Grab ihrer Mutter. *Ahmose hatte genügend Lebenszeit, ihr ewiges Heim vorbereiten zu lassen ... was hast du geglaubt vorzufinden, Bruder?* Wieder zwang Hatschepsut ihr Herz zu schweigen.

In der Vorkammer legte Ineni den Körper des Einzig Einen vorsichtig auf den sandbedeckten Boden, und Hatschepsut wagte das erste Mal, seit sie dem Sturm entkommen waren, sein Gesicht und seinen Körper nach Wunden abzusuchen. Um seinen Mund und auf seiner Stirn hatten sich die entzündeten Schwären geöffnet und waren blutverkrustet, doch sein Atem ging gleichmäßig. Der oberste Baumeister nahm ein Tuch und begann das Gesicht ihres Brudergemahls vorsichtig abzutupfen und um die Augen herum vom Sand zu befreien. „Wir hätten ihn abhalten müssen, hierher zu kommen." Ineni übergab Hatschepsut schließlich das Tuch, da es ihm eigentlich verboten war, den Herrn allen Lebens zu berühren und ließ sich an einer der unbehauenen Wände hinuntergleiten. Die Fackel rammte er wütend neben sich in den Sand.

„Der Einzig Eine wollte unbedingt sein ewiges Haus sehen ... er klammert sich an die Hoffnung seines Fortlebens." Obwohl es Hatschepsut ärgerte, meinte sie, sich vor Ineni erklären zu müssen.

„Dann ist es wohl besser, dass er ohnmächtig ist", gab der oberste Baumeister müde zu bedenken. „Seine Wohnstätte ist noch nicht bereit für seinen Körper, und wir können nicht schneller arbeiten, auch wenn die Zeit drängt."

Während Hatschepsut Thutmosis Kopf in ihren Schoß bettete, empfand sie erneut Mitleid mit ihm. *Mein armer Bruder ... das diesseitige Leben entzieht sich dir immer mehr, und dein Jenseitshaus ist noch nicht für dich bereit ... und alle erwarten, dass ich dich von deinen Entscheidungen abbringe.* Jetzt, da sie hier saß, spürte sie, wie sehr es sie ausgelaugt hatte, Thutmosis zu halten und zu stützen. *Bei den Göttern, es ist Unrecht, das zu sagen ... doch ich habe nicht die Kraft für uns beide. Wenn du diese Welt verlassen würdest, wäre es, als ob eine Last von meinem Herzen genommen wird.* Hatschepsut strich das wellige Haar aus Thutmosis Gesicht, das er sich nach ihrer Rückkehr aus dem Goldland hatte wachsen lassen, vielleicht um die Entstellungen auf seiner Stirn zu verbergen. Ihr Bruder war einst ein hübscher Knabe gewesen, zartgliedrig zwar, aber mit ebenmäßigen Gesichtszügen. Wie hatte sein Leiden ihn gezeichnet! „Ineni ... glaubst du, dass es Unrecht ist, dass ich seinen Tod herbeisehne, und dass ich darum bete, dass er bald seine Barke besteigt?" Wieder war sie verärgert und überrascht, dass sie vor Ineni aussprach, was sie tief in ihrem Herzen hatte verbergen wollen. Aber sie brauchte jemanden, mit dem sie reden konnte - der sie nicht anschweigen würde, wie Senenmut und Hapuseneb es taten. Seit Ipu fort war, gab es niemanden mehr, der mit ihr offen gesprochen hätte. Umso überraschender empfand sie die freimütige Antwort Inenis, der ihr ein verständnisvolles Lächeln schenkte. „Gottestochter ... wünschen wir uns nicht alle, dass der Einzig Eine zu den Sternen geht? Ist es nicht ehrlicher, als ihm ein langes Leben zu wünschen? Wir sehen ihn an und sehen, zu was er geworden ist. Dieser Horus wäre niemals zu einem starken Herrscher geworden, wie es dein zu Osiris gegangener Vater war." Die rotgeränderten Augen des Baumeisters blickten so aufrichtig, wie Hatschepsut es selten bei einem Höfling sah. „In dir sehe ich Stärke ... du bist die Mutter Kemets, das Bugtau Ägyptens. Ist es verwerflich von mir mich zu freuen, dass Amun einer Gottestochter jene Kraft schenkte, die dem Lebenden Horus verweigert blieb?"

Sie sahen sich an, zerrissen und zerlumpt, den todkranken Thutmosis zwischen ihnen liegend. Wie konnte er so zu ihr sprechen, wie konnte er ihren schlechten Gedanken Nahrung geben ... und doch tat seine Ehrlichkeit ihr gut. „Das ist es wohl nicht, Ineni ... doch ich empfinde Schuld gegenüber Thutmosis, der mein Leben so erschwert."

Als hätte er ihre Worte vernommen, begann sich Thutmosis zu regen. Der pustelige Mund öffnete sich ein wenig und spuckte Sand, während die Augen sich angestrengt im Dämmerlicht der Fackel umsahen. „Haatsch ...", seine Stimme klang ehrfurchtsvoll, während er versuchte aufzustehen, aber gleich einem verletzten Tier zurück auf die Knie fiel. Thutmosis stolperte über seine vom Sandsturm zerrissenen Trauergewänder, und Hatschepsut, die seine kraftlosen Versuche kaum noch mit ansehen konnte, erhob sich und bat Ineni, ihr zu helfen. Gemeinsam griffen sie dem Einzig Einen unter die Achseln, und er ließ es zu. Als Thutmosis endlich auf unsicheren Beinen stand und seinen Kopf staunend in alle Richtungen drehte, schwiegen sowohl Ineni und auch Hatschepsut. Dann begriff Thutmosis, wo er war. Seine Stimme bekam einen hohen und unheilvollen Klang. „Haatsch ... dies soll mein Haus für die Ewigkeit sein?"

Von einer Kraft erfüllt, von der Hatschepsut nicht wusste, woher er sie so plötzlich nahm, zog ihr Brudergemahl die Fackel aus dem Sand und taumelte vorwärts, den Gang entlang, der zur Sargkammer führte. Hatschepsut und Ineni folgten ihm in angemessenem Abstand. Sein keuchender Atmen, das Husten und das Schlurfen seiner Schritte über Felsgeröll und Sand wiesen ihnen den Weg. Als Thutmosis die Sargkammer erreicht hatte, blieb er stehen, hob die Fackel und ließ ihren Schein über die groben unbehauenen Wände gleiten. Seine Hände betasteten zitternd den noch ungeschmückten Sarkophag, den die Arbeiter in die Kammer getragen hatten. Hatschepsut hätte gerne die Augen geschlossen, um alles Weitere nicht mit ansehen zu müssen. Thutmosis starrte auf die leeren Wände der Sargkammer. Dann wandte er sich langsam, als befände er sich in einem Traum, zu Ineni um und sah ihn an. „Wo sind meine Namenszüge und die Abbildungen, die mich als lebenden Horus zeigen?“

„Einzig Einer ...“, Ineni versuchte ihn zu beschwichtigen, doch Thutmosis schien ihn nicht zu hören. Er taumelte gegen eine der unbehauenen Wände und begann zu weinen. „Das ist es, was von mir bleiben wird ... nichts, ebenso wie im diesseitigen Leben.“ Sein Atem ging heftig, als er sich ruckartig zu Hatschepsut umwandte, und seine Augen zeigten den Zug altbekannter Verwirrung. „Isis hatte recht ... du willst mich vernichten und meinen Namen auslöschen, damit die Götter mich nicht finden.“

„Bruder ...“, Hatschepsut trat auf ihn zu, doch er stieß sie mit aller ihm verbliebenen Kraft zurück und begann wie ein Wahnsinniger mit den Fäusten auf die unvollendeten Wände seines ewigen Hauses einzuschlagen. „Ich werde sterben ...“ Gleich einer alles in den Schatten drängenden Erkenntnis kamen ihm die Worte über die Lippen, und das schützende Firmament seines Trostes brach über ihm zusammen. Thutmosis zitterte wie ein Opfertier, das zum Altar geführt wurde und das Blut seiner Leidensgenossen witterte. „Ich werde sterben!“ Unbarmherzig hallten seine eigenen Worte von den Wänden der Grabkammer zurück. Hatschepsut stand steif neben Ineni und wünschte sich, dass ihr Bruder weit hinab in seine Verwirrung gleiten könnte, in seinen Traum des ewigen Lebens und Hoffnung. „Thutmosis ...“, versuchte sie ihn zu erreichen, doch sein Atem ging rasselnd vor Aufregung, und dann brach ein Hustenschwall aus ihm hervor, der nicht mehr aufhören wollte. Der Husten schüttelte Thutmosis, als wäre der Sturm der Wüste in ihn hineingefahren und ließ ihn schließlich auf die Knie fallen. Blut lief dem Einzig Einen über das Kinn, und er spuckte es auf seine Hände, während er immer wieder aufs Neue einen Schwall hinauswürgte. *Dein Haar ist aus Lapislazuli, deine Haut aus Gold, und deine Knochen sind aus Silber ...* begehrte Hatschepsuts vor Entsetzen gepacktes Herz auf, während Thutmosis in sich zusammensackte, als hätte er einen Schlag auf den Kopf erhalten.

Theben, im dritten Jahr der Herrschaft des Thutmosis Aakheperenre

Das Flüstern in der mit Feuerbecken und Fackeln erleuchteten Empfangshalle des Einzig Einen wäre dem Trauermahl einer Königswitwe gemäß gewesen, doch die Blicke der nebeneinander an kleinen Tischen sitzenden Menschen straften Lügen. Senenmut meinte ätzende Luft zu atmen, ebenso wie er auch mit tauben Ohren gewusst hätte, dass keines der

Worte, das geflüstert wurde, freundlich war. Zuerst hatten die Höflinge laut und wehmütig geklagt und waren verängstigt gewesen. Die Stimmung war jedoch bald in Zorn umgeschlagen, und sie hatten die Schuld an dem Unglück des Tages den Priestern zugeschoben. Waren sie es nicht gewesen, die einen falschen Tag für die Grablegung Ahmoses ausgewählt hatten - den Unglück verheißenden achtzehnten des Payni? Hapuseneb hatte schnell gehandelt und ein gerade von der Milch entwöhntes Kalb für den roten Seth opfern lassen. Die Priester hatten ein Stundengebet für den Gott gesungen und in seinem Schrein Weihrauch verbrannt. Kurz darauf hatte der Sturm sich gelegt und die Menschen waren wieder mutiger geworden. Die ersten zaghaften Fragen waren aufgekommen, zuerst leise und verunsichert, doch dann verlangten sie zu erfahren, was mit dem Einzig Einen geschehen war. Weshalb war er dort drüben auf dem Westufer hinaus in den Sturm verschwunden, nur begleitet von seinem obersten Baumeister und seiner großen königlichen Gemahlin? Senenmut konnte die Angst der Verwirrung riechen – aufdringlich und schwer kroch sie aus den Poren der Menschen, schrie nach einer Erklärung und nach einem Schuldigen, den sie für das Unheil verantwortlich machen konnten.

Bereits kurz nach Abflachen des Sturmes war ein Suchtrupp zurück ans Westufer geschickt worden, und dieser hatte zwei der Soldaten der Leibwache mitsamt ihren Gespannen tot im Wüstensand gefunden. Die restliche Eskorte des Einzig Einen hatte im Eingang eines Grabes Schutz finden können. Auch sie waren verängstigt gewesen und hatten mit vom Sand geröteten Augen in den Himmel hinauf gestarrt, der nun wieder blau und friedlich war. Aber sie wussten nicht, was mit dem Pharao geschehen war. Die Boten eilten vom Palast zum Westufer, während fieberhaft nach dem Einzig Einen gesucht wurde. Nach einem Nachmittag der fruchtlosen Suche waren die Höflinge so zornig geworden, dass sie begannen zu flüstern und Vermutungen anzustellen. „Der Einzig Eine war viel zu krank, als dass er auf einem Streitwagen hätte stehen können. Es war seine große königliche Gemahlin, die ihn fest umklammert hielt, als sie in der Wüste verschwanden ... ihr habt es doch gesehen, oder nicht? Ihre Arme lagen nicht schützend um den Leib des Gottes, vielmehr hielt sie ihn wie in Fesseln."

Isis und Mutnofret hatten die Gunst der umschlagenden Stimmung erkannt; wie Nattern hatten sie sich unter die Höflinge gemischt, an ihren Leibern empor geschlängelt und laut geklagt. Ihre Zungen waren vorgeschnellt, und ihre Bisse waren so giftig, wie die der Uräusschlange – ein gezischeltes Wort hier, eine Verleumdung dort ... Senenmut hatte überlegt, wie er den beiden Einhalt gebieten konnte und schließlich erkannt, dass es unmöglich war ... und dann hatten sie den Einzig Einen endlich gefunden. Ihn, Hatschepsut und den obersten Baumeister. Im unvollendeten Grab des Pharao waren sie dem Zorn der Wüste entkommen - doch der rote Seth hatte den jungen König mit seiner Zerstörungskraft berührt. Thutmosis lebte, aber er lag in tiefer Ohnmacht, seit er zurück in den Palast gebracht worden war. Die Höflinge hatten ihren Schuldigen gefunden! Sie gaben der großen königlichen Gemahlin die Schuld an ihrem Unglück! Die Maat war aus dem Gleichgewicht, das Chaos war über die beiden Länder hereingebrochen – Hatschepsut hatte Leid über Kemet gebracht.

Hatschepsut ahnte nichts von der vergifteten Stimmung. Sie blieb in den Räumen ihres Brudergemahls an seiner Seite und betete dafür, dass er aus seiner Ohnmacht erwachte. Senenmut beobachtete besorgt die verängstigten Gesichter der Höflinge. *Zeig dich ihnen, Gottestochter ... lass nicht zu, dass die Menschen ihre Herzen vor dir verschließen!* Was sich hier zusammenbraute, war mehr als gefährlich. Der Platz auf dem Thronpodest, der dem Einzig Einen gehörte, blieb leer, ebenso der Platz seiner großen königlichen Gemahlin. Aber Isis und Mutnofret saßen wie Kobras auf ihren Thronen. Nachdem sie ihr gesamtes Gift in die Adern der Menschen geschlagen hatten, betrachteten sie zufrieden ihr Werk. Zwischen ihnen saß der jüngere Thutmosis, ein Knabe von kaum zwei Nilschwemmen, der nörgelte und weinte, da er zurück in sein Bett wollte. Isis überhörte das Geplärre ihres Sohnes jedoch geflissentlich. Sie selbst hatte ihre Dienerin geschickt ihn zu holen, damit die Höflinge ihn sahen. Er war der nächste Horus, und egal wie alt er war ... er war hier, er war gesund, und er wäre da, sobald sein Vater zu Osiris ging ... und der Hof sollte es sehen.

Es wäre jetzt mehr als klug von Hatschepsut gewesen, wenn sie ihren Platz auf dem Thronpodest eingenommen hätte, ohne Schuldgefühl und ohne Reue. Was sie auf keinen Fall tun durfte, war den aufkeimenden Gerüchten Nahrung zu geben. Denn, so war sich Senenmut sicher, es war nicht ihr Wunsch gewesen, in die Wüste hinauszufahren. Wer wusste schon, was den verwirrten Verstand des Einzig Einen angetrieben hatte. Sicherlich hatte er Hatschepsut gebeten, ihn zu begleiten – und wie hätte sie sich weigern können.

Eine junge Frau ging an ihm vorbei, umhüllt vom Duft eines kostbaren Salböls – blauer Lotus, wie er nur in der Familie des Pharao verwendet wurde. Obwohl Senenmut sie noch nie zuvor im Palast gesehen hatte, wusste er, dass sie an der Seite Hatschepsuts hinter Ahmoses Sarkophag gegangen war. Senenmut umfasste ihren Arm und zwang sie so stehen zu bleiben. Sie wandte sich erschrocken zu ihm um, bereit ihn in seine Schranken zu weisen. Doch sie tat es nicht – vielleicht weil die Überraschung Senenmuts sie amüsierte. Er vergaß zu sprechen, denn in das Gesicht dieser Fremden zu blicken war ihm beinahe unheimlich, da sie Hatschepsut fast wie eine Schwester der Geburtsstunde glich. „Wie ist dein Name?“

Die junge Frau schien kurz zu überlegen, ob sie ihm antworten musste, da Senenmut sie wie eine Gemeine am Arm berührt hatte. Dann schien sie sich zu besinnen oder vielmehr an etwas zu erinnern. „Hui“, entgegnete sie, ohne ihren Blick zu senken.

„Hui – geh zu der großen königlichen Gemahlin und sag ihr, dass sie die Wache am Lager des Einzig Einen beenden soll. Sag ihr, dass sie ihren Platz auf dem Thronpodest einnehmen muss!“

„Warum gehst du nicht selbst zu ihr?“ Halbherzig wollte sie sich von ihm lösen, doch Senenmut verstärkte seinen Druck auf ihren Arm.

„Ich kann es nicht ... ein Schwur hält mich davon ab. Aber sag ihr, dass Senenmut dich geschickt hat. Die Menschen brauchen eine Löwin, um die Schlangen zurück in den Schatten zu treiben.“

Dumm war diese Frau nicht, denn nach seinen Worten wandte sie ihren Kopf dem Thronpodest zu, auf dem Mutnofret und Isis selbstgefällig ihren vermeintlichen Sieg feierten. Ohne ein weiteres Wort zu verlieren, nickte Hui, und Senenmut ließ sie gehen. Während Hui durch die Reihen der Menschen verschwand, dachte Senenmut an den Vorsteher des Schönen Hauses. *Noch nie habe ich gesehen, dass einer von ihnen Knochen aus Silber oder Haut aus Gold gehabt hätte.* Widerwillen gegen seine eigenen Gedanken machte sich in ihm breit. Ein Tag voller unglücklicher Fügungen lag hinter ihm, und jetzt sollten die Göttlichen wirken ... er war zu müde dazu.

Mit der Angriffslust eines verwundeten Löwen stieß Sary die Doppeltür zum großen Empfangssaal auf. Hatschepsut kam nicht umhin, seine Kraft zu bewundern. Sie selbst hatte ihn geschmückt, ihn ausstaffiert mit dem goldenen Harnisch des Kommandierenden und seine Kraft in ihre Dienste gezwungen. Doch was würde geschehen, wenn Sarys maßlose Kraft, die sich aus Hass, Trauer und Ruhelosigkeit nährte, gegen sie wandte?

Die Menschen erhoben sich, als Sary die Halle betrat und mit seinem zornigen Willen Platz für Hatschepsut schuf. Sie folgte ihm in Begleitung von zehn weiteren Leibwachen, an ihrer Seite Hui, die ihr so sehr glich, dass ihr Anblick Hatschepsut erschreckt hatte. Köpfe neigten sich, als Hatschepsut durch die Reihen der Höflinge ging und Gespräche verstummten, während unzählige Hände vergaßen, sich von den überladenen Tellern zu bedienen. Hatschepsut hatte Hui mit Eindringlichkeit gewarnt, nicht an ihrer Seite in den Empfangssaal zurückzukehren. „An meiner Seite zu sein, heißt, sich in Gefahr zu begeben.“

Aber Hui hatte sie auf eine Art angesehen, dass Hatschepsut meinte, in einen Bronzespiegel zu blicken. „Ich möchte an deiner Seite bleiben.“

Zu mehr war keine Zeit geblieben. Hatschepsut hatte genickt und dann einen letzten Blick auf Thutmosis geworfen, der bleich und mit flachen Atemzügen auf seinem Lager schlief, und nichts von dem wusste, was um ihn herum geschah.

Sary wandte sich zu ihr um, und sein Bernsteinauge brannte sich in ihre Haut, was sie einmal mehr zur Vorsicht mahnte. Er würde sie schützen, auch wenn es gegen den Wunsch seines Herzens geschah; solange sie die Maat befolgte, würde der Goldlöwe die Tür des Käfigs nicht öffnen können, in den sie ihn gesperrt hatte. Zwischen den Reihen der Höflinge erkannte Hatschepsut aus den Augenwinkeln den klebrig süßen Ahmose-Pennechbet und an seiner Seite Ipu, ebenfalls mit tief gesenktem Kopf. Hatschepsut fragte sich, ob Ipu glücklich darüber war, dass sie an diesem Abend nicht an ihrer Seite sein musste. *Ihr Wesen verbietet es ihr, anders zu handeln, als es für sie vorteilhaft ist.* Natürlich war Ipu glücklich darüber! Ihr Blick blieb verstohlen gesenkt, als Hatschepsut an ihr vorüberging – kein Lächeln, kein Augenaufschlag, nur Ahmose-Pennechbet offenbarte wie stets sein verschlingendes Lächeln ... das Lächeln eines Krokodils.

Auch Senenmut blickte zu Boden, obwohl er selbst es gewesen war, der Hui zu ihr geschickt hatte. Der seltsam verschlossene Senenmut, gefangen in seinen Geheimnissen und seinen Überzeugungen. Und doch war eigentlich er der Grund gewesen, weshalb Hatschepsut das Lager ihres Bruders verlassen hatte. Senenmut hatte ihr niemals offen geraten ... weshalb tat er es jetzt und forderte sie geradezu auf, ihr Schweigen zu brechen und die Stelle ihres Bruders einzunehmen? Aber das Wunderlichste war für Hatschepsut der Grund, aus dem er nicht selbst zu ihr gekommen war ... Senenmut hatte einen Schwur geleistet. Hatschepsut wünschte sich mehr denn je, in sein Herz schauen zu können. Zumindest dieses eine Mal würde sie ihn jedoch nicht einfach übersehen und seiner Verschwiegenheit überlassen. Sie wollte ihn herausfordern und dazu zwingen, ihr einen Blick und eine Antwort zu schenken. Hatschepsut blieb vor ihm stehen und neigte ihren Kopf. „Ich hörte, dass dein alter Diener am gleichen Tag wie meine Mutter zu Osiris gegangen ist.“

Beinahe steif und unwillig hob Senenmut seinen Kopf und sah sie mit dem ihm eigenen mürrischen Gesicht an, das Hatschepsut ahnen ließ, wie unangenehm es ihm war, ihr antworten zu müssen. „Das ist wahr, große königliche Gemahlin.“

„Nun, so haben wir beide am gleichen Tag einen Verlust erlitten ... welch ein seltsames Schicksal, mit dem die Götter uns verbunden haben, nicht wahr?“

Er blieb ihr eine Antwort schuldig. Hatschepsut wartete und hoffte nicht auf ein weiteres Wort von ihm, sondern ging weiter, die Stufen des Thronpodestes hinauf. Mit innerlicher Genugtuung zertrat sie die welken Blüten, welche die Diener gestreut hatten, als wären es unzählige Feinde, die es zu zermalmen galt, während Sary und die Leibwache an der unteren Stufe warteten. Isis und Mutnofret klebten wie zwei überreife Datteln nebeneinander, den jungen Thutmosis in ihrer Mitte, der nun, da Hatschepsut, angetan mit dem Uräusstirnreif und einem reich gefältelten blauen Trauergewand vor ihm stand, verstummte. Er wollte sicherlich nicht hier sein, doch die beiden Frauen hatten den Knaben mit ihren Leibern fest zwischen sich eingekeilt, und es schien Hatschepsut so, als hätten sie den Falken im Nest unter sich aufgeteilt. Isis fuhr sich genüsslich mit ihrer Zunge über die Lippen, um einen Rest ihres mit Honig gesüßten Weines zu genießen. Dann sah sie zu Hatschepsut auf, herausfordernd und dreist. Mutnofret bemühte sich darum, Hatschepsut ein Lächeln zu schenken. *Klug seid ihr beide nicht* ... dachte Hatschepsut beim Anblick der Frauen ... *doch auch Dummheit vermag sich Gerissenheit anzueignen.* Isis, so wusste sie, besaß jedoch nicht einmal Gerissenheit. „Der junge Horus im Nest soll in seine Gemächer gebracht werden. Die Stunde ist zu spät geworden.“

Wie Hatschepsut es erwartet hatte, wehrte sich Isis mit plumper Zunge. „Er ist hier, um Hoffnung zu geben, wo die Maat aus dem Gleichgewicht geraten ist.“

„Die Maat ist im Gleichgewicht, ganz wie es Amun gefällt. Meine Tochter schläft schon längst, also sollte es auch der junge Thutmosis tun.“ Mit einer Handbewegung forderte Hatschepsut Isis auf, den Knaben fortzubringen. Die Nebenfrau gehorchte erst widerwillig, als Mutnofret ihr unmerklich zunickte. War diese Frau denn wirklich derart einfältig, dass sie ihr Handeln nicht überschauen konnte? Hatschepsut sah der Nebenfrau nach, wie sie ihr rundes überhebliches Gesicht in die Höhe reckte, den jungen Thutmosis der Amme übergab, und schließlich durch die Reihen der Höflinge den Festsaal verließ. Aber nun war noch die übrig, die ihre Dummheit zu verbergen verstand und vor der Hatschepsut sich in Acht nehmen musste. Für sie waren klügere Worte angebracht. „Und du, Mutnofret ...“, wandte sich Hatschepsut freundlich an die Ältere, die ihr aufmerksam zuhörte, „... du solltest ebenfalls bei deinem Sohn sein. Du bist die Mutter des Einzig Einen ... ich werde hier bleiben, denn ich bin die Mutter Ägyptens.“ Ihre Worte verfehlten nicht das Ziel. Mutnofrets Mundwinkel zuckten, dann erhob sie sich und tat eine gekonnte Verbeugung vor Hatschepsut. „Denk nicht, dass wir Schlechtes gesprochen oder auch nur gedacht haben.“ Mutnofrets Lügen kamen ihr glatt von der Zunge. Hatschepsut wurde klar, weshalb die nachlässige Ahmose die Zeichen des Übels übersehen hatte, welche von Mutnofret ausgegangen waren. Ohne sich etwas von ihren Gedanken anmerken zu lassen, ließ Hatschepsut sich auf dem Thron der großen königlichen Gemahlin nieder. Mutnofret musste lange warten, bis Hatschepsut ihr eine Antwort gab. „Amuns Tochter fürchtet die Worte von Menschen nicht, Mutnofret.“

Wieder das Zucken der Mundwinkel, dann folgte eine noch hingebungsvollere Verbeugung, bevor die Königswitwe die Stufen hinunterging und ebenso wie Isis verschwand. Nun, so wusste Hatschepsut, waren noch jene übrig, die sich allzu leicht verführen ließen und deren Treue fragwürdig war. Hatschepsut straffte Rücken und Schultern, während sie auf die Höflinge hinabsah, die mit gesenkten Köpfen dastanden und darauf warteten, dass Hatschepsut ihnen erlaubte, wieder an ihren Tischen Platz zu nehmen. Hatschepsut ließ auch sie warten, ohne auch nur einen von ihnen anzusehen. Nach der schwarzen Löwin hatte Senenmut schicken lassen, und er sollte sie sehen, und sie alle sollten wissen, dass Hatschepsuts Herz keine Nachlässigkeit besaß. Sie suchte das Bernsteinauge Sarys, der wartend an den Stufen des Thronpodestes stand, blickte in die Augen Huis neben ihm, und glaubte, sich selbst dort unten stehen zu sehen. Hui war so vollkommen anders als Ipu, da sie nicht danach trachtete, in den Reihen der Höflinge zu verschwinden und sich ihnen anzugleichen. Ja, tatsächlich hätte sie selbst es sein können, die dort unten stand und zum Thronpodest hinaufblickte. Aber Hatschepsut stand nicht dort. Sie saß über ihnen allen und blickte in die teils schuldbewussten, teils ausweichenden Gesichter ... und dies, so wusste Hatschepsut, unterschied die Göttlichen auf ewig von den Menschen. Hatschepsut schwor sich in diesem Augenblick, dass sie niemals ausweichen oder schuldbewusst zu Boden starren würde. Sie wählte ihre Worte bewusst und sprach langsam aber deutlich zu den Menschen im Saal, die nicht durch Freundlichkeit, sondern nur durch Beherrschung zu führen waren. „Ein schlechter Tag war es, den die Priester ausgewählt haben, ein schlechter Tag für die Lebenden! Und doch zürnt ihr nicht Seth, dem roten Gott, der euch Sand und Sturm geschickt hat und nicht den Priestern, die diesen Tag ausgewählt haben. Ihr zürnt auch nicht den Göttern, die es nicht zu verhindern vermochten. Denn die Götter sind ewig, und sie herrschen über euch, und ihr gehorcht ihnen, wie es Maat ist. Dafür schenken sie euch die beiden Länder und wachen über eure Kinder und über die Ernten, sodass ihr nicht hungern müsst.“ Hatschepsut sah auf sie hinunter ohne sich zu bewegen, spürte wie Kraft und das Wissen darum, wer sie war, sie erfüllten. Sie spürte jedoch vor allem den Zorn darüber, dass diese Menschen sich von Isis und Mutnofret hatten gegen sie aufbringen lassen. „Den Göttern ... so ist es gewiss, habt ihr Demut entgegen zu bringen. Und ich bin Amuns Tochter ... vergesst es nicht!“

Langsam hoben sich die Köpfe der Menschen und sahen verstohlen zu ihr auf, einige verunsichert, andere verängstigt. Dann verbeugten sie sich nacheinander, zuerst nur einige wenige, dann immer mehr. Hatschepsut nahm die Verbeugungen entgegen, ohne sich ein freundliches Lächeln zu erlauben. Als alle ihre Verbeugung getan hatten, erhob sich

Hatschepsut vom Thronstuhl. Ihre Schritte schienen ihr sicherer und kraftvoller, als sie die Stufen hinunterging, und sie schritt voller Überzeugung aus, in jenem Schwung der Soldaten, den sie sich in Nubien angeeignet hatte. Sie würde sich nie wieder herumschubsen lassen – weder von Isis, Mutnofret noch von den Höflingen. Ohne einen Einzigen von ihnen anzusehen, verließ Hatschepsut die Empfangshalle.

Der Einzig Eine erwachte am nächsten Tag gegen die Stunde des Mittags während der größten Hitze. Er schlug seine vom Sand geröteten Augen auf, sah sich in seinem Raum um, als suche er in seinen Erinnerungen, wer er war. Dann schickte er seinen Leibdiener nach seiner großen königlichen Gemahlin. Als Hatschepsut bei ihm eintraf, ging sein Atem bereits wieder schwer, und seine Augen glänzten fiebrig. Die Schwären um seinen Mund hatten sich entzündet und eiterten stärker als zuvor. Mit um Sanftheit bemühten Gesten trug sein überheblicher Wabu eine Salbe aus den Früchten der Koloquinthe und Kreuzkümmelsamen auf Thutmosis entzündete Haut auf, tupfte Eiter und Blut aus den aufbrechenden Pusteln und betete dazu Schutz- und Heilzauber herunter. Der Anblick von Unesch ließ Hatschepsut einmal mehr erkennen, wie einsam der lebende Gott doch war. Als Unesch Hatschepsut bemerkte, verbeugte er sich steif und verstaute seine Salbtiegel und Spatel in seinem Arzneikasten. „Der Einzig Eine ist geschwächt, und du solltest nicht zu lange bleiben", näselte er Hatschepsut hochmütig zu.

Der Stolz, der in seiner Stimme mitschwang, verärgerte Hatschepsut. Sie hatte endgültig genug von diesem Giftmischer, der sich im Schatten ihres Bruders so sicher fühlte, wie ein Säugling im Wiegenbett. „Unesch, sorge gut für den Einzig Einen, denn wenn er seine Barke besteigt, werden deine Dienste bei Hof nicht mehr benötigt."

Der überhebliche Mann sah sie ungläubig an. Nur an seiner versteinerten Miene konnte Hatschepsut erkennen, wie sehr er mit seinem Groll gegen sie rang. Dann verließ Unesch mit einer letzten Verbeugung die Gemächer des Einzig Einen. Hatschepsut seufzte. Würde sie denn ständig kämpfen müssen, damit man sie ernst nahm und ihr Achtung entgegen brachte? Und wo waren Mutnofret und Isis? Warum ließen sie Thutmosis allein, gerade jetzt, da er aus seinem Schlaf erwacht war und sie brauchte? Stattdessen hatte er sie rufen lassen – gerade die Schwester, der ihr Brudergemahl stets am wenigsten hatte in seiner Nähe haben wollen. Thutmosis winkte Hatschepsut zu sich heran, und sie setzte sich neben ihn an sein Ruhelager. Ihr hoffnungsvolles Lächeln misslang und verkam zu einer mitleidvollen Freundlichkeit. Hätte sie doch die Gabe der Lüge so vortrefflich beherrscht wie Mutnofret. Thutmosis Hände nestelten unruhig an seinem durchgeschwitzten Laken, und seine Stimme klang gehetzt, als er sie ansprach. „Mein Haus für die Ewigkeit ... ach, Haatsch! Sie werden mich nicht finden. Keiner der Götter wird meinen Namen rufen und mich zu den Sternen hinaufheben."

Hatschepsut empfand wie so oft Mitleid, jedoch gleichzeitig den unbändigen Wunsch, einfach aufzustehen und zu gehen. Warum musste stets sie an seiner Seite sein ... sie, der er ohnehin niemals vertraut hatte. Mutnofret hätte an seiner Seite sein sollen ... sie hätte es sein sollen, die Thutmosis Hand hielt und ihm Trost spendete. Aber da Mutnofret keinerlei Nachlässigkeit besaß, gab es keinen Zweifel, an wessen Seite sie ihre Zeit verbrachte. Die Königswitwe kümmerte nicht die Vergangenheit - du, *mein armer Bruder, gehörst für sie längst der Vergangenheit an.* Hatschepsut beugte sich zu ihm hinunter, so ruhig, wie sie es vermochte, denn allein ihr blieb die Aufgabe überlassen, Thutmosis zu beruhigen. Das Schicksal, das ihn traf, war grausam genug, und niemand außer ihr schien an seiner Seite bleiben zu wollen, bis es sich endlich erfüllte ... selbst sie wollte es eigentlich nicht, wie Hatschepsut sich eingestand. „Sie werden dich finden, Bruder, denn auch wenn dein ewiges Haus noch nicht vollendet ist, werde ich eines für dich vorbereiten. Ich werde deine Namen dort aufzählen lassen, und ich werde auch dafür Sorge tragen, dass dein Körper erhalten wird. Ich gebe dir die Schrift des verborgenen Raumes in dein Haus und lasse sie in die Wände meißeln, auf dass du die Nachtstunden überwindest und mit Re zu den Sternen emporsteigst. Ich schwöre es bei Amun."

Thutmosis schloss die Augen und schien beruhigter als vorher. Vielleicht war es die Verzweiflung und Ausweglosigkeit, die ihn Vertrauen in ihre Versprechen fassen ließ. „Haatsch ... ob es schön ist, dort oben ... in Nuts Leib?"

„Das ist es, ich kann es dir versichern, Bruder, denn ich habe es gesehen. In einem Traum hat mich Amun emporgehoben, und ich habe unseren Vater gesehen. Die Sterne sind silberne Barken, auf denen die zu Osiris gegangenen Könige fahren, eingebettet in die Unendlichkeit von Nuts Leib."

Ungläubig öffnete Thutmosis die Augen und sah sie an. Er hing an jedem einzelnen Wort, das Hatschepsut so süß und lockend von den Lippen tropfte – ihr Brudergemahl lechzte und gierte nach ihrer Stimme wie nach süßem Oasenwein. „Warum hat Amun dieses Wunder dir offenbart und nicht mir, da ich doch sein Sohn bin?"

Hatschepsut verfluchte ihre Unbedachtheit. Sie hatte einen Fehler begangen und hätte nicht aussprechen dürfen, was sie so sehr bewegte. Wie konnte sie ihrem Bruder solches offenbaren. Innerlich nannte sich Hatschepsut eine Närrin, doch dann erkannte sie überrascht, dass Thutmosis voller Bewunderung war. „Haatsch ...", begann er erneut und drückte ihre Hand so fest, dass Hatschepsut meinte, sie würde brechen. *Halte nicht an mir fest, Bruder ...*

denn ich habe nicht die Kraft uns beide zu halten ... Aber ehe Hatschepsut sich ihm entziehen konnte, ließ er sie los. Die Tür seiner Gemächer wurde geöffnet, und die Gestalt, die eintrat, brachte sein mit Schwären und Pusteln übersätes Gesicht zu ungläubigem Staunen. „Dein Ka, Schwester ... ich sehe deinen Ka! Er ist hier in diesem Raum, dort drüben steht er ... und er sieht mich an."

Hatschepsut folgte seinem Blick und erkannte Hui, die außer Atem war und eine leichte Verbeugung andeutete. Hui hatte Hatschepsut darum gebeten, sie in ihre Dienste zu nehmen; deshalb war sie aus Memphis gekommen, um an der Grablegung Ahmoses teilzunehmen. Ihre Eltern waren tot und ihr Gemahl ebenfalls. Hui hatte eine kleine Tochter – Meritre – die in Nofrures Alter war, und ihr Gemahl hatte ihr nicht genug Vermögen hinterlassen, als dass sie als Witwe hätte ihrem Stand gemäß leben können. Vielmehr hatte der Bruder ihres Gemahls vorgeschlagen, dass Hui ihn heiraten solle. Doch Hui verlangte es nicht nach einem neuen Gatten. Hatschepsut hatte nicht lange überlegen müssen. Hui war ihr wie ein Schatten, sowohl im Anblick, wie auch in ihrer unbeugsamen Willenskraft, und da Ipu nicht mehr in Hatschepsuts Diensten stand, konnte Hui das Amt der ersten Hofdame übernehmen. Außerdem besäße Nofrure in Meritre eine Milchschwester. Hatschepsut überlegte bereits, ob sie Hui auch das Amt der königlichen Amme für Nofrure übertragen sollte.

„Haatsch, dein Ka steht immer noch im Raum." Thutmosis Stimme war ein ehrfürchtiges Flüstern und zwang Hatschepsut zurück in die Wirklichkeit. Tatsächlich sah Hui ihr heute besonders ähnlich. Sie hatten die Trauergewänder nach der Grablegung Ahmoses ablegen können und trugen nun ähnliche Gewänder aus reinem weißen Leinen. Für ihren verwirrten Bruder musste Huis Erscheinen erschreckend sein.

„Das ist Hui", versuchte Hatschepsut ihn deshalb zu beruhigen, und Hui verbeugte sich noch einmal tief vor Thutmosis. Der schien noch verwirrter als zuvor. „Dein Ka hat einen eigenen Namen?"

Ich muss sprechen, jedoch nicht hier, schienen derweil Huis Augen zu Hatschepsut zu sagen. Hatschepsut entschuldigte sich bei ihrem Brudergemahl und versprach, bald wieder zu ihm zu kommen. Dann folgte sie Hui hinaus in den Vorraum der Gemächer.

Hui trat nah an Hatschepsut heran und sah sich um, ob nicht vielleicht ein Diener lauschte. Dann flüsterte sie: „Gerade erschien Ahmose-Pennechbet in deinen Gemächern. Er hat Nofrure mit sich genommen. Er sagte, er wolle für sie in Karnak ein Opfer bringen, und der Einzig Eine hätte es erlaubt. Ich konnte nichts dagegen tun, denn er hatte tatsächlich ein von deinem Bruder gesiegeltes Schreiben bei sich." Hui war außer sich, und wieder einmal musste Hatschepsut feststellen, wie sehr sie sich doch von der gedankenlosen Ipu unterschied.

„Ich habe auch gehört, dass die königliche Witwe Mutnofret sowie die Nebenfrau Isis mit dem Falken im Nest nach Karnak aufgebrochen sind, um das Orakel des Amun zu befragen. Sie wollen den Knaben vor den Gott bringen, damit er sein Haupt vor ihm beugt und ihn als Thronfolger und rechtmäßigen Göttersohn bestätigt. Ahmose-Pennechbet und Nofrure ziehen im gleichen Prunkzug durch Theben wie der jüngere Thutmosis. Ich dachte, du solltest es wissen."

Hui war klug, daran bestand kein Zweifel. Ebenso wie Hatschepsut erkannte sie die Hinterhältigkeit Mutnofrets und die Schamlosigkeit Ahmose-Pennechbets, mit der er sich und sein Mündel an das für ihn sichere und Glück verheißende Ufer brachte. „So wollen sie also das Thronfolgerpaar gemeinsam der Priesterschaft und dem Volk zeigen. Ahmose-Pennechbet hat den Zeitpunkt abgewartet, da ich bei meinem Brudergemahl sitze und Nofrure einfach mitgenommen. Und Mutnofret will die Priesterschaft des Amun dazu zwingen, Thutmosis schon vor dem Tod meines Bruders als rechtmäßigen Pharao zu bestätigen."

„Ich konnte nichts tun, meine Königin." Es war keine Entschuldigung nur eine Feststellung. Hatschepsut gefielen die offenen Worte Huis. Alles, was sie von ihrer neuen Dienerin erfuhr, war nicht umschrieben oder von Entschuldigungen entstellt. Hui war ebenso unumstößlich und ebenso deutlich, wie Hatschepsut selbst. Vielleicht hatte Thutmosis ja recht, und Hui war ihr Ka. Obwohl es kaum möglich war, schien es so zu sein. „Dann werde ich unverzüglich aufbrechen und ihren Plan zum Scheitern bringen!" Sie nickte Hui zu, ließ nach Sary und ihrer Leibwache rufen und bereitete sich auf einen weiteren Kampf vor.

Karnak, im dritten Jahr der Herrschaft des Thutmosis Aakheperenre

Sary spannte die Muskeln der Arme an und fing die Bewegungen des Streitwagens mit den Knien ab. Dabei bot er sein gesamtes Gewicht gegen die Zügel der vorwärtsdrängenden Pferde auf. Es herrschte Aufbruchsstimmung unter den Soldaten. Der Straußenfederkopfschmuck seines Gespannes tanzte im Wind, während Sarys verbliebenes Auge gegen die Sonne blinzelte. Einem jeden Mann wären Tränen in die Augen gestiegen, doch Sarys Auge blieb trocken; in Sarys Auge gab es keine Tränen mehr – in seinem Herzen kämpften Pflichtgefühl und Hass gegeneinander an. Sary wurde ungeduldig. Noch immer hatte Hatschepsut nicht das Zeichen zum Aufbruch gegeben. Die Eskorte des jüngeren Thutmosis und der Erbprinzessin musste Karnak beinahe erreicht haben, und Sary fand, dass es eilte. Vor ihm tat die Gottesgemahlin Hatschepsut das Gleiche wie er und reckte ihren

Kopf gegen den heißen Wind. Ihre Augen hatte sie geschlossen, und sie schien ein Gebet zu sprechen. Sary bemühte sich, seine aufbrausende Wut zurückzuhalten. Wie lange wollte sie noch warten! Konnte Hatschepsut sich der Hilfe der Götter so sicher sein, dass sie hier wertvolle Zeit mit Gebeten verschwendete? Endlich spannte sie ihre schlanken Waden wie die Gelenke einer Raubkatze. Sie führte ihren Streitwagen eigenhändig und neben ihr auf dem Streitwagen stand ihre neue Dienerin, die ihr so ähnlich sah, als wären sie aus dem Leib der gleichen Mutter gekrochen. Sary mochte Hui ebenso wenig, wie er Hatschepsut mochte – ihm schien es fast so, als wären sie ein einziger Ka. Haatsch trug an diesem Tag den knielangen Schurz, ein Leinenhemd und das blau-weiße Nemes-Tuch mit dem Uräus an der Stirn. Hätte Sary es nicht besser gewusst, so wäre er überzeugt gewesen, ein junger Pharao lenke den Streitwagen. Endlich hob sie den Arm und erteilte das Zeichen zum Aufbruch. Ihr Streitwagen setzte sich in Bewegung, und auch Sary ließ seine Nilpferdpeitsche neben sich auf den Boden knallen, sodass sein Gespann mit einem Ruck anzog. Hinter Hatschepsut und seinem eigenen Wagen folgten die fünfhundert Soldaten der Leibwache, auf welche die Gottestochter dieses Mal nicht hatte verzichten wollen. Sie waren ein schöner und stolzer Anblick in ihren ledernen mit Bronze beschlagenen Harnischen, ihren Speeren, den kurzen Schwertern und den gedrillten Leibern, für die Sary sie jeden Tag aufs Neue schwitzen ließ. Schwitzen, so wusste er, war das einzig wirksame Heilmittel, das brennende Feuer im Leib eines Soldaten erträglich zu machen. Diese fünfhundert Männer, die er selbst ausgebildet hatte, seit sie aus dem Goldland heimgekehrt waren und die allein ihm unterstellt waren – sie waren sein ganzer Stolz! Wie hatte Sary gebrannt, seit er in Hatschepsuts Dienste getreten war! Jedes Mal wenn er sie ansehen musste, erinnerte ihn sein Herz an den Verrat an seinem Bruder. *Würdest du meine Soldaten doch sehen können, Ameni ... sie sind ein Anblick, wie es keinen Zweiten gibt. Ein schönes und geschmeidiges Raubtier ... edel und voller Tatkraft, das die Feinde der beiden Länder in Furcht versetzt.* Stolz schwoll in ihm an, ein Sohn Kemets zu sein. Mit einem Schrei ließ Sary die Peitsche über den Köpfen seiner Pferde tanzen und maßregelte sich selbst. Was bedeutete sein betrügerisches Herz ihm denn da? Hass flammte in ihm auf. Alle hatten sie sich von *ihr* zähmen und in die Knie zwingen lassen, doch ihn würde sie nicht täuschen. Hatschepsut würde ihn nicht verführen – nicht mit ihrem großspurigen Auftreten und auch nicht mit ihrem festen Arsch. Sary wusste, dass die Blicke der Soldaten ständig auf ihr ruhten – die seltsame Mischung aus Frau und Kriegerin, die sie ihnen bot, erregte ihre Gedanken und nächtlichen Träume. Ohne Reue forderte sie von ihnen allen ein, was einer Gottesgemahlin zustand. Auch Sary hatte sich ihr verpflichtet ... es war Maat, aber lieben musste er sie deshalb nicht. Ohnehin liebte Sary keinen aus der göttlichen Familie –

vor allem nicht den Pharao, für den er im Goldland seinen Bruder und sein Auge verloren hatte! Dies hielt er seinem wunden Herzen immer wieder vor, damit sein Hass nicht versiegte und einer stumpfen Hingabe wich.

Die Streitwagen warfen den Sand auf Thebens Straßen auf, während Sary seine Wut zu bezwingen versuchte. Da er sich an den Abkömmlingen der Götter nicht rächen konnte, ließ Sary die Menschen in Thebens Straßen zur Seite springen und wich für niemanden aus, der sich nicht schnell genug in Sicherheit bringen konnte. Ein alter Mann bekam einen Streich seiner Peitsche ab und stürzte mit blutendem Gesicht in den Sand. Seine Schreie klangen wie ein Lied in Sarys Ohren, und mit Genugtuung vernahm er hinter sich die Leibwache, bewaffnet bis zu den Wurzeln ihrer Haare, welche über den Gefallenen hinwegtrampelte. *Ein Opfer für dich, Bruder!* Ja, sie waren sein ganzer Stolz, diese Männer – er hatte sie gedrillt und ihre krummen Glieder und zertrampelten Herzen gerichtet, bis sie wieder den Biss und die Erbarmungslosigkeit von Raubtieren besaßen. Sie gaben ihm die Kraft, sein Leben weiter zu leben, wie unwürdig es auch geworden war! Sogar Hatschepsut ließ keinen Zweifel daran, dass sie zornig und zu allem bereit war. Erst gestern hatten die Königswitwe Mutnofret und die Nebenfrau Isis ihr die Stirn bieten wollen, und Hatschepsut hatte den Kampf mit scheinbarer Überlegenheit für sich entschieden. Doch jetzt war die schwarze Löwin furchtbar wütend und fest entschlossen, sich nicht noch einmal übergehen zu lassen. Sturm, Blut und Pestilenz würde Hatschepsut über ihre Feinde bringen wie die tobende Sachmet! Obwohl es unsinnig war, bereitete Sary der Gedanke an die Gewalt, mit der sie auftrat, ein Hochgefühl. Denn es gab etwas, das Sary noch mehr hasste, als Hatschepsut – und das war Schwäche. Die Schwäche seiner Liebe zu Hatschepsut hatte Ameni getötet, seine eigene Schwäche hatte Sary seinen Bruder opfern lassen, und ein schwacher und kraftloser Horussohn hatte ihn im Goldland einfach seinem Schicksal überlassen. Sary wollte mit Freude jegliche Schwäche ausmerzen, die erneutes Unglück verhieß. Eine kuhäugige Nebenfrau als Regentin eines Kleinkindes gehörte für ihn unumstößlich zu den Dingen, die ausgemerzt werden mussten! Sary spie gegen den Wind – wäre doch der Pharao früher gestorben. Ameni würde noch leben! ... *Beweg deinen Arsch, Soldat!* rief er sich selbst zur Besinnung. Es war nicht an ihm, Hand an das sabbernde vor sich hinfaulende Fleisch zu legen, das bald zu Osiris gehen würde.

Endlich kamen die blauen Wimpel an den Masten vor dem Eingangspylon des Tempelbezirkes in Sicht. Schon hatten sich Menschen zu beiden Seiten der Prozessionsstraße eingefunden, welche das Karnakheiligtum mit den Tempeln des Südlichen Harems des Amun verband, in welchem seine Gemahlin Mut und ihr gemeinsamer Sohn Chons verehrt wurden. Gespannt erwarteten sie das Zusammentreffen des göttlichen Paares, doch heute war es nicht seine Gemahlin, welche der Gott in seinem Schrein zu besuchen gedachte, sondern eine überhebliche Nebenfrau mit ihrem Sohn. Sary wusste, es wäre angemessen gewesen, die Pferde zu zügeln und von den Streitwagen zu steigen, zumal der Gott in seinem Schrein bereits von den Priestern auf der Prozessionstrasse auf die sich langsam nähernde Gefolgschaft des Prinzen zugetragen wurde. Priesterinnen mit Palmwedeln und Sistren begleiteten den jungen Prinzen, während Amun von einer Gefolgschaft seiner Priester geleitet wurde, angeführt von Hapuseneb, dem ersten Propheten. Auch die Waffen hätten sie eigentlich vor Betreten der heiligen von Widdersphingen flankierten Straße ablegen müssen. Aber Hatschepsut ließ die Peitsche über den Köpfen ihrer Pferde noch einmal laut durch die Luft fahren. Sie hatte nicht vor, sich auf angemessene Art einzufinden, sondern das Zusammentreffen des Gottes mit dem Prinzen zu verhindern. Sary lachte laut auf, und es war ein kräftiges Lachen voller Tatendurst und Hohn. Obwohl er Haatsch hasste, war es doch herrlich ihr zu folgen – sie war nun nicht Hatschepsut, sondern eine ungezügelte Kraft, von der ihr lächerlicher Brudergemahl nur träumen konnte. Voller Eifer beschleunigte Sary seinen Streitwagen, um ihr zu folgen. Er lenkte sein Gespann direkt hinter ihr auf die gepflasterte Straße und trieb die an der Straße wartenden Menschen auseinander. Fünfhundert Soldaten und eine aufgebrachte Gottesgemahlin, die in ihrem Zorn noch nicht einmal vor den weiß gewandeten Kahlköpfen haltmachte, drängten sich zwischen Amuns Tragebarke und den Tragstuhl des Prinzen mit seiner Mutter. Auch die Sänftenträger mussten zur Seite springen, wollten sie nicht unter die Hufe der Pferde geraten, was den Tragstuhl mit Isis und ihrem Sohn gefährlich zum Schwanken brachte. Sary labte sich an den empörten Rufen der Priester – auch sie waren mit schuldig an seinem und Amenis Schicksal! Hatten sie oder Amun gegen das Unrecht aufbegehrt, als der Einzig Eine sie ins Goldland geschickt hatte, um sie zu vergessen ... so nutzlos, so verschwendet! *Auch in euch würde ich nur zu gerne mein Schwert versenken, ihr heuchlerischen Sandfresser.* Mittlerweile wurde der Tragstuhl des Prinzen und seiner Mutter abgesetzt, und Sary richtete sein Auge auf den geraden und angespannten Rücken Hatschepsuts, die ihren Soldaten den Befehl gab, eine Wand aus Leibern zwischen dem Gott und dem Prinzen zu bilden. Es hätte ihm Genugtuung bereitet, sein Schwert zwischen die knabenhaften Schulterblätter zu stoßen und ihr Blut vor den Augen ihres Vaters Amun zu vergießen. Doch was käme danach? Die kuhäugige Nebenfrau mit ihrem prallen Söhnchen aus dem schlaffen Samen des Siechenden oder die Witwe des letzten Pharao? Ob es ihm nun gefiel oder nicht. Hatschepsut war die Einzige, der zu folgen Maat war. Hatschepsut sprang vom Streitwagen und ging auf die Tragebarke zu, auf welcher der Schrein mit dem Abbild Amuns stand. Sary konnte erkennen, dass auf der anderen Seite die Nebenfrau Isis mit dem jüngeren Thutmosis und daneben Ahmose-Pennechbet, der Erzieher der Erbprinzessin Nofrure, ihre Hälse reckten, um sehen zu können, was Hatschepsut nun tun würde. Ahmose-Pennechbet hielt die Prinzessin Nofrure im Arm, als wäre sie aus purem Gold – sein Pfand. Die verunsicherten Priester, die nicht wussten, was zu tun war, blickten in Richtung des ersten Propheten. Es war angedacht, dass die Barke mit dem Bildnis des Gottes sich von den Priestern getragen dem Falken im Nest zuwandte und sich zum Zeichen seines Wohlwollens vor ihm verbeugte. Sary lenkte seinen Streitwagen in Richtung der Nebenfrau und ihres Sohnes. Der kleine Thutmosis hob die Arme vor Aufregung, als er den Streitwagen auf sich zukommen sah. Seine Mutter schrie auf und zog ihn fester an ihren Körper, um ihn zu beschützen. Sogar Ahmose-Pennechbet, dieser glatte und kalte Fisch von einem Höfling, zeigte einen Ausdruck des Entsetzens anstatt seines eingemeißelten Lächelns. Zwei junge Priester ließen vor Schreck ihre Weihraucharme fallen und wurden dafür vom dicken Hapuseneb gerügt, welcher der Einzige zu sein schien, der nicht vollkommen aus der Fassung geriet. Hinter sich vernahm Sary die stampfenden Schritte seiner Soldaten, die ihm folgten. Was für eine großartige Vorführung! Hatschepsut wagte viel, doch Sary musste zugeben, dass dieser Umstand sogar ihm einen gewissen Respekt abnötigte. Es tat unendlich gut, Soldatenfüße auf der heiligen Straße zu wissen! Sollte Ammit sein Herz zwischen ihren Zähnen zermalmen, wenn er nach seinem Tod vor das Gericht der Götter trat – *das* war es wert!

Sary zügelte sein Gespann und blickte in vor Schreck geweitete Augen. Ihm war längst klar geworden, dass sein Anblick den Menschen Furcht einflößte. Und Sary gefiel es, dass sie ihn fürchteten! Während er die Gefolgschaft der Nebenfrau im Auge behielt, ging Hatschepsut geradewegs auf den Schrein Amuns zu. Herrisch winkte sie den Obersten Propheten zu sich heran. „Öffnet die Türen des Schreines, damit ich meinen Vater begrüßen kann“, rief sie laut und vernehmlich, und selbst Hapuseneb wagte es nicht, sich ihrem Drängen zu verweigern, obwohl der Gott sich niemals vor den Augen einfacher Menschen zeigte. Schnell kreisten Amuns Priester sowohl das Standbild als auch Hatschepsut mit einem zu diesem Zwecke mitgeführten Tuch ein, damit kein Sterblicher einen Blick auf den enthüllten Gott werfen konnte.

Hui drängte sich derweil furchtlos zwischen Sary und seinen Soldaten hindurch und trat zu Ahmose-Pennechbet. Mit einer unmissverständlichen Geste nahm sie ihm Nofrure aus den Armen. Auch ihrem beherzten Tun musste Sary unwillig Respekt zollen. Die plumpe Isis, das rundliche Gesicht vor Wut entstellt, stand mit ihrem schreienden Balg hinter einer Wand aus Leibern ohne Hoffnung, den Gott ein einziges Mal zu erblicken. Sary erinnerte die Nebenfrau an eine Kuh mit ihrem Kalb. Dann öffneten sich die Flügeltüren des Schreins und offenbarten allein für Hatschepsut einen Blick ins Allerheiligste, von dem Sary nicht hoffen durfte, es jemals zu Gesicht zu bekommen. Isis versuchte verzweifelt, den dicken Prinzen in seine Richtung zu schieben und sich zwischen den Leibern der Soldaten hindurchzudrängen. Der Horus im Nest begann zu weinen und zu kreischen, als sie von Sarys Männern zurückgedrängt wurden. Isis war das Benehmen des Horus im Nest peinlich, doch sie konnte nichts ausrichten. Je mehr sie versuchte, ihn vorwärtszudrängen, desto lauter schrie er. Dann geschah etwas Seltsames, und es ging so schnell, dass Sary später nicht hätte erklären können, was wirklich geschehen war ... als die Priester sich mit der Götterbarke bereits abwenden und Amun zurück hinter die Schutz bringenden Mauern Karnaks tragen wollten und Hatschepsut hinter den verhüllenden Tüchern hervortrat, hatte vielleicht ein Windstoß die Priester mitsamt der Barke ins Taumeln gebracht ... oder vielleicht war auch einer von ihnen gestolpert. Manche behaupteten später, sie seien gemeinsam aus dem Gleichgewicht geraten, da der Anblick der vielen Soldaten sie erschreckte. Niemand der Anwesenden hätte genau sagen können, was geschehen war, doch tatsächlich gerieten sie ins Taumeln und hatten Mühe sich und den Schrein des Gottes auf ihren Schultern zu halten. So zog es sie zuerst nach vorn, ließ sie dann nach links wenden, und schließlich verloren die vorderen Träger endgültig das Gleichgewicht, durchbrachen die Reihen der Priester mit den schützenden Tüchern, welche das Antlitz Amuns verbergen sollten und gingen schließlich vor Hatschepsut in die Knie. Und so neigte der ehrwürdige Amun-Re überraschend sein Haupt vor Hatschepsut, welche die Arme vor der Brust kreuzte und sich ebenfalls tief vor dem Gott verneigte. Ein jeder der Anwesenden konnte mit seinen eigenen Augen sehen, wie das freundliche Antlitz mit der Federkrone seine Tochter und Gemahlin mit Wohlwollen begrüßte und wie es tiefer und tiefer vor Hatschepsut sank, sodass sie dem Gott schließlich Auge in Auge gegenüberstand. Ehrfürchtiges Schweigen erfasste die Anwesenden – niemand hatte je das Antlitz des Gottes gesehen, und niemand außer den Priesterschaften war je Zeuge eines solchen Gottesurteils geworden. Was dort geschah, war zu groß und zu bedeutend, um es in Worte zu fassen. Amun hatte seine Tochter mit Wohlwollen angesehen – und er hatte beschlossen, dass jeder - vom einfachen Mann bis zum Priester - Zeuge dieses Wunders sein sollte.

Die 9 Stunde der Nachtfahrt ist jene der Anbetenden, die ihren Herrn schützt

Karnak, im dritten Jahr der Herrschaft des Thutmosis Aakheperenre

Senenmuts Knie schienen weich wie schmelzendes Fett, während er die lange Säulenhalle des Amun-Re Tempels durchschritt. Nichts schien die Stille zu durchdringen, kein Laut eines Vogels, kein Geräusch des Windes – dieses Heiligtum war lautlos, wie ein ewiges Haus. Nach dem Aufruhr auf der Prozessionsstraße schien ihm die Stille dieses Ortes beinahe unheimlich. Hierher kam niemand außer der Hohe Priester des Gottes, sein zweiter Prophet und der Pharao selbst. Senenmut wusste - dies war der Grund, weshalb Hapuseneb ihn hierher gebeten hatte, fernab von unzähligen Ohren, die an Wänden und Türen lauschten. Was zwischen ihnen gesprochen wurde, musste geheim bleiben. Hapuseneb hatte vor dem Bildnis des Gottes gelegen, mit ausgebreiteten Armen und als wäre er niedergestreckt worden. Als Senenmut zu ihm getreten war, hatte sich der beleibte Hapuseneb jedoch überraschend leichtfüßig erhoben. In seinen Augen hatte ein wissendes Leuchten gelegen, das Senenmut ihm noch jetzt neidete.

„Senenmut ...", hatte der oberste Prophet mit einer Stimme verkündet, die einem Befehl gleichkam „ ... wir müssen uns vorbereiten. Amun hat sich bereits zum sechsten Mal offenbart, und er wird es noch einmal tun! Sieben ist die verkündete heilige Zahl. Re wird noch dreimal seine Nachtfahrt in der Barke begehen, und in der vierten Nacht wird es geschehen. Wir müssen bereit sein."

Schweiß hatte in Senenmuts Nacken geklebt, und sein Magen war flau geworden, als Hapuseneb so entschlossen zu ihm gesprochen hatte. Was er früher nicht hinterfragt hatte, quälte ihn nun und bereitete ihm schlaflose Nächte. Seit Senenmut das Schöne Haus betreten hatte, wollten die Zweifel ihn nicht mehr verlassen! Aber dies konnte er dem Oberpriester des Amun nicht erklären, denn er hätte ihm offenbaren müssen, bei den Unberührbaren gewesen zu sein. Früher hatte Senenmut nicht gezweifelt, und er wünschte sich oft zurück an das Ufer des Hapi, in jene Nacht, in der ein Mädchen, noch unsicher und weitab seiner Bestimmung, im Licht silbrigen Mondscheins gestanden hatte. Es war einfach gewesen, ihr Mut zuzusprechen – doch nun war alles anders. Senenmut hatte begonnen zu zweifeln, obwohl er die Zweifel mit aller Kraft zu verdrängen suchte, wann immer sie ihn überkamen. Die Offenbarungen des Gottes ... waren sie wahrhaftig oder doch nur das Werk von Menschen ... von Menschen, die ihre Vorteile darin sahen!

Ein schwarzer Leopard, der nicht angriff, konnte auch ein gezähmtes und zurückgelassenes Haustier sein, ein starker Arm im Kampf auf eine Waffenausbildung hinweisen, und der Pfeil, der ungewöhnlich weit flog, von einem einfachen Aufwind seinem Ziel entgegen getrieben werden. Ein Sturm, der zum scheinbar richtigen Zeitpunkt auf dem Westufer tobte, hätte von einem Priester Amuns bereits einige Tage vor seinem Eintreffen angekündigt werden können. *Diejenigen, die Ausschlag haben, werden niemals geheilt werden!* Und die Ähnlichkeit zwischen zwei Menschen ... war sie denn so ungewöhnlich, wenn sie derselben Familie entstammten? Blieb noch das Gottesurteil. Bereits früher waren die Orakel von Priestern missbraucht worden, um Weisungen zu ihren Gunsten ausfallen zu lassen. Es hatte ausgesehen, als wären sie gestolpert, aber waren sie das wirklich?

Die Zunge klebte Senenmut am Gaumen, während ihm klar wurde, dass wenn seine Vermutungen zutrafen, der Oberste Prophet selbst an diesen Dingen beteiligt war. Eine Verschwörung der Amunpriester, die mit nichts zu vergleichen war – ein Frevel gegen die Götter und ein Missbrauch priesterlicher Macht!

Senenmut betrachtete die großen Hallen und Säulen, auf denen Amuns Name hundertfach genannt und gepriesen wurde, mit anderen Augen, als er es früher getan hatte. Was, wenn Worte keinerlei Zauber und Magie besaßen und einfach nur Farbe auf Stein waren! Senenmut spürte, wie trotz des heißen Tages Kälte seine Wirbelsäule entlang fuhr. Ein Gefühl der Hoffnungslosigkeit und des Verlassensein fraß sich immer tiefer in sein Herz. Warum quälten ihn diese Gedanken, wo früher blindes Vertrauen gewesen war? Waren denn tatsächlich die Worte des Vorstehers der Balsamierer der Grund dafür? *Oder ist es mein verlogenes Herz, das sich nicht damit abfinden will, dass sie unerreichbar für mich ist?* Wollte sein Herz vielleicht nur die unumstößliche Tatsache *ihrer* Bestimmung von sich weisen und suchte nach Ausflüchten, um sich kleinmütig daran zu erfreuen, dass Maat sein könnte, was er so sehr wünschte? Senenmut wusste es nicht und hatte vor Hapuseneb nichts von seinen Gedanken preisgegeben. Schweigen und Verbergen ... das hatte Senenmut schon immer gut gekonnt; und so sehr seine Zweifel ihn auch plagten, würde er bereit sein zur vierten Nachtfahrt ab dem heutigen Tag ... Senenmut hatte es geschworen.

Als er aus der Säulenhalle hinaus in das Sonnenlicht trat, glaubte er, Re heißer und zorniger als je zuvor auf seiner Haut zu spüren. Senenmut wollte fort aus Karnak. Der Tempelbezirk schien ihm kein Ort der Sicherheit und des Glaubens mehr zu sein. Er fühlte sich verloren und wollte sich in seinem Haus in Theben verkriechen, um zu vergessen, was in ihm gärte und faulig war.

Mit abwesendem Nicken grüßte er ein paar Priester im Vorübergehen und schüttelte Sand aus seinen Sandalen, als er durch das große Tempelportal trat. Dann atmete Senenmut tief durch, während er die Augen schloss. Ihm war, als bohre sich ein Blick in seinen Rücken, glühender als Tefnuts heißer Atem. Senenmut wandte irritiert seinen Kopf. Im Schatten der Tempelmauern stand der Einäugige, den Hatschepsut zum Kommandanten ihrer Leibwache ernannt hatte. Senenmut mochte den Mann nicht, denn der Blick seines Auges schien böser, als der des roten Seth. In diesem Mann gab es nur Bitterkeit, Hass und Zerstörung. Weshalb Hatschepsut ihn so nah in ihren engsten Kreis aufgenommen hatte, war ihm ein Rätsel. Sary, so erinnerte er sich, war der Name des Einäugigen, und er hatte guten Grund, die königliche Familie zu hassen. Der Einzig Eine hatte ihn ins Goldland gesandt, wo er nicht nur ein Auge, sondern auch seinen Bruder verloren hatte, Isis und Mutnofret hatten seine Hinrichtung gefordert. Woher die offensichtliche Spannung zwischen ihm und Hatschepsut kam, war für Senenmut jedoch noch immer ein Rätsel. Senenmut wusste, er hätte einfach weiter gehen sollen und sich abwenden - doch er tat es nicht. Zu seinem eigenen Entsetzen vernahm er Worte aus seinem Mund, und er richtete sie an diesen gefährlichen Mann, dem er so wenig vertraute, wie einem hungrigen Krokodil. „Glaubst du an die Götter und ihre Weisungen?"

Der Kommandant der Leibwache verzog seinen Mund zu einem schmalen Lächeln, das jedoch keinerlei Güte oder Freundlichkeit enthielt. „Die Götter bedenken meinesgleichen nur selten mit Freundlichkeit, deshalb glaube ich an jene Dinge, die mir beeinflussbar erscheinen."

Senenmut trafen die Worte Sarys hart, waren sie doch eine Bestätigung seiner eigenen Zweifel. Doch der Gedanke, etwas mit diesem Krokodil gemein zu haben, ließ ihn zurückschrecken. Ebenso wie ein Krokodil nur ans Töten und Fressen glauben konnte, zählten für Sary nur Kampf und Gewalt. Als Senenmut sich abwenden wollte, vernahm er die Stimme des Kommandanten in seinem Rücken. „Was hat einer wie du, dem die Götter mit Wohlwollen begegnen, zu befürchten! Was lässt dich zweifeln?"

„Ich zweifele nicht", entgegnete Senenmut – vielleicht etwas zu scharf und zu schnell.

Das raue Lachen des Einäugigen klang wie das Bellen eines Schakals, böse und hungrig. „Ich habe Männer gesehen, denen der Zweifel die Eingeweide zerfraß. Auch meine Eingeweide sind zerfressen, und sie hat es geschickt angestellt. Sag, Haushofmeister und Vorsteher der Kornkammern. Welcher Schwur bindet dich an sie, dass er dir die Eingeweide zerfrisst?"

Senenmut antwortete nicht. Die Scharfsinnigkeit Sarys und die Gefahr, die von ihm ausging, ließen ihn endlich zur Vernunft kommen. Ohne dem Einäugigen noch einen einzigen Blick zu gönnen, ging Senenmut schnell davon. Niemandem hätte er sich weniger anvertrauen dürfen, als diesem verwundeten Löwen, der sehnsüchtig danach trachtete, ein Opfer zu finden. Nein, weshalb Hatschepsut sich eben diesen Mann zum Schutz auserwählt hatte, wusste Senenmut nicht. Mochte sie zu Amun und allen Göttern beten, dass er niemals die Tür des Käfigs würde öffnen können, in den sie ihn gezwungen hatte. Senenmut atmete erleichtert auf, als er wusste, dass der Einäugige ihn nicht mehr sehen konnte. Er durfte sich keinen einzigen Fehler mehr erlauben und würde die nächsten Tage damit zubringen, sich vorzubereiten. Danach, wenn er seine Aufgabe erfüllt hätte, würde er Hatschepsut bitten, ihn endgültig aus ihren Diensten zu entlassen. Obwohl sie es nicht verstehen würde, war es besser so. Seine Gefühle zu ihr machten ihn unvorsichtig und erzürnten die Götter. Senenmut fühlte sich müde von seiner unerfüllten Liebe zu ihr.

Theben, im dritten Jahr der Herrschaft des Thutmosis Aakheperrenre

Dunkelheit und der Geruch schaler Asche aus den erloschenen Feuerbecken umfingen Hatschepsut, als sie die Augen öffnete. Im Schlaf meinte sie, ihren Namen gehört zu haben – leise und drängend. Verwirrt starrte sie in die alles verschlingende Dunkelheit um sich herum – es war sicherlich erst die sechste Stunde von Res Nachtfahrt. Die letzten Tage hatten sie ermüdet, das langsame und zähe Sterben ihres Bruders, der Sturm auf dem Westufer, ihr gewaltsamer Einzug in den Tempel. Hatschepsut wollte nur schlafen ... nur für ein paar Stunden die Wachsamkeit vergessen, die ihr abverlangt wurde. Müde schloss sie wieder die Augen, doch etwas berührte sie leicht am Arm, und sie fuhr hoch, erschrocken und verängstigt, wie es ihr zur Gewohnheit geworden war, seit sie aus dem Goldland in diesen Palast zurückgekehrt war, der ihr mehr Gefahr als Schutz verhieß. Hatte Isis ihr eine Giftschlange auf ihr Lager legen lassen, Mutnofret einen gedungenen Mörder gesandt ... oder war es Sary selbst, der seinen Hass nicht länger zu beherrschen vermochte? Hatschepsut starrte in die Schwärze und horchte auf den hämmernden Schlag ihres Herzens. Langsam gewöhnten sich ihre Augen an die Dunkelheit, und ihr Herz fand zu einem ruhigeren Schlag. Wieder diese Berührung am Arm – sanft, jedoch unnachgiebig.

„Du musst dich ankleiden ... dein Haushofmeister Senenmut wartet in der Vorhalle, die Zeit drängt!“

Endlich klärte sich Hatschepsuts Verstand, und die Anspannung wich aus ihren Gliedern. Hatschepsut erkannte Hui, die in ihrem hastig übergeworfenen Trägerkleid neben ihrem Ruhebett stand, das Haar noch wirr vom Schlaf, jedoch mit wachen Augen. „Verzeih, dass ich dich erschreckt habe.“

Hatschepsut bemühte sich, ihre Angst zu verbergen. *Angst ist der Weg zur Niederlage.* Das waren die Worte ihres Vaters gewesen, und sie hatten sich ihr ins Herz gebrannt. „Warum ist Senenmut hier? Zu dieser Stunde?"

Hui trug bereits ein Gewand über dem Arm, in das sie ihre Herrin zu kleiden gedachte. „Dein Brudergemahl schickt sich an, zu Osiris zu gehen. Du musst dich beeilen, Hatschepsut. Der gesamte Palast ist auf den Beinen, und die Priester des Amuntempels sind bei dem Einzig Einen und stimmen die Gesänge an, damit die Götter Thutmosis wohlwollend empfangen."

Mit Gewalt schüttelte Hatschepsut den letzten Rest ihrer Verwirrung ab. Es war soweit – keine Zeit mehr für Angst und Mutlosigkeit und keine Zeit für Schlaf! So lange hatte sie diesen Augenblick herbeigesehnt und ihn gleichzeitig gefürchtet, und nun war es soweit. Thutmosis starb! Ohne noch länger zu zögern, stieg Hatschepsut von ihrem Lager, überließ sich Huis kundigen Händen, die sie geschickt in das Kleid hüllten und es mit einem Knoten unter ihrer Brust befestigten. Mit befremdlich ruhiger Hand im Angesicht des bevorstehenden Ereignisses umrandete Hui Hatschepsuts Augen mit Kohol und trug Salböl auf die Arme ihrer Herrin auf. Hatschepsuts Haar richtete Hui nicht, denn sobald Thutmosis die diesseitige Welt verlassen hatte, würde ohnehin niemand mehr sein Haar richten, bis die siebzigtägige Trauerzeit vorüber wäre.

„Du bist bereit", stellte Hui mit einem letzten prüfenden Blick fest und folgte Hatschepsut hinaus in die Vorhalle.

Der Haushofmeister und Vermögensverwalter ging unruhig auf und ab, als Hatschepsut die Vorhalle betrat, in der ein paar Diener hastig zwei Feuerbecken entzündet hatten. Als Senenmut sie erblickte, verbeugte er sich kurz und kam ein paar Schritte auf sie zu. Dann blieb er stehen, als ob er sich einer unbestimmten Gefahr erinnerte, die von ihr ausging. Hatschepsut schien es, als hätte Senenmut in dieser Nacht nicht geschlafen. Er war ordentlich gekleidet und sein Schurz gefältelt. Alles an ihm schien makellos, und Hatschepsut stellte überrascht fest, dass er sogar Schmuck trug – Ringe, einen Halskragen, Armreifen ... als hätte er geahnt, dass Thutmosis in dieser Nacht zu den Göttern gerufen werden würde. Senenmuts Blick verriet nichts – keinen Kummer, keine Aufregung, und wie so oft verspürte Hatschepsut Verärgerung darüber. Was musste geschehen, damit dieser Mann etwas von sich preisgab? Selbst in diesem Augenblick beherrschte Senenmut sein Herz bis in den verborgensten Winkel. „Du musst zu deinem Bruder gehen und bei ihm bleiben, bis sein Ka und sein Ba den Körper verlassen. Mutnofret ist bei ihm. Sie darf nicht noch einmal die Gelegenheit bekommen, Gift in sein Ohr zu träufeln oder ihn zu überreden, Dinge mit seinem Siegel zu versehen, die nicht der Maat entsprechen."

Senenmut musste nicht noch mehr sagen, damit sie ihn verstand. Ohnehin hatte er mit diesen Worten mehr offenbart, als Hatschepsut je von ihm gehört zu haben meinte ... außer in jener Nacht am Ufer des Hapi. *Verschließe deine Gedanken in deinem Herzen, so wie er es hält*, ermahnte sie sich streng.

Ohne eine Antwort von Hatschepsut zu erwarten, nickte Senenmut Hui zu, die ebenfalls zu verstehen schien und sich einen Umhang überwarf.

„Hui wird Prinzessin Nofrure und ihre Tochter Meritre aus den Kindergemächern hierher bringen, damit sie sicher sind, sollte es zu Unruhen kommen. Niemandem ist es erlaubt, deine Räume zu betreten."

Es kostete Hatschepsut Mühe, ihre eigene Unruhe zu verbergen, denn sowohl Hui als auch Senenmut schienen so gefasst, als wäre diese Nacht wie jede andere. Wenn ein Pharao starb, geriet die Maat ins Wanken. Aber diese beiden taumelten nicht, noch schienen sie außer Fassung. Hatschepsut blieb jedoch keine Muße darüber nachzudenken. Senenmut war ein seltsam undurchsichtiger Mann, ein störrischer Esel, doch er war klug ... und er war gekommen und hatte erneut sein Schweigen gebrochen, weshalb auch immer.

Während Hatschepsut ihm über die Gänge des Palastes folgte, gab sie sich dem angenehmen Gedanken hin, hinter Senenmuts gerader hochgewachsener Gestalt Schutz zu finden. *Einen weißen Ochsen würde ich opfern, um deine Gedanken zu kennen*, sandte sie stumme Worte seinem Rücken entgegen. Immer wieder eilten Diener und Priester an ihnen vorbei, verbeugten sich kurz und liefen dann weiter. Weihrauch erfüllte die Palastflure, müde nubische Sklaven entzündeten die Feuerbecken, und die Türen der Gemächer öffneten sich nach und nach, wobei verschlafene oder verängstigte Gesichter aus ihnen heraus spähten. Es war die Ruhe vor einem alles verschlingenden Sturm, schlimmer noch als jener, der am Westufer getobt hatte. In dieser Nacht würde niemand mehr Schlaf finden, denn Anubis schlich durch die Flure auf der Suche nach einem sterbenden Gott.

Bereitwillig schoben die Wachhabenden ihre Speere zur Seite, als Hatschepsut und Senenmut den Flügel der Männer betraten. Hier waren Spannung und Unruhe greifbar und lagen so drohend in der Luft, wie der alles überlagernde Weihrauch. Von den vergoldeten Flügeltüren ihres Bruders hallte ihnen der unverkennbare Klang von Priestergesängen entgegen. Hatschepsut überließ Senenmut das Sprechen, denn die Umklammerung der Unheil verheißenden Nacht lastete zu stark auf ihr.

„Die große königliche Gemahlin Hatschepsut ist erschienen, um ihrem Gemahl, dem Einzig Einen, im Übergang zu den Göttern beizustehen", erklärte Senenmut mit sicherer Stimme den Leibwächtern ihres Bruders. Erneut wurden die Speere beiseitegeschoben, und die Tür ohne Zögern für sie geöffnet. Als Hatschepsut eintrat, meinte sie zu ersticken, denn Weihrauch, Krankheit und der Gestank von Notdurft legten sich schwer auf ihre Lunge. Nur mit äußerster Beherrschung gelang es ihr, nicht ihre Hand vor Mund und Nase zu halten, während sie den Anblick der Priester in sich aufnahm, die das Sterbebett ihres Bruders umlagerten. Die Gerüche ließen keinen Zweifel daran, dass Thutmosis tatsächlich seine Barke besteigen würde. Um das große goldene Lager, auf dem Nofrure gezeugt worden war, standen die Kahlköpfigen, allen voran Hapuseneb, schwenkten Weihraucharme, sangen Litaneien und segneten Amulette, die sie dem Einzig Einen auf die Brust legten. Sie standen so dicht gedrängt, dass Hatschepsut ihren Brudergemahl auf seinem Bett nicht sehen konnte, auch wenn sie sich auf die Zehenspitzen gestellt hätte. Erst als Senenmut die große königliche Gemahlin ankündigte, traten sie beiseite und bildeten eine Schneise in dem Wall aus Leibern, um sie an das Ruhelager herantreten zu lassen. *Im Leben ließen sie dich allein, doch im Tod kriechen sie an dein Lager und rauben dir den letzten Atem.* Langsam und mit einem flauen Gefühl im Bauch trat Hatschepsut an die Seite ihres Bruders und nahm seine Hand in die ihre, wie sie es immer wieder getan hatte – unwillig aber pflichtbewusst. Es wäre das letzte Mal, und sie verspürte gleichwohl Erleichterung wie Schuldgefühle. „Thutmosis ...“, sprach sie ihn leise an, wie er dort lag, eingefallen und blass. Sein Atem ging stoßweise und flach, doch er schien sie zu hören. Unter den geschlossenen Lidern, die blau verfärbt waren, zuckten seine Augen, als blicke er bereits in die jenseitige Welt. Tatsächlich schlug Thutmosis die Augen auf und schien sie zu erkennen. „Der Gott hat sich vor dir verneigt ... der oberste Prophet hat es mir erzählt ...“, flüsterte er mit schwerer Zunge, sodass Hatschepsut zum ernsten Gesicht Hapusenebs hinüberblickte. Warum musste er ihn quälen, indem er es Thutmosis erzählte? Ein weiteres bekanntes Gesicht drängelte sich um Thutmosis Lager. Unesh, der oberste Priesterarzt, der ihre Gedanken erraten hatte, flüsterte ihr zu: „Ich habe dem Einzig Einen einen Trank aus der Wurzel der Alraune bereitet, um seinen Übergang zu erleichtern. Er lässt die Träume des Falken angenehm und schmerzlos sein.“

Unesh, der Hatschepsut stets hochnäsig behandelt hatte, bemühte sich nun beflissen darum, ihr zu gefallen. Zweifellos nagte der Umstand, sein Amt als Leibarzt des Pharao zu verlieren, an ihm. Trotzdem hatte Hatschepsut nicht vor, diesem überheblichen Mann das Amt zu lassen, wenn sie Regentin war. Es gab andere, die dankbarer für diese Ehre wären. Hatschepsut wollte etwas sagen, doch Thutmosis stöhnte auf und sprach bereits weiter. „Der Gott hat entschieden, und ich will seine Weisungen befolgen, damit mein Herz nicht schwerer wiegt, als die Feder der Maat. Du wirst für meinen Sohn die Geschicke der beiden Länder lenken, bis er alt genug ist. Aber dann ... Haatsch ...“, er drückte ihre Hand mit einer Kraft, die sie ihm kaum noch zugetraut hatte, „... wenn er alt genug ist, soll er Nofrure zur Gemahlin nehmen, und du musst beiseitetreten."

Ein leichtes Rascheln unterbrach den Redefluss ihres Bruders. Erst jetzt bemerkte Hatschepsut Mutnofret, die auf der anderen Seite des Lagers saß und Thutmosis Hand in der ihren hielt. Fast glaubte Hatschepsut, dass die Königswitwe die Giftzähne einer Schlange entblößen würde und sich auf sie stürzen. Sicherlich hatte auch Mutnofret darauf gehofft, die Regentschaft für den jüngeren Thutmosis auszuüben oder sie zumindest der einfältigen Isis entreißen zu können. Aber Mutnofret erlaubte sich auch jetzt keinerlei Nachlässigkeit. Sie bedachte Hatschepsut mit einem ergebenen Nicken, strich ihrem Sohn über das vom Todesschweiß verklebte Haar und tupfte mit einem Tuch den Eiter von den aufbrechenden Beulen. Hatschepsut betrachtete die Pusteln ihres Bruders. Waren diese letztendlich der Grund seines Sterbens? *All jene, die an Ausschlag leiden, werden niemals geheilt werden!* Er hätte nicht an der Grablegung Ahmoses teilnehmen dürfen. Seth hatte ihnen seinen Zorn gesandt, und sie hatten ihn missachtet. Warum hatten die Priester Thutmosis nicht davon abgehalten, denn sie kannten doch das Buch der Manifestationsfeste und die guten und Unglück verheißenden Tage besser als irgendjemand.

„Haatsch ... denk an dein Versprechen ... überlasse mich nicht der Vergessenheit!" Thutmosis zwang sie zurück in die grausame Wirklichkeit und krallte sich, wie er es immer getan hatte an sie, ohne ihr eine Wahl zu lassen. Aber er hatte ihr die Regentschaft übertragen – ihr, der er sein gesamtes Leben misstraut hatte. Hatschepsut brauchte kaum einen Wimpernschlag, um zu erkennen, was seine Worte für sie bedeuteten. Die Angst und die Unsicherheit hätten endlich ein Ende! Sie war frei ... bald ... in wenigen Stunden schon. In ihrem Herzen dankte sie Amun und auch ihrem sterbenden Bruder für dieses Geschenk. „Ich werde mein Versprechen halten, Bruder." Der Weihrauch erschwerte das Atmen sogar ihr, die gesund war – wie elend musste Thutmosis sich fühlen? Schließlich verlor ihr Bruder das Bewusstsein. Hatschepsut dankte erneut Amun und allen Göttern dafür, und mit besonderer Vorsicht, damit er nicht noch einmal erwachte, löste sie ihre Hand aus der seinen. Einen letzten Blick auf Mutnofret werfend, ging sie zu Hapuseneb, der abseits der anderen Priester stand. Seine Litaneien hatte er beendet, und auch seine untergebenen Priester waren verstummt. Es gab nichts mehr zu tun, als darauf zu warten, dass der Einzig Eine seine Barke bestieg. Hatschepsut trat nahe an den obersten Propheten heran, sodass niemand außer ihm selbst ihre Worte würde hören können. Dann winkte sie auch Senenmut zu sich, der wartend im Hintergrund gestanden hatte, ernst darauf bedacht, seine Gedanken vor allen Anwesenden zu verschließen.

„Isis und der Falke im Nest! Wo sind sie?“

Die beiden Männer tauschten einen beunruhigten Blick, und Hatschepsut fragte sich, ob der kluge Haushofmeister tatsächlich übersehen hatte, dass Isis am Sterbelager ihres Gemahls fehlte. *Gibt es auch Fehlbarkeit in deinem Herzen, Senenmut?* Obwohl es absurd war, fühlte Hatschepsut Erleichterung über Senenmuts Unachtsamkeit. Doch er ließ ihr kaum Zeit ihren Gedanken nachzuhängen und antwortete: „Ich werde sie holen lassen und auch den Falken im Nest.“

Hapusenebs Hände umfassten das Ankh, das an einer Kette um seinen Hals hing. „Was, wenn sie versucht zu fliehen ... mit dem Knaben? Die Truppen in Memphis würden vielleicht ihre Forderung auf Regentschaft unterstützen, wenn sie mit dem Falken im Nest erscheint.“

Senenmut nickte und schickte sich an loszueilen, doch Hatschepsut hielt ihn am Arm fest.

„Nein ... befehle Sary und meiner Leibwache, nach Isis zu suchen. Diese Frau ist einfach zu durchschauen. Der jüngere Thutmosis ist bei ihr, ich bin mir sicher. Wenn sie wirklich versucht zu fliehen, kann sie den Palast noch nicht verlassen haben.“ Senenmut war ein kluger Mann, aber für die Jagd war ein anderer besser geeignet ... ein Löwe! Und Sary würde ein für alle Mal dafür sorgen, dass Isis erkannte wer sie war ... und wer sie nicht war. Es war sicherlich keine Entscheidung, die ihrem kühlen Verstand entsprang. Hatschepsut hatte die Dreistigkeit und Beleidigungen nicht vergessen, die Isis ihr hatte zuteilwerden lassen, noch die Versuche der Nebenfrau, ihr zu schaden. Einmal nur sollte auch Isis erfahren, wie Angst sich anfühlte.

Senenmut schien zu überlegen, und Hatschepsut glaubte zu sehen, dass er etwas sagen und ihr widersprechen würde. Ohnehin wurde in dieser Nacht mehr gesprochen, als in allen vorangegangenen. Doch dann nickte er nur, und auch Hapuseneb brachte keinerlei Einwände hervor.

Hatschepsut wartete, bis Senenmut gegangen war, dann kehrte sie zurück zum Lager ihres Bruders und nahm erneut seine Hand. Eine tiefe Ruhe überkam sie und die angenehme Gewissheit, dass die Zeit der Angst bald hinter ihr lag. Sie würde ein letztes Mal ihre Pflicht als große königliche Gemahlin erfüllen! Ein letztes Mal würde sie sich fürchten und in Ungewissheit leben; und dann würde ein neuer Tag beginnen und ein neuer Horus am Horizont erscheinen. Herausfordernd suchte Hatschepsut den Blick Mutnofrets, doch in den Augen der Königswitwe schienen nur aufrichtige Trauer und Mitgefühl für ihren Sohn zu liegen. *Noch immer erlaubst du dir keine Nachlässigkeit! Mutnofret ... ich habe dich unterschätzt, aber glaube nicht, dass du dein Gift auch in die Ohren des jüngeren Thutmosis träufeln kannst.* Es war eine Enttäuschung für Hatschepsut, dass sie selbst keinen Sohn hatte und nun das Kind einer Nebenfrau den Doppelthron besteigen würde. Es schmerzte Hatschepsut bereits jetzt, dass sie ihre Tochter Nofrure dem jüngeren Thutmosis zur Gemahlin würde geben müssen, aber sie konnte zumindest dafür sorgen, dass dieser Knabe einst ein besserer Horus würde, als es sein Vater gewesen war.

Sary trieb seine Männer zur Eile an. Schweiß lief ihm in Rinnsalen über den Leib und ließ die Haut seines Rückens und seines Brustkorbs glänzen. Es brannte! Zorniges Feuer fraß sich durch seine Eingeweide, kroch in sein Herz und verlangte nach Nahrung, damit es nicht erlosch. Und genährt werden würde es! Sary wusste - dies war seine Stunde und die Zeit für Vergeltung. Der Horussohn, der ihn verraten hatte, verreckte in seinem eigenen Dreck, und Sary betete zu Month, dass es langsam und schmerzvoll geschah. Der eitle und gequälte Senenmut, den Hatschepsut zu ihrem Haushofmeister ernannt hatte, war zu ihm gekommen und hatte gesagt, dass der Einzig Eine bald seine Barke besteigen würde. Sary war äußerlich ruhig geblieben, doch innerlich hätte er laut auflachen mögen. Einer weniger von denen, die seinen Bruder und ihn betrogen hatten. Einer weniger von den Abkömmlingen der Götter, denen die Maat nichts galt. Aber auf das Glück, diesen Befehl von Hatschepsut überbracht zu bekommen, war er nicht vorbereitet gewesen. Month verschaffte den Betrogenen Gerechtigkeit, und nun war er auf der Suche nach der kuhäugigen Nebenfrau, die Thutmosis geraten hatte, ihn hinzurichten und die Leibwache im Goldland verrecken zu lassen. Hätte Isis damals gewusst, dass ihr Leben einst in Sarys Hand liegen würde ... sie hätte ihrem flügellahmen Falken nicht dazu geraten. Und so würde diese Nacht die seine sein – die Nacht von Sary, dem Einäugigen, den sie verdammt und dem Tod überlassen hatte. Nun war er es, der die Befehle gab und sie diejenige, über die Gericht gehalten wurde ... Sary sandte einen stummen Schrei zum Kriegsgott Month - ein Teil seiner Rache würde sich tatsächlich erfüllen!

Er blieb atemlos stehen, als sie die Räume der Isis erreicht hatten. Dann befahl Sary den Wachen zur Seite zu treten und sah sich in Isis' Gemächern um – ein paar unachtsam hingeworfene Leinengewänder, ein umgestoßener Sitzhocker und eine zerwühlte Lagerstatt. Die Nebenfrau hatte es eilig gehabt. Sary fluchte! Er trieb die Soldaten wieder hinaus aus den leeren Gemächern und zurück auf die Flure, wo ihm zwei seiner Männer entgegen gelaufen kamen. Keuchend verbeugten sie sich und begannen auf einen Wink von ihm zu sprechen. „Kommandant ... der Falke im Nest ist nicht in seinen Räumen. Wir haben nur eine Dienerin vorgefunden, die nicht sprechen wollte. Ein paar Schläge haben ausgereicht, sie umzustimmen. Die Nebenfrau Isis ist mit dem Falken im Nest zum Landungssteg geflohen, wo eine Barke bereitsteht, die sie mit dem Knaben nach Memphis bringen soll."

Wie so oft erfüllten Sary seine Männer mit Stolz. Sie waren gut gedrillt und schreckten auch nicht vor Gewalt zurück! Härte und Unnachgiebigkeit hatte er ihnen mit der Peitsche und harten Strafen eingeprägt, mit Blut und Schmerz und Ausdauer. Seine Soldaten waren eine verlässliche Truppe, an der niemand vorbei kam. „Die gesamte Leibwache zum Landungssteg", gab er knapp Befehl, und schon waren sie wieder in Bewegung, und ihre Sandalen stampften durch die Flure des Palastes. Sie stießen Diener und Priester gleichermaßen beiseite, wenn diese nicht schnell genug auswichen. Sary sah es mit Genugtuung. Es war seine Nacht ... und die von Ameni! Sie verließen den Flügel der Frauen und wandten sich nach rechts, hinaus in die Gärten. Die Kuhäugige war nicht gerissen genug, um sich unauffällig über die Anlegestellen der Händler fortzustehlen, das wusste Sary. Sie, die Hochmütige, wollte herrschen und sich mit ihrem goldenen Knaben vor aller Augen zeigen. Isis war nicht bereit sich fortzuschleichen wie eine Dienerin, da sie die Mutter des neuen Falken war! Sary trieb seine Männer über Blumenbeete, ohne auch nur die Schönheit einer einzigen Knospe zu sehen. Linker Hand erkannte er die Mauer, hinter der er den Landungssteg wusste und darin die Tür, nicht bewacht und unverschlossen. Nein, klug war sie wirklich nicht, diese Nebenfrau! Sary trat die hölzerne Tür mit einem Tritt seines Fußes auf, ohne auf Widerstand von der anderen Seite zu stoßen. Als sie nacheinander durch die Tür drängten, sah er die Barke auf dem nächtlich schwarzen Wasser des Hapi dümpeln, so friedlich, als würde sie gleich zu einer nächtlichen Festfahrt aufbrechen. Aber es würde kein Fest geben, nicht für die Nebenfrau Isis! Sobald Sary und seine Männer den Landungssteg entlang liefen, kam Bewegung in die Mannschaft. Von der Barke kamen Soldaten die Laufplanke hinunter geeilt. Sie stellten sich Sary und seinen Männern entgegen und verstopften den Landungssteg wie ein Wachspfropfen. Mit gezogenen Schwertern postierte sich die erste Reihe und hinter ihnen die Bogenschützen. Die Sehnen der Bogen waren bis zum Anschlag gespannt und ihre Pfeile auf Sary und seine Männer gerichtet. Sary erkannte, dass es Soldaten der Truppen aus Memphis waren, und wusste, dass er schnell handeln musste. In Memphis war der Hauptteil des königlichen Heeres untergebracht, und niemand hätte gegen eine geballte Rebellion der Truppen ankämpfen können – auch Hatschepsut nicht. Die meisten von diesen Männern hatten Hatschepsut nicht ein einziges Mal in ihrem Leben gesehen. Sie waren dem Horusthron ergeben, und damit dem jüngeren Thutmosis. Wahrscheinlich hatte Isis seit längerer Zeit Sendschreiben an Vertraute in Memphis geschickt und die Truppen auf ihre Seite gezogen, indem sie das Gerücht verbreitete, die große königliche Gemahlin wolle ihrem Neffen die Doppelkrone verweigern. Sary postierte sich vor seinen Männern, um die Anderen zu verunsichern. „Der Nebenfrau Isis ist es nicht erlaubt, den Palast zu verlassen“, brüllte Sary dem Kommandanten der Truppen entgegen. Dieser gab jedoch den Weg nicht frei, davon überzeugt, dass das was er tat, richtig war. Sein Auftreten zeugte von Selbstbewusstsein. „Wir werden den Falken im Nest nach Memphis bringen und ihn schützen, bis er die Doppelkrone trägt!“

Sary ließ sich nicht beirren. „Die Doppelkrone wird er tragen, und deshalb muss er hier bleiben.“

Noch immer standen sich die Männer gegenüber. Keiner der beiden Kommandierenden war bereit nachzugeben. Sary wusste, dass sich hinter der Wand aus Leibern die Nebenfrau mit ihrem Balg auf der Barke verkrochen hatte. Innerlich drängte es Sary danach, sie vor seinen Augen von Deck zerren zu lassen, ebenso wie er einst vor ihren Augen aus dem Thronsaal gezerrt worden war. „Befehl der großen königlichen Gemahlin Hatschepsut!“, gab er ruhig zu verstehen. „Ich weiß nicht, was du tun wirst, um dein Weiterleben nach dem Tode zu rechtfertigen, Kommandant des Einzig Einen. Aber ich werde mein Knie nicht vor einer Nebenfrau beugen, die für ein Kleinkind regiert. Die Große Königliche Gemahlin beabsichtigt nicht, dem Falken im Nest die Kronen zu verweigern. Die Nebenfrau lügt, wenn sie es behauptet.“

Tatsächlich schien der Mann nun verunsichert, gab jedoch noch immer nicht nach. Seine Faust blieb um sein Schwert geschlossen, und die Sehnen an seinem Hals traten hervor, als kämpfe er mit sich. „Ich diene dem Einzig Einen – und nur ihm allein!“

„Das tue ich auch“, entgegnete Sary stur und war sich dessen bewusst, dass sein zerschlagenes Auge nicht dazu beitrug, Vertrauen in dem anderen zu wecken. Viel zu verwegen sah er aus – und er trug den Harnisch der Leibwache der großen königlichen Gemahlin. Doch schließlich ließ der Truppführer seine Waffen sinken und nickte Sary zu, um ihm zu bedeuten, dass er den Weg freigeben würde. „Ich habe vom Gottesurteil gehört, bei dem Amun vor der Gottesgemahlin sein Haupt gebeugt hat. Kannst du mir schwören, dass es wirklich so geschehen ist, wie es erzählt wird?“

„Ja“, entgegnete Sary, der noch nicht einmal lügen brauchte. „Die Gottesgemahlin wird für den Falken im Nest regieren, bis er alt genug ist selbst zu herrschen. Das ist Maat!“

Der Kommandant der Truppen warf einen verstohlenen Blick hinter sich auf die Barke. Dann trat er beiseite und befahl seinen Männern es ebenfalls zu tun. Sary beobachtete mit Zufriedenheit, wie sie aufgaben und ihre Bogen und Schwerter fallen ließen. Die dumme Haremsfrau hatte nicht lange und nicht nachhaltig genug um die Gunst der Männer geworben.

Mit schnellen Schritten ging Sary die Planke hinauf, die Hand auf den Griff seines Schwertes gelegt. Die Soldaten und Ruderer senkten die Köpfe als Sary an ihnen vorbei ging und die Tür zum Aufbau aufstieß, in dem sich Isis mit dem Falken im Nest versteckt hielt. Das Licht einer einzelnen Talglampe funzelte ihm entgegen, und fünf weit aufgerissene Augenpaare starrten ihn an. Isis drängte sich mit der Amme gegen die Rückwand des Raumes. Den Falken im Nest hatten sie zwischen sich gedrängt. Vor ihnen stand das Zwergenpaar der Nebenfrau, das der Pharao ihr geschenkt hatte. Ihre kleinen Augen zeigten Angriffslust, und in ihren kurzen Schurzen sahen sie aus wie Kinder. Nur ihre zu großen Köpfe und die runzelige Haut ließen erahnen, dass es erwachsene Männer waren. Ehe Sary etwas sagen konnte, stürzten sie auf ihn zu und gruben ihre Zähne in seine Waden, als wären sie bissige Hunde. Der Schmerz traf Sary so überraschend, dass er sein Schwert zog, einen von ihnen am Schopf packte und ihm die Klinge über die Kehle zog. Der kleine Mann fiel zu Boden und röchelte, während seine krummen Arme und Beine zuckten. Der Falke im Nest begann zu schreien, während der zweite Zwerg noch immer an seinem Bein hing. Der Tod seines Gefährten machte ihn rasend vor Wut. Als Sary an seinem Bein heruntersah, war es blutüberströmt. Der Zwerg hatte ihm einen Dolch hineingestoßen. Sary selbst wurde von einer unbändigen Wut gepackt. Er zog den Dolch aus seinem Bein und stieß ihn dem Zwerg in den Nacken. Danach war es endlich still. Isis rührte sich nicht und starrte ihn aus ihrem vor Angst bleichen Gesicht an. Sary trat einen Schritt auf sie zu, doch die Amme warf sich mit einem Schrei vor Thutmosis, um ihn vor Sary zu schützen. Ihre pralle Brust war noch entblößt, und Sary erkannte, dass das Balg noch daran gelegen haben musste, bevor er die Tür aufgestoßen hatte. „Geh aus dem Weg", herrschte Sary sie an, doch die Amme rührte sich nicht. Er verlor alle Geduld, die er hatte aufbringen wollen. Erneut zog er das kurze Schwert aus der ledernen Scheide und stieß es der Amme in den Rücken. Es war ein guter Schlag, wie Sary befand, denn es durchdrang mühelos ihr Fleisch und suchte sich seinen Weg zwischen ihre Rippen. Augenblicklich färbte sich ihr weißes Leinengewand rot, und als Sary sein Schwert aus ihr heraus zog, spritzte dem jungen Thutmosis ihr warmes Blut ins Gesicht. Dieses Mal schrie der Falke im Nest nicht, sondern verstummte vor Schreck. *Hier ist ein Opfer für deinen Ach, mein Bruder*, formten sich die Worte in Sarys Herz. Dann schien der Falke im Nest seinen Schreck überwunden zu haben und begann zu schreien und zu toben, sodass Isis ihn an sich zog und ihm eine Hand auf den Mund legte. Sary ekelte es vor dem Anblick des neuen Horus. *Weibisch und weich wie seine Mutter!* Die Kuhaugen der Nebenfrau waren ihm unerträglich, doch Sary ließ es sich nicht nehmen, ihre Angst zu genießen, als wäre diese eine Süßspeise. Die Kabine bot den Anblick eines Schlachtfeldes. Die Amme lag tot zu Füßen Thutmosis, und das Blut der Zwerge versickerte zwischen den Planken des Bodens. Sarys Bein blutete. Wie sehr der Anblick einen Dreijährigen erschreckte, darüber verlor er keinen Gedanken. Stattdessen wandte er sich der noch immer steif dasitzenden Isis zu. „Dein Gemahl wartet auf dich, Nebenfrau“, gab Sary ihr zu verstehen, während er sein Schwert zurück in seine lederne Scheide schob. „Und den Falken im Nest erwartet die große königliche Gemahlin Hatschepsut.“

Bei der Erwähnung des Namens verlor Isis etwas von ihrer Angst, als erwache sie aus einem bösen Traum. In ihr Gesicht trat der wohlbekannte einfältige Trotz. „Ich bin die Mutter des künftigen Horus! Hatschepsut wird meinem Sohn Leid zufügen!“

Sary erlaubte sich trotz seines schmerzenden Beines eines seiner verbitterten Lächeln und erinnerte sich noch einmal daran, wie sie hochmütig seinen Tod gefordert hatte. „*Ich* werde dein Söhnchen leiden lassen, wenn du deinen gewöhnlichen Arsch nicht bewegst! Ich erinnere mich gut an dich.“ Mit einer knappen Geste wies er auf sein ausgeschlagenes Auge. Dann riss er Isis den jüngeren Thutmosis aus dem Arm, der zu kreischen begann und versuchte, Sary gegen das Schienbein zu treten.

„Das wagst du nicht“, schrie Isis von Entsetzen gepackt, doch Sary wandte sich bereits von ihr ab. Er trat mit dem schreienden Kind unter dem Arm hinaus zu seinen Männern, die ihn ungläubig ansahen. Das Geschehen in der Kabine war ihnen nicht entgangen, doch da sie ihren Kommandanten und seine Grausamkeit fürchteten, wagten sie nichts zu sagen. Sary gab nichts auf ihre Blicke und brüllte sie an, die Nebenfrau zurück in den Palast zu bringen. Niemand wagte einen Einwand – und niemand widersprach Sary, denn jeder wusste um seine unerbittliche Härte. Sary ließ sowohl die Ruderer der Barke als auch die Soldaten aus Memphis in Gewahrsam nehmen und blieb allein mit dem Knaben zurück. Thutmosis schrie nach seiner Mutter, als Isis an ihm vorbei die Laufplanke hinunter geführt wurde, und schlug mit seinen Fäusten gegen Sarys Bein. Sarys Zorn war noch nicht abgeklungen. Mit hartem Griff packte er den jüngeren Thutmosis im Nacken und drückte so fest zu, bis das Kind zu wimmern begann. „Wenn du nicht aufhörst zu schreien, werde ich deiner Mutter die Kehle aufschlitzen und sie in den Hapi werfen!“

Unverzüglich verschluckte der dickliche Knabe seine Tränen und starrte in Sarys glühendes Auge. Seine Wangen waren rot vor Aufregung, doch zu schreien wagte er nicht mehr. Nur seine großen runden Augen verrieten die Todesangst, die der Falke im Nest ausstand. Ach, es war nur eine geringe Genugtuung, dieses königliche Balg zu quälen, lieber hätte Sary gleich Hatschepsut im Hapi ersäuft, aber es war doch ein befriedigendes Gefühl. Verschreckt und eingeschüchtert, wie Thutmosis war, konnte er seine Notdurft nicht mehr halten. Das Wasser lief an seinen stämmigen Beinchen hinunter. Angeekelt ließ Sary den

Knaben los, während der junge Thutmosis schluchzte und sich mit der Hand über die Nase wischte. Sary gab ihm einen Stoß und trieb ihn vor sich her als wäre er ein Ochse, den es vor den Pflug zu spannen galt. Ein weinendes Balg als Herrscher der zwei Länder! Wie sollte es Maat sein, dass der Sohn dieses kranken Wahnsinnigen zum Pharao gekrönt wurde? Aber Sary würde es ertragen, wie er alles ertrug, ebenso wie er die gesamte königliche Sippe ertrug. Unwillig trieb er den ungelenken Knaben vor sich her. „Lauf schneller, mein goldenes Schweinchen! Auf dich warten die beiden Kronen Kemets und ein Thron", gab er dem Jungen spöttisch zu verstehen. Sary wusste, bis der Knabe alt genug wäre, sich an ihm zu rächen, wäre ohnehin nicht mehr viel von ihm selbst übrig. Thutmosis zog geräuschvoll die Nase hoch und starrte zu Boden, während er vor Sary herlief.

Bevor Re seine Nachtfahrt beendete, tat der Einzig Eine seinen letzten Atemzug. Es war eine Nacht voller Qualen gewesen, nicht nur für den sterbenden Pharao – auch für die Priester, deren Stimmen heiser von den Gesängen waren, und deren Augen vom vielen Weihrauch tränten. Am Ende dieser unglücklichen Nacht aus Schmerzen und Tränen standen gerötete Augen und Erschöpfung, jedoch auch eine allseitige Erleichterung, die von verstohlenem Aufseufzen begleitet war. Immer wieder hatte sich die ausgemergelte Brust des Falken gehoben und gesenkt, nur um kurz darauf ein weiteres Mal Luft zu holen ... mit einer verzweifelten Zähigkeit, welche der Falke im Leben nicht besessen hatte. Senenmut hatte wie alle anderen ausgeharrt, mit schmerzendem Rücken, da er so lange reglos auf einem Stuhl im Hintergrund gesessen hatte, während Hatschepsut an der Seite ihres Bruders blieb und seine Hand nicht mehr losließ. Müde Dienerinnen hatten Platten mit leichten Mahlzeiten aus Obst und Brot sowie verdünntem Wein gereicht. Doch niemand hatte etwas anrühren wollen, solange der Falke nicht seine Barke bestieg. Sie alle waren erschöpft vom Warten und Ausharren – Hatschepsut, die Priester, Hapuseneb und sogar Mutnofret ... und Senenmut glaubte, der Müdeste von ihnen allen zu sein. Dies war der dritte Gott, dessen Tod er miterleben musste, und wieder einmal stahlen sich ungeliebte Fragen in sein Herz – warum starben so viele von den Göttlichen, während er am Leben blieb? Gegen Morgengrauen, als Thutmosis seinen letzten Atemzug tat, geschah es auf die gleiche Weise, wie er gelebt hatte – unscheinbar und ohne Aufsehen. Seine Brust hob sich einfach nicht mehr, und schließlich verkündeten die Priester, dass der Falke zum Himmel aufgestiegen sei. Kurz darauf erklangen im Palast Weinen und lautes Wehklagen, das gleich einem aufkommenden Sturm durch die Flure bis in den hintersten Flügel getragen wurde. Die Frauen zerrissen ihre Gewänder über der Brust und streuten sich Asche aus erkalteten Feuerbecken ins Haar. Sie verrieben die

Asche sogar in ihren Gesichtern und Diener wurden eilig angewiesen, die Trauergewänder aus den Truhen zu holen, obwohl sie diese erst vor wenigen Tagen wieder verstaut hatten. Senenmut fühlte sich steif und kalt, als er sich von seinem Stuhl erhob. Er war glücklich, seine Beine wieder zu bewegen und ein paar Schritte auf und ab gehen zu können. Unverzüglich und mit befehlsgewohnter Stimme ließ der oberste Prophet des Amun nach den Unberührbaren schicken, damit sie den Leib des Horus ins Schöne Haus brachten. Als die Balsamierer mit gesenkten Häuptern die Gemächer betraten, schmeckte Senenmut bittere Galle und hatte Mühe, die aufkommenden Gedanken seines Herzens zu verbergen. Bald würde der schlaffe Leib des Einzig Einen auf einem Sockel aus Alabaster liegen, mit aufgeschlitztem Bauch. *Hast du jemals gesehen, dass einer von ihnen Knochen aus Silber gehabt hätte?* Senenmut beobachtete Hatschepsut, während die Unberührbaren den Toten in ein Tuch wickelten und hinaustrugen. Obwohl es schmerzhaft war, sie anzusehen, half es ihm, die schlechten Gedanken zu verdrängen. Sie lebte ... und Senenmut meinte, dass Hatschepsut niemals lebendiger ausgesehen hatte. Inmitten der Gesänge der Priester, dem Weihrauch und den Schreien erhob sich Hatschepsut so geschmeidig und mühelos, als hätte sie nicht die gesamte Nacht an einem Sterbebett gesessen. Dann nickte sie Senenmut unauffällig zu. Ihre Augen schienen zu strahlen, als wäre sie ein Vogel, dessen Käfigtür sich unverhofft geöffnet hatte, und ihr Gesicht zeigte Tatkraft und Entschlossenheit. War sie jemals schöner gewesen? *Schweig endlich, mein närrisches Herz!* Senenmut zwängte seine innere Zerrissenheit zurück unter die Kruste aus Ernsthaftigkeit und folgte Hatschepsut hinaus. Sie gingen, ohne dass einer von ihnen sich noch ein einziges Mal umgesehen hätte.

Erst als sich die Türen hinter ihnen geschlossen hatten, wandte Hatschepsut sich zu ihm um. Jetzt, im Licht der ersten Strahlen Res, zeigte sich auch ihre Erschöpfung. Sie sah müde und übernächtigt aus, und Senenmut wollte ihr vorschlagen, dass sie wenigstens bis zum Mittag schlafen sollte. Doch Hatschepsut dachte nicht daran zu schlafen. „Senenmut ... ich bin erleichtert, aber auch traurig. Und es gibt so viel zu bedenken und zu entscheiden. Ich brauche deine Hilfe bei all diesen Entscheidungen."

„Du solltest zuerst schlafen", wich er ihr aus.

„Schlafen?" Hatschepsut bedachte ihn mit einem Blick, als hätte er sie beleidigt, und Senenmut, der bestrebt war, ihrem bezwingenden Wesen zu entkommen, starrte auf die blauen Fayencefliesen unter seinen Sandalen. Hatschepsut schien seinen inneren Kampf nicht zu bemerken und forderte ihn auf, sie in ihre Räume zu begleiten. Senenmut tat es, denn was hätte er sonst tun sollen? Sie war nun die Regentin des neuen Horus ... ab heute war Maat, was sie beschloss. In ihren Räumen sah Hatschepsut zuerst nach Hui und den Kindern, dann ließ sie sich auf einem Stuhl nieder und bot Senenmut den Platz ihr gegenüber an. Eine Ehre – zweifellos, wie er wusste. Ab dem heutigen Tag wäre es nicht mehr selbstverständlich, in ihrer Gegenwart zu sitzen oder ihr auf gleicher Augenhöhe zu begegnen. „Die Kinder sind wohlauf, Amun sei Dank!"

„Du solltest nach Sary und dem jungen Thutmosis schicken lassen", wagte Senenmut zu sagen, jedoch nur, da der Blick, mit dem sie ihn musterte, ihm unerträglich wurde.

„Wie immer bist du klug, mein Haushofmeister – klug und pflichtbewusst." Hatschepsut schickte eine ihrer jungen Dienerinnen nach dem Kommandanten der Leibwache. Es wunderte Senenmut nicht, dass der junge Thutmosis verstört wirkte, als der Einäugige ihn brachte. Sary flößte Männern Angst ein, wie hätte da ein Kind nicht vor Angst erstarrt sein sollen? Wahrscheinlich waren sie nicht gerade sanft mit seiner Mutter umgegangen, und nun stand er hier vor Hatschepsut. Außerdem schien es ein Handgemenge gegeben zu haben. Das Bein des Kommandanten war mit Leinenbinden umwickelt. Thutmosis starrte aus seinen verängstigten Augen auf Hatschepsut, aber sprach kein Wort. Stirnrunzelnd betrachtete Hatschepsut ihren Neffen, dann schien ihr etwas einzufallen, und sie wandte sich an Sary. Senenmut fragte sich nicht zum ersten Mal, weshalb sie die Einzige war, die den Einäugigen nicht fürchtete.

„Isis?"

Sary antwortete ohne Umschweife. „Sie wird in ihren Gemächern bewacht."

Ebenso wie Hatschepsut Sary nicht fürchtete, gab dieser sich keine Mühe, ihr besondere Ehrerbietung entgegen zu bringen. *Wie können diese beiden miteinander auskommen, ohne sich gegenseitig zu zerfleischen? Sie vertraut ihm nicht, und doch hat sie ihr Leben unter seinen Schutz gestellt – und er hasst sie* aus *der Tiefe seines verdorrten Herzens, und doch schützt er ihr Leben!* Aber Hass und Misstrauen hielten die Augen wach und das Herz aufmerksam. Senenmut kam nicht umhin, dieses innerlich brodelnde Gespann zu bewundern, das trotz seiner Abneigung gegeneinander so unermüdlich im Gleichschritt lief. Hatschepsut unterbrach seine Grübeleien mit Entschlossenheit.

„Isis soll in ihren Gemächern bleiben und darf sie bis auf Weiteres nicht verlassen. Lass sie zu jeder Tages- und Nachtzeit bewachen - aber niemand darf sie anrühren."

Senenmut verwunderte Hatschepsuts Kühle an diesem Morgen kaum, obgleich sie ihn irritierte, da sie nur noch wenig an das Mädchen erinnerte, das am Hapi im Mondlicht gestanden hatte. Die Erkenntnis darüber ließ ihn bedauern, dass diese Zeit so weit zurückzuliegen schien. Doch Hatschepsut hatte sich verändern müssen, denn zu viel war in den letzten Nilschwemmen über sie hereingebrochen, und viel zu viel gab es jetzt für sie zu tun, als dass sie sich auf ihre Gefühle hätte besinnen können. Auch als Sary ihr mitteilte, dass die Amme sowie das Zwergenpaar der Nebenfrau durch ihre Gegenwehr bei ihrer Festnahme auf der Barke gestorben seien, nickte sie nur beiläufig. „Die Zwerge waren ein Geschenk meines Bruders an Isis und ebenso hinterhältig und gemein wie sie selbst. Mich schmerzt ihr Verlust nicht. Um eine Amme für den Jungen werde ich mich kümmern, und ich muss auch dafür sorgen, dass die Familie der Toten ein angemessenes Blutgeld erhält. Bis dahin soll Hui sich des Knaben annehmen.“

Warum zog sich Senenmut der Magen zusammen, als Sary vom Tod der Amme berichtete; und warum zuckte der junge Thutmosis zusammen? Ein ungutes Gefühl mahnte Senenmut einmal mehr zur Vorsicht gegenüber dem Kommandierenden der Leibwache. Aber Hatschepsut schien derlei nicht zu bemerken – zu viele Gedanken belasteten ihr Herz.

Der schweigsame Thutmosis wurde Hui übergeben, die ihn zu Nofrure und Meritre brachte, und Sary verabschiedete sich kurz darauf knapp und, wie Senenmut meinte, ebenso unwillig, wie er seinen Gruß entboten hatte.

Senenmut wollte sprechen, denn alles in ihm drängte danach, Hatschepsut vor diesem gefährlichen Mann zu warnen. Doch er tat es nicht, da er ahnte, dass Hatschepsut um die Gefahr wusste, die von Sary ausging. Außerdem hob sie bereits wieder die Hand, um den nächsten Diener mit einer Aufgabe zu betrauen. „Der oberste Baumeister Ineni soll kommen; es muss ein angemessenes Grab für meinen Bruder bereitgestellt werden ... und die Priester sollen sich um einen geeigneten Tag für die Beisetzung sowie für die Krönungszeremonie meines Neffen kümmern. Dieses Mal sollen sie sorgfältiger bei der Wahl der günstigen Tage sein!“ Hatschepsut hielt inne, als der Diener sich verbeugte und dann ging, um den Baumeister zu suchen. Ihre Blicke wurden überraschend weich, und das erste Mal seit dem Tod ihres Bruders schien sie ihn überhaupt wahrzunehmen. „Senenmut ... ich muss mit den Beamten sprechen und dafür Sorge tragen, dass es nicht doch noch zu Aufständen in Memphis kommt.“

Hatschepsut sah ihn an - tatsächlich voller Verzweiflung und Hilflosigkeit in ihrem Gesicht – und wie so oft erweichte dieser Blick Senenmuts Herz. „Es gibt so viel zu tun. Ich entlasse Ahmose-Pennechbet aus seinem Dienst als Erzieher der Erbprinzessin Nofrure und übertrage dir dieses Amt – wie es vorgesehen war. Und ich ernenne dich zum Vermögensverwalter des Amun in Karnak.“ Ehe Senenmut etwas sagen konnte, erhob sich Hatschepsut und ergriff so unvermittelt seine Hand, dass er sie ihr beinahe vor Schreck entzogen hätte. *Berühre mich nicht, Gottestochter ... ich bitte dich ... du weißt nicht, wie schwer es für mich ist, dir nahe zu sein.* Doch sie konnte ihn nicht hören – wie hätte sie seine stummen Worte auch hören sollen? Die Göttlichen besaßen keine Ohren für das Leid der Menschen, die sie liebten.

„Ich brauche dich hier als meinen Berater und meinen Vertrauten, und ich möchte, dass du Räume im Palast beziehst, damit du Nofrure nahe bist."

Der Boden unter Senenmuts Füßen schien zu wanken, obwohl er noch immer saß. Ihre Hand fühlte sich heiß auf der seinen an. *Deine Haut ist aus Gold ... aber warum brauchst du dann mich? ... Warum zwingst du mich in Ketten, wie du es mit dem Einäugigen getan hast?* Hatschepsut überhäufte ihn mit Ämtern und verwandelte seinen erarbeiteten Wohlstand in unermesslichen Reichtum. Mit Entsetzen erkannte Senenmut, dass sie ihn ebenso in ihr Gespann einband, wie sie es mit dem Kommandierenden getan hatte und ihn keinerlei Ausflüchte davor bewahren konnten. Ihre Blicke trafen sich, und sein Verlangen drohte Senenmut zu verraten. Was wäre, wenn er Hatschepsut einfach in seine Arme zog ... wie eine Frau? *Zweifelst du nicht ohnehin an ihrer Göttlichkeit?* Das erste Mal wagte sein frevlerisches Herz, diesen alles zerstörenden Gedanken in Worte zu fassen. Fast wünschte Senenmut sich, dass Hatschepsut seine Gedanken erriet, während sie auf eine Antwort wartete, und er wünschte sich, dass sie ihn fortstieß und einen elenden Frevler nannte. Aber sie erriet seine Gedanken nicht, und Senenmut danke ihr knapp für die erwiesene Ehre. Er konnte in Hatschepsuts Gesicht lesen, dass sie enttäuscht über sein Schweigen war. Doch was auch immer ihn innerlich bewegte ... er würde ihr all seinen Zweifeln zum Trotz zu dem verhelfen, was der Mann, der er war, am wenigsten von ihr begehrte ... Göttlichkeit!

Die Nachtfahrt der 10 Stunde ist jene Wütende, welche die Hinterhältigen schlachtet

Die königliche Barke, im 1 Jahr der Herrschaft des Thutmosis Menkheperre

Es war eine gute Entscheidung gewesen, sich diesen Tag zu stehlen und eine Jagd zu veranstalten, wenn vielleicht auch keine kluge. Nein, klug war es wohl tatsächlich nicht, sich diesen Tag zu gewähren. Das hatte sogar Senenmut, der stets schweigsame Senenmut, ihr zu verstehen gegeben, und Hatschepsut hatte trotzdem nicht auf ihn gehört – obwohl er seit dem Tod ihres Brudergemahls immer öfter sein Schweigen brach und ihr Ratschläge erteilte. Hatschepsut war froh darüber, dass er es tat – trotzdem wollte sie sich nicht allein auf ihre Berater verlassen. Gerade jetzt brauchte sie diese winzige Flucht wie ein Ka nach dem Tod den Körper benötigte, um zu leben. Bereits am zweiten Tag, nachdem ihr Brudergemahl seine Barke bestiegen hatte, waren die Beamten des Palastes erschienen und hatten der neuen Regentin die Bestandslisten der königlichen Schatzkammern vorgelegt. Es war erschreckend gewesen zu sehen, wie sehr die Fremdherrschaft der Hyksos Kemet ausgeblutet hatte. Bereits ihr Vater und der Vater seines Vaters hatten die Schatzkammern erheblich geleert, da ihre Kriegszüge und die Ausstattung des Heeres Gold und Reichtum verschlungen hatten. Aber Hatschepsut verstand, dass es gut und nötig gewesen war, da sie Kemets Rücken gestärkt hatten. Ihre Vorfahren hatten jene Länder und Gebiete zurückerobert, die von den beiden Ländern abgefallen waren. Ihr Bruder jedoch hatte das Wenige, welches noch übrig war, für den Bau seines Grabes und Zuwendungen der Tempel mit großzügigen Händen gegeben, gefangen in seinem Wahn, sich sein Weiterleben unter Nuts Leib mit Gaben für die Götter erkaufen zu müssen. Zudem hatte Thutmosis es in den zwei Nilschwemmen seiner Herrschaft versäumt, das Heer zu entlohnen, welches in den Garnisonen von Memphis unterhalten wurde – jetzt waren die Schatzkammern beinahe leer, und Hatschepsut wusste nicht, womit sie die Soldaten, die Beamten und die Tempel entlohnen sollte. Die Arbeiten an Thutmosis unvollendetem Grab hatte Hatschepsut bereits einstellen lassen, stattdessen stiftete der oberste Baumeister Ineni sein eigenes westliches Haus, damit der Leib des zu Osiris gegangenen Falken eine Heimstatt hätte. Es war kein königliches Grab – doch Hatschepsut ließ dafür Sorge tragen, dass die Grabkammer die Namenskartuschen ihres Bruders trug und die Schriften des verborgenen Raumes an die Wände gemalt wurden. Ihre Versprechen dem Bruder und Gemahl gegenüber würde sie halten, doch alle Götter mahnten sie, Kemets ausgedörrtem Herzen nicht noch mehr abzuverlangen. Als ob diese Sorgen nicht bereits überwältigend gewesen wären, brachten Boten beinahe täglich Nachricht aus Memphis und unterbreiteten Hatschepsut, dass dort die Tempel und ihre Priesterschaften zum Aufstand gegen sie aufriefen und damit begannen, die Menschen aufzuhetzen. Nach wie vor glaubten die Priester und das aufgebrachte Heer, Hatschepsut würde ihrem Neffen die Doppelkrone verweigern. Sie forderten mit lautem Geschrei, dass der junge Pharao nach Memphis gebracht werden sollte und dort unter ihrer Obhut blieb, bis er alt genug wäre, eigene Entscheidungen zu treffen. Hatschepsut hatte sich geweigert, sich den Drohungen aus Memphis zu beugen. *Gib niemals den Priestern mehr als ihren Teil!* Auch dies war der Rat ihres Vaters gewesen, und Hatschepsut wusste, dass die großen Tempel ohnehin schon zu viel Macht besaßen. Hapuseneb war ihr Vertrauter ... Hatschepsut dankte Amun dafür, denn den mächtigen obersten Propheten Amuns Freund zu nennen, sicherte ihr einen Großteil ihrer Entscheidungsgewalt. Doch auch hier gab es Entwicklungen, die Hatschepsut den Schlaf raubten. Dann war ein weiterer Streit über den Tag der Krönung ihres Neffen entbrannt – die Priester der Hathor und des Ptah in Memphis forderten die Rückdatierung auf den vierten Tag des Pachons im Schemu, da dieser Tag nach ihrem Tageskalender als dreifach gut galt. Hapuseneb und der Amuntempel in Karnak hielten den Tag jedoch für ungünstig, da er nach dem Buch der Erscheinungen als schlechter Tag galt, an dem man am besten im Haus blieb. Außerdem, so hatte Hapuseneb sich ereifert, bedeutete es Frevel an den Göttern, die Thronbesteigung eines neuen Pharao auf einen Tag zurückzudatieren, an welchem der vorherige Horussohn noch gelebt hatte. Hatschepsut meinte zu erkennen, dass es der Priesterschaft aus Memphis lediglich darum ging, Unruhe und Missstimmung zu verbreiten, fühlte sich jedoch hin und hergerissen zwischen dem Wunsch, Hapuseneb beizupflichten und der ihres Erachtens dringenden Notwendigkeit, Memphis ein Zeichen ihres Wohlwollens entgegen zu bringen. Was immer sie auch tat – irgendjemanden würde sie mit ihrer Entscheidung verärgern, und mächtige Feinde konnte sie sich dieser Tage nicht leisten. Hatschepsut meinte, ihr Herz müsse ihr verweigern weiter zu schlagen, wenn sie an all diese Schwierigkeiten dachte, die sich vor ihr auftaten. Doch es schlug weiter, und jeden Morgen weckten sie die Priester mit ihren Gesängen und Hui half ihr in ein sauberes Leinenkleid. Sie schminkte Hatschepsut für den Tag, bis sie ihr abends wieder beim Entkleiden half; und Hatschepsut wusste, sie musste dies alles überstehen und kluge Entscheidungen treffen. Bestimmt wäre es gut, Memphis gemeinsam mit ihrem Neffen einen Besuch abzustatten, damit sich die Gemüter der Menschen und der Priesterschaft beruhigten und damit das Heer Vertrauen in sie als Regentin fassen konnte. Aber zuerst einmal musste die Trauerzeit für ihren Bruder durchgestanden werden. Ihr Neffe Thutmosis war ihr ein weiteres Rätsel. Er sprach nicht und verschloss sich allem gegenüber. Hui beschwerte sich seit Tagen, dass ihre

Milch nicht für Nofrure, ihre eigene Tochter und den Knaben ausreichen würde. Eine neue Amme musste also auch noch für Thutmosis gefunden werden – wenigstens noch für ein paar Mondumläufe, dann wäre er dem Milchalter entwachsen. Isis stand weiterhin in ihren Gemächern unter Arrest, und Hatschepsut hatte noch nicht entschieden, wie sie mit der Nebenfrau ihres toten Bruders verfahren sollte. Es war kaum ihr Anliegen, den Knaben von seiner Mutter fernzuhalten. Hatschepsut ahnte jedoch, dass Isis nichts unversucht lassen würde, ihren Neffen gegen sie aufzuhetzen je älter er wurde. Dann war da noch Mutnofret, die scheinbar ergeben akzeptierte, dass die Regentschaft für den Knaben auf Hatschepsut übergegangen war. Scheinbar! Auch ihr vertraute Hatschepsut nicht, sogar noch weniger als Isis.

Nein! Es war sicherlich nicht ihre klügste Entscheidung gewesen, im Zuge dieser Wirren einen Jagdausflug zu veranstalten. Aber, bei Amun! Sie brauchte einfach etwas Zeit, um ihr Herz zu reinigen, etwas Zeit um ihre Lungen mit neuem Atem zu füllen. Senenmut, der ihr von diesem Ausflug abriet, mochte Hatschepsut an diesem einen Tag nicht an ihrer Seite haben, und so war es Sary mit der Leibwache, der sie in die seichten Gewässer des Hapi zur Nilpferdjagd begleitete. Sicherlich war ihr Kommandant der Richtige für diese Aufgabe, auch wenn ihr Herz Hatschepsut mahnte, dass sie den einäugigen Goldlöwen mehr fürchten sollte als jedes Nilpferd. Tatsächlich galt die Jagd auf Nilpferde als die gefährlichste, und nur Todesmutige stellten sich ihr freiwillig. Sary war beides ... tot im Herzen und mutig. *Vielleicht ähneln wir uns doch ... vielleicht suche auch ich die Flucht in den Tod, weil ich all jenes fürchte, was vor mir liegen mag.* Hatschepsut war sich dieser Tage nicht sicher, was sie fühlte, während ihre Augen nach der ebenso gefürchteten wie begehrten Jagdbeute Ausschau hielten. Geräuschlos wie ein Krokodil glitt die königliche Barke durch das grünliche Wasser. Die Männer waren bemüht, die Ruderblätter leise durch das Wasser zu ziehen. Die Hitze hatte den Hapi bereits gezähmt, und so war das Fortkommen in der schwachen Strömung für die Ruderer nicht schwer. Papyrus, braun und verbrannt, raschelte im nachmittäglichen Wind an den Uferböschungen zu beiden Seiten. Einmal mehr rief sich Hatschepsut die Schönheit Kemets in Erinnerung, und doch wusste sie im gleichen Augenblick, dass der Frieden dieses Nachmittags trügerisch war. In Ufernähe kräuselte sich das Wasser und begann zu wogen, je näher die Barke auf jene Stelle zuglitt, an der die Gräser und Papyrusstauden zertreten waren. Nilpferde, so wusste Hatschepsut, suchten immer wieder die gleichen Pfade auf, um zu ihren Futter- und Schlafstellen zu gelangen. Sie waren leicht zu finden, doch schwer zu jagen. Kleine Augen blinzelten aufmerksam aus dem Wasser hervor, und dann tauchten die dazugehörigen massigen Köpfe auf. Sie hatten die Herde gestört und waren in ihr heiliges

Reich eingedrungen, wo sie in den heißen Stunden des Tages ihre empfindliche Haut vor den sengenden Strahlen Re´s im Wasser zu schützen versuchten. Diese Stunden waren die geeignete Tageszeit, die trägen Tiere zu überraschen – aber ungefährlich war es trotzdem nicht. Hatschepsut spannte ihre Armmuskeln an und ließ sich von einem ihrer Wachsoldaten Bogen und Pfeile reichen. „So nah heran, wie es geht", flüsterte sie Sary, der hinter ihr stand, zu, und dieser gab den Befehl leise, jedoch unverzüglich, an die Ruderer weiter. Lautlos glitt die königliche Barke auf das wogende Wasser zu und fuhr beinahe mitten hinein. Dann verharrte sie mit der Breitseite zur Herde gewandt und bewegte sich nicht mehr. Hatschepsut legte einen Pfeil auf die Sehne und spannte ihren Bogen. Obwohl ihre Pfeile von besonderer Art waren und sich für die Nilpferdjagd eigneten – sie waren doppelt verstärkt und die Spitze aus scharf geschliffenem Stein – fühlte sie, wie ihre Handinnenflächen zu schwitzen begannen. Sollte ihr Pfeil nicht genau treffen und die Muskeln und Sehnen durchtrennen, würde das Tier außer sich vor Zorn angreifen und damit die gesamte Herde in Aufruhr versetzen. Dann bestand Gefahr, dass sie unter den Rumpf der Barke schwammen und sie zum Kentern brachten. „Nur ein männliches Tier", wies Hatschepsut Sary noch einmal leise an, denn die Weibchen waren die Tiere der Göttin Thoeris und damit heilig. Sary nickte und winkte die Männer mit den Stechspeeren heran. Der erste Pfeil gehörte jedoch Hatschepsut. Sie musste es klug anstellen und ein Tier auswählen, das gut von der Gruppe abzuspalten war. Ihr Arm begann zu zittern, doch Hatschepsut hielt die Sehne gespannt, bis sie ein geeignetes Tier ins Auge gefasst hatte. Etwas abseits der Gruppe wühlte sich ein großes Männchen im schlammigen Uferwasser, wobei es der Barke wenig Beachtung schenkte. Hatschepsut ließ ihren Pfeil von der Sehne, und ein sirrendes Geräusch zerschnitt die Luft. Der Pfeil durchschlug die Haut des Tieres mit Wucht, traf es jedoch nur an der Flanke. Hatschepsut ließ den Bogen sinken – sie war zu aufgeregt und ängstlich gewesen. *Angst ist der Beginn der Niederlage, mein Vater.* Es ist Mut, der mir noch immer fehlt! Sie verfluchte sich selbst, während sich das Nilpferd aus dem Wasser hob – riesig, schwer und wütend vor Schmerz. In einer Drohgebärde riss es sein Maul mit den hauerartigen Zähnen auf, dann tauchte es wieder unter. Fieberhaft suchte Hatschepsut die Wasseroberfläche ab, konnte jedoch im schlammigen Fluss nichts sehen. Bewegte es sich auf sie zu ... oder floh es? Wenigstens hatte es den Rest der Herde nicht allzu sehr beunruhigt. Als sie sich über die Bordwand beugte, sah Hatschepsut ein paar Luftblasen aus dem Wasser aufsteigen – direkt neben der Barke. Das Nilpferd war nicht geflohen, und es war nicht bereit, diesen Angriff auf sein Leiben einfach hinzunehmen – und bei der Nilpferdgöttin Thoeris – es war wütend! „Die Speerstecher sollen sich bereithalten", gab Hatschepsut Sary zu verstehen, während sie weiter nach dem Tier im

Wasser Ausschau hielt, sich tiefer hinab beugte und die Längsseite der Barke mit den Augen absuchte. Währenddessen postierte Sary die Speerstecher in einer Reihe an der Reling. Alle hielten die Luft an in Erwartung eines hereinbrechenden Sturmes, eines Angriffs auf die Seitenwände oder den Rumpf der Barke. Doch es blieb ruhig. Hatschepsut beugte sich noch ein wenig weiter über die Reling und wurde mutiger. Sollte das Tier letztendlich doch geflohen sein? Dann erschütterte ein gewaltiger Stoß die Barke, und Hatschepsut sah Land und Wasser um sie herumwirbeln. Der aufgewühlte Hapi kam ihr entgegen ... nein, es war sie selbst, die ihm entgegen strebte, denn sie fiel! Entsetzte Schreie wollten sie warnen, und Hatschepsut versuchte, an der glatten Wand der Barke Halt zu finden und die Finger in die Planken und Bohlen zu krallen. Es war unmöglich! Der Rumpf der Barke war nahtlos gezimmert worden. Unter ihr tauchte das riesige Maul des Nilpferdes aus den Fluten auf. Hatschepsut wusste, dass sie dem Nilpferd direkt ins Maul fallen würde. Dies war das Ende ihres diesseitigen Lebens! Sie hörte sich schreien – hoch und schrill ... oder war es nur ihr Herz, das vor Angst aufschrie? Dann packte sie etwas am Arm, mit einem Griff, der so hart war wie Granitstein. Hatschepsut schloss die Augen, um nicht mit ansehen zu müssen, wie das Nilpferd ihren Arm mit seinen Hauern zu zertrümmern begann. Aber sie wurde nicht zermalmt, stattdessen riss etwas sie zurück, und zog Hatschepsut wieder auf die Planken des Decks. Ihre Beine zitterten, sie wankte und ihr Herz raste, während es noch immer davon überzeugt war, dass es sterben würde. Erst langsam wurde Hatschepsut klar, dass jemand sie am Arm gepackt und ihren Fall verhindert hatte. Ihr Arm schien gebrochen, so sehr schmerzte er, vielleicht waren auch die Sehnen gerissen; doch sie stand tatsächlich auf den Planken der Barke. Überrascht schüttelte Hatschepsut den Kopf. *Amun, mein Vater ... lebe ich tatsächlich noch oder ist dies die jenseitige Welt?*

„Sieh dich vor, Gottestochter ... es ist unter dem Rumpf."

Hatschepsut wandte sich wie betäubt zu ihrem Retter um und sah direkt in Sarys Auge. Erkenntnis brachte ihr verstörtes Herz wieder zurück in die Wirklichkeit. Es war seine Hand gewesen, die sie gepackt und zurück auf die Barke gezogen hatte – brutal aber ohne zu zögern. Einmal mehr hatte dieser Mann ihr Leben gerettet, obwohl es für sein Herz eine Genugtuung gewesen wäre, sie ihrem Schicksal zu überlassen. Weder Sary noch Hatschepsut vermochten zu sprechen – zu gewiss war ihrer beider Verstehen, dass ihre Verbundenheit auf ein Fundament aus Sand gebaut war, das bröckelte und drohte fortgeweht zu werden. Hatschepsut fürchtete in diesem Augenblick nichts mehr als jenen gewaltigen Zorn, der ihr aus dem Auge des Goldlöwen entgegenschlug. *Furcht ist der Weg zur Niederlage!* Sie hatte bereits einen schwerwiegenden Fehler an diesem Tag begangen und einen Zweiten durfte sich

Hatschepsut nicht erlauben. Sary war ein Tier, das die Witterung der Angst aufnahm, um sein Opfer in Stücke zu reißen. Hatschepsut reckte ihr Kinn und funkelte ihn herausfordernd an. „Entfessele dein Herz, mein Kommandant! Nichts wäre leichter als das."

Seine Lippen verzogen sich zu einem schmalen Lächeln, und sein Bernsteinauge glühte wie Kohlenfeuer, während seine Hand auf dem Griff seines Schwertes ruhte. Hatschepsut glaubte, dass er einen Schritt auf sie zutun wollte. Doch dann riss Sary unvermittelt einem seiner Männer den Speer aus den Händen und drängte sich zwischen die anderen. Hatschepsut atmete erleichtert aus, als er ihr den Rücken zuwandte. Sie hatte das Tier einmal mehr im Zaume gehalten und die Käfigtür hinter ihm verschlossen. *Mut! Was ich brauche ist Mut!*, dachte sie, und dann vernahm sie das Stechen der Speere, die ins Wasser fuhren und die dicke Haut des Nilpferds durchdrangen. Sie hörte das Wasser aufpeitschen, wütendes Schnappen und Brüllen. Dort unten im Wasser war ein ungleicher Kampf im Gange, und obwohl Hatschepsut nicht hinsah, wusste sie, dass ihr Kommandant den Hapi mit leuchtend blühender Todesröte schwemmte, gründlicher als die rasende Sachmet es jemals vermocht hätte. Hatschepsut sah steif und schweigend zu und wusste, dass jeder Speerstoß ihres Kommandanten, der das Nilpferd traf, ihr galt. Immer verzweifelter stieß das aufgebrachte Tier in seinem Todeskampf gegen die Wände der Barke, sodass Hatschepsut glaubte, es würde doch noch ein Loch in die Bordwand reißen und sie alle zu sich hinabzerren. *Es wäre nur gerecht, nicht wahr mein Vater Amun?* Hatschepsut starrte auf Sarys Rücken, dessen Muskeln sich zusammenzogen, während er nicht müde wurde, seinen Speer ins Wasser zu stoßen. *Zorn und Gewalt erringen den Sieg, doch ich besitze nichts von all dem ... nur Müdigkeit und Angst.* Als es endlich vorüber war – das Schlachten, Stechen und Töten, und als Sary sich zu ihr umwandte, war sein Brustkorb mit Blut bespritzt, und Hatschepsut wusste nicht, ob es das Blut des Nilpferds war, oder sein eigenes. Einer der Männer hatte ihn beim Stechen mit dem Speer gestreift und einen klaffenden Riss an der Schulter zugefügt. „Es ist tot, Gottestochter!" Auf seinem Gesicht lag ein verzerrtes aber zufriedenes Grinsen.

Hatschepsut verbarg ihre Abscheu – wie konnte das bloße Töten einem Menschen so viel Erleichterung verschaffen? Auch seine Männer lachten und johlten und schlugen sich gegenseitig auf die Schultern, um sich für die erfolgreiche Jagd zu beglückwünschen. Hatschepsut meinte in diesem Augenblick, vor unendlich vielen Sarys zu stehen. Aber all jene, mit denen sie sich hier umgab, waren ihre Soldaten, und dies war es, was sie von ihrem Kommandanten gelernt hatten. Hatschepsut hatte es geahnt ... bereits im Goldland, und dort hatte sie die furchtlose Bereitschaft der Männer zu töten bereitwillig für sich genutzt. Und doch war etwas anders geworden ... vielleicht hatte auch nur sie sich verändert? Hatschepsut bemühte sich um eine feste Stimme. „Wir kehren zurück nach Theben, sobald ihr es auf die Barke gezogen habt."

Als der Kadaver auf Deck gezogen war, sein purpurfarbener Bauch aufgeschnitten wurde und die Männer das Elfenbein seiner Hauer gierig und scherzend aus dem blutigen Maul rissen, erkannte Hatschepsut, dass diese Jagd ihr keinerlei Ablenkung gebracht hatte und vor allem keine Freude. Früher, an der Seite ihres Vaters, hatte sie jede Jagd als aufregend empfunden. Doch das war gewesen, bevor sie den Anblick des Leides und des Todes mit ihren eigenen Augen gesehen hatte. Jetzt, unter all dem Sterben und dem Übel, welche ihr Leben umgaben, erschien Hatschepsut dieses Abschlachten sinnlos und traurig. Unwillig wandte Hatschepsut sich ab und ließ die Männer allein ihre blutige Arbeit verrichten. Sie suchte nach der Schönheit Kemets, nach dem blauen und weißen Lotos die in der Feuchtigkeit der Ufer blühte, nach aufsteigenden Wildenten und Gänsen und nach dem Korn auf den Feldern, das sich im Wind wiegte. Tränen traten Hatschepsut in die Augen, und sie wischte sie mit dem Handrücken fort, als wäre es Schwäche, sie zu zeigen. *Es muss endlich ein Ende haben*, mahnte ihr Herz mit einer neu erwachten Beharrlichkeit. Etwas hatte sich verändert, aber sie war blind für diese Veränderung gewesen. Es war genug des Kampfes, der Eroberungen und des Tötens! Was Kemet und seine Menschen brauchten waren Frieden, Wohlstand und gefüllte Schatzkammern ... Sicherheit! Nun endlich sah sie den Pfad ihres Vaters Amun deutlich vor sich, und es war ein Pfad, nach dem es Hatschepsut verlangte, ihm zu folgen und bis an sein Ende zu gehen. Und wiewohl sie den Mauern des Palastes seit ihrer Rückkehr aus dem Goldland gerne den Rücken gekehrt hätte, drängte es sie nun danach zurückzukehren, denn sie, Hatschepsut, besaß jetzt die Macht dazu, etwas zu verändern.

Theben, im ersten Jahr der Herrschaft des Thutmosis Menkheperre

Re war im Begriff in Nuts Mund zu verschwinden, als Hatschepsut tatkräftiger und gelöster als noch am Morgen den Palast betrat. Dufteten die Blüten in den Vasen und Gestecken nicht süßer und kräftiger, und war das Licht auf den Fluren nicht wärmer und freundlicher geworden? Hatschepsut war sicher, dass es so sein musste, und genoss den angenehm kühlen Wind des Abends auf ihrem Gesicht. Amun hatte ihrem Herzen den Weg offenbart, den es einschlagen musste, um sich aus dem erdrückenden Gefühl von Angst und Traurigkeit zu befreien. Sogar die Verbeugungen der Höflinge und Priester, denen sie begegnete, schienen ehrlicher und warmherziger als noch am Morgen, und Hatschepsut nahm ihre Gunstbeweise mit einem wohlwollenden Nicken entgegen. Sie hatte es eilig in ihre Räume zu kommen, denn vielleicht könnte sie noch an diesem Abend mit Senenmut sprechen und ihm ihre Pläne für den Wiederaufbau Kemets unterbreiten. *Sie hat wieder aufgebaut, was zerstört war ...*, das war es, was die Menschen einst von ihr sagen sollten, wenn Hatschepsut zu den Göttern heimkehrte, und sie sollten es mit Liebe und Vertrauen in ihren Herzen sagen. „Die Gottestochter Hatschepsut hat Kemet wieder aufgebaut ... seine Tempel, seinen Reichtum, seine Stärke ... und seinen Frieden."

Seit Langem hatte sie ihren Weg nicht mehr so klar vor Augen gehabt wie heute. Die Nilpferdjagd, so freudlos sie auch gewesen war, hatte ihr Herz gereinigt, damit ihre Augen sehen konnten. Mit Schwung durchschritt Hatschepsut die Vorhalle ihrer Gemächer, wo Hui bereits mit Nofrure und Meritre auf dem Arm wartete. Wieder einmal überraschte Hatschepsut es, wie sehr Hui ihr an Gestalt ähnelte. Würden auch Meritre und Nofrure sich wie Schwestern ähneln, wenn sie heranwuchsen? Hatschepsut wünschte es sich, da Nofrure keine Schwestern oder Brüder aus dem Leib ihrer Mutter haben würde. Zu diesem Zeitpunkt hätten die beiden Kinder jedoch verschiedener nicht sein können. Meritre war einige Monde älter als Nofrure, lachte viel und begehrte auf, wenn sie nicht ihren Willen bekam. Nofrure war ruhiger, als ihre Milchschwester – kaum, dass sie einmal weinte. Ein wenig mehr Lebhaftigkeit wünschte sich Hatschepsut insgeheim von ihrer Tochter, doch dies alles konnte sich noch ändern, wenn sie älter wäre. Hatschepsut küsste beide Mädchen auf die Stirn, denn sie hatte längst beschlossen, dass sie gemeinsam aufwachsen sollten. „Senenmut soll bei mir erscheinen", gab sie Hui leichthin zu verstehen, doch Hui hielt Hatschepsut am Arm fest. „Du hast bereits Besuch, der dich erwartet."

„Wer ist es dieses Mal? Ineni wegen der Kosten der Umgestaltung des Grabes oder die Priester, die noch immer über den Tag der Krönung streiten? Oder ist es dieser überhebliche Unesch, der darum betteln will, sein Amt als Wabu des Pharao zu behalten? Ich habe meinen Entschluss getroffen, und er hatte lange genug Zeit, sich darum zu bemühen. Wie kommt er überhaupt in den Palast? Ich habe Sary schon vor Tagen befohlen, in fortschaffen zu lassen." Hatschepsut war bereit alle abzuweisen, die sie bedrängten. Die Kronratssitzungen, die Bittsteller, die Entscheidungen – dies alles wollte sie bis zum nächsten Tag vergessen. Ohne eine Antwort zu erwarten, lief sie an Hui vorbei und blieb überrascht stehen, als sie den ungewohnten Besuch steif an ihrem Tisch sitzen sah. Erinnerungen und leichte Wehmut kamen in ihr auf ... aus ihrer Kindheit und ihrer Mädchenzeit, die so lange vorüber schien. „Ipu?"

Ihre einstige Dienerin wandte sich schwerfällig zu ihr um, ohne sich jedoch zu erheben. Hatschepsut erkannte, dass Ipu ihr erstes Kind erwartete ... die Katze würde ein Junges werfen. Der geschwollene Leib hatte Ipu ihre Leichtfüßigkeit und Geschmeidigkeit genommen – war auch sie so unbeholfen gewesen, als sie Nofrure getragen hatte? Ipu hatte sich erstaunlich verändert. Sie war gemächlich und rund geworden; und war nicht der Träger ihres Kleides verrutscht, der Koholstrich unter ihrem linken Auge verwischt? So etwas hätte Ipu früher nicht geduldet, doch jetzt schien sie es gar nicht zu bemerken. Hatschepsut fragte sich, wie lange sie Ipu nicht mehr aufmerksam angesehen hatte. War sie so sehr mit ihren eigenen Gedanken beschäftigt gewesen, dass die Schwangerschaft ihrer einstigen Vertrauten und Dienerin ihr nicht aufgefallen war?

„In weniger als zwei Monden wird mein erstes Kind geboren" entschuldigte Ipu sich ein wenig kühl. Mit einem Seufzen lehnte sie sich zurück gegen die Lehne ihres Stuhls und faltete die Hände über ihrem Bauch, ohne Freude darüber zum Ausdruck zu bringen, Hatschepsut zu sehen. Weder Missbilligung noch Freude ... es war überhaupt nichts im Gesicht ihrer ehemaligen Vertrauten zu lesen, und dies alles verwirrte Hatschepsut, da die enge Verbundenheit zwischen ihnen so schnell einer Kluft gewichen war, die sie beide nicht zu überbrücken vermochten. Ipus Gesicht war runder als früher, und nicht nur ihr Bauch hatte an Umfang gewonnen – anscheinend schmeckte ihr das Essen im Haus ihres Gemahls besser als im Palast. Verlegen bemühte Hatschepsut sich, ihre Befremdung nicht zu zeigen, doch ihr war als säße dort auf dem Stuhl nicht Ipu, sondern eine dickliche Bierbrauerin. „Ich hoffe, es geht dir gut, Ipu. Behandelt dein Gatte dich angemessen?"

„Ahmose-Pennechbet ist ein freundlicher Mann", gab Ipu mit einer Schärfe in der Stimme zu verstehen, die Hatschepsut einen kurzen Blick auf die alte Ipu, die Missbilligende, werfen ließ. Dann schien sie sich jedoch zu besinnen und fuhr sich mit zögerlichem Lächeln durch das Haar, wobei sie an der Lotusblüte zupfte, die ihre Dienerin ihr in das Schmuckband geflochten hatte. Die Stimme der ehemaligen Dienerin wurde so weich, dass Hatschepsut an ihrer Ehrlichkeit zweifelte und lieber mit der schnippischen Ipu Vorlieb genommen hätte. „Und ich bin nicht um meinetwillen hier, Haatsch, sondern um seinetwillen. Dass du meinem Gatten die Erziehung Nofrures entzogen hast, ist demütigend für ihn."

Wie hätte es auch anders sein können? Hatschepsut verschränkte die Arme vor der Brust und verschloss ihre Enttäuschung über den Grund des Besuches in ihrem Herzen. *Die Freundschaft einer Katze ...*, rief sie sich erneut in Erinnerung. Sie bedeutete nicht viel – für Ipu galt nur noch ihr klebrig-süßer Ahmose-Pennechbet. „Du weißt sehr wohl, dass dein Gatte nur der Erzieher Nofrures wurde, weil es mein Bruder so wollte. Außerdem hat er ohne meine

Erlaubnis Nofrure nach Karnak gebracht. Wenn er sich gedemütigt fühlt, dann hat er einen guten Grund dazu!“

Ipus Stimme wurde weinerlich, und in ihren Augen schien sich das Wasser des Hapi zu sammeln, um sich gleich darauf über Hatschepsuts Bodenfliesen zu ergießen. „Haatsch! Ach ich weiß ja, dass du zornig auf ihn bist ... und er bereut, was geschehen ist. Jeden Tag entzündet er Weihrauch vor Amuns Schrein in unserem Haus und bittet den Gott um Vergebung. Wenn schon nicht um seinetwillen, so doch für mich - Haatsch ... ich bitte dich. Soll denn mein Kind einen Makel tragen, nur weil sein Vater einen Fehler begangen hat?“

Hatschepsut konnte sich gut vorstellen, dass der eitle General bitter bereute! Ahmose-Pennechbet hatte sich der falschen Seite zugewandt und zermürbte sich nun um seines ehrgeizigen Herzens willen. Es war anzunehmen, dass er selbst Ipu geschickt hatte, damit sie für ihn bei Hatschepsut bettelte und alte Verbundenheit heuchelte. Doch Hatschepsut begann zu zweifeln. Durfte sie wirklich Ipu und ihr ungeborenes Kind für seinen Ehrgeiz und seinen Dünkel bestrafen? Es fiel Hatschepsut nicht schwer sich vorzustellen, wie die Nachbarn im Viertel der Adeligen über den gestürzten Ahmose-Pennechbet und seine Familie hinter vorgehaltenen Händen redeten und wie sehr die üblen Reden am friedliebenden und bequemlichkeitsgewöhnten Gemüt Ipus zehrten. Nein, Ipu war zu träge, um Übles zu wollen, und sie war ebenfalls zu träge, um ihr Herz denjenigen zuzuwenden, die unbequem für sie waren ... aber schlecht und verdorben war sie niemals gewesen; es tat Hatschepsut weh, Ipu leiden zu sehen. Trotzdem wollte sie Ahmose-Pennechbet nicht mehr in ihrer Nähe wissen. Dann kam ihr ein Gedanke, und er war so kühn, dass er ihr Herz lachen ließ. Zudem würde eines der vielen Probleme, die es für Hatschepsut zu lösen galt, zu einem guten Abschluss gelangen. Hatschepsut blickte in die bittenden Augen ihrer ehemaligen Hofdame. „Ipu ... Wie könnte ich deinem Kind Schlechtes wünschen?“ Sie lächelte aufmunternd und sah, wie Ipus Augen hoffnungsvoll zu glänzen begannen, dann sprach sie weiter. „Der junge Thutmosis braucht eine Amme. Ich übertrage dir dieses Amt, sodass der Pharao von Ägypten der Milchbruder deines eigenen Kindes sein wird. Er wird nur noch wenige Monde an der Brust liegen, und somit ist es ein leichtes Amt, das dir zur Ehre gereicht und wenig abverlangt.“

Die Wangen der ehemaligen Dienerin verfärbten sich wie früher vor Aufregung rot – ein Zeichen dafür, dass ihr das neue Amt zusagte. Wie hätte es dem verwöhnten Herzen Ipus nicht zusagen können? Die Amme des Einzig Einen zu sein war die größte Ehre, die einer Frau widerfahren konnte. Dann jedoch schien sie zu überlegen und hob fragend den Kopf. „Und Ahmose-Pennechbet?“

Hatschepsut schüttelte den Kopf, während sie erneut die Arme vor der Brust verschränkte. “Ich bin sehr großzügig zu dir, Ipu.“

Ipus Hände begannen unruhig an ihren Haarsträhnen zu spielen, hoben sich, senkten sich wieder, und Hatschepsut konnte sehen, wie sie mit sich rang und ihr katzenhaftes Herz sich nach dieser Ehre und Auszeichnung verzehrte, obwohl ihr bewusst war, wie sehr es Ahmose-Pennechbet demütigen würde, wenn sie annahm. Wäre Ipu eine Schlange gewesen, sie hätte sich gewunden und im Sand gerollt ... aber Ipu besaß das Herz einer Katze, und Hatschepsut kannte ihre ehemalige Dienerin gut genug, um nicht überrascht zu sein, als sie schließlich den Kopf senkte und sich für die Ehre bedankte.

„Du wirst natürlich wieder für eine Zeit lang im Palast wohnen, ebenso wie dein Kind – zumindest, bis der Knabe von der Milch entwöhnt ist. Dein Gemahl mag dich begleiten, es bleibt ihm überlassen. Gebraucht werden seine Dienste hier nicht.“

Wäre sie eine gute Gemahlin gewesen, hätte Ipu das Amt mit Rücksicht auf Ahmose-Pennechbet abgelehnt. Aber Ipu tat immer das, was ihr zum Vorteil gereichte, und Hatschepsut war zufrieden mit dem Ausgang dieses Gesprächs. An diesem Tag hatte sie etwas gelernt – Kämpfe konnte man auch ohne Blutvergießen für sich entscheiden ... durch Diplomatie, Klugheit und wenn nötig Listen. Dies, so erkannte Hatschepsut, war eine Waffe, mit der sie lernen wollte zu kämpfen – mit Klugheit und Geschicklichkeit. Die Zeit der blutigen Kämpfe sollte endgültig vorüber sein. Ipu erhob sich schwerfällig und wurde von Hui aus den Gemächern geführt. Während Hatschepsut ihr nachsah, dachte sie bereits darüber nach, wie sie ihre anderen Probleme, den Streit der Priesterschaften über den Krönungstag des jungen Thutmosis, ebenso klug würde lösen können.

Der Nachtfahrt 11 Stunde ist jene sternige Herrin der Barke, welche den Widersacher abwehrt bei seinem Hervorkommen

Theben, im zweiten Jahr der Herrschaft des Thutmosis Menkheperre

Senenmut setzte seinen Stab in das nächste Spielfeld und tat einen Seufzer. Schon wieder war er auf das Feld mit dem Unterweltsfluss geraten, sodass er drei Spielzüge rückwärtsgehen musste. Es war bereits das dritte Mal an diesem Tag, dass er eine Partie verlor – sehr zu Hapusenebs Freude, der sich selbst als unschlagbar im Hund und Schakalspiel bezeichnete. Doch Senenmuts Gedanken waren ohnehin nicht beim Spiel. „Die Hunde bringen mir heute kein Glück."

Hapuseneb, das zufriedene Lächeln eines Kindes im Gesicht, setzte seinen Schakal einen Zug weiter vor und lehnte sich in seinem Stuhl zurück, wobei er nicht vergaß, mit den Händen über die Wohlstandsfülle seines Bauches zu streichen. „Ich bin ein Meister im Hund und Schakal Spiel, mein Freund. Gräme dich nicht zu sehr darüber."

Senenmut grämte sich nicht über sein Unterliegen im Spiel, kaum dass er einen Gedanken daran verschwendete, und fuhr stattdessen gedankenverloren der Erbprinzessin über die noch kurze und feine Jugendlocke. Nofrure, die auf Senenmuts Schoß saß, griff derweil mit ihren kleinen Fingern nach einem der Hundestäbe und zog ihn dann mit erfreutem Kinderlachen aus dem Spielbrett, um ihn Senenmut triumphierend entgegen zu strecken. Senenmut brachte es nicht übers Herz, Nofrure ihre Beute wieder abzunehmen, und wickelte sich stattdessen ihre Jugendlocke um den Finger. „Die Erbprinzessin ist der Meinung, dass es genug des Müßigganges für diesen Tag ist."

„Ich fürchte sie hat recht", entgegnete Hapuseneb gutmütig und schenkte Nofrure ein liebevolles Lächeln. Zwei Nilschwemmen war Nofrure nun alt, und Senenmut war der Überzeugung, noch niemals ein entzückenderes Kind gesehen zu haben. Selbst seine Schwestern waren nicht derart bezaubernd gewesen, als sie an der Brust seiner Mutter gelegen hatten. Nofrure entschädige Senenmut für das Opfer einer eigenen Familie, welches er hatte erbringen müssen, und sein Herz quoll über vor Liebe zu dem Kind, dessen Erzieher er sich nennen durfte. Nofrure begann bereits, seinen Namen zu sprechen, was ihr trotz aller ernsthaften Bemühungen noch nicht gut gelang. Semut nannte sie ihn und ließ damit das Herz ihres Erziehers ebenso vor Freude tanzen, wie das des obersten Propheten. Nofrure verlor das Interesse an ihrem Spielstab und begann unruhig auf Senenmuts Schoß herumzurutschen. Seit sie ihre ersten Gehversuche unternommen hatte, lief sie gerne umher und entdeckte allerlei für sie interessante Dinge. Fische in Teichen, Vögel in den Bäumen ... und besonders liebte sie die Tempelkatzen, für die Senenmut immer ein paar Leckereien mitnahm, wenn er mit Nofrure Hapuseneb besuchte, damit sie die Katzen füttern konnte.

Hapuseneb rief nach seinem Leibdiener, damit dieser das Spielbrett forträumte, und erhob sich dann langsam und gemächlich von seinem Stuhl. Er hatte in der letzten Nilschwemme noch an Umfang zugelegt. Senenmut wusste nicht, ob es an der guten Ernte oder der friedliebenden Zeit lag, die nach den Wirren der letzten Nilschwemmen wie Balsam und Honig auf den Gemütern von ihnen allen lag. Nachdem Hatschepsut ihren Brudergemahl in sein ewiges Haus geleitet hatte, war ihre Tatkraft erwacht. Die Trauerzeit für Thutmosis hatte sie eingehalten, wie es einer königlichen Witwe gemäß war, aber nach der Grablegung hatte Hatschepsut mit zunehmendem Eifer begonnen Pläne zu ersinnen, um die Schatzkammern Kemets zu füllen, und sich den vielfältigen Aufgaben ihrer Regentschaft gewidmet.

„Lass uns ein paar Schritte gehen“, schlug Hapuseneb vor und streckte sich. Sie erhoben sich von ihren Stühlen im Schatten des Sonnensegels, das Hapuseneb in seinem Garten hatte errichten lassen. Hatschepsut hatte dem obersten Propheten Amuns ein Haus im besten Viertel Thebens geschenkt, das er nun neben seinen Amtsräumen mit seiner Gemahlin bewohnte. Es war eines der schönsten Häuser im Viertel der Adeligen, und die Gottestochter hatte sich dem obersten Propheten noch in weiteren Dingen gegenüber großzügig gezeigt. Der Amun-Re Tempel in Karnak erhielt neue Anbauten aus Sandstein, und Hatschepsut ließ gerade einen Schrein für Amun aus rotem Granit errichten, in welchem das Abbild des Gottes an Festtagen ruhen konnte, wenn es das Allerheiligste verließ. Obwohl die Schatzkammern alles andere als überquollen, verteilte Hatschepsut Gunstbezeugungen und Zuwendungen, wenn auch mit sorgenvollem Gesicht. Sie wünschte sich verstärkt Handel zu treiben, um die Schatzkammern zu füllen, doch um Handel zu treiben, brauchte sie wiederum Handelswaren und Gold, und obwohl die nubischen Minen nach wie vor ihre Abgaben lieferten, fraßen die Zuwendungen für die Tempel beinahe alles. Das Heer in Memphis drohte sich zudem aufzulösen, wenn die Soldaten nicht bald ihren ausstehenden Sold bekämen. „Ich brauche Handelswaren, die ich von Syrien bis nach Kreta gegen gutes Gold eintauschen kann, außergewöhnlich kostbare Dinge, die mehr als den üblichen Gewinn bringen. Doch woher soll ich sie nehmen?“ So grübelte Hatschepsut oft in seinem Beisein, während sie weiterhin die Schatzkammern leerte, um ihre Regentschaft auf einen festeren Boden zu stellen. Der Karnaktempel, ihr einziger sicherer Halt, wurde reicher und reicher, während der junge Pharao Thutmosis ärmer wurde, obgleich das dem vierjährigen Knaben egal war, solange er seine Holzpferde und geschnitzten Soldaten zum Spielen hatte. Senenmut wusste, dass es Hatschepsut wichtig war, diejenigen um sich zu scharen, die ihren Rücken stärkten. Er konnte ihr jedoch keinen guten Rat erteilen, wie sie möglichst schnell an Handelsgüter und Gold gelangte. Hapusenebs nussbraunes Gesicht hatte wohlwollend gestrahlt im Angesicht der großen Zuwendungen für Amun, und Senenmut hatte sich ein Schmunzeln erlaubt, als Hatschepsut dem obersten Propheten kurze Zeit später eröffnete, dass sie die Rückdatierung des Krönungsdatums ihres Neffen auf den vierten Tag des Pachons veranlasst hatte und eine Reise nach Memphis mit Thutmosis und Nofrure plane. Da hatten Hapusenebs Züge sich verdüstert, denn ihm wurde klar, dass sich die Gottesgemahlin mit ihren Zuwendungen für Amun seine Einwilligung erkauft hatte; dies war mit ein Grund des heutigen Besuches bei Hapuseneb, zu dem Hatschepsut Senenmut aufgefordert hatte. Sie wünschte, etwas über das Gemüt des obersten Propheten von Senenmut zu erfahren. „In wenigen Tagen bricht die Gottesgemahlin des Amun nach Memphis auf", wagte Senenmut das sensible Thema anzusprechen, während er neben Hapuseneb durch seinen ausladenden und blühenden Garten schlenderte.

„Hm ...", brummte der oberste Prophet, dessen Laune sich umgehend verschlechterte. Sie blieben vor dem großen Teich in der Mitte des Gartens stehen, wo Senenmut Nofrure auf ihre eigenen Beinchen stellte, damit sie herumlaufen konnte. Nofrure, die sich im Gegensatz zu ihrer Milchschwester Meritre mehr dafür interessierte die Fische in den Teichen zu beobachten als sie aufzuscheuchen, hockte sich andächtig und mit gerunzelter Stirn ins Gras und verstummte, aus Angst, die Fische im Teich zu erschrecken. Mutiger geworden beschloss Senenmut, den günstigen Augenblick zu nutzen. „Warum bist du über diese Reise so erbost, Hapuseneb? Du bist ein kluger Mann, und dir muss klar sein, dass die Gottesgemahlin sich Memphis und die ansässigen Priesterschaften nicht zu Feinden machen darf. Außerdem ... vergiss nicht das Heer, das ihr noch immer misstraut und auf Besoldung wartet. Was sie tut, ist nicht gegen dich oder Amun gerichtet – es ist notwendig der Maat wegen."

Der kahle Kopf des obersten Propheten fuhr zu ihm herum und seine Augen funkelten aufgebracht, sodass sogar Nofrure erschrak und mit dem Hinterteil rückwärts ins Gras fiel. Hapuseneb hatte in diesem Augenblick kein Auge für seinen Garten oder die Erbprinzessin – der durchdringende Blick des obersten Propheten zeugte von beleidigtem Zorn. „Von der Maat redest gerade du mir, Senenmut? Einer, dessen Herz die Maat vergessen hat und sich verbotenerweise verzaubern ließ?" Verstockt wanderte Hapusenebs Blick auf Nofrure, die sich aufrappelte, um sich wieder den Studien der Fische zu widmen. „Ist es eine Lüge, wenn ich behaupte, dass du dir wünscht, der Vater dieses Kindes dort zu sein? Aber sie ist die Tochter Amuns ... das wird sie immer bleiben."

Senenmuts Herz zog sich zusammen, da Hapuseneb so schroff aussprach, was ihn noch immer quälte. Betroffen sah er zu Boden und schwieg. Wie war es möglich, dass sein Herz sich vor jedem zu verbergen verstand, nur nicht vor diesem klugen und machtgewohnten Mann? Begütigend legte sich die Hand des obersten Propheten auf Senenmuts Schulter, und die Stimme Hapusenebs klang überraschend mitleidvoll und warm. „Entschuldige, mein Freund. Bei den Göttern, ich habe mich vergessen ... ja, es ist wahr ... ich fürchte diese Reise, obwohl ich der mächtigste Prophet Kemets bin. Doch Memphis und die Priesterschaften – ach Senenmut ... war sie nicht gerade noch unser Zögling und rannte wie ein Welpe durch den Palast?"

Senenmut nickte und verstand – die größte Angst der Mächtigen war es seit jeher gewesen, dass diejenigen, welchen sie zur Macht verholfen hatten, sich von denen abwandten, die ihnen den Weg bereitet hatten. Und Hapuseneb war ein mächtiger Mann – er log nicht, wenn er behauptete, der mächtigste Prophet des Landes zu sein. Senenmut entschloss sich dazu, jene Sache anzusprechen, über die sie seit der Übernahme der Regentschaft Hatschepsuts nicht mehr gesprochen hatten. Er hatte seit Tagen darüber nachgesonnen, seine Gedanken verworfen und wieder aufgegriffen. Nur allzu gern hätte er diesen leidvollen Schwur vergessen, den sie beide geleistet hatten ... denn die Zweifel in Senenmuts Herz waren weiterhin groß und nagten an seinem Glauben. Doch es war zumindest gut zu erfahren, dass er nicht der Einzige war, der zweifelte – wenn auch aus anderen Gründen. „Du fürchtest, dass die Gottesgemahlin sich von Amun abwendet und stattdessen Memphis ihre Gunst schenkt. Aber ich glaube nicht, dass dies geschehen wird ... und es gibt eine Möglichkeit, es zu verhindern. Erinnere dich an unseren Schwur. Noch ist er nicht ganz erfüllt. Mit seiner Erfüllung ist die Gottesgemahlin jedoch unzertrennlich mit Amun verbunden."

Hapusenebs Augen verrieten sowohl Zweifel als auch Hoffnung, jedoch vor allem eine furchtsame Ratlosigkeit. Dann blickte er nachdenklich auf Nofrure, die sich den Blumen im Gras zugewandt hatte. Er zupfte eine Blüte von einem der Hibiskussträucher und warf sie der Prinzessin zu, die versuchte, die Blüte zu fangen. „Sie ist die nächste Gottesgemahlin des Amun, nicht wahr, Senenmut? Unsere kleine Nofrure."

Offensichtlich versuchte Hapuseneb, das Thema erneut auszusitzen. Doch jetzt, da Senenmut es endlich gewagt hatte das unangenehme Thema anzusprechen, wollte er sich nicht ablenken lassen. Sie hatten genug gewartet und versucht zu vergessen – eine ganze Nilschwemme lang, seit der todkranke Brudergemahl seine Barke bestiegen hatte. Es war an der Zeit eine Entscheidung zu treffen – nein, es musste eine Entscheidung getroffen werden. „Du hast früher nicht gezögert, Erster unter Amuns Dienern. Weshalb tust du es jetzt?"

Seufzend fuhr sich Hapuseneb über die sorgfältig gelegten Falten seines Gewandes und sah dann auf seine goldberingten Finger. „Vielleicht weil es so bequem ist und so einfach ...

es ist leichter alles so zu belassen, als uralte Traditionen und Verbote zu übertreten und viel leichter Kompromisse einzugehen, als sich einem Kampf zu stellen."

Senenmut ahnte, an welchem Leiden der oberste Prophet des Amun erkrankt war – das Leiden der Bequemlichkeit. Weshalb mehr fordern, wenn die Götter zufrieden waren. Aber waren sie das wirklich? Wenn die Offenbarung eine göttliche war, wären sie es sicherlich nicht, und Senenmut war wie so oft versucht zu fragen, ob die Zeichen wirklich göttlicher Natur gewesen waren. Doch er tat es nicht ... so etwas Ungeheuerliches fragte man den mächtigsten Propheten Ägyptens einfach nicht. Auch eine enge Freundschaft könnte derartige Worte nicht unbeschadet überstehen. Und trotzdem mussten sie ihr Schweigen beenden - entweder alles belassen wie es war, oder den nie gewagten Schritt tun und das Unmögliche vor den Augen der Götter und Menschen ermöglichen. Auch er gestand sich ein, der Bequemlichkeit halber geschwiegen zu haben. Hapuseneb und das Heiligtum von Karnak wurden mit Zuwendungen seitens Hatschepsuts bedacht, und Senenmut selbst war nun der Vorsteher der Schatzkammern Karnaks, Erzieher der Erbprinzessin Nofrure, Haushofmeister der großen königlichen Gemahlin sowie der kleinen Nofrure. Was wollte ein Mann mehr erreichen, und weshalb das empfindliche Gleichgewicht des Friedens gefährden? Aber sie hatten geschworen – gemeinsam hatten sie vor Amun und dem zu Osiris gegangenen Vater Hatschepsuts ihren Eid abgelegt ... Senenmut war bereit, diesen Schritt zu gehen, trotz aller Zweifel, die sein Herz gefangen hielten seit jenem Tag am Westufer im Gestank der Balsamierungshäuser.

Hapuseneb flüsterte beinahe, als könne die Erbprinzessin verstehen, worüber sie sprachen. „Senenmut ... ich habe geschwiegen, obwohl ich weiß, dass dein Herz ihr verfallen ist und obwohl ich spüre, dass du schon seit längerer Zeit an diesem Weg zweifelst, den wir geschworen haben zu gehen. Sag mir, weshalb du jetzt darauf drängst."

Hapusenebs geflüsterte jedoch offene Worte erschreckten Senenmut mehr, als er es für möglich gehalten hätte. Es war das erste Mal, dass Geheimnisse zwischen ihnen offen ausgesprochen wurden und Dinge die verborgen gewesen waren aus den Schatten ins Licht drängten. Der oberste Prophet war immer klug gewesen. Tatsächlich hatte sich Senenmut gefragt, weshalb ihn danach drängte, jenes zu tun, was er lieber vergessen hätte. Eine Antwort des Verstandes hatte sein Herz ihm nach wie vor verweigert, stattdessen hatten seine Gefühle zu ihm gesprochen. Die Gründe für seine Entscheidungen waren die nicht gefundene Antwort auf die Frage, ob es nicht doch Maat war, dass jene Offenbarungen und Zeichen nicht menschlichem Kalkül entsprangen, sondern göttlichen Ursprungs waren. Und obwohl der Grund vielleicht ausgereicht hätte, entsprach er nur einer halbherzigen Wahrheit! Tatsächlich hoffte Senenmut darauf, sein Herz endlich von seiner sinnlosen Last befreien zu können, indem er Hatschepsut zu dem verhalf, was sie endgültig unerreichbar für ihn machen würde. Dies war die ganze niederträchtige Wahrheit, die er Hapuseneb jedoch verschwieg. „Ich spüre, dass es die richtige Zeit dafür ist", entgegnete er stattdessen. „Wenn es geschehen soll, muss es gut vorbereitet werden. Die Gottesgemahlin des Amun muss endlich von der göttlichen Offenbarung erfahren, denn die Reise nach Memphis wird dazu beitragen, alles Weitere vorzubereiten. Sie ist klug und wird dafür Sorge tragen, dass es gelingt. Und wenn sie zurückkehrt nach Theben ... dann wird sich der Wille Amuns erfüllen."

Hapusenebs Blicke wanderten erneut zu Nofrure, die sich auf ihre wackeligen Beinchen erhob und sich an Senenmuts Bein klammerte. Sie streckte ihm ihre Arme entgegen, damit er sie hochnahm. „Semut ...", plapperte sie vorwurfsvoll gegen sein Knie und legte zufrieden ihren Kopf an seine Schulter, als sie ihren Willen bekam. Hapuseneb verschränkte die Arme hinter dem Rücken und trat näher an Senenmut heran. „Es würde sie Amun fest verbinden, nicht wahr, Senenmut?" Leise war seine Stimme geworden, und vorsichtig – vielleicht um die Götter nicht zu verärgern. Senenmut antwortete ebenso leise. „Unauflöslich."

Unruhig nestelte Hapuseneb an seinem plissierten Gewand und fuhr sich dann über die schweißfeuchte Stirn, während er weiter nachdenklich die Prinzessin ansah. „Aber können wir uns sicher sein, dass sie einwilligt und ihrer Bestimmung folgen will? Es ist gegen jegliche Tradition!"

„Der Löwe ist bereit, sich in einen Falken zu verwandeln, Hapuseneb. Ich kenne das Herz der Gottesgemahlin ... die Götter mögen mir das verzeihen, und ich wünschte es wäre anders. Aber so ist es, bei Amun. Ich bin mir sicher."

„Dann ...", so beschloss Hapuseneb schließlich mit feierlicher Stimme, „... geh zu ihr und offenbare ihr den Willen ihres Vaters Amun."

Hatschepsut wusste, dass sie zufrieden sein konnte, und dass Amun sie liebte, denn obwohl die Schatzkammern des Palastes auch nach dem ersten Jahr ihrer Regentschaft für den jungen Thutmosis noch immer beinahe leer waren, war ihr doch vieles trefflich gelungen. Die Göttin Isis hatte reichlich ihre Tränen vergossen und den Hapi über die Ufer treten lassen, sodass die Kornspeicher der beiden Länder mit Gerste und Emmer gefüllt waren und auch die Fellachen auf den Feldern nicht hungern mussten. Ihre Tochter Nofrure wuchs zu einem gesunden Kind heran, strahlend und liebreizend wie Hathor selbst, und nichts wies darauf hin, dass sie das Leiden ihres Vaters oder einen geschwächten Ka besaß. Auch der junge Pharao gedieh, obwohl Hatschepsut seine Mutter einstweilen unter strenger Bewachung in die Faijum Oase auf eines ihrer Landgüter verbannt hatte, damit sie am Hof keine bösen Reden führte. Der junge Thutmosis hatte den Verlust seiner Mutter nicht lange betrauert. Ipu, mittlerweile Mutter einer gesunden Tochter, der sie den Namen Satjah gegeben hatte, sorgte gut für den jungen Falken, sodass sein verstörtes und verschlossenes Herz sich langsam zu öffnen begann. Nein, all ihre Entscheidungen waren vortrefflich gewesen, und Hatschepsut dachte sogar darüber nach, Isis die Rückkehr an den Hof nach Theben zu erlauben. Das, was Hatschepsut plagte und schlaflose Nächte unter dem in leuchtenden Farben gemalten Himmelszelt ihres Lagers bereitete, waren die ihr nicht gut gesonnenen Priester in Memphis, die gleich bissigen Schakalen das Heer gegen sie aufhetzten. Aber all dies würde mit Klugheit und Geduld zu lösen sein, wenn sie mit dem jungen Thutmosis und Nofrure in Memphis Einzug hielt. Hatschepsut würde die Herzen der Menschen öffnen und den jungen Pharao in einer Prozession durch Memphis fahren lassen, sodass die Menschen sehen konnten, dass die Regentin keinerlei Groll gegen ihren Neffen hegte ... bei Amun, sie musste wirklich zufrieden sein, denn die Götter lächelten ihr zu und wiesen Hatschepsut den Weg, der endlich klar vor ihr lag. *Fülle Kemets Schatzkammern und bringe den beiden Ländern Frieden. Bereite Thutmosis ein blühendes Ägypten, über welches er herrschen kann, wenn er alt genug dazu ist.* Aber dann war die Maat erneut ins Wanken geraten, und die Sterne hatten begonnen vom Firmament zu stürzen. Jede Ruhe ihres Herzens, die Hatschepsut sich schwer erkämpft hatte, war zunichtegemacht worden. Und das von einem, von dem Hatschepsut geglaubt hatte, dass er zu keinerlei schlechten Gedanken fähig wäre. Senenmut war zu ihr gekommen, der schweigsame Mann mit den mürrischen Falten, dessen Geheimnisse sie nie hatte offenbaren können. Es war an einem angenehm kühlen Morgen gewesen, nachdem die Priester ihre Gesänge und Räucherungen beendet hatten. Hui hatte soeben den Schmuck für Hatschepsuts Tempelbesuch gewählt und die Dienerinnen ihr bevorzugtes Morgenmahl aufgetragen – Milch und Brot. Es hätte ein Morgen wie jeder vorangegangene sein können, der in einem geschäftigen Tag und einem ruhigen Abend endete. Doch Senenmut hatte um ein Gespräch gebeten und unerwartet sein Schweigen gebrochen. Dies war für Hatschepsut mit überraschender Offenheit und ohne Umschweife geschehen. Und seit Senenmut ihr die unmöglichen Worte gesagt hatte, verstand Hatschepsut endlich, weshalb er seine Gedanken vor ihr verborgen hatte und welch eine unaussprechliche Last er mit sich herumgetragen hatte. Was er Hatschepsut an diesem Morgen überreichte, war zwar nur eine Rolle aus Papyrus, versehen mit dem Siegel ihres zu Osiris gegangenen Vaters; doch sie hatte alles verändert, jeden Tag ihres Lebens und jedes Wort, das je gesprochen worden war.

„Möchtest du herrschen, Gottestochter?", hatte Senenmut sie mit ernsten Worten, denen sie jedoch kaum Beachtung schenkte, gefragt.

„Ich dachte, das würde ich bereits", hatte Hatschepsut leichthin entgegnet, während sie ein Stück Brot in die Schale mit Ziegenmilch tunkte. Aber Senenmut hatte sich tief in ihr Fleisch gebohrt und ihr Blut vergiftet. „Möchtest du mit dem Segen Amuns herrschen, als Falke, in dem sich der Gott offenbart?"

„Mir scheint, du hast gegen alle Vernunft bereits am Morgen dem Oasenwein zugesprochen", hatte Hatschepsut verwirrt entgegnet und die Stirn gerunzelt – doch der schwelende Funke begann bereits ihren Leib zu erhitzen, obwohl ihr Herz vorwurfsvoll aufschrie. Da hatte Senenmut ihr die Papyrusrolle hingeschoben und Hatschepsut aufgefordert, sie zu lesen. Oh, sie hatte es nicht tun wollen, denn eine Ahnung, dass deren Inhalt ihre Zufriedenheit rauben könnte, hatte sie gewarnt. Aber ihre Hände hatten nicht auf die Warnungen des Herzens hören wollen und das Siegel erbrochen. Hatschepsut hatte sich noch oft nach diesem Tag dafür verflucht, Senenmut nicht dazu aufgefordert zu haben, den Papyrus in einem Feuerbecken zu verbrennen. Aber was geschehen war, war geschehen. Sie hatte das Siegel erbrochen, vielleicht aus Neugierde und vielleicht, um endlich Ruhe zu haben ... und vielleicht auch, da ihr Herz insgeheim seit Langem ersehnte, was Senenmut ihr in seinen Worten verheißen hatte. Ihr zu Osiris gegangener Vater selbst hatte den Binsenstängel geführt und niedergeschrieben, was viel zu bedeutend war, als dass der Einzig Eine es gewagt hätte, es seinem Schreiber anzuvertrauen.

Noch immer zittert Meine Majestät ob der Größe dessen, was ihr offenbart wurde, und während die Hände kaum den Binsenstängel zu halten vermögen, umhüllt der Duft des Gottes das Herz meiner Majestät. Alles, was Meine Majestät, Thutmosis Aakheperekare, Herr von Biene und Binse, hier niederschreibt, ist wahr und geschehen, wie es niedergeschrieben steht. Meine Majestät tut es mit eigenen Händen, denn Amun selbst hat es ihr in jener Nacht aufgetragen, in welcher die Erbprinzessin Hatschepsut von der großen königlichen Gemahlin Ahmose geboren wurde. Meine Majestät schlief auf ihrem göttlichen Lager, als der Gott erschien, und seine Gestalt glänzte wie Silber und Gold, und sein Atem duftete süß. Amun aber trat an das königliche Ruhelager, und dann hob der Herr der Götter Meine Majestät empor und brachte sie ins Urwasser, in dem die Welt ihren Anfang nahm und von dort hinauf zum Urhügel, auf dem alles, vom ersten Baum bis zum ersten Mensch, erschaffen worden ist. Als Meine Majestät nun dort stand mit dem Gott, von unbegreiflicher Fülle und Reichhaltigkeit umgeben, legte Amun den Arm um die Schulter meiner Majestät und sprach mit schöner Stimme „Siehe, dies ist der Ort aller Schöpfung, wie ich der Anfang aller Schöpfung bin. Ich habe dich zum Urhügel gebracht, um deine Augen zu öffnen und dir meinen Willen kundzutun. Mit deiner großen königlichen Gemahlin Ahmose habe ich eine Tochter gezeugt. Ich bin deiner Königin in deiner Gestalt erschienen und habe mich ihr offenbart als der, der ich bin. Die große königliche Gemahlin jubelte vor Freude, als sie mich erkannte und die Tochter, die ich mit ihr zeugte, ist schöner als alle meine Kinder, denn sie ist stark und gut, und ich liebe sie mehr als alle Söhne, die je meinem Samen entsprungen sind. Hatschepsut soll ihr Name sein, den ihre Mutter im Jubel für sie wählte, und da ich sie mehr liebe als alle meine Kinder, will ich sie über Kemet erheben und ihr die Doppelkrone geben, auf dass sie über das Land und die Menschen herrscht als Falke.“

Meine Majestät war sehr verwirrt von den Reden des Gottes und fürchtete sich vor der Größe seines Anblicks, obwohl Amuns Worte freundlich waren. Und doch erinnerte Meine Majestät Amun an die göttlichen Weisungen, welche er selbst verhängt hatte, und die besagen, dass nur Söhne über die beiden Länder herrschen dürfen. Und Meine Majestät fürchtete sogleich, dass der Gott ihr zürnen würde und sie unter seiner Gewaltigkeit zermalmen. Doch Amun lächelte und sprach mit seiner wohlklingenden Stimme. „Und da es so ist, wie du sagst, werde ich selbst in ihr erscheinen und meinen Ka in ihren Leib geben, damit sie herrschen kann. Und ich will mich offenbaren in sieben heiligen Zeichen, und du sollst Augen und Ohren gebrauchen, sie zu erkennen, und wenn alle sieben Zeichen sich offenbart haben, so soll niemand mehr daran zweifeln, dass ich selbst es bin, der sich im Leib meiner Tochter über sie erhebt. Und so höre, auf welche Arten ich mich offenbaren werde, und schreib es nieder, damit die Menschen meine Weisungen befolgen und meine treffliche Tochter Hatschepsut auf den Thron der beiden Länder heben. Ein wildes Tier vermag allein ihr Anblick zu zähmen, und im Kampf soll ihr Arm der eines Mannes sein. Ein einziger Pfeil von der Sehne ihres Bogens vermag die Mauern einer Stadt zum Einsturz zu bringen, und ein gewaltiger Sturm, der Menschen verschlingt, wird ihr nichts anhaben können. Damit ihr jedoch nicht zweifelt, werde ich den Ka meiner trefflichen Tochter für eure Augen erscheinen lassen, und wenn dies geschehen ist, will ich mein Haupt vor der Prinzessin neigen. Am dritten Tag nach diesem Zeichen werde ich den, welcher über die beiden Länder herrscht, fortholen, und dieses soll euch schließlich das siebente Zeichen sein. Dann zögert nicht mehr und salbt sie ... setzt die Kronen auf ihr erhabenes Haupt, und beugt eure Köpfe vor ihr. Denn ich selbst bin es, der sich in meiner Tochter offenbart.“

So sprach der Gott Amun zu Meiner Majestät und das königliche Herz war ergriffen von seinen Worten. Doch ein Wirbel umfasste Meine Majestät und trug sie fort vom Urhügel, ließ die Sterne erzittern, und dann lag meine Majestät wieder auf der Ruhestatt in ihren Gemächern. So ist es gewesen, und niemand soll behaupten, dass es anders war.

Wenn die Zeichen sich erfüllt haben, so soll die vortreffliche Tochter des Gottes gesalbt werden, und alle Menschen Kemets sollen die Häupter vor ihrem edlen Anblick beugen, da es der Gott der Götter Amun selbst ist, der vor sie hintritt.

Hatschepsut hatte lange gebraucht, um zu verstehen, wozu Senenmut sie aufforderte ... nein, wozu Amun sie aufforderte. Noch immer gelang es ihr nicht vollkommen zu begreifen und sie zweifelte an sich selbst. Wenn der Gott in ihr war und wenn er sich in ihr offenbarte, weshalb sprach er dann nicht zu ihr, und warum spürte sie ihn nicht in ihrem Herzen? Doch dann wurde Hatschepsut klar, dass sie Amun schon immer gespürt hatte ... der Gott offenbarte sich in ihrem Aufbegehren gegen ihren Bruder; und die Offenbarungen ... der schwarze Leopard, ihr Kampf an der Seite der Soldaten im Goldland, und der Pfeil, der die Fürsten Kermas die Tore ihrer Stadt öffnen ließ ... der Sturm bei Ahmoses Begräbnis und Hui ... sah sie ihr nicht zum Verwechseln ähnlich? Ihr Bruder Thutmosis hatte seine Barke bestiegen, und Amuns Bildnis hatte das Haupt vor ihr geneigt. Je öfter Hatschepsut ihr Herz befragte, desto bereitwilliger forderte es nach dem, was Amun ihm verheißen hatte. Ihr zu Osiris gegangener Vater hatte all dieses geträumt, lange Zeit, bevor es tatsächlich geschah. Hapuseneb und Senenmut waren die Einzigen gewesen, denen er sich anvertraut hatte und denen er den Schwur abnahm, die Weisungen des Gottes zu erfüllen, wenn sich die Zeichen offenbarten. „Seht genau hin ... seid nie unaufmerksam ...“, hatte ihr Vater Senenmut und den obersten Propheten angewiesen und sie dann ihren Eid leisten lassen. Er selbst hatte nicht gewagt, offen über Amuns Weisungen zu sprechen. Als die Zeit verging und der Traum verblasste, plagten ihn Unsicherheit und Furcht vor dem Willen Amuns. Der Herr allen Lebens durfte keine Frau sein – ihr Vater hatte sich nicht dazu entscheiden zu können, derjenige zu sein, welcher Traditionen und göttliche Gebote brach. Das hatte Senenmut Hatschepsut in seiner ruhigen und abgeklärten Art erklärt und auch, dass es das Recht der Göttlichen war, es den Menschen zu überlassen, die Weisungen der Götter zu erfüllen und mit ihren Taten die Waagschale ihrer Herzen zu belasten.

Hatschepsut war unverzüglich nach Karnak aufgebrochen und hatte den obersten Propheten gefragt, ob es wahr wäre, was Senenmut ihr gesagt hatte. Hapuseneb hatte mit ehrfürchtigem Blick bestätigt, dass alles so geschehen war, wie es auf dem Papyrus stand. Einen gesamten Tag und eine ganze Nacht hatte Hatschepsut daraufhin im Allerheiligsten verbracht, kniend und flehend vor dem Bild des Gottes. Voller Zweifel hatte sie ihn darum gebeten ihr zu erscheinen, wie er ihrem zu Osiris gegangenen Vater erschienen war – doch der Gott hatte geschwiegen, und als Hatschepsut am nächsten Morgen von den Priestern und Res goldenen Strahlen geweckt wurde, hatte sie noch immer keine Antwort erhalten.

„Hapuseneb, rate mir, was ich tun soll“, forderte sie den obersten Propheten auf. Doch dieser hatte nur die Hände vor der Brust gekreuzt und sich tiefer als sonst vor ihr verbeugt. „Du musst tun, was Maat ist, Gottestochter. Verlange nicht von einem einfachen Menschen dir in dieser Angelegenheit zu raten. Ich bin der oberste Prophet des großen Gottes, du jedoch bist seine Tochter.“

Hatschepsut kehrte zurück in den Palast und schickte Hui mit den Kindern in die Gärten, damit sie ihr Herz befragen konnte. *Willst du herrschen, Gottestochter?* Immer wieder erklangen Senenmuts Worte in ihrem Innern, und Hatschepsut kannte die Antwort bereits. Ja, sie wollte herrschen, und sie wusste, dass sie es konnte, und dass sie Kemet erblühen und in friedliche Zeiten würde führen können. Aber durfte eine Frau soweit gehen, sich die Doppelkrone und den Kinnbart des Pharao anzueignen? Und dann wusste sie es, so klar und bestimmt, wie sie niemals etwas zu wissen geglaubt hatte. Nein, eine Frau durfte sich nicht Pharao nennen, nicht Krummstab und Geißel halten und sich zum Sohn Amuns erklären. Aber Hatschepsut war keine Frau. Hatschepsut und Amun-Re waren eins. Sie war nicht nur die Tochter und Gottesgemahlin Amuns – sie war Amun selbst ... und da endlich wusste Hatschepsut, dass sie bereit war, einen neuen Pfad zu beschreiten.

Die königliche Barke, im zweiten Jahr der Herrschaft des Thutmosis Menkheperre

„Und dies alles stand dort von der Hand deines zu Osiris gegangenen Vaters niedergeschrieben auf dem Papyrus?" Hatschepsut bemerkte einmal mehr, wie unterschiedlich Ipu und Hui doch waren. Ipu wäre entweder in Ehrfurcht erstarrt oder hätte das Zeichen gegen den bösen Blick angewandt, da sie die Worte Hatschepsuts als frevlerisch empfand; nicht aber Hui. Während sie unter dem Sonnenschatten auf der königlichen Barke saßen, das Jubeln der am Ufer versammelten Menschen vernahmen und die Barke langsam in die Strömung gestakt wurde, lauschte Hui den Erzählungen Hatschepsuts mit scheinbarem Gleichmut.

„Es verwundert mich, dass du weder aufgeregt noch erschrocken bist, Hui."

Die junge Frau, deren Antlitz dem ihren so sehr glich, beugte sich zu ihr nach vorn, da ihr Stuhl etwas versetzt hinter dem von Hatschepsut stand. Nofrure und Meritre schliefen im Kabinenaufbau, ebenso wie der junge Thutmosis und seine Milchschwester Satjah. Ipu hütete den Schlaf der Kinder, sodass Hatschepsut den günstigen Zeitpunkt genutzt hatte, Hui von ihren Plänen zu erzählen. Huis Lippen waren nah an Hatschepsuts Ohr. „Ich bin eine Dienerin Amuns. Warum sollte ich die Weisungen des Gottes fürchten? Außerdem hast du vergessen, dass ich dein Ka bin."

Hatschepsut wandte den Kopf und entdeckte ein Schmunzeln auf dem Mund ihrer Dienerin. „Diese Entscheidung verdient mehr Ernst, Hui."

Weder erschreckte Hui der Tadel, noch entschuldigte sie sich bei Hatschepsut für ihre Worte. „Ich nehme sie durchaus ernst, meine Königin. Was ich sage, meine ich auch so. Aber es ist nicht einfach. Was willst du den Menschen sagen und wie willst du ihnen erklären, dass ein weiblicher Falke auf dem Thron der beiden Länder sitzen soll. Nicht als Regentin, sondern als Pharao. Sie werden sich fürchten und glauben, die Maat gerät ins Wanken und du stürzt Kemet ins Chaos."

Hatschepsut sah hinüber zu den vielen Menschen am Ufer, die Blüten ins Wasser warfen und ihr Segenswünsche zuriefen. Es waren tatsächlich viele erschienen, um ihr Glück für die Reise zu wünschen. Arbeiter und Steinmetze, Bierbrauer und Fellachen, Adelige und vor allem viele Frauen. Theben liebte die Regentin, aber waren ihre Herzen bereit, den Willen Amuns zu verstehen? Es waren einfache Menschen, die jeden Abend Weihrauch vor ihren Hausschreinen entzündeten und dafür beteten, dass die Maat im Gleichgewicht blieb ... dass sich nichts veränderte. „Ich weiß es nicht, Hui. Ich habe Senenmut nach Assuan gesandt, damit er mir zwei Krönungsobelisken aus dem Stein schlagen lässt, und Hapuseneb wird meinen Krönungsnamen finden. Alles andere können nur die Götter entscheiden."

„Nicht alles musst du den Göttern überlassen, Hatschepsut, denn sie sind geschäftig", orakelte Hui mit Verschwörerstimme. „Die Priester in Memphis ... ich kenne sie, und ich kann dir helfen." Hatschepsuts Gesicht schien eine einzige große Frage zu sein, also wartete Hui nicht auf eine weitere Aufforderung zu sprechen. „Ich war selbst Priesterin in Memphis ... eine Priesterin Amuns des ersten Ranges."

„Das wusste ich nicht", entgegnete Hatschepsut ehrlich überrascht. Die Barke war nun in der Mitte des Hapi und legte sich in die Strömung. Hatschepsuts Herz verzagte bei der Aufgabe, welche ihr bevorstand. Sie war nach Memphis aufgebrochen, um den Priesterschaften und dem Heer den jungen Pharao zu zeigen und ihr Misstrauen gegen sie zu zerschlagen. Jetzt kam sie, um ihre schlimmsten Befürchtungen wahr werden zu lassen. „Es wird kaum mehr als sieben Tage dauern, bis wir Memphis erreichen bei dieser Strömung."

Hatschepsut fühlte die Hand ihrer Dienerin warm und leicht auf ihrer Schulter ruhen. „Lass mich dir helfen, Pharao Hatschepsut."

Hui schien sich bereits entschieden zu haben; für sie schien es tatsächlich einfach zu sein, zu glauben. „Zweifelst du überhaupt nicht an der Offenbarung des Gottes?"

„Zweifelst du denn?", erklang Huis Stimme wieder nah an ihrem Ohr.

Hatschepsut dachte eine Weile über die Worte ihrer ersten Dienerin nach, bevor sie ihr antwortete. „Zuerst tat ich es ... aber nun nicht mehr."

„Und ich ...", entgegnete Hui überzeugt, „ ... bin dein Ka! Wie sollte ich an den Weisungen Amuns Zweifel hegen?"

„Mutnofret wird es tun und Isis, Ahmose-Pennechbet und viele andere, deren Namen ich nicht einmal kenne." All diejenigen, welche sie umgaben, so wusste Hatschepsut, konnten sich gegen sie wenden, und die Priesterschaften würden ihr mehr denn je unterstellen, dass es von Anfang an ihr Wille gewesen war, ihren Neffen vom Doppelthron zu stürzen. Sie würden nur überrascht darüber sein, mit welch gewaltigem Ehrgeiz Hatschepsut ihrem Ansinnen nachging, indem sie sich selbst zum Pharao krönen ließ. Vielleicht würde es zu Aufständen kommen, zu Kriegen, vielleicht würde man ihr einen Mörder schicken. War es das wert, diesen Kampf? Frieden hatte sie gewollt für Kemet und Wohlstand; und nun musste sie vielleicht einen Krieg um des Thrones willen führen. Aber soweit durfte es nicht kommen. „Thutmosis darf nicht als Pharao abgesetzt werden. Das würden sie mir nie verzeihen."

Hui fand auch auf Hatschepsuts letzten Zweifel eine kluge Antwort. „Dann belasse den Knaben dort, wo er ist. Thutmosis Menkheperre ist ein Kleinkind von vier Jahresumläufen. Wenn der Anblick Amuns ihnen zu gewaltig ist, lass ihnen sein glanzloses Abbild."

Nachdenklich erhob Hatschepsut sich von ihrem Stuhl und trat unter dem Sonnenschatten hervor. Hui folgte ihr auf dem Fuß, und erst als sie im Bug der Barke standen, blieben sie stehen. Hatschepsut betrachtete Hui ausgiebig – das dreieckige Gesicht, das schwarze glatte Haar und die schräg stehenden mandelförmigen Augen. „Wie sehr du mir gleichst, Hui ... in Gestalt und Wille des Herzens. Es ist nicht zu übersehen, dass du mein Ka bist."

„Useret kau ... reich an Ka Kräften bist du, Horus", antwortete Hui unvermittelt ehrerbietig und nahm dann in einer vertrauten Geste die Hand ihrer Herrin. „Und ich werde in Memphis die Kraft deines Ka sein, Horus."

Sie blieben gemeinsam im Bug stehen, bis sie meinten, Res Strahlen würde ihnen die Haut von Schultern und Gesicht brennen. Um sie herum taten die Ruderer ihren Dienst und junge Dienerinnen eilten umher, doch Hatschepsut schenkte niemandem Beachtung. Sie spürte, wie ein enges Band sich um ihrer beider Herzen legte und sich gleich einem Blütenkranz auf kunstvolle Art miteinander in komplizierten Knoten verflocht, die nicht mehr aufzulösen waren. Erst als Hatschepsut Ipus Stimme vernahm, wandten sich beide Frauen um. Ipu, den kleinen Thutmosis sowie Nofrure an den Händen haltend, verharrte einen Augenblick stirnrunzelnd, offensichtlich verwirrt von der Vertrautheit der beiden Frauen. Doch da war noch etwas in Ipus Blicken, was Hatschepsut nur allzu gut kannte. Es war mühsam verborgener Neid und Eifersucht, denn selbst Ipu schien zu erkennen, dass Hatschepsut und Hui ein Band umgab, enger und vertrauter, als es das Ihrige jemals hätte sein können.

Memphis, im zweiten Jahr der Herrschaft des Thutmosis Menkheperre

Als Hatschepsut in Memphis die Barke verließ, erkannte sie erstmals das Ausmaß der Hetzreden, welche die Priesterschaften unter den Menschen verbreitet hatten. Hatschepsut und ihr Gefolge wurden von einer kleinen Gesandtschaft mürrischer Priester empfangen, die von einem hageren Mann angeführt wurde. Zum Zeichen seines Ranges als Oberpriester des Gottes Ptah trug er Amtsstab und ein Leopardenfell über dem langen Priestergewand. Hatschepsut war nicht verwundert darüber, dass keine einzige Schweißperle von der dünnen Haut seiner Stirn rann. Dieser Mann schien ihr aus den Tiefen seines Herzens heraus staubig wie Wüstensand, und seine Verbeugung vollführte er seltsam steif. Sie glaubte fast, der

Oberpriester müsse brechen wie ein ausgetrockneter Stock, während sein magerer Rücken sich vor ihr krümmte. Dann stellte Hatschepsut verwundert fest, dass er sie kaum wahrzunehmen schien. Stattdessen ruhten seine Blicke auf Hui, bis er sich endlich des Grundes seiner Anwesenheit zu entsinnen schien und sich ihr zuwandte. Der Landungssteg war derweil in trübsinniges Schweigen gehüllt, nur die für den königlichen Besuch aufgezogenen Wimpel an den Masten knatterten im Wind. Trotz der für Memphis ungewöhnlichen Hitze fühlte Hatschepsut sich beim Anblick des Priesters in eine Wolke aus Kälte und Feinseligkeit gehüllt. Den Bürgermeister von Memphis, der beinahe unscheinbar hinter dem Ptahpriester stand, bemerkte Hatschepsut erst jetzt, denn das Wesen des hageren Oberpriesters ließ kaum Raum für die Menschen in seiner Umgebung.

„Memphis ist geehrt den Herrn allen Lebens, Thutmosis Menkkheperre sowie die Gemahlin des Amun und Regentin zu begrüßen. Möget ihr ewig leben.“ Mit geübter Stimme leierte er seine Begrüßung herunter, die Hatschepsut mehr als unaufrichtig erschien. Obwohl die Priesterschaften immer wieder den Besuch des Horussohnes gefordert hatten, schienen sie nun über seinen Besuch wenig begeistert. *Oder liegt es daran, dass ich ihn begleite*, sinnierte Hatschepsut. Doch die Priester hatten nicht erwarten können, dass ein vierjähriger Knabe, auch wenn er der gesalbte Herrscher Kemets war, ohne seinen Vormund eine solche Reise antrat. Thutmosis zog derweil ungeduldig an Ipus Hand. Er hatte keine Lust mehr, auf dem Landungssteg herumzustehen und die Begrüßungsfloskeln interessierten ihn nicht.

„Seine erhabene Majestät ist erfreut“ gab Hatschepsut dem Oberpriester deshalb knapp zu verstehen, um von Thutmosis unwilligem Gemüt abzulenken.

Der staubige Mann presste sich ein aufgesetztes Lächeln ab. „Ich habe seine allergöttlichste Majestät und seinen Reisehof im alten Palast in Memphis unterbringen lassen. Dienerschaft für den Haushalt des Palastes ist aus dem Tempel des Ptah bereitgestellt worden. Wir leben bescheiden hier und hoffen, dass der Einzig Eine uns das nachsieht.“

Mit innerlichem Groll überhörte Hatschepsut die unverschämte Spitze in den Worten des Priesters. Mit einem Nicken folgte sie sowie eine kleine von ihr ausgewählte Gesandtschaft den Priestern zu den Tragstühlen, um diese unerfreuliche Begrüßung so schnell wie möglich zu beenden. Der restliche Hofstaat, der mit ihnen gereist war, würde auf den Barken weiter zum Landungssteg des Palastes fahren. In Anbetracht der ihr entgegen gebrachten Feindseligkeit empfand Hatschepsut zwar nicht das Bedürfnis, in einer Prozession vor den Augen der Menschen durch Memphis zu ziehen, doch sie wusste, dass es falsch gewesen wäre, sich den anklagenden Blicken zu entziehen. Ihre Weigerung hätte den Groll und das Misstrauen gegen sie nur verstärkt. Trotzdem befahl sie Sary und der Leibwache in ihrer Nähe zu bleiben, während die Prozession sich durch die Straßen der Stadt drängte. Thutmosis nörgelte unwillig, als ihm gesagt wurde, dass er neben Hatschepsut auf dem Tragstuhl sitzen würde. Nur Ipus Bestechungen mit Honignüssen und dem Versprechen auf eine Überraschung, sobald sie den Palast erreicht hätten, ließen ihn schließlich Ruhe geben. Ihr Neffe war Hatschepsut ein Rätsel, da seine mürrische Ablehnung vor allem ihr galt und sie nicht wusste, womit sie diese heraufbeschworen hatte. Der Weg durch die Straßen Memphis glich wie erwartet einem unangenehmen Schweigemarsch, der nur von den eintönigen Gesängen der Priester unterbrochen wurde. Die Menschen, die an den Straßen standen, sowohl einfache Handwerker wie auch die Angehörigen des niederen Adels warfen Hatschepsut auf ihrem Tragestuhl feindselige Blicke zu und tuschelten, sobald sie sich unbeobachtet fühlten. Einmal wurde aus einer der hinteren Reihen ein fauler Apfel nach ihrem Tragstuhl geworfen, der ihn jedoch verfehlte und einen der Träger an der Schulter traf. Unauffällig sandte Sary zwei seiner Männer aus, die Schuldigen zu ergreifen, die jedoch längst in der gesichtslosen Masse untergetaucht waren. Es fiel Hatschepsut schwer, ihre Würde zu wahren und zu tun, als berühre sie die Ablehnung der Menschen nicht. Je weiter sie durch Memphis getragen wurde, desto sicherer spürte Hatschepsut, dass Memphis versuchte, sie herauszufordern. In jedem zornigen Blick erkannte sie die vernichtenden Schmähreden der Priester. Wie hatte es dazu kommen können? Es schien eine Verschwörung im Gange zu sein, und Hatschepsut fragte sich, wo die Wurzel des Hasses gegen sie liegen mochte. Für die einfachen Menschen gab es offensichtlich nur einen Schuldigen - die Gottesgemahlin Hatschepsut, die Regentin des unmündigen Pharao. Sie allein brachte Chaos über Kemet, da sie das Heer nicht entlohnte und ihren Neffen hasste.

Memphis war weder eine arme noch eine unscheinbare Stadt. Sie war gut geschützt durch die weißen Mauern, die sie umgaben, und war neben Karnak der Wohnort der wichtigsten Götter Ägyptens. Im Süden und Norden erstreckten sich die Heiligtümer von Hathor und Neith, während der Schutzgott vom Memphis - Ptah - sein Hauptheiligtum nahe bei den Garnisonen im Stadtkern hatte. Eine Ahnung, so tief wie die Quellen des Urwassers Nun erfasste Hatschepsut, und sie schalt sich selbst eine Närrin. Wie hatte sie nur so blind sein können? Nicht der Pharao herrschte über Memphis oder seine Truppen! Es waren allein die Priester, und allen voran die Priesterschaft des mächtigen Stadtgottes Ptah. Hatschepsut wusste, noch während sie über die breiten Prozessionsstraßen getragen wurde, dass sie die Herrschaft der Priester beschneiden musste, um die Aufstände zu beenden. Sowohl ihr Bruder als auch ihr Vater hatten es versäumt, ein wachsames Auge auf die Machenschaften der Priester zu richten. *Gewähre den Priestern niemals mehr als ihren Teil!* Während Hatschepsut sich von Theben aus darum bemüht hatte den Priestern zu gefallen, hatten diese sich selbst zu Herrschern erhoben, und allein aus einem einzigen Grund den vierjährigen Pharao bei sich haben wollen – er war ein Kind, das sie wie weiches Wachs hätten formen können. Hatschepsut musste sich beherrschen, ihren Ärger über diese Erkenntnisse zu verbergen. Die Hetzreden der Priester waren ein Vorwand gewesen, von ihrem eigenen Machthunger abzulenken. Sie winkte Hui zu sich heran, die neben dem Tragstuhl ging, und nickte unauffällig in Richtung des Oberpriesters. „Der Hagere dort, der die Prozession anführt ... ich würde bei allen Göttern schwören, dass er einer der Anstifter des gesamten Aufruhrs ist."

Hui zeigte ein freundloses Lächeln, während ihre Blicke sich in den Rücken des Mannes zu bohren schienen. Überrascht stellte Hatschepsut fest, dass Hui den Mann zu verachten schien. „Sein Name ist Iti, und er ist der Oberpriester des Ptah in Memphis." Hui zögerte kurz, dann fügte sie hinzu: „Iti ist der Bruder meines zu Osiris gegangenen Gatten."

Hatschepsut lehnte sich wieder in ihrem Tragstuhl zurück und suchte in diesem neuen Wissen einen Zusammenhang mit den Aufständen. Iti war derjenige gewesen, welcher Hui nach dem Tod ihres Gatten in die Ehe hatte zwingen wollen. Sie wandte sich erneut an Hui. „Liebt er dich?" Es hatte belustigt und sorglos klingen sollen, doch Hui gab nur ein verächtliches Geräusch von sich. „Besessenheit, meine Königin, und Lüsternheit – dies sind die Worte, die eher zu einem Mann wie ihm passen. Vor Itis Begierden bin ich nach dem Tod meines Gatten nach Theben geflohen."

Hatte Iti aus Rache gehandelt, da Hui vor ihm nach Theben geflohen war? Aber das wäre kein Grund für einen mächtigen Mann wie ihn gewesen. Hatschepsut konnte dieses Rätsel nicht lösen, doch sie verstand, dass Memphis ein gewaltiges Tier war, das nur darauf wartete, sie zu verschlingen. Doch, so wusste Hatschepsut, wenn Memphis das Tier war, so wäre Iti sein zahnbewährtes Maul. *Wenn ich das Maul unschädlich machen könnte, so würde das Tier mich nicht mehr verschlingen können.* Sie hätte Hui gerne weiter nach Iti befragt, doch die Blicke der Menschen mahnten sie, auf einen günstigeren Zeitpunkt zu warten. Mittlerweile hatten sie den Stadtkern erreicht und passierten die Gebäude der Garnisonen. In Gedanken versuchte Hatschepsut zu zählen, wie viele Soldaten unter den Dächern der einfachen Lehmziegelbauten wohl untergebracht waren. Sie kam mit unguten Gefühlen zu dem Schluss, dass es zu viele wären, um sich mit Thebens Soldaten gegen sie zu behaupten. Es gab nur einen Weg – sie musste das Heer für sich gewinnen. Thutmosis, der bis jetzt schweigsam und gelangweilt neben ihr gesessen hatte, wurde unruhig. Er rutschte auf seinem Kissen hin und her und blickte begehrlich in Richtung der Garnisonen. Sein Interesse wurde von den Streitwagenpferden angezogen, die vor den Ställen standen sowie von den Männern, die in ihren Harnischen und mit Speeren umhergingen. Mit nichts konnte man den Knaben mehr begeistern, als mit Soldaten und Streitwagen. „Ich will mir das ansehen“, gab er Hatschepsut fordernd zu verstehen und wies mit ausgestrecktem Finger in Richtung der Pferdeställe.

„Nicht heute, Thutmosis ...“, wehrte Hatschepsut ungeduldig ab. „Wir werden die Garnisonen besuchen, dann kannst du dir alles in Ruhe ansehen.“ Ihre Gedanken waren schon wieder mit Iti beschäftigt und hatten keine Muße für die kindliche Begeisterung ihres Neffen. Obwohl er seine Arme vor der Brust verschränkte und seine sorgfältig geschminkten Udjataugen durch aufkommende Tränen zu verwischen drohten, schwieg Thutmosis beleidigt. Kurz darauf streckte Thutmosis jedoch wütend den Menschen in den Straßen die Zunge heraus. Hatschepsut schlug ihrem Neffen unauffällig auf die Finger und zischte ihm zu, dass er sich benehmen sollte. „Du bist der Herr allen Lebens, und sie sind dein Volk!“

Er war zwar nur ein Knabe, doch für die Menschen war er ein lebender Gott. Dass die ohnehin gespannte Stimmung in Ärger und Wut umschlug, wollte Hatschepsut unbedingt verhindern. Thutmosis verzog die Lippen zu einem unglücklichen Schmollen. „Und deshalb hast du mir gar nichts zu sagen.“

Sie verzichtete darauf, ihn noch einmal zurechtzuweisen, da sie fürchtete, dass die Menschen erkannten, dass Thutmosis ihr ebenso ablehnend gegenüberstand, wie die Priester. Inbrünstig dankte sie Amun dafür, dass Thutmosis sich den Rest des Weges ruhig verhielt.

Iti brachte Hatschepsut und ihr Gefolge im alten Palast von Memphis unter, der vom Ruhm und Glanz unzähliger Nilschwemmen zeugte. Von diesem Palast aus hatten ihre Vorfahren, als Memphis noch Hauptsitz der beiden Länder gewesen war, die Geschicke Kemets gelenkt. In den alten Mauern war es angenehm kühl, auch wenn es ein wenig muffig roch. Vor allem die Frauen des Hofstaats beschwerten sich über das wenige Licht, da der Palast nach einer alten Bauweise errichtet worden war und wenig Fensteröffnungen oder Terrassen besaß.

„Ich werde erblinden“, jammerte eine ältere der Damen kopfschüttelnd, der die ihr zugeteilten Räume nicht zusagten. Eine andere stürzte empört aus ihren Gemächern, kaum dass sie diese betreten hatte. „In meinen Räumen sind Ameisen!“ Sie war jünger und gehörte zu den besonders hübschen Mädchen, die bei öffentlichen Zeremonien dem Pharao Erfrischungen reichen durften. Sie verlangte aufgebracht nach anderen Gemächern und war daran gewöhnt, mit einem einzigen Augenaufschlag die Herzen derjenigen zu erweichen, von denen sie sich Gunstbeweise erhoffte. Bei Hatschepsut gelang es ihr jedoch nicht, und so gab sie sich nach einer Weile widerwillig mit ihren Gemächern zufrieden. Hatschepsut bewunderte derweil die erhabene Ruhe des Alters, welche der Palast ausstrahlte. Die

Bemalungen der Wände waren zwar verblasst, zeugten jedoch von vergangener Kunstfertigkeit der Steinmetze und Maler. Das Mobiliar war schwerer und entsprach nicht dem Geschmack der verwöhnten Höflinge, doch Hatschepsut entdeckte beim Anblick der Arbeiten an sich selbst eine Seite, die sie bisher nicht gekannt hatte. Ihre Finger fuhren ehrfürchtig über die fein gearbeiteten Einlegearbeiten an den Truhen und über die nahtlos in den Fassungen sitzenden Karneole, Lapislazuli und Amethysten. Sie winkte Hui heran, die sich etwas verloren in den ihr unbekannten Hallen umsah. „Hui, sieh dir das Geschick der Handwerker an. Eine solche Kunstfertigkeit habe ich in Theben noch nicht gesehen!"

Hui trat neben sie und runzelte fragend die Stirn. Sie konnte für Hatschepsuts Begeisterung wenig Verständnis aufbringen. „Wenn du erst einmal Pharao bist, liegt es bei dir, gute Handwerker in deine Dienste zu nehmen."

„Nicht für mich will ich all diese Schönheit und Kunst ... sondern für Kemet", sinnierte Hatschepsut noch immer gefangen von der Würde vergangener Zeiten.

Als die Diener endlich die unzähligen Truhen auf die Zimmer verteilt hatten, Hatschepsuts Reisehof sich mehr oder weniger zufrieden mit den ihm zugeteilten Gemächern gab und auch die Köche die lange ungenutzten Küchen des Hofes gesäubert hatten, schickte Hatschepsut einen Boten zu Iti, um ihn für ein abendliches Gastmahl in den Palast zu bestellen. In Anbetracht der gereizten Stimmung befand sie es für nicht klug länger zu warten. Noch an diesem Tag wollte Hatschepsut der Priesterschaft zeigen, dass sie durchaus in der Lage war, einen Hof und ein Land zu führen. Die Köche eilten schwitzend durch die Flure und wiesen die Diener an, frischen Fisch, junge Lämmer und allerlei Gemüsesorten, wie Rettiche, Zwiebeln und Lauch auf den Märkten von Memphis zu erstehen. Auch Körbe mit frischen Granatäpfeln, Datteln und Melonen wurden eilig herbeigeschafft, damit am Abend ein angemessenes Mahl bereitstand. Zwar hatte Iti sich angeboten, den alten Palast von Memphis vor ihrer Ankunft nach ihren Wünschen ausstatten zu lassen, doch Hatschepsut hatte insgeheim einen Giftanschlag auf ihr Leben befürchtet. Trotz aller von ihr selbst getroffenen Vorsichtsmaßnahmen ließ sie am Abend noch bevor Iti eintraf, die Vorkoster jede einzelne Speise kosten, bevor sie selbst wagte, davon zu essen. Als Bankettsaal wählte Hatschepsut den Festraum für Empfänge ausländischer Gesandter, der mit erhabenen Reliefs und Säulen in Lotusform ausgestattet war. Den weißgelben Traventinboden ließ sie mit roten Hibiskusblüten bestreuen, deren Duft den muffigen Geruch der vielen Nilschwemmen übertünchte. „Die Tische sollen in einem Halbrund vor dem Tisch des Pharao angeordnet sein", wies sie die Diener an, und betrachtete dann zufrieden ihr Werk. So würde niemand sich beschweren können, einen schlechten Platz zugewiesen bekommen zu haben. Hatschepsut wusste, dass an diesem Abend nichts so wichtig war, wie die augenscheinliche Friedfertigkeit und Harmonie an ihrem Hof unter Beweis zu stellen. Als die Diener die Feuerbecken entzündet und die Musikantinnen ihre Plätze zwischen den Säulen eingenommen hatten, führte Ipu Thutmosis an der Hand in den Saal. Sein Nemestuch war ihm in die Stirn gerutscht, und er beschwerte sich lautstark, dass er keine Lust habe, am Festmahl teilzunehmen. „Satjah muss ja auch nicht hier sein."

„Satjah ist zwei Nilschwemmen jünger als du ... außerdem gehört sie nicht zur königlichen Familie", bemühte Hatschepsut sich, ihren nörgelnden Neffen zu beruhigen.

Als Thutmosis mit dem Fuß gegen eine mit Blumenkränzen geschmückte Schale trat, erlaubte Hatschepsut ihm schließlich, sein neues Spielzeug, einen kleinen Löwen, zum Festmahl mitzubringen. Das stimmte Thutmosis ein wenig freundlicher, sodass er sich von Ipu ankleiden ließ. Hatschepsut warf einen letzten Blick auf die Tänzerinnen, die damit begannen, ihre Körper zu dehnen und zu strecken, damit die Bewegungen beim Tanz geschmeidig wären. Alles musste an diesem Abend vortrefflich sein, und ihr gesamter Hof musste einen geordneten Eindruck hinterlassen.

Als Iti schließlich mit einer kleinen Gesandtschaft höherer Priester eintraf, zeigte er sich jedoch weder beeindruckt von ihrer Einladung noch von der Großzügigkeit des aufgetragenen Mahles. Missmutig kaute er auf dem gedünsteten Lauch herum und tauchte Brot in die vielen Tunken. Hatschepsut erinnerte der Oberpriester dabei an eine Ratte, die mit funkelnden Augen alles und jeden beobachtete, der ihr zu nahe kam. Iti aß wenig von den aufgetragenen Speisen, ebenso wie seine Begleiter, um Hatschepsut zu zeigen, dass er lieber in den Stachel eines Skorpions gebissen hätte, als ihre Gastfreundschaft anzunehmen.

Hatschepsut konnte es derweil kaum erwarten, dass das Mahl sich dem Ende näherte und sie jene Dinge ansprechen konnte, die sie bewegten. Vor allem Thutmosis Anwesenheit erfüllte sie mit Unruhe, denn seine Laune hatte sich seit ihrer Ankunft kaum verbessert. Der zahme Löwe hatte ihn nur anfangs abgelenkt. Mittlerweile bewarf der Pharao eine der Tänzerinnen mit Datteln und lachte darüber, wenn sie aus dem Gleichgewicht kam und stolperte. Hatschepsut wagte nicht ihn zu tadeln, da sie seinen Jähzorn fürchtete. Kurz darauf sprang er jedoch von seinem Kissen hoch und stampfte mit dem Fuß auf. „Ich habe keine Lust mehr auf die Tänze!"

Hatschepsut spürte, wie sie unter der schweren Festtagsperücke zu schwitzen begann. *Will denn keiner von euch Göttern mir beistehen*, flehte sie stumm und betrachtete ihren Neffen aus den Augenwinkeln. Thutmosis war nicht nur zu füllig für sein Alter, sondern auch von Isis verwöhnt und verhätschelt worden. Aber, so erinnerte sie sich mit dem Gefühl als läge ihr ein Granitblock im Magen, Thutmosis war der Falke, und was er forderte, war Gesetz – zumindest hier in Memphis, unter den misstrauischen Augen der Priesterschaften. Thutmosis war ein Kind, jedoch auch ein Tyrann, der sie unbewusst vernichten konnte. Sie ließ die Darbietungen beenden und hoffte darauf, dass Thutmosis bald müde wurde und nach seinem Bett verlangte. Ihr Neffe saß jedoch noch immer schmollend an ihrer Seite, als die Ersten von Itis Begleitern bereits hinter vorgehaltenen Händen zu gähnen begannen. Hatschepsut tauschte einen Blick mit Hui, die den ganzen Abend stumm neben ihr gesessen hatte und den Blicken Itis ausgewichen war. Huis Augen schienen Hatschepsuts Befürchtungen zu bestätigen. Sie konnte nicht länger warten und darauf hoffen, dass die Laune des Einzig Einen sich besserte. Eher würde Thutmosis noch ungenießbarer werden. Sie musste endlich zur Sprache bringen, weshalb sie nach Memphis gekommen war, so ungünstig der Zeitpunkt auch gewählt war. Hatschepsut wandte sich mit, wie sie hoffte, überzeugender Freundlichkeit an Iti. „Ich hoffe, Meine Majestät konnte dich von ihren guten Absichten überzeugen, Oberpriester des Ptah. Der Falke erfreut sich bester Gesundheit und ist der Herr des gesamten Hofstaates, wie du siehst."

Iti wischte sich gewichtig mit der Hand über den Mund, während er sie mit harten Augen ansah. Ihre Freundlichkeit beeindruckte ihn nicht. Hatschepsut wurde klar, dass Itis Abneigung gegen sie zu groß war, als dass er das Bild, welches er sich von ihr geschaffen hatte, verändern wollte. „Was die Besoldung des Heeres angeht ...", begann er zu sprechen und überhörte ihre Frage geflissentlich.

„Ich bin überhaupt nicht der Herr im Palast!, plapperte Thutmosis auf einmal in seiner anerzogenen Gewichtigkeit. „Sie sagt mir ständig, was ich tun und sagen soll und verbietet mir alles. Sie ist eine gemeine Lügnerin!"

Im Saal wurde es still. Die Höflinge begannen an ihren Blumenkränzen zu nesteln und ihre Gewänder glatt zu streichen. Der Flügelschlag eines Nachtfalters wäre in der Stille zu hören gewesen. Hatschepsut meinte, sich an ihrem Wein zu verschlucken, und sogar Hui hielt die Luft an. Thutmosis sprang auf und wies anklagend mit dem Finger auf Hatschepsut. „Ich hasse sie! Sie will meinen Thron!"

Das kann nicht aus seinem Herzen kommen, dachte Hatschepsut der Verzweiflung nahe. Irgendjemand hatte ihm diese Worte ins Ohr geträufelt. *Mutnofret!* Hatschepsut verfluchte sich selbst dafür, dass sie der verschlagenen Königswitwe erlaubt hatte, Thutmosis zu sehen und Zeit mit ihm zu verbringen. Doch da sie ihm bereits die Mutter hatte nehmen müssen und Mutnofret ihr keinen Grund geboten hatte, sie von Thutmosis fernzuhalten, hatte Hatschepsut es nicht über ihr Herz gebracht, auch noch das letzte vertraute Gesicht aus seinem Leben zu reißen.

Iti starrte Hatschepsut feindselig an und erhob sich dann langsam und drohend wie ein alter Löwe. Seine Priester folgten ihm hingegen schnell, gleich treuen Hunden. Itis Augen glänzten vor Gehässigkeit, als er sich von ihr abwenden wollte.

„Ich habe dir nicht erlaubt, dich zu erheben“, bemühte sich Hatschepsut mit befehlsgewohnter Stimme, die aus dem Ruder gelaufene Unterhaltung zu retten. Iti ließ sich nicht beeindrucken und wandte sich betont huldvoll an den vierjährigen Thutmosis, der in Siegerpose mit in den Hüften gestemmten Fäusten dastand. „Einzig Einer, erlaubst du mir, deinem ergebenen Diener, mich zurückzuziehen?“

Thutmosis, begeistert davon, endlich einmal nicht derjenige zu sein, dem man Verbote aussprach, nickte zufrieden und tat eine ausladende Handbewegung. „Ich erlaube es dir!“

Iti wartete nicht auf eine Entgegnung Hatschepsuts, und sie wusste im gleichen Augenblick, dass der Oberpriester sich sicher fühlen konnte. Das gesamte in Memphis ansässige Heer war auf seiner Seite. Hatschepsut sah hilflos zu, als er und seine Begleiter ihr den Rücken zuwandten und den Bankettsaal verließen. Die Höflinge schwiegen betreten in Anbetracht der Peinlichkeit, während Thutmosis Hatschepsut auslachte. „Ich bin der Pharao! Ab heute musst du tun, was ich dir sage!“ Seine vollen Wangen waren gerötet vor Lachen. Mit dem Unterbewusstsein eines Kindes schien er zu fühlen, dass er hier in Memphis tun und lassen konnte, wonach es ihm beliebte. Als Hatschepsut die Dienerinnen anwies, ihn zu Ipu in seine Gemächer zu bringen, kreischte und schlug Thutmosis nach den Frauen, wobei er einer von ihnen sogar mit seinen Fäusten ein Auge blau schlug. „Ich will mein Heer sehen. Wenn du es mir nicht erlaubst, dann lasse ich Iti rufen, damit er die Soldaten auf dich hetzt!“ Thutmosis tobte vor Zorn, während er schließlich von zwei jungen Dienern weggetragen wurde.

Hatschepsut sank in sich zusammen und sah unglücklich Hui an, die ihre Hand nahm. „Eine anständige Erziehung und eine ordentliche Trachtprügel würde ich ihm geben, wenn ich nur könnte“ flüsterte sie müde. „Ich dachte, dass ich niemals so hilflos gewesen sei, wie unter der Herrschaft meines zu Osiris gegangenen Bruders. Doch jetzt muss ich erkennen, dass ein vierjähriges Kind in der Lage ist, mir zu befehlen.“

Hui beugte sich zu ihr hinab, und ihre Augen waren mit einem Mal so voller Zuversicht, dass Hatschepsut sich fragte, woher sie diese nahm. „Vertrau auf Amun, meine Königin. Bald wirst du dich nicht mehr von einem Kind herumschubsen lassen müssen.“

„Dafür ist es zu spät, Hui. Es ist so einfach für Thutmosis, mich zu vernichten. Warum hasst er mich so sehr? Dieser Knabe ist wie mein Brudergemahl, der bei Osiris weilt."

„Er ist ein vierjähriges Kind, meine Königin ... ohne Bedeutung", entgegnete Hui bestimmt und begann dann die Diener anzuweisen, die Speisen abzutragen.

Hatschepsut fand in dieser Nacht kaum Schlaf. Sie wälzte sich in den Laken herum und starrte auf die von den langsam verlöschenden Feuerbecken beleuchteten Wände ihrer Räume. Dieser Pharao, der dort in einer Jagdszene auf einem Binsenboot stand, das Wurfholz in der erhobenen Hand, während er auf einer anderen Wand in Begleitung seiner Königin und zweier Töchter Gäste empfing – war auch er ein verwöhntes Kind gewesen, bevor er seinem Land Segen und Wohlstand brachte? Würde dieses Kind einer Nebenfrau und ihres Brudergemahls jemals zu einem Gott werden, der sein Land liebte? Würde sie es über ihr Herz bringen, diesem jähzornigen Knaben Nofrure zu überlassen? Erst um die neunte Stunde von Res Nachtfahrt schlief Hatschepsut erschöpft von ihren eigenen Gedanken ein. Früh am Morgen, noch bevor die Höflinge erwachten, trat Hui leise an ihr Lager und legte die Hand auf ihre Schulter. Als Hatschepsut die Augen aufschlug, wunderte sie sich über Huis zerzaustes Haar und ihre verwischte Schminke. Ein staubiger Geruch schien an ihr zu kleben, wie Fliegen an einem Stück Fleisch. Hatschepsut überlegte angestrengt, wo sie ihn bereits gerochen hatte, während sie sich den Schlaf aus den Augen rieb. Dann fiel es ihr ein. Mit einem Ruck fuhr sie von ihrem Lager hoch und starrte ihre Dienerin entsetzt an. „Hui! Was hast du getan?"

Ihre Dienerin zog sich ihren Umhang fester um die Schultern, als wolle sie sich vor der kaum vorhandenen Kühle des Morgens schützen. Sie lächelte selbstbewusst wie immer, doch ihre Augen verrieten das Opfer, welches sie gebracht hatte. „Ich war bei Iti und habe ihm gegeben, was er begehrt ... und er wird nicht mehr gegen dich sprechen, noch versuchen, sich gegen dich zu stellen. Nun kannst du dich endlich dem Heer widmen."

Kälte kroch nun auch durch Hatschepsuts dünnes Nachtgewand. Was wollte Hui ihr damit sagen? Dass dieser verstockte Mann Zugeständnisse gewaltigen Ausmaßes gemacht hatte, nur weil Hui sich ihm hingegeben hatte? „Hui, was hast du ihm versprochen? Iti ist kaum der Mann, der sich durch eine Liebesnacht bestechen lässt."

Hatschepsut konnte sehen, wie sich Huis Gesicht bei ihren Worten verschloss, so wie es Senenmut stets gehalten hatte, wenn sie versuchte, ihm seine Geheimnisse zu entlocken. „Du musst mir vertrauen. Iti begehrt etwas von mir, dass er mehr will als meinen Leib. Ich verspreche dir - du hast nichts mehr von ihm oder den anderen Priestern zu befürchten."

Da Hatschepsut sie zweifelnd ansah, packte Hui sie bei den Schultern, als wolle sie damit die vergangene Nacht und alle Erinnerungen daran abschütteln. In ihren Augen spiegelte sich einmal mehr der begehrliche Ausdruck, den Hatschepsut von sich selbst so gut kannte. „Ich habe dir versprochen, dass ich dein Ka in Memphis sein würde. Ich habe mich selbst geopfert, um Amuns Traum wahr zu machen. Und nun, Pharao, geh deinen Weg und herrsche!"

Alles in Sarys Kopf drehte sich, während er durch die Straßen von Memphis taumelte. Blauweiße Wimpel flatterten hoch über dem Palastgebäude, und sogar die Ärmsten hatten blaue und weiße Leinenfetzen über die Schwellen ihrer Türen gehängt – die Farben des Horus! Um Sary herum feierten die Menschen in den Straßen, und nur vereinzelte verstohlene Flüche mischten sich unter den Festgesang und unter die Klänge der Trommeln und Doppelflöten. Hatschepsut hatte Memphis erobert. Sie war in ihren Prachtgewändern, den hohen Federn und glänzend von Gold erschienen, und hatte die Herzen der Menschen mit ihrem Zauber belegt. Solches, so wusste Sary, war Hatschepsut schon immer vortrefflich gelungen. Wer einmal der Gottestochter in die Augen sah, erblindete ... so war es seinem Bruder ergangen, so war es den Männern im Goldland ergangen und sogar den Fürsten von Kerma. Nur Sary erblindete nicht, denn wer nur noch ein Auge besaß, konnte sich nicht erlauben, es mit Blindheit schlagen zu lassen. Hinter ihm schoben und drängten die verschwitzten Leiber vorwärts, und Sary wurde in einen Wust aus Menschen gedrängt, die sich um zwei Tanzmädchen geschart hatten. Ihre schlanken Leiber, nur mit einem Schmuckband um die Hüften bekleidet, bogen und dehnten sich hingebungsvoll zum Klang der Musik. Es stank! Zwiebeln und Bier, schlechter Wein, Schweiß und faule Zähne – all dieses nahm Sarys Nase wahr, während er aus den sich drängenden Leibern ausbrach und in den Sand der Straße ausspie. Alles war voller Dreck und Unrat, und allesamt waren sie gierige und lüsterne Schwachköpfe! Wie lange war er bereits in Memphis - zwei Tage oder waren nur wenige Stunden vergangen, seit die königliche Barke am Landungssteg angelegt hatte? Seit die Regentin erschienen war, benahmen sich die Menschen wie Vieh, und Sary hätte jeden Einzelnen von ihnen anspeien mögen. Vor den Häusern waren Feuerbecken entzündet worden, und der Wein, welchen Hatschepsut hatte unter die Bewohner von Memphis verteilen lassen, floss dunkel und rot durch ihre gierigen Kehlen. Auch Sary hatte getrunken, zu viel, wie er selbst wusste, aber es half ihm, das Brennen in seinen Eingeweiden erträglicher zu machen. Zumindest gab es Zeiten, wo es half. Doch heute schienen die Götter keinerlei Gnade mit Sary, dem Einäugigen, zu kennen, und kein Wein schenkte ihm Linderung, kein Gebet Trost, kein Schlaf Vergessen. Memphis feierte die Ankunft der großen königlichen Gemahlin

Hatschepsut und des fetten goldenen Schweinchens, das sie auf den Thron der beiden Länder gehoben hatte. Ein Betrunkener, der Sary im Vorbeigehen mit der Schulter anstieß, entschuldigte sich wortreich und mit schwerer Zunge, während er seine schmutzigen Hände auf Sarys Schulter legte. Sary stieß ihn fort, außer sich vor Ekel und Zorn, sodass der Mann mit einem empörten Schrei in den Sand der Straße fiel. Sary setzte seinen Weg fort – mitten durch den Jubel, den Gestank und den nicht enden wollenden Wahnsinn, immer weiter, ohne Ziel, ohne Verstand und ohne innezuhalten. Seine Männer hatte er längst im Trubel der Feiernden verloren. Month mochte wissen, in welchen Schenken und Hurenhäusern sie sich herumtrieben. Zwar hatten sie Sary eingeladen, mit ihnen zu kommen und Vergessen im Wein und den Armen der Huren zu suchen. „Du solltest dein Feuer zwischen den weichen Schenkeln eines Weibes löschen, Kommandant", hatten sie scherzend und mutig geworden in ihrer Trunkenheit gesagt und ihm ein Mädchen hingeschoben, dessen Blüten- und Blumenkränze stark und betörend geduftet hatten. Sie war arm gewesen, aber jung und mit dem zierlichen Leib einer Tempeltänzerin. Sary wäre tatsächlich beinahe der Versuchung erlegen – wie lange hatte er keine Frau mehr gehabt! Früher wurde er von den Frauen begehrt und hätte nicht einen Kupferring für eine Liebesnacht gezahlt. Doch das gehörte der Vergangenheit an, denn dieser neue Sary mit seinen Narben und dem ausgeschlagenen Auge, erschreckte die Frauen eher, als dass er sie betörte. Als das Mädchen ihren Mund öffnete und lächelte, entblößte sie schlechte Zähne. Der Ekel, den er mit einem Male bei ihrem Anblick und ihrer Berührung empfand, ließ ihn ahnen, was die Frauen dachten, die ihn ansahen. Sary hatte sie von sich geschoben und seinen Männern überlassen. Dann war er allein weitergezogen. Das tat er nun bereits seit zwei Tagen und zwei Nächten. Die Götter mochten wissen, was im Palast der Regentin vor sich ging. Ihre Dienerin Hui war bei ihm erschienen und hatte Sary mit höflichen jedoch kühlen Worten erklärt, dass die Regentin seine Dienste in den nächsten Tagen nicht benötigen würde. Es war ihm gleich gewesen, und Sary hatte auch nicht nachgefragt, weshalb sie ihn nicht brauchte, um ihr Leben zu schützen, nachdem Memphis ihr bei der Ankunft ein Antlitz voller Feindseligkeit gezeigt hatte. Jetzt wünschte er sich, dass er Hui gefragt hätte, denn die ausgelassenen Feiern wiesen darauf hin, dass die Gesinnung der Priesterschaft gegenüber der Regentin sich verändert hatte. Welchen bösen Zauber hatte sie angewandt? Sary legte eine Hand vor Mund und Nase, da der Gestank auf den Straßen beißender wurde. Die Betrunkenen schissen in jede noch nicht besudelte Ecke und erbrachen sich vor den Häusern. Sogar in den Schenken und Wohnräumen trat man in Kot und in Erbrochenes. Es war ein Fest der Huren, erträglich und willkommen, und auch sie stanken nach dem Samen der vielen Männer, die über sie gerutscht waren in den letzten zwei

Tagen. Kaum einer von ihnen blieb die Zeit sich zu waschen. Die Männer gaben sich an ihren Häusern die Tür in die Hand – selbst die alternden Huren machten gute Geschäfte. Sary passierte gerade eine pissende Reihe von Betrunkenen, als eine Hand ihn am Harnisch festhielt, kraftvoll und fordernd wie die eines Soldaten. „Gesundheit, Leben und Wohlergehen, großer Heerführer. Die Götter jubeln, doch du scheinst mir verloren gegangen zu sein im endlosen Freudentaumel. Komm mit mir und finde ein wenig Ruhe in meinen Armen."

Sary blieb stehen und starrte das Mädchen aus seinem glühenden Auge an. Kurz zuckte sie zurück, als sie sein entstelltes Gesicht sah, doch dann lächelte sie wieder – Huren durften nicht wählerisch sein, und Sarys Aufmachung zeigte ihr, dass er kein einfacher Soldat war und sie für ihre Dienste entlohnen konnte. „Ich will nicht feiern, ich will mich betrinken, Frau", gab er ablehnend zu verstehen und wollte sich bereits an ihr vorbei zwängen. Doch sie war dreist und stellte sich ihm erneut in den Weg. „Aber du solltest eine Rast einlegen auf deinem Weg, mein einäugiger Held. Wein gibt es auch in meinem Haus, und er schmeckt besser als das, was hier auf den Straßen ausgeschenkt wird."

Wie anzüglich ihr Lachen klang und wie ihre Brüste sich unter dem eng anliegenden weißen Leinen abzeichneten. Sary spürte, wie sich gegen seinen Willen Lust in ihm zu regen begann. Sie duftete nach einem schweren Öl, Jasmin vielleicht, und ihre Haut leuchtete wie flüssiges Gold im Licht der vielen Feuer. War sie schön? Zumindest war sie Ägypterin mit den klaren Zügen der Menschen aus dem Delta, und jung war sie auch, keine zwanzig Nilschwemmen alt. „Zeig mir deine Zähne", forderte Sary, und sie öffnete ihre vollen Lippen und entblößte makellose Zahnreihen. „Wie viel?", wollte Sary wissen und hasste sich dafür. Wie weit war es gekommen, dass er für den Leib einer einfachen Straßenhure bereit war zu zahlen. Sie antwortete ohne Umschweife. „Einen Kupferring für eine einmalige Freude deiner Lenden, drei Kupferringe, wenn du die Nacht bei mir bleiben willst. Für Vorlieben unnatürlicher Art musst du mehr Kupfer geben."

„Keine unnatürlichen Vorlieben", knurrte Sary, da sein Min bereits angeschwollen war. Sie hakte ihn am Arm unter und zog ihn ein paar Schritte weiter. „Du bist ein glücklicher Mann. Mein Haus ist gleich hier."

Sary verzichtete darauf, der Hure zu antworten, die leichtfüßig vor ihm die Stiege zu ihrem Schlafraum hinaufging, und starrte stattdessen auf ihren straffen Arsch. Was wusste diese Hure schon, was für ein Mann er war! Hätte sie es gewusst, sie hätte ihn nicht so freimütig mit in ihr Haus genommen.

„Zieh dich aus und wasch dich ... ich mag keine stinkenden Männer auf meinem Lager." Jetzt, da sie ihr Reich betreten hatten, das aus einem kargen Raum mit einer einfachen Schlafliege, einem kleinen Götterschrein für Hathor, sowie einem Tisch und zwei Stühlen bestand, schlug sie einen anderen Ton an. Dies hier war ihr Palast, in dem sie die Regentin war. Sary musste unvermittelt kichern, zumal die Art, wie sie durch ihren Raum ging, beinahe der Gang einer Palastfrau war – aber wie sollte die Hure das ahnen.

„Was lachst du so dumm?" Verärgert über seine Belustigung blieb sie vor ihm stehen. Sie war bereits dabei ihr Gewand abzulegen, während ein nubisches Mädchen mit einer Wasserschüssel den Raum betrat und diese vor Sary abstellte.

„Wie ist dein Name?", wollte Sary wissen, während er sich fragte, ob die Brühe in der Schüssel nicht dreckiger war als er selbst. Sie zuckte die Schultern. „Gib mir einen Namen, der dir gefällt. Du hast dafür bezahlt!"

Sary legte seinen schweren Harnisch und seinen Schurz ab und starrte auf sein prall geschwollenes Min. Anerkennend pfiff sie durch die Zähne, wobei sie die welken Blumenkränze aus ihrem Haar zog. „Du hast wohl lange keine Frau mehr gehabt. Warst du lange fort aus den beiden Ländern, und hast du dein Auge im Kampf verloren?"

„Haatsch werde ich dich nennen", teilte Sary der Hure statt einer Antwort mit, da ihm kaum daran gelegen war, eine Unterhaltung mit ihr zu beginnen. Sie zuckte die Schultern, um ihm zu zeigen, dass auch ihr nicht wirklich an einer Unterhaltung gelegen war. „Das ist ein seltsamer Name, aber meinetwegen." Sie legte sich mit gespreizten Schenkeln auf das Laken ihres Lagers, auf das sicherlich vor Sary unzählige Männer ihren Samen verspritzt hatten, und winkte ihn heran. Eine Weile betrachtete Sary das dargebotene Fleisch zwischen ihren Beinen, purpurn und zart, obwohl es doch bereits am verderben war – Sary meinte es riechen zu können wie Fisch, der in der Sonne zu verfaulen begann. Doch sein Min forderte, darüber hinwegzusehen. Mit ein paar Schritten war er bei ihr und warf sich auf sie. Dabei schob er ihre Beine noch weiter auseinander. Sein Min pochte und hämmerte unerträglich, als Sary es tief hinein in das weiche Fleisch stieß, und er verharrte mit einem erleichterten Stöhnen, als er die Wärme und Nässe ihres Schoßes fühlte. Zuerst lag sie mit geschlossenen Augen unter ihm wie geschlachtet, doch als Sary keine Anstalten machte sein Becken auf sie niederzustoßen, öffnete sie ungeduldig die Augen und sah ihn fragend an. „Was ist los, Soldat? Beweg endlich deinen Arsch!"

Diese Worte! Sie trafen Sary gleich einem glühenden Schwert in seine Eingeweide, zerschnitten Sehnen und Muskeln, vergifteten sein Blut und zerstörten den angenehmen Frieden, welchen ihr Fleisch ihm verheißen hatte. Er sah auf, und meinte, Nuts himmlischer

Leib würde über ihm einstürzen. Seine Augen schienen trüb zu werden, und der Raum verschmolz zu einem unkenntlichen Brei. Dann schärfte sich sein Blick wieder und er stieß einen erschrockenen Schrei aus. Sie waren nicht mehr allein. Vor dem Lager der Hure stand eine Gestalt ... ein Mann! Sary schnürte sich die Kehle zu. Es konnte nicht sein, unmöglich! Dort stand Ameni, und Sary erkannte ihn an seinem Leib und dem Harnisch der Palastwachen. Dem Gesicht fehlten Nase, Augen, Lippen und Zunge. Eine hässliche Fratze starrte ihn aus tiefen schwarzen Augenhöhlen an, und das faulige Fleisch seines Bruders war schwarz verfärbt. „Ameni?“, flüsterte er voller Angst. Die Gestalt rührte sich nicht, und sie sprach nicht. Wie sollte sie auch sprechen ohne Zunge! Sary wusste, dass es der zornige Ach seines Bruders war, der ihn aus der Unterwelt heimsuchte. *Beweg deinen Arsch, Soldat*, vernahm er plötzlich die Stimme seines Bruders in seinem Herzen und wusste, dass mit diesen Worten der große Verrat an Ameni begonnen hatte.

„Bei Hathor, jetzt fang endlich an ... ich habe nicht die ganze Nacht Zeit für einen Kupferring!“ Sary erwachte wie aus einem Traum, als die Hure ihm mit der flachen Hand auf sein Hinterteil schlug, um ihn anzuspornen.

Zorn flammte in Sarys Herzen auf und ließ Feuer, rot wie Blut vor seinem Auge aufflackern. Der Leib seines Bruders löste sich auf, und er fühlte nur noch die Wut auf Hatschepsut. Warum hatte sie nicht die Hände von Ameni lassen können? Sie war der Anfang allen Übels und aller Schuld. In Sarys Körper kam Bewegung. Mit unbändiger Wut begann er in den Leib unter sich hineinzustoßen – immer tiefer, immer verzweifelter. Sein Min riss mit grimmiger Befriedigung das empfindliche faule Fleisch auf und schlug Wunden, wie er es sonst auf dem Schlachtfeld mit seinem Schwert tat. Aber dies hier war ein Schlachtfeld! Amenis Ach war erschienen ... es forderte Rache für das an ihm begangene Unrecht!

„Nicht so grob“, begehrte die Hure ungehalten auf. Ihre Hände hämmerten gegen seinen schweißnassen Brustkorb. Doch Sary konnte nicht aufhören – er wollte nicht aufhören! Alles in ihm verlangte nach Rache, und er senkte seine Lippen auf ihre pralle Brust und schlug die Zähne in ihr Fleisch. Als die Hure aufquiekte wie ein Schwein, schlug Sary ihr mit der Faust ins Gesicht, dass ihr das Blut aus der Nase quoll. Sie schrie, als würde sie von einem Raubtier zerrissen. „Runter von mir, verfluchtes Schwein. Du bist nicht beieinander.“ Mit ihren Händen versuchte sie, seinen schweren Leib von dem ihren zu schieben, doch Sary packte grob ihre Arme und drückte sie zurück auf das fleckige Laken. „Haatsch, du elende Hure“ quetschte sein Mund mühsam die Worte hervor, während er nicht aufhörte, in sie zu stoßen.

„Ich bin nicht Haatsch ... hörst du mich nicht? Mein Name ist Sati!“ Sie kreischte und kämpfte unter ihm wie eine Gazelle, die von einem Löwen zerrissen wird. In ihrer

Verzweiflung biss sie sich in seinem Unterarm fest. Sary spürte Funken des Schmerzes auf ihn einprasseln, die seinen Zorn ins Unermessliche trieben. Wie eine Welle aus Feuer spülte der Schmerz seinen Verstand weit fort, doch er gab sein zappelndes Opfer nicht frei. Schließlich umfasste er mit beiden Händen ihren Hals und drückte sie zurück auf das Lager. Die Größe seiner Hände genügte, ihren Hals zu umfassen und er drückte zu und betrachtete voller Erregung, wie ihre vor Angst weit aufgerissenen Augen aus den Höhlen heraustraten und ihrem Mund gurgelnde Laute entfuhren. Ihre Zunge schwoll an und zuckte hilflos in ihrer Mundhöhle. Aber für Sary war es kein Mund, es war die Pforte zur Unterwelt, aus der es stank, wie der vielfältige Tod auf dem Schlachtfeld. Dann nahm auch ihr Gesicht die Farbe des Purpur an. Mit letzter Kraft versuchte sie, ihn mit ihren strampelnden Beinen abzuwehren. Doch sie zuckten nur kraftlos, wie es die Läufe einer erlegten Gazellen taten, bevor der Jäger ihr die Kehle durchtrennte. Sary genoss es, ihren Widerstand zu brechen, während er in ihr war und über ihr und selbst voller Kraft blieb. *Ich bin nicht mehr länger das Tier, das du in einen Käfig sperrst, Haatsch! Ich habe die Macht über dein Leben.* Als Sary sich in ihren Schoß ergoss, stöhnte er erleichtert auf und ließ es geschehen, bis das Feuer seiner Eingeweide endlich erloschen war - dann sackte er auf ihr zusammen, grub seinen Kopf zwischen ihre Brüste und atmete schwer. Er stemmte sich schwerfällig hoch, als der Geruch von Kot in seine Nase stieg, und sah unbeeindruckt in ihr starres Gesicht. Alle ihre Muskeln erschlafften, und das, was sie dabei verlor, stank erbärmlich. Die befreiende Erregung war verklungen – vor ihm lag nicht mehr Hatschepsut, sondern nur eine Straßenhure. Ameni war fort. Sary hatte jedoch keine Eile, sich von dem noch warmen Fleisch zu lösen. In seinem Leben hatte er zu viele Tote gesehen und oft genug selbst den Tod gebracht, als dass dieses erloschene Leben ein weiteres Gewicht der Schuld auf sein Herz zu legen vermochte. *Faules Fleisch!* Angewidert schob er sich von der Hure hinunter und ging hinüber zur Waschschüssel. Dort wusch er den ekelerregenden Gestank nach altem Fisch, das aufdringliche Duftöl und die Reste seines Samens von seinem erschlafften Min. Hoffentlich hatte die Hure keine Krankheit, die sie ihm angehängt hatte. Sary wickelte sich seinen Schurz um die Hüften, befestigte seinen Harnisch über der Brust und verließ den kargen Raum ohne sich noch einmal umzusehen.

Hatschepsut entfuhr ein wohliges Seufzen, als Hui die verspannten Muskeln ihres Rückens zu kneten begann. Im Badehaus duftete es nach frischem Wasser, Blüten und feinen Ölen, und der Sockel aus Traventin, auf dem Hatschepsut ausgestreckt auf dem Bauch lag, kühlte ihre erhitzte Haut. Es war ein von den Göttern gesegneter Tag gewesen, und nur zu gerne hätte sie sich für den Rest des Abends der Trägheit und des Müßiggangs hingegeben.

„Deine Muskeln sind hart wie die eines Mannes“, sinnierte Hui ohne Vorwurf in ihrer Stimme, wie es Ipu stets zu tun gepflegt hatte. „Ein vortrefflicher Leib ... eines Horus würdig.“

Meine Haut ist aus Gold, und meine Knochen aus Silber ... Hatschepsut schloss die Augen - ein herausragender Tag war es für sie ohne Zweifel gewesen, obwohl es der Tag ihres Neffen hätte werden sollen. Amun selbst schien an ihrer Seite zu sein und sie zu erfüllen, seit Hui in dieser schicksalhaften Nacht ihren Leib dem Oberpriester des Ptah überlassen hatte. Obwohl es Hatschepsut nach wie vor ein Rätsel war, war Iti nur allzu schnell bereit gewesen seinen Missmut abzulegen, und seit die anderen Priesterschaften erkannten, dass Iti sich Hatschepsut nicht mehr in den Weg zu stellen schien, hatten auch sie ihren Widerstand aufgegeben.

„Siehst du, Hatschepsut ...“, hatte Hui mit dem ihr eigenen unerschütterlichen Selbstvertrauen zu verstehen gegeben, „ ... nichts ist von ihrem Zorn geblieben. Amun bezwingt die Herzen der Wankelmütigen.“ Hatschepsut wünschte sich nichts mehr, dass es so war, wie Hui behauptete! Die Wandlung Itis war ihr unverständlich, aber Hui verweigerte weiterhin stur Antworten über ihre Abmachung mit dem Oberpriester des Ptah. Es sollte für Hatschepsut einfach sein zu glauben, und nach all den wundersamen Offenbarungen der vergangenen Nilschwemmen sollten sie keine Zweifel mehr quälen. Aber noch immer schien ihr alles, was um sie herum geschah, unwirklich. Es konnte nicht so einfach sein, die Herzen der Menschen, die voller Feindseligkeit waren, zu gewinnen. Trotzdem hatte sie die Gunst des Augenblickes klug genutzt und den obersten Priestern der Heiligtümer großzügige Zuwendungen versprochen. Danach hatte Hatschepsut Wein unter die Bewohner von Memphis verteilen und zwei Festtage zu Ehren des jungen Horus ausrufen lassen; und nach dem Misstrauen und der Furcht, welche die Menschen in Memphis seit Mondumläufen plagten, hatten ihre Herzen die Feierlichkeiten wie trockener Wüstensand aufgesogen und bereitwillig angenommen; zumal Iti verkünden ließ, dass Ptah die Festlichkeiten mit Wohlwollen sah. Die erleichterten Menschen hatten sich an Süße und Hoffnung gelabt, und Hatschepsut wusste, dass sie gut daran getan hatte, nach Memphis zu kommen, obwohl Hapuseneb versucht hatte, es ihr auszureden. Hatschepsut schloss die Augen und fühlte sich schwindelig. Sie musste endlich beginnen zu glauben und nicht mehr an Amuns Weisungen zu zweifeln. „Hui, am heutigen Abend muss Amun noch einmal an meiner Seite sein“, sinnierte sie, während Hui damit begann, die festen Backen ihres Gesäßes zu kneten. „Amun ist an deiner Seite, denn du bist seine Tochter“, gab ihre erste Dienerin mit Überzeugung zur Antwort.

„Das bin ich“, bestätigte Hatschepsut und wurde einmal mehr von ihrem Herzen gequält, das ihr vorwarf genau das zu sein, was alle in ihr vermutet hatten. Es hätte der Tag des jungen Horus Thutmosis Menkheperre sein sollen – doch es war der Tag der Regentin Hatschepsut geworden! Hatte Hui es geahnt oder gar gewusst, als sie zu Iti gegangen war?

An der Seite des herausgeputzten Thutmosis hatte Hatschepsut sich am Morgen zu den Garnisonen des Heeres begeben, da Thutmosis ihr wieder einmal in seiner kindlichen Überheblichkeit gedroht hatte. „Ich bin der Pharao, und ich will endlich meine Soldaten und die Streitwagen sehen!“

Trotzdem hatte Thutmosis sich mit aller Kraft an Ipu geklammert, nachdem Hatschepsut ihm erklärt hatte, dass seine Milchschwester Satjah ihn nicht begleiten könnte. Der Knabe hing sehr an Satjah, obgleich diese noch fast ein Säugling war. Wieder einmal war es Hatschepsut nur mit Mühe gelungen, Thutmosis dazu zu bewegen mit ihr gemeinsam auf dem Streitwagen zu stehen. So sehr Thutmosis sie auch verabscheute, schien er sie gleichzeitig zu fürchten wie die zornige Sachmet. Nur durch Ipus gutes Zureden hatte er sich gefügt und vor Hatschepsut gestellt. Beinahe tat er Hatschepsut leid, denn Thutmosis war so klein, dass er kaum über die Wände des Streitwagens hinwegschauen konnte. Einmal mehr wünschte sich Hatschepsut, Thutmosis größere Zuneigung schenken zu können. Im Gegensatz zu den Höflingen und den Priestern sah sie in ihm ein kleines Kind, das auf den Thron der beiden Länder gesetzt worden war und von allen, die ihn umgaben, wie ein Gott verehrt wurde. Wie sollte ein Knabe mit einer solchen Bürde umgehen außer mit Zorn und Angst? Hatschepsut wollte ihm Trost schenken, doch tief in ihrem Herzen gelang es ihr nicht, ihren Gleichmut ihm gegenüber zu überwinden. Er war nur ein Kind aber gleichzeitig eine Bedrohung für ihr Leben, wie sich gezeigt hatte. Vielleicht, so hoffte sie, würde der Knabe ihrem Herzen näher sein, wenn er älter wurde. Doch tief in ihrem Innern spürte sie, dass dies alles im Augenblick nicht wichtig war – die Soldaten verlangten danach ihren Horus zu sehen und ihm zuzujubeln ... und sie erwarteten, dass er ihnen ihre noch immer ausstehende Besoldung brachte. Hatschepsut war nach Memphis gekommen und hatte sich großzügig gezeigt, obwohl die Schatzkammern leer waren – nun konnte sie das Heer nicht mehr vertrösten! Leider, so wusste sie, konnte sie es ebenso wenig entlohnen. Einer, den Hatschepsut am heutigen Tage mehr denn je in ihrem Gefolge hatte haben wollen, war zu ihrem Unmut nicht erschienen. Als Hui begann ihre Oberschenkel zu massieren, fiel es Hatschepsut wieder ein, denn einer ihrer

Diener hatte ihr Beunruhigendes berichtet. „Du hast Sary fortgeschickt, ohne mir etwas davon zu sagen. Seit drei Tagen ist er bereits verschwunden."

Hui leugnete es nicht und fuhr stattdessen fort, die Beine ihrer Herrin mit kräftigen Strichen zu massieren. „Das ist wahr, Hatschepsut. Du brauchst ihn nicht."

Träge wandte Hatschepsut den Kopf und sah ihre Dienerin verärgert an. Hui war unverschämt und furchtlos zugleich, sogar ihr gegenüber. Immer öfter wunderte sich Hatschepsut darüber, dass sie gegen Hui nachsichtiger war, als bei allen anderen, die sie umgaben. „Ist es an dir, das zu entscheiden, Hui? Jeden anderen hätte ich bestraft! Warum bestrafe ich dich nicht? Ich darf nicht damit beginnen, meine Untergebenen eigenmächtige Entscheidungen treffen zu lassen."

Hui lächelte ihr zu wie ein Kind, dem man eine Süßigkeit geschenkt hat. „Du bestrafst mich nicht, weil du weißt, dass ich recht habe. Alles ist geschehen, wie Amun es wünscht und wie ich es dir vorausgesagt habe – nur noch ein kleiner Schritt auf dem Pfad deiner Bestimmung, und dann bist du Pharao. Außerdem ...", Hui war nun bei den Füßen ihrer Herrin angelangt und begann jede einzelne Zehe mit sanftem Druck zu kneten, „ ... außerdem ist der Kommandant deiner Leibwache gefährlich. Du solltest ihn aus deinem Dienst entlassen und weit fortschicken." Huis Stimme wurde eindringlich, und Hatschepsut lief ein kalter Schauer über den Rücken. Warum gelang Hui es so gut, sie zu verunsichern? Trotzdem schüttelte sie den Kopf. „Ich trage Schuld an Sary ... und wohin sollte ich ihn schicken? Er hat alles verloren ... seinen Bruder, sein Auge, sein Herz. Nein, Hui ... Sary muss an meiner Seite bleiben, denn nur ich vermag ihn zu bändigen. Er ist immer noch ein Sohn Kemets."

Hui schnalzte mit der Zunge, und ihre Stimme bekam einen abfälligen Klang. „Ein Sohn Kemets mag er einmal gewesen sein, doch nun ist er nur noch ein Tier. Ich sehe Wahnsinn in seinem Auge, Mordlust und Verwirrung. Und von Tag zu Tag schwindet mehr Menschliches aus seinem Blick ... ich rate dir, Hatschepsut. Schicke ihn fort!"

Das Blut schien durch ihren Körper zu fließen wie flüssiges Feuer, als Hatschepsut sich aufsetzte. War es der Zorn über die Worte oder Huis ausgiebiges Kneten, das sie innerlich zum Glühen brachte? Es gab niemanden, dessen Hände geschickter waren als die von Hui, aber auch niemanden, dessen Zunge spitzer war. „Sary bliebt in meinen Diensten."

„Wie du wünscht meine Königin."

Hui half Hatschepsut vom Traventinsockel und dann in einen sauberen Schurz mit Hemd. Danach kämmte sie ihr das Haar und schickte die Sklavin nach der Schminkpalette. Hatschepsut schloss die Augen, als Huis Hand leicht wie eine Feder über ihr Gesicht strich und ihre Augen mit Kohol umrandete. Die Linie der Brauen zog sie weit bis in die Schläfen.

Dann verbarg sie Hatschepsuts langes Haar unter dem blau-weißen Nemestuch mit der Uräusschlange und hielt ihrer Herrin einen Bronzespiegel vor das Gesicht. „Am Tag deiner Krönung werde ich dir das Haar abschneiden müssen ... ein geringes Opfer für die Gunst deines Vaters Amun."

„Da du mein Ka bist, wirst du ebenfalls dieses Opfer bringen müssen, Hui", gab Hatschepsut noch immer ein wenig erbost zurück. Dann hielt sie jedoch den Atem an und betrachtete ausgiebig ihr Spiegelbild. „Das Auge des Horus", flüsterte sie ehrfürchtig, dann nickte sie Hui zu. „Jetzt du, denn du musst mir gleichen wie das Bild im Spiegel."

Hui begann ihr eigenes Gesicht zu schminken. Mit geübten Handgriffen band auch sie sich einen Schurz um die Hüften, und Hatschepsut half ihr in Anbetracht des ungewöhnlichen Augenblicks eigenhändig, das Haar unter dem Nemestuch zu ordnen.

Verblüfft blickten sie sich an und betrachteten ihr Werk. „Ich meine in einen Spiegel zu schauen, wenn ich dich ansehe, Hui." Hatschepsut wurde bei Huis Anblick klar, dass es tatsächlich ein hervorragender Tag für sie gewesen war. Hui sprach die Wahrheit - es fehlte nur noch ein winziger Schritt – es war Zeit diesen zu tun und die Gunst dieses Tages zu nutzen, obwohl sie am Morgen kaum gewagt hätte, darüber nachzudenken.

Am Morgen war Hatschepsut mit ihrer Gefolgschaft und dem verängstigten Horus in die Garnison von Memphis auf ihrem Streitwagen stehend gefahren und hatte in ablehnende und feindselige Gesichter gestarrt. Die Männer hatten sich vor ihr und dem jungen Pharao verbeugt, als Hatschepsut die Reihen der Soldaten auf ihrem Wagen passierte. Polierte Schwerter und mit Rindertalg gefettete Harnische – die Kommandanten hatten dafür gesorgt, dass der Anblick des Heeres den Einzig Einen beeindrucken würde. Doch in den Blicken der Soldaten hatte Missmut gelegen, und sie waren den Anweisungen ihrer Kommandanten nur unwillig nachgekommen, den vierjährigen Horus mit Aufmärschen und Schaukämpfen zu unterhalten. Hatschepsut hatte den Hauch der Rebellion in ihrem Nacken gespürt, denn obwohl die Männer gewusst hatten, dass ihr Herrscher ein vierjähriger Knabe war, wurde ihnen bei seinem Anblick klar, dass es sinnlos war, sich irgendetwas von Thutmosis zu erhoffen. Vor dem Thronpodest, auf dem ihr gelangweilter Horus saß, hatten sich zwar ihre Körper, jedoch nicht ihre Herzen verbeugt. Hatschepsut hatte im Goldland in die Herzen vieler Soldaten gesehen und gelernt, wie sie dachten und fühlten. Der Anblick des kindlichen Pharao beunruhigte die Männer mehr, als dass er sie versöhnte. Als wären sie aus einem Traum erwacht, erkannten sie, dass dieser Herrscher kein Schutz vor dem Chaos war, sondern eine Bürde, die es zu tragen galt. Wer würde sie gegen die Herrscher der feindlichen Nachbarländer anführen, wenn es zu Kriegen kam, und wer würde dafür sorgen, dass ihre

Familien sicher wären, wenn sie in der Schlacht fielen? Wer würde ihren Sold auszahlen? Es war unsinnig, Forderungen an einen Vierjährigen zu stellen, egal ob er der Sohn Amuns war oder nicht. Von den Priestern hörten sie jedoch auch, dass die Regentin kein Ohr für ihre Sorgen und Nöte hatte. An wen also sollten sie sich wenden? Einzelne Stimmen waren laut geworden, verhaltene Flüche, und in die für den Tag herausgeputzten Reihen war Unruhe gekommen. Die Kommandierenden hatten Mühe gehabt, die schwelende Rebellion im Zaum zu halten, die unter den verunsicherten Soldaten auszubrechen schien. Thutmosis war zu jung, um die umschlagende Stimmung wahrzunehmen. Angestiftet von der allgemeinen Unruhe war er von seinem Thronstuhl aufgesprungen und hatte vernehmlich gerufen. „Ich langweile mich und will zurück in den Palast!"

Dies war der Zeitpunkt gewesen, an dem der Gott Hatschepsut die Hand gereicht hatte. *Du weißt alles, was du wissen musst*, hatte ihr Herz ihr zugeflüstert, und in Anbetracht der gefährlichen Stimmung hatte es nur einen Lidschlag gebraucht, bis sie sich von der Empore erhoben und nach Bogen und Pfeilen verlangt hatte. Ihr Herz hatte hart gegen ihre Rippen geschlagen, denn es war nicht ungefährlich, sich unter die gereizten Soldaten zu begeben. Doch Hatschepsut hatte gewusst, dass sie handeln musste, um einen Aufstand des Heeres zu verhindern. Was diese Männer wollten, wonach ihre Herzen verlangten, war jemand, der in ihren Reihen ging und ihr Lied sang – und der ihnen ihre Unsicherheit nahm. Es war ebenso mutig wie gefährlich gewesen, einen der Soldaten aus der Garnison aufzufordern, ihren Wagen zu lenken. „Ich will mein Glück versuchen", hatte Hatschepsut selbstbewusst gerufen, während ihre Hände unmerklich gezittert hatten. Ein rasendes Heer war ein mordendes Raubtier, wenn es außer Kontrolle geriet. *Angst ist der Weg zur Niederlage!* Der spöttische Blick des Soldaten, als er hinter sie auf den Streitwagen stieg, hatte ein flaues Gefühl in ihrem Magen verursacht, doch Hatschepsut zwang sich ihrer Stimme Festigkeit zu geben und wies ihn an, das Gespann ebenso hart zu führen, wie er es in der Schlacht hielt. Er hatte es getan, mit großem Eifer, vielleicht in der Hoffnung, die Regentin würde wie ein Sack Getreide in den Sand fallen und sich zum Gespött machen. Doch keiner von Hatschepsuts Pfeilen hatte sein Ziel verfehlt – weder das unsichtbare in den Herzen der Soldaten noch die Zielscheiben auf dem Truppenübungsplatz. Die Soldaten hatten zuerst ungläubig geschwiegen und dann Hochrufe angestimmt. Als sie vom Wagen stieg und ihren Bogen einem der Kommandierenden gab, wusste Hatschepsut, dass in den Unterkünften der Soldaten am Abend über ihre Treffsicherheit gesprochen werden würde. Das unwillige Aufbegehren hatte sich zuerst in Schweigen und dann in verhaltene Achtung verwandelt; schließlich waren vereinzelte Hochrufe erklungen. Der Boden hatte unter ihren Füßen gezittert, als die Männer zum Zeichen ihrer Achtung ihre Schwerter an die Schilde schlugen.

Oben auf der Empore hatte der junge Horus gesessen und in die Hände geklatscht, angesteckt und mitgerissen von dem Trubel und den Hochrufen, die sich so unvermutet erhoben. Thutmosis hatte gejubelt, weil die Soldaten es ebenfalls taten und seine Hände erhoben, als wäre er es, dem ihre Huldigung galt.

Ja, es war ein vortrefflicher Tag für Hatschepsut gewesen, doch während die Menschen sich von Thutmosis abwandten und ihn zu übersehen begannen, hatte sie immer wieder an ihren Brudergemahl denken müssen, dem die Götter nur Schatten in der diesseitigen Welt gewährt hatten. Tatsächlich war auch für Pharao Thutmosis Menkheperre nichts von diesem Tag übrig geblieben als Schatten!

Hatschepsut straffte die Schultern und wischte die Bedenken ihres Herzens zur Seite. „Sind sie alle erschienen?"

Hui legte die blank polierte Scheibe, in der sie sich ausgiebig betrachtet hatte, zur Seite und nickte. „Alle Generäle, wie du es gewünscht hast und kein einziger der Priester. Ipu ist mit dem jungen Thutmosis in seinen Räumen, wie es dein Wunsch war."

Hatschepsut sah zur großen Flügeltür, hinter der die Diener bereits die Platten mit Fleisch auftrugen, Wein reichten, und hinter der die geladenen Gäste auf das Eintreffen der Regentin warteten. Nach dem heutigen Nachmittag waren sie gern erschienen, doch Hatschepsut fragte sich, wie überrascht sie sein würden, dass nicht die Regentin ihre Gastgeberin sein würde, sondern der Pharao. Würden sie sehen können, was sie sah, und würden ihre Herzen wissen, was sie wusste? Hatschepsuts Schritte schienen ihr unsicher und ihre Muskeln schlaff, als sie mit Hui zur Tür ging. Hui wies die wartenden Diener an, die großen Flügeltüren zu öffnen. Hatschepsut trat mit den ausladenden Schritten eines Soldaten in ihre Empfangshalle und betrachtete jeden der geladenen Gäste ernst und selbstbewusst. Die Generäle des Heeres tranken und speisten, lachten und unterhielten sich ausgelassen, dem Ausklang des Tages gedenkend, als Hatschepsut an ihnen vorbei zur Empore schritt. Kaum blickten sie auf, als die Tür sich öffnete, oder ließen von ihrem Wein und ihren Reden ab. Hui trat hinter Hatschepsut auf die Empore und nahm ihren Platz hinter dem Thronstuhl ein. Da endlich verstummten alle Gespräche, und die Männer blickten voller Unbehagen in die Gesichter der beiden Frauen. Die Ähnlichkeit irritierte sie ebenso wie die männliche Kleidung.

„Meine Majestät ...", begann Hatschepsut, ohne den verwirrten Generälen Zeit zu lassen ihre Gedanken zu ordnen „ ... hat viele Dinge in Kemet gesehen, welche gegen die Maat verstoßen. Den Tempeln hat Meine Majestät Gold versprochen für den Wiederaufbau und damit die Götter und Festtage die vergessen sind wieder Geltung haben mögen, nachdem die elenden Hyksos, die Re nicht kannten, vertrieben wurden. Mein zu Osiris gegangener Vater befriedete das Goldland und zwang die elenden Herrscher von Kerma in die Knie. Er brachte alle Länder wieder in den Schoß Kemets zurück, die abtrünnig geworden waren.“ Hatschepsut erlaubte sich eine kurze Pause, um das Gesagte auf ihre noch immer ungläubig starrenden Gäste wirken zu lassen. Dann fuhr sie fort. „Meine Majestät wird die vortrefflichen Taten ihrer Väter und Vorfahren fortsetzen, die Schatullen der Tempel und Kornspeicher des Landes füllen und den Göttern neue Heimstätten errichten, auf dass die Maat fortan wieder geachtet wird.“

Sie musterte jedes einzelne der anwesenden Gesichter. „Doch sagt mir, Generäle ... wie soll Meine Majestät dies, was ihr Vater Amun ihr auftrug, geschehen lassen, wenn ihre Hände leer sind? Gold floss reichlich, um zurückzuholen, was Kemet einst entrissen wurde, und nun muss das Erreichte gesichert werden. Meine Majestät braucht Kemets starkes Heer, und deshalb ist es mein Wunsch, die Garnisonen des Heeres zu stärken. Den ausstehenden Sold der Männer will Meine Majestät begleichen und neue Waffen und Harnische in Auftrag geben. Doch die Schatzkammern Kemets sind leer. Deshalb hört mich an: Meine Majestät wird neue Handelswege finden und Schätze nach Kemet bringen lassen, auf dass Amun zufrieden ist.“ Wieder schwieg Hatschepsut, bevor sie fortfuhr. „Und nun frage ich euch, die ihr die Obersten des Heeres seid ... der Horus ist ein Knabe, und es wird viele Nilschwemmen brauchen, bis er Kemet führen kann. Er kann euch an diesem Tag nicht entlohnen und auch nicht am morgigen. Doch *ich* kann euch führen, damit ihr die Handelswege erschließt, die Kemets Schatzkammern erneut füllen ... und wenn dies geschehen ist, so will ich euch mit Gold überhäufen und euer Vertrauen hundertfach vergelten.“ Hatschepsut bereitete sich innerlich zitternd auf die alles entscheidende Frage vor. „Werdet ihr Meiner Majestät folgen, und werdet ihr den Willen Amuns erfüllen?“

Das Schweigen der Männer schien sich wie eine schwere Granitplatte über Hatschepsut auszubreiten. Ihre Worte waren deutlich gewesen. Sie war eine Regentin, die vor ihnen saß wie ein Pharao, während der Falke nichts ahnend mit seinen Holzpferden spielte. Sie sahen das Bild eines Herrschers vor sich, hinter dem der Ka eines Königs stand ... wie sollten sie sich erklären, was dort vor ihren Augen vor sich ging. Ihre Welt geriet ins Taumeln und stürzte kopfüber in den Unterweltsfluss. Ratlosigkeit machte sich unter ihnen breit. War es Maat, Hatschepsut zu folgen, die so offensichtlich der machtvolle Zauber Amuns umgab, oder sollten sie aufstehen und gehen, da sie ihrem gesalbten Gott Treue geschworen hatten? Hatschepsut begann im Herzen zu verzagen. Einer der Generäle, ein älterer Mann mit Narben auf Armen und im Gesicht, der bereits unter ihrem zu Osiris gegangenen Vater gedient hatte, starrte die gebratene Ente auf seinem Teller an, ein anderer, jünger, jedoch mit dem sehnigen Körperbau eines gedrillten Soldaten, suchte in seiner Ratlosigkeit den Blick eines anderen, der wiederum zweifelnd Hatschepsut ansah, deren mit Kohol umrandete Udjataugen ihm Furcht einflößten. *Überwindet eure Angst und lasst eure Augen sehen, was Maat ist*, betete Hatschepsut stumm. Schließlich, als Hatschepsut glaubte, sie würde keinerlei Antwort mehr erhalten, erhob sich der Älteste von ihnen langsam und ging zögernd vor Hatschepsuts Thronstuhl in die Knie. „Ich, Nacht, dem Amun nicht umsonst den Namen Der Starke verliehen hat, werde Deiner Majestät folgen, und ich werde den Willen Amuns erfüllen."

Innerlich atmete Hatschepsut auf und hieß den Mann sich zu erheben. Dann endlich kamen auch die anderen und gelobten Hatschepsut ihr zu folgen. Sie waren verwirrt wie Kinder und aus dem jahrtausendealten Glauben ihrer Traditionen gerissen. Es war, als irrten sie furchtsam im Dunkel umher. Hatschepsut wusste, dass es trotz ihres Schwures nicht einfach werden würde, ihnen ihre Ängste zu nehmen und Vertrauen in ihren Herzen zu wecken. Selbst als Hatschepsut sie entließ, entboten sie ihren Gruß unsicher und verhalten. Hatschepsut fühlte sich mit einem Mal müde. *Ihre Augen sehen, doch ihre Herzen sind blind. Wo sie zweifeln, werde ich das Siebenfache an Glauben aufbringen müssen, und wo sie den Mut verlieren, werde ich siebenfache Stärke beweisen müssen.* Wie soll mir das nur gelingen, Amun mein Vater?

Als die Generäle spät am Abend fort waren, und Hui das Nemestuch von Hatschepsuts Kopf nahm, lächelte die Dienerin zufrieden. „Siehst du, Horus? Alles ist geworden, wie es sein soll."

Hatschepsut ließ sich auf ihrem Ruhelager nieder und betrachtete ihre Hände, die eindeutig die einer Frau waren. „Aber ihre Herzen sagen mir, dass sie niemals glauben werden, auch wenn sie mir folgen."

Hui, die nie zweifelte, was Hatschepsut bewundernswert an ihr fand, blieb gelassen. „Ihre Herzen wissen, wem sie geschworen haben zu folgen, Hatschepsut. Wenn du die Kronen erhältst, die dich verwandeln, werden sie dir zujubeln ... sei gewiss, Pharao. Zweifle nicht an Amun."

Müde streckte sich Hatschepsut auf ihrem Ruhelager aus und schloss die Augen. „Wie kann ich glauben, was vollkommen unmöglich ist?" Sie würde auf Kemets Thron sitzen, als Pharao von Ägypten, als Horus im Gewand eines weiblichen Leibes! Der Gott selbst hatte dieses Wunder geschehen lassen, damit Hatschepsut Kemet Frieden und Wohlstand schenkte. Wer hätte dieses glauben mögen als sie, furchtsam und ungewiss ob ihrer Zukunft, die hohen

Federn von ihrem Brudergemahl erhalten hatte? Hatschepsut zwang sich dazu, ihre Zweifel beiseitezuschieben und sagte sich selbst, dass es fortan niemanden mehr geben würde, den sie fürchten musste. „Ich lasse nach Sary suchen. Wir kehren heim nach Theben."

Hui reichte ihr einen Becher Wein und bedachte Hatschepsut mit einem ihrer durchdringenden Blicke. „Lass den Einäugigen zurück, Horus. Alles ist vortrefflich, doch ich spüre, dass dieser Mann nur Unheil bringen wird."

„Ich habe Amun einen Schwur geleistet, Hui. Ich habe geschworen, wieder aufzubauen, was zerstört wurde, sowohl die Tempel als auch die Maat! Wie kann ich die Kronen nehmen, ohne ihm gegenüber gerecht zu sein? Unter meiner Herrschaft soll es Frieden geben."

Hui begann vorsichtig mit einem feuchten Tuch das Kohol von Hatschepsuts Augen zu entfernen. „Es ist dein Wille, Horus. Wer kann es dir verbieten ... niemand kann dir ab dem heutigen Tag noch etwas verbieten. Aber raten darf man dir. Nimm meinen Rat und zertrete ihn, wenn du es wünscht, unter deinen göttlichen Füßen. Doch ich sage dir, dass du Sary nicht vertrauen darfst, denn eines Tages wirst du es bereuen. Ich, die ich dein Ka bin, ich weiß es."

„Hui ...", gab Hatschepsut mit einem Schmunzeln zu verstehen. „Ich traue ihm nicht, und ich werde deinen Rat überdenken. Vielleicht hast du recht und ich sollte dem Goldlöwen ein wenig die Krallen stutzen ... aber Furcht ist der Weg zur Niederlage. Ich habe mich lange genug gefürchtet ... Mut soll es fortan sein, der mein Herz schlagen lässt sowie Gnade und Gerechtigkeit. Nein, Hui ... ich fürchte mich nicht mehr."

Sary verließ die Schenke mit schmerzenden Gliedern. Erst am heutigen Morgen hatte ein Trupp Wachsoldaten ihn hier gefunden, in einem dreckigen Raum voller Läuse und Ungeziefer auf der Schlafmatte, wo er Zuflucht vor den nicht enden wollenden Festlichkeiten gesucht hatte. „Die Regentin schickt nach dir, Kommandant Sary. Wir brechen auf nach Theben." Sie hatten ihn nicht gefragt, was der Kommandant der Leibwache in einer derart schäbigen Unterkunft verloren hatte, noch waren ihnen Vorwürfe über die Lippen gekommen. Und auch Sary hatte sich nicht erklärt und sich stattdessen von seinem beschämenden Lager erhoben. Während er hinter den Soldaten herlief, erkannte er, dass es keine aus Hatschepsuts Leibwache waren, sondern Männer aus der Garnison in Memphis. Wieder fragte er sich, was im Palast vor sich gegangen war, während er getrunken und einer elenden Hure das Leben aus ihrem schmutzigen Leib gepresst hatte? Sein Misstrauen wuchs. Warum hatte sie ihn fortgeschickt? Was Sary noch vor Kurzem kein einziges Zwinkern seines Auges wert gewesen wäre, wuchs nun in seinem Herzen zu einem schwelenden Ärger heran. Sary folgte den Männern durch die bis ans Maß des Erträglichen verschmutzten Straßen von Memphis.

Welke Blumenkränze, zerbrochene Weinkrüge und fortgeworfene Reste des letzten Mahles waren die weniger abstoßenden Überbleibsel des Festes; Kot und Pfützen von Urin sowie Erbrochenem die Abstoßendsten, denn sie lockten Fliegen und Käfer an und verursachten einen starken Würgereiz in Sarys ausgetrocknetem Hals. Schon wieder brannte es in seinem Innern, wühlten sich Skorpione und Schlangen durch seine gequälten Eingeweide. Kurz nachdem die Hure unter seinen Händen ihr erbärmliches Leben ausgehaucht hatte, war das Feuer in seinem Leib gebändigt gewesen ... gnädige Ruhe und Erschöpfung hatten ihn umfangen. Sary hatte eine Nacht wundervollen Schlafes finden können. Doch mit dem Erwachen waren die Dämonen zurückgekehrt und hatten die Wunden seines Leibes erneut aufgerissen. Amenis zorniger Ach war nicht besänftigt, denn die Hure, die Sary mit seinen eigenen Händen erwürgt hatte war nicht Hatschepsut gewesen. Er beschleunigte seine Schritte, um mit den Männern Schritt halten zu können. Seine Gedanken waren noch immer wirr vom vielen Wein und dem Rausch des Tötens.

Sie führten ihn zu seiner Überraschung nicht zurück in den Palast. Die Barken lägen schon am Landungssteg bereit, so teilte der Kommandierende ihm einsilbig mit, während Sary ihm durch die beinahe leere Stadt folgte. „Ein ausgelassenes Fest hat Memphis wahrlich gebraucht – die Regentin hat den Menschen die Hoffnung zurückgegeben“, gab der junge Hauptmann Sary noch kurz zu verstehen, bevor er sich wieder seinen Männern zuwandte.

Die Schweine und Säue liegen im tiefen Schlaf, fett gefressen und gemästet, zu keinem Aufstand mehr fähig! Sary verbarg seinen Groll jedoch vor dem Kommandierenden, auch wenn er ihn gerne gefragt hätte, weshalb gerade die Soldaten der Garnison, welche so unversöhnlich gegen die Regentin gewesen waren, nun vor ihr buckelten. Sollten ihre Herzen nicht klüger sein, da ihnen das große Haus den Sold so lange schuldig geblieben war? Der siechende Horus, dem kaum zwei Nilschwemmen auf Kemets Doppelthron vergönnt gewesen waren, hatte kaum einen Gedanken an das Heer und jene Männer verschwendet, welche in ihm dienten und für Kemet ihr Leben ließen – wer hätte dies besser wissen können als Sary oder jene, die nun so beflissen und gefügig vor ihm herliefen? Insgeheim, so gestand Sary sich ein, hatte er gehofft, dass Memphis Hatschepsut zu Fall bringen würde.

Am Landungssteg des Palastes dümpelten die Barken zwischen taufrischen Blüten, wie sie nur der frühe Morgen hervorzubringen vermochte. Schläfrige Diener trugen Körbe und Truhen die Laufplanken hinauf, andere gaben Anweisungen oder gingen geschäftig umher. An der königlichen Barke mit dem goldenen Lotus im Bug ließ seine Eskorte Sary endlich alleine die Laufplanke hinaufgehen. Trotz des Weinrausches, dessen Nachklang er noch immer in seinen Gliedern spürte, nahm er sie mit schnellen und sicheren Schritten. Hier und jetzt würde er sich keine Blöße erlauben, denn Haatsch, die Hure, deren Leben er zu schützen geschworen hatte, saß unter ihrem Sonnenschatten an Deck, in ihrem Rücken die neue Dienerin, deren Ähnlichkeit mit Hatschepsut Sary unheimlich war. Er fühlte Zorn darüber, wie jung und zufrieden Hatschepsut aussah, während er nur noch ein Schatten des Mannes war, der einst unter ihrem zu Osiris gegangenen Vater gedient hatte. *Wer würde glauben, dass sie und ich fast gleich alt sind?* Beide Frauen blickten ihm aufmerksam mit ihren Katzenaugen entgegen, so als würden sie versuchen, in seinem Herzen zu lesen. Doch sein Herz, so erinnerte sich Sary, war verkohlt von der brennenden Sonne des Goldlandes, und so klug Haatsch auch sein mochte, sie würde dort nichts finden außer jener Asche, zu der sie und ihre Sippe es verbrannt hatten.

„Gesundheit, Leben und Wohlergehen, Kommandant Sary“, sprach sie ihn freundlich an, noch bevor er bei ihr war. Sary zwang sich zu einer sparsamen Verbeugung.

„Ich hoffe, du hast Zerstreuung beim Fest gefunden.“

Es war keine Frage, sondern eine Feststellung ihrerseits. Sary fühlte sich nicht bemüßigt ihr zu antworten. Hatschepsut schien es auch nicht zu erwarten, denn sie winkte ihn näher zu sich heran, woraufhin Sary zwei unwillige Schritte in ihre Richtung tat.

„Ich habe beschlossen dir ein neues Amt zu übertragen, wenn wir zurück in Theben sind. Wie du sicherlich bemerkt hast, habe ich die Palastwache vergrößert. Einheiten aus den Garnisonen in Memphis – aber sie benötigen Drill und eine gute Schulung. Ich werde dich zum Ausbilder der königlichen Palastwache ernennen. Dies ist eine Belohnung für gute Dienste, mein Kommandant! Dein Sold wird erhöht werden, und ich werde dir das Fliegengold als besondere Auszeichnung verleihen!“

Sary deutete erneut eine Verbeugung an und wartete, dass sie ihn entließ. Einen Augenblick schien Hatschepsut ihn mit gerunzelter Stirn zu mustern, dann nickte sie, und gab ihm die Erlaubnis, sich zu entfernen. Er tat es, ohne zu zögern und ohne sie noch einmal anzusehen. Die Palastwache ließ Hatschepsut also vergrößern und ihn beförderte sie zum Ausbilder! Sarys Misstrauen wuchs. Was braute sich im Herzen dieser verschlagenen Katze zusammen, und wofür benötigte sie eine größere Palastwache? Als Sary zurück zur Laufplanke ging, um die Barke zu verlassen, fiel sein Blick auf den edel gekleideten Knaben, der mit Gold geschmückt und sorgfältig gekämmter Jugendlocke auf einer Decke am Boden saß und mit seinen hölzernen Streitwagen spielte. *Das goldene Schweinchen!* Als Thutmosis ihn entdeckte, weiteten sich seine Augen vor Schreck in Erinnerung an die Nacht, in der er seine Amme und die Zwerge seiner Mutter erschlagen hatte. Tief in seinem Unterbewusstsein erkannte Thutmosis Sary, obwohl er alles Schreckliche verdrängt hatte. Er sprang schreiend vom Boden auf, um seiner Amme Ipu in die Arme zu laufen. Sary folgte dem Knaben mit seinem Auge und betrachtete die rundliche Frau, die den Knaben tröstend in die Arme schloss. Sary begann zu begreifen, dass tatsächlich etwas vor sich ging, von dem er nichts wusste und nichts wissen sollte. Deshalb war er fortgeschickt worden! Und dieses neue Amt, das Hatschepsut ihm verliehen hatte, diente nur zu einem einzigen Zweck. Es würde ihn von den ihm unterstellten Männern fernhalten und ihn stattdessen zum Ausbilder von fremden Soldaten machen, die einem anderen Truppführer unterstanden. Hatschepsut wollte ihm die Macht entziehen, welche sie ihm gegeben hatte. Sie hatte ihn einst gebraucht und deshalb geduldet, doch nun war er nutzlos für Hatschepsut geworden. *Hast du wirklich geglaubt, sie würde die Maat achten?* Sary wandte sich ab und verließ die Barke mit einem vor Zorn und Groll brennenden Herzen. Wann hätten die Abkömmlinge der Götter ihn nicht betrogen?

Der Nachtfahrt 12 Stunde ist jene, welche die Vollkommenheit Res schaut

Karnak, im zweiten Jahr der Herrschaft des Thutmosis Menkheperre

Senenmut hatte sich selbst übertroffen. Er wusste es, als er die Barken mit ihrer schweren Fracht am Landungssteg von Karnak anlegen sah. Zwei Obelisken, mit Doloritkugeln, geschlagen aus dem harten Granitstein in Assuan, die so lang und so schwer waren, dass vier Barken, von denen jeweils zwei miteinander als Doppelschiff vertäut wurden, nötig waren, um sie über den Hapi nach Karnak zu befördern. Die Doppelschiffe wurden wiederum von jeweils zwanzig Zugschiffen über den Hapi gezogen, für die Hunderte von Ruderern benötigt wurden. Beinahe zweitausend Arbeiter hatte es gebraucht, um Hatschepsuts Obeliskenpaar nach Karnak zu bringen. Es waren die größten Obelisken, die jemals aus dem Stein geschlagen worden waren. Senenmut wusste, dass es an ein Wunder grenzte, dass sie ohne einen einzigen Riss in Karnak angekommen waren. Zudem gab es nicht eine Abweichung oder Unebenheit in ihrer erhabenen Form. Er hatte immer wieder Rat beim Obersten Baumeister Ineni gesucht, damit das Unmögliche gelang. Senenmut hatte nicht geglaubt, dass die Obelisken rechtzeitig vollendet sein würden, doch die Beharrlichkeit der Arbeiter und das reichhaltige Essen, das Senenmut unter ihnen hatte verteilen lassen, hatte den spröden Stein innerhalb weniger Mondumläufe bezwungen. Ebenso wie Senenmut mit dem widerspenstigen Stein, hatte es Hatschepsut mit den Menschen, den Priestern und den Soldaten gehalten. Wie die Arbeiter hatte sie Schlag auf Schlag gesetzt, nicht zu hart, damit das empfindliche Gebilde nicht vor seiner Vollendung barst, und auch nicht zu zaghaft - vielmehr geduldig und mit Achtung vor ihrem Werk, seiner Vollendung entgegen fiebernd. Nun war der Tag der Vollendung endlich gekommen – sowohl für die Obelisken als auch für Hatschepsut.

Die Arbeiter schwitzten unter Res Strahlen, während sie in rhythmischen Bewegungen die Obelisken auf langen Schlitten durch den Sand zogen. Ihnen gingen Knaben voraus, welche die Baumstämme, über welche die Schlitten gezogen wurden, immer wieder mit Wasser besprengten, damit sie von der Hitze der Reibung nicht barsten. Holz war kostbar, und Senenmut wollte so wenig wie möglich davon verschwenden. Hapuseneb betrachtete zufrieden den Fortgang der Arbeiten, während er neben Senenmut den Schlitten mit den Obelisken folgte. „Sie hat sich tatsächlich selbst übertroffen." Versöhnlich klopfte er Senenmut auf die Schulter. „Natürlich hast auch du dich selbst übertroffen, mein Freund."

Senenmut schlug sich Sand aus den Sandalen und bedeutete dem obersten Propheten, dass sie schneller laufen mussten. Die Obelisken waren bereits auf ihrem Weg durch den großen

Pylon in den Ostteil des Amuntempels, und Senenmut befürchtete, dass sie auf den letzten Ellen noch Schaden nehmen könnten. „Ich finde erst Frieden, wenn sie sicher auf ihrem Sockel stehen“, gab er Hapuseneb zu bedenken.

Die Arbeiter hatten zwei parallel stehende Gerüste errichtet, an denen die Steinnadeln hochgezogen werden sollten. Senenmut gab Anweisungen, starke Seile am sich nach oben verjüngenden Ende der Steine zu befestigen. Über Winden sollten die Kolosse dann langsam emporgezogen werden, bis sie senkrecht auf ihren Sockeln stehen würden. Damit sie vom Schwung des Aufrichtens nicht wieder umfielen, hatten die Arbeiter eine Nut in den Sockel geschlagen und am hinteren Ende des Obelisken einen in die Nut passenden Vorsprung belassen. Während eine Gruppe der Arbeiter den Obelisken in die Höhe zog, würde von der anderen Seite eine andere Gruppe mit einem Zugseil ein Gegengewicht bilden. Alles war gut vorbereitet worden, doch trotzdem schien es Senenmut ein heikles Unterfangen in Anbetracht der Größe der Steinnadeln. Ein Vorarbeiter kam zu Senenmut gelaufen und verbeugte sich. „Es wird noch etwas Zeit benötigen, bis wir damit beginnen können, die Obelisken aufzurichten. Soll ich dir einen Boten schicken, Herr?“

„Sende mir Nachricht in den Palast. Die Regentin wird das Aufrichten selbst überwachen wollen.“

Der Mann verbeugte sich und verschwand dann in der Menge der unter größten Anstrengungen arbeitenden Leiber.

„Sie werden sich emporheben wie der Urhügel aus den Fluten von Nun“, sinnierte Hapuseneb beeindruckt, während zwei Knaben seinen Sonnenschatten über ihm aufspannten. „Ich muss mich mit Puemre, dem zweiten Propheten, beraten. Es ist noch viel zu besprechen für den Tag der Krönung.“ Hapuseneb verabschiedete sich mit einem zufriedenen Gesicht von Senenmut – von seinem Groll gegen Hatschepsut war wenig geblieben. Senenmut lächelte in sich hinein, während er über die letzten Nilschwemmen nachdachte. Er hatte nicht nur um Hatschepsuts Obelisken gefürchtet, sondern auch um ihre Sicherheit. Doch die Priester in Memphis sowie das Heer hatten sich ihr schließlich gebeugt, und Senenmut hielt besonders diesen Umstand für ein gutes Zeichen.

„Senenmut ...“, hatte Hatschepsut zu ihm gesagt, während ihre Augen über die Bauzeichnungen geflogen waren, kaum dass sie nach Theben zurückgekehrt war. „Ich habe lange im Schatten anderer gelebt, doch diese Zeit ist nun vorbei. Ich wünsche mir, dass die Spitzen meiner Obelisken mit Elektron ummantelt werden und das erste Licht Res am Morgen einfangen, sodass niemals Schatten auf sie und meine Herrschaft fallen möge.“

Senenmut hatte ihr diesen Wunsch erfüllt. Hatschepsut hätte gerne beide Obelisken gänzlich ummanteln lassen, doch die leeren Schatzkammern hatten sie diesen Gedanken verwerfen lassen. „Ich kann nicht von den Truppen verlangen, dass sie eine weitere Nilschwemme ohne Sold kämpfen, während ich prasse."

Senenmut betrachtete die Obelisken ein letztes Mal, wie sie dort im Sand lagen und darauf warteten, sich zu erheben. Auch ohne die Ummantelung aus Elektron waren sie einzigartig, und ihre Inschriften, von Hatschepsut selbst verfasst, logen nicht, wenn sie behaupteten: „Sie hat sie geschaffen ... und wie sehr gleicht es ihr!"

Trotzdem war es Senenmut, als würde eine schwere Last von ihm abfallen, als er den Tempelbezirk verließ. Er hatte getan, was Hatschepsut ihm aufgetragen hatte und fühlte sich müde nach der Vollendung seines Auftrags. Noch immer hoffte er darauf, dass sein Herz ihm Frieden schenken würde, sobald Hatschepsut die mächtigen Kronen erhielt und durch ihren Zauber zum Horus würde. *Wenn ihre Obelisken weit hinauf in den Himmel ragen und wenn sie aus dem Tempel Amuns tritt, angetan mit den beiden Kronen, dem Zeremonienbart des Königs, dem Stierschwanz und wenn ihre Hände Krummstab und Geißel umschließen – dann bin ich frei ... ich habe Amuns Willen erfüllt und meinen Schwur vollendet.* Senenmut beschloss, dass er Hatschepsut endgültig nach der Krönung darum bitten würde, sich aus allen Ämtern zurückziehen zu dürfen. Er hatte sie bis hierhin begleitet, bis zu dem Tag, an welchem Amuns Wille sich erfüllte. Es würde ihr nicht gefallen, doch er hatte viel für sie vollbracht – dieses Mal konnte Hatschepsut seine Bitte nicht ablehnen. Sie würde Pharao sein, Herrin über die beiden Länder und brauchte ihn nicht mehr.

Ein Geräusch riss Senenmut aus seinen Gedanken, als er am Schrein des Month vorüberging. Als er stehen blieb, sah er einen Mann in der brennenden Sonne auf den Stufen des Schreins sitzen. Den Kopf unter dem Afnet-Tuch hielt er im Gebet gesenkt, ohne zu bemerken, dass Re dabei war, ihn zu verbrennen. Seine Arme waren rot wie der Klatschmohn auf den Feldern, und auch sein Kopf wurde vom Afnet-Tuch kaum genügend geschützt. Senenmut sprach den Fremden an. „Was ist mit dir? Bist du krank?"

Als der Andere aufsah, wünschte Senenmut sich, dass er geschwiegen hätte und einfach weitergegangen wäre. Nun sah ihn das bernsteinfarbene Auge Sarys geradewegs an. Schweiß stand auf der Stirn des Kommandanten. Als er sich sein Afnet-Tuch vom Kopf zog, klebten die Haare so nass an seinem Kopf, als hätte er im heiligen See gebadet. Sary schien verwirrt und benommen. Senenmut fragte sich, wie lange der Kommandant in der Sonne gesessen hatte.

„Ich verbrenne“, gab Sary mit schwerer Zunge zu verstehen. Senenmut verdrängte seine Abneigung gegen den Einäugigen und verfluchte sich im gleichen Augenblick dafür, dass er ihn nicht einfach seinem Schicksal überließ. Stattdessen trat er zu ihm und half ihm aufzustehen. „Es ist kein Wunder, das du verbrennst ... bei Amun! Du musst in den Schatten.“

Ohne Gegenwehr ließ Sary sich von ihm hochziehen, und Senenmut glaubte, sich die Hände an seiner Haut zu verbrennen. Sary stöhnte auf, als Senenmut ihn berührte. *Der Atem des roten Seth hat ihn gestreift*, mahnte Senenmut sein Herz, doch er schleppte ihn mit sich in den Schatten einer Sykomore. Langsam schien der ehemalige Kommandant der Leibwache zu sich zu kommen. „Warum hast du mich nicht verbrennen lassen, Vermögensverwalter des Amun? Ich weiß, du magst mich nicht ... und ich ... ich hasse dich, ich hasse alle, die um sie herum schwirren wie Fliegen!“

Senenmut wusste nicht, was er auf die Frage antworten sollte, denn er verstand ja selbst kaum, dass er diesem Mann, den er am liebsten weit fort gewusst hätte, half. Vielleicht war es das Wissen um seine Schuld und die verbotenen Wünsche und Gedanken, die sein Innerstes belasteten, dass er es nicht wagte, noch mehr Schuld auf sich zu laden und einfach weiter zu gehen. „Stirb, wenn du das willst, Kommandant, aber nicht hier und nicht jetzt. Die Krönung unseres Pharao steht bevor, und kein böses Omen darf diesen Tag beflecken.“

Ein boshaftes Lachen entfuhr den Lippen des anderen, das Senenmut an das Kichern einer Hyäne erinnerte. „Der Pharao ... wer hätte das gedacht ... bisher hat sie zumindest die Maat geachtet. Ich habe sie gehasst, doch ich glaubte, dass sie gut für Kemet wäre. Die Götter mögen die Vermessene stürzen und bestrafen!“

„Ja ...“, zischte Senenmut dem Kommandanten zu, zornig darüber, dass dieser so offen aussprach, was er selbst zu verdrängen suchte „Wenn es der Wunsch der Götter ist, dann werden sie Kemet ins Chaos stürzen und wir alle sind verloren! Aber ich zweifle nicht daran, dass alles, was geschieht, Maat ist!“

Mit einem schnellen Sprung, den Senenmut von dem verwirrten Mann nicht erwartet hätte, kam Sary auf die Beine und legte seine Hand auf sein Schwert. Langsam zog er es aus der Scheide, verharrte dann jedoch und schob es zurück. In Sarys Auge trat ein Funkeln, das Senenmut bei jenen gesehen hatte, die an der heiligen Krankheit litten. Es kostete ihn Überwindung nicht vor Sary zurückzuweichen, doch sein Herz mahnte ihn, dass es ein Fehler gewesen wäre.

„Geben wir es in die Hände der Götter, Vorsteher von Amuns Schatzkammern“, befand Sary in einem Tonfall, der Senenmut einmal mehr zur Vorsicht vor diesem Mann mahnte. Deshalb nickte er stumm und trat einen Schritt beiseite.

Sary schien seine Worte bereits vergessen zu haben und taumelte an Senenmut vorbei, ohne dass dieser erkannt hätte, wohin es den verwirrten Kommandanten zog. Dann blieb Sary stehen, als erinnere er sich an etwas. Er wandte sich zu Senenmut um und sah ihn durchdringend an. „Irgendwann wirst du die Augen öffnen und erkennen, dass ihre Gunst der Schiss eines Ochsen ist, dessen Gestank sie mit Gold und Lotus zu verdecken sucht; und sie ist der Rachen von Ammit, der die Herzen verschlingt. Ihr alle seid verloren, weil ihr blind seid! „Er wies mit einer Geste auf sein Auge. „Aber ich ... ich sehe, was kommen wird."

Obwohl Sary offensichtlich irr daher redete, trafen seine Worte Senenmut wie ein Schlag in den Magen. *Lass dich von ihm nicht in den Schlund des Wahnsinns zerren*, maßregelte er sich selbst. „Du bist krank, Kommandant. Geh in deine Unterkunft und schlafe etwas."

Sary grinste ihn spöttisch an. Senenmut wurde den unangenehmen Gedanken nicht los, dass der Einäugige kurz davor war, sich durch sein Fleisch bis zu seinem Herzen zu fressen, um seine Geheimnisse zu ertasten. Deshalb wandte er sich von ihm ab und wartete, bis Sarys Schritte sich entfernten. Sollte er zum Duat gehen! Dieser Mann war nicht nur gefährlich, sondern auch voller Wahnsinn. Er musste mit Hatschepsut über ihn sprechen, sobald die Krönungsfeierlichkeiten vorüber waren.

Senenmut war noch immer aufgebracht, als er sich zum Landungssteg aufmachte, wo seine Barke bereits darauf wartete, ihn in den Palast zurückzubringen. Hatschepsut erwartete ihn, damit er Bericht erstattete über das Eintreffen ihrer Obelisken. Durch ganz Theben liefen seit Tagen Ausrufer des Palastes und verkündeten den Menschen aus Theben das Wunder, welches Amun an seiner Tochter getan hatte. In nur wenigen Tagen mussten Hatschepsuts Obelisken errichtet sein, denn Hapuseneb hatte den Tag der Krönung auf den neunundzwanzigsten Tag des Mechir, zur Zeit der Saat festgesetzt und damit auf den gleichen Tag, an welchem Hatschepsuts Brudergemahl die Doppelkrone erhalten hatte. Senenmut fragte sich, ob es ein Zufall war, dass die Priester diesen Tag als Glück verheißend für die Krönung befunden hatten oder ein Zeichen dafür, dass Amun die Herrschaft des zu Osiris gegangenen Brudergemahls nicht anzuerkennen gedachte. Ein anderer Gedanke drängte sich in sein Herz. Oder waren es die Priester, die entschieden hatten und damit ihrer eigenen Willkür folgten? *Schweig, mein Herz*, befahl Senenmut sich, als er die Barke erreichte. Abwesend begrüßte er den Kapitän und seinen Leibdiener, der ihm eine Schale Wasser reichte, damit er sich erfrischen konnte. Senenmut trank wie ein Verdurstender, denn er fühlte sich auf einmal so ausgetrocknet wie sein alter Diener Anen. Er befand für sich, dass der neunundzwanzigste Mechir ein schlechter Tag für eine Krönung war, da er nach dem Buch der Erscheinungen Aufstände und Rebellion voraussagte. Und, so erinnerte Senenmut sich, während er unter seinem Sonnenschatten Platz nahm und dem Kapitän das Zeichen zum Ablegen gab - wenn es auch keine offene Rebellion gegen Hatschepsuts Brudergemahl gegeben hatte, so hatten doch unzählige Herzen gegen seine Herrschaft rebelliert. *Vielleicht sogar die Priester des Amun!* Wieder ermahnte Senenmut sein Herz zu schweigen. Was er dachte, war Unsinn, das musste endlich aufhören. Was kümmerten Amun und die Götter die Verdächtigungen eines alten Narren? War er denn ebenso wie dieser Einäugige dem Wahnsinn verfallen? Senenmut beschloss, Hatschepsut nichts von seinen Bedenken zu erzählen, ebenso wie er seine Gefühle für sie verschwieg ... er würde schweigen, wie er es immer getan hatte. Stattdessen würde er Hatschepsut von den Obelisken erzählen, die er für sie aus dem Fels geschlagen hatte, wie schön sie geworden waren, wie gemäß ihres großen Tages. Und er würde heimlich ihr zufriedenes Lächeln genießen und seine Freude darüber hinter einem ernsten Gesicht verschließen. Und den Einäugigen ... ihn würde er heimlich beobachten lassen und darauf hoffen, dass der ehemalige Kommandant der Leibwache irgendwann einen Fehler beging. Dieser Mann, so wusste Senenmut, war schlecht ... und immer stärker meinte er die Gefahr zu spüren, die von ihm ausging.

Theben, im zweiten Jahr der Herrschaft des Thutmosis Menkheperre

Sarys Auge war auf Nuts Leib gerichtet. Re war im Begriff, sich auf seine Nachtfahrt vorzubereiten, und seine Strahlen wandelten sich zu einen feurigen Orange. Vor Sary stolperten die Soldaten durch den Sand des Truppenübungsplatzes und stöhnten. Mittlerweile fielen sie reihenweise hin und standen dann mühsam wieder auf. Der Schweiß rann ihnen aus den Poren, gequälte Gesichter, wohin Sary nur sah, und einige der Männer mussten sich von denen stützen lassen, deren Kraft noch nicht vollkommen versiegt war. Sary sah ihre verständnislosen Blicke nicht. Seit Stunden ließ er sie in Dreierreihen marschieren; seit er vom Schrein des Month zurückgekehrt war. Sarys Leib glühte von der Hitze, die ihn ebenso traf wie seine müden Soldaten. Trotzdem wollte er nicht aufgeben, denn er war nicht allein vom Schrein des Kriegsgottes zurückgekehrt. Es war auch nicht mehr der Boden Kemets oder des Truppenübungsplatzes, auf dem er stand. Irgendwo auf dem Rückweg war Sary vom Weg abgekommen und hatte sich zwischen rot glühenden Felsen und schroffen Gebirgszügen wiedergefunden. Sein Leib weilte zwar nach wie vor in Theben, doch sein Verstand war weit fortgeschwemmt worden – in die Wüste des Goldlandes, und durch diese trieb Sary nun seine Männer, während er den Blick auf Amenis Rücken gerichtet hielt, der ihnen vorausging.

„Kommandant ...", wagte einer seiner Soldaten ihm mit verzweifelter Stimme zuzurufen. „Wir marschieren hier bereits seit Stunden auf und ab und sind am Ende unserer Kräfte. Wir brauchen Wasser. Wenn du uns nicht ausruhen lässt, werden wir sterben." Er taumelte aus der Reihe und fiel vor Sary auf die Knie. „Bei Amun und allen Göttern, Kommandant! Lass uns ausruhen!"

Sary blickte auf ihn hinab und musterte sein brennend rotes Gesicht und die aufgesprungenen Lippen. Was wollte der Mann? Den schwarzen Kriegern in die Hände fallen? Hinter dem im Sand kauernden Soldaten stand auf einmal Ameni, der kopfschüttelnd auf ihn herabblickte. Ameni besaß Augen, Nase und Lippen – er war unversehrt. Der Anblick seines Bruders bestärkte Sary und verlieh ihm Kraft. Deshalb mussten sie weiter gehen, denn das verfluchte Goldland sollte seinen Bruder nicht bekommen ... nicht noch einmal! Die Götter, so wusste Sary, hatten ihm ein Geschenk gewährt. Month hatte sein verzweifeltes Flehen im Schrein erhört und ihm einen Weg in die Vergangenheit gezeigt. Sary schmeckte sogar die Trockenheit des verfluchten Landes auf der Zunge und sog den scharfen Schweiß der Schwarzen in seine Nasenflügel. Er war überzeugt, dass sie weitergehen mussten, wenn sie überleben wollten. Nur wenn sie alle weiter liefen, würde Ameni nicht sterben. Sary betrachtete den vor ihm kauernden Mann. Wie konnte der jämmerliche Versager um eine Rast betteln. „Weiter", wies er ihn mit scharfer Stimme an, und als der Mann den Kopf schüttelte und sich vor ihn in den Sand fallen ließ, zog Sary die Peitsche aus Nilpferdhaut aus dem Gurt seines Schurzes. Gnadenlos ließ er sie über den Oberkörper des Mannes fahren. Während der Soldat wie ein Weib schrie, verschränkte Ameni die Arme vor der Brust und nickte seinem Bruder zufrieden zu. *Du musst weitergehen, Sary! Du bist es mir schuldig.* Sary zog die Peitsche noch härter über den Rücken des Mannes, obwohl der längst bewusstlos im Sand lag. Dann griffen Hände nach ihm und entrissen ihm die Peitsche. Sie zogen ihn mit Gewalt fort, sodass Sary nichts dagegen tun konnte. „Elende Verräter!", rief er ihnen zu, doch niemand schien die Gefahr zu erkennen. „Die Krieger des Goldlandes werden uns abschlachten wie Vieh!" Warum hörten sie nicht mehr auf ihn? Es war Hatschepsut – sie hatte ihm den Befehl über die Männer genommen und ihn zu ihrem Ausbilder degradiert. Sary erschlaffte in den Armen derjenigen, die ihn so grausam fortschleiften. *Ameni!* Sein Bruder blieb zurück in der flirrenden Wüste und winkte ihm zum Abschied. Sary riss sich von den ihn fortschleifenden Händen los, fiel vornüber in den heißen Sand und spürte die harten Körner sein wundes Gesicht aufreißen. Er begann zu weinen. *Vergib mir Bruder. Ich habe es versucht, doch* ***sie*** *lässt es nicht zu!* Dann wurde es dunkel ...

„Sein Verstand ist umnachtet, und ein schweres Fieber hält ihn gefangen!"

Wortfetzen drangen in Sarys Ohren, doch er verstand sie nicht. Als er die Augen aufschlug, war er noch immer im Goldland, doch seine Soldaten waren fort. Nur Ameni war bei ihm geblieben. Sein Bruder stand neben ihm, schweigend und abwartend, ein zerfetztes Stück Fleisch! Es war geschehen, sie hatten ihm die Augen ausgestochen und Nase und Lippen abgetrennt. Ameni blutete aus vielen Wunden, und aus seinen leeren Augenhöhlen floss das Blut in Strömen über Wangen und Schultern. Sary wusste, dass es zu spät war – die Feiglinge waren geflohen und hatten ihn verlassen – Ameni war tot. *Es tut mir leid Bruder, ich wollte dich retten.* In seinem Herzen hörte er die Stimme seines Bruders antworten, obwohl sein rachsüchtiger Ach reglos vor ihm stand. *Ich irre umher in der Dunkelheit ohne Augen und ohne Stimme. Du musst mich rächen, Bruder!* Sary nickte stumm, während von weit entfernt die fremden Stimmen erneut an sein Ohr drangen.

„Die Regentin überwacht das Errichten ihrer Obelisken in Karnak. Wer von euch wagt es, in diesem Augenblick einen Boten zu ihr zu schicken? Beinahe der gesamte Hofstaat ist nach Karnak aufgebrochen und mit ihm die Priesterärzte."

„Aber wir müssen doch etwas tun! Er steht noch immer in ihrer Gunst."

Sary fühlte, wie unsichtbare Hände seinen Kopf betasteten und ihn dann zur Seite drehten. Kurz meinte Sary sogar, ein Gesicht nah vor seinem eigenen zu erkennen, dann verschwand es im Licht der grellen nubischen Sonne.

„Dann ruft einen Sunu aus der Stadt. Ich möchte nicht meinen Kopf verlieren, wenn er stirbt, weil wir nichts unternommen haben!"

Es dauerte eine ganze Weile, dann schob sich erneut ein Gesicht zwischen ihn und den Ach seines Bruders. Ein kahlrasierter Kopf mit durchdringend leuchtenden Augen – Sary meinte sich in einem kurz aufflackernden Erinnerungsfetzen zu entsinnen, dass er ihn schon einmal gesehen hatte. Auch die selbstüberzeugte und überhebliche Stimme kannte er von irgendwoher.

„Ihr sagt, dass er denkt, dass er noch im Goldland ist? Dann muss ich seinen Schädel öffnen. Mir scheint, dass dort das Übel sitzt. Manchmal bekommen Soldaten im Kampf einen harten Schlag auf den Kopf. Wenn sie nach Tagen aufwachen, ist die Zeit für sie in dem Augenblick gefangen, in dem sie den Schlag abbekommen haben. Es ist ein Leiden, das die Götter schicken und von dem niemand weiß, wie es zustande kommt. Manchmal steckt ein Splitter vom Schädel in der Masse des Kopfes und es hilft dem Kranken, wenn man ihn entfernt."

„Das ist Unsinn, Unesch. Er ist doch seit mehreren Nilschwemmen in Theben und hat noch nie geglaubt, er wäre noch im Goldland! Wir wissen es doch ... er ist unser Kommandant und wir sehen ihn jeden Tag!“

Beim Klang des Namens Unesch schob sich erneut ein kurzes Bild zwischen ihn und Ameni. Er sah sich selbst einen Mann im Priestergewand aus dem Palast führen – einen wütenden Mann! Er war wütend, weil Hatschepsut ihn fortgeschickt hatte.

„Ich weiß, was ich tue. Immerhin war ich der Leibarzt des Einzig Einen, bis die Regentin mich fortgejagt hat!“

Hände tasteten an Sarys Kopf herum, drückten und schoben Haare beiseite. „Ich meine, einen Riss in der Schädeldecke zu ertasten. Lasst nach meinem Schüler Netjem schicken und sucht vier oder besser sechs kräftige Männer aus, die ihn festhalten. Er darf sich nicht bewegen ... ah, und ein wenig Absud aus der Schlafbeere, damit er betäubt ist und es leichter ist, ihn zu bändigen.“

Sary sah fragend seinen Bruder an, der ihn aus seinen leeren Augenhöhlen zurückstarrte. Wieder vernahm er Amenis Stimme in seinem Herzen. *Sie werden nichts finden. Die Wahrheit sitzt im Herzen.* Es tat gut, Amenis Stimme zu hören, auch wenn es nur die seines gequälten Ach war. Kurz darauf bekam Sary eine Schale an die Lippen gehalten, und er trank durstig, obwohl ein bitterer Geschmack das Wasser ungenießbar machte. Doch die Hitze hatte seine Kehle ausgedörrt – er durfte nicht wählerisch sein.

„Gut so, jetzt haltet ihn fest.“ Für einen Wimpernschlag erkannte Sary die Gesichter von vier verängstigten Soldaten und die in Anspannung gekräuselte Stirn jenes Unesch. Neben ihm stand ein blasser Knabe, der ihm ein Messer und einen Meißel aus Gold reichte. Dann waren die Gesichter wieder fort, und Sary lag neben Amenis Ach im Sand. Doch zu Sarys Entsetzen waren sie nicht mehr allein. Grimmige Nubier beugten sich über ihn, bewaffnet mit Speeren und Keulen. Sary versuchte zu schreien und sich zu bewegen, doch weder das eine noch das andere gelang.

„Haltet ihn fest!“ Hände pressten seinen Kopf zusammen und drückten seine Schultern in den Sand. Sie waren dunkel wie Ebenholz und begannen ihm mit Messern die Haare vom Kopf zu schaben. Sary musste kichern, da es kitzelte. Ameni neben ihm starrte aus seinen leeren Augenhöhlen auf ihn hinunter. Dann meinte Sary, die Klaue eines Löwen würde ihm die Haut vom Kopf reißen. Mit den scharfen Klingen der Schabemesser zogen ihm die Schwarzen Krieger die Haut der Schädeldecke ab. Ein irrer Schrei entfuhr Sary, dann lief Blut ihm die Stirn hinunter und tropfte in sein Auge. Die Gesichter der Schwarzen begannen, in einem rötlichen Schleier zu verschwimmen. *Ameni, sie bringen mich um!* Sary wollte um sich schlagen, doch die starken Arme der Nubier hielten ihn gefangen. Sein Herz hämmerte gegen seine Brust, als wolle es seinem Leib entfliehen. Todesangst ließ Sary erstarren, die Erde unter ihm begann zu beben ... doch dann wurde ihm klar, dass es nicht die Erde war. Ein Hämmern erschütterte seinen Kopf! Der damit einhergehende Schmerz raubte ihm die Luft zum Atmen. *Ihr elenden Hyänen! Fort von meinem Kopf.*

„Du musst sehr vorsichtig sein, wenn du das ausgemeißelte Schädelstück fortnimmst."

Sary öffnete sein Auge, und das Goldland verschwand für einen kurzen Moment. Stattdessen starrte er in das Gesicht Uneschs, der triumphierend ein kreisrundes Knochenstück in seinen Händen hielt, das den Durchmesser eines halben Fingergliedes maß. Sary sah, wie er es dem blassen Knaben übergab, der es vorsichtig auf ein Leinentuch legte. „Siehst du diese Haut, die über der Masse des Kopfes liegt? Wenn sie verletzt wird, dann stirbt der Kranke am Blutverlust."

Unesch und der blasse Knabe verschwanden wieder. Die Krieger des Goldlandes hielten Sary das Knochenstück nah vor sein Gesicht. Obwohl er wusste, dass es ein Stück seines eigenen Schädels war, musste er lachen. Das alles war Unsinn – was wollten die Wilden in seinem Kopf? Kurz darauf durchzuckte ihn erneut eine Welle nicht enden wollender Schmerzen. Sary war, als lege man ihm eine schwere Granitplatte auf seinen Kopf.

„Da ist nichts, kein Knochensplitter!" Das war die Stimme von Unesch gewesen, doch es war einer der Schwarzen, der gesprochen hatte. Sary war verwirrt. „Die Dämonen sollten aber entwichen sein. Ein Schutzamulett aus seinem Schädelknochen, das von den Priestern des Thot geweiht wurde, müsste verhindern, dass sein Verstand wieder verloren geht. Aber er darf es Zeit seines Lebens nicht ablegen. Gib mir das Goldblech, Netjem."

Die Schwarzen beugten sich zu ihm hinunter und legten ein Goldblech auf das Loch in seinem Schädel. Dann hämmerten sie mit ihren Keulen auf seinen Kopf ein. Sary schrie vor Wut und Schmerz, ohne dass ihm ein Laut entfuhr. *Ameni!* Sein Bruder wandte sich ab und ging in der flirrenden Hitze davon – eine blutende Masse aus Fleisch und Knochen. *Ameni, lass mich nicht allein!* Ein letztes Mal wandte Ameni sich um und richtete seine blutigen Augenhöhlen auf ihn. *Dies ist mein Schmerz, den du fühlst, Bruder. Sie, die mir das angetan hat, muss auf ewig vernichtet werden.* Dann breitete sich endlich gnädige Schwärze um Sary herum aus, und er wurde fortgetragen auf weichen Schwingen, wie nur Isis sie besaß. Unter ihm glitzerte das Urwasser Nun, und es war einladend und heilsam. Sary schwebte hinab und tauchte ein. Seine Schmerzen versiegten, sein Hass war vergangen. Weshalb hatte er so lange gelitten, und wo lag der Sinn all dessen. Sary wusste es nicht mehr, während die Wogen ihn aufnahmen und tiefer hinab in eine allumfassende glückselige Wärme zogen. Er ließ sich umspülen, als wäre er ein Stück Treibholz, das in der Unendlichkeit der Zeit dahin glitt und sich schließlich in ihr verlor.

„Wach auf, Kommandant!“ Etwas traf Sary im Gesicht und brachte ihn zurück in sein Leben, welches er weit hinter sich geglaubt hatte. Mit schmerzhafter Gewalt stießen die Fluten des Urwassers ihn aus seiner Wiege sanfter Wellen und spien ihn aus. Als Sary sein Auge öffnete, war Nun ebenso verschwunden wie seine Schmerzlosigkeit, und ein Wasserschwall traf seine verbrannte Haut gleich Hunderten von spitzen Pfeilen. Sary schrie auf und fuhr hoch. Das helle Licht verursachte rasende Schmerzen in seinen Kopf. Er legte die Hände an die Schläfen und fluchte.

„Dein Kopf wird schon wieder. Es ist ein Wunder der Götter, dass du Uneschs Behandlung überlebt hast.“

Erneut wagte Sary einen Versuch, das Auge zu öffnen. Grelles Licht drang durch einen nebligen Schleier und ließ ihn ahnen, dass er in seiner Soldatenunterkunft auf der Pritsche saß. Seine Erinnerung kam langsam und lückenhaft, doch dafür mit einem alles überschattenden Entsetzen zurück. Sary betastete vorsichtig seinen kahl geschorenen Kopf. Seine Finger fuhren über geschwollene Wundränder, die mit Sehnen zusammengenäht worden waren. Unter der gespannten Kopfhaut fühlte er etwas Hartes, das zuvor nicht da gewesen war. Sofort erfassten ihn Übelkeit und Schwindel und er sank zurück auf sein Lager.

„Reiß dich zusammen, Kommandant!“

Die Stimme schrillte laut in seinen Ohren. Sary hätte alles dafür getan, um sie zum Schweigen zu bringen. Er blinzelte, bis er erkannte, dass er nicht allein war. Eine Frau in Begleitung eines Soldaten, der ihm das Wasser mit einem Kübel ins Gesicht geschleudert hatte, stand ein paar Schritte von seinem Lager entfernt und wartete darauf, dass er ihr Antwort gab. Als sie erkannte, dass Sary zu sich kam, gab sie ihrem Begleiter mit einem kurzen Nicken zu verstehen, dass er gehen sollte. Noch immer schien die Wirklichkeit hinter einem wabernden Schleier verborgen, doch Sary erkannte weißes Leinen und üppigen Goldschmuck. Die Frau besaß zudem eine gerade Haltung ... er dachte an die sanften Schwingen der Göttin Isis, die ihn zu den Urfluten getragen hatte. Vielleicht war sie gekommen, um ihn dorthin zurückbringen! „Isis?“ fragte er deshalb mit einer Stimme, die so krächzend klang, als wäre sie Jahrhunderte nicht gebraucht worden. Hatte die Göttin ihn schlafen lassen? Viele Nilschwemmen womöglich? Sary bemühte sich darum, sich erneut aufzusetzen.

„Meine dumme Schwiegertochter ist noch immer in der Faijum-Oase, weil sie nie den Verstand besaß zu schweigen, wenn es nötig war!“

Die Dunstschleier schoben sich langsam aber stetig zur Seite, und trotz seiner Schmerzen erkannte Sary seinen Irrtum. Sie war nicht die Göttin, sondern nur eine von denen, die sich für göttlich hielten. Mit einem Stöhnen kämpfte er gegen die alles überschattende Übelkeit. Was würde sie wohl sagen, wenn er ihr auf die Füße kotzte? Vielleicht würde sie dann gehen! Sary zwang sich, seinem Bedürfnis nicht nachzugeben. Sie würde nicht gehen ... das taten sie nie! „Die königliche Witwe Mutnofret“ quetschte er sich deshalb eine Antwort ab und funkelte Mutnofret zornig an. „Was willst du hier?“

Mutnofret erwiderte seinen Blick unbeeindruckt. Steife Erhabenheit lag in ihrem sorgfältig geschminkten Gesicht, obwohl Sary ebenso wie alle wussten, dass sie keinen Tropfen des begehrten göttlichen Blutes in ihren vertrockneten Adern hatte.

„Du hast lange geschlafen, Kommandant. Beinahe sieben Tage lang. Ich konnte nicht länger warten.“ Sie wies mit einer spärlichen Geste auf den leeren Wasserkübel. „Sie haben dir den Schädel geöffnet und du hast es überlebt - selbst der Stümper Unesch hat kaum damit gerechnet. Aber es war eine gute Gelegenheit für ihn, sich bei dir dafür zu bedanken, dass du ihn aus dem Palast geschafft hast. Bei Hatschepsut wagt er nicht, seinen Unmut zu bekunden. Es war Pech für dich, Kommandant, dass alle zum Aufstellen der Obelisken auf dem Weg nach Karnak waren.“ Mutnofret nickte ihm mitleidlos zu. „Ich bin gekommen, um ein Bündnis mit dir einzugehen, Ausbilder der Leibwache unseres neuen Pharao.“

Alles, was Sary bei Mutnofrets Worten empfand, war tiefste Verachtung. Wie oft hatte man versucht, ihn zu töten? Zuerst im Goldland, das nächste Mal als er nach Theben zurückkehrte, und nun diese sinnlose Öffnung seines Schädels. Überall trug er Narben, war entstellt, doch er lebte noch. Auch Mutnofret hatte versucht, ihn hinrichten zu lassen. Sary fürchtete sich nicht vor der machtlosen Königswitwe noch begehrte er irgendetwas von ihr. „Es gibt kein Bündnis zwischen uns. Wenn es in meiner Macht stünde, würde ich dich von hundert Eseln schänden lassen!“

„Das weiß ich“, antwortete Mutnofret unbeeindruckt und trat einen Schritt auf ihn zu. „Aber wie die Dinge nun einmal stehen, gibt es nicht viel Auswahl an Verbündeten – weder für dich noch für mich.“

Sary hatte genug von ihr. Was musste er tun, damit sie endlich aufhörte, auf ihn einzureden! „Ich brauche dich nicht, königliche Vettel und Beischläferin des zu Osiris gegangenen Pharao.“

Er hoffte, sie genügend verschreckt zu haben mit seinen Worten, doch noch immer wollte Mutnofret nicht gehen. Stattdessen sprach sie einfach weiter, als hätte Sary sie nicht eben unverzeihlich beleidigt. „Seit zwei Nilschwemmen lebe ich in Angst um den jungen Horus; und nun fürchte ich um sein Leben. Wenn Hatschepsut als Pharao auf dem Thron der beiden Länder sitzt, braucht sie ihn nicht mehr. Zwei Falken auf dem Doppelthron kann es nicht geben."

„Und was kümmert mich das?" Ihre kriecherische Anbiederung machte ihn wütend, und die Goldplatte unter seiner Haut drückte unangenehm auf seinen Schädel. Sogar sein verbliebenes Auge schmerzte, als würden Dämonen in ihm toben.

„Mein Enkelsohn ist der rechtmäßige Horus und von Amun zum Herrn der beiden Länder bestimmt. Das weißt selbst du, Kommandant."

„Ein verwöhntes Balg ist er, ängstlich und fett." Seinetwegen konnte die Königswitwe nach den Wachen schreien, damit diese ihn zurück ins Urwasser brachten; vorzugsweise indem sie ihn mit ihren Speeren durchbohrten – doch Mutnofret rief nicht nach der Wache und noch nicht einmal eine Bewegung ihrer Augen verriet, dass sie zornig war.

„Ich stimme dir zu, dass der Knabe durch seine Mutter verweichlicht wurde. Mein Sohn war kein starker Horus, auch das ist wahr. Doch der junge Thutmosis wird ein Horus werden, wie Kemet ihn braucht ... wenn er lange genug lebt."

Wie sehr Sary sie alle verabscheute. Sie kamen zu ihm, erst Hatschepsut, dann Mutnofret, und forderten von ihm Gefolgschaft, als wäre er sie ihnen schuldig – dabei schuldeten sie *ihm* so unendlich viel ... sie, die nahmen und nichts zu geben hatten außer ihren Lügen. Plötzlich stand Mutnofret nah vor ihm, und Sary konnte die Falten in ihrem Gesicht erkennen, die sich unter der Schminke abzeichneten. Er roch ihr Duftöl, das die Muffigkeit ihres alternden Leibes nicht zu übertünchen vermochte. Sary erkannte in diesem Augenblick, dass Mutnofret um ihre verrinnende Zeit wusste – sie war nicht göttlich! Ihr Atem, der bereits einen Hauch von faulenden Zähnen besaß, streifte seine Wange, als sie so nah vor ihm stand. „Kommandant! Ich weiß, dass du mich hasst, doch das ist nicht wichtig. Denn ich weiß auch, dass du Hatschepsut mehr hasst als mich. Ihre Krönung ist ein nie da gewesener Verstoß gegen die Maat in der uralten Tradition der beiden Länder. Willst du zusehen, wie sie Kemet ins Chaos stürzt?"

Sary wich vor der Königswitwe zurück und drückte sich an die Wand hinter seiner Liege. Ihre Nähe war ihm unangenehm. „Es ist zu spät ...", versuchte er sie noch einmal abzuwehren und verzichtete auf erneute Beleidigungen, da sie ohnehin nichts auszurichten vermochten. „Niemand kann sich ihr noch in den Weg stellen." Er wünschte sich inbrünstig, dass

Mutnofret damit aufhörte, ihn zu bedrängen. Sein Kopf schmerzte immer stärker, und je näher sie ihm kam, desto mehr wünschte er sich zurück nach Nun.

„Vielleicht müssen wir viele Nilschwemmen warten. Doch irgendwann ist Thutmosis alt genug, um zu verstehen, was sie ihm gestohlen hat!"

„Wir ...?", rief Sary angeekelt, sodass Mutnofret endlich einen Schritt von ihm abrückte.

„Es gibt viele, die einen Grund haben, Hatschepsut zu hassen. Einige ihrer Feinde kennt sie und andere nicht." Mutnofret erlaubte sich ein zufriedenes Lächeln. „Ich stelle mich dumm, doch ich bin es nicht, Kommandant. Ich kann die Krönung nicht verhindern, doch ich kann all jene um Thutmosis scharen, die ihm wohlgesonnen sind. Und eines Tages werden wir stark genug sein, ihre Herrschaft zu beenden und die Maat wiederherzustellen. Du, Kommandant, stehst im engsten Kreis derjenigen, die sich um den neuen Pharao scharen. Wir könnten deine Hilfe und deine Ohren gut brauchen."

Sary konnte nicht fassen, wie dreist die alte Vettel war. Weshalb sollte er eine Schlange gegen die andere tauschen. „Sie vertraut mir nicht, das hat sie nie getan. Und nun wird sie es ohnehin nicht mehr tun." Er wies auf seinen geschorenen Kopf.

Wiederum gab die Königswitwe sich unbeeindruckt. „Unesch hat die Dämonen vertrieben. Außerdem wird der neue Pharao dich nicht fortschicken. Das hätte sie längst getan, wenn sie es gewollt hätte. Irgendetwas bindet sie an dich." Mutnofret versuchte ein freundliches Lächeln. „Ist es das nicht wert, Kommandant? Ist es dieses Bündnis nicht wert, die stürzen zu sehen, die du so sehr hasst? Wir werden warten und im Schatten lauern wie die heilige Uräusschlange. Wir alle haben beschlossen zu warten, und wir sind nicht wenige!"

Obwohl Sary es nicht wollte, begannen die Worte der Königswitwe sich durch die Kruste seines Herzens zu fressen und den Wunsch nach Rache wiederzubeleben, den er schon erloschen und verloren geglaubt hatte. „Nenne mir Namen", forderte Sary schließlich.

Mutnofret schüttelte den Kopf. „Nein, Kommandant! Du weißt genug. Ich will eine Antwort von dir!"

Sary starrte zu Boden und fühlte, wie sein Hass ihn belebte und die Tür seines Käfigs, in den Hatschepsut ihn gesperrt hatte, aufsprang. Die erlösenden Fluten des Urwassers wurden zu einer vagen Erinnerung, zu einem Bild ohne Farbe. Schließlich nickte er.

„Du wirst von mir hören", gab Mutnofret ihm zu verstehen und wandte sich dann ohne Gruß um. Als sie verschwunden war, starrte Sary auf die Wand neben der Tür. Sollten sie nur alle glauben, die Öffnung seines Schädels hätte seine Dämonen vertrieben. Er wusste es besser. Dort an der Wand, wo gerade eben noch Mutnofret gestanden hatte, wartete Amenis Ach und stierte ihn aus blutroten Augenhöhlen an. Ameni würde nicht auf seine Rache verzichten. „Ich werde alles wieder gut machen, Bruder. Dieses Mal werde ich auf dich hören ... und meine Schuld tilgen.“ Mit einem Stöhnen fiel er zurück auf sein Lager und starrte an die Decke. Sary, der Einäugige, Sary, das Schwein, Sary der Schlächter! Ab diesem Tag, so schwor er stumm dem Ach seines Bruders, würde er sich nicht mehr einsperren lassen.

Karnak, im 1 Jahr der Regierung der Hatschepsut Maatkare

Re sandte dem neuen Horus seine kraftvollen Strahlen durch die weit geöffnete Tür zur Terrasse entgegen, ganz so als begrüße er dessen Erscheinen voller Zuversicht. Hatschepsut saß angespannt vor dem Bronzespiegel, den zwei ihrer jungen Dienerinnen ihr vor das Gesicht hielten. „Jetzt“, gab sie Hui das Zeichen, die mit einem einzigen Schnitt ihre langen zu einem Zopf geflochtenen Haare abtrennte. Plötzlich lag ihr Nacken frei, und Hatschepsut fuhr sich unsicher mit der Hand über die nur noch bis zum Kinn reichenden Haarspitzen. „Muss ich alles, was an mir weiblich ist ablegen, um zum Falken zu werden?“

Hui übergab einer der Dienerinnen den schwarzen Zopf, damit sie ihn in einer Schatulle aufbewahrte; sie war der festen Überzeugung, dass es Hatschepsut Glück bringen würde, das Haar zu behalten. Gleichzeitig hatte sie Hatschepsut davor gewarnt, auch nur eine Strähne den Priestern zu überlassen, die ihr angeboten hatten, ein Schutz bringendes Amulett für sie zu fertigen. „Dein Haar ist mächtig. Sie können es sowohl im Guten wie auch im Schlechten für oder gegen dich verwenden. Ab dem heutigen Tag musst du noch sorgfältiger darauf achten, wem du solch machtvollen Zauber in die Hände gibst!“ Dann zupfte sie Hatschepsut die verbliebenen Haare zurecht. Ihre Zuversicht war unerschütterlich. „Tatsächlich ist diese Haartracht vorteilhaft für dich. Sie betont dein Gesicht ganz außergewöhnlich.“

Hatschepsut erhob sich von ihrem Stuhl und breitete die Arme aus, damit Hui sie ankleiden konnte. „Ich brauche keinen Trost, Hui. Wie du schon sagtest, ist der Verlust meiner Haare ein geringes Opfer für das Geschenk, das Amun mir bereitet. Doch ich frage mich, ob ich die Frau in mir vergessen muss, um es zu empfangen. Seit Nilschwemmen habe ich kaum mehr gewagt, mich anderen Gedanken zu widmen als denen der Regentin.“

Hui hüllte Hatschepsut in ein gewickeltes Leinenkleid und befestigte es mit einem Knoten unter ihren Brüsten. Eine lange Perücke mit dem Modius und den hohen Federn der großen königlichen Gemahlin bedeckte das nunmehr kurz geschnittene Haar. „Du wirst deinen Weg finden“, gab Hui Hatschepsut zur Antwort.

Hatschepsut betrachtete sich noch einmal ausgiebig im Bronzespiegel. Es wäre der letzte Tag ihres Lebens, an dem sie die Gewänder der Großen Königlichen Gemahlin trug. In Karnak würde sie die Gewänder unwiderruflich ablegen müssen, und sobald sie die zauberreiche Doppelkrone trug, wäre sie Pharao. Die machtvollen Kronen verwandelten Hatschepsut in ... ja in was? Ehe Hatschepsut weiter darüber nachdenken konnte, erschien die Delegation der Amunpriester, die sie nach Karnak bringen würde. Singend und betend umkreisten sie Hatschepsut sieben Mal, während ihre Dienerinnen beiseitetraten. Dann nahmen sie Hatschepsut in ihre Mitte, sodass sie sich in einer Wolke aus Weihrauch wiederfand. Niemand Geringes sollte einen Blick auf den neuen Pharao werfen können, während dieser zu seiner Tragsänfte geleitet wurde. Hatschepsut griff nach Huis Hand und zog sie mit sich. „Du bist mein Ka und musst an meiner Seite bleiben!"

Während sie durch die für die späteren Feierlichkeiten mit Blumen geschmückten Gänge des Palastes liefen, stieg die Anspannung in Hatschepsut weiter. Ihre Obelisken waren aufgerichtet, und ihre goldenen Spitzen ragten in den Himmel und fingen Res Strahlen ein, wie sie es gewünscht hatte. Nofrure und Thutmosis waren bereits mit Ipu zum Amuntempel gebracht worden. Hatschepsut wollte sich mit ihnen gemeinsam dem Volk zeigen, wenn sie die Kronen erhalten hatte. In all dem Chaos hatte vor allem Senenmut einen klaren Verstand behalten und die Vorbereitungen der Zeremonien und anschließenden Feierlichkeiten überwacht. Doch mit welchem Amt, so fragte Hatschepsut sich, sollte sie ihren Vermögensverwalter und Haushofmeister dieses Mal belohnen – zumal Senenmut wenig Freude über die ihm verliehenen Ämter zeigte. Hatschepsut strich sich ratlos über den schweren Halskragen aus Lapislazuli, während sie darüber nachsann, was ihren schweigsamen Vermögensverwalter wohl erfreuen könnte und gab dann auf, da sie zu abgelenkt von dem Geschehen um sie herum war. Wahrscheinlich würde ihr Senenmut immer ein Rätsel bleiben, das sie nicht zu lösen vermochte.

Als sie den Palast verließen und Hui ihr in die bereitstehende Tragsänfte half, hielt Hatschepsut kurz inne. Ihre Leibwache stand mit herausgeputzten Harnischen und Waffen bereit, um ihre Sänfte abzuschirmen, doch ein ihr vertrautes Gesicht fehlte. „Hui, wo ist Sary? Die Verletzung seines Kopfes müsste längst ausgeheilt sein!" In all dem Wirbel um sie herum hatte sie den Vorfall um Sary beinahe vergessen. Unesch, dieser elende Stümper, hatte ihm den Schädel geöffnet, dabei war es nur ein schweres Fieber gewesen, was den Ausbilder ihrer Leibwache verwirrt hatte. Zugutezuhalten war Unesch immerhin, dass Sary diese Tortur überlebt hatte. Wäre es nicht so gewesen – Hatschepsut hätte ihn sofort suchen lassen und über ihn Gericht gehalten. Doch da so viel zu bedenken und zu planen war, hatte sie es verschoben und vergessen.

Hui schob sie drängelnd in die Sänfte. „Er ist bereits in Karnak. Senenmut hat ihn für die Eskorte zum Tempel eingeteilt."

Hatschepsut blieb keine Zeit weitere Fragen zu stellen. Die Prozession begann sich bereits in Bewegung zu setzen und Hui stieg in eine eigene Tragsänfte, die hinter ihrer eigenen folgte. *Wenn ich die Doppelkrone trage, wird es keine Sänften mehr geben. Dann stehe ich auf einem Streitwagen und fahre durch Thebens Straßen*, versprach Hatschepsut sich selbst, während die Musikantinnen auf ihren Doppelflöten und Trommeln aufspielten und geschmückte Kinder mit Körben Blüten auf den Weg streuten, den Hatschepsuts Sänfte nahm. Mehr als zweihundert Höflinge, darunter Priester und Priesterinnen, begleiteten ihren Zug zum Heiligtum ihres Vaters Amun. Soldaten und ihre eigene Leibwache umgaben sie wie ein Schwarm Fliegen, sodass Hatschepsut nicht einen einzigen Blick auf die Menschen werfen konnte, die sich in den Straßen eingefunden hatten, um ihren neuen Pharao zu sehen. Angestrengt bemühte sich Hatschepsut darum, zumindest ihre Stimmen zu hören. Jubelten sie oder führten sie Schmähreden? Doch es war erstaunlich still, sodass Hatschepsuts innere Unruhe stieg. Die Regentin hatten die Thebaner geliebt, doch würden sie auch den Pharao lieben?

Die Widderallee zum Tempelbezirk erschien ihr länger denn je, doch schließlich erreichte der Zug den ersten Pylon mit den blauweißen Wimpeln an den Masten. Auch hier verstopften Schaulustige den Wege, sodass die Soldaten erst einmal Platz schaffen mussten, damit der Zug seinen Weg fortsetzen konnte. Im ersten Innenhof, aus dem alle Schaulustigen ausgeschlossen blieben, half Hui Hatschepsut aus der Sänfte und drückte ihre Hände. Huis Augen waren von glücklicher Ehrfurcht erfüllt. „Ab hier musst du alleine weitergehen und vor deinen Vater Amun treten, Horus."

Hatschepsut drückte die Hände ihrer Dienerin, als könne sie deren Zuversicht in sich aufnehmen und folgte den Amunpriestern, die den Weg zum heiligen See einschlugen. Hatschepsut musste sich an den Rand des Sees stellen, auf die Stufen, die hinab ins Wasser führten. Zwei Priesterinnen traten zu ihr und begannen, den Knoten ihrer Gewänder zu lösen. Hatschepsut wurde unsicher. Vielleicht redeten die Priester hinter ihrem Rücken und verzogen die Augenbrauen spöttisch wegen ihres weiblichen Leibes, der sich anmaßte, die mächtigen Kronen zu fordern! Die Priesterinnen nahmen Hatschepsut in die Mitte und führten sie an den Händen hinab ins Wasser. Als Hatschepsuts Füße die Wasseroberfläche des Tempelsees berührten, durchfuhr sie ein Schaudern. Das Wasser war kühl und schien sie aus einem Traum zu reißen, der so unwirklich schien, dass sie erst jetzt zu begreifen begann, dass er wahr wurde. Als sie bis zu den Hüften im Wasser stand, schöpften die beiden Priesterinnen mit geübten Handgriffen das Wasser in kleine Tonschalen, die sie über Hatschepsuts Haut fließen ließen.

„Lege deine Gewänder ab, und tritt vor mich hin, reinige dein Herz und deine Zunge, damit Amun zufrieden ist ...“, vernahm Hatschepsut die Gebete der Priester wie von weit her. Sie schloss die Augen, während das Wasser an ihr hinab rann. *Hier bin ich, mein Vater Amun. Dies ist der Leib, den du mir geschenkt hast und von dem du willst, dass er über die beiden Länder herrscht.* Hatschepsut breitete ihre Arme aus und offenbarte die Weiblichkeit ihres Körpers vor den Priestern. Warum nur schämte sie sich ob ihrer Gestalt! Es war der Wille Amuns – sie brauchte ihren weiblichen Körper nicht vor dem Gott zu verbergen.

Nachdem die Reinigung im heiligen See vollzogen war, führten sie die Priester in den Tempel der Maat. Wieder traten die Priesterinnen zu ihr hin und begannen ihr Gewand zu lösen. Geschickt nahmen sie die hohen Federn und die schwere Perücke von ihrem Kopf, die Hui noch am Morgen so sorgfältig gerichtet und gesteckt hatte. Hatschepsut fuhr gedankenverloren über ihr kurzes Haar, während die Priesterinnen Gewänder und Krone der großen königlichen Gemahlin einem bereitstehenden Priester übergaben, der sie fortbrachte. Wieder stand sie vollkommen entblößt in der Tempelhalle, doch dieses Mal fühlte sie keine Scham.

„Du bist die Wahrheit und Gerechtigkeit in Re“, sangen die Priester in völligem Einklang ihrer Stimmen, während Hatschepsuts Herz schneller zu schlagen begann. Aus dem Schatten einer Säule trat der Gott Amun zu ihr hin, begleitet von Horus und Seth, welche ihre neuen Gewänder auf Kissen vor sich hertrugen. Natürlich wusste Hatschepsut, dass es Priester waren, deren Köpfe von den Masken der Götter bedeckt wurden. Doch der Zauber der Götter war groß, und in diesem Augenblick bedienten sich die Göttlichen ihrer menschlichen Diener und ihrer Körper.

Die Priesterinnen hüllten Hatschepsut in den knielangen weißen Schurz und befestigten den Stierschwanz als Zeichen der Fruchtbarkeit an ihrem Leibgurt. Sodann folgten ein weißes Leinenhemd, das Leopardenfell, welches den Pharao als obersten Propheten aller Götter auswies, und der lange weiße Zeremonienmantel. Das Ungewöhnlichste, woran Hatschepsut meinte, sich erst gewöhnen zu müssen, war der aus Pferdehaar geflochtene Zeremonienbart an ihrem Kinn, der mit Bändern hinter ihren Ohren befestigt wurde. Als die Priesterinnen vor ihr niederknieten, um ihr in die Sandalen zu helfen, auf denen die Abbilder ihrer Feinde eingeritzt waren, meinte Hatschepsut unter der Gewaltigkeit des Augenblickes zu erstarren. Ein Bild vergangener Tage suchte sich den Weg zu ihrem Herzen ... ihr Bruder Thutmosis, der sie eilig an die Hand nahm und in den Tempel zerrte, um die Kronen zu empfangen. Hatte auch er gefühlt, was sie nun fühlte, als er im heiligen See gereinigt worden war und als die Priester ihn in die Gewänder des Horus gekleidet hatten? Viel zu drängelnd und respektlos erschien Hatschepsut sein Verhalten in ihrer Erinnerung – jetzt, da sie selbst jenen Augenblick der Verwandlung durchlief.

„Sie, die kommt, Herrin über Biene und Binse, die mächtig ist an Ka Kräften, blühend an Jahren, die Weltordnung, die in Re ist, herrlichste der Edelfrauen, die Amun umfängt, welche die Herzen belebt ... der Falke ist erschienen, Pharao Maatkare ...“

Nur schwer gelang es Hatschepsut zu begreifen, dass es ihre Namen waren, welche die Priester aussprachen. *Hatschepsut Maatkare*, sagte sie deshalb immer wieder stumm vor sich hin, während der Gott Amun sich mit der Doppelkrone vor sie hinstellte und ihr bedeutete, vor ihm niederzuknien. Hatschepsut tat es mit zitternden Beinen und wunderte sich darüber, wie schwer die Kronen waren, als der Gott sie ihr auf das Haupt setzte. Als sie aufgefordert wurde sich zu erheben und Amun ihr Heka-Krummstab und Nechecha-Geißel überreichte, fühlte Hatschepsut, wie eine unbekannte Kraft sie durchfloss. *Hast auch du diesen Zauber gefühlt, Thutmosis, mein Bruder?* Wieder wurde sie von Bildern ihrer Erinnerung eingeholt – Thutmosis’ gierige Hände, die nach den Insignien der Macht griffen wie nach einem schönen Spielzeug. *Amun war nicht bei dir an diesem Tag*, durchfuhr sie die erschreckende Erkenntnis. Thutmosis hatte nicht einen Hauch des Zaubers gespürt, der die mächtigen Kronen und Zepter durchfloss.

Nunmehr eingekleidet in die Gewänder des Pharao wurde Hatschepsut unter Gesängen aus dem Tempel der Maat hinausgeführt, zum Heiligtum Amuns. Während sie die Stufen zum Tempel hinauf schritt, der sie ins Allerheiligste führte, lasteten die Kronen schwer auf Hatschepsuts Kopf. Eine Ahnung, welche Kraft die ihr verliehene Macht ihr abverlangen würde, ließ sie kurz schwindeln. *Ist mein Leib stark genug, den Zauber aufzunehmen und zu tragen?*, fragte Hatschepsut sich immer wieder, während die Priester die Türen des Allerheiligsten vor ihr öffneten. Amun offenbarte sich ihr aufrecht stehend in Menschengestalt mit der hohen Federkrone auf seinem Haupt. Seine goldenen Augen schienen sie willkommen zu heißen und sein Mund erfreut zu lächeln. Hatschepsut ging vor dem Gott in die Knie und breitete die Arme aus. „Sage mir, mein Vater Amun, was du willst, das ich tue.“ Nun kamen ihr die Gebete überraschend leicht über die Lippen, während der Priester in Gestalt Amuns hinter sie trat und ihr seine Hände auf die Schultern legte. „Siehe, ich habe dir die Kronen gegeben, und sie sind aus deinem Haupt gewachsen, wie aus dem Haupt des Re. Nun gehe und herrsche über die beiden Länder, denn ich will es so."

Obwohl es die Stimme des Priesters war, die sprach, spürte Hatschepsut, dass es Amun selbst war, welcher ihm die Worte in den Mund legte. Als sie sich erhob und aus dem Allerheiligsten geführt wurde, schienen ihr die eigenen Schritte kraftvoller und zuversichtlicher als zuvor. Amun hatte sie verwandelt. Sie war Pharao Maatkare, Herrscherin über Ober- und Unterägypten.

Hatschepsut erwachte erst aus dem tiefen Empfinden der an ihr vollzogenen Verwandlung, als die Priester ihr die Doppelkrone vom Haupt nahmen und sie durch den blauen Chepresh ersetzten. Für das Volk wäre der Anblick der Doppelkrone erschreckend, denn sie besaß zu viel machtvollen Zauber.

„Der Horus muss sich nun dem Volk zeigen", flüsterte einer der Priester ihr zu, da er bemerkte, dass Hatschepsut noch immer vom Geschehen gefangen war. Beinahe hilflos fühlte sie sich, als sie den Priestern hinaus in den ersten Festhof folgte, wo die Würdenträger und Höflinge bereits auf das Erscheinen des neuen Horus warteten. Angestrengt hielt Hatschepsut den Atem an, als sie vor die wartende Menge trat. Alle Häupter senkten sich vor ihr, und ehrfürchtiges Schweigen breitete sich unter den Höflingen aus; es waren dieselben Höflinge, die unter der Herrschaft ihres Brudergemahls Schmähreden gegen sie geführt hatten, wie Hatschepsut ungläubig feststellte. *Doch wie viele von euch empfinden echte Ehrfurcht, und wie viele heucheln Ergebenheit?* Während Hatschepsut durch die Reihen der Beamten, Palastschreiber, Wabu und Würdenträger schritt, den Blick ernst auf einen unbestimmten Punkt vor sich gerichtet, verstand sie erstmals die Furcht ihres Brudergemahls. Von nun an würde ihr Leben in dem sich stetig wiederholenden Bemühen bestehen, unfehlbar und gerecht gegenüber allen zu sein.

Hui war plötzlich an ihrer Seite und lächelte zufrieden. „Horus, alles ist bereit für dein Erscheinen vor dem Volk. Thutmosis und Nofrure, sowie deine engsten Vertrauten warten an der Empore an der Nordmauer des ersten Hofes."

„Was, wenn das Volk den Zauber nicht erkennt, den Amun an mir vollzogen hat?", flüsterte Hatschepsut, denn sie wusste, dass dies die letzte Schwelle war, die sie übertreten musste. Ihr Bruder hatte es niemals geschafft, das Volk zu gewinnen, was ihn Zeit seines Lebens verängstigt hatte. Hatschepsut erfasste Furcht vor den Schatten, welche sich nun auch vor ihr auftun könnten, und ihr Blick wanderte hinauf in den Himmel, wo die glänzenden Spitzen ihrer Krönungsobelisken erstrahlten. *Wie diese Obelisken soll meine Herrschaft sein. Strahlend und Glück verheißend für Kemet*, betete sie insgeheim.

„Du bist Horus!“, gab Hui ihr leise zu verstehen. „Wie sollte das jetzt noch jemand anzweifeln?“

Sie erreichten den ersten Hof viel zu früh, wie Hatschepsut meinte. *Ich bin noch nicht bereit*, flehte ihr Herz, wurde jedoch schnell von einer anderen Stimme niedergerungen. *Angst ist der Weg zur Niederlage!* Hatschepsut trat an den Reihen der sich verbeugenden Höflinge vorbei. Angespannte Stille machte sich breit, während unvermittelt Hapuseneb vor ihr an das Erscheinungsfenster trat. Hatschepsut erkannte an seinem Gewand, dass er selbst es gewesen war, der sie in Gestalt des Amun durch die Krönungszeremonien geführt hatte. Hatschepsut stockte der Atem, als ein Tosen und einziger Ruf sich von jenseits der Mauer erhob, und ihre Hand suchte unvermittelt nach der von Hui.

„Schmähen sie meiner?“, flüsterte sie Hui zu, die lächelnd den Kopf schüttelte.

„Zweifelst du immer noch an dir, Horus? Sie rufen deinen Namen – Pharao Maatkare!“

Neben sich bemerkte Hatschepsut eine Bewegung, und als sie den Kopf wandte, blickte sie in Sarys Auge, das sie ansah, als wäre sie ihm fremd. Sein Kopf war von einem Afnet-Tuch bedeckt, doch um seinen Hals hing an einer goldenen Kette eine runde polierte Scheibe in der Farbe von Elfenbein. Hatschepsut musste eine Weile darauf starren, bis sie erkannte, dass es das Stück von seinem Schädel war, das Unesch ihm entfernt hatte. Die Priester hatten es geweiht und mit heiligen Sprüchen versehen. In diesem Augenblick empfand Hatschepsut Mitleid für diesen Mann, der sie so verzweifelt hasste und dem die Götter ein solch schweres Schicksal auferlegt hatten. Sie musste Unesch für seine Eigenmächtigkeit bestrafen! Doch Sarys Blicke ließen sie Unesch einstweilen vergessen. Sary, so spürte Hatschepsut, empfand ihre Krönung als Frevel. *Könnte ich dir doch vertrauen, Goldlöwe ... oder dich verbannen; aber nichts von beidem wäre Maat.* Wie oft hatte Sary nun ihr Leben gerettet? Und doch wusste Hatschepsut, dass sie niemals sicher sein konnte, ob er es beim nächsten Mal wieder tun würde.

Im Hof erhoben sich die Stimmen unzähliger Menschen zu einem Chor, der laut forderte, den neuen Horus willkommen zu heißen.

Thutmosis zog wütend an Ipus Arm, die Mühe hatte, ihn zu beruhigen. Hatschepsut streckte ihrem Neffen die Hand entgegen, während Hui Nofrure auf den Arm nahm. „Wir müssen uns den Menschen zeigen, Thutmosis“, versuchte sie ihn zu locken. Der Knabe verzog seinen Mund zu einem Schmollen und wich vor ihr zurück. „Ich will aber nicht!“ Seine Jugendlocke stand im Gegensatz zu Thutmosis rebellischem Geist, und er hatte sich in seinen Bemühungen Ipu zu entkommen einen Ärmel seines Gewandes aufgerissen. Hatschepsut erkannte, dass die Sorge für Thutmosis wohl kaum das einfache Amt war, welches sie Ipu einst versprochen hatte. Entsprechend zermürbt drängte Ipu den Jungen nun in Hatschepsuts Richtung.

Ineni war ihr freundlicher gesonnen, denn er senkte lächelnd das Haupt vor ihr, als Hatschepsut an ihm vorbei schritt. Wenigstens, so dachte sie, gibt es einige wenige unter den Würdenträgern, die mein Erscheinen auf dem Thron der beiden Länder begrüßen. Mutnofrets Gesicht blieb verschlossen wie immer, die Königswitwe senkte jedoch ebenso wie die anderen das Haupt vor ihr. Es war der Tag Hatschepsuts, und sie alle wussten es.

Senenmut trat zu ihr und flüsterte: „Alles ist bereit, Horus, die Menschen erwarten dich, und der Streitwagen für die Prozession durch Theben steht bereit."

Hatschepsut suchte in den Augen ihres ergebendsten Fürsprechers nach einer Gefühlsregung, konnte jedoch keine finden. Senenmut selbst hatte ihr vorgeschlagen, die Kronen zu fordern, doch alles was er tat und riet glich der Art, wie man einem Schüler aus einer Schriftrolle Lehren vortrug.

„Du bist der Erzieher der Erbprinzessin, Senenmut. Tritt mit mir vor das Volk."

War dort ein Zögern oder sogar Unwille in seinem scheinbar ergebenen Nicken gewesen? Hui übergab ihm Nofrure, die sich sofort an Senenmuts Hals festklammerte und sichtlich erfreut darüber war, von ihm getragen zu werden. *Manchmal ...*, so sinnierte Hatschepsut beim Anblick ihrer Tochter, ... *wünschte ich, ich könnte ebenso meinen Kopf an seine Schulter legen und dort Schutz suchen.* Hapuseneb hielt bereits seine Hände in der Geste des Ka zum Himmel empor gestreckt, um das Erscheinen des Pharao anzukündigen. Als Hatschepsut an der Seite Huis und Senemuts auf die Empore trat, ging ein einziger tosender Jubelruf durch die Menge. Zuerst streckten die Menschen ihr die Hände entgegen, in der Bitte um Segen und Wohlwollen, doch dann fielen sie beinahe gleichzeitig auf die Knie. Hatschepsut blickte ungläubig über die vielen Menschen, die gekommen waren, sie zu sehen. Es mussten Hunderte sein!

„Der Herr beider Länder, mächtig an Ka-Kräften, Hatschepsut, erste der edlen Frauen, die Amun umfängt, Pharao Maatkare!" ertönte Hapusenebs Stimme über die Köpfe der Menschen hinweg, während Hatschepsut Krummstab und Geißel gekreuzt vor der Brust hielt und nicht glauben konnte, was sie sah. *Sie lieben mich! Amun ... es ist kein Hass in ihren Herzen.*

Schließlich gingen auch Hui und Senenmut vor ihr in die Knie, den Blick zu Boden gesenkt. Es war ein merkwürdiges Gefühl, und Hatschepsut hätte ihnen gerne befohlen, sich zu erheben – und dann wurde ihr klar, dass sie als Einzige stand und über ihrer aller Köpfe hinweg zum Horizont sah. Es war ein Gefühl, das sie befremdete und gleichzeitig erschreckte. *Ich bin den Weg gegangen, den du mir bestimmt hast, Amun, mein Vater. Und obwohl es ein glücklicher Weg für mich ist, fühle ich mich einsamer denn je, da du mich so weit emporgehoben hast, in Gefilde, in die mir niemand folgen kann.* Hui und Senenmut begannen, sich in gebeugter Haltung zurückzuziehen, da dieser Augenblick dem Horus allein gehören sollte. Im selben Augenblick überkam Hatschepsut eine große Furcht. Das war es, was es bedeutete, der Herr allen Lebens zu sein? Die Göttlichen lebten abgewandt von den Sterblichen, und der Horus stand weit über allen Göttlichen und Sterblichen für sich allein! Ihr Herz begehrte auf. *Ich bin nicht Ahmose, die ihre Einsamkeit in einem Meer aus Mohn ertränkt, und ich bin auch nicht Thutmosis, der sich in seiner Furcht in die jenseitige Welt flüchtet. Ich bin Pharao ... es ist meine Entscheidung, ob ich diesen Weg allein oder in Begleitung gehen will!* Ohne darüber nachzudenken, ergriff sie Senenmuts Hand. Es war ein seltsames Gefühl, und Hatschepsut stellte erstaunt fest, dass sie sich nie wirklich berührt hatten. Vorsichtig betastete sie seine Haut, als erkunde sie etwas Erstaunliches. Sie fühlte sich sehnig an, und doch war sie weich. Hatschepsut spürte, dass sie die Hand eines Gelehrten und eines Denkers hielt, die lieber den Binsenstängel führte, als das Schwert. Senenmuts Hand war trocken und warm, doch jetzt, da Hatschepsut sie mit der ihren umschloss, versteifte sie sich, als wäre ein Stein auf sie niedergegangen und hätte sie zerschmettert. Überrascht ob seines seltsamen Verhaltens wagte Hatschepsut ihren Kopf zu wenden, um zu sehen, was ihren Vermögensverwalter so sehr aus der Fassung gebracht haben konnte. Ihre Blicke trafen sich, und Hatschepsut entdeckte voller Verwunderung Erschöpfung und Traurigkeit in Senenmuts Augen. Wo waren der ernste verschlossene Ausdruck und die gemessene Ruhe geblieben? Alles an Senenmut drängte danach, seine Hand aus der ihren zu lösen, ganz so als wäre ihre Berührung giftig, wie der Biss einer Schlange. *Kann es denn sein, dass du alles, was du fühlst, allein vor mir verborgen gehalten hast? Habe ich deinem Herzen Leid zugefügt?* Mit einer Klarsichtigkeit des Herzens spürte Hatschepsut, dass Senenmut nie wieder zulassen würde, dass sie ihn berührte, wenn sie seine Hand losließ. Der Gedanke daran erschreckte sie und erfüllte sie gleichermaßen mit Traurigkeit. Langsam und vorsichtig schob Hatschepsut deshalb ihre Finger zwischen die seinen und verschränkte sie dort. *Wir müssen nicht allein sein*, dachte sie immer wieder und wünschte sich, dass Senenmut ihre Gedanken hören könnte. Tatsächlich wich die Verkrampfung, und Hatschepsut empfand ihre sich berührenden Hände wie ein Ergeben in ein vorgesehenes Schicksal. Weich und anschmiegsam fügte Senenmuts Hand sich in die ihre - als hätte Chnum sie passend füreinander auf seiner Töpferscheibe geformt. Sie verschlangen sich ineinander zu einer unauflöslichen Einheit. Hatschepsut durchdrang ein tröstliches Gefühl, das sie wärmte und ihr Herz schneller schlagen ließ. Es war ihr vollkommen egal ob Ipu, Hui oder Hapuseneb sie sahen, und obgleich Hatschepsut ihren Blick starr über die Köpfe der Menschen gerichtet hielt, war der Blick ihres Herzens allein auf den Mann hinter ihr gerichtet, dessen Hand sie hielt. Hatschepsut spürte, dass auch er sie ansah, und dass ein langer unbekannter Weg vor ihnen lag.

Nachwort:

Hatschepsut und ihr Weg zur Macht

Hatschepsut gilt als eine der bekanntesten Herrscherinnen des Alten Ägyptens. Gerade der Umstand, dass sie als Pharao herrschte – eine Rolle, die eigentlich nur Männern zukam – hat ihre Popularität bis heute erhalten. Doch obgleich viel über sie bekannt und auch geschrieben worden ist – ihre Bauwerke, wie die großen Obelisken, ihr Totentempel in Deir El Bahari, die Rote Kapelle in Karnak – oder ihre legendäre Punt-Expedition, berichten diese Quellen ganz nach altägyptischer Tradition uns nichts von den Hintergründen ihrer Herrschaft oder dem Weg ihrer Machtergreifung.

Genau dieser Weg muss jedoch einer der faszinierendsten ihrer Geschichte gewesen sein – und es war genau diese Faszination, die mich dazu aufgefordert hat, ihr einen Roman zu widmen.

Um hierzu eine Erklärung zu liefern, muss man sich in altägyptisches Verständnis hineindenken. Oftmals werden Erklärungsversuche für ihre Krönung in dem detaillierten Krönungsbericht, den Hatschepsut in die Rote Kapelle einmeißeln ließ, gesucht. Tatsache ist jedoch, dass ihr Nachfolger Thutmosis sich zum Zwecke der Legitimation ebenfalls einen solchen Bericht verfassen ließ – und dieser war ein Mann. Zudem geht der von Hatschepsut gewählte Krönungstext auf ältere Texte zurück, die bereits in der 6. Dynastie von Königen zum Zwecke der Legitimation verwendet wurden. Der Krönungsbericht der Hatschepsut kann also nicht als Legitimationsversuch eines weiblichen Pharaos gewertet werden, sondern spiegelt nur ein übliches Prozedere um die Krönung eines Pharaos wider.

Texte und Stelen aus ihrer Regierungszeit liefern uns ebenso wenig Gründe für die Entscheidung und Akzeptanz der Menschen, uralte Traditionen zu verwerfen und einer Frau die Pharaonenkrone zu gewähren.

Als Beispiel und zum Verständnis für die feste und unumstößliche Struktur von Bräuchen und Traditionen der Alten Ägypter braucht man nur auf „Echnaton" verweisen, der mit seinem brachialen Versuch des Monotheismus wenig Gegenliebe fand und dessen Namen mitsamt seiner von ihm erbauten Stadt Achet Aton nach seinem Tod vergessen bzw. ausgelöscht wurde. Immerhin – Manetho, ein Priester und Geschichtsschreiber der Ptolomäerzeit – wusste 1200 Jahre nach ihrem Tod noch vom weiblichen Pharao Hatschepsut zu berichten.

Hatschepsuts Namenstilgungen fanden erst ca. 20 Jahre nach ihrem Tod statt.

Dieser Umstand gibt uns einerseits einen Hinweis darauf, wie erfolgreich Hatschepsut die Traditionen zu brechen verstand und andererseits, wie ungeheuerlich ihre Herrschaft für das Verständnis der Menschen war, da man sich schließlich 20 Jahre nach ihrem Tod dazu entschloss, sie zu verheimlichen bzw. in Vergessenheit fallen zu lassen.

Der Ägypter dachte in Bildern, die für ihn voller Magie und Konsequenz waren. Die Kronen, die der Pharao trug, seine Zepter, Sandalen und Gewänder – sie alle verwandelten ihn im Verständnis der Menschen in einen lebenden Gott. So ist es nicht verwunderlich, dass Hatschepsut nach ihrer Krönung als Pharao allgemein anerkannt wurde. Schließlich hatte die Krönung sie verwandelt. Doch es ist eben jener Weg bis zu ihrer Krönung, der bis heute ein Rätsel darstellt. Denn, so zeigen viele Beispiele der ägyptischen Geschichte, es war durchaus üblich, dass Frauen als voll entscheidungsbefugte Regentinnen für unmündige Pharaonen die Regierung übernahmen, bis diese alt genug waren. Frauen wurde weniger als in anderen antiken Kulturen die Fähigkeit zu politischen Handlungen oder Ämtern aberkannt. Wichtig war für die Ägypter das Bild. Solange ein Pharao auf dem Thron saß, egal ob er ein Kleinkind war, blieb die Maat, welche die Weltordnung im Gleichgewicht hielt, die Ägypten vor dem Chaos schützte, gewährleistet.

Mit diesem Hintergrund stellt sich die Frage, wie es Hatschepsut gelang, die Menschen, Priesterschaften, das Heer und die Würdenträger davon zu überzeugen, sie, die eine Frau war, und aufgrund ihres weiblichen Körpers nach alter Tradition kein Pharao hätte sein können, zu krönen, obwohl es mit Thutmosis III. bereits einen gekrönten Pharao auf dem Thron gab. Was bewog die Menschen dazu, da Hatschepsut doch ohnehin bereits die Regentin für den unmündigen Pharao war, nicht alles so zu belassen, wie es war?

Für genau diesen Weg der Hatschepsut zur Macht habe ich mich bemüht, in diesem ersten Teil ihrer Geschichte Erklärungen im Hinblick auf altägyptisches Denken und Verständnis zu suchen.

Einige wenige Überlieferungen für die ungewöhnliche Stellung der Hatschepsut finden sich trotz allem tatsächlich in den Überlieferungen. So hat ihr der Oberste Baumeister Ineni in seinem Grab, als Hatschepsut noch die Große Königliche Gemahlin Thutmosis II. war, einen Text gewidmet, der sie bereits als „Bugtau Ägyptens, die gut für die beiden Länder sorgt" bezeichnet. Diese Wortwahl ist nicht nur in dem Zusammenhang ungewöhnlich, als dass sie eher ihrem Bruder, dem amtierenden Pharao, hätte zukommen müssen, sondern sie weist auch auf ihre aktive Betätigung im politischen Geschehen Ägyptens hin. Zudem ist der Text des Ineni in einem für die ägyptischen Texte ungewöhnlich persönlichem Stil verfasst. Dieser persönliche Stil findet sich später auch unter der Herrschaft Hatschepsuts als Pharao in ihren eigenen Texten wider. Ein weiteres Indiz weist eine Stele ihres Brudergemahls Thutmosis auf, welche im Zusammenhang mit den Aufständen in Nubien unter seiner Regierung erstellt wurde. Hier wird erwähnt, dass der Pharao Truppen aussandte, um die Aufstände einzudämmen. Gerade die übliche und hier ausgelassene Phrase, dass der Pharao selbst Truppen nach Nubien geführt hat (immerhin war er ein junger Mann), lässt weitere Spekulationen über Hatschepsuts Stellung aufkommen. Bedenken wir den Hang der Ägypter zum Beschönigen – als Beispiel könnte hier die Schlacht gegen Kadesch unter Ramses II. aufgeführt werden, welche er als grandiosen Sieg in die offiziellen Texte einfließen ließ, obwohl sie doch eher zu einer Patt-Situation mit dem Gegner führte – fragen wir uns, was Thutmosis II. zu einer solch unüblichen Bescheidenheit bewogen haben mag.

Unter all diesen Aspekten gewinnt die Frage „Wie hat sie es den Menschen schmackhaft gemacht, sie zum Pharao zu krönen?“ eine Bedeutung, die Hatschepsuts eigentliche Herrschaft schon fast in den Schatten stellt.

Ich habe mich im Buch eben jenem Verständnis für bildliches und magisches Denken der Ägypter bedient, um diese Frage zu beantworten. Eine Königliche Gemahlin, die selbst die Truppen ins Goldland führt, ein prophetischer Traum, den Amun ihrem Vater hinterließ, ein für alle sichtbar erschienener Ka, der Hatschepsut begleitet. Dies alles wären beeindruckende und magische Bilder im Verständnis der Alten Ägypter gewesen, ebenso wie Senenmuts innerliche Zerrissenheit zwischen dem Glauben an uralte Traditionen und logischem Hinterfragen tiefe Schuldgefühle im Ägypter ausgelöst hätte.

Hatschepsuts Machtübernahme gilt als friedlich, trotzdem möchte ich darauf hinweisen, dass interne Machtkämpfe oder Intrigen, die ihrer Herrschaft vorausgingen, kaum überliefert worden wären – eben aus jenem o. g. Grund der Bildhaftigkeit und Macht von Worten, die sich erst einmal geschrieben, zu etwas Realem manifestierten. Überliefert sind Dinge, die der Maat entsprechen, die Krönung, Lobreden, Erfolge etc. – all jene Dinge, die einem geregelten Ablauf im Glauben und Verständnis der Ägypter unterlagen.

Neben jenen Dingen, für die Hatschepsut bis heute bekannt ist, war es mir vor allem ein Anliegen, ihr ein Buch zu widmen, welches sich unter die Oberfläche wagt und einen tiefen und möglichst authentischen Einblick in die Persönlichkeit und Herrschaft dieser klugen und fähigen Pharaonin und vor allem des Alten Ägypten ermöglicht.

Personen um Hatschepsut

Viele Menschen, die Hatschepsut umgaben sind uns heute überliefert. Das ist einerseits hilfreich, andererseits stellt gerade dieser Aspekt uns wiederum vor viele Fragen, weshalb ich auf einige Personen und ihre Verhältnisse im Folgenden näher eingehen möchte. Bei einigen Personen musste ich mich zwischen verschiedenen Lehrmeinungen entscheiden, da für keine der aufgestellten Behauptungen direkte Beweise vorliegen.

Wichtig ist vor allem Senenmut – die Streitfrage, ob ihr Vertrauter und Freund nun auch ihr Geliebter war, wird von vielen Seiten ebenso befürwortet wie bestritten.

Bestritten wird dieser Umstand meist aus dem Grund, dass es keine Belege für eine Liebesbeziehung gibt. Jedoch habe ich bereits im obigen Text aufgeführt, weshalb es für einige Dinge einfach keine Belege geben kann. Auch eine Beziehung zwischen dem weiblichen Pharao und Senenmut hätte mit Sicherheit zu jenen Dingen gehört, die nicht offiziell erwähnt worden wären. Erstens stammte Senenmut aus zu einfachen Verhältnissen, als dass er als erster Gatte (was ihn sozusagen zu einer männlichen großen königlichen Gemahlin gemacht hätte) standesgemäß gewesen wäre, und zweitens stellt sich ohnehin die Frage, ob Hatschepsut es gewagt hätte, sich wieder zu vermählen, nachdem sie Pharao war. Viel zu sehr scheint doch die Gefahr zu bestehen, dass ein Mann an ihrer Seite dem Versuch erlegen wäre, sich durch ihre Blutlinie legitimieren zu lassen, und selbst nach der Doppelkrone zu greifen. Nichts anderes taten ja im Grunde genommen die Pharaonen, denn sogar ihr Bruder Thutmosis war der Sohn einer Haremsfrau, der sich durch Hatschepsuts königliches Blut erst das Recht verschaffte, zu herrschen. Gerade in der 18. Dynastie war die Vererbung der Königswürde durch die weibliche Linie – sprich durch die Hochzeit mit einer Gottesgemahlin – ein übliches Vorgehen.

Die Nähe und Freundschaft, welche Hatschepsut und Senenmut lange Zeit verband, die Gunstbeweise, welche sie ihm gewährte – bis zu den verborgenen Darstellungen seiner Person in ihrem Totentempel - weisen jedoch jeden aufmerksamen und emphatischen Beobachter auf eine sehr enge Beziehung hin, die weit über eine Freundschaft hinausreicht.

Meritre, im weiteren Verlauf Meritre-Hatschepsut, ist ebenfalls eine Gestalt, um die sich verschiedene Meinungen ranken. Lange hat man neben Nofrure eine weitere Tochter Hatschepsuts in ihr vermutet. Sie wird jedoch auf den überlieferten Monumenten nie als Königstochter bezeichnet und auf einem anderen Monument ist es eine Dame Hui, die sich als Mutter der Meritre-Hatschepsut bezeichnet. Trotzdem wurde sie später die Große Königliche

Gemahlin Thutmosis III., was zumindest auf eine Herkunft aus einer königlichen Nebenlinie bzw. sogar auf eine Adoption unter Hatschepsut hinweist.

Ahmose-Pennechbet rühmt sich in seinem Grab dafür, der Erzieher der Erbprinzessin Nofrure im Säuglingsalter gewesen zu sein, obwohl meist nur Senenmut unter diesem Amt erwähnt wird bzw. bekannt ist. Er war verheiratet mit einer Dame Ipu, über welche spekuliert wird, auch die Amme Thutmosis III. gewesen zu sein. Jene Amme hatte eine Tochter namens Satjah, die Milchschwester von Thutmosis III. war. Eine genaue Übereinstimmung zwischen der Amme Ipu und der Gemahlin des Ahmose-Pennechbet ist nicht genau belegt, da nichts darauf hinweist, dass Ahmose-Pennechbet eigene Kinder gehabt hätte. Sie wird jedoch auch nicht ausgeschlossen.

Weitere überlieferte Personen, die auch im Buch erscheinen, möchte ich noch kurz aufzählen: Hapuseneb, der Oberste Prophet des Amun, der maßgeblich dazu beigetragen haben mag, Hatschepsuts Herrschaft zu untermauern, Mutnofret, die Mutter Thutmosis II., Isis, die Nebenfrau, Ineni, der oberste Baumeister, der auch unter Hatschepsut sein Amt ausführte, Nofrure, Tochter Hatschepsuts und Thutmosis II., Thutmosis III., Neffe, Pharao und Mitregent unter Hatschepsut, Thutmosis I., Hatschepsuts Vater, Ahmose, Hatschepsuts Mutter.

Zwei für die Handlung wichtige fiktive Personen habe ich in die Geschichte eingefügt – den Kommandanten und Ausbilder ihrer Leibwache Sary sowie seinen Bruder Ameni. Sie ermöglichten mir die Perspektive auf Hatschepsut und ihre Herrschaft aus den Augen des einfachen Volkes, welche durch die überlieferten adeligen Personen nicht möglich gewesen wäre.

Besonderheiten im Text

Auf einige von mir gewählte Besonderheiten im Buch möchte ich abschließend noch hinweisen.

Da ich mich im Hinblick auf Gedankengut bemüht habe, möglichst nah an die Denkweise von Personen heranzukommen, habe ich mich einiger stilistischer Ausdrücke bedient, welche dem Alten Ägypten entsprechen.

So finden sich durchgehend im Buch „Gedanken des Herzens“, da für die Alten Ägypter der Sitz von Gefühlen sowie Gedanken das Herz war. Dem Gehirn maßen die Ägypter keine Bedeutung bei.

Ein stetiger Bezug auf die Angst vor dem „Chaos“ in Verbindung mit „Maat“ der Weltordnung ist eng mit dem Verständnis der Ägypter verbunden, denn die Erhaltung der Maat und deren Verlust, welchem zwangsläufig das Chaos folgte, stellt eine Urangst der Ägypter dar.

Der altägyptische Kalender

Juli – Oktober
Achet: Zeit der Nilschwemme

1. Monat = Thot
2. Monat = Paophi
3. Monat = Athyr
4. Monat = Choiak

November – Februar
Peret: Zeit der Saat

1. Monat = Tybi
2. Monat = Mechir
3. Monat = Phamenat
4. Monat = Pharmuti

März – Juli
Schemu: Zeit der Ernte

1. Monat = Pachons
2. Monat = Payni
3. Monat = Epiphi
4. Monat = Mesore

Beinamen für den Pharao:

Einzig Einer
Horus
Falke
Horussohn
Sohn des Amun
Herr der beiden Länder

Beinamen für Ägypten

Kemet (das schwarze Land)
Die beiden Länder (Ober- und Unterägypten)
Biene und Binse (Unter- und Oberägypten)

Das Verständnis der altägyptischen Seele

Die Ägypter teilten die Seele des Menschen in drei wichtige Teile ein:

Ka

Am einfachsten zu übersetzen mit „Lebenskraft" stellte er die physische Energie des Menschen dar, welche nach seinem Tod an seinen Ursprung (den Körper) zurückkehrte. Die Hieroglyphe für den Ka sind die erhobenen Arme, mit denen Lebenskraft übertragen wird. Der Ka eines Menschen war unsichtbar, der Ka eines Königs wurde in Gräbern oftmals als schwarzer Schatten in menschlicher Gestalt dargestellt.

Ba

Am einfachsten zu übersetzen mit „Persönlichkeit", da er auch die Eigenschaften und Eigenheiten eines Menschen umfasste – jedoch hatte der Ba nach dem Tod des Menschen auch körperliche Bedürfnisse (z. B. Nahrung). Er war der bewegliche Teil des Menschen, der umherwandelte und das Bedürfnis nach Freiheit vertrat. In der Regel wurde der Ba als Vogel mit menschlichem Kopf dargestellt.

Ach

(Verklärtheit), der Zustand nach dem Tod. Der Ach des Toten konnte sich auch als Geisterscheinung zeigen, und er wurde daher oftmals gefürchtet, wie Dämonen und Geister. Der Ach konnte rachsüchtig sein, wenn er im Leben ein schlechter Mensch gewesen war oder ihm Schlechtes widerfahren war.

Glossar

Ammit

Verschlingerin der Herzen beim Totengericht,
die als Mischwesen mit dem Kopf eines Krokodils,
dem Torso eines Nilpferdes und Löwenpranken
dargestellt wurde.
Wog das Herz des Verstorbenen schwerer als
die Feder der Maat,
so verschlang sie es und nahm dem Toten
damit jede Möglichkeit auf ein Leben nach dem Tod.

Amun/Amun-Re

Im neuen Reich war Amun Hauptgott
mit Hauptkultort in Karnak.
Er wurde dargestellt als Mensch mit
Federkrone oder in seiner Urgestalt als
Widder bzw. als Mensch mit Widderkopf.
Er verschmolz mit Re zu Amun-Re und galt
ab dem neuen Reich als König aller Götter.

Ankh

Henkelkreuz, das auch als Hieroglyphe für
„Leben“ stand.
Das Ankh wurde auch als mächtiges Amulett
getragen.

Anubis

Totengott,
in der Gestalt als Schakal oder mit einem
menschlichen Körper und dem Kopf eines
Schakals.
Er war Herr der Totenstadt,
und seine Verbindung mit dem Schakal
weist ihn als Seelenführer ins Land der
Toten aus.
Er überwachte zudem die Einbalsamierung
der Mumien und war Richter beim Jenseitsgericht.

Apis(stier)

Der Apisstier galt als heilige Verkörperung
des Gottes Ptah und wurde in Memphis verehrt.

Afnet-Tuch

ähnlich dem Nemes-Tuch für den König,
sozusagen das Gegenstück für normal Sterbliche

Auaris

Die ehemalige Hauptstadt der Hyksos
im östlichen Nildelta.

Bastet

Katzengöttin,
die als sanfter Aspekt der löwengestaltigen Sachmet galt.
Sie wurde hauptsächlich als Göttin der Liebe und Freude in Ägypten verehrt und als Katze oder Frau mit Katzenkopf dargestellt.

Buhen

ägyptische Festung vor dem 2. Nilkatarakt vor Assuan.

Chnum

Schöpfergott mit Widderkopf,
er schuf die Gestalt der Menschen aus Ton

Doppelkrone

Die ineinander gefassten Kronen für Ober- und Unterägypten.
Die trichterartige Krone steht für Oberägypten, die weiße kegelförmige für Unterägypten.

Sie symbolisiert die zusammengefasste Macht
über beide Landesteile.

Elephantine

Eine Insel unterhalb des 1. Nilkatarakts,
sie bildete mit einer Festung,
Tempelanlagen und einem Nilometer die
südliche Grenze Ägyptens zu Nubien.

Emmer

Getreideart,
aus der im Alten Ägypten Brot und andere
Lebensmittel hergestellt wurden.

Falke im Nest

Bezeichnung für den Erbprinzen

Faijum

eine Oase im Delta,
in denen Adelige Landsitze besaßen
und ein wirtschaftlicher Harem des Pharao
untergebracht war.

Feder der Maat

Die Feder der Göttin Maat galt als
das Symbol für Rechtschaffenheit
des Herzens.
Wog das Herz des Verstorbenen
beim Wiegen schwerer als die Feder,
so hatte er sich schuldig gemacht und
das Herz wurde von Ammit verschlungen.

Fellache

Bauer

Geißel

Eines der Zepter des Königs,
Hirtenpeitsche

Goldland

Bezeichnung für Nubien im Bezug
auf die Goldminen des Landes

Hapi

Name für den Nil,
der nach altägyptischem Verständnis
auch als Fruchtbarkeitsgott verehrt wurde.
Dargestellt wurde er als Nilpferd mit
Hängebauch und Schurz.

Hathor

Göttin der Musik,
des Tanzes und der Liebe,
dargestellt als Frau mit Kuhohren
oder als Kuh mit der Sonnenscheibe
zwischen den Hörnern (Kuhhörnige).
Hathor galt als Beschützerin des
Goldlandes.

Hethiter (Hatti)

Vorderasiatisches Volk in Anatolien

Hohe Federn

Die Krone der Großen Königlichen
Gemahlin

Horus

Falkengott,
dargestellt als Falke oder als
Menschenkörper mit Falkenkopf.
Der Pharao galt als lebender Horus auf
Erden.

Hund und Schakal

altägyptisches Brettspiel,
Gesellschaftsspiel mit
magischem Bezug

Hyksos

Fremdvölker,
die zwischen dem mittleren und neuen
Reich in Ägypten einfielen und von ihrer
Hauptstadt Auaris aus die Herrschaft über
Teile Ägyptens übernahmen.

Isis

Göttin in Menschengestalt,

der große Heilkraft und magische
Kräfte zugeschrieben wurden.
Als Mutter des Horus galt sie auch als
Mutter aller nachfolgenden
Könige Ägyptens.

Jugendlocke

ägyptischen Kindern wurde oft
der Kopf rasiert.
Man ließ nur eine lange
Haarsträhne wachsen,
die als Jugendlocke bezeichnet wird.
Mit dem Eintritt ins Erwachsenenalter
wurde diese Locke abgetrennt.

Kap

Eine Erziehungsanstalt für die
Kinder höherer Beamter in Memphis.
Im Kap wurden auch die Fürstenkinder
verfeindeter und besiegter Länder erzogen,
die man nach Ägypten brachte,
um sie zu loyalen Untertanen Ägyptens
zu erziehen.

Karnak

Tempelbezirk der seinen Namen von
dem gleichnamigen Dorf hat,
bei dem er angesiedelt wurde.
Karnak galt als der wichtigste
Tempelbezirk des Reichsgottes Amun
und erreichte im Neuen Reich
seine weitläufigsten Ausmaße.

Katarakt

Stromschnelle des Nil

Kerma

Alte Hochkultur auf dem Gebiet
von Nubien,
die unter Thutmosis I.
ihren Niedergang fand.

Kohol

schwarze Augenschminke aus Bleiglanz,
mit Fetten angereichert,
die einerseits der Schönheit und des
magischen Schutzes wegen,
andererseits auch wegen schützender
antibakterieller Wirkung am Auge
benutzt wurde.

Heka-Krummstab

Eines der Zepter des Königs,
Hirtenstab,
der wahrscheinlich auf frühe
nomadische Zeiten zurückgeht.

Maat

die Weltordnung,
Wahrheit,
Gerechtigkeit als zentraler
Begriff für die Ägypter,
an deren Vorgabe man sich zu
halten hatte.
Andererseits die Göttin Maat,
welche mit ihrer Feder das Herz
des Toten auf seine Tugend prüfte.

Mau

Katze/Tempelkatze
(Mau ist das altägyptische Wort für „Sehen“,
eine Fähigkeit die den Katzen zugeschrieben
wurde und das Wort im Sprachgebrauch zu
ihrem Synonym machte.

Medjai

nubische Krieger,
die im Dienste Ägyptens standen
und Aufgaben übernahmen,
die mit der heutigen Polizei
vergleichbar wären.

Min

Gott der Fruchtbarkeit
(sowohl des Landes als auch
männlicher Zeugungskraft),
dargestellt als Mensch mit
erigiertem Phallus.

Modius

Basisteil,
auf welches die Hohen Federn
gesetzt wurden,
wohl jedoch mit eigener Bedeutung,
da oftmals Königinnen auch nur mit
Modius als Kopfschmuck
abgebildet wurden.

Month

Kriegsgott mit Falkenkopf und
Hauptkultort in Theben.

Mut

Gemahlin des Amun,
die ebenfalls große Bedeutung als
Mutter der Könige erlangte.
Sie trägt den Kopfschmuck eines Geiers.

Nemes-Tuch

Kopftuch,
welches vom Pharao getragen wurde.

Nilometer

Nilstandpegelmesser,
meist in Form eines Brunnens mit
einer Säule in der Mitte,
auf der die Pegelstände vermerkt wurden.
Die Höhe des Nilstands bestimmte
Steuern und Abgaben.

Nun

Das Urwasser,
aus dem sich der Urhügel erhebt,
„Vater der Götter“,
der den ersten Schöpfergott erschuf,
als auf der Welt noch das Chaos herrschte.

Nut

Himmelsgöttin,
Nut streckte sich über den Erdgott
Geb aus und bildete das Himmelsgewölbe.
In ihren Leib eingebettet sind die Sterne.
Sie gebar ihren Sohn Re jeden Morgens
aufs Neue und verschluckte ihn am Abend,
wo er seine Nachtfahrt durch die
Gefahren der Unterwelt antrat.
Im Jenseitsglauben der 18. Dynastie
herrschte u. a. das Bild vor,
der König würde nach seinem Tod
zu den Sternen aufsteigen und von
dort aus seine Nachtfahrt zur
Wiedergeburt antreten.

Osiris

Toten- und Fruchtbarkeitsgott,
mumiengestaltig.
Er wurde von seiner Gemahlin Isis
erneut zum Leben erweckt,

nachdem Seth ihn ermordet hatte
und blieb fortan Herrscher über
das Totenreich.
Von einem Verstorbenen sprach man
deshalb oft als
„Der zu Osiris gewordene/gegangene“

Ptah

Schöpfergott,
dargestellt als Mann mit flacher Kappe,
der die Welt Kraft seiner Gedanken
erschaffen hat.

Re

ältester Schöpfer- und Sonnengott,
aus dessen Haupt die Kronen
gewachsen sind.
Jede Nacht muss Re in seiner Barke
die Gefahren der Unterwelt durchqueren,
bevor er am Morgen wieder geboren wird.
Dargestellt wird Re als Sonnenscheibe.

Sachmet

Löwengöttin,
menschengestaltig mit Löwenkopf.

Sie stand für Raserei und Zorn
und besaß ein zerstörerisches und
kriegerisches Wesen.

Satis

Göttin mit Antilopengehörn,
die auf Elephantine verehrt wurde
als Schutzgöttin der Katarakte.

Schöner Westen

Eine Bezeichnung für den Zustand
des Lebens nach dem Tod.
Der Westen wurde den Toten zugeordnet,
im Schönen Westen lebte der
Verstorbene mit allen Vorzügen oder
Makeln weiter,
welche er im Leben besessen hatte.

Schrift des verborgenen Raumes

Amduat,
das Jenseitsbuch,
beschreibt die Nachtfahrt des Re
durch alle Hallen,
in denen zu jeder Nachtstunde andere
Gefahren lauern.

Der Tote muss ebenso wie Re das
„Dat“ durchqueren,
um wiedergeboren zu werden.

Sechem chakaure maacheru

Eine ägyptische Grenzfestung
in Nubien

Senet

altägyptisches Brett-
und Gesellschaftsspiel

Serapeum

Begräbnisstätte der Apis-Stiere
bei Memphis

Seth

Gott der Wüsten und Oasen,
der Gewalt und des Krieges.
Seinen bösen Aspekt bezieht er vor
allem aus dem Mord an seinem
Bruder Osiris.

Er wurde als Fabelwesen dargestellt,
mit menschlichem Körper,
einem Kopf mit langer Schnauze
und eckigen Ohren.

Sunu

Laienarzt

Tefnut

Göttin des frischen Nordwindes
und des Feuers,
sie wird dargestellt in Gestalt einer
Löwin oder flamingogestaltiges Kind.

Thoeris

Nilpferdgöttin,
die vornehmlich Frauen bei der
Entbindung zur Seite stand,
sie wurde dargestellt mit dem Körper
eines Nilpferdes,
hängenden Brüsten,
Löwenpranken und
Krokodilsschwanz

Totengericht

Vor dem Totengericht wurde
das Herz des Verstorbenen unter
Anwesenheit der Götter gewogen.
Thot diente als Schreiber,
Osiris als Richter.
War der Tote tugendhaft,
durfte er seine Reise fortsetzen,
wog die Feder schwerer als sein Herz,
wurde dieses von Ammit verschlungen
und der Tote somit vernichtet.

Udjat (Auge)

Das Auge,
das Osiris im Kampf mit Seth
verloren hatte und geheilt wurde.
Das Auge wurde als beliebtes
Schutzamulett getragen,
da es für Schutz, Heilung und
Macht stand.
Es wurde auch als Auge des
Horus bezeichnet,
da es ein Mischauge aus einem
menschlichen und einem
Falkenauge darstellt.
Die Forum des Udjat wurde auch bei
der Augenschminke des Pharao
nachgeahmt.

Uräus (Schlange)

aufgerichtete Königskobra,
die als Zeichen des Königtums galt.
Am Stirnreif des Pharao oder anderer
Mitglieder der königlichen Familie
spie die heilige Uräusschlange Gift
auf die Feinde ihres Trägers.

Uto (und Nechbet)

Schlangen- und Geiergöttin
„die beiden Herrinnen“
sind u. a. Göttin der Kronen des
Pharao und Beschützerinnen von
Ober- und Unterägypten.

Wabu

Priesterärzte

Danksagung

Mein großer Dank für die Unterstützung bei der Recherche geht an Professor Dr. Rainer Hannig von der Phillips Universität in Marburg sowie Magister Daniela Rutica, welche mir in Fragen zur ägyptologischen Situation von Religion, Selbstverständnis und Ausdruck der 18. Dynstatie eine große Hilfe waren, mir unermüdlich Auszüge von Originaltexten übersetzt haben und immer wieder geduldig alle anfallenden Fragen beantwortet haben.

2745471R00180

Printed in Germany
by Amazon Distribution
GmbH, Leipzig